갈천 임훈의
학문과 사상

최석기 · 정일균 · 김종수

보고사

葛川林薰

정려 갈천 임훈, 첨모당 임운의 효행을 기린 비가 모셔져 있음.
북상면 갈계리 입구에 위치. 명종 19년(1564)에 건립.

수리하기 전의 구 정려 모습.

동계 정온 선생이 쓴 정려문 중수기.

갈계리의 임씨고가 전경.

자이당 갈천 선생이 퇴거하여 학문을 연마하시던 곳. 중종 2년(1507)에 건립.

갈천서당 중종 28년(1533)에 영건. 갈천 선생이 후학들에게 강학하시던 곳.

가선정 갈계리 숲에 있음. 갈천 선생의 유영지소.

갈천선생 묘소.

마학동비 무룡산 아래 산수 마학동에 위치.
석천(石泉) 임득번(林得番) 선생이 서당을 세워 강학하시던 곳.

수승대 바위에 새겨진 갈천 선생의 '수송대' 시문과 퇴계선생의 '수승대' 시문.

은진임씨 의령공파 사료관.

갈천문집과 그 책판.

머리말

　林薰(1500~1584)의 자는 仲成, 호는 自怡堂·葛川, 본관은 恩津이다. 갈천은 1540년 생원시에 합격하여 성균관에 유학하였으며, 1553년 館薦에 의해 사직서 참봉에 제수되어 출사했다가 오래지 않아 낙향하였다. 갈천은 1561년 부친이 돌아가시자 60세가 넘은 노령에도 불구하고 삼년상을 극진히 하였는데, 삼년 동안 한 번도 여막을 벗어나지 않았다. 이 일이 알려져 1564년 동생 林芸과 함께 조정에서 旌閭가 내렸다. 갈천은 명종 말기인 1566년 經明行修之人으로 뽑혀 彦陽縣監에 제수되었으며, 이후 比安縣監·知禮縣監·光州牧使 등을 역임하면서 민생을 돌보는 데 진력하였다. 그 뒤 고향에 돌아와 노년을 보내다 별세하였다.

　갈천은 윤원형이 집권하여 전횡을 일삼던 16세기 중반에는 벼슬을 하지 않고 산림처사로서의 삶을 온전히 하였다. 그리하여 효자로 정려가 내려지기까지 하였다. 한편 1565년 4월 문정왕후가 죽고, 그 해 11월 윤원형이 권좌에서 물러나 죽자, 갈천은 1566년 천거로 벼슬길에 나아가 자신의 경륜을 10여 년 동안 펼쳤다. 이러한 갈천의 삶은 사화로 얼룩진 16세기 士의 존재방식과 처세의 성향을 파악하는 데 중요한 단서를 제공해 준다.

　갈천은 경상도 安義縣 갈천동에 살았는데, 당대 경상도 巨儒였던 退溪 李滉, 南冥 曺植과 교유를 할 정도로 명망이 있던 학자였다. 퇴계

·남명 이후 경상도 지방은 남명학파와 퇴계학파로 양대 산맥을 형성하게 되어 갈천의 학맥이 이어지지는 못했지만, 갈천은 당대 경상우도 함양·안의·거창 지역을 대표하는 학자였다.

갈천의 학덕에 대해서는 조선시대 유학자들에게 널리 알려져 있었다. 조선후기 상주에 살던 息山 李萬敷(1664~1732)가 원학동을 유람하면서 "두 효자가 연 이어 난 마을이라 하지, 길손은 두 정려비에 경건함을 표하네.[稱是二連里 過者雙旌式]"라고 한 것을 보면, 갈천의 명성은 후대에 끊어지지 않고 계속 전해진 것을 알 수 있다.

그런데 현대사회로 접어들어 이러한 전통적 인식이 점차 사람들의 머릿속에서 잊히고 말았다. 그리하여 지금은 일반인들이 그 이름을 듣고서 그 인물이 어떤 분이었는지를 모르게 되었다. 안의현 하면 갈천이 떠올라야 하는데, 우리는 그런 기억을 상실해 버린 것이다. 그러니 어찌 슬픈 일이 아니겠는가. 이런 기억 상실의 시대를 살면서 누군가는 잊어버린 기억을 되살려 다시 전래되게 할 책임감을 가져야 한다. 다행히도 갈천의 후손 가운데 이런 분이 있어서 이 책을 세상에 내놓게 되었다.

갈천의 사상은 16세기의 역사적 상황 속에서 파악해야 한다. 특히 16세기는 사화가 여러 차례 일어난 시기로 지식인들이 자신의 출처에 대해 대단히 신중히 처신하던 시기였다. 그리고 성리학이 이 땅에 정착하여 꽃피기 시작하면서 다양한 학문성향이 태동하던 시기였다. 이 시기에는 퇴계처럼 아직 세상에 널리 유통되지 않던 『朱子全書』를 중앙 조정에서 보고 주자학으로 경도된 경우도 있었지만, 대부분의 학자들은 『근사록』·『심경』·『성리대전』 등을 통해 폭넓게 성리학을 수용하던 시기였다. 그래서 후대 학자들처럼 주자학만을 고수하지 않고 상당히 자유로운 사상과 학문을 전개하였다. 갈천도 그런 인물 가운데

한 분이다.

　또한 이 시대에는 사화로 인하여 심성을 수양해 도덕성을 제고하는 것이 시대정신이었다. 그래서 남명처럼 敬義劍과 惺惺子를 몸에 지니고 다니며 克己復禮를 실천하는 학문을 주장한 이도 있었다. 갈천의 사상은 심성수양과 경세적인 측면을 모두 구비하고 있다. 갈천은 誠·敬, 思無邪, 毋自欺를 중시하여 일상에서 늘 실천하였는데, 이 세 문구가 갈천의 사상을 단적으로 말해준다. 毋自欺는 『大學章句』 誠意章에 보이는 말로, '자신을 속이지 마는 공부'를 가리킨다. 思無邪는 『시경』 魯頌 「駉」에 보이는 말로, '思惟에 사악함이 없다.'는 뜻이다. 誠·敬이란 무엇인가? 誠은 『중용』의 大旨이고, 敬은 『대학』의 大旨이다. 誠은 사람의 마음으로 말하면 진심으로 가득 차서 妄念이 없어진[眞實無妄] 순수한 상태이고, 敬은 誠을 얻기 위한 마음가짐으로 늘 긴장하며 경외심을 잃지 않는 것이다.

　이러한 사상에서 그의 효성과 우애가 나왔고, 민생을 위한 경세제민의 수완이 나왔다. 갈천의 문인 鄭惟明은 「行狀」에서 "선생께서 일찍이 말씀하시기를 '학자들이 古史만 구해보고 우리나라의 일은 모르니, 그것이 어찌 옳은 일이겠는가.'라고 하셨다. 그러므로 선생께서는 우리나라 역사를 널리 구해 두루 보기를 그치지 않았으니, 明體適用을 안 학자라고 할 만하다."라고 하였다. '明體適用'이라는 말은 本體를 밝혀 作用에 알맞게 한다는 뜻이다. 곧 明體는 마음의 본체인 性을 밝히는 居敬·窮理를 말하고, 適用은 그 덕을 사람들에게 펴 실용에 적합하게 한다는 뜻이다.

　이처럼 갈천은 誠·敬, 思無邪, 毋自欺를 학문의 목표로 한 성리학자이고, 그것을 부모에게 몸소 행한 실천주의자였으며, 본체를 밝혀 현실적 쓰임에 적합하게 하는 경륜을 가진 경세적인 정치가였다고 하겠다.

이 책은 한문학을 전공하는 필자와 철학을 전공하는 김종수 박사, 사회학을 전공하는 정일균 교수가 분야별로 갈천의 학문과 사상을 조명하여 하나로 묶은 것이다. 따라서 갈천의 학문과 사상에 대해 시각이 다를 수 있다. 그러나 하나의 시각으로만 갈천의 학문과 사상을 조명하는 것보다 다양성을 확보할 수 있고, 보다 객관적이고 보편적인 시각을 담보할 수 있다. 그러므로 한 사람의 저술보다는 다양한 시각을 제공할 수 있는 측면에서 의미가 있다.

　이 책은 전적으로 갈천의 후손 임종화(林鍾華) 선생의 기획과 덕양(德陽) 임기술(林基述) 선생의 주선으로 세상에 선을 보이게 되었다. 두 선생은 선조의 학문과 사상을 잊지 않고 전승하려 물심양면으로 많은 노력을 하였다. 이 책을 통해 갈천의 학문과 사상이 세상에 널려 알려지고, 후손들에게 길이 전해지길 바라마지 않는다. 그리하여 학계에서는 16세기 사림을 연구하는 데 연구의 지평을 넓히고, 문중에서는 훌륭한 선조의 삶과 정신이 길이길이 이어지기를 기대한다.

2016년 11월 10일
경상대학교 남명학관 산해실에서 최석기가 삼가 씀.

차례

제5장 | 갈천 임훈의 시세계 [최석기]

갈천 임훈의 학문과 사상

갈천의 학문과 세계관

최석기

I. 머리말

　임훈(林薰, 1500~1584)의 자는 중성(仲成), 호는 자이당(自怡堂)·고사옹 (枯査翁)·갈천(葛川) 등이며, 본관은 은진(恩津)이다. 고려 말 태상박사 (太常博士)를 지낸 임성근(林成槿)의 후예로, 의령현감을 지낸 증조부 임 천년(林千年) 때부터 안의현 갈천동으로 이주해 살았다. 조부는 임자휴 (林自麻)이고, 부친은 임득번(林得蕃)이며, 모친은 진주 강씨(晉州姜氏)로 강수경(姜壽卿)의 딸이다.

　갈천은 1500년 음력 7월 15일 갈천동에서 임득번의 장남으로 출생하 였다. 41세 때 생원시에 합격하였고, 54세 때 관천(館薦)으로 사직서 참봉에 임명되었다. 이후 몇 차례 참봉에 제수되었으나 사직하고 나아 가지 않았다. 1566년 경명행수지사(經明行修之士)로 뽑혀 6품직인 언양 현감(彦陽縣監)에 제수되었다. 이후 비안현감(比安縣監)·광주목사(光州牧 使) 등을 역임하였다.

　갈천은 언양현감으로 나가기 전까지는 은거하여 학문에 전념하였 고, 1566년 이후 약 10년 동안은 지방관으로 나아가 정치적 이상을 펼

쳤다. 이러한 일생은 크게 두 시기로 나누어 볼 수 있다. 하나는 은거하여 학문에 전념하면서 성명(性命)을 온전히 하여 도를 간직하던 시기이고, 하나는 현실정치에 나아가 도를 펴던 시기이다.

갈천이 벼슬길에 나간 것이 사화기가 끝나고 사림정치 시대가 시작되던 시기였다는 점을 고려하면, 사화기에는 벼슬길에 나아가지 않고 도를 지키다가, 사림정치 시대가 열리자 노년임에도 불구하고 정치적 이상을 실현하기 위해 출사한 것을 알 수 있다. 이는 동시대의 퇴계(退溪) 이황(李滉, 1501~1570)이 사화기에 출사했다가 50대 이후 낙향하여 학문에 전념한 것, 남명(南冥) 조식(曺植, 1501~1572)이 출처의 대절을 지켜 사림정치 시대에도 끝까지 나아가지 않은 것과 구별되는 독특한 점이다. 이러한 점은 갈천의 사상과 문학을 이해하는 데 중요한 요소로 작용한다.

갈천은 16세기 함양·안의 지방에서 옥계(玉溪) 노진(盧禛, 1518~1578)과 함께 가장 이름난 학자였다. 그는 한양에 살던 시절 이양원(李陽元, 1526~1592)·최립(崔岦, 1539~1612) 등 젊은 사류들과 교유하였고, 만년에는 광주목사로 나가 고경명(高敬命, 1533~1592) 등 호남 지역의 사류들과 교유하였다. 또한 동시대 안동에 살던 이황과는 한 번도 만나지는 못했으나 마음으로 깊이 허여하는 사이였고, 조식과는 도의로 사귀면서 경외하는 교분이 있었다. 그가 동시대 인물 중에서 인정했던 사람이 퇴계·남명·옥계라는 점과 그가 거처했던 지역의 젊은 사류들이 그를 추종했던 점을 보면, 그의 학문과 덕망을 상상해 볼 수 있다.

갈천은 시(詩)나 비지문자(碑誌文字) 등 사장(詞章)을 달갑게 여기지 않았다.[1] 그런데다 남아 있던 저술마저도 임진왜란 때 일실되어 현존하

---

1 林薰, 『葛川集』(한국문집총간 제28책:이하 같은 책) 권4, 附錄, 鄭惟明 撰「行狀」.

는 것이 많지 않다.[2] 지금 남아 있는 『갈천집』은 4권 2책 분량으로 부록 1권을 제외하면 갈천의 저작은 3권밖에 되지 않는다. 그 중에도 소장 (疏章)·기문(記文) 등이 대부분이어서 그의 학문과 사상을 엿볼 수 있는 논(論)·설(說)·잡저(雜著) 등의 자료는 전무하다.

따라서 갈천의 학문과 사상을 구체적으로 밝히는 일은 사실상 어렵다. 그러나 문집에 실린 상소문이나 후인들의 기록을 통해 그의 학문이 어디에 근본하고 어떤 성향을 띠고 있는지는 대체적으로 살필 수 있다. 이 글은 관련 자료를 통해 그의 학문과 세계관을 고찰하는 것을 목적으로 한다.

갈천의 학문과 사상에 대해 논한 기왕의 연구 성과는 그리 많지 않다. 정일균은 갈천의 학문론으로 성(誠)·경(敬) 중심의 실천철학, 노장 및 불교사상에 대한 개방성, 저술 경시의 태도, 민족과 현실 중시의 학문 등을 거론하였고[3], 이영호는 "갈천의 사상은 주자학의 심성수양론에서 자유롭게 열려 있는 체계로 구성되어 있으며, 그 특징은 여민(與民), 애민의식(愛民意識)을 중심으로 하는 경세지향에 있음을 알 수 있다."라고 하였다.[4] 그리고 필자는 갈천의 사상적 기저로 사장적(舍藏的) 안빈낙도관(安貧樂道觀)과 용행적(用行的) 경세제민관(經世濟民觀)을 제시하였다.[5]

"先生, 自少著述不多, 而中年以後所作, 惟疏章簡牘之外, 無幾焉. 人或託以碑誌, 應之者亦少, 少不喜爲詩."

2 林薰, 『葛川集』 권4, 附錄, 鄭蘊 撰 「墓碑銘幷序」, "文集盡失於兵火, 今其存者, 無幾焉."

3 鄭一均, 「조선시대 居昌地域(安陰縣)의 學統과 思想」, 『葛川 林薰과 瞻慕堂 林芸 研究』, 보고사, 2002, 47~60쪽 참조.

4 李昤昊, 「葛川과 瞻慕堂의 학문과 그 사상사적 위상」, 『葛川 林薰과 瞻慕堂 林芸 研究』, 보고사, 2002, 228쪽 참조.

5 崔錫起, 「葛川 林薰의 思想的 基底와 現實對應 樣相」, 『葛川 林薰과 瞻慕堂 林芸 研究』, 보고사, 2002, 98~108쪽 참조.

이러한 기왕의 연구 성과에 의해, 갈천의 학문과 사상이 어느 정도 밝혀졌다. 따라서 본고에서는 이러한 성과를 바탕으로 그러한 학문성향과 세계관을 보다 구체적으로 드러내는 데 역점을 두어 논의를 전개하고자 한다.

Ⅱ. 학문성향과 출처의식

1. 『대학』·『중용』을 근간으로 한 성경학(誠敬學)

① 먼저 그의 학문성향이 노장이나 불교에 대해 개방적이었다는 점에 대해 살펴보기로 하겠다. 갈천의 글에 『장자』의 문자가 나오고, 갈천이 승려들과 교유했다는 점을 가지고 갈천의 학문이 노장사상이나 불교사상에 개방적이었다고 할 수는 없다. 그것은 그 시대의 문화 풍토 속에서 얼마든지 있을 수 있는 일이다. 『장자』는 우화와 문학적 수사 때문에 유학자들도 암암리 즐겨 읽던 책이었으며, 유학자들이 불교를 이단으로 배척하였지만 승려들과의 교유를 완전히 단절한 것은 아니었다. 따라서 노장문자나 승려와의 교유를 두고 노장과 불교에 개방적이었다고 보는 것은 조선후기 주자학으로 경도된 학자들이 주자학 이외의 학문을 이단시 하는 관점을 반영한 것이다.

이를 올바로 이해하기 위해서는 당시의 학술동향을 살펴볼 필요가 있다. 성리학은 13세기 원나라 수도 연경(燕京)에서 유입되었다. 당시 연경에는 남송 시대의 성리학이 유입되어 유행하고 있었는데, 정주학(程朱學)을 위주로 하면서도 다양한 성향의 성리학이 공존하고 있었다. 당시 저명한 학자인 오징(吳澄)·허겸(許謙)·호병문(胡炳文) 등의 성향을 보면, 주자학을 위주로 하면서도 육구연(陸九淵)의 심학(心學)을 겸취하고 있다.

성리학은『송원학안』을 통해 알 수 있듯이, 여러 갈래의 학맥이 개성 있는 학문을 하면서 전개되었다. 주자가 호남학을 계승한 장식(張栻)과 미발(未發)·이발(已發)에 대해, 심학을 대표하는 육구연 형제와 태극(太極)·무극(無極)에 대해, 사공학(事功學)을 대표하는 진량(陳亮)과 의이(義利)·왕패(王覇)에 대해 논쟁하면서 자기 사상을 수립한 것, 사서혹문(四書或問)에서 정자(程子)의 문인들의 설에 대해 옥석을 가리는 논변을 한 것 등에서 그런 일단을 확인할 수 있다. 또 명초에 만들어진『성리대전』에 130여 명의 사상가들의 설이 수록되어 있는 것을 보면, 그러한 정황을 이해할 수 있다.

이러한 사실을 감안하면, 조선 전기에는『성리대전』등을 통해 성리학을 폭넓게 학습하면서 다양한 설을 수용하여 자기 사상을 수립하였음을 알 수 있다. 그 대표적인 인물이 조식과 화담(花潭) 서경덕(徐敬德)이다. 화담은 북송시대 소옹(邵雍)처럼 역학(易學)에 심취하였고, 남명은 심성을 수양하는 실천을 중시하였다. 그런데 이들의 학문성향은 모두 박학(博學)을 추구하여 단선적이지 않고 개방적이다. 즉 자신이 추구하는 학문을 하는 데 필요하다면 유학이 아닌 노장이나 불교의 설도 취할 수 있다는 개방적 태도를 보이고 있다. 그렇다고 이들의 학문이 이단으로 흐른 것은 아니다. 그들의 학문의 본령은 어디까지나 유학이었고, 그중에서도 성리학이었다.

갈천의 학문성향은 기본적으로 남명이나 화담처럼 개방성을 띠고 있다. 갈천은 성리학으로 학문의 근본을 삼았지만, 필요할 경우에는 불교나 노장의 설 가운데서도 부분적으로 취할 수 있다는 입장을 견지한 것이다. 즉 하나의 사상이나 이념으로 정신무장을 하는 것이 아니라, 근본을 견고히 하고서 여타의 설을 수용하여 자기화하는 자세이

다. 따라서 갈천의 학문성향이 개방성을 갖는다고 해서 불교나 노장의
사상을 열어놓고 수용한 것이 아니라, 성리학적 사유를 전개하는 데
필요한 경우 그 설을 빌어다 해석할 수 있는 여지를 열어놓은 것이다.
이를 불교나 노장의 사상을 수용했다고 하는 것은 사실과 어긋난 시각
이다.

조선 전기 학자들은 사서오경 대전본, 『성리대전』·『근사록』·『심
경』 등을 통해 폭넓게 성리학을 받아들였다. 그러다 16세기 후반『주
자대전』이 널리 보급되고, 주자를 흠모하는 분위기가 무르익어 가면
서 주자학으로 경도되었다. 조선시대 학자들 중에 가장 먼저 주자학
으로 경도된 인물이 바로 퇴계 이황이다. 그렇지만 그 외의 남명·갈
천·화담처럼 지방에 은거해 있던 학자들은『주자대전』을 보지 못하
여 주자학으로만 경도되지 않고 박학성과 개방성을 보이는 학문성향
을 갖게 되었다.

② 다음 갈천이 저술을 경시하고 성(誠)·경(敬) 중심의 실천을 중시
했다는 점에 대해 살펴보기로 하겠다. 기실 이 양자는 불가분의 관계
에 있다. 저술을 경시한 것은 성리학의 이론적 탐구에 대해 부정적인
생각을 가졌다는 것으로, 이는 실천을 중시하는 성향을 드러낸 것이
다. 남명은 '정주이후 불필저서(程朱以後 不必著書)'라고 하여[6], 정주학을
수용하되 그것을 현실에서 어떻게 적용하고 실천할 것인가에 역점을
두었다. 그리하여 그는 심성을 수양하여 도덕성을 제고하는 데 학문의
목표를 두었다.

---

6 鄭蘊, 『桐溪集』附錄, 李光庭 撰, 「文簡公桐溪先生年譜」. "先生嘗擧南冥曺先生程朱
以後不必著書之言."

갈천 역시 그와 같은 생각으로 성리설에 천착하여 이론을 펴는 것보다는 송대 학자들이 제시한 내용을 받아들여 자기화하는 실천에 역점을 두었다. 이 역시 그가 살던 시대가 사화기였다는 역사적 상황 속에서 이해해야 한다. 즉 갈천이 인식한 자기 시대의 가장 절실한 문제는 무너진 도와 기강을 부지하는 일이었기 때문에 이론보다는 실천으로 학문의 방향을 정할 수밖에 없었던 것이다.

이처럼 갈천은 성리설에 대한 이론적 탐구를 하지 않고, 독서를 통해 얻은 대의(大義)를 자신의 몸에 실천하는 성향을 견지하였다. 그는 궤안(几案) 사이에다 '성경(誠敬)'·'사무사(思無邪)'·'무자기(毋自欺)' 등의 경구를 써 붙여놓고서 늘 눈으로 보고 마음으로 되새겼으며, 이런 문구를 항상 몸에 지니고 다녔다고 한다.[7]

이는 남명이 '경의(敬義)'를 양쪽 벽에 써 놓고 늘 마음에 새긴 것이나, '성성자(惺惺子)'라는 방울을 늘 몸에 지니고 다니며 자신의 마음을 성찰했던 것이나, '내명자경 외단자의(內明者敬 外斷者義)'라는 문구를 새긴 경의검(敬義劍)을 지니고 다니며 자신을 경책했던 것과 유사한 심성수양의 방법이다.

또 문인 정유명(鄭惟明)이 지은 「행장」에는 다음과 같은 내용이 있다.

선생께서 일찍이 후생들에게 말씀하시기를 "나는 젊어서부터 전날 행한 것을 매일 추급해 생각하며 스스로 전전긍긍하면서 두려워하지 않은 적이 없었다."라고 하셨다. 이를 보면 선생께서 자신의 허물을 고쳐 자신을 새롭게 하려 한 공부를 알 수 있으니, 거백옥(蘧伯玉)의 풍모에서 얻으신 바가 깊었던 것이다.[8]

7 林薰, 『葛川集』 권4, 附錄, 鄭惟明 撰 「行狀」. "大書誠敬二字及思無邪·毋自欺等語, 心存目在, 常自佩服."

거백옥은 춘추시대 위(衛)나라 사람으로 50세에도 49세 때의 잘못을 반성한 인물이다. 즉 늙어서도 태만하지 않고 자신의 잘못을 늘 고치려고 성찰을 한 대표적인 사람이다. 이를 보면 갈천은 자신을 성찰하여 새롭게 변화시키려 하였음을 알 수 있다. 남명이 61세에 덕산으로 들어가 집을 짓고 산천재(山天齋)라 명명한 것이 '일신기덕(日新其德)'을 새롭게 다짐한 것인데, 갈천 역시 그런 마음으로 심성수양의 실천을 하였던 것이다. 이런 실천적 수양론이 그의 학문적 바탕이었기에, 그는 명종·선조에게 '정심수신(正心修身)'을 몇 차례나 극구 강조한 것이다.[9]

그러면 갈천이 일상에서 늘 중시한 '성경(誠敬)'·'사무사(思無邪)'·'무자기(毋自欺)'에 대해 하나하나 살펴보기로 하겠다. 무자기(毋自欺)는 『대학』 전 제6장(誠意章)에 보이는 말이다. 무자기(毋自欺)는 무자기(無自欺)와 다르다. 『대학』 팔조목의 성의(誠意)는 '마음속에서 갓 일어난 생각을 선으로 가득 채우라.'는 뜻이며, 이를 위해 가장 먼저 해야 할 공부가 무자기(毋自欺)임을 말한 것이다. 자기(自欺)는 스스로 자신을 속이는 것이니, 남들은 모르지만 자신은 알고 있는 마음속의 나쁜 생각이다. 이런 나쁜 생각을 하지 말고자 노력하는 것이 무자기(毋自欺)이고, 그런 공부를 통해 마음속에 나쁜 생각이 완전히 없어진 경지를 무자기(無自欺)라 한다. 그러니까 무자기(毋自欺)는 공부이고, 무자기(無自欺)는 공부를 통해 얻어진 공효(功效)인 것이다.

---

8 林薰, 『葛川集』 권4, 附錄, 鄭惟明 撰 「行狀」. "先生嘗謂後生曰, 吾自少, 每追思前日所爲, 未嘗不自媿惕, 而至老猶然云, 則可見其遷改自新之功, 而有得於蘧伯玉之風者, 深矣."

9 林薰, 『葛川集』 권4, 附錄, 鄭惟明 撰 「行狀」. "上引見于思政殿, 問以治道, 先生進以修身之說. 其略曰, 人君之政化, 莫先於修身. 故大學以是爲八條之本, 中庸以是爲九經之本. … 且曰, 先王之朝, 嘗一引見, 問以治道, 小臣以正心修身之說敢獻焉."

심성을 수양하는 공부를 할 적에 가장 먼저 요구되는 것이 마음이 움직이기 이전에 경(敬)을 통해 존심양성(存心養性)하고, 마음이 움직인 뒤에는 그 기미(幾微)를 살펴 악으로 흐르지 않도록 성찰(省察)하는 것이다. 이때 남들은 모르지만 자신만은 알고 있는 마음속의 생각을 잘 살펴 선으로 가득 채우는 것이 신독(愼獨)이다. 독(獨)은 혼자만 알고 있는 마음속의 생각이고, 신독은 그런 생각을 악으로 빠지지 않도록 신중히 살피라는 말이다. 이 존양과 성찰이 성리학의 심성수양론에서 가장 먼저 해야 할 공부이다.

사무사(思無邪)는 『시경』 노송(魯頌) 「경(駉)」에 보이는 말인데, 공자가 "『시경』에 실린 3백 편의 시는 한 마디 말로 포괄하면 사무사(思無邪)라고 할 수 있다.[詩三百 一言以蔽之 曰思無邪]"[10]라고 함으로써 보편적인 말로 쓰이게 되었다. 사무사는 '사유에 사악함이 없다.'는 뜻이다. 사유는 마음이 움직여 어떤 생각이 일어난 것이다. 생각이 일어나면 그 생각의 기미를 살펴 악으로 흐르지 않도록 살펴야 한다. 그리고 악이 발견되면 즉석에서 물리쳐 선한 상태로 되돌아가야 한다. '사유에 사악함이 없다.'는 것은 일어난 생각에 사악함이 없어져 선한 사유만 있다는 말이다. 따라서 사무사는 앞에서 살펴본 무자기의 공부를 통해 얻어진 공효라 할 수 있으니, 무자기(無自欺)와 유사한 의미이다.

성(誠)·경(敬)이란 무엇인가? 성(誠)은 『중용』의 대지(大旨)이고, 경(敬)은 『대학』의 대지이다. 성(誠)은 사람의 마음으로 말하면 진심으로 가득 차서 망념(妄念)이 없어진[眞實無妄] 순수한 상태이고, 천지의 덕으로 말하면 천지가 만물을 낳아주고 길러주는 것이다. 그래서 『중용』에서는 성(誠)을 천도(天道)로 보고, 사람이 그런 진정한 마음을 갖도록

---

10 『論語』「爲政」 제2장.

노력하는 것을 인도(人道)로 보았다.[11] 그러므로 성(誠)은 학자들이 추구
할 최고의 목표였다.

경(敬)은 송대 성리학자들이 심성수양의 근본으로 삼은 것이다. 성
리학에서는 일신(一身)의 주재자(主宰者)를 심(心)으로, 일심(一心)의 주
재자를 경(敬)으로 본다. 경은 마음이 동(動)하건 정(靜)하건 모두 필요
하기 때문에 주자는 성시성종(成始成終)이라 하였다. 이 경은 마음이 혼
몽한 상태로 빠지지 않게 하는 주재능력을 말한다. 그래서 경공부에
대해 정자(程子)는 한 마음을 주로 하여 달아남이 없도록 하는 주일무적
(主一無適), 몸과 마음을 항상 정제하고 엄숙하게 하는 정제엄숙(整齊嚴
肅)을 내세웠고, 윤돈(尹焞)은 달아나는 마음을 수렴해야 한다는 기심수
렴(其心收斂)을 내세웠고, 사량좌(謝良佐)는 마음이 항상 또렷하게 깨어
있도록 해야 한다는 상성성(常惺惺)을 내세웠고, 주자는 오직 경외심을
유지하는 것이 경공부에 가깝다는 유외근지(惟畏近之)를 말하였다.

공자가 "잡으면 보존되고 놓아두면 달아나서 출입하는 것이 일정한
때가 없으며 그 향방을 알지 못하는 것은 마음을 말한 것이다."[12]라고
하였듯이, 마음은 놓아두면 달아나기 때문에 붙잡아 보전해야 한다.
그것이 마음을 다스리는 공부의 첫걸음이다. 마음이 고요할 때 경(敬)
을 주로 하지 않으면 혼몽한 상태에 빠지고, 마음이 움직일 때 경을
주로 하지 않으면 선악의 기미를 성찰하지 못하여 악으로 빠질 수 있
다. 그러므로 경공부는 동정을 관통한다고 말하는 것이다.

이런 점을 『중용』에서는 보다 구체적으로 말하고 있다. 『중용장구』
제1장에 다음과 같이 말하고 있다.

---

11 朱熹, 『中庸章句』 제20장. "誠者, 天之道也, 誠之者, 人之道也."
12 『孟子』 「告子 上」 제8장. "孔子曰, 操則存, 舍則亡, 出入其時, 莫知其鄉, 惟心之謂與."

도라는 것은 잠시도 벗어나서는 안 되는 것이다. 그것이 벗어날 수
있는 것이라면 그것은 진정한 도가 아니다. 그러므로 군자는 눈으로 보
지 않는 바에서도 경계하고 삼가며, 귀로 듣지 않는 바에 대해서도 두려
워하고 두려워한다. 마음이 움직이고 난 뒤에 남들은 모르지만 자신은
알고 있으니, 도라는 것은 은밀한 곳보다 더 잘 나타나는 것이 없으며,
미세한 것보다 더 잘 드러나는 것이 없다. 그러므로 군자는 자신이 혼자
만 알고 있는 마음을 삼간다.[13]

이 구절은 마음이 발하지 않았을 때의 공부인 존양(存養), 마음이 발
한 뒤의 공부인 성찰(省察)을 말한 것이다. 마음이 움직이기 전에는 경
계하고 삼가고 두려워하는[戒愼恐懼] 마음가짐으로 존양하고, 마음이
움직이고 난 뒤에는 혼자만 알고 있는 마음속 생각을 신중히 하는[愼獨]
마음가짐으로 성찰을 해야 한다. 이것이 심성수양론의 근본이다.

갈천은 이 계신공구(戒愼恐懼)와 신독(愼獨)을 일상에서 실천하였다.
그의 문인 정유명이 기록해 놓은 다음과 같은 기사를 보면 그런 점을
알 수 있다.

선생이 배우실 적에는, 애초 바로잡아주고 경계하며 감독하는 엄정
함 및 공부하는 차례와 과정을 설정하는 치밀함을 번거롭게 하지 않고
서도 어지러운 생각과 혼란스러운 망상이 심술 속에 범접하지 않았을
것 같다. 선생은 계신공구(戒愼恐懼)하며 은미(隱微)한 즈음에서도 항
상 마음을 보전하셨다. 그래서 가슴속에 보전하여 심신(心身)의 성정
(性情)의 덕이 되고 밖으로 드러내어 수작하고 응접하는 작용이 된 것
들이 모두 은밀한 곳에서도 부끄러운 짓을 하지 않을[不愧于屋漏] 수

13 朱熹,『中庸章句』제1장. "道也者, 不可須臾離也, 可離, 非道也, 是故, 君子, 戒愼乎其
所不睹, 恐懼乎其所不聞, 莫見乎隱, 莫顯乎微, 故君子, 愼其獨也."

있었고, 上帝를 대하는 듯한 마음가짐[對越乎上帝]을 가질 수 있었다.[14]

이 인용문 속에는 매우 중요한 의미가 내포되어 있다. 앞에서 살펴
보았듯이, 계신공구는『중용』에 보이는 문구로 미발시의 존심양성하
는 마음이다. 그리고 '은미한 즈음에서도 항상 마음을 보전했다.'는 것
은『중용』의 '막현호은 막현호미 고 군자신기독야(莫見乎隱 莫顯乎微 故
君子愼其獨也)'를 말하는 것으로, 이발시의 성찰을 의미한다. 또한 '불괴
우옥루(不愧于屋漏)'는『중용장구』제33장에 보이는 문구로 미발시의 계
신공구를 의미하며, '대월상제(對越上帝)'는 주자의「경재잠(敬齋箴)」에
'잠심이거 대월상제(潛心以居 對越上帝)'라고 한 문구에서 연유한 것으로
정시(靜時)의 경공부를 말한다.

이러한 언급을 통해 볼 때, 갈천의 학문은 미발시의 존양과 이발시
의 성찰에 중점을 두어 마음을 붙잡고 본성을 함양하며 움직이는 생각
을 성찰하여 악으로 빠지지 않게 하는 것이었음을 알 수 있다. 이는
정주학을 충실히 계승한 것이다.

경(敬)은 동정을 모두 관통하기 때문에 언제 어디서나 필요한 마음이
다. 이런 경을 일상에서 늘 실천하려 한 것은 경공부를 통해 존양성찰
한 것을 의미한다. 또한 성(誠)은 진실무망의 천도(天道)로 학자들이 추
구하는 목표이다. 마음에 한 점 티끌도 남아있지 않게 하여 진실한 마
음을 가득 채울 때 바로 천리와 하나가 되는 것이니, 경공부를 통해
그런 성(誠)에 도달하려 한 것이 갈천이 추구한 학문이었다. 따라서 갈
천의 학문적 특징은 경(敬)을 근본으로 한 계신공구(戒愼恐懼)의 존양(存

---

14 林薰,『葛川集』권4, 鄭惟明 撰「行狀」. "其於學, 初若不煩矯警程督之嚴, 階梯科級之
   密, 而胡思亂想, 不接於心術之間. 戒愼恐懼, 恒存乎隱微之際, 存諸中而爲身心性情之
   德, 著於外而爲酬酌應接之用者, 皆可以不愧于屋漏, 對越乎上帝矣."

養)과 신독(愼獨)의 성찰(省察)을 통해 진실무망의 성(誠)에 도달하는 것
에 있다.

그런데 이러한 성·경의 학문은 명종과 선조에 아뢴 정심·수신과 어
떻게 연관되는 것일까?『대학』은 현실세계에서 지식인이 추구해야 할
사업을 제시한 책이고,『중용』은 내 마음속의 본성은 하늘이 명한 것
이기에 그 천명에 순응해 사는 것이 인간의 길임을 밝힌 성인의 말씀을
기록한 책이다.『대학』의 삼강령인 명명덕(明明德)·신민(新民)·지어지
선(止於至善)은 나의 지식과 덕성을 밝히는 명명덕과 그것을 바탕으로
남들까지 변화시키는 신민, 이 두 축이 모두 지선의 경지에까지 이르
러야 함을 말한 것이다. 따라서 지어지선은 목표이고, 명명덕과 신민
은 추구해야 공부이다.

『대학』 팔조목 중 격물(格物)·치지(致知)·성의(誠意)·정심(正心)·수신
(修身)은 명명덕에 속하고, 제가(齊家)·치국(治國)·평천하(平天下)는 신
민에 속한다. 이 팔조목 중에 격물·치지는 진리를 탐구하는 지(知)이
고, 성의·정심·수신은 그 진리를 스스로 실천하는 행(行)이며, 제가
·치국·평천하는 그것을 남들에게까지 전파하는 추행(推行)이다. 그런
데 행에 속한 성의·정심·수신은 모두 마음이 움직이고 난 뒤의 실천을
말한 것으로, 학자가 중점을 두어야 할 공부에 초점을 맞추어 말한 것
이다. 따라서『중용』에서처럼 미발시의 존양에 해당하는 계신공구가
드러나 있지 않다.

갈천이 임금에게 정심·수신을 말하고 계신공구를 말하지 않은 것은
미발시의 존양을 전제로 하고서 이발시의 성찰에 중점을 두어 말한
것이다. 그것은 그가 궤안 사이에 무자기(毋自欺)·사무사(思無邪)·성경
(誠敬) 등의 글자를 써 붙여놓고 늘 잊지 않으려 한 데에서 확인할 수
있다. 앞에서 살펴보았듯이, 이 문자 속에는 이미 동과 정, 공부와 공

효를 다 포함하고 있어서 미발시의 계신공구가 내포되어 있다. 그러므로 갈천의 학문은 『대학』의 경(敬)과 『중용』의 성(誠)을 근본으로 한 성경학(誠敬學)이라고 특징지을 수 있다.

③ 갈천의 학문에는 민족과 현실을 중시하는 성향이 드러난다고 한 설은 약간의 수정이 필요하다. 특히 '민족'이라는 용어보다는 '민생'이라는 용어가 더 적합할 것이다. 갈천은 심성을 수양하고 덕성을 밝혀 도를 자기 몸에 간직하려 하였다. 그가 본체를 밝히는 데 진력한 것은 도가 무너지고 있다고 판단했기 때문이지만, 그는 도를 보전하는 데서 그치지 않고 현실의 실용적인 일에 이바지하려 하였다. 이것이 바로 뒤에서 논의할 명체적용(明體適用)의 세계관이다.

명체(明體)의 체는 본체이다. 본체는 도이다. 그것을 심성론적 관점에서 말하면 심(心)의 본체인 성(性)을 밝히는 것이 곧 명체이다. 그리고 이를 바탕으로 그 덕을 현실세계에 펴나가는 것이 적용(適用)이다. 적용은 실용(實用)에 알맞게 한다는 뜻이다. 곧 명체가 그의 학문적·사상적 바탕이라면, 적용은 실용에 이바지하여 이상을 구현하는 경세제민(經世濟民)의 수완이라 할 수 있다. 이를 『대학』의 팔조목으로 말하면, 격물·치지·성의·정심·수신은 명체에 해당하고, 제가·치국·평천하는 적용에 해당한다.

갈천이 명종과 선조에게 정심·수신을 강조한 것은 명체를 튼튼히 해야 함을 역설한 것이다. 그것은 명종 말기와 선조 초기의 상황이 그것을 절실히 요구했기 때문이다. 그리고 그가 현직에 나아가 여러 가지 민생의 폐단을 없애 달라고 여러 차례 상소한 것은 자신이 갈고 닦은 명체를 바탕으로 적용을 하고자 한 것이다. 또한 그가 학자들이 중국의 고사(古史)만을 구해 보며 우리나라 역사를 모르는 문제점을 거

론한 것은, 민족사를 논한 것이 아니라 민생의 현실을 제대로 알아야
민폐를 혁신할 수 있다는 논의를 전개한 것이다.

2. 사장용행(舍藏用行)의 출처의식

갈천은 "도덕을 품은 선비는 이윤(伊尹)의 뜻에 마음을 두고, 안자(顔
子:顔回)의 학문을 배우기 때문에 당세에 그 도덕을 크게 행하지는 못할
지라도 백성들에게 조금이라도 덕을 베풂이 있다."[15]라고 하였다. 여기
서 '이윤의 뜻에 마음을 두고 안자의 학문을 배운다.'는 말은 『성리대
전』에 들어 있는 원나라 때 유학자 허형(許衡, 1209~1281)의 말이다. 남
명은 25세 때 한양에서 『성리대전』을 읽다가 이 구절을 보고 크게 느낀
점이 있어 학문의 대전환을 이루었다. 곧 그는 이 문구를 접하고서 과
거시험을 포기하고 위기지학(爲己之學)에 뜻을 두어 안회(顔回)의 길을
택했다.[16] 이 문구가 남명의 출처를 정하는 데 결정적인 작용을 한 것
이다.

갈천도 이 문구를 인용하고 있는 것으로 보아, 그 역시 이 말을 통해
출처관을 확립한 것으로 추정해 볼 수 있다. 즉 뜻을 얻어 세상에 나가
면 이윤처럼 지치(至治)의 공업을 이룩하고, 그렇지 못하면 재야에서
안회처럼 안빈낙도하는 삶을 택하겠다는 것이다. 이윤의 길은 세상에
도를 펴는 것이고, 안회의 길은 초야에서 도를 지키는 것이다. 그래서
모두 의미가 있다. 다만 도를 펴는 일은 현명한 군주를 만나야 가능하

---

15 林薰, 『葛川集』 권3, 「文獻公一蠹先生祠堂記」. "況於懷道抱德之士, 志伊尹之志, 學顔
子之學, 雖不能大行於當世, 而有一分見施於吾民者."
16 崔錫起, 「南冥의 成學過程과 學問精神」, 『남명학연구』 창간호, 경상대학교 남명학연
구소, 1991.

기 때문에 의도대로 할 수가 없다. 따라서 알아주는 군주를 만나지 못하면 초야에서 도를 지키는 것으로 자신의 임무를 삼을 수밖에 없다.

갈천은 이와 같은 출처관으로 사화가 극성하던 시기에는 초야에서 도를 밝히고 실천하는 것으로 자신의 임무를 삼았다. 그가 살던 시대는 사화기였다. 1519년 기묘사화로 도학정치를 실현하려던 조광조(趙光祖) 등이 화를 당한 뒤, 권간·외척이 집권하여 사기가 크게 위축된 시대로 출사할 만한 시기가 아니었다.

갈천은 41세의 비교적 늦은 나이에 생원시에 합격하여 성균관에 들어갔으나, 문과시험에는 낙방하여 뜻을 이루지 못하였다.[17] 54세 때인 1553년 성균관의 추천으로 사직서 참봉, 전생서 참봉 등에 제수 되었으나, 대부분 곧바로 사직하고 나아가지 않았다. 이런 측면에서 보면, 경명(經明)·행수(行修) 등 육행(六行)을 갖춘 선비로 천거되어 6품직에 제수되기 전까지 갈천은 안회의 길을 걸었다고 해도 과언이 아닐 것이다.

갈천의 출사는 67세인 1566년 육현(六賢)[18]의 한 사람으로 천거되어 언양현감에 제수 되면서부터이다. 이후 그는 비안현감, 장악원 정, 광주목사 등을 지냈다. 이 시기는 1565년 윤원형이 실각하여 외척정치가 막을 내린 시기였으니, 그는 평생 접어두었던 경세적 포부를 펼 수 있는 절호의 기회라고 생각하였을 것이다. 그래서 그는 출사하여 세상에

---

17 「행장」이나 「묘갈명병서」에는 문과에 낙방했다는 말이 보이지 않지만, 이양원(李陽元)이 지은 「봉송임선생귀향서(奉送林先生歸鄕序)」에 "及赴司馬會試, 雖不蹶其跡, 而未冠解額, 多士爲之怪嘆焉."이라 하였고, 최립(崔岦)이 지은 「자이당기(自怡堂記)」에 "從試有司, 中司馬科, 其後累擧不第."라고 한 것을 보면, 생원시에 합격한 뒤 문과시험에 응시했다가 낙방한 것으로 보인다.

18 1566년 육행(六行)으로 천거된 여섯 사람은 갈천을 비롯하여 이항(李恒)·성운(成運)·한수(韓脩)·남언경(南彦經)·김범(金範) 등이다.

도를 펴고자 한 것이다. 이 점이 남명과 다른 점이다.

　남명은 왕도정치를 이상으로 하였기 때문에 왕도정치를 펼 만한 임금과 분위기가 아니면 나아가려 하지 않았다. 즉 그는 명종 말기와 선조 초기의 정세를 왕도정치를 펼 수 있는 시기로 보지 않았으며, 군주도 왕도정치를 행할 만한 임금이 아니라고 본 것이다. 요컨대 남명은 이윤을 등용한 탕임금 같은 군주가 아니면 나아가지 않으려 한 것이다. 반면 갈천은 왕도정치를 이상으로 하지만 도를 펼 수 있는 분위기라고 판단되어 기꺼이 출사를 한 것이다. 같은 시대 상황을 두고 두 사람은 인식이 달랐던 것이다.

　갈천의 이러한 출처의식은 공자가 문인 안회에게 "그를 등용하면 도를 행하고 그를 버려두면 도를 간직하는 것을 오직 나와 너만이 그런 일을 할 수 있구나."[19]라고 한 말에서 그 근거를 찾을 수 있다. 등용되면 나아가 도를 행하고, 등용되지 못하면 초야에서 도를 보전하는 것을 사명으로 한 이 말은, 도를 펼 수 있을 경우에는 기꺼이 출사한다는 의미를 담고 있다. 따라서 남명처럼 왕도를 펼 수 있는 임금이나 시대 상황을 전제로 하지 않고 있다. 이런 점에서 갈천의 출처의식은 남명보다 상당히 유연한 입장을 취하고 있다. 이를 한 마디로 정리하면 도를 펼 수 있으면 나아가 도를 행하고 도를 펼 수 없으면 물러나 도를 지키는 사장용행(舍藏用行)의 출처의식이라 하겠다.

---

19 『論語』「述而」 제11장. "子謂顔淵曰, 用之則行, 舍之則藏, 唯我與爾, 有是夫."

Ⅲ. 명체적용(明體適用)의 세계관과 처세방식

1. 명체적용의 세계관

갈천의 문인 정유명은 「행장」을 지으면서 다음과 같이 언급하였다.

> 선생께서 일찍이 말씀하시기를 "학자들이 고사(古史)만 구해보고 우리나라의 일은 모르니 그것이 옳은 일이겠는가."라고 하였다. 그러므로 선생께서는 우리나라 역사를 널리 구해 두루 보기를 그치지 않았으니, 명체적용을 안 학자라고 할 만하다.[20]

명체적용이라는 말은 본체를 밝혀 작용에 맞게 한다는 뜻이다. 이는 체용론(體用論)을 말한 것으로, 『대학』 삼강령으로 말하면 명명덕이 체이고, 신민이 용이다. 다시 성리학적 사유체계 속에서 말하면, 명체는 마음의 본체인 성(性)을 밝히는 거경(居敬)·궁리(窮理)를 말하고, 적용은 그 덕을 남들에게 펴는 추화(推化)를 말한다. 적용은 실용에 적합하게 한다는 뜻이니, 현실의 사정에 맞게 법도를 운용한다는 말이다.

위 인용문에 보이듯, 갈천에 대해 명체적용을 안 학자라고 한 말은 그의 세계관을 이해하는 데 결정적 단서를 제공해준다. 여기서는 이를 준거로 하여 그의 세계관을 명체의 측면과 적용의 측면으로 나누어 살펴보기로 하겠다.

갈천이 남긴 글 가운데 부(賦)가 3편 있는데, 제목이 「토계부(土階賦)」·「와부(蝸賦)」·「앙마부(秧馬賦)」이다. 이 3편의 부 속에는 그의 세계관을 엿볼 수 있는 내용이 들어 있다. 여기서는 이 3편의 부를 중심으로

---

20 林薰, 『葛川集』권4, 부록, 鄭惟明 撰, 「行狀」. "嘗言學者但求觀古史, 而不知我國之事, 可乎? 故廣求東史, 流覽不輟, 可謂知明體適用之學者矣."

그의 명체적용적 세계관을 공자가 안회에게 말한 '등용되면 도를 행하
고 버려지면 도를 간직한다.[用之則行 舍之則藏]'는 말에 견주어 사장적
(舍藏的) 안빈낙도관(安貧樂道觀)과 용행적(用行的) 경세제민관(經世濟民觀)
으로 나누어 살펴보고자 한다.

1) 사장적(舍藏的) 안빈낙도관(安貧樂道觀)

갈천은 「와부(蝸賦)」에서 달팽이의 삶의 모습을 통해 자신의 삶의 의
지를 표현하였다. 그는 달팽이의 형체·성품·처신 등을 세밀히 관찰하
여 구체적으로 형상화하였는데, 달팽이를 통해 인간의 삶을 조명하는
수법이 『장자』의 우화를 연상케 한다. 다음은 달팽이의 처신을 묘사한
대목이다.

개와 돼지가 지나가도 타액을 분비하는데,	犬豕過猶唾舌
더구나 그물에 걸릴까를 어찌 두려워하리.	尙何懼於網罟
이에 이치에 순응하며 천명에 자신을 맡기니,	爰順理而委命
끝내 다른 생물과 더불어 거슬림이 없구나.	卒與物而無忤
더러운 도랑에 처해도 누추함을 싫어하지 않고,	陋不厭乎汚渠
붉은 난간에 있어도 그 화려함을 사모하지 않네.	華不慕乎朱欄
그늘진 언덕의 목석에 붙어살면서,	粘木石之陰崖
몸을 용납할 만한 편한 곳을 찾네.	占容軀之易安
고요히 있을 적에는 부여받은 대로 본성을 지키며,	靜守稟而守性
움직일 적에는 자연의 이치에 순응해 욕심이 없네.	動因循而無欲
하늘이 부여한 자연의 이치에 자신을 맡기고,	任天賦之自然
담담히 외물에 자신을 이끌리는 바가 없도다.	淡無牽乎外物
덥거나 춥거나 자연에 생사를 맡기고,	付死生於炎涼
건조하건 습하건 자연에 성쇠를 맡기네.	任枯潤於燥濕[21]

  갈천은 이런 달팽이의 처신을 통해 세도의 어려움을 돌아보았다.
그리고 이런 달팽이의 처신을 헐호(蠍虎)와 영주(永州)의 독사, 방어(魴
魚)와 잉어, 양두사(兩頭蛇)와 복사(蝮蛇), 나비와 가물치 등에 비유하여
자신을 온전히 하는 달팽이의 삶을 더욱 지혜로운 것으로 묘사하였다.
  헐호는 전갈을 잡아먹는 짐승으로 해태처럼 궁궐을 잘 지키고, 중국
영주의 뱀은 풍병(風病)을 잘 낫게 한다고 전하는데, 이들은 인간에게
유용하기 때문에 인간에게 잡혀 해를 당한다는 것이다. 방어는 횟감으
로 좋고, 잉어는 매운탕으로 좋은데, 이들은 아름다운 자질을 갖고 태
어나기 때문에 인간에게 잡혀 죽는다는 것이다. 양두사와 복사는 모두
독사로 포악하기 때문에 인간에게 해를 당하고, 나비와 가물치는 꽃을
탐하거나 미끼를 좋아하는 욕심 때문에 거미줄에 걸리거나 낚시 바늘
에 걸려 죽는다는 것이다.
  결국 갈천은 세상에 유용하기보다는 무용함으로써 자신을 온전히
보전하고, 아름다운 자질보다는 보잘것없는 형체로 탈 없이 살아가며,
포악하거나 욕심을 부리지 않고 무위(無爲)·무욕(無欲)의 삶을 추구하
는 세계관을 드러낸 것이다. 이는 그가 살던 시대가 무도했기 때문에
그가 택한 처세방식을 반영한 것이다.
  갈천은 이 「와부」의 에필로그를 『장자(莊子)』의 수사를 빌어 다음과
같이 마무리하였다.

  아, 천지는 까마득히 요원하고,   嗚呼 天地冥凝
  조화는 무한하게 이루어지네.   造化坱圠
  곱고 추하고 크고 작은 것들,   姸蚩巨細

---

21 『葛川集』 권1, 賦, 「蝸」.

조류와 어류 동물과 식물이,	飛潛動植
각각 그 생을 부여받고 태어나,	各稟其生
형형색색으로 각기 다른 모습.	形形色色
품부 받은 것 각각 본성이 있으니,	稟各有性
본성은 참으로 타고나는 것이 있네.	性固有遇
시절이 변하면 저절로 그것을 느끼고,	時來自感
기운이 이르면 저절로 그것을 깨닫네.	氣至自悟
봄이 오면 지렁이가 꿈틀대고,	春鳴蚯蚓
가을 오면 귀뚜라미 울어대네.	秋詠蟋蟀
너²²도 이런 기를 받아 삶을 영위하니,	爾亦受氣而攝生
이는 천지가 부여해준 자질이로다.	寔二儀之賦質
가을과 겨울에는 나타나지 않다가,	旣不售於秋冬
기후가 따뜻한 봄과 가을에 감응하네.	感春夏之蒸鬱
달팽이는 미물이지만 비유는 크고,	物有微而喻大
말은 천근하지만 의탁한 뜻은 깊도다.	言有淺而托深
장주가 달팽이를 우화한 의론²³ 이어,	續莊生寓物之論
애오라지 나의 속마음을 기탁하였네.	聊以寓夫余心²⁴

갈천은 「와부」에서 『장자』의 「제물론(齊物論)」처럼 상대적·차별적 가치관을 버리고 각각 부여받은 대로 안분지족하는 삶을 노래하였다. 이처럼 자연의 이치에 순응해 담박하게 살아가고자 하는 그의 세계관은 혼란한 당시의 정치적 분위기와 뜻을 얻지 못한 불우에서 연유한 것이겠지만, 그는 그런 외부적 환경을 극복하고 주어진 환경에 적응하

---

22 너 : 달팽이를 말함.

23 장주가 … 의론 : 『장자』「칙양(則陽)」에 보이는 달팽이의 좌우 두 뿔에 만(蠻)과 촉(觸) 두 나라가 서로 영토 전쟁을 벌인다는 우화를 가리킨다.

24 『葛川集』 권1, 賦, 「蝸」.

는 삶을 찾고자 한 것이다. 이런 삶의 자세는 공자와 안회처럼 세상에 쓰이면 나아가 도를 행하고, 버려지면 자신의 도를 지키며 살겠다는 용행사장(用行舍藏)의 세계관에서 비롯된 것이다. 이는 버려지더라도 주어진 환경과의 불화를 초래하지 않는 삶이다.

그래서 갈천은 안회의 삶을 희구하며 「누항기(陋巷記)」를 지었다. 누항(陋巷)은 『논어』에 보이는 공자의 제자 안회가 살던 누추한 동네를 일컫는 말이다. 즉 경제적으로 빈한하게 살았다는 것을 단적으로 드러내주는 용어이다. 갈천이 「누항기」를 지은 것은 자신의 삶을 안회에 견주어 말한 것이다. 그런데 우연히도 동시대 남명 조식도 「누항기」를 남겼다. 그 역시 안회의 삶을 택한 자신의 삶을 누항의 삶에 비유해 드러낸 것이다.

남명의 「누항기」는 공자의 문인 증삼(曾參)이 기록하는 형식을 취한 반면, 갈천의 「누항기」는 공자의 문인 자공(子貢)이 기록하는 형식을 취하고 있다. 남명은 안회를 만고(萬古)로써 자신의 영토를 삼고, 도덕(道德)으로써 자신의 지위를 삼은 사람으로, 그 도가 천자의 영토나 지위보다 넓고 크다고 극찬을 하면서, 결국 그 도를 현실에 행하느냐 행하지 못하느냐에 따라 그 시대의 치란이 달려 있다는 현실비판 정신을 드러내고 있다.[25] 반면 갈천은 안회의 안빈낙도를 민중과 함께 하며 도를 즐기는 군자지락(君子之樂)으로 파악하고, 안회가 그것을 하늘에서 얻어 마음에 편안히 여겼기 때문이라고 보았다.[26] 군자지락은 군자

---

25 曹植, 『南冥集』(한국문집총간 제31책:이하 같은 책) 권2, 「陋巷記」. "天子以天下爲土, 而顏子以萬古爲土, 陋巷非其土也. 天子以萬乘爲位, 而顏子以道德爲位, 曲肱非其位也. 其爲土, 不亦廣乎, 其爲位, 不亦大乎. 噫, 道之顯晦, 時之治亂, 係焉. 虞舜陶于河, 傅說築于巖, 河濱與巖下, 陋巷之不如, 而身不失天下之主, 亦不失天下之臣, 亦不失天下之顯名者, 天也. 使虞舜不離河濱, 則爲陋巷之顏回, 使傅說不出巖下, 則爲簞食之顏回矣. 時之幸不幸, 天亦無如之何矣."

가 도를 즐기며 산다는 말이니, 그 도는 다름 아닌 공자의 인의지도(仁義之道)이다.[27]

이 갈천의 「누항기」에는 안회가 '하늘에서 얻어 마음에 편안히 여겼다.[得之於天 安之於心]'는 점을 강조하고 있다. 얻은 것은 군자지락이지만, '하늘에서 얻었다'는 것은 무슨 뜻일까? 「누항기」의 다른 곳에 "지금 그대는 왕좌(王佐)의 재주로 이 도를 전해 받아 자득한 모습으로 자락(自樂)하면서 지키는 바를 변치 않으니, 이 점이 바로 공자께서 어질다고 칭찬하신 이유이다. 만약 하늘이 세상을 버리지 않아 천하를 평치하려고 하였다면, 〈그대를 등용했을 것이다. 그랬다면〉 이윤(伊尹)·부열(傅說)이 이룩했던 공업을 날짜를 꼽아 가며 기대할 수 있었을 것이다."[28]라고 하였다. 이를 보면, '하늘에서 얻었다'는 말 속에는 안회가 세상에 쓰이지 못한 운명적 삶을 가리키는 뜻이 들어 있다. 그러나 그는 그런 삶을 마음에 편안히 여겼으니, 그것이 곧 안빈낙도하는 군자지락이다. 갈천은 이 점을 강조하며 타고난 분수대로 살아가는 안빈낙도적 세계관을 드러냈다.

이런 그의 안빈낙도적 지향은 1554년 한양에서 낙향할 때, 젊은 선비 최립(崔岦)이 지어 준 「자이당기(自怡堂記)」에도 나타나 있다.

---

26 林薰, 『葛川集』 권3, 「陋巷記」. "夫人之所處, 固厭其阨陋, 而君子之樂, 莫大於與衆共之, 顏氏之子, 必於此而樂之, 何歟. 人或以是疑之, 余解之曰, 是固顏氏之所以爲賢也. 君子之樂, 非鍾鼓之謂也, 非富貴之謂也. 其所以得之於天, 而安之於心者, 無所往而不在焉. … 顏氏子, 乃負天地生民之寄, 任斯道興喪之權, 得聖人爲之依歸, 則得之於天者, 固非偶然, 而安之於心者, 必有在也."

27 林薰, 『葛川集』 권3, 「陋巷記」. "其肯以陷窮悶其心而陋巷撓其樂哉, 況乎仁以爲宅, 其居廣矣. 義以爲路, 其行正矣."

28 林薰, 『葛川集』 권3, 「陋巷記」. "今子以王佐之才, 承斯道之傳, 囂囂然有以自樂, 而不易其所守, 此夫子有賢哉之嘆歟. 如使天不棄世, 欲天下之平治也, 則伊傅之業, 指日可待矣."

구름은 펼쳐지면 무한한 허공에 가득 차고, 거두면 형체도 없는 데 감추어진다. 참으로 용을 따라 비를 뿌리기도 하고, 학을 벗해 산봉우리에 서리기도 한다. 그런데 이는 단지 하늘의 바람이 펼치게 하느냐 거두게 하느냐에 달려 있을 뿐이다. 선생의 도는 현달하면 도를 펴서 만물을 모두 구제할 수 있고, 궁색하면 도를 감추고 자신만을 선하게 할 수 있다고 나는 생각한다. 참으로 세상을 경륜할 수 있는 솜씨로도 밭 갈고 고기 잡는 신세가 될 수 있으니, 이는 단지 천명이 나를 궁색하게 하느냐 현달하게 하느냐에 달려 있을 뿐이다. 그러니 그 도에 무슨 손익이 있겠는가?[29]

이 기문 첫머리에 '참으로 하늘에는 명(命)이 있으니, 내가 구하는 것은 다른 사람들이 구하는 것과 다르다.'는 갈천의 말을 인용하면서, 이로부터 다시는 공명을 세우겠다는 뜻을 갖지 않았다고 하였다.[30] 즉 갈천은 천명에 따라 살겠다는 안분(安分)의 의지를 드러낸 것이다. 위 인용문의 요지는 구름이 바람에 따라 흩어졌다 뭉쳤다 하듯이, 빼어난 재주를 가지고 있더라도 그 재주를 펴느냐 펴지 못하느냐 하는 것은 천명에 달려 있다는 것이다. 궁(窮)·달(達)에 연연하지 않고 천명에 순응하겠다는 것은 안회의 안빈낙도적 인생관을 의미한다. 이런 안빈낙도적 세계관이 그의 사상에 기저(基底)를 이루고 있다.

---

29 林薰, 『葛川先生文集』(1994, 恩津林氏大宗會 發行:이하 같은 책) 附錄, 「自怡堂記」. "夫雲也, 舒則彌於無外, 卷則藏於無形, 固可以從龍而致雨, 亦可以侶鶴而倚峯, 只在 天風之舒之卷之而已. 吾惟先生之道, 達則行而兼濟, 窮則藏而獨善, 固可以施經綸之 手, 亦可以作耕釣之身, 只在於天命之窮我達我而已. 於其道, 何所損益也."

30 林薰, 『葛川先生文集』 附錄, 「自怡堂記」. "乃慨然曰, 信天有命, 吾之求之也. 異乎人之 求之, 遂不復有立功名之志, 曾不慨慨乎心, 爰有菟裘之計."

2) 용행적(用行的) 경세제민관(經世濟民觀)

앞에서 언급했듯이 문인 정유명이 갈천을 두고 '명체적용(明體適用)을 안 학자'라고 평한 말은 갈천의 사상을 이해하는 매우 유효하다.

명체란 성리학적 사유 구조 속에서 보면, 우주와 인간의 본체를 해명하는 일이다. 그런데 갈천은 성리설에 대해 이론적 탐구를 하지 않았으니, 그것은 자신의 마음을 닦는 것으로부터 나아가 천하를 평치하는 학문적·도덕적 기반을 의미하는 것일 것이다. 갈천은 이 명체를 위해, 경전을 읽으면서 기송(記誦)이나 훈고(訓詁)에 급급하지 않고 대의를 꿰뚫어 보는 데 힘썼다. 심지어 과거공부를 위해 독서를 하면서도 전주(傳註)를 통해 경의(經義)를 구하여 반드시 대의를 관통한 뒤에야 그쳤다.[31] 이런 학문자세는 기송지학(記誦之學)이나 이구지학(耳口之學)이 아닌 위기지학을 의미한다. 위기지학은 실천과 실용을 중시하니, 갈천에게 있어서의 적용은 경세치용을 의미한다. 따라서 명체가 사장적 안빈낙도관을 말한 것이라면, 적용은 용행적 경세제민관이라 할 수 있다.

이러한 용행적 경세제민관을 엿볼 수 있는 자료가 「토계부(土階賦)」이다. 갈천은 이 부에서 요임금이 흙으로 세 계단을 쌓고 그 위에서 정사를 편 점을 두고, 허식을 일삼지 않고 유용하게 제도를 만들었다고 극구 칭송하면서 다음과 같이 기술하고 있다.

> 이에 명령을 내리고 공인을 시켜,　　　　　　　　　乃命乃工
> 이 계단을 쌓게 하시되,　　　　　　　　　　　　乃築斯階

31　林薰, 『葛川集』 권4, 附錄, 鄭惟明 撰 「行狀」. "其治經訓也, 自少不以記誦訓詁爲急, 而務於通透大義. 故雖當科擧急期之讀, 亦必以傳註之說, 遡求於經義, 必淹貫乃已, 而見世之爲擧業者, 於聖經賢傳, 或塗抹削去, 以便講讀者, 必加呵禁焉."

사치스럽게 만들어서,	勿用奢華
사람들의 눈을 놀라게 하지 말라 하셨네.	以駭人視
금도 쓰지 않고 옥도 쓰지 않고서,	投金抵璧
흙으로써 단을 쌓게 하셨네.	因土爲累
모서리의 각은 벽돌[32]처럼 모나게 하고,	廉隅如埴
평탄하기는 숫돌처럼 평평하게 하였네.	坦夷如砥
삼층의 계단을 만들었으니,	有其三級
존귀하고 비천함에 격식이 있게 한 것.	尊卑有儀
상고시대 뒤섞여 살던 곳과는 달랐지만,	殊異乎上古之雜處
또한 참으로 후세의 화려한 것도 아니었네.	又固非後世之浮靡
도리는 이미 중도를 얻었고,	道旣得中
제도 또한 합당한 데 맞았네.	制亦合宜
군자가 거주할 만한 곳이었고,	君子攸芋
성덕의 교화가 근본 할 곳이었네.	玄化所基
이곳에서 정치를 도모하고 이곳에서 의식을 거행하여,	謀於斯儀於斯
이곳에서 천하를 다스렸도다.	陶天下於斯
한 세대의 백성들을 인도하여,	驅一世之民
태평성대의 세상에서 살게 했네.	納雍熙之域
땅은 두터운 덕으로 만물을 실어주니,	厚德載物
토계가 이에 그런 능력 갖게 되었네.	階斯有力
누가 알리 사방 한 길 이 토계가,	誰知方丈之階
영원토록 백성들을 보호해 줄지.	□保民于無疆
덕은 거주하는 곳에 관계됨이 없지만,	德無與於所居
교화는 참으로 성인과 광인 사이[33]에서 보존된다네.	化固存於聖狂

---

32 벽돌 : 원문의 '식(埴)' 자는 점토라는 뜻이므로 다음 구의 '숫돌'과 격이 맞지 않는다.
   이 자는 아마도 벽돌을 뜻하는 '전(塼)' 자의 오자인 듯하다.
33 성인과 광인 사이 : 『서경』 주서(周書) 「다방(多方)」에 "성인도 생각함이 없으면 광인
   이 되고, 광인도 능히 생각하면 성인이 된다."고 한 것을 가리킨다.

덕화의 광채가 사방에 퍼졌으니,	光被四表
이는 드날리지 않은 것이 아니며,	非是不侈
그 빛이 하늘과 땅에까지 이르렀으니,	格于上下
또한 아름답다고 하겠구나.	亦云美矣
고개를 돌려서 돌아보니,	眷焉顧之
바람이 어디서 불어오는지 알겠네.	知風之自
큰 솜씨는 졸렬한 듯하다는 말 미덥구나,	信乎大巧者若拙
검약함으로써 실수하는 경우는 드물다네.	以約失之者鮮矣[34]

이 「토계부」는 태평성대가 토계(土階)에서 비롯되었다는 점을 칭송한 것인데, 요임금의 전장(典章)·제도(制度)가 질박함을 바탕으로 하여 백성을 덕화로 인도하였음을 드러내고 있다. 그러나 작자는 후대에 이런 정치가 사라지고 화려하게 겉만 수식하게 되었다고 개탄하면서 요임금의 정치가 다시 재현되기를 강력히 희망하고 있다. 이를 보면, 갈천은 요임금의 이상 정치를 동경하고 그것을 당대에 펴려는 원대한 포부를 가지고 있었다고 하겠다. 그리고 이런 포부는 그의 경세관에 있어 초석이 되었을 것이다.

이런 그의 경세관은 「용문기(龍門記)」에도 나타나 있다. 「용문기」는 중국 옹주(雍州) 양하현(陽夏縣) 용문산(龍門山)을 유람하고 쓴 기문 형식을 취하고 있는데, 우(禹)임금이 치산치수(治山治水)한 공을 거론하면서 자신의 경세제민사상을 피력한 것이다. 작자는 우임금이 용문(龍門)의 막힌 곳을 뚫어 물을 빠지게 함으로써 백성들이 살 곳을 얻고, 농사짓고 누에치는 이로운 사업이 일어나게 되었다고 하면서, 제민(濟民)의 공은 우임금보다 큰 사람이 없다고 극찬하였다. 또한 우임금의 공은

---

34 林薰, 『葛川集』 권1, 「土階賦」.

용문에서 치산치수한 데 있음을 강조하며 '우임금이 아니면 우리들은 물고기가 되었을 것이네.[微禹吾其魚]'라는 탄식을 발하고, '산을 보니 우임금의 공을 알겠네.[看山識禹功]'라는 소동파의 시구[35]를 떠올리고 있다.[36]

이런 그의 경세제민관은 관념적 사상에서 그친 것이 아니고, 현실에 적용하여 실현하는 데까지 이어지고 있다. 만년에 지방관으로 나아갔을 때, 민생을 위한 정치를 펴기 위해 민폐를 제거해 줄 것을 간곡히 요청한 데서 그런 정신을 읽을 수 있다. 이 점은 뒤에서 논의하기로 하고, 여기서는 「앙마부(秧馬賦)」를 통해 그의 세계관을 먼저 살펴보기로 하겠다.

앙마(秧馬)는 모내기를 하는 기구로, 중국을 통해 유입된 듯하다. 갈천은 이 부(賦)에서 이 기구가 농부의 노고를 덜어 주어 공이 매우 크다는 점을 높이 칭송하였다. 첫머리에서 앙마의 유래와 효능을 언급한 뒤, 그 공을 다음과 같이 노래하였다.

새벽부터 일찍 앙마를 몰고,	星焉夙駕
저 들녘의 논으로 나아가서,	適彼田土
오직 그 모를 심어 나가니,	惟秧其稆
진흙탕물이 매끄럽기만 하네.	泥水滑滑

---

35 이 시구는 『蘇東坡詩集』 권7에 수록되어 있는 「宿餘杭法喜寺後綠野堂 望吳興諸山 懷孫莘老學士」라는 시에 보인다.

36 林薰, 『葛川集』 권3, 「龍門記」. "禹乃以帝命爲己責, 以拯民爲己任. … 禹用是念, 運神謀騁大智, 斧其木錡其土, 鎚其岩轉其石, 以去所謂壅之塞之者, 疏而通之, 引而順之, 然後水得其道, 而懷襄之禍, 祛矣. 然後民得其居, 而農桑之利, 興矣. 然後六府三事允治, 而萬世永賴矣, 然則濟民之功, 莫大於大禹, 而大禹之功, 實肇於龍門, 此龍門之所以起後世之感, 而興當日之功者也. 余於是徘徊怊愴, 俯仰今古, 發'微禹吾其魚'之嘆, 咏'看山識禹功'之句."

아침에 한 이랑의 모를 내면,	朝輸一畝之禾
저물녘엔 천 두둑의 모를 심네.	暮播千畦之穀
두 다리의 움직임을 편하게 하고,	便兩髀之運
사지의 힘든 일을 도와주네.	補四體之役
농부에게는 민첩함을 보태주고,	配克敏於農夫
전준(田畯)³⁷에겐 한 가지 기쁨 더해주네.	博一喜於田畯
모내기를 힘써 다 심고 나면,	旣樹之兮務茲
무성한 벼가 논에 가득할 테고.	藹秔稻之充羡
마침내 벼 포기의 가지가 벌어져,	竟蛇蛟之結盤
천만 상자에 곡식이 가득 차게 되리.	致千箱與萬箱
그런 결실이 연유한 바 궁구하면,	究厥功之所由
이 앙마의 그 공적을 믿게 되네.	信斯馬之斯臧
그러나 앙마는 보답을 받는 데 무심하니,	然無心於受報
빈 벽에 걸려 있는 것을 볼 수 있을 뿐.	徒見掛於空壁
이것이 부지런하지만 공을 자랑하지 않는다는 것이니,	
	是所謂克勤而不矜
지극한 덕을 가진 사람에게 합할 수 있네.	可配之以至德
아, 농가의 고달픈 노동을,	噫 田家之苦
오직 너만이 능히 하는구나.	惟汝是克
진흙탕에서의 움직임 적노(的盧)³⁸보다 못하지 않으며,	超泥不下於的盧
마음대로 일을 하는 것 오히려 교슬(嚙膝)³⁹보다 좋네.	稱意猶快於嚙膝
처자식을 데리고 나가 일해도,	提携婦子
어찌 떨어지고 부딪힐까 걱정하리.	孰憂墜突
우리 백성들을 먹여 살리는 것,	粒我蒸民

---

37 전준(田畯) : 농사의 신 신농씨(神農氏)를 말함.
38 적노(的盧) : 유비(劉備)가 타던 이마에 백색 반점이 있는 명마로, 물에 빠졌을 때 단번에 세 길을 뛰어 빠져나왔다고 한다.
39 교슬(嚙膝) : 좋은 말의 이름.

너의 지극한 공 아닌 것이 없네.   莫匪爾極

너는 그래도 공을 자랑하지 않으니,   爾猶不伐

천하에 너와 공을 다툴 것이 없네.   天下莫與爭功[40]

모내기를 하는 앙마라는 농기구를 소재로 선택한 것도 의미 있는
일이거니와, 농부의 노고를 대신하는 그 농기구의 효능을 세밀히 그려
내고 그 공을 높이 칭송한 것을 보면, 그의 경세제민사상이 현실적으
로 실용하는 데까지 나아가 구체화되었음을 알 수 있다.

그는 위 인용문을 이어 "내 이런 생각을 한 뒤에 백성들이 크게 힘입
어, 이롭게 씀이 무궁한 줄 알았네. 어찌 저 방울을 흔들며 금 안장을
하고서, 화려한 거리를 달리는 청총마가 부러우리."[41]라고 끝을 맺었
다. 민생의 이용(利用)에 초점을 맞추어 읊은 이 부는 18세기 실학자들
이나 읊조림 직한 작가의식을 반영하고 있다. 이런 민생을 위한 의식
이 용행적 경세제민관의 기저를 형성하고 있다.

2. 처세 방식

앞에서 살펴보았듯이, 갈천은 세상에 쓰이지 못할 때에는 사장적
안빈낙도를 지향하고, 세상에 쓰일 때에는 용행적 경세제민을 유감없
이 발휘하였다. 이런 그의 삶의 자세를 최립은 「자이당기」에서 "현달
하면 도를 행해 천하 사람들을 아울러 구제하고, 곤궁하면 도를 간직
하여 홀로 자신을 선하게 할 분.[達則行而兼濟 窮則藏而獨善]'으로 표현하

---

40 林薰, 『葛川集』 권1, 賦, 「秧馬」.

41 林薰, 『葛川集』 권1, 賦, 「秧馬」. "吾然後知斯民之大賴, 而利用之無窮也. 又何羨夫揚
和鸞而御金鞍, 騁紫陌之青驄也哉."

였다.

여기서는 이런 두 국면을 논거로, 그의 처세방식을 출사하기 이전의 독선기신(獨善其身)과 출사한 이후의 겸제천하(兼濟天下)로 나누어 살펴보고자 한다. 독선기신과 겸제천하는 『맹자』 「진심 상」에 "곤궁하면 홀로 자신을 선하게 하고, 현달하면 천하 사람들을 아울러 선하게 한다.[窮則獨善其身 達則兼善天下]"라고 한 데에서 연유한 것으로, 세상에 도를 펼 수 없을 때에는 홀로 자신을 선하게 하고, 도를 펼 수 있을 때에는 나아가 세상 사람들을 다 구제한다는 처세 방식이다. 이는 사(士)의 현실대처로 세상을 등지고 결신난륜(潔身亂倫)하는 현실도피적 처세 방식과는 다른 것이다.

1) 독선기신적(獨善其身的) 처신(處身)

갈천은 웅상인(雄上人)이라는 승려의 시에 차운하여 "쥐의 간 벌레의 팔 같은 하찮은 자들이 재능을 다투어, 명예 탐하는 길에서 격한 논의 일삼는 것 실컷 보았네. 누가 알겠는가 황암산 푸른 봉우리 속에 묻혀서, 명예와 현달을 구하지 않고 승려처럼 사는 삶을."[42]이라고 읊었다. 이처럼 갈천은 세상에 쓰이지 않을 때에는 이름이 나거나 현달하기를 구하지 않고 담담하게 살기를 희구하였다.

그러나 이런 그의 삶은 안회의 안빈낙도적 삶을 지향했기 때문에 유가적 도에서 벗어난 것은 아니다. 즉 사(士)로서의 본분을 저버리고 세상을 등지는 삶이 아니다. 그래서 그는 「도오진암(到悟眞菴)」이란 시에서 "단풍나무 밑으로 신선세계를 찾아왔는데, 담소하는 것 괴이하게

---

42 林薰, 『葛川集』 권1, 詩, 「次雄上人詩軸韻」. "鼠肝虫臂各爭能, 厭見名途事沸騰, 誰識 黃岩靑嶂裡, 不求聞達乃如僧."

도 사람 같지 않네. 이 암자에 앉아서 무슨 일을 해볼거나, 세상 밖에
있는 이 몸 자랑이나 할 뿐."⁴³이라고 노래했다. '사람 같지 않네'·'세상
밖에 있는 이 몸 자랑이나 할 뿐'이라는 시구에서, 우리는 그가 지향하
는 삶이 인간의 현실사회를 벗어난 삶이 아니라는 것을 짐작할 수 있
다. 따라서 그의 은거는 안회가 누항에 살았던 것과 같은 것이지, 현실
을 등진 삶이 아니다.

이처럼 그는 현실세계에 살면서 자신의 불우(不遇)를 걱정하지 않고
현실과의 불화를 초래하지 않는 안회의 안빈낙도적 삶을 지향했기 때
문에 공자의 제자 증점(曾點)처럼 자연에 동화되고 덕화에 흠뻑 젖어
사는 삶의 모습을 보인다.

다음은 갈천이 1566년 남명 및 노진(盧禛)·강익(姜翼) 등과 함께 안의
(安義) 화림동(花林洞)을 찾아 노닐며 지은 시이다.

흐르는 물 천 굽이를 돌아 흐르는데,　　　流水回千曲
나는 형체를 잊고 앉아 기미를 쉬네.　　　忘形坐息機
참다운 근원을 끝까지 찾지 못했는데,　　　眞源窮未了
해가 저물어서 실의에 차 돌아가네.　　　日暮悵然歸⁴⁴

『남명선생편년(南冥先生編年)』에 의하면, 남명은 1566년 3월 문인 하
항(河沆)·조종도(趙宗道)·하응도(河應圖)·유종지(柳宗智)·이정(李瀞) 등과
함께 함양으로 가서 노진을 방문하고, 다시 안의로 갈천을 방문하여
심성정(心性情)에 대해 밤새도록 담론하였다. 그리고 갈천과 함께 이른

43 林薰, 『葛川集』 권1, 詩, 「到悟眞菴」. "訪仙楓樹下, 談笑怪非人, 定坐成何事, 徒誇
世外身."
44 林薰, 『葛川集』 권1, 詩, 「花林洞月淵岩次南冥韻」.

바 안의삼동(安義三洞)[45]이라고 하는 명승을 유람하였다.[46] 이 시는 그때 남명이 화림계곡에 있는 옥산동(玉山洞)에 이르러 지은 「유안음옥산동(遊安陰玉山洞)」[47]이란 시에 차운하여 지은 시이다.

위 시의 '망형(忘形)'·'식기(息機)'·'진원(眞源)' 같은 시어를 보면, 탈속적 의경을 느끼게 한다. 따라서 현실 세계의 번잡한 일들을 잊고 참된 근원에 도달하는 것이 그의 지향임을 알 수 있다. 참된 근원은 학문의 궁극적인 경지일 것이니, 증점이 벗들과 함께 성인의 덕화 속에 흠뻑 젖어 낙도(樂道)하면서 살겠다는 뜻과 상통한다. 갈천은 이 해 가을 언양현감에 제수 되어 본격적으로 출사의 길에 나섰지만, 이때까지는 이런 삶의 방식을 택했던 것이다.

이런 삶의 지향은 그를 산수에 묻혀 요산요수하는 인지지락(仁智之樂)을 즐기게 하였다. 문인 정유명이 지은 「행장」에 의하면, 갈천은 한가한 날 산수가 좋은 곳을 찾아 노닐며 '기수에서 목욕하고 무우에서 바람을 쏘이고 시를 읊조리며 돌아오고자 한다.[浴乎沂 風乎舞雩 詠而歸]'

---

45 안의에서 경치가 빼어난 세 골짜기, 즉 화림동(花林洞)·심진동(尋眞洞)·원학동(猿鶴洞)을 가리킨다. 화림동은 지금 화림계곡으로 불리는 함양군 서상면·서하면 일대의 골짜기이고, 심진동은 안의에서 거창으로 넘어가는 고개 밑에서 왼쪽으로 들어가는 계곡으로 지금은 용추계곡이라 하고, 원학동은 현 거창군 위천면·북상면 일대의 골짜기를 가리킨다.

46 曹植, 『南冥先生文集』(丁酉本)『南冥先生編年』66세조. "先生與河覺齋, 趙大笑軒, 河寧無成, 柳潮溪, 李茅村, 訪玉溪于咸陽. 玉溪要姜介庵, 明日同向安陰, 訪葛川. 葛川遣其弟瞻慕堂芸, 迎于中路. 及至, 隣近諸生, 來拜請敎. 先生循誘不倦, 因進瞻慕堂, 謂曰, 子聰明過人, 欲無所不通, 只如此却不是. 夫以堯之智, 猶急先務, 君子不以多能率人, 吾儒事自有內外輕重之別, 朱先生嘗以義理無窮, 日月有限, 遂棄書藝楚辭兵法等, 專意此學, 以集諸儒大成, 豈非後學之所當法也. 是夜與諸賢, 論心性情之辨. 翌日, 先生謂葛川曰, 曾此之來, 人多言三洞之勝者, 於心不忘也. 葛川曰, 吾亦興不淺, 遂與之同遊, 自猿鶴洞, 歷長水洞, 至玉山洞, 還集葛川精舍, 留一日而返."

47 曹植, 『南冥集』권1, 「遊安陰玉山洞」. "白石雲千面, 靑蘿織萬機, 莫敎摸寫盡, 來歲探薇歸."

는 증점(曾點)의 지취(志趣)⁴⁸를 따르려 하였음을 알 수 있다.⁴⁹ 또한 그
는 "성품이 산수를 좋아하다 보니, 몸도 저절로 산수 속에 노니네."⁵⁰라
고 노래할 정도로, 산수 유람을 매우 좋아하였다.

　그런데 그의 산수 유람은 단순히 경치가 빼어난 곳을 노닐며 유유자
적하는 것이 아니었다. 조선시대 사대부들이 지리산을 유람하고 쓴 유
산기·유산록을 보면, 대체로 산을 찾는 목적이 명산에 올라 공자의
'등태이소천하(登泰山而小天下)'의 의식을 맛보며 흥금을 펴고 기분을 상
쾌하게 하는 데 있었다.⁵¹ 갈천의 경우도 이런 의도가 없었던 것은 아
니지만, 그의 산수 유람관은 남다른 점이 있다.

　그는 산수를 무정물(無情物)인 자연의 일부로만 보지 않고, 산의 후중
(厚重)한 점과 물의 주류(周流)하는 점을 들어 인지지락의 바탕이 되는
것으로 파악한다.⁵² 곧 『논어』의 요산요수의 의미를 빌어 산수를 즐기
는 의미를 부여한 것이다. 산의 후중함은 곧 인(仁)이다. 왜냐하면 산은
그 후중한 덕으로 만물을 실어 주고 감싸주기 때문이다. 물의 주류함
은 곧 지(智)다. 왜냐하면 물은 산에서 나오니, 곧 인을 실어다 만물을

---

48 자로(子路)·염유(冉有)·공서화(公西華)는 뜻을 얻으면 세상에 나아가 정치를 하겠다
　　는 뜻을 피력한 반면, 증점은 늦은 봄 봄옷이 만들어지면 관을 쓴 어른 5,6인 및 동자
　　6,7인과 함께 기수(沂水)에 가서 목욕하고, 무우에서 바람을 쐬고서 시를 읊조리며
　　돌아오겠다는 뜻을 공자에게 말씀드렸다.(『논어』「선진」에 보인다) 이는 벼슬길에 나
　　아가는 것을 급급히 하지 않고 성인의 덕화 속에서 낙도(樂道)하며 살겠다는 뜻으로,
　　안회의 안빈낙도적 삶과 같은 의미이다.
49 林薰, 『葛川集』권4, 附錄, 鄭惟明 撰「行狀」. "先生每以暇日, 或携笻獨往, 或命侶偕
　　隨, 徘徊於水石之間, 蔭翳乎林樾之中, 蕭疎飄散, 有吾與點也之意."
50 林薰, 『葛川集』권1, 詩, 「到噴玉流」. "性癖烟霞趣, 身隨山水中."
51 崔錫起, 「조선 시대 사대부들의 지리산 유람과 사의식」, 『선인들의 지리산 유람록』,
　　돌베개, 2000, 391쪽 참조.
52 林薰, 『葛川集』권3, 「書兪子玉遊頭流錄後」. "山水者, 天地間一無情之物, 而厚重周
　　流, 實有資於仁智之樂矣."

두루 적셔 주기 때문이다. 갈천이 산수를 통해 얻고자 한 궁극적인 목표는 바로 이 인과 지이다. 그래서 그는 「서유자옥유두류록후(書俞子玉遊頭流錄後)」에서 다음과 같이 말하고 있다.

　몸으로 이행하는 것은 마음으로 이해하는 것만 못하고, 눈으로 보는 것은 정신으로 이해하는 것만 못하다. 요임금의 아들 주균(朱均)은 몸소 요순의 조정에서 살았지만, 끝내 요순의 도를 계승하지 못했다. 그러나 우리 공자께서는 1천년이 지난 뒤에 밝은 도를 능히 발하였다. 원양(原壤)·자상백자(子桑伯子)는 공자의 위의를 친히 보았지만, 끝내 공자의 도에 도달하지 못하였다. 그러나 정자(程子)·주자(朱子)는 도가 쇠미한 말세에 태어나 그 온축된 뜻을 능히 발하였다. 따라서 진(眞)을 구할 줄 아는 자는 그가 진심으로 하느냐 진심으로 하지 않느냐를 논할 뿐, 몸으로 직접 했느냐 하지 않았느냐는 굳이 논하지 않는다.[53]

　이 인용문에서 보이듯이, 갈천은 신리(身履)·목우(目寓)의 외관을 구경하는 유람이 아니라, 심령(心領)·신회(神會)의 내면으로 자연의 이치를 체득하는 것을 진정한 산수 유람으로 제시하고 있다. 이런 유람이 그가 추구하는 인지지락인데, 그 구체적인 내용은 「용문기(龍門記)」 및 「송징상인원유서(送澄上人遠遊序)」에 나타난다. 「용문기」는 중국 옹주(雍州) 양하현(陽夏縣)에 있는 용문산을 유람하고 쓴 유기인데, 실제로 유람을 한 뒤 쓴 것이 아니고 상상 속에서 쓴 일종의 와유기(臥遊記)이다. 이 와유에서 갈천이 얻은 것은 우임금이 치수(治水)를 잘 해 제민(濟

53　林薰, 『葛川集』 권3, 「書俞子玉遊頭流錄後」. "以身履之者, 不如以心領之, 以目寓之者, 不如以神會之. 朱均躬趨堯舜之庭, 卒不能承堯舜之道, 而吾夫子乃能發朗於千載之後. 壤桑親炙夫子之儀, 終未達夫子之道, 而程朱氏乃能發蘊於衰世之末. 是知求其眞者, 但論其心不心, 而身不身不必論也."

民)한 공적이다. 이는 직접 유람하여 눈으로 본다고 얻어지는 것이 아니고, 마음과 정신으로 이해해야 터득할 수 있는 것이다.

또한 승려 징상인(澄上人)이 원유를 떠날 때 전송한 글에서는 사마천(司馬遷)의 유람을 예로 들어 다음과 같이 말하였다.

> 무릇 이 천지간의 만물의 변화를 자장(子長:司馬遷)이 다 취해 자기 것으로 삼았다. 그러므로 문장의 출몰변화가 마치 사계절에 따라 삼라만상이 변하는 듯하다. 이 점이 바로 유람을 통해 소득이 있는 것이다. 후세의 유람하는 자들은 그의 이런 풍모를 사모하지 않고 그의 발자취만 따르니, 연못처럼 생긴 것은 물이 되고 푸른 것은 산이 되는 것만 보면서 눈으로만 보고 지나쳐 소득이 없다.[54]

갈천은 사마천이 운몽산(雲夢山), 대량(大梁)의 유허(遺墟), 검각(劍閣), 제(齊)나라·노(魯)나라, 추역산(鄒嶧山) 등지를 유람하면서 만물의 변화를 모두 얻어 자기 것으로 만들었다고 하였다. '천지간의 만물의 변화'란 무엇인가? 대자연의 섭리는 물론이려니와, 그 자연 속에서 살아가는 인간의 역사와 문물의 흥망성쇠를 말할 터이니, 사마천이 보고 얻은 것은 바로 이런 것들이라는 것이다. 이는 요산요수하며 인·지를 깨닫듯이, 마음과 정신으로 터득한 세상의 이치인 것이다.

이상에서 살펴보았듯이, 갈천이 산수 유람을 좋아했던 것은 산수가 빼어난 곳을 찾아 유유자적하며 소요하는 것이 아니다. 그것은 공자의 요산요수의 정신을 체득하는 인지지락이고, 산수에 깃들어 있는

---

54 林薰, 『葛川集』 권2, 「送澄上人遠遊序」. "凡天地之間, 萬物之變, 子長盡取以爲己有. 故其文出沒變化, 如萬像之供四時, 是則遊之有所得者也. 後之遊者, 莫不慕其風, 追其迹而但觀其淵然者爲水, 蒼然者爲山, 而過眼成空, 無有所得."

역사와 문물의 변화를 통해 인간 사회의 진리, 즉 도를 깨닫고자 함이다. 이런 삶의 양상이 그의 독선기신적 처신의 구체적 양상이다. 그러니 이는 세상을 등진 삶이 아니라, 은거하여 인간의 도리를 구하는 삶이다.

2) 겸제천하적(兼濟天下的) 처세(處世)

갈천은 1566년 67세 때 경명(經明)·행수(行修)로 천거되어 언양현감에 제수 되었다. 그는 그 다음 해 임금이 재이(災異)로 구언(求言)하자, 언양현의 여섯 가지 폐단을 구체적으로 열거하고 아울러 그 구제 대책까지 진언하였다. 이 상소가 바로 「언양진폐소(彦陽陳弊疏)」[55]인데, 그의 용행적 경세제민관에 바탕을 둔 현실대처양상을 잘 보여주고 있다. 이 상소에서 진언한 여섯 가지 폐단과 그에 대한 대책을 요약하면 다음과 같다.

첫째, 수군(水軍)의 절호(絶戸)에 관한 일이다. 언양현의 인구수는 줄어드는데 수군으로 차출하는 정원은 전과 같아 다른 사람들에게 그 역이 부과되고 있으니, 이를 해결해야 백성들을 소생시킬 수 있다. 둘째, 기인(其人)의 가목(價木)에 관한 일이다. 당초 언양현에 배정된 기인과 가목을 향리들이 충당하지 못해 백성들에게 거두어들이고 있으니, 이를 줄여 달라. 셋째, 진전(陳田)의 공물(貢物)에 관한 일이다. 언양현의 진전에 대한 세미(稅米)만 면제하고 공물은 면제해 주지 않고 있으니, 공물을 면제해 달라. 넷째, 왕년의 진채(陳債)에 관한 일이다. 2년 동안 백성에게 빌려주었다가 돌려받지 못한 진채가 있는데, 강제로 거

---

55 이 상소문은 『葛川集』 권2에 수록되어 있다.

두어들이면 백성들이 다 유산할 지경에 이를 것이니, 탕감해 달라. 다섯 째, 왕년의 공포(貢布)에 관한 일이다. 언양현의 사노비(寺奴婢)에게 공포를 거둘 길이 없으니, 면제해 주는 것이 좋겠다. 여섯 째, 진상하는 공물(貢物)을 위해 산행(山行)을 하는 일이다. 공물 진상의 독촉이 심해 백성들이 만사를 제쳐 두고 산행을 하고 있으니, 사냥감이 풍성한 고을에 분담시켜 노고를 덜어 달라.

이처럼 언양현의 폐단을 구체적으로 열거하고 그에 대한 구제책을 진언한 갈천은, 이 상소문 말미에서 다음과 같이 말하고 있다.

> 만약 특별히 성상의 자애로운 마음을 기울이지 않고 관례대로 해조에 내려 보내게 되면, 해조에서는 반드시 "국가의 법을 한 고을 때문에 바꿀 수 없으니, 그가 진언한 것을 받아들이지 마십시오."라고 할 것입니다. 그러면 잔폐한 이 고을은 다시 소생할 리가 없습니다. 구제할 수 없는 형세가 된 뒤에는 후회해도 어떻게 조처할 길이 없을 것입니다.[56]

갈천은 정치의 효과가 드러나지 않는 두 가지 병폐로, 첫째 임금이 유자들의 말의 심상히 여기고 성찰하지 않는 점, 둘째 임금이 그런 문제에 대해 부단히 공력을 들이지 않고 곧 해이해지고 마는 점을 들었다.[57] 이 인용문은 이런 시각으로 임금이 애민의식을 갖지 않으면 민생을 위한 정치를 할 수 없다는 근본적인 문제를 말한 것이다.

---

56 林薰, 『葛川集』 권2, 「彦陽陳弊疏」. "倘不能特垂聖慈, 例下該曹, 則必以爲國家常典, 不可爲一邑輕改, 所陳宜勿聽云云, 則殘縣無復可蘇之理, 至於勢不能救之, 然後雖欲悔之, 末由也已."

57 林薰, 『葛川集』 권2, 「庚午召對草」. "臣觀自古帝王, 莫不以正心修身爲說, 而其治效鮮有著者, 其病有二. 一則例以儒者之言, 爲尋常而不加察, 一則無自强不息之功, 終至懈弛."

그는 우임금과 탕임금이 지치를 이룩한 것은 바로 이런 은혜를 백성
들에게 잘 미루어 베풀었기 때문이라고 보았고, 그것이 정치의 근본이
라고 여겼다.[58] 그가 여러 차례 명종·선조에게 정심수신설을 진언한
것도 바로 이런 차원에서 임금이 근본을 닦을 것을 권한 것이다.

민생 구제를 최우선으로 여긴 그의 정치적 신념은 이후 다른 상소문
에서도 한결같이 나타난다. 1570년 비안현감에 제수 되어 임금을 알현
한 자리에서도 민생의 폐단은 수령의 힘으로 구제할 수 있는 바가 아니
기 때문에, 자신은 언양현감으로 있을 때 백성을 구제할 계책이 없음
을 항상 한하였다고 진언하였다.[59] 곧 임금이 민생을 살리는 데 마음을
두지 않으면 안 된다는 것이다.

1575년에 올린 「을해사은봉사」에서는 "이제 다시 군정(軍丁)을 모집
하는 것은 생민에게 막대한 학정입니다. 그런데도 반드시 급박하게 재
촉하여 그 수를 채우려 하니, 생민의 폐해가 예전에 비해 두 배, 다섯
배나 됩니다. 아, 백성을 위한 은혜로운 정치는 그만두고 행하지 않으
면서 생민을 위한 학정은 급박하게 하여 반드시 달성하려 하니, 전하
의 백성을 사랑하는 마음이 가볍고 짧다고 하는 비난을 면치 못할까
염려되며, 전하의 은혜를 미루어 펴는 도가 확충하는 데 극진하지 않
을까 염려됩니다."[60]라고 하여 민간의 사정을 돌아보지 않고 군졸을 모
집하는 것에 대해 그 폐해를 극언하였고, 1577년에 올린 「정축사은봉

---

58 林薰, 『葛川集』권2, 「乙亥謝恩封事」. "夫禹湯之所以能推是恩, 以致其治者, 由是心之
有其本也. 漢唐之不能推恩, 未免苟且之失者, 亦由是心之無其本也."

59 林薰, 『葛川集』권2, 「庚午召對草」. "啓曰, 當今之弊, 莫過於民生之困悴. 小臣嘗爲守
令, 民生之弊, 非守令之力所能救也, 臣常恨救民之無策也."

60 林薰, 『葛川集』권2, 「乙亥謝恩封事」. "今者, 再括軍丁, 爲生民之害, 視舊倍蓰也. 嗚
呼, 爲生民之惠政, 則寢之而不行, 爲生民之虐政, 則迫之而必成, 是則殿下愛民之心,
恐或未免於輕且短也. 殿下推恩之道, 恐或未盡於擴而充之也."

사」에서도 적절한 때를 택하지 않고 양전(量田)을 시행함으로써 민심을 동요시키는 정사에 대해 그 불가함을 진달하였다.[61]

이처럼 그는 현실의 가장 큰 폐해를 민생의 곤궁과 초췌함에 있다고 보아, 이를 구제하는 것을 급선무로 여겼다. 그런데 이런 그의 민생구제를 위한 생각은, 「경오소대초」에 "오늘날의 폐단이 많기는 하지만, 백성은 나라의 근본이니 이들을 구제한 뒤에야 정치교화를 말할 수 있습니다."[62]라고 한 것이나, 「정축사은봉사」에 "대저 국가에서 시행하는 일은 민심에 순응하는 것보다 더 좋은 것은 없고, 민심을 거슬리는 것보다 더 나쁜 것이 없습니다. 참으로 백성은 나라의 근본이니, 근본이 견고해야 나라가 편안해진다고 생각합니다."[63]라고 한 데에서 알 수 있듯이, '백성은 나라의 근본[民惟邦本]'이라는 민본사상에 바탕을 두고 있다.

이와 같은 민본사상에 근거하여, 그는 백성을 구제하는 일이 조정의 급선무임을 여러 차례 강조하였다. 그리하여 임금이 해야 할 일이 정심수신에 있음을 수차 진언하였고, 그 연장선상에서 민생구제 대책과 연관하여 추은수본(推恩修本)을 강조하였다.[64] 곧 근본을 닦아 백성에게 은혜를 미루어 베풀라는 것이다.

이처럼 그는 정치 일선에 나아갔을 때, 민본사상에 바탕을 둔 민생구제를 자신의 소임으로 여겨, 적극적으로 민폐를 제거하고 민생을 소

---

61 林薰, 『葛川集』 권2, 「丁丑謝恩封事」.

62 林薰, 『葛川集』 권2, 「庚午召對草」. "當今之弊, 雖多, 民惟邦本, 救此, 然後治化可言也."

63 林薰, 『葛川集』 권2, 「丁丑謝恩封事」. "大抵國家施爲之事, 莫善於順民心, 莫不善於拂民情, 誠以爲民惟邦本, 本固邦寧也."

64 추은수본(推恩修本)에 대해서는 1575년에 올린 「을해사은봉사」에서 곡진하게 진언하였다.

생시키려 하였다. 문인 정유명이 지은 「행장」에 "선생이 주·현을 다스
릴 적에는 모두 임금의 은혜를 펴서 백성들의 고통을 구휼해 주려는
것이었다. 항상 원망을 씻어 주고 사람들에게 은택을 베푸는 것으로
마음을 삼았다. 민폐가 있으면 큰 문제는 조정에 아뢰고 작은 문제는
아랫사람에게 일러 오래된 폐단을 개혁하여 백성들의 목숨을 소생시
킨 것이 많았다."[65]고 한 말은, 백성을 위하고 백성을 사랑하는 겸제천
하의 수완을 잘 드러낸 것이다.

Ⅳ. 맺음말

갈천의 삶은 1566년 출사하기 이전의 안빈낙도적 지향과 출사한 이
후의 경세제민적 이상 실현이라는 두 국면으로 나누어 볼 수 있는데,
본고에서는 이 두 국면을 바탕으로 하여 그의 학문성향과 출처의식,
명체적용의 세계관과 처세 방식에 대해 살펴보았다. 지금까지 살펴본
것을 바탕으로 결론을 도출하면 다음과 같다.

갈천은 궤안(几案) 사이에 '성경(誠敬)'·'사무사(思無邪)'·'무자기(毋自
欺)' 등의 경구를 써 붙여놓고서 늘 눈으로 보고 마음으로 되새겼으며,
이런 문구를 항상 몸에 지니고 다녔다고 하는데, 이는 『대학』·『중용』
을 근간으로 한 성경학(誠敬學)이다. 성(誠)은 진실무망한 마음을 유지
하는 것으로 도학자들이 추구한 학문의 목표이며, 경(敬)은 성(誠)을 추
구하기 위한 심성수양의 실천적 공부이다. 그런 공부의 핵심이 『중용』
의 계신공구(戒愼恐懼)와 신독(愼獨), 그리고 『대학』의 정심(正心)·수신

---

65 林薰, 『葛川集』 권4, 附錄, 鄭惟明 撰 「行狀」. "其爲州縣也, 皆布上恩恤民隱, 喪以洗
   寃澤物爲心. 民有弊瘼, 則大者上聞, 小者下告, 刻革宿弊, 甦活其命者, 多矣."

(修身)이다.

갈천은 "도덕을 품은 선비는 이윤(伊尹)의 뜻에 마음을 두고, 안자(顏子)의 학문을 배우기 때문에 당세에 그 도덕을 크게 행하지는 못할지라도 백성들에게 조금이라도 덕을 베풂이 있다."라고 하여, 도를 펼 수 있으면 나아가 도를 행하고 도를 펼 수 없으면 물러나 도를 지키는 사장용행(舍藏用行)의 출처의식을 견지하였다. 이는 남명처럼 왕도를 펼 수 있는 임금이나 시대 상황을 전제로 하지 않은 유연한 출처의식이다.

갈천의 세계관은 그의 문인 정유명이 명체적용(明體適用)을 안 학자라고 한 말에서 그 단서를 찾을 수 있다. 이러한 세계관은 「토계부(土階賦)」・「와부(蝸賦)」・「앙마부(秧馬賦)」 등 3편의 부 속에는 엿볼 수 있는데, 명체에 해당하는 사장적(舍藏的) 안빈낙도관(安貧樂道觀)과 적용에 해당하는 용행적(用行的) 경세제민관(經世濟民觀)으로 나타난다.

갈천의 처세 방식도 명체적용의 세계관을 바탕으로 하여 나타난다. 출사 이전에는 안빈낙도를 지향하여 독선기신적 처신을 하였고, 출사한 뒤에는 경세제민을 지향하여 겸제천하적 처세를 하였다. 이양원(李陽元)의 아래 인용문을 보면 이런 세계관을 알 수 있다.

> 어려서 배우는 것은 장성하여 그것을 행하려 하는 것이니, 참으로 선생은 세상 사람들을 아울러 구제하여 은혜를 널리 베풀고자 하셨네. 부열(傅說)은 공사장에서 일어나 마침내 상나라의 단비를 내리게 했고, 여상(呂尙)은 용맹한 군사를 이끌고 내응하여 영원히 주나라 왕실의 기틀을 세웠도다. 예전의 성현들을 자세히 살펴보면, 모두 임금과 백성을 중하게 여겼다네. 선생께서 벼슬길에 나아가고 물러나는 경우를 공평히 살펴보고, 소자는 의혹스런 마음이 없지 않았었네. 그런데 부름에 응해 곧바로 일어나 이윤(伊尹)과 같은 의(義)를 발휘하셨고, 끌어당김

에 따라 머물러 전금(展禽)과 같은 화(和)를 보여주셨네. 그럼으로써 나아가서는 자신의 어짊을 숨기지 않고, 또 자신이 온축한 것을 충분히 펴셨네. 어찌 옥을 팔고서 다시 궤짝에 넣어 두길 생각하며, 딸을 시집보내 놓고 도리어 그 예쁜 모습을 아까워하리. 부귀와 공명을 좋아하지 않고 청허하고 담박함을 깊이 맛보셨네. 군자의 지극한 마음을 남에게 말하기 어려운 줄 알겠구나. 참으로 세상에 쓰이면 나아가 도를 행하고, 쓰이지 못하면 물러나 도를 간직하는 사이에 그 도가 하나가 아니구나. 나아가고 물러나는 것은 士의 큰 절개이고, 벼슬하고 그만두는 것은 의를 따라 하는 것. 예전 사람들 중에도 그런 사람 흔치 않았는데, 오늘날 그런 사람을 찾아볼 수 있을까?[66]

이 글은 1554년 부친의 권유로 집경전 참봉에 부임하였다가 귀향할 때, 한양에 살던 젊은 사인 이양원이 전별하면서 준 송서(送序)이다. 여기서 볼 수 있듯이, 갈천은 백이·숙제처럼 현실세계를 떠나 독선기신하는 삶만을 추구하지 않고, 이윤이나 전금처럼 기회가 주어지면 나아가 도를 펴는 겸제천하의 처세관을 평생 견지하고 있다. 따라서 그가 안빈낙도적 삶을 지향한다고 해서 경제세민의 이상을 접은 것이 아니고, 독선기신적 처신을 한다고 해서 겸제천하적 생각이 없었던 것도 아니다. 이를 이양원은 사장용행으로 설명하였다.

이 글에서 살펴본 갈천의 사장용행적 세계관은 조선 전기 사대부들의 일반적인 처세 방식과 크게 다르지 않아, 그만의 독특한 사상으로

---

66 林薰, 『葛川先生文集』附錄, 李陽元 撰「奉贈林先生歸鄕序」. "惟幼學而壯行, 固欲兼濟而博施. 傅說起板築, 終作商家之霖, 呂尙應熊羆, 永建周室之基. 宿觀自古聖賢, 咸以君民爲重, 夷考先生去就之際, 不無小子疑惑之心. 應辟卽興, 幡然伊尹之義, 隨援而止, 彷彿展禽之和. 可以進不隱賢, 亦足布其所蘊. 奈何玉已沽之, 復思蘊櫝, 女旣嫁之, 還惜傾城. 不喜富貴功名, 深味淸虛澹泊, 知君子用心之極, 難以語人. 固用捨行藏之間, 不一其道. 出處, 士之大節, 仕止, 義之與化, 在古人而不多, 矧今世之可得."

보기에는 무리가 있다는 지적이 뒤따를 수 있다. 그러나 16세기의 특수한 역사적 상황, 특히 기묘사화 이후 사림파와 훈구파의 대립 속에서 첨예하게 나타나는 것이 출처의식임을 고려해 볼 때, 이 시기 주요 인물들이 보여주는 출처관은 조선 전기 일반적인 출처관 속에서 범범하게 논의할 성질이 아니라고 여겨진다. 요컨대, 조식·이황·김인후(金麟厚)·이항(李恒)·성운(成運) 등의 출처는 그들의 현실인식과 사상을 그대로 반영한 것이므로 각각 독자적 특수성이 있다.

따라서 위에서 살펴본 갈천의 명체적용적 세계관도 그러한 역사적 상황 속에서 그만이 선택한 개성이라고 보는 것이 좋을 것이다. 곧 명종 말 선조 초의 시대 상황을 어떻게 보느냐 하는 그의 현실인식이 개입되어 형성된 세계관이다. 이는 남명이 도를 펼 수 없는 세상이라고 판단해 끝까지 출사하지 않은 것[67]과는 사뭇 다른 현실인식이기 때문에, 그의 사상을 파악하는 데 중요한 준거가 될 수 있다.

---

[67] 남명은 명종 말 선조 초에 여러 차례 부름을 받았지만, 끝내 나아가지 않았다. 남명이 벼슬을 사양하며 올린 상소에 보면 그의 현실인식이 잘 나타나 있다.

◈ 제2장 ◈
갈천 임훈의 학문세계의 구조와 체계

김종수

Ⅰ. 머리말

경상우도(慶尙右道)의 안음현(安陰縣)에 연고를 둔 갈천(葛川) 임훈(林薰, 1500~1584)은 16세기를 주요 활동기로 삼은 전형적인 재야(在野) 사림파(士林派)의 일원이었다. 그즈음의 조선사회는 기존의 집권세력인 훈구파(勳舊派)와 신진 사림파 사이에 연출된 갈등의 역학으로 인하여 일련의 사화(士禍)로 점철된 실로 비극적인 시대적 분위기를 연출하고 있었다. 이처럼 피비린내가 넘쳐났던 시대적 환경은 청년기로 접어든 임훈의 전도(前途)에 깊은 영향력을 드리우게 되면서, 장차 그의 학문세계 구축과 출처관(出處觀) 형성에도 큰 변수로 작용하기에 이른다.

임훈의 삶의 전개에 따라 몇몇 단계로 구획되는 연대기적 분포에서 주목되는 또 다른 변수로는 그의 나이 54세(1559, 명종 14) 적에 성균관(成均館)의 공천(公薦)에 의해 사직서(社稷署) 참봉(參奉)에 임명되기 이전 시점과, 또한 그 이후로도 실로 기나긴 은둔기(隱遁期) 생활을 영위하였다는 사실일 것이다. 물론 임훈은 다소 뒤늦은 41세(1540, 중종 35) 때에 사마시(司馬試)에 응시하여 진사(進士) 신분을 획득하였으나, 그동안에 온축된 학적 역량과는 무관하게 끝내 과거 급제의 꿈을 실현하지는 못했다. 이에 임훈은 고향인 안음의 갈계리(葛溪里)로 낙향한 이후로 다시 치열한 경명행수(經明行修)의 길을 걸어나가게 된다. 이처럼 도덕[行]과 학문[經] 두 방면을 향한 임훈의 부단한 긴 여정은 그가 전국적 차원에서의 육현(六賢)으로 선발된 67세(1566, 명종 21) 무렵까지 지속되었다. 굳이 임훈이 청년기 시절에 인근한 덕유산(德裕山)의 사찰(寺刹)·암자(庵子)에서 영위한 수학기(修學期) 때의 일정들을 추가로 환기시키지 않더라도, 그가 얼마나 모진 세월을 초야(草野)에서 오랫동안 감당해야만 했던가를 충분히 짐작하고도 남음이 있다.

이렇듯 오랜 재야 생활의 영위를 통해 한결같이 경명행수 외길을 걸어왔던 임훈이었기에, 자연히 그가 구축한 학문세계의 구조와 체계가 궁금하지 않을 수 없다. 따라서 본 논의의 장(場)을 빌려서 가칭 갈천학(葛川學)을 형성하고 있는 세부적인 학적 구조와 체계 등을 종합적으로 분석해 보고자 한다. 이에 이번 논의에서는 일차적으로 유학의 개별적 경전들을 대상으로 한 임훈의 견해들을 수습함은 물론이고, 나아가 이른바 방외지학(方外之學)인 도가(道家)[노장(老壯)]·불교(佛敎) 방면의 텍스트들을 향한 관심의 표명까지를 아울러 포섭하는 차원에서의 폭넓은 논의를 진행하도록 하겠다. 또한 이 과정에서 임훈이 구축했던 학문세계에 일정한 영향력을 행사한 학적 연원에 대한 탐구도 아울러 병행할 계획이다. 겸하여 임훈이 일관되게 추구했던 도덕적 실천[프락시스(praxis)]과 제도적 실천[프락티스(practice)]으로 표방되는 실천의 두 국면이라는 기준에 입각하여 갈천학에 내재된 일관된 학적 체계성에 관한 규명을 동시에 시도하고자 한다. 왜냐하면 이 사안은 갈천학의 일대 강령(綱領)인 성경(誠敬) 철학의 실상을 해명하는 문제와도 직결되어 있기 때문이다.

이상에서 제시한 연구 범위와 몇몇 방법론적 장치들은 임훈이 수립한 학문세계의 규모와 개성에 대해 보다 입체적이고도 정밀한 이해를 제고하기 위한 필자의 의도를 반영해 주기도 한다. 그리하여 이번 논의가 차후로 진행될 갈천학 연구의 도정에 의미 있는 하나의 징검돌로 가설되기를 기대해 본다.

Ⅱ. 갈천학(葛川學)의 대체와 그 연원

임훈의 생애와 학문세계의 세부적 내용 등에 대해서는 2000년에 이르러 정일균에 의한 개척적 연구가 처음으로 제시된 이후로,[1] 이미 상당한 연구 성과가 축적되어 있는 상태다.[2] 선행된 기존의 연구에서 문학·역사학·철학[사상] 및 경세론(經世論) 등과 같은 제반 영역을 아우르

---

1 정일균, 『갈천 임훈의 생애와 사상』, 예문서원, 2000.
2 갈천 임훈의 생애와 학문세계를 대상으로 한 연구 성과는 이하와 같다. 姜玟求, 「葛川 林薰의 文學的 想像力과 諸意識의 表出」, 『동방한문학』 22집, 동방한문학회, 2002; 鄭羽洛, 「16세기 사림파 작가들의 사물관과 문학정신 연구―林薰·李滉·曺植의 경우를 중심으로―」, 『퇴계학과 유교문화』 34집, 경북대 퇴계연구소, 2004; 강정화, 「明宗年間 遺逸의 시에 나타난 미의식―曺植·林薰·金範을 중심으로―」, 『동방한문학』 50집, 동방한문학회, 2002.[이상은 문학] 禹仁秀, 「葛川과 瞻慕堂의 歷史的 位相」, 『동방한문학』 22집, 동방한문학회, 2002; 李秉烋, 「16世紀의 政局과 嶺南士林派―林薰·林芸 理解의 前提로써―」, 『동방한문학』 22집, 동방한문학회, 2002.[이상은 역사] 崔錫起, 「葛川 林薰의 思想的 基底와 現實對應 樣相」, 『동방한문학』 22집, 동방한문학회, 2002; 崔錫起, 「南冥과 葛川의 思想的 基底와 現實對應 樣相」, 『남명학연구』 13집, 남명학회, 2002; 鄭一均, 「朝鮮時代 居昌地域(安陰縣)의 學統과 思想―葛川 林薰과 桐溪 鄭蘊의 學問論을 중심으로―」, 『동방한문학』 22집, 동방한문학회, 2002; 金鍾秀, 「葛川 林薰의 佛敎認識」, 『南冥學』 20집, 남명학연구원, 2015.[이상은 사상·철학] 김강식, 「葛川 林薰의 대민관과 현실개혁책」, 『지역과 역사』 11집, 부경역사연구소, 2002.[경세론] 한편 東方漢文學會에서는 게재된 논문들을 편집하여 『葛川 林薰과 瞻慕堂 林芸 硏究』, 보고사, 2002라는 제하(題下)의 단행본을 출간하였다.

고 있어서, 사실상 갈천학의 여실한 윤곽이 어느 정도 가시화된 상황인 것으로 분석된다. 따라서 이제 임훈이 구축한 학문세계에 관해서는 다소 전문적인 천착을 요구하는 세부적인 몇몇 주제 사안들만을 남겨두고 있는 편이다. 물론 갈천학과 연동된 당시 경상우도 권역의 학자들과의 교류 양상을 규명해 내는 일과 더불어, 또한 이들 구성원 상호 간에 주고받은 지적 파장 등과 같은 부수적인 문제들을 상세하게 재조명해 내는 작업도 후속 과제로 남아 있는 상태다.

이번의 논의에서 다루게 될 갈천학의 구조와 그 체계에 대한 문제는 임훈이 구축한 학문세계의 규모 및 개성의 문제와 직결되어 있을 뿐만 아니라, 동시에 16세기를 전후로 하여 경상우도 지역에서 형성된 독특한 학풍과도 맞닿아 있는 주제 사안이기도 하다. 그럼과 동시에 임훈이 구축한 학문세계를 의미하는 갈천학은 스승으로부터 제자에게로 전수되는 "사승(師承) (관계에) 말미암지 않고, 스스로 문호(門戶)를 세웠던" 특유한 인생 역정의 산물이기도 했다는 점에서,[3] 다소 복합적인 특성을 띠고 있을 것임이 예상된다. 물론 그렇다고 해서 "사림(士林)의 일원[間]"[4]임을 자부했던 임훈이 구축한 학문세계가 16세기 당시의 조선사회에서 형성되었던 유자(儒者) 일반의 평균적인 사상적 지형도를

---

3 林薰, 『葛川先生文集(國譯)·附錄』, 「諡狀」, 恩津林氏大宗親會, 1994, 533쪽. "不由師承, 自立門戶, 眞知實踐, 卓然爲斯文宗師." 이「시장」을 지은 이는 조선 말기의 문신으로 고종(高宗) 대(代)에 이조판서(吏曹判書)를 거쳐서 영의정(領議政)을 역임한 바가 있는 안동인(安東人) 영초(穎樵) 김병학(金炳學, 1821~1879)이다. 이후로는 간략히 『葛川集』으로 약칭하여 표기하겠음. 한편『갈천집』은 한국고전번역원이 2010년에 간행한 한국문집총간 134책에도 수록되어 있는 상태다.
4 林薰, 『葛川集』卷2, 「告湖南司馬所業儒鄕校書」, 192쪽. "如或自安於退縮, 留難於從義 … 立士林之間, 應朝廷之用, 恐無以爲面目也." 언급된 사마소(司馬所)란 조선시대 때 각 지방의 고을마다 생원(生員)·진사(進士)들이 모여서 유학을 가르치고 정치를 논의하던 곳을 말한다.

이탈했던 것은 결코 아니다. 왜냐하면 임훈 또한 유학의 주요 경전 목록들인 사서(四書)·삼경(三經)에서 출발하여 정주학(程朱學)까지를 아우르는 평균적인 경학론(經學論)의 지평을 선보였기 때문이다. 이와 관련하여 임훈이 타계한 지 약 300여 년만이 1861년(철종 12)에 그의 증시(贈諡)를 청하는 아래의 상언초(上言草) 속에는 갈천학의 요체(要諦)인 성경철학과 더불어, 또한 선생이 생전에 연찬했던 유학(儒學)의 주요 경전 목록들을 차례대로 나열해 보이고 있어 새삼 눈길을 끈다.

> 그 학문은 성경(誠敬)을 근본으로 삼은 가운데, 사자서(四子書)와 육경(六經)에 심력을 쏟았고, 『심경(心經)』과 『근사록(近思錄)』 및 낙양[洛]·민중[閩][곧 정주학]의 여러 서적들을 더욱 좋아하였습니다.[5]

즉, 위 인용문은 임훈이 살아생전에 사자서인 『논어(論語)』·『맹자(孟子)』·『대학(大學)』·『중용(中庸)』과 육경인 『시경(詩經)』·『서경(書經)』·『주역(周易)』[역경]·『예기(禮記)』·『악기(樂記)』·『춘추(春秋)』, 그리고 『심경』·『근사록』 및 『성리대전(性理大全)』·『주자대전(朱子大全)』 등으로 대변되는 정주(程朱) 성리학(性理學) 관련 서적들을 즐겨 탐독했음을 확인시켜 주고 있다. 물론 이 같은 유학의 주요 경전들은 여타 유자들의 경우에도 공통적으로 발견되는 텍스트 목록에 해당한다. 예컨대 임훈의 아우로 "소싯적부터 가인(家人) 산업(産業)[가계(家計)]에 무심했던" 맏형을 위해 그 모든 뒷감당을 대신해서 처리해 주었던 첨모당(瞻慕堂) 임운(林芸, 1517~1572)[6] 역시 갈천과 동일한 텍스트 목록으로 학업을 연마하였음이

---

5 林薰, 『葛川集·附錄』, 「葛川瞻慕堂兩先生請贈諡上言草(辛酉二月)」, 508쪽. "其學以誠敬爲本, 從事乎四子六經, 而尤喜心經近思錄洛閩諸書."
6 林薰, 『葛川集』 卷4, 「行狀」, 301쪽. "自少不事家人産業, 簞瓢屢至空匱, 有人所不堪

확인된다.[7] 다만 임운의 경우는 확인된 경전 목록 외에도, "천문(天文)과 지리(地理) 및 의약(醫藥)과 복서(卜筮)의 법(法)까지도 섭렵하였을"뿐만 아니라, 더 나아가 "산수(算數)의 학(學)[수학]과 병가(兵家)의 서적에도 뜻을 두어, 스스로 허여(許與)하고 자임(自任)하는 정도가 중대하였다."고 전한다.[8] 이렇듯 정통(正統) 유학의 경전 류를 초극한 차원에서 호대(豪大)한 학문세계를 추구하였던 임운의 열린 위학(爲學) 태도는 동시대를 전후하여 심히 이채로운 케이스에 해당하나, 더 이상의 상론(詳論)은 자제하도록 하겠다.

　그런데 임훈 형제의 경우, 퇴계(退溪) 이황(李滉, 1501~1570)과 정암(靜庵) 조광조(趙光祖, 1482~1519)에 의해 각기 적극 표장(表章)되었던 『심경』과 『근사록』이 텍스트 목록 속에 포함되고 있었음이 사뭇 눈길을 끈다. 주희(朱熹)[주자(朱子, 1130~1200)]와 그의 친구인 여조겸(呂祖謙, 1137~1181)이 공동으로 편저한 『근사록』의 경우, "의리(義理)의 정밀하고 미묘함은 『근사록』에 자세히 말하였다."는 평론을 통해서 확인되듯,[9] 정주 성리학의 주요 주제들을 이해하기 위한 입문서이자 필수문헌에 해당하는 텍스트다. 이 책은 이른바 '북송(北宋)의 네 선생'[사자(四子)]인 주돈이(周敦頤, 1017~1073)와 정이(程頤, 1033~1107)·정호(程顥, 1032~1085) 형제 및 장재(張載, 1020~1077)의 저서에서 정주학의 주요 주제들을 취합한 선집(選集)의 성격을 지니고 있다.[10] 따라서 정주학 방면에 대한 임

者 … 參奉公家業稍優, 經理周救."

7　恩津林氏大宗會, 林芸, 『瞻慕堂先生文集·附錄』, 「行狀」, 374쪽. "於書無所不讀, 而功力專在於四書近思錄心經朱子等書, 而易尤精."

8　林芸, 『瞻慕堂先生文集·附錄』, 「行狀」, 374쪽. "其他天文地理醫藥卜筮之法, 無不涉獵, 而尤留意於算數之學, 兵家之書, 多有自許自任之重."

9　『小學』, 「小學集註總論」, 學民文化社, 1990, 29~30쪽. "朱子曰, 後生初學, 且看小學書 … 又曰, 修身大法, 小學書備矣, 義理精微, 近思錄詳之."

훈의 학문적 연찬도『근사록』에 힘 입은 바가 컸을 것으로 짐작된다.
다만 임훈은 정주학적 세계 구도인 이기론(理氣論)과 함께, 당시 일세를
풍미했던 사단칠정론(四端七情論) 등과 같은 거대담론에 대해서 그 어떤
저술도 남기지 않은 묘한 특징이 발견된다.

한편 남송(南宋)의 주자학자(朱子學者)인 진덕수(陳德秀, 1178~1235)에
의해 편찬된『심경』은 차후 명대(明代)의 정민정(程敏政, 1445~1499)에 의
해 보다 풍부한 내용을 취한 해설서인『심경부주(心經附註)』로 거듭나
기에 이른다.『심경부주』는『심경』을 바탕으로 하여 송·원대(宋元代)
학자들의 새로운 학설들을 부주(附註)한 것으로,『서경』「대우모(大禹
謨)」편의 '인심도심설(人心道心說)'[11]로부터 시작하여 주희의 '존덕성재
명(尊德性齋銘)'[12]으로 대미를 장식한 텍스트로 정중한 심학서(心學書)의
성격을 띠고 있다. 차후 정민정의『심경부주』는 퇴계 이황에 의해 조
선의 학문적 풍토를 본격적인 심학화(心學化)의 장으로 인도하는 계기
를 맞이하게 되면서, 조선조 사대부들에게 실질적인 수양(修養)[수행(修
行)]의 중요성을 일깨워 준 중요한 텍스트로 급부상하기에 이른다. 물
론 이 지점에서 정주학적 심학과 육왕학(陸王學)의 심학 간에 존재하는
동이(同異) 양상에 관한 문제가 파생하지만, 이 사안을 둘러싼 더 이상

---

10 『근사록』의 주요 目次는 '周子太極通書·明道先生文集·伊川先生文集·周易程氏傳·
程氏經說·程氏遺書·程氏外書·橫渠先生正蒙·橫渠先生文集·橫渠先生易說·橫渠先
生禮樂說·橫渠先生論語說·橫渠先生孟子說·橫渠先生語錄' 등의 순서로 구성되어 있
다. 朱熹 編著,『近思錄』, 保景文化社, 1990, 97쪽 참조.
11 程敏政,『心經附註』卷1, 保景文化社, 1990, 5쪽. "帝曰, 人心, 惟危, 道心, 惟微, 惟精
惟一, 允執闕中."
12 程敏政,『心經附註』卷4, 79쪽. "尊德性齋銘曰, 惟皇上帝, 降此下民, 何以與之. 曰,
義與仁. 維義與仁, 維帝之則, 欽斯承斯, 猶懼弗克 … 任重道悠, 其敢惑怠."『心經附
註』卷4의 주자(朱子) 항목에는 '존덕성재명(尊德性齋銘)' 외에도, 유명한 '경재잠(敬
齋箴)'과 '구방심재명(求放心齋銘)' 등이 아울러 수록되어 있다.

의 자세한 논의는 피하도록 하겠다.

그런데 임훈의 경우 살아생전에 그가 "불세출(不世出)의 현인(賢人)"
으로 평한 바가 있는 이황을 직접 만난 일은 전혀 없었다.[13] 반면에
아우인 임운의 경우『도산급문제현록(陶山及門諸賢錄)』중의 「임운(林芸)」
조(條)를 통해서도 확인되듯,[14] 퇴계 이황의 문하(門下)를 드나듦으로써
명백히 사제지간(師弟之間)을 형성하게 된다.[15] 임훈이 만년(晚年)에 이
르러 "퇴계 선생과 마음이 같아서 허여함이 깊고 치밀했으니, 마치 오
래 만나기를 바랐던 것처럼 말했다."[16]는 「행장(行狀)」속 기록의 이면
에는 아우인 임운의 매개 역할이 관여한 결과였을 것임을 짐작케 해준
다. 즉, 이황과 임훈의 존재를 매개적으로 인식시켜 준 임운의 교량
역할로 인하여, 퇴계와 갈천 두 사람은 상대에 대한 존재감 자체를 충
분히 인지할 수 있었던 것이다. 그리하여 이황에 의해 적극 표장된 경
전인『심경』이 갈천학의 개성을 보다 다채롭게 채색케 하면서, 결과적
으로 갈천학이 심학화의 경향을 강화하는 과정에서 일정한 계기로 작

---

13 林薰,『葛川集』卷2,「彦陽陳弊疏」, 68쪽. "夫李滉, 不世出賢也."

14 權斗經 等編,『陶山及門諸賢錄』(서울대 규장각 소장본 古 1360-24-Ⅴ. 1-4).

15 『瞻慕堂先生文集』에는「암환헌(巖桓軒)에서 일매(一梅)를 이식(移植)하고」라는 시 2
수가 수록되어 있다. 임운은 이 시를 짓게 된 경위와 관련하여 퇴계 선생이 당시 암서
정(巖栖亭) 앞의 매화 한 그루를 가리키면서, "이것은 자네[君] 동향(同鄕)의 물건이니,
이 집에 옮겨 심어서 관상(觀賞)토록 하라."는 말에서 촉발되었음을 밝히고 있다(84
쪽). 이 기록 속에는 이황과 임운의 관계를 선생과 군(君)으로 표현하고 있음이 발견되
는데, 이는 곧 사제지간을 의미하는 것이다. 정우락은 임운의 이 시작(詩作)과 관련하
여, 광풍제월의 도학적 세계는 첨모당이 퇴계로부터 시사받은 바가 컸던 것으로 평가
했다. 정우락,「瞻慕堂 林芸의 文藝意識과 淸眞의 詩世界」, 東方漢文學會 編,『葛川
林薰과 瞻慕堂 林芸 硏究』, 보고사, 2002, 183쪽의 각주 58) 참조. 이하에서는 간략히
『瞻慕堂集』으로 표기하겠다.『첨모당집』은 한국문집총간 총서에는 수록되지 않은 상
태다.

16 林薰,『葛川集』卷4,「行狀」, 303쪽. "晚復與退溪李先生, 契許深密, 如久要云."

용했을 것으로 조심스럽게 추정해 본다. 이를테면 주희가 "성인(聖人)의 심법(心法)에 이와 바꿀 만한 것이 없다."고 평한 『서경』「대우모」편의 '인심도심설'이나,[17] 혹은 "의관(衣冠)을 바르게 하고, 바라보는 시선을 높게 하고, 마음을 가라앉히고, 마치 거처를 상제(上帝)를 대하듯이 한다."는 「경재잠(敬齋箴)」의 지침[18] 등은 이 같은 『심경』의 심학적 경향을 대표적으로 대변해 주는 사례들에 해당한다. 특히 후자인 주희의 「경재잠」이 임훈의 심학 공부에 드리운 영향력의 일단은, 가장 지근한 거리에서 스승을 줄곧 지켜보았던 문인 역양(嶧陽) 정유명(鄭惟明, 1539~1596)이 지은 아래의 「행장」속의 기록을 통해서도 분명하게 확인되고 있다.

> 경계하고 삼가하며[戒愼], 두려워하고 두려워함[恐懼]이, 항상 은미(隱微)한 가운데 서로 이루어져, 마음에 보존되어 신심(身心)과 성정(性情)의 덕(德)이 밖으로도 뚜렷하고, 일상생활에 있어서 모두 홀로 구석진 곳에 있어도 부끄러워할 만한 게 없었으니, 상제(上帝)도 떳떳이 대할 수 있었으리라!19

위 인용문과 동시에 임훈은 "의리(義理)를 분석하고 옳고 그름을 쪼개어 나눔이 매우 엄격하여, 은연중에 뺏을 수 없는 용기가 있었다."고도 전한다.[20] 이 같은 전언은 인심(人心)으로 지칭되는 인간의 생래적인

---

17 程敏政, 『心經附註』卷1, "〈附註〉朱子曰, 堯舜以來, 未有議論時, 先有此言, 聖人心法, 無以易此."

18 程敏政, 『心經附註』卷4, 「敬齋箴」, 76~77쪽. "朱子敬齋箴曰, 正其衣冠, 尊其瞻視, 潛心以居, 對越上帝."

19 林薰, 『葛川集』卷4, 「行狀」, 299쪽. "戒愼恐懼, 恒存乎隱微之際, 存諸中, 而爲身心性情之德, 著於外, 而爲酬酌應接之用者, 皆可以不愧於屋漏, 對越乎上祭矣."

20 林薰, 『葛川集·附錄』, 「葛川先生家狀草」, 573~574쪽. "其發於容辭之間者, 盎然溫厚

자연성(自然性)에 반하는 도덕적 지향성을 뜻하는 도심(道心)을 강력히 추구하였던 삶의 정황을 상기시켜 준다. 결과적으로 상기 인용문에 적시된 임훈의 평소 언행은 철저히 『심경』에서 제시된 심학적 지침에 의거하여 실천되고 있었음을 유추해 낼 수 있다. 한편 "다만 (외면을) 정제(整齊)하고 엄숙히 하면, 마음이 곧 전일(專一)해지니, 마음이 전일해지면, 저절로 사악함을 범함이 없게 된다."는 『소학』 속의 정이천(程伊川)의 언명은 유학적 일상 속에서 거경(居敬) 상태를 유지하는 방법을 설파한 대목의 일환에 해당한다.[21] 이처럼 『소학』에서 제시된 경(敬) 공부법 또한 앞의 『심경』의 그것과 긴밀히 접속되면서, 임훈이 평생토록 추구했던 성경 철학의 기조(基調)를 더욱 강화시키는 학적 계기로 작용했을 것으로 추정된다.

한편 저술 활동을 즐겨하지 않았던 임훈 생전의 처신(處身)과 『소학』의 해당 가르침 간의 상관성의 문제에 대해서도 잠시 언급해 두도록 한다. 기실 딱히 저술을 즐겨하지 않았던 학적 경향성은 임훈과 친교(親交)가 깊었던 남명(南冥) 조식(曺植, 1501~1572)은 물론이거니와, 후대의 명대(明齋) 윤증(尹拯, 1629~1714) 및 일제 강점기를 전후로 한 구한말(舊韓末) 무렵에 의당학파(毅堂學派)를 창시한 의당(毅堂) 박세화(朴世和, 1834~1910)[22] 등과 같이 '무실(務實)'의 철학을 철저하게 지향했던 학자들에게서 공히 발견되는 현상이었다. 당연하게도 이처럼 무실의 철학을

… 而義理之分析, 是非之剖判, 甚嚴, 隱然有不可奪之勇, 盖自然之中, 便有矩度矣."

21 成百曉 譯註, 『小學集註』 卷5, 「嘉言」의 제65장, (社) 傳統文化研究會, 1997, 332쪽. "伊川先生曰, 只整齊嚴肅, 則心便一, 一則自無非辟(僻)之干."

22 尹膺善, 『晦堂集』 卷14, 「行狀」, 〈毅堂朴先生行狀〉, 462쪽. "至於經說則曰, 朱子旣爲之盡心焉, 毫分縷析, 如日中天. 後學但當從事而已, 苟欲强爲之說, 而復明之者, 妄也贅也." 경기도(京畿道) 양평(楊平) 출신의 회당(晦堂) 윤응선(尹膺善, 1854~1924)은 박세화의 수제자(首弟子)로서 의당학파의 제2대 지도자로 추대된 인물이다.

독실하게 추구했던 정황은 임훈의 경우에도 동일하게 발견되고 있
다.[23] 그럼과 동시에 임훈이 저술 활동에 탐닉하지 않았던 이면에는
부친인 석천공(石泉公) 임득번(林得蕃, 1478~1561)의 훈시(訓示) 외에도,[24]
특히 "자제(子弟)의 '경박한 준수함'[輕俊]을 염려하는 자는, 오직 경학
(經學)과 글을 읽도록 가르칠 것이요, 글을 짓게 해서는 안 된다."는 정
명도(程明道)의 정중한 경계(警戒)를 포함하여,[25] 이와 유사한 가르침들
을 숱하게 제시한『소학』적 영향력이 매우 크게 작용했을 것으로도
추정된다.[26] 이 같은『소학』의 경구들은 경박한 '작문자(作文字)' 활동에
몰입하면 할수록, 오히려 "성인(聖人)의 도(道)"로 지칭된 의리(義理)를
탐구하는 도덕철학에 심각한 저해를 초래하는 결과로 이어진다는 깊
은 통찰력과 경계심을 동시에 반영해 준다.[27]

　한편 소위 사자(四子)로 지칭된 유교의 주요 성현(聖賢)들, 즉 공자(孔
子)·맹자(孟子)·증자(曾子)·자사(子思) 등에 의해 쓰인 경전들인『논어』

---

23 林薰,『葛川集·附錄』,「葛川書堂重修記」, 489쪽. "凡厥衆美, 無一非學問中做出者, 而
　至若爲己務實 …"
24 林薰,『葛川集』卷4,「行狀」, 288쪽. "進士公常言後生學未及成, 而先事著述之不可,
　故未嘗爲屬文之習."
25 成百曉 譯註,『小學集註』,「第5 嘉言」의 3장, 傳統文化硏究會, 1997, 262쪽. "明道先
　生曰, 憂子弟之輕俊者, 只敎以經學念書, 不得令作文字." 이어서 정명도는 그가 경학
　과 독서를 권장하고, "글을 짓게 해서는 안 된다."고 한 이유를 이하처럼 매우 설득력
　있게 부연 설명해 두었다. "자제들의 온갖 좋아함은 모두 뜻을 빼앗으니, 글씨와 편지
　에 이르러서는 유자의 일에 가장 가까우나, 한결같이 좋아하면 또한 스스로 뜻을 잃게
　된다.(子弟凡百玩好皆奪志, 至於書札, 於儒者事, 最近, 然一向好著, 亦自喪志.『二程
　全書 遺書』)"
26 『小學集註』,「第5 嘉言」의 69장. "伊川先生, 言 人有三不幸, 少年登高科 一不幸 …
　有高才能文章, 三不幸也."; 같은 책,「第5 嘉言」의 79장. "胡子曰, 今之儒者, 移學文藝
　于仕進之心, 而收其放心而美其身, 則何古人之不可及哉."
27 『小學集註』,「第5 嘉言」의 61장. "聖人之道, 入乎耳, 存乎心, 蘊之爲德行, 行之爲事
　業, 彼以文辭而已者, 陋矣.『通書』"

·『맹자』·『중용』·『대학』이 갈천의 경학론에 차지하고 있는 비중은 실로 심대한 수준이었다. 실상 사서(四書)는 유학적 전통에서 도통(道統) 상전(相傳)의 계보를 전시해 주는 핵심적 경전이기도 했다. 실제 앞의 인용문에서 제시된 텍스트 목록들은 대체로 임훈이 견지했던 도통 상전의 계보, 곧 요(堯)·순(舜)·공자·안자(顏子)[안연(顏淵)]·맹자·주자로 이어지는 일련의 흐름과도 일치하는 편이다.[28] 16세기를 전후로 하여 본격적인 도통 담론이 출현하기 시작했던 정황들도 당시 유자들이 즐겨 학습했던 텍스트 목록과도 직접 관련되어 있었다. 특히『논어』는 유학이 동전(東傳)한 한대(漢代) 이래로 일종의 정경(正經, cannon)과도 같은 굳건한 위상을 점유한 가운데,『효경(孝經)』과 함께 지속적인 영향력을 행사해 온 대표적인 경전이었다.

　나아가 임훈이 구축한 경학론의 세계에서 간략히 용학(庸學)으로 칭해지기도 하는『중용』과『대학』이 차지하는 의미의 비중감이 매우 특별했다는 사실을 잠시 반추해 보기로 한다. 물론 이 같은 분석이 임훈 스스로가 국왕에게 "항상『논어』와『맹자』를 읽어서, 대강 의리(義理)에 대한 논리를 압니다."라고 밝혔듯이,[29] 결코『논어』나『맹자』를 상대적으로 소홀히 대했음을 의미하는 것은 결코 아니다. 이 같은 사실은 나이 15살 적에 임훈을 배알한 직후에 큰 기대감을 받았던 동계(桐溪) 정온(鄭蘊, 1569~1641)이「묘갈명(墓碣銘)」을 통해서, "맹자의 경(敬)과 주자(朱子)의 학문이요!"라며 갈천의 학문세계를 요약해 보인 장면을 통해서도 확인되고 있다.[30] 기실 후론될『맹자』는『서경』등과 같은

28　金鍾秀,「葛川 林薰의 불교인식」,『南冥學』20집, 南冥學硏究員, 2015, 294쪽.

29　林薰,『葛川集』卷2,「代人擬上免軍疏」, 103쪽. "嗚呼, 爲儒者, 雖不能躬行而心得之, 常誦孔孟之書, 粗知義理之說."

30　林薰,『葛川集』卷2,「碣銘(幷序)」, 345쪽. "銘曰, 屹彼德岳, 峻極于天 … 入而事君,

경전과 함께, 임훈이 견지했던 원대한 경세론(經世論)을 뒷받침해 준 핵심적 텍스트라는 위상을 점유하고도 있었다.

그럼과 동시에 "지성(至誠)이 근본이 되고, 정사(政事)는 지엽[枝]·말단[末]이 되는 것"이라는 언술에서 확인되듯이,[31] "지성의 도(道)"가 제시된 제22장 등[32]으로 대변되는『중용』은 임훈이 추구한 성경 철학의 직접적인 전거를 제공해 주웠으리만큼, 임훈이 구축한 경학론의 세계에서 실로 크나큰 의미의 비중을 차지하고 있었다. 가령 "성실(誠實)하지 않으면, 사물[物, 대상]이 있을 수 없다."는 확신에 찬 언명이나,[33] 혹은 "제사를 모심에 있어서는, 일에 크고 작음에 관계없이, 반드시 정성[誠]과 공경심[敬]을 극진하게 하였다."[34]는 등과 같은 사례들은 임훈이 "지성의 도리"를 제시한『중용』을 흡사 신명(神明)을 받들 듯이 정중한 자세로 임하였다는 사실을 거듭 일깨워 준다.

한편 임훈은『중용』에 못지않게 "인군(人君)이 되어서는 어짊[仁]에 머무르라!"[35]는 군도(君道)를 제시한『대학』을 이른바 성학군주론(聖學君主論)의 요체를 제시한 경전으로서 매우 중시하였다. 갈천학의 일대 모토인 성경 철학의 또 다른 표현인 '정심(正心)·행수론(行修論)'이『대학』

孟敬朱學."

31 林薰,『葛川集』卷3,「仁政殿記」, 258쪽. "雖然誠者本也, 政者末也."

32 朱熹,『中庸集註』의 제22장. "惟天下至誠, 爲能盡其性, 能盡其性, 則能盡人之性, 能盡人之性, 則能盡物之性, 能盡物之性, 則可以贊天地之化育, 可以贊天地之化育, 則可以與天地參矣."

33 林薰,『葛川集』卷3,「仁政殿記」, 258쪽. "傳曰, 不誠無物, 旨哉." 물론 "不誠無物" 일구는『中庸章句』의 제25장인 "誠者, 物之終始, 不誠, 無物, 是故, 君子, 誠之爲貴." 이라는 경문 중의 한 구절에 해당한다.

34 林薰,『葛川集』卷4,「行狀」, 301쪽. "及其奉祭祀也, 事無纖鉅, 必致誠敬."

35 林薰,『葛川集』卷3,「仁政殿記」, 258쪽. "傳曰, 爲人君, 止於仁, 是仁者, 君天下之大本也."

의 팔조목(八條目)[36]에서 직접 천명되었다는 사실 또한 임훈이 『대학』을 얼마나 중시하였던가 하는 점을 잘 반증해 주고 있다. 이에 이번 제Ⅱ장에서는 임훈이 수립한 학문 세계에 대해 뚜렷한 학적 연원을 제공준 것으로 판단되는 일두(一蠹) 정여창(鄭汝昌, 1450~1504)의 용학론(庸學論)이 수행한 남상(濫觴)으로서의 역할에 대해 간략히 언급해 두고자 한다. 실제 임훈의 학문세계에서 점유하고 있는 『중용』과 『대학』의 의미 비중은, 일견 정여창의 경학론에서 차지하고 있는 『중용』·『대학』의 비중을 언뜻 연상케 해주고 있기 때문이다.

그런데 비교적 최근에 이르러 현전하는 정여창의 문집 중의 일부 자료들이 타인의 저술로 최종 판명된 사실이 있다.[37] 자연히 무오사화(戊午士禍, 1498)의 여파 끝에 부인(婦人)에 의해 대부분의 저술들이 소실(燒失)되고야 말았던 정여창 관련 자료는 더욱 희귀해진 상태에 처해졌다. 그러나 현전하는 『일두집(一蠹集)』만으로도 갈천학의 연원을 탐색하기 위한 논의를 진행하기에는 큰 부족함은 없기에, 그나마 다소 위안을 얻게 된다. 무엇보다 본 논의와 관련하여 주목되는 점은 비록 일실(逸失)되고야 말았지만, 정여창이 『대학』과 『중용』을 대상으로 한 본

---

36 朱熹, 『大學集註』의 제1장. "古之欲明明德於天下者, 先治其國, 欲治其國者, 先齊其家, 欲齊其家者, 先修其身, 欲修其身者, 先正其心, 欲誠其意者, 先致其知, 致知, 在格物."

37 김용헌에 의해 『일두속집(一蠹續集)』에 수록된 〈理氣說〉·〈善惡天理論〉·〈立志論〉이 호남(湖南)의 명유(名儒)인 곤재(困齋) 정개청(鄭介淸, 1529~1590)의 저술로 판정되었다. 실제 이 세 편의 저술들은 정개청의 문집인 『愚得錄』 권1의 「論學」 속에 〈論立志〉·〈善惡皆天理論〉·〈理氣說〉이라는 제하의 글로 등재되어 있는 상태다. 김용헌, 「도학의 형성, 점필재 김종직과 그의 문생들의 도학사상」, 『한국학논집』 45, 계명대 한국학연구원, 2011, 178쪽 참조. 한편 이 사실을 앞서 파악했던 김영우는 『일두집』에 수록된 서간문 가운데 〈答或人〉·〈與或人〉도 정여창의 것이 아니라는 사실을 추가적으로 제기한 사실도 있다. 김영우, 「일두 정여창의 성리설 고찰」, 『嶺南學』 24, 경북대 영남문화연구원, 2013, 227~230쪽 참조.

격적인 경전(經傳) 해석학인 『용학주소(庸學註疏)』를 남겼다는 사실일
것이다.[38] 이 점 정여창이 유학의 경전들 중에서 『대학』과 『중용』에
지대한 의미 부여를 하고 있었다는 사실을 반증해 준다. 뿐만 아니라
1610년(광해군 2)에 어우당(於于堂) 유몽인(柳夢寅, 1559~1623)[39]이 국왕을
대신하여 제진(製進)한 아래의 「교서(敎書)」 중에는, 본 논의와 관련하
여 매우 중요한 내용도 포함되어 있었다.

> 그런데 경(卿)[정여창]이 능히 먼저 증자(曾子)와 자사(子思)의 책에
> 서 도(道)를 얻어서 진실의 바탕에 힘써, 그 참맛을 알고 그 경지에 들어
> 가, 실오라기 하나만큼도 가식이 없었습니다.[40]

곧장 이어서 유몽인은 정여창이 "평생토록 뜻을 다잡아 몸을 규율하
였고, 출처를 바르게 하였으며, 벼슬하고 물러감을 때에 맞게 하여,
한결같이 옛 성현(聖賢)의 법도대로 몸을 단속하였다."는 일두 생전의
고결한 행적(行蹟)도 추가적으로 기술해 두었다.[41] 또한 유몽인은 적시
된 바로 이 같은 정여창의 학문과 도덕[곧 경명행수] 등으로 인하여, "동
방학(東方學)의 비조(鼻祖)"였던 포은(圃隱) 정몽주(鄭夢周, 1337~1392) 이

---

38 鄭汝昌, 『一蠹先生遺集』 卷1, 「雜著」, 3쪽. "庸學註疏, 逸." 『용학주소』 외에도, 『主客問答』과 『進修雜著』도 유실되었다. 쪽수 표시는 정여창 저(박헌순 옮김), 『국역 일두집』, 민족문화추진위원회, 2004의 뒷면에 실린 원문을 반영한 결과임. 이하로는 간략히 『一蠹集』으로 약칭하도록 하겠다.

39 유몽인은 조선 중기의 문신으로 한국 최초의 야담집(野談集)인 『於于野譚』을 저술한 설화 문학가이기도 했다. 한성부좌윤(漢城府左尹)과 대사간(大司諫) 등의 관직을 역임하였다.

40 鄭汝昌, 『一蠹集』 卷3, 「附錄·敎書(庚戌從祀文廟時, 柳夢寅製進)」, 17쪽. "卿能先得之曾思書, 務於眞實地, 嚌裁造閫, 不借一縷飾."

41 鄭汝昌, 『一蠹集』 卷3, 「附錄·敎書」, 17쪽. "平生秉志度身, 正出處, 時仕止, 一追古聖賢繩律之."

후로 단절된 도학(道學)의 정맥(正脈)을 이을 수 있었던 것으로 진단하기도 하였다.[42] 실제 정여창의 경우 성균관으로부터 경명행수(經明行修)의 제1인자로 천거된 사실도 있었는데,[43] 그 이면에는 "증자(曾子)와 자사(子思)의 책에서 도(道)를 얻었던" 데서 힘입은 바가 컸음을 상기 인용문은 확인시켜 주고 있다. 따라서 "(안음의) 현인(縣人)들인 임훈(林薰)·임운(林芸) 형제는 정여창[汝昌]의 학문을 사숙(私淑)하여, 조용히 산림(山林)에서 수양하면서, 성현에 감동되어 사모하였다."고 평한 바와 같이,[44] 진정으로 정여창을 사숙했던 임훈이『중용』과『대학』을 중시했던 이면에는 일두의 학문세계가 드리운 깊은 파장이 가로놓여 있었음을 충분히 짐작케 해준다. 실제 임훈과 처남 매부 사이였던 황산(黃山)의 요수(樂水) 신권(愼權, 1501~1573) 또한 갈천학의 연원이 정여창의 학문세계와 맞닿아 있다는 점을 다음과 같이 증언해 두었음이 주목된다.

　　갈천의 학문은 (정여창) 선생의 학문세계를 계승하여 사숙[淑]하였으니, (갈천) 선생의 학문을 배우고자 하는 이는, 이것이 (바로) 그 절차이니, 너희들은 반드시 먼 곳에서 구하려고 하지를 말라![45]

---

42 鄭汝昌,『一蠹集』卷3,「附錄·敎書」, 17쪽. "… 而至夢周, 鼻祖東方學, 迄今尙之, 後無聞踵厥式者 …於是乎眞儒矣."

43 鄭汝昌,『一蠹集』卷2,「附錄·事實大略」,〈十六年(成宗大王十一年, 庚子)〉, 5쪽. "上諭成均館, 求經明行修, 館中擧先生爲第一."

44 林薰,『葛川集·附錄』,「朝鮮王朝實錄要抄」, 457쪽. "縣人林薰林芸兄弟, 私淑汝昌之學, 靜養山林, 動慕聖賢, 玆皆一國之善士, 故以此配食."

45 吳煥淑,『鄕賢集과 鄕土史料』, 거창문화원, 2000, 132쪽. "葛川之學承淑先生, 則欲學先生者, 此其階梯, 汝等不必遠求也." 이 구절들은 신권이 자제들에게 타이른 내용 중의 일부에 해당한다. 이 인용문 바로 앞부분에는 "일두 선생은 일찍이 우리 고을에서 교화를 베푸셨으니, 백성들이 지금에 이르기까지 잊지 않고 있다.(公嘗語子弟日 … 一蠹先生曾莅我邑, 南康之化, 民到于今不忘.)"는 칭송이 기술되어 있는 상태다.

그런데 갈천학의 중요한 연원을 지적해 둔 상기 인용문은 임훈이 정여창의 학문세계에서 승숙(承淑)한 양상이 비단 『대학』과 『중용』을 중시한 선에서 그치는 정도가 아니었음을 동시에 시사해 주고도 있다. 그런 점에서 이상에서 진행한 논의에 추가하여 정여창이 『소학(小學)』 공부를 대단히 중요시하였다는 사실을 기록해 둔 족제(族弟)인 정여해(鄭汝諧, 1450~1530)[46]의 아랫 증언도 아울러 찬찬히 음미해 볼 필요가 있다.

> 한 부의 『소학』을 읽어서
> 함양(涵養) 공부가 순숙(純熟)해졌으며,
> 그 다음으로 사서(四書)를 읽어
> 방법이 어그러지지 않았습니다.[47]

이렇듯 정여창이 평생 동안에 걸쳐서 진지하게 연마한 『소학』 공부의 결과는 "경(敬)으로써 몸을 검속하였고, 돈독함으로써 뜻을 세우는", 즉 "기초와 근본이 저절로 확립되는" 공부론적 효과로 나타나기에 이르

---

46 일두와는 종중(宗中)으로 호가 둔재(遯齋)인 정여해는 김종직(金宗直)의 문하에서 수업하여, 김굉필(金宏弼)·정여창 등과 교유한 인물이다. 1480년에 진사시에 합격한 이후, 효렴(孝廉)으로 천거되어 삭주(朔州) 교수(敎授)를 지냈다. 무오사화(戊午士禍)가 유발되자 고향인 전남(全南) 화순(和順)의 해망산(海望山) 속으로 은거하여 후진 양성에 전념하였다.

47 鄭汝昌, 『一蠹集·續集』 卷2, 「祭文(族弟鄭汝諧)」, 46쪽. "一部小學, 涵養純熟, 次及四子, 蹊逕不忒." 인용문 중의 "涵養純熟"은 주희가 『소학』의 전체 내용을 개괄해 보인 「小學集註總論」에 연원한 구절이다.(『小學』, 31쪽): "又曰, 古人, 由小學而進於大學, 其於灑掃應對進退之間, 持守堅定, 涵養純熟, 固已久矣, 大學之序, 特因小學已成之功." 그러나 논자들이 일반적으로 범하는 오류와는 달리, 주자학적 공부론의 한 국면인 미발시심체(未發時心體)에 적용되는 공부론인 '함양설(涵養說)'과는 무관한 개념임을 지적해 둔다.

렀던 것이다.[48] 정여창이 『소학』 공부를 중시했던 정황은 "대유(大猷)[김 굉필]와 백욱(伯勗)[정여창] 두 사람의 조행(操行)은 『소학』으로 자신을 규율하여, 그 조예가 실로 추강(秋江)[남효온]과는 달랐다."는 「찬술(讚述)」의 평을 통해서도 거듭 확인되고 있다.[49] 기실 이상과 같이 "고인(古人)들이 학문을 하는 차제(次第)를 좇아 『소학』과 『대학』을 우선시했던" 특별한 학문적 전통은 '김(金)·정(鄭)'[50] 양인(兩人)의 스승이자 사림의 종장(宗匠)이었던 점필재(佔畢齋) 김종직(金宗直, 1431~1492)으로까지 소급되고도 있었다. 다시 말해서 『소학』과 『대학』 두 텍스트는 영남(嶺南) 사림파의 정통적인 도학적 커리큘럼에 해당했던 것이다. 한훤당(寒暄堂) 김굉필(金宏弼, 1454~1504)은 그가 42세 되던 1472년(성종 3)에 스승인 김종직을 방문하고, 가르침을 받은 내용과 그 방식 등을 아래처럼 전언하고 있다. 이때는 김굉필이 경상도 함양(咸陽) 군수(郡守)로 재직하던 무렵이었다.

일두(一蠹) 정여창(鄭汝昌)과 한훤(寒暄) 김굉필(金宏弼)은 서로 친구 사이로서 함께 (김종직) 선생의 문하에 와서 배우기를 청하니, 선생은 고인(古人)이 학문한 차례를 따라 가르쳐서, 먼저 『소학』과 『대학』을 읽히고, 마침내 『논어』와 『맹자』를 읽도록 하였다.[51]

---

48 鄭汝昌, 『一蠹集·續集』 卷2, 「祭文(族弟鄭汝諧)」, 46쪽. "律身以敬, 立志以篤, 日月就將, 基根自立."

49 鄭汝昌, 『一蠹集』 卷3, 「讚述」, 33쪽. "金大猷鄭伯勗戒止之, 二公操履, 以小學自律, 其所造實與秋江異."

50 언급된 '김(金)·정(鄭)'이란 김굉필과 정여창을 병칭한 표현이다. 즉, 정여창이 "김굉필과 함께 점필재를 스승 삼아 뜻이 같고 도가 합치하였으니, 당시 사람들이 '김·정'이라고 일컬었다."고 전한다.(『一蠹集』 卷3, 「讚述」, 31쪽): "與金宏弼同師佔畢齋, 志同道合, 時人稱爲金鄭."

51 金宗直, 『佔畢齋·附錄』, 「年譜」, 〈壬辰〉條, 98쪽. "一蠹鄭汝昌與寒暄金宏弼相友, 詣

이처럼 김종직이 "『소학』을 경유하여 『대학』에 나아가는"식의 고인
(古人)의 공부법을 엄히 준수한 이면에는, "그 (『소학』의) 물 뿌리고 쓸
며 응하고 대답하며 나아가고 물러가는 사이에, 잡아 지킴이 굳고 안정
되며 함양함이 순수하고 익숙함이 진실로 이미 오래 되었으니, 『대학』
의 순서는 다만 『소학』에서 이미 이룬 공(功)에 인할 뿐이다."라고 설파
한 주희의 공부법을 반영한 것으로 분석된다.[52] 즉, 『소학』을 공부하는
단계에서 이미 '근기(根基)·정채(精采)·본령(本領)'[53] 등으로 지칭된 기초
를 굳건한 수준으로까지 함양하였기에, 범주가 보다 확장된 『대학』 공
부를 통해서는 그 원리를 탐구하면 된다는 것이다. 주희가 『소학』과
『대학』 간에는 "그 도(道)가 하나일 뿐"이라는 전제 하에, "『소학』은 곧
'일[事]'이니, 이를테면 임금을 섬기고, 부형(父兄)을 섬기는 등의 일이
요, 『대학』은 곧 이 '일'의 이치[理]를 밝히는 것"[54]임을 거듭 역설해 보
인 이유 또한 바로 이러한 맥락에서였다. 따라서 상기 인용문 속에 드
러난 김종직의 교육적 지침은 공부의 순서를 망각한 채 진행되는 소위
엽등(躐等)의 폐해를 심히 우려했던 주희의 공부론을 존중한 결과로써
피력된 것이었음을 이해하게 된다. 이는 현대의 교육학에서 취급하는
여러 이론들 중에서, 특히 브루너(Jerome S. Bruner)가 제창한 이른바
나선형(螺旋形) 교육과정(敎育課程, spirall curriculum)과도 일맥상통하는

先生門下請學, 以古人爲學次第敎之, 先讀小學大學, 遂及語孟."

52 각주 47) 참조.

53 朱熹, 『小學集註』, 「小學集註總論」, 31쪽. "又曰, 古人於小學, 存養已熟, 根基已自深
厚, 到大學, 只就上點化出些精采."; 같은 책, 같은 곳, 32쪽. "又曰, 古人, 小學, 敎之以
事, 便自養得他心 … 今人, 旣無本領, 只去理會許多閑汩董, 自方措置思索, 反以害心."

54 成百曉 譯註, 『小學集註』, 「小學集註總論」, 25쪽. "又曰, 古之敎者, 有小學, 有大學,
其道則一而已, 小學, 是事, 如事君事父兄等事, 大學, 是發明此事底理, 就上面講究委
曲所以事君事親等事是如何."

교육 방식인 것으로 평가된다. 이 이론은 교육과정의 조직 원칙의 하나
인 계열성(系列性)의 원칙에 입각하여 지식의 구조를 가르쳐야 한다는
것으로 발달과정을 중시한 특징이 있다. 이와 마찬가지로 김종직 역시
"학문을 하는 데는 차례를 뛰어 넘어서는 안 된다.[爲學不可躐等]"는 점
을 역설한 부친 강호(江湖) 김숙자(金叔滋, 1389~1456)의 교육관에 따라
사서와 육경을 배우기 이전 단계에서『소학』을 먼저 읽었던 것으로
확인되고 있다.[55]

　여하간 정여창과 김굉필 등은 스승 김종직이 제시한 도학적 커리큐
럼을 존중하여 그대로 따랐고, 그 결과 "그들은 날로 선생의 가르침을
받아서, 이윽고 강령(綱領)과 지취(旨趣)를 알고 나서는 도의(道義)를 연
구하고 궁리하는" 심오한 도학의 세계로 진입할 수 있었던 것이다.[56]
겸하여 상기 인용문은 김종직에 연원하는 학맥(學脈) 혹은 도맥(道脈)이
정여창과 김굉필 두 사람에게로 전승되고 있는 장면을 전시해 주고
있다는 점에서도 대단히 주목할 만한 대목에 해당한다.

　따라서 앞서 소개한 임훈 생전의 주요 텍스트 목록 속에는 비록『소
학』일서(一書)가 누락된 상태이긴 하지만, 진중한 마음가짐으로 정여
창을 사숙(私淑)했던 갈천[57] 역시 "수신(修身)의 대법(大法)"[58]인『소학』적

55　김종직 저(임정기 역),『국역 점필재집 Ⅲ』, 민족문화추진위원회, 1997, 283쪽. 그런데
　　부친은 김종직에게 "『동몽수지(童蒙須知)』・『유학자설(幼學字說)』・『정속편(正俗篇)』
　　을 가르쳐 주고, 모두 배송(背誦)하게 한 다음에,『소학』을 읽도록 하였다.(初授童蒙須
　　知幼學字說正俗篇, 皆背誦, 然後令入小學)"고 한다. 김숙자 또한 12살 때 야은(冶隱)
　　길재(吉再, 1353~1419)로부터『소학』과 경서(經書)를 배웠던 것으로 알려져 있다. 이
　　러한 정황들은『소학』이 영남 사림파가 형성되는 과정에서 중요한 텍스트적 기능을
　　발휘하였을 것임을 시사해 준다.

56　金宏弼,『佔畢齋・附錄』,「年譜」,〈壬辰〉條, 98쪽. "日承指教, 尋知綱領旨趣, 研窮
　　道義." 쪽수 표시는『국역 점필재집 Ⅲ』(1997)의 뒷면에 등재된 원전(原典)의 것을
　　따랐음.

율신(律身)의 공부에 매우 철저했을 것임을 어렵지 않게 유추해 낼 수
있다. 실제 임훈이『소학』이 제시한 지침에 준하여 언행을 가다듬곤
했던 정황은 문집 도처에서 발견되고 있다. 기실 임훈과 처남 매부 관
계였던 신권(愼權)만 하더라도『소학』으로서 수신의 근본을 삼았다는
사실이 확인되고 있을 뿐더러, 더욱이 두 사람은 서로 즐겨 강론(講論)
을 일삼았다고도 한다.[59] 그럼에도 불구하고 유독 임훈의 경우만『소
학』책을 폐했다고 한다면, 이는 상식을 벗어난 한갓 어불성설에 불과
할 것이다. 따라서 앞서 소개한 임훈의 독서 목록에는『소학』이 누락
된 상태임이 명백해 보인다. 그리하여 김숙자·김종직에서 정여창 →
임훈으로 굴절되어 이어지는 영남 사림파의 정신적 에토스(ethos) 혹
은 엄정한 산림(山林)의 기풍(氣風)이『소학』에 의해 적극 매개되는 양
상을 취하면서 갈천이 구축한 경학론의 세계 속으로 스며들기에 이르
렀던 것이다. 임훈을 두고 사림파의 기질을 강하게 지니고 있다는 평
가[60]는 이상에서 논급한 사실들을 보다 종합적으로 고려하고서야 가
능한 일이다.

한편 고령유씨(高靈俞氏)인 임훈 부인의 경우 김종직 문하에서 수업
하면서 정여창과도 친교(親交)가 매우 두터웠던[61] 뇌계(瀍溪) 유호인(俞

---

57 『仁祖實錄』, 인조 12년 3월 16일(壬寅). "縣人林薰林芸兄弟, 私淑汝昌之學, 靜養山林,
　動慕聖賢, 玆皆一國之善士." 이 기록은 안음(安陰)의 사인(士人) 신경직(愼景稷) 등이
　안음에 있는 정여창의 서원에 사액(賜額)할 것을 국왕에게 청하면서 상소한 글이다.
58 程敏政,『小學集註』,「小學集註 總論」, 30쪽. "又曰, 修身大法, 小學書備矣."
59 吳煥淑,『鄕賢集과 鄕土史料』, 거창문화원, 131쪽 참조.
60 이수건,「葛川 林薰과 嶺南學派」,『갈천 탄신 500주년 기념학술발표대회 자료집』,
　2000, 18쪽 참조.
61 『일두집』에는 정여창이 유호인이 타계한 이후에 지은 제문(祭文)인「제유뇌계호인문
　(祭俞瀍溪好仁文)」이 수록되어 있다. (1쪽) 이 제문에서 정여창은 유호인을 향해 "큰
　기개는 붕새가 나는 듯했다.[大氣鵬擧]"는 말로써, 뇌계의 호대하면서도 의연한 기상

好仁, 1445~1494)의 손녀였다는 사실은, 갈천이 영남 사림파의 기풍에
원천적 친연성을 유지하게 한 또 다른 요인으로 작용하였을 것으로
추정된다. 실제 임훈은 유호인 사후(死後)에 남다른 존경심과 추모의
정이 담긴 「뇌계선생유공행장(㵢溪先生俞公行狀)」을 지어 바친 바가 있
다.[62] 이러한 사실은 사림 명문가의 후예인 유호인의 삶이 갈천의 학문
과 사상을 형성하는 데 중요한 배경으로 작용하였을 것임을 짐작케
해준다.[63] 이를테면 임훈은 유호인이 가법(家法)으로 전한 "군자(君子)는
모름지기 임금을 속이지 말아야 한다!"는 일구(一句)로써 행장의 대미
로 장식했던 사실은 그 구체적인 사례 중의 하나에 해당한다.[64] 이 같
은 정황들은 정여창의 종자(從子)[조카]인 정희삼(鄭希參)이 전언한 아래
의 기록과 함께, 김종직·정여창·유호인 등과 같은 인물들로 대변되는
영남 사림파의 기맥(氣脈)이 임훈에게로 접목되는 구체적인 장면에 해
당한다는 점에서 대단히 주목할 만한 대목인 것이다.

> … 독서(讀書)를 함에 있어서는 궁리(窮理)로 핵심을 삼았으며, 처심
> (處心)을 함에 있어서는 '속이지 않는 것[不欺]'로 기둥을 삼았다. 무릇
> 몸가짐과 일 처리를 함에 있어서는 한결같이 성경(誠敬)으로써 일용(日
> 用) 공부(工夫)를 삼았다.[65]

다시 말해서 임훈이 갈천학의 요체이자 강령을 성경 철학으로 확정

을 기렸다.

62 林薰, 『葛川集』 卷2, 「㵢溪先生俞公行狀」, 127~129쪽.

63 정일균, 『葛川 林薰의 생애와 사상』, 예문서원, 2000, 90쪽.

64 林薰, 『葛川集』 卷2, 「㵢溪先生俞公行狀」, 129쪽. "語瑛曰, 君子要須不欺君, 吾於事
君, 實無所欺, 汝若得一命, 當以爲家法, 此乃公平生所守也."

65 鄭汝昌, 『一蠹遺集·附錄』 卷3, 「行狀(二)」, 22쪽. "其爲學, 一以伊洛爲法, 讀書, 以窮
理爲要, 處心, 以不欺爲主, 凡持己行事, 一以誠敬爲日用工夫."

한 장면이라거나,[66] 혹은 '성경(誠敬)·사무사(思無邪)·무자기(毋自欺)' 등
과 같이 의미심장한 좌우명들을 창이며 벽, 그리고 책상 등과 같은 곳
에 크게 써 붙여두었던 이면에는,[67] 이처럼 연원 깊은 학문적 유래를
반영해 주고도 있었던 것이다. 또한 임훈은 그러한 과정 속에서, "눈으
로 늘 주시하고, 마음으로 깊이 생각하면서, 늘 두려워하고 근심하듯
이 하여, 스스로 받들기를 심히 검약(儉約)하였다."고 한다.[68] 이는 마치
앞서 주희가 설파한 "… 하는 사이에 잡아 지킴이 굳고 안정되며 함양
함이 순수하고 익숙함이 진실로 이미 오래 되었다."는『소학』의 공부
론적 계위(階位)를 연상케도 해준다.[69] 그 결과 임훈은 "그윽이 혼자 있
어도 태만(怠慢)하지 않았고, 경(敬)을 보전하여 구박(拘迫)하지도 않았
으며, 성(誠)을 보존하여 안팎이 다르지도 않아서, 자연스러운 가운데,
마치 성법(成法)을 갖춘 듯한" 심오하고도 고결한 정신세계에 진입할
수 있었던 것이다.[70] 이 구절은 흡사『중용』의 이른바 "성(誠)으로 말미
암아 밝아짐을 성(性)이라 이른다."는 한 구절을 방불케도 해준다.[71] 다
시 말해서 임훈은『소학』과『중용』등과 같은 유학의 경전들이 제시한
일련의 지침들에 따라 일평생 치열한 경명행수의 길을 성실하게 걸어
나간 결과, 그 나름의 분명한 자아실현을 성취한 단계에 진입할 수 있
었던 것으로 분석된다.

---

66 林薰,『葛川集』卷2,「葛川瞻慕堂兩先生請贈諡上言草」, 486쪽. "其爲學以誠敬爲本."
67 林薰,『葛川集』卷2,「諡狀」, 532쪽. "窓几間, 大書誠敬二字, 及思無邪, 無自欺等語."
68 林薰,『葛川集』卷2,「諡狀」, 532쪽. "目擊心思, 尙自惕厲, 自奉甚約."
69 『小學』,「小學集註總論」, 31쪽. "又曰, 古人, 由小學而進於大學, 其於灑掃應對進退之
間, 持守堅定, 涵養純熟, 固已久矣."
70 林薰,『葛川集』卷2,「碣銘(并序)」, 343쪽. "不以幽獨有所怠慢, 持敬不爲拘迫, 存誠無
間內外, 自然之中, 若有成法矣."
71 朱熹,『中庸集註』의 제21장. "自誠明, 謂之誠, 自明誠, 謂之敎, 誠則明矣, 明則誠矣."

한편 임훈은 이상에서 논구한 유학적 전통의 사유체계 외에도, 노장철학(老莊哲學)과 불교의 교학체계(敎學體系) 일부까지를 통섭(統攝)했던 자취도 아울러 포착되고 있다. 이러한 정황들은 임훈이 구축한 학문세계가 16세기를 전후로 한 조선 지성계의 평균적인 추이와는 다소 변별되는 호방한 스케일과 학적 풍취(風趣) 정도를 아울러 전시해 주고 있다. 이렇듯 임훈의 경우처럼 정통(正統)과 이단(異端)을 명확히 구획했던 도통론이 점차 체계화되기 시작했던 시기였음에도 불구하고, 이단적 사유체계를 상징해 주었던 노장철학과 불교교학을 두루 섭렵했던 사실은 상당히 이채로운 사례에 해당한다. 이 점에 대해서는 제Ⅲ장의 3절에서 보다 상세하게 취급하도록 하겠다.

Ⅲ. 갈천 학문세계의 제 범주

1. 사서경학(四書經學)

1) 『논어』와 『맹자』

앞서 우리는 임훈이 개척한 학문 세계의 대체와 함께, 또한 갈천학에 분명한 학문적 연원을 제공해 준 몇몇 사례들을 선별적으로 살펴보았다. 이제 그러한 선행 토대 위에서 갈천 학문 세계를 지탱하고 있는 세부적인 범주들에 대한 개괄적인 검토를 진행하는 절차를 갖도록 하겠다. 이에 이번 제1절에서는 임훈이 영위한 삶과 학문 세계에서 차지하는 사서 경학의 비중과 그 안에 깃든 일련의 의미망들을 우선적으로 고찰하도록 한다. 또한 그 순서는 사자서(四子書)에 대한 전통적인 분류 방법에 따라 『논어』와 『맹자』, 그리고 『중용』과 『대학』의 차례에 준하여 진행토록 한다.

여타의 유학자들과 마찬가지로 임훈도 공자와 맹자를 성현(聖賢)으로 간주하는 전통적인 유학의 관점을 충실히 계승하고 있었음은 너무나 당연한 일이었다. 이는 "공·맹(孔孟) 같은 성인[聖]·현자[賢]도, 오히려 송(宋)나라와 위(衛)나라의 뜰에서 방황했으며, 제(齊)나라와 양(梁)나라의 길에서 초조했었다."는 임훈의 회고성 언술을 통해서 그대로 확인되는 바이다.[72] 특히 유학을 창도한 성인(聖人)인 공자를 향한 임훈의 시선은 실로 지극한 수준이었다. 의지와 감정을 소유한 거룩한 인격천(人格天)인 하늘[天]과 동일시된 성인인 공자를 바라보는 임훈의 지극한 시각은 다음과 같이 부연되고 있었다.

> 신(臣)은 하늘[天]과 성인(聖人)은 하나라는 사실을 들은 바가 있습니다. 천(天)은 하늘에서의 성인이시며, 성인이란 인간 세계에서의 천인 것입니다. 천은 만물에게 비·이슬·서리·눈 따위를 내려주어 삶[生]을 길러 줍니다. 그러나 기운을 조화하여 화창하게 하고, 그 흐름을 형통하게 하며, 인도하고 도달하게 하는 것은 풍교(風敎)입니다. 오직 성인만이 이 풍화[風]를 본받았으니, 예의(禮義)와 형정(刑政)으로써 다스리고 교화(敎化)시키는 방법으로 삼았던 것입니다.[73]

위 인용문 속에는 자연계와 인간사회 혹은 천인(天人) 연속적 지평이라는 토대 위에서, 성인의 존재론적 위상을 신격화(神格化)한 근대 이전 시기에서의 전형적인 성인관(聖人觀)이 잘 드러나 있다. 이는 임훈이

---

72 林薰, 『葛川集』 卷2, 「送富韓公北使契丹詩序」, 184쪽. "以孔孟之聖, 猶且遑遑於宋衛
  之郊, 汲汲於齊梁之道."
73 林薰, 『葛川集』 卷3, 「南薰殿記」, 262쪽. "臣聞天與聖仁一也, 天者在天之聖人, 而聖
  仁者在人之天也. 天之於物也, 雨露也霜雪也, 無非所以生育, 而至於宣暢氣化, 導達流
  亨之意者風也, 惟聖人則之, 禮義也刑政也, 無非所以治化."

그만큼 유학의 성인인 공자를 존숭(尊崇)하고 절대시하였다는 사실을 반증해 준다. 동시에 윗글은 교육과 정치 두 방면에 대한 임훈의 깊은 관심의 일단이 잘 노정되어 있기도 하다. 결국 이와 같은 현상들 또한 근본(根本) 유자(儒者)로서의 임훈의 처지를 간접적으로 확인시켜 주는 사례들에 해당한다. 또한 이 모든 것의 중심에는 공자로 대변되는 유학의 창시자가 자리 잡고 있었는데, 이 점 임훈이 『논어』가 발휘해 온 정경적(正經的) 권위를 무한히 신뢰하였음을 암시해 주기도 한다.

그 연장선에서 임훈은 "오호라! 이미 인(仁)을 잃고, 또 의로움[義]까지도 잃었으니, 장군(將軍)으로서의 인격[爲人]이 슬프지 않습니까?"라며 연(燕)나라 장군을 강하게 질타한 대목에서 확인되듯,[74] 공자·맹자가 주창한 유학 본연의 인의(仁義)의 도(道)를 적극 환기시켜 보이고도 있었다. 「의노중련연장군서(擬魯仲連遺燕將軍書)」로 명명된 이 글은 전국시대 때에 제(齊)나라의 현인(賢人)인 노중련(魯仲連, BC 305?~BC 245?)이 연나라 장군에게 보내는 편지를 가설한 형식을 취한 작품이다. 특히 「의노중련연장군서」는 임훈의 역사인식이 특유의 문학적 상상력을 통하여 표출된 작품으로 평가되고 있다.[75] 본 논의와 관련하여 보다 중요한 사실은 임훈이 인의의 도리를 사람됨을 뜻하는 '위인(爲人)'을 위한 필수적인 조건으로 설정하고 있었다는 점일 것이다. 이 점 임훈이 착지한 근본 유자로서의 이념적·사상적 입각점을 잘 전시해 주고 있기 때문이다. 또한 임훈은 자신이 견지한 바로 이 같은 이념적·사상적 입각점에 의거하여 노장철학과 불교 등과 같은 제반 이단적 사유체

---

74 林薰, 『葛川集』卷2, 「擬魯仲連遺燕將軍書」, 203쪽. "嗚呼, 旣失其爲仁, 又喪其爲義, 將軍之爲人, 不亦悲乎."

75 이 점에 대해서는 姜玟求, 「葛川 林薰의 文學的 想像力과 諸意識의 表出」, 東方漢文學會 編, 『葛川 林薰과 瞻慕堂 林芸 硏究』, 보고사, 2002, 125~130쪽 참조.

계를 향한 통섭 노력에도 분명한 선을 그을 수가 있었던 것이다.[76] 임
훈이 일두 정여창을 기리기 위한 사당(祠堂) 건립을 독려한 기문(記文)
을 통해서, 유달리 유학의 도리인 "효제(孝悌)·충신(忠信)의 도(道)"를 역
설했던 장면 또한 『논어』에 기반한 자신의 유자적 정체성을 선명하게
드러내어 보인 장면에 해당한다.[77]

이처럼 인의·효제·충신의 도리를 극진하게 실천함으로써 사람됨의
완성을 추구하였던 임훈이었기에, 그가 닮아야 할 그 어떤 동일시 모
델이 '요청'되고도 있었다. 그런 점에서 공자가 '삼월인(三月 仁)'으로
평하면서 극구 찬양해 마지않았던 안회(顔回)[안연][78]는 영원한 역사적
무대 위에서 대면(對面)한 동일시 모델의 한 전범(典範)으로 인식되기에
충분한 인물이었다. 임훈은 안회를 '나의 친구[五友]'라며 다소 친숙한
표현을 사용하는 가운데서도, 또 다른 한편에서는 그가 안회를 심히
존중했던 이유를 다음과 같이 제시해 두었다.

군자(君子)의 즐거움은 종고(鐘鼓)에도 있지 않고, 부귀에도 있지 않
다. 하늘로부터 받은 바를 마음으로 편안하게 여기니, 그 즐거움은 어디
를 가더라도 마찬가지이다.[79]

임훈은 안회가 종고(鐘鼓)·부귀(富貴) 따위로 대변되는 일체의 세속
적 유희거리나 가치들을 완전히 초월한 채 "하늘로부터 받은 바[곧 인의

76 金鍾秀, 「葛川 林薰의 佛敎認識」, 『南冥學』 20집, 南冥學硏究員, 2015, 314쪽.
77 林薰, 『葛川集』 卷3, 「文獻公一蠹先生祠堂記」, 279쪽. "使吾鄕之人, 能不忘先生之化, 勉爲孝悌忠信之化, 則漁立祠之意, 得矣."
78 『論語集註』, 「第6 雍也」편의 장. "子曰, 回也, 其心, 三月不違仁, 其餘則日月至焉而已矣."
79 林薰, 『葛川集』 卷3, 「陋巷記」, 246~247쪽. "五友安氏子 … 君子之樂, 非鐘鼓之謂也, 非富貴之謂也, 其所以得之於天而安之於心者, 無所往而不在焉."

(仁義)]를 마음으로 편안하게 여긴", 즉 위기지학(爲己之學)을 추구한 인물의 전형이었던 것으로 평했다. 위의 인용문은 임훈이 타계한 뒤에 그를 향한 평가인 "오로지 향상(向上)하는 공부에 뜻을 두고, 속으로 받은 책무를 저버리지 않아, 실천의 독실함과 조예(造詣)가 정밀하고 깊음을 가히 증험할 수 있습니다."는 상언초 속의 한 대목과도 의미가 정히 부합하는 바가 있다.[80] 이는 임훈이 그만큼 안회를 닮아야 할 동일시 모델로서 적극 수용해 왔던 생전의 행적을 반증해 주기도 한다. 더욱이 안회는 "조용히 세상을 떠난 태도를 취했고, 꿋꿋이 세상에 숨을 뜻을 가진" 위인으로도 인식되기도 했던바,[81] 이처럼 누항(陋巷)에서 취한 안회의 의젓한 모습은 임훈 자신이 감당했던 오랜 재야(在野) 생활에 대해서도 심심한 위안처로 다가섰을 것이다. 그런 점에서 세상에 등용되면 나아가 도를 행하고, 버려지면 자신의 도를 지키며 살겠다는 공자나 안회가 취했던 용행사장(用行舍藏)의 태도[82] 역시 임훈의 출처관 형성에 깊은 영향을 미쳤을 것임에 분명하다.

그럼과 동시에 안회는 "비루(鄙陋)한 곳에 거처하기를 싫어하는" 범상한 세인들과는 달리, "군자(君子)[안회]는 이곳에서 민중과 함께 지내는 것을 가장 즐거워한다."고 평한 바와 같이,[83] 전면적인 사회성(社會性, sociality)의 실현을 존중했던 유학적 이념을 몸소 실천한 인물이기

---

80 林薰, 『葛川集·附錄』, 「葛川瞻慕堂兩先生請諡上言草」, 508쪽. "專意向上之工, 不負受中之責, 其踐履造詣之篤實精深, 從可驗得矣."
81 林薰, 『葛川集』 卷3, 「陋巷記」, 246쪽. "蕭然有絕世之態, 介然有遯俗之志."
82 崔錫起, 「葛川 林薰의 思想的 基底와 現實對處 樣相」, 東方漢文學會 編, 『葛川 林薰과 瞻慕堂 林芸 硏究』, 보고사, 2002, 100쪽 참조. 그러나 '용행사장'은 포괄적인 '세계관(世界觀)'의 문제가 아닌, 즉 진퇴(進退)·출처관(出處觀)에 관한 사안이다.
83 林薰, 『葛川集』 卷3, 「陋巷記」, 247쪽. "夫人之所處, 固厭其鄙陋, 而君子之樂, 莫大於與衆共之."

도 했다. 이와 같은 임훈의 평론은 공자가 「미자(微子)」편에서 세상을
등진 채 숨어서 밭을 갈던 두 은자(隱者)를 향해 토한 일성, 즉 "조수(鳥
獸)와 함께 무리지어 살 수는 없으니, 내가 이 사람의 무리와 더불지
않고, 누구와 더불겠는가?"[84]라는 의미심장한 언명을 안회에게 투영시
킨 결과였다. 이 점 임훈이 노장(老莊)과 불교와 부분적인 교섭을 진행
하는 가운데서도, 끝내 방외지학에 경도되지 않았던 이유를 아울러 설
명해 주고도 있다. 결과적으로 안회는 임훈이 영위하고 추구해 나간
삶과 학문에 대해서 도덕적 실천의 문제에 관한 그 모든 성찰적 대안들
을 제시해 준 모델로 기능한 인물이었던 것이다. 그런 점에서 기문(記
文) 형식을 취한 「누항기(陋巷記)」는 그 구체적인 증표(證票)에 상응하는
의미를 지닌 작품으로 평가된다.

이렇듯 공자에 의한 『논어』는 근본 유자인 임훈의 이념적·사상적
입각점과 정체성을 확립하는 과정에서 중요한 지적 원천으로 작용하
였음이 누차 확인되고 있다. 게다가 안연(顏淵)은 가리기 어려운 "심산
(深山) 유곡(幽谷)에서 피어나는 난초(蘭草)의 향기"[85] 마냥 고결한 존재
로서 위기지학을 지향했던 임훈의 동일시 모델을 제공해 주었다는 점
에서도, 『논어』가 갈천의 삶에 미치는 영향력은 실로 지극한 것이었
다. 그런데 임훈은 제시한 아래의 인론(仁論)은 성인인 공자에 대한 각
별한 추존(推尊) 의지(意志)를 드러내 보임과 동시에, 또한 원시유학(原
始儒學)에서 천명된 인(仁) 개념을 좀 더 보완·심화시킨 결과를 반영하
고도 있다는 점에서 주목된다.

---

84 朱熹, 『論語集註』, 「第18 微子」의 6장. "子路行, 以告, 夫子憮然曰, 不可與同群, 吾非
斯人之徒與, 而誰與. 天下有道, 丘不與易也."
85 林薰, 『葛川集·附錄』, 「奉贈林先生歸鄕序」, 385쪽. "蘭生幽谷, 終播難掩之香."

　　대저 사람이 사람으로 된 까닭은 인(仁)이 있기 때문입니다. 나와 함
께 천지(天地)에 공생하는 곤충이며 물고기, 그리고 초목 같은 미미한
존재들도 그 삶을 영위하려 하지 않음이 없습니다. 바로 이 때문에 성인
(聖人)이 한결같이 어짊을 베풀었던 것입니다. 그런데 하물며 우리 동
포(同胞)인 백성들에 있어서야 말할 것이 있겠습니까?[86]

　　윗글에서 임훈은 인간이 진정 인간일 수 있는 필수 불가결한 조건인
인(仁) 개념을 정의해 보임으로써, 유학의 종지(宗旨)에 내함된 사상적
·이념적 중요성을 재차 상기시켰다. 그럼과 동시에 임훈은 이처럼 심
원한 의미를 내포한 인(仁)이 적용되는 대상들인 곤충·어류·초목·인
간[民]을 차례대로 나열해 보이는 방식을 통해서, 유학의 궁극적인 종
지인 인(仁)이 적용되는 '물아무간(物我無間)'이라는 광대한 지평을 반추
해 보이기도 했다. 그런데 일면 인물성동이론(人物性同異論)을 연상케도
해주는 이 같은 임훈의 설명 방식 속에는 정주학적(程朱學的) 우주론(宇
宙論)의 일단이 투영되어 있음을 놓칠 수 없다. 예컨대 공자는 "만일
백성에게 은혜를 널리 베풀어[博施], 많은 사람들을 구제한다면[濟衆]
어떻겠습니까?"라고 질의한 제자인 자공(子貢)의 질의를 접한 뒤에, 즉
각 "어찌 인(仁)을 일삼는 데 그치겠는가? 반드시 성인(聖人)일 것이다.
요순(堯舜)과 같은 임금도 이에 있어서는 오히려 부족하게 여기셨을 것
이다."는 의미심장한 답변을 건넨 바가 있었다.[87] 다시 말해서 "인(仁)한
자는 남을 사랑하고, 예(禮)가 있는 자는 남을 공경한다."는 『맹자』의

---

86 林薰, 『葛川集』卷2, 「擬魯仲連遺燕將軍書」, 201쪽. "夫人之所以爲人者, 仁也, 與我
並生於天地者, 雖虫魚草木之微, 莫不欲遂其生者, 乃聖人一視之仁也, 況於民吾之同
胞乎."
87 朱熹, 『論語集註』, 「第6 雍也」篇의 제28장. "子貢曰, 如有博施於民而能濟衆, 何如.
可謂仁乎. 子曰, 何事於仁. 必也聖乎. 堯舜, 其猶病諸."

언명을 통해서도 확인되듯,[88] 공·맹으로 대변되는 원시유학에서 인(仁)이 적용되는 구체적인 대상은 주로 '백성들'로 지칭된 인간관계 내적인 범주였음은 주지의 사실이다. 그런데 임훈은 인간관계의 범위를 확장한 차원에서 존재일반[物]인 '곤충·어류·초목들'까지도 인(仁)이 적용되는 대상 속으로 적극 포함시키는 시각을 언뜻 선보인 것이다. 이처럼 원시유학의 인(仁) 개념을 초극한 임훈의 보다 심화된 관점은 이른바 '천지만물일체론(天地萬物一體論)'을 천명한 정자(程者)[정이(程頤)]의 다음과 같은 언술을 언뜻 떠올리게 해준다.

> 인자(仁者)는 천지(天地)와 만물(萬物)을 한 몸으로 여기니, 자기가 아닌 것이 없다. 천지만물이 모두 자기(自己)와 일체(一體)임을 인식하다면, 어느 곳엔들 이르지 못하겠는가?[89]

간략히 '물아무간(物我無間)'이라는 테제로 요약되곤 했던 정이천(程伊川)의 상기 '천지만물일체론'은 일견 불교의 종지인 자비(慈悲) 개념과도 상통하는 바가 없지가 않다. 이 테제는 송대(宋代)의 주희에 의해서 보다 정교한 거대담론(grand narratives)으로 직조되면서 존재론적 연속이라는 구도에 터한 정주학적 우주론을 구축하는 결과로 이어지게 된다. 다만 임훈의 경우는 앞의 인용문 후미에서 "우리 동포(同胞)인 백성들"을 물(物)의 범주인 '곤충·어류·초목들'보다 가치론적 차원에서 우선시하는, 곧 이른바 유학의 방법론적 차별주의를 견지하고 있었다는 사실을 간과해서는 안 된다. 그럼과 동시에 임훈은 그 바탕 위에서 정

---

88 朱熹,『孟子集註』,「離婁章句(下)」篇의 제28장. "仁者, 愛人, 有禮者, 敬人."
89 朱熹,『論語集註』,「第6 雍也」篇의 제28장의 註解. "程者曰, 以手足痿痺, 爲不仁 … 仁者, 以天地萬物爲一體, 莫非己也. 認得爲己, 何所不至."

주학의 우주론을 새롭게 수용함으로써 보다 확장된 우주론적 지평을 암중모색하고 있었던 것으로 분석된다. 문인 정유명(鄭惟明)은 임훈이 타계한 후에 지은 「행장」을 빌려서, "비록 과거 시험일이 가깝도록 책을 읽더라도, 반드시 전주(傳註)의 학설로 경서(經書)의 의미를 거슬러 올라가, 다 관통한 다음에 그쳤다."는 말로써,[90] 갈천 생전의 독서 경향을 회고해 보인 대목은 바로 이상에서 논급한 내용들을 기술해 둔 것이다. 다시 한 번 더 정리해 두자면, 임훈은 "전주의 학설로 경서의 의미를 거슬러 올라가는"식의 심역(尋繹) 공부를 통해서, 『논어』와 『맹자』로 표상되는 원시유학에 정주학의 세계관을 새롭게 수용하는 차원에서의 보다 심화된 학문적 여정을 개척해 나가고 있었던 것이다. 겸하여 이처럼 전주를 통해 경의(經義)를 탐구하여 대의(大意)를 파악하는 식의 학문적 자세란 기송지학(記誦之學)이나 이구지학(耳口之學)이 아닌 위기지학을 의미한다는 평가도 참조할 만하다.[91] 다만 아우인 임운의 경우 주자학의 세계 도식(圖式)인 '이일분수설(理一分殊說)'에 입각한 이기론(理氣論) 구도를 피력해 보였던 정황과는 다르게,[92] 『갈천집』에서는 이기론을 체계적으로 취급한 흔적을 찾아볼 수 없다.

대신에 임훈은 사서 경학이나 삼경에 보다 더 큰 관심을 쏟았던 듯하고, 특히 '맹경(孟敬)'으로 지칭된 『맹자』는 경세론적 구상에 대해서 지적 원천을 제공한 긴요한 텍스트로 자리매김하고 있었다. 이 같은 정황은 정유명이 임훈이 구축한 학문세계를 두고, "독실하고 후한 학

---

90 林薰, 『葛川集』 卷4, 「行狀」, 300쪽. "雖當科擧急期之讀, 亦必以傳註之說, 遡求於經義, 必淹貫乃已."

91 崔錫起, 「葛川 林薰의 思想的 基底와 現實對處 樣相」, 東方漢文學會 編, 『葛川 林薰과 瞻慕堂 林芸 硏究』, 보고사, 2002, 103쪽 참조.

92 林芸, 『瞻慕堂集』, 「策問」, 〈宇宙原理〉, 265쪽. "天下之理一而已矣 … 理旣自一而分, 則天地所以動, 地之所以靜, 何歟."

문은 맹자의 학문을 본받았으니, 만약 청년 나이에 크게 등용되었다면, 그 치적이 어찌 한 구역에만 치우쳤겠는가?"는 반문으로써,[93] 갈천학에서 점유하고 있는 맹자학(孟子學)의 크나큰 위상을 짚어 보인 대목을 통해서도 잘 드러나고 있다. 즉, 맹자학은 『서경』과 함께 임훈이 견지했던 제도적 실천을 지탱해 주는 핵심적 텍스트로서의 역할을 수행하였던 것이다. 그렇다면 이제 임훈이 견지했던 성인관과 그에 따른 유학의 종지에 대한 수용 양상을 확인시켜 준 논어학(論語學)에 뒤이어, 맹자학이 갈천의 제도적 실천 혹은 경세론적 구상에 기여한 실상을 간략하게 검토하도록 하겠다.

무엇보다 『맹자』가 임훈이 지향했던 경세론적 구상에 기능한 실상의 정도는 그가 수차례에 걸쳐서 국왕에게 진주(進奏)한 상소문의 기저(基底) 논리를 제공했던 정황을 통해서도 분명하게 입증되고 있다. 그런 점에서 임훈이 76세가 되던 1575년(선조 8)에 국왕인 선조(宣祖)에게 올린 아래의 「을해사은봉사(乙亥謝恩封事)」 속의 몇몇 구절들은 그 하나의 전형적인 사례를 제공해주고 있다.

제(齊)나라 선왕(宣王)은 죽음을 두려워하는 소를 보고, 차마 잔인하게 하지 못하는 마음이 있었습니다. 이에 맹자는 (제선왕의) 차마 잔인하게 하지 못하는 마음이 왕도정치[王]를 펼치기에 충분하다고 생각하였습니다. 저렇듯 지금 전하(殿下)께서 산야(山野)의 한 백성의 궁핍한 삶을 전해 듣고, 측은(惻隱)한 마음이 이미 궁궐에서 일어났으니, 백성에게 어질게 하시고 동물들[物]을 사랑하시는 마음이 저 제선왕(齊宣王)과 비교하면, 전하께서는 제선왕보다 몇 천만 배나 더 나으십니다![94]

---

93 林薰, 『葛川集』 卷4, 「祭文(又)」, 360쪽. "懿先生之純篤, 由所學之從鄒, 使靑年而大用, 效奚偏於一區."

위의 상소문은 평생토록 청렴과 결백으로 일관한 끝에, 만년(晩年)에 이르도록 생계가 어려웠던 임훈에게 경상도 관찰사를 통해 식량을 하사하자, 이 같은 임금의 은혜에 감사를 표하기 위한 동기에서 작성된 것이다. 그럼과 동시에 임훈은 윗글을 빌려서 이참에 당시 몹시도 곤고한 처지에 직면한 영남(嶺南) 지방의 민생들을 위해 군정(軍政)의 폐단을 바로잡아 줄 것을 간절하게 호소하였기에, 일종의 대책론(對策論)의 성격까지도 겸한 '봉사(封事)' 글의 형식을 취하게도 되었던 것이다. 기실 임훈이 평소 견지했던 진심어린 "애군(愛君)·우국(憂國)의 마음"이나 정성이란 실로 지극한 수준이었는데,[95] 상기 「을해사은봉사」는 그 뚜렷한 하나의 사례를 반영해 주기도 한다.

그리하여 임훈은 『맹자』 중의 「양혜왕장구(梁惠王長句)」에 전거를 둔 제나라 선왕이 토로한 지극히 인간적인 언술, 즉 "(그 소를) 놓아주어라! 짐은 그 두려워 벌벌 떨며 죄 없이 사지(死地)[도살장]로 나아감을 차마 (눈 뜨고는) 볼 수 없다."[96]는 구절을 거론하면서 왕도정치(王道政治)의 실현을 위한 필수적인 조건인 군왕의 측은지심(惻隱之心)의 지속적인 파지를 우회적으로 촉구하는 차원에서의 비유적 수사를 가차(假借)하는 논지를 펼쳤던 것이다. 결국 이러한 임훈의 논지는 이른바 "사람들은 모두 차마 해치지 못하는 마음을 가지고 있다."는 맹자의 철학적 인간학이 필연적으로 귀결되는 왕도정치의 또 다른 이름인 인정(仁

---

94 林薰, 『葛川集』 卷2, 「乙亥謝恩封事」, 79쪽. "齊宣王見角觳觫之牛, 而有不忍之心, 孟子以爲是心足以王矣. 今殿下聞山野一民之窮, 而惻隱之念, 已動於宸衷, 其仁民愛物之心, 視齊王奚啼千萬."

95 林薰, 『葛川集』 卷2, 「乙亥謝恩封事」, 79쪽. "秉彝之天, 終古不泯, 愛國憂民之心, 自不能容已."; 같은 책, 「行狀」, 296쪽. "疏中所言, 痛剴精切, 無非愛國憂民之誠."

96 朱熹, 『孟子集註』, 「梁惠王長句(上)」의 제7장. "… 王坐於堂上, 有牽牛而過堂下者, 王見之, 曰 牛何之. 對曰, 將以釁鍾. 王曰, 舍之. 吾不忍其觳觫若無罪而就死地."

政), 곧 "사람을 차마 해치지 못하는 정치"를 상시적으로 구현해 나가기 위한 강력한 의도를 반영해 준다.[97] 이에 임훈은 우선적으로 "이 임금을 요·순(堯舜)과 같은 성군(聖君)으로 만들어 보자는,"[98] 즉 플라톤 (plato)의 철인 군주론(哲人君主論)에 상응하는 의미를 지닌 성학군주론 (聖學君主論)을 피력하기에 이르렀던 것이다. 상기 인용문에서 제선왕의 "차마 잔인하게 하지 못하는 마음"을 일깨웠던 이유 또한 바로 이러한 의도에 따른 것이었다. 이와 유사한 문법을 취한 양식의 글들은 임훈이 올린 상소문 속에서 더러 발견되고 있다.[99] 당연하게도 그 이면에는 임훈이 동양적 이상사회인 당우(唐虞) 삼대(三代)를 16세기의 조선사회라는 시공(時空) 안에서 직접 구현하기 위한 지치주의(至治主義) 노선 (路線)을 강력히 추구하였기 때문이었다.[100] 임훈이 자주 동양의 이상적인 성군들인 요(堯)·순(舜)·우(禹)·탕(湯)·문(文)·무왕(武王)의 덕성(德性)을 거론하거나,[101] 혹은 균형과 질서가 잡힌 "선왕(先王)의 제도"를 그리워하곤 했던 까닭도 이상의 논의와 동일한 맥락 하에 놓여있다.[102]

그럼과 동시에 임훈은 역사적·경험적 차원에서 동양의 이상적인 정치양식인 지치(至治)를 전면적 차원에서 구현해 내는 일이란 실로 지난

---

97 朱熹, 『孟子集註』, 「梁惠王長句(上)」의 제6장. "孟子曰, 人皆有不忍之心, 先王, 有不忍之心, 斯不忍之政矣, 以不忍之心, 行不忍之政, 治天下, 可運之掌上."

98 林薰, 『葛川集·附錄』, 「葛川瞻慕堂兩先生請贈諡上言草」, 508쪽. "觀其啓沃之謨, 章奏之辭, 粹然一出於正, 期欲使是君爲堯舜者, 皆從學問中來."

99 林薰, 『葛川集』卷2「丁丑謝恩封事」, 89쪽. "古之大臣, 見一牛之喘而有憂者, 今之大臣, 其亦異乎古之人矣."

100 林薰, 『葛川集』卷2, 「乙亥謝恩封事」, 75쪽. "厥後漢唐之君, 亦不無善端之發見於言語之際, 而終不能致夏商至治之美者, 由不能推是心以擴充之耳."

101 林薰, 『葛川集』卷3「仁政殿記」, 258쪽. "其德好生者, 堯舜之聖也, 下車泣辜, 解網祝獸者, 禹湯之仁也,

102 林薰, 『葛川集』卷2, 「擬魯仲連遺燕將軍書」, 201쪽. "先王之制, 諸侯各有分地, 大而守其國, 小而安其邦, 有相好矣, 無相亂也."

한 과제임을 익히 숙지하고도 있었다. 이를테면 임훈이 "차마 해치지 못하는 마음[仁心]"에서 "차마 해치지 못하는 정치[仁政]"로 자연스럽게 귀결되는, 즉 "넓게 미루어 확충해 나가는 모유(謀猷)[추광확충지술(推廣擴充之術)]"를 펼치지 못했던 한(漢)나라와 당(唐)나라의 사례를 반추했던 이면에는 바로 이 같은 역사적 통찰력이 발휘된 결과였다.[103] 또한 임훈은 한·당나라보다 선행된 제(齊)나라와 연(燕)나라 당시에 공공연히 자행되었던 패권정치(霸權政治)의 광폭한 실상에 대해서도 예의 주시한 바가 있었다.[104] 더 나아가 임훈은 "그 날 간활(奸猾)한 계략[計]을 금하지 못하더니, 지금은 한낱 봉우리만 남았구나!"라고 평했던 후백제(後百濟)의 견훤(甄萱, 867~936)이 남긴 초라한 행적에 대해서도 극히 비판적인 시각을 드러내기도 하였다.[105] 특히 견훤의 지난 행적에 대한 임훈의 심히 비판적인 평론은 "학자가 다만 고사(古史)[곧 중국사(中國史)]만 찾아 읽고, 우리나라 국사[東史]를 모른다면, 옳다고 하겠는가?"라는 언술 속에서 극명하게 잘 드러나 있듯이,[106] 갈천의 주체적인 역사인식을 잘 반영해 주고도 있다는 점에서 대단히 주목할 만하다. 아무튼 이처럼 조(朝)·중(中)의 지난 역사를 "고금(古今)의 치법(治法)인 『춘추(春秋)』의 대의(大義)"[107]에 입각하여 평론하곤 하였던 임훈의 태도는 충분한 경제적 토대 위에서 도덕과 문화로 직조된 이상사회를 실현하고자

103 林薰, 『葛川集』 卷2, 「乙亥謝恩封事」, 75쪽. "厥後漢唐之君, 亦不無善端之發見於言語之際, 而終不能致夏商至治之美者, 由不能推是心以擴充之耳."
104 林薰, 『葛川集』 卷2, 「擬魯仲連遺燕將軍書」, 201쪽. "及其後世, 强侵弱, 大吞小, 紛然相雜, 興廢相尋, 此七十城之見拔於燕者也, 七十城之爲齊亦舊矣."
105 林薰, 『葛川集』 卷1, 「七言律詩」, 〈甄萱臺〉, 26쪽. "荒臺懷古思悠然 … 當日難禁奸猾計, 祇今留作最古巔."
106 林薰, 『葛川集』 卷4, 「行狀」, 301쪽. "嘗言學者但求觀古史, 而不知我國之事, 可乎. 故廣求東史, 遊覽不輟, 可謂知明體適用之學者矣."
107 林薰, 『葛川集』 卷4, 「挽詞」, 373쪽. "聲色妖哇, 古今鈇鉞自春秋, 生平不見踰閑節."

했던 자신의 간절한 염원이 투영된 결과였다. 그럼과 동시에 현실적 차원에서 그러한 지상과제를 실현해 내는 일이란 결코 용이한 사안이 아님을 자각하기도 했던 역사적 성찰이 겹으로 중첩되어 있기도 하다.

임훈이 주창한 성학군주론 혹은 치도(治道)가 '정심(正心)·수신설(修身說)'로 귀결된 이유도 역사적·경험적 차원에서 지속되어 온 정치적 난맥상과 그 이면들을 여실히 통찰한 데에 따른 결과였던 것으로 분석된다. 이 같은 견해는 일면 『서경』에서 개혁의 주체와 적임자를 아울러 지칭한 표현인 '기인(其人)'을 고대하는 의식과도 궤를 같이 하는 것으로서,[108] 백화(百化)의 근원인 군주의 도덕성 확보를 최우선적으로 전제한 임훈 식의 성학군주론이 구체적으로 표명된 결과이기도 하다. 물론 이와 같은 양상을 취한 성학군주론은 여타 유학자들의 경우에도 공히 발견되는 사항이다. 그러나 아래 인용문에서 확인되듯 임훈의 그것은 진정성의 강도라든가, 혹은 논리적인 자기 완결성의 구족 정도라는 몇 가지 측면에서 다소 구분되는 바가 엄존했던 것 또한 사실이다.

> 위[上]에서 오로지 수신(修身)의 도(道)만 힘써 강행하여 그치지 않는다면, 이른바 치국(治國)의 도와 학문을 행하는 방도를 다른 데서 구할 것이 없을 것입니다.[109]

즉, 임훈이 제창한 성학군주론 '수신(修身)·치국(治國)·위학(爲學)의 도(道)'가 한 꼬챙이에[串]로 꿰어진 듯이 지극히 정합적인 논리체계를 형

---

108 蔡沈(金赫濟 校閱), 『書集傳』 卷6, 「周書」, 〈周官〉編의 제5장, 明文堂, 1992, 425쪽. "立太師太傅太保, 玆惟三公, 論道經邦, 燮理陰陽, 官不必備, 惟其人."; 같은 책, 「周官」편의 20장, 431쪽. "推賢良能, 庶官, 乃和 … 稱匪其人, 惟爾不任."

109 林薰, 『葛川集』 卷4, 「行狀」, 290쪽. "上專務修身之道, 而勉强不已, 則所謂治國之道, 爲學之方, 不待他求云云."

성하고 있었던 것이다. 이 점 갈천학의 근간이자 기치인 성경 철학의
실체를 동시에 확인시켜 주기도 한다. 임훈이 맹자가 등문공(滕文公)에
게 "대저 도(道)란 하나일 따름입니다!"라고 설파한 대목을 국왕에게
적극 환기시키면서, 옛 제왕(帝王)들의 도(道)인 "정심(正心)·수신(修身)"
설을 거듭 역설해 보였던 이유 또한 이러한 맥락에서 이해 가능한 부분
이다.[110] 임훈은 시종 도덕적 실천과 제도적 실천이 접점(接點)을 형성
하는 차원에서의 '하나의 도'를 역설하였고, 이는 결과적으로 갈천학
의 요체인 성경 철학의 독특한 개성을 웅변해 주기도 한다.

　요컨대 갈천학에서 차지하는 맹자학의 지대한 위상은 경세론적 전
망과 그 철학적 기초를 아울러 제공받았다는 점에서 찾을 수 있을 것이
다. 그럼과 동시에 임훈이 구상했던 경세론의 극점이 지치주의 노선을
강력히 추구하였던 까닭에, 『맹자』는 이 같은 이상정치를 구현해 내기
위한 필수적인 조건인 성학군주론을 요청하기에 이른다. 이 지점에서
임훈의 맹자학은 필연적으로 『대학』 및 『중용』과 접속·상감하는 국면
을 맞이하게 된다. 물론 지치주의 노선을 구현하는 일이란 역사적·경
험적 차원에서 신중한 성찰적 과정을 경유해야만 했기에, 『춘추』를 위
시한 각종 사전(史傳)과도 동시에 조우하게도 된다. 또한 "대저 도(道)란
하나일 따름"이라는 임훈의 언술이 시사해 주듯, 임훈의 맹자학은 그
진정성의 강도와 논리적 체계성을 동시에 구족하고 있었기에, 성경 철
학의 기조를 일관되게 견지할 수 있었던 것이다. 정온이 임훈의 추구
한 맹자학을 일러 간략히 '맹경(孟敬)'으로 정리해 보였던 이유 또한 바
로 이러한 맥락에서였다.

---

110 林薰, 『葛川集』 卷4, 「行狀」, 292쪽. "孟子告滕文公曰, 夫道一而已矣, 小臣於今日,
　　聖門之下, … 臣觀古帝王, 不敢復有他說, 莫不以正心修身爲說."

2) 『대학』과 『중용』

임훈은 스스로가 "항상 『논어』와 『맹자』를 암송하여서, 거칠게나마 의리(義理)에 대한 논리를 압니다."고 토로한 바와 같이,[111] 논맹(論孟)은 유학적 도덕철학의 핵심인 인의(仁義)에 관한 지적 원천을 제공해 준 중요한 텍스트로 자리매김하고 있었다. 즉, 성현(聖賢)인 공자·맹자에 의해 씌어진 『논어』와 『맹자』는 임훈에게 일종의 정경(正經)과도 같은 의미를 지닌 경전이었던 것이다. 또한 이러한 양상은 자사(子思)[증자(曾子)]에 의한 『대학』과 『중용』의 경우에도 동일하게 적용될 수 있다. 물론 조선조 유학자들의 경우 한결같이 『대학』과 『중용』을 도통 담론의 연장선에서 매우 중시한 경향을 보여주었다. 그러나 임훈의 경우 『대학』과 『중용』 양서(兩書)는 여타 유자들의 그것에 비해서 좀 더 특별한 의미를 지닌 경전으로 다가서고 있었다. 왜냐하면 임훈의 경우 『대학』과 『중용』은 경학론으로 표방되는 도덕적 실천과 경세론으로 지칭되는 제도적 실천 두 방면에 걸쳐서 중핵적인 텍스트라는 의미를 담지하고 있었기 때문이다. 물론 이 같은 사정은 『논어』나 『맹자』에도 공히 적용할 만한 것이었음은 앞에서 논급한 그대로다.

기실 경학론과 경세론, 혹은 도덕적 실천과 제도적 실천이란 임훈이 강력하게 추구했던 성경 철학을 지탱하는 중핵심적인 두 국면이면서 갈천학을 지탱하는 핵심적 체계이기도 했다. 물론 그러한 이면에는 과거업(科擧業)보다는 경전에 내재된 의리(義理)의 탐구와 시비득실(是非得失)에 관한 논평을 더 중시하는 가운데, 외면적 저술을 추구하는 대신에 내적 학문의 온축과 구체적인 실천을 더 중시했던 부친인 석천공

---

111 林薰, 『葛川集』 卷2, 「代人擬上免軍疏」, 292쪽. "嗚呼, 爲儒者, 雖不能躬行而心得之, 常誦孔孟之書, 粗知義理之說."

임득번이 끼친 가전(家傳)의 내력도 일정한 영향력을 행사하였을 것으로 추측된다.[112]

여하간 이들 두 경전 중에서 후자인『중용』이 임훈이 지향한 성학(誠學)에 대한 심오하고도 폭넓은 철학적 기초를 제시해 주었다면, 전자인『대학』은 그 바탕 위에서 간략히 '수신(修身)'으로 요약되는 구체적인 수양론적(修養論的) 지침을 제공해 주었다는 점에서도 매우 각별한 의미를 지니는 경전이었다. 기실 임훈이 입안했던 경세론적 구상 역시 바로『대학』·『중용』의 토대 위에서 개진되었던바, 백화(百化)의 근원인 인군(人君)의 도덕적 성찰을 강력하게 촉구한 성학군주론은 바로 이러한 맥락 하에서 독해가 가능한 담론이다. 가령, 임훈이「인정전기(仁政殿記)」를 통해서 "'『대학』은 백성[人]의 임금이 되어서는, 인(仁)에 머무르라!'고 하였으니, 인(仁)이란 천하 임금의 큰 근본이다."고 설파하였다거나,[113] 또한 뒤이어 "지성(至誠)이 (정치의) 근본이 되고, 정사(政事)는 지엽·말단이 되는 것입니다."[114]고 부연 설명했던 이면에는 지금 논의 중인『대학』과『중용』이 담지하고 있는 정경적 권위에 의뢰한 결과였던 것이다. 특히 임훈이 역설한 후자의 언술은 "성실하지 않으면, 사물이 있을 수 없다."[115]는『중용』의 일대 지침으로 환원될 수 있다. 임훈이 견지한 수양론적 인간학의 핵심적 기치인 '정심(正心)·행수론(行修論)'은 이러한 성학적 기조 위에서 거경(居敬)으로 표현되는 경학(敬

---

112 全國林氏中央會,『林氏上系譜鑑』, 장원출판사, 2002, 158쪽 참조.

113 林薰,『葛川集』卷3,「仁政殿記」, 258쪽. "傳曰, 爲人君, 止於仁, 是仁者, 君天下之大本也." 여기서 운위된 '지어인'에서 '지(止)'자는 화담(花潭) 서경덕(徐敬德, 1489~1546)이 수립한 기철학(氣哲學)과 여타의 유학자들에게 중요한 학문적 탐구 거리를 제공해 준 사안이었다.

114 林薰,『葛川集』卷3,「仁政殿記」, 258쪽. "雖然誠者本也, 政者末也."

115 林薰,『葛川集』卷3,「仁政殿記」, 258쪽. "傳曰, 不誠無物, 旨哉."

學)과 접점을 형성하기 위한 진중한 고심이 투영되어 있음을 통찰할
필요가 있다. 임훈이 국왕에게 "내 마음이 이미 바르게 되었다."고 일
컫지 마시고, 더욱 경(敬)을 극진하게 하여 주시옵소서!"[116]라고 촉구했
던 정황도 그의 '정심·행수론'이 경학과 접점을 형성한 장면에 해당한
다. 당연하게도 그 이면에는『심경』에서 제시된 거경 공부론이『소학』
의 지침들과 결속되면서 심학화되는 내적 과정을 경유하기도 했을 것
으로도 사료된다.

  이상에서 언급한 사안과 관련하여 1566년에 임훈(67세)이 육조(六條)
를 겸비한 육현(六賢)의 일원으로 선발된 이후에, 국왕의 집무소인 사
정전(思政殿)에서 선조(宣祖)를 배알(拜謁)하고 치도(治道)의 요체로써 자
신 있게 전언한 아래의 "수신(修身)의 설(說)"[117]을 잠시 음미해 볼 필요
가 있다.

    인군(人君)의 정치[政]와 교화[化]는 반드시 수신(修身)을 먼저 해야
    합니다. 그러므로『대학』에서는 '수신'을 팔조목[八條]의 근본으로 삼았
    고,『중용』에서는 수신을 구경(九經)의 근본으로 삼았던 것입니다. 그
    러나 수신의 도(道)에도 근본이 있습니다. 진실로 그 근본을 모르면,
    어떻게 수신의 도리를 배울 수 있겠습니까?[118]

  임훈은 위의 인용문에 곧장 이어서, "위[上]에서 오로지 수신의 도만
힘써 강행하여 그치지 않는다면, 이른바 치국(治國)의 도(道)와 학문을

---

116 林薰,『葛川集·附錄』,「葛川先生 家狀草」, 573쪽. "伏願殿下勿謂吾治已足, 而益致其
   勤, 勿謂五心已正, 而益致其敬."
117 林薰,『葛川集』卷4,「行狀」, 290쪽. "九月, 有旨六賢, 皆乘馹詣闕. 上引見于思政殿,
   問以治道, 先生進以修身之說."
118 林薰,『葛川集』卷4,「行狀」, 290쪽. "人君之政化, 莫先於修身, 故大學以是爲八條之
   本, 中庸以是爲九經之本, 然修身之道, 亦有其本, 苟不知其本, 無以爲學."

행하는 방도를 다른 데서 구할 것이 없습니다!"는 소견을 추가로 국왕에게 진주(陳奏)하기도 하였다.[119] 앞에서도 잠깐 논급한 바대로, 이 같은 임훈의 설명은 '수신(修身)·치국·위학(爲學)의 도'를 동일한 의미의 좌표상에 배속시킨 결과로서, 도덕과 정치가 미분화된 상태를 유지했던 전근대(前近代) 시기에서의 전형적인 치지상(治者像)의 일면을 전시해 주기도 한다. 그럼과 동시에 통치자가 도덕성을 상실했을 때 일국(一國)의 백성들이 겪는 극한지경의 혼란상이란 예나 지금이나 그 양상이 심각한 수준이었다는 점을 감안하자면, 최소한 동양사회에서는 건실한 도덕성에 기반한 치자상 정립의 요구가 시사하는 바는 실로 특별한 의미를 지니는 것이었다. 임훈이 『중용』의 이른바 '아홉 가지 떳떳한 상법(常法)'을 의미하는 '구경(九經)'[120] 중에서, 군이 '수신'을 적기하여 거론했던 이유 역시 바로 이러한 맥락에서였다. 당시 임훈이 국왕에게 주달(奏達)한 "수신의 도"란 결국 "정심(正心)·행수(行修)하는 학문의 공"으로 귀결되기에 이른다.[121] 임훈이 제시한 "수신의 도"는 선조로부터 "이 말은 곧 추본(推本)하는 말인지라, 가위 지론(至論)이라고 할만하다."는 호평을 받기도 하였다.[122] 또한 언급된 "정심·행수하는 학문

---

119 林薰, 『葛川集』 卷4, 「行狀」, 290쪽. "又曰, 自上專務修身之道, 而勉强不已, 則所謂治國之道, 爲學之方, 不待他求云云."

120 朱熹, 『中庸集註』의 제20장. "凡爲天下國家 有九經, 曰 修身也, 尊賢也, 親親也, 敬大臣也, 體君臣也, 子庶民也, 來百工, 柔遠人也, 懷諸侯也.[무릇 천하와 국가를 다스림에 아홉 가지 떳떳한 법이 있으니, 몸을 닦음과 어진이를 높임과 친척들을 친히 함과 대신을 공경함과 여러 신하들의 마음을 체찰(體察)함과 여러 백성들을 자식처럼 사랑함과 백공(百工)[여러 기술자들]을 오게 함과 먼 지방의 사람을 회유(懷柔)함과 제후(諸侯)들을 은혜롭게 하는 것이다.]"

121 林薰, 『葛川集』 卷2, 「庚午召對草」, 68쪽. "臣之妄意, 自上心正身修, 學問之功日進, 則治效自著, 民生自安矣."

122 林薰, 『葛川集』 卷2, 「庚午召對草」, 68쪽. "上曰, 此乃推本之言, 可謂至論也."

의 공"이란 바로 임훈이 평생토록 일관한 치열한 경명행수의 길을 에
둘러 표현한 문구였다는 점에서, 그의 언술이 파급할 은은한 반향(反
響)의 정도를 미리 예상케도 해준다.

한편 상기 인용문에서 언급된 팔조(八條)[곧 팔조목]란 '치국(治國)·제
가(齊家)·수신(修身)·정심(正心)·성의(誠意)·치지(致知)·격물(格物)'을 일
컫는다. 『대학』에서 제시된 팔조목(八條目)은 삼강령(三綱領) 중의 첫 번
째 것인 명명덕(明明德)의 전면적인 실현, 즉 "명덕(明德)을 천하에 밝히
고자 하는 자(者)"가 이를 위해 우선적으로 실천해야만 하는 여덟 가지
의 구체적인 조목인 것이다.[123] 또한 위 인용문에서 임훈이 "수신·정심
의 도(道)에도 근본이 있다."고 운위한 바의 의미는 차례대로 '성의와
격물치지(格物致知)'로 소급되는 공부론적 절차를 환기시킨 것이다. 그
런데 전래로 성의와 격치(格致) 공부 간에 발생하는 논리적 연계 고리를
둘러싼 의문점이라든가, 혹은 격물과 치지 사이에 존재하는 공부론적
정합성의 문제 등과 같은 쟁점들을 파생시켰음은 익히 알려진 사실이
다. 물론 임훈의 경우 주자에 의해 "성(誠)은 성실함이요, 의(意)는 마음
이 발(發)하는 바이니, 그 마음의 발하는 바를 성실히 하여, 반드시 스
스로 만족하고 스스로 속임이 없고자 하는 것"으로 풀이된 성의 공부
와[124] 격물치지 공부를 결코 소홀히 했던 것은 아니었다. 예컨대 임훈
이 "스스로를 속이지 말라!"는 '무자기(毋自欺)'나, 혹은 "사악한 일을
생각하지 말라!"는 뜻을 지닌 '사무사(思毋邪)' 등의 글귀들을 좌우명으

---

123 朱熹, 『大學集註』의 제1장. "古之欲明明德於天下者, 先治其國, 欲治其國者, 先齊其
家, 欲齊其家者, 先修其身, 欲修其身者, 先正其心, 欲正其心者, 先誠其意, 欲誠其意
者, 先致其知, 致知, 在格物."
124 朱熹, 『大學集註』의 제1장의 註解. "誠, 實也, 意者, 心之所發也, 實其心之所發, 欲其
必自慊, 而無自欺也."

로 삼았던 정황들은 그의 성의 공부에 대한 실상을 제대로 확인시켜 주고 있다.[125] 기실 임훈의 지향한 학문세계를 두고, "주자의 정심·성의 네 글자[四字]의 학문에 근본하였다."는 평가는 바로 이 같은 정황을 지적해 보인 결과였다.[126] 또한 임훈이 종일토록 니소인(泥塑人) 마냥 단정하게 정좌(靜坐)에 몰두했던 이유도 바로 이 격물치지 공부를 위한 것이었다.[127]

그럼에도 불구하고 임훈은 『대학』의 팔조목 중에서 '치국(治國)·제가(齊家)'와 '성의(誠意)·격치(格致)' 간의 중간 지점에 위상한 '정심(正心)·행수(修身)'[곧 수신(行修)] 두 조목을 치도(治道)의 요체이자 성학군주론의 핵심이면서, 또한 "학문을 행하는 방도"의 첩경인 것으로 국왕에게 설파해 보였던 것이다. 이는 임훈의 망년지우(忘年之友)인 함양(咸陽) 출신의 옥계(玉溪) 노진(盧禛, 1518~1578)이 "학문을 행함에는 다언(多言)을 하느냐에 있는 것이 아니라, 『대학』의 여러 편 중에서 처음 16자(字)의 말뜻에서 찾으면 충분하다."[128]고 피력한 정론(定論)과도 사뭇 대비된다. 노진이 언급한 "『대학』의 여러 편 중에서 처음 16자"란 바로 삼강령(三綱領)인 '명명덕(明明德)·신민(親民)·지어지선(止於至善)'을 지칭하고 있기 때문이다.[129] 그렇다면 임훈은 왜 하필이면 『대학』의 팔조목 가운데서 '정심·수신' 두 조목을 치국·수양[수행]·학문을 일관하는 일대 지

125 각주 67) 참조.

126 林薰, 『葛川集·附錄』, 「葛川先生家狀草」, 574쪽. "盖本乎孟子非仁義不陣, 朱子正心誠意四字之學."

127 林薰, 『葛川集·附錄』, 「葛川瞻慕堂兩先生請贈諡上言草」, 486쪽. "其爲學 … 早起盥櫛, 終日端坐, 講說義理, 討論經史."

128 林薰, 『葛川集』卷2, 「玉溪盧公行狀」, 150~151쪽. "常日, 爲學不在多言, 求之大學篇初十六言, 足矣."

129 朱熹, 『大學集註』의 제1장. "大學之道, 在明明德, 在親(新)民, 在止於至善."

침으로 주저 없이 간택했던 것일까? 도대체 그 이유가 궁금하지 않을 수 없다.

짐작컨대 그 이면에는 지극히 난해한 주자학이 자칫 초래함직한 이론적 공소성(空疏性)과 형이상학적(形而上學的) 관념성을 극복한 차원에서 강한 도덕적·제도적 실천을 지향했던 갈천학에 내재된 이른바 '남명학파적(南冥學派的) 학풍(學風)'의 특성[130]과도 무관하지 않았을 것으로 분석된다. 기실 임훈이 '수신(修身)·치국(治國)·위학(爲學)의 도(道)'를 한 꼬챙이처럼 꿰어서 이해했던 까닭 역시 갈천학이 추구한 강한 도덕적 프락시스와 제도적 프락티스의 문제와 직접 연관되어 있었다. 이처럼 "실천에 옮기는[踐履] 실상"의 연찬에 주력했던 정황들은 현전하는 『갈천집』 도처에서 숱하게 발견되고 있다. 때문에 임훈이 국왕에게 주자학적 세계 설계도인 이기론(理氣論) 등과 같은 담론에 대해서, "이학(理學)은 모릅니다."[131]고 토로했던 것 같다. 반면에 임훈은 "과거(科擧)를 위한 학업은 조금 익혔다."는 겸사로써 대체한 사실이 있다. 임훈이 구축한 학문세계가 퇴계(退溪)와 율곡(栗谷) 이후로 전개되는 조선 주자학과는 일정한 거리를 유지하고 있다는 평가는 바로 이상과 같은 복합적인 맥락에서 이해하는 편이 정당한 방식일 것이다.[132] 그리

130 정일균은 임훈을 위시하여 당시 경상우도 권역의 학자들이 공히 형성했던 독특한 학적 성향을 '남명학파적 학풍'으로 진단한 바가 있다. 정일균, 『갈천 임훈의 생애와 사상』, 예문서원, 2000, 132쪽 참조.

131 林薰, 『葛川集·附錄』, 「朝鮮王朝實錄要抄」, 454쪽. "林薰曰, 臣素無學問, 小習科業, 不知理學, 退伏草野, 嘉言善政, 亦不能知." 이 기록은 『明宗實錄』 권33, 명종 21년 9월 12일(己亥)의 것이다. 당시 임훈 외에도 사정전에서 국왕을 배알한 육현(六賢)으로는 장원(掌苑) 한수(韓脩)와 사축(司畜) 이항(李恒), 그리고 지평 현감(砥平縣監) 남언경(南彦經) 등이 포함되어 있었다.

132 이영호, 「葛川과 瞻慕堂의 學問과 그 思想史的 位相」, 東方漢文學會 編, 『葛川 林薰과 瞻慕堂 林芸 研究』, 보고사, 2002, 215쪽 참조.

하여 기묘사림(己卯士林)의 충실한 계승자였던 임훈은 16세기 사림 일
각에 이론적 탐구보다는 구체적인 사회적 실천을 보다 더 중시하는
성향을 부식(扶植)하는 데 의미 있는 기여를 행할 수 있었던 것이다.[133]

이상의 논의를 정리해 두자면, 임훈은 주자학적 난해성의 늪과 형이
상학적 공소성의 너머에서 곧장 '실천[踐履]'으로 직결될 수 있는 "수신
(修身)의 설(說)", 곧 '정심(正心)·수신론(修身論)'을 주창하고 몸소 실행해
나감으로써, 그 자신과 국가 구성원들 모두에게 극히 유익한 결과를
안겨줄 수 있는 길을 개척해 나가려 했던 것으로 요약할 수 있다. 임훈
은 '지금 여기'를 제일의(第一義)로 삼는 실존주의 철학자들처럼, 자신
과 조선이 터한 현실적 공간 안에서는 실존적 인간 주체를 구성하는
몸[身]과 마음[心]을 바로 잡고 가다듬는 일이야말로 개인의 도덕적 자
아실현과 조선사회가 직면한 난국(亂國)의 돌파를 위해 가장 긴요한 지
상 과제임을 자각했던 것으로 보인다. 이 같은 임훈의 통찰은 일면 북
송(北宋)의 학자인 여대림(呂大臨, 1046년~1092)이 『중용』의 제20장의 주
해(註解)의 장을 빌려서, "천하와 국가의 근본은 몸에 있기 때문에, 수
신이 구경(九經)의 근본이 된다."는 인식과도 부분적으로 그 궤를 같이
하고 있는 것으로도 분석된다.[134] 그렇다면 이제 사서에 이어 삼경 방
면에 대해 보여준 임훈의 시각과 해석상의 특징은 또 어떠했는지를
대략적으로 추적해 보기로 한다.

133 鄭一均,「朝鮮時代 居昌地域(安陰縣)의 學統과 思想」, 東方漢文學會 編,『葛川 林薰
   과 瞻慕堂 林芸 硏究』, 보고사, 2002, 70쪽 참조.
134 朱熹,『中庸集註』, 제20장의 註解. "呂氏曰, 天下國家之本, 在身, 故修身, 爲九經
   之本."

2. 삼경학(三經學)

임훈이 수립한 학문세계에서 삼경인 『시경』·『서경』·『주역』이 점
유하는 위상이란 앞의 사서(四書) 범주에는 다소 미치지는 못하는 편이
다. 그러나 임훈의 삼경학은 정주학에 비해서는 훨씬 더 큰 의미의 비
중을 획득하고 있는 것으로 파악되었다. 특히 삼경 중에서 『서경』은
『맹자』와 함께 조선의 "임금을 요순(堯舜)같은 성군(聖君)으로 만들어
보려 했던" 임훈의 경세론적 구상에서 실로 지대한 정치적 메시지를
제공해 주는 텍스트로 기능하고 있었다. 왜냐하면 임훈은 동양의 정치
철학서인 『서경』을 통해서 우(禹) 임금을 위시한 다양한 경세론적 모델
들을 접하였을 뿐만 아니라, 또한 『맹자』에 준하는 위민(爲民) 철학의
이론적 근거를 제공받기도 하였기 때문이다. 실상 16세기를 전후로 한
시점에서 임훈이 개척한 상서학(尙書學)은 매우 드물 정도의 높은 수준
을 전시해 주고 있었다. 여타의 이경(二經)인 『시경』과 『주역』의 경우도
주로 경세론적 전망과 관련한 언술의 자취들이 문집에서 간헐적으로
발견된다. 이 같은 정황들은 종당에 제도적 실천으로 귀결되는 임훈의
원대한 경세론적 포부를 반증해 주기에 족한 사례들이다.

임훈이 타계한 뒤에 작성된 「만사(挽詞)」 중에는 『시경』과 『서경』 방
면에 대한 갈천 생전의 식견과 소양 정도를 가늠할 만한 언급이 포함되
어 있어서 새삼 눈길을 끈다.

> 『시경[詩]』·『서경[書]』을 보고 들어 단서가 있으니, 아무리 식기(識
> 器)로 세상에 알려졌더라도, 선생 같은 분은 드물 것이다! 관문(關文)의
> 빗장을 열어 성(誠)으로써 위주(爲主)로 하였으며 …[135]

---

135 林薰, 『葛川集』 券3, 「挽詞」, 373쪽. "見聽詩書端有緖, 從知器識世無儔. 關門啓鑰誠

즉, 윗글은 임훈이 평소 식견[識]과 국량[器]을 축적하고 배양했던 이
면에는 『시경』과 『서경』에서 자뢰(資賴)한 바가 컸으며, 그 결과 성학
(誠學)의 기조가 보다 확고해지게 되었다는 사실을 확인시켜 주고 있
다. 이처럼 임훈이 『시경』과 『서경』에 일가견을 이뤘음을 전언해 주는
또 다른 기록 중에는, "산천(山川)과 풍월(風月)을 즐기는 흥취가 있어,
시(詩)·서(書)와 경전(經傳)들을 여유 있게 독실하게 행함이 있을 것 같
아서, 이에 우거(寓居)하는 곳을 심방(尋訪)하여 알현(謁見)하였습니다."
는 작자 미상(未詳)의 「서문[序]」에서도 재차 입증되고 있다.[136] 물론 이
글은 공자학(孔子學)에 내포된 이색적인 일 국면인 이른바 무위유학(無
爲儒學)과 『시경』·『서경』 등을 결부시킨 독특한 시각이 드러나 있
다.[137] 그럼과 동시에 『시경』과 『서경』 방면에 대한 임훈의 소양 정도
가 산천·풍월을 즐기는 흥취(興趣)를 통해서도 은연중에 발출되곤 했
다는 점을 전해주고 있는 점도 흥미롭게 여겨진다. 이 같은 작자의 표
현은 임훈이 『시경』과 『서경』을 대상으로 한 연찬의 정도가 매우 심오
한 수준이었다는 점을 에둘러 지적한 것으로 분석된다.

그런데 현전하는 문집인 『갈천집』 속에서 『시경』과 유관한 자취는
"『시경[詩]』에서 말하기를, '나무가 넘어져 뽑히면, 뿌리가 먼저 뽑힌
다.'고 하였습니다."고 운위한 한두 구절 정도에 불과한 실정이다.[138]

為主, 靈圃休鋤物不句." 그런데 이 「만사」를 찬(撰)한 이는 각재(覺齋) 하훈(河壎)의
신원에 대해서는 자세하지 않은 상태다.

136 林薰, 『葛川集·附錄』, 「奉送林先生歸鄕序」, 394쪽. "今此丈人, 雖不顯於時, 而不施
其道, 然必也有山川風月之興, 而篤行於詩書經傳之餘者乎." 이 글은 임훈이 부친인
석천공(石泉公)을 시봉(侍奉)하기 위해 관직을 그만두고 고향 갈계리로 귀향하려고
했을 때에, 마침 서울 옆집에 살던 신원 미상(未詳)의 작자가 선생의 인품을 칭송하면
서 석별(惜別)의 정(情)과 그 아쉬움을 토로한 글 중의 일부에 해당한다.

137 무위적 초탈을 지향했던 무위유학은 도덕적 당위를 추구한 유위유학(有爲儒學)과는
단연 대비된다. 김형효, 『물학 심학 실학』, 청계, 2003, 489쪽 참조.

이 상소문은 임훈이 언양(彦陽) 현감(縣監)에 취임한 후인 1567년에 작성
하여 올린 것으로, 『시경』「대아(大雅)」편 중에 〈탕지십(湯之什)〉의 제8
수(首)에 전거를 둔 구절이다. 이처럼 『시경』을 비롯한 여타의 기록들
이 전해지지 않는 이면에는 안음현의 "고을이 병란(兵亂)으로 쪼개지
고, 부락이 불꽃 속에서 불타버려, 주초(柱礎)가 무너지고 담장이 황폐
해져서, 수풀이 서러워하고, 냇물도 아파한 지 몇 년이 되었다."고 묘
사되었으리만큼,[139] 정희량(鄭希良, ?~1728)의 란(亂)으로 많은 저술들이
소실된 데에도 큰 원인이 있었을 것으로 추정된다. 결과적으로 『갈천
집』에 등재된 『시경』의 해당 내용은 당시 임훈이 견지했던 시국관(時局
觀)을 피력하는 데 유용한 경전으로 기능하였음이 확인되는 셈이다.
실제 16세기 중·후반을 전후로 하여 삼정(三政)의 문란이 더욱 가속화
되기 시작하면서, 조선 민중들이 겪는 피폐한 삶의 실상이란 『지장경
(地藏經)』에서 설파한 무간지옥(無間地獄)과 전혀 다를 바가 없는 지경으
로 접어들고 있었다. 이를테면 임훈이 「정축사은봉사(丁丑謝恩封事)」
(1577, 78세)를 통해서 기술해 둔 아래와 같은 민생의 현주소는 그 한
극점을 전시해 주고 있다.

신(臣)이 들으니, '전염병이 발생하였는데, 함경도와 평안도[兩界]가
더욱 심하여, 인민(人民)이 다 죽고 도망가서, 옛날 백성들이 살던 마을
이 지금은 황무지의 터가 되었다.'고들 합니다. 또 흉년[凶歉] 탄식은

138 林薰, 『葛川集』卷2, 「彦陽陳弊疏」, 53쪽. "詩曰, 顚沛之揭, 本實先拔, 臣恐本實之
拔, 先自彦陽也." 인용된 『시경』의 원문(原文)은 이러하다. "人亦有言, 顚沛之揭, 枝
葉未有害, 本實先撥.(사람들이 말하기를, 나무가 쓰러져 뿌리가 드러나면, 가지와
잎은 아직 상하지 않았어도, 뿌리는 이미 썩어 있다고 하네!)"
139 林薰, 『葛川集·附錄』, 「葛川書堂重修記」, 476쪽. "先生既沒, 縣剖于兵, 里燕于燄,
敗礎荒垣, 林悽澗愴, 有年矣."

영남(嶺南)과 호남(湖南)의 경우가 가장 심한데, 가을 수확은 작년의 절반에도 미치지 못합니다. 근래에 이 땅에 살았던 백성들 모두가 불안[杌隉]한 계획을 세웠으나, 몇 달 사이에 사망한 백성이 한 읍(邑)에서 혹 8, 90여 명에 이르고, 죽은 소도 한 고을에 1천여 마리에 이릅니다.[140]

일찍이 북송(北宋)의 관리이자 시인이었던 정협(鄭俠, 1041~1119)은 동시대 민중이 처한 참혹한 실상을 「유민도(流民圖)」라는 작품으로 형상화한 바가 있었다. 이에 임훈은 조선 "남도[南中]의 백성은 바야흐로 물 마른 저수지의 붕어가 될 것"[141]이라는 말로 비유한 처참불락한 상황과 관련하여, "오호라! 누가 정협의 「유민도」를 가지고 한 번 임금의 귀막이에 알려 드릴 것인가?"라며 절규하기에 이르렀던 것이다.[142] 임훈이 타계한 이후에 문인 정유명(鄭惟明)이 「행장」을 통해서 스승이 남긴 당대의 시국인식, 즉 "『시경』에서 이르기를, '무너지려는 나무는 아직 잎은 시들지 않았으나, 그 뿌리는 이미 뽑혔다.'고 하였습니다."라는 대목을 재차 반추해 보인 이면에는,[143] 이상에서 적시한 비참한 민생의 현주소가 가일층 악화 일로로 치닫는 사태를 동시에 반영해 주고 있었다. 그런 점에서 『시경』「대아」편의 몇몇 구절들은 동시대의 병폐를 고발하기에 매우 유용한 전거로 활용되었던 것으로 보인다.

---

140 林薰, 『葛川集』 卷2, 「丁丑謝恩封事」, 88쪽. "臣聞癘疫之發, 甚於兩界, 人民殆盡死亡, 昔日烟火之地, 今直爲荒穢之墟云. 凶歉之嘆, 甚於兩南, 西成之獲, 不能半昔年, 近歲奠居之民, 皆爲杌隉之計, 數月之間, 人民死亡, 一邑或至八九十, 牛隻之死, 一邑或至千有餘數."

141 林薰, 『葛川集』 卷2, 「丁丑謝恩封事」, 88쪽. "南中之民, 方爲涸轍之鮒, 方來之禍, 未知其事竟如何也."

142 林薰, 『葛川集』 卷2, 「丁丑謝恩封事」, 90쪽. "嗚呼, 誰將鄭俠之圖, 一進黈纊之下哉."

143 林薰, 『葛川集』 卷4, 「行狀」, 510쪽. "詩曰, 顚沛之揭, 本實先拔, 臣恐本實之拔, 先者彦陽也." 국역은 원문이 보충된 각주 138)에 준한 것이다.

한편 『시경』에 비해 『서경』의 경우는 임훈의 경세론적 구상과 전망에 대해 실로 다양한 지적 원천을 제공해 준 의미심장한 경전에 해당했다. 물론 그 근저에는 『서경[典謨]』이 "요순(堯舜)의 도(道)"를 후인들에게 전해준 도통사적(道統史的) 의의를 담지하고 있는 경전이라는 확고한 믿음이 지탱하고 있었기 때문이기도 했다. 이는 마치 『논어』가 "부자(夫子)[공자]의 도"을 후대에 전한 것과 비견할 만한 의미를 지니는 것이었다.[144] 이처럼 임훈이 "요순의 도"를 절대시했던 까닭은 단순히 두 제왕(帝王)이 동양적 도통사의 원두처(原頭處)에 위상하고 있다는 관념적 차원에서 말미암은 것만은 아니었다. 그것은 아래의 인용문 속에서도 분명하게 잘 드러나 있듯이, 대체적으로 제도적 실천의 문제와 직결된 정치적인 전망과 관련한 이유가 크게 작용하고 있었기 때문이었다.

> 비록 그 (성현의 글을 읽은) 공부를 실천에 옮기는 실상은 없었으나, 일찍이 의(義)의 소재를 말하는 데까지 엿보아서, 요(堯) 임금과 순(舜) 임금의 통치가 아니면, 감히 진술할 입장이 못된다고 생각했었습니다. 또 어찌 배운 공부를 저버리고 다른 말을 하겠습니까?[145]

당연히도 운위된 "요 임금과 순 임금의 통치"란 "도(道)가 이미 중용[中]의 도에 맞고, 제도(制度) 또한 의(義)에 합당하니, 군자(君子)가 설 만한 곳이며, 덕화(德化)의 터전이 되었도다!"로 기술된, 즉 '왕도(王道)'

---

144 林薰, 『葛川集』 卷3, 「書兪子玉遊頭流錄後」, 219쪽. "雖然, 使不有傳堯舜夫子之道, 以垂于後人, 如典謨論語者, 則程朱氏亦子子而無所據矣."
145 林薰, 『葛川集』 卷2, 「乙亥謝恩封事」, 75쪽. "然書生門戶, 無有他技, 自少狃於科擧之習, 頗讀聖賢之書, 雖無踐履之實, 嘗窺言義之所在, 至於非堯舜不敢陳之地, 又安敢舍所學, 而他求也哉."

가 전면적으로 실현된 이상적인 정치양식을 뜻한다.[146] 임훈이 요 임금
에 의한 왕도정치를 상징하는 부(賦) 양식의 「토계(土階)」를 짓고, "바라
건대 언젠가 후대의 군주가 이렇듯 요 임금의 덕행을 행하게끔 해서,
내 몸소 친히 보게 하려는가?"[147]라는 절절한 염원으로 대미를 장식했
던 이유도 "요 임금과 순 임금의 통치"를 강렬하게 희구하였기 때문이
었다. 임훈은 「토계」에서 요·순의 정치가 "헛된 꾸밈"인 사치(奢侈)에
반하는 검소한 덕에서 비롯된다는 시각을 선보이기도 하였다.[148] 이처
럼 사치와 검덕(儉德)을 대비시켜 설명하는 방식은 주로『소학』에서 자
주 발견되는 서술법이라는 점도 부기해 둔다.[149] 그럼과 동시에 이 같
은 임훈의 설명 방식은 전래로 요·순의 정치를 도가(道家)의 '무위이치
(無爲而治)'의 틀에 빗댄 것에 비하면 보다 진일보한 시각인 것으로도
평가된다. 후대의 다산(茶山) 정약용(丁若鏞, 1762~1836)은 이른바 고적
고증(考績考證)을 통해서 요·순이 이룩한 지치주의의 이면을 주도면밀
하게 분석한 바가 있다.[150] 이 같은 정약용의 고증학적 탐구는 요·순을

146 林薰,『葛川集』卷1,「賦·土階」, 36쪽. "道旣得中, 制亦合宜, 君子攸芋, 玄化所基
… 痛厲階之日構, 慨王道之日卑."
147 林薰,『葛川集』卷1,「賦·土階」, 37쪽. "願安得使後君而行堯行, 於吾身親見之哉."
148 林薰,『葛川集』卷1,「賦·土階」, 36쪽. "盍自明一己之儉德, 用垂示乎萬葉 … 乃命乃
工, 乃築斯階, 勿用奢華, 以駭人視."
149 成百曉 譯註,『小學集註』卷5,「嘉言」,〈廣敬身〉의 제80장, 351쪽. "素驕奢者, 欲其
觀古人之恭儉節用, 卑以自牧.";같은 책,〈實敬身〉의 제78장, 458쪽. "張文節公, 爲
相 … 顧人之常情, 由儉入奢, 易, 由奢入儉, 難, 吾今日之俸, 豈能常有, 身豈能常存."
150 丁若鏞,『尙書古訓 Ⅰ』, (사) 다산문화재단, 2013, 154쪽. "此云'九載績用弗成'者, 堯
舜之法, 三載考績, 三考黜陟幽明. 三經三考, 則猶委任以責成, 法制一定, 雖衆言崩
騰, 莫之小撓, 至其敗黜而後, 殛之勿赦, 此帝王任人責功之大經大法, 不可違也." 정
약용은 「우서(虞書)」의 전(全) 편에 대한 주해를 통해서 고적고증을 수행하였는데,
이 또한 당우(唐虞) 삼대(三代)에 구현된 지치(至治)에 대한 지대한 관심이 발휘된
결과였다.

지치(至治)의 실현을 위해 부단히 노력한 유위(有爲)의 제왕으로 바라본 획기적인 관점을 제시한 것이다. 아무튼 이처럼 "요 임금과 순 임금의 통치"로 표방되는 왕도정치를 16세기 중·후반 무렵의 조선사회에서 다시 구현해 내는 일이야말로 임훈 스스로가 토로한 "실천에 옮기는 실상"[踐履之實], 곧 실천의 두 국면 중에서 제도적 실천에 정히 부합되는 설명인 것이다. 임훈이 "도(道)는 행해지고 행해지지 못함이 있으며, 때는 이롭고 이롭지 못함이 있다."는 설명과 더불어, 또한 "요순(堯舜)과 삼왕(三王) 이후로 선비[士]가 때를 만나고 임금을 만나서 도(道)를 행한 사람이 몇 사람이나 되는가?"라며 반문했던 이유 역시 제도적 실천이 궁극적으로 기필(期必)하고자 했던 지치주의 혹은 왕도정치의 전면적인 구현에 대한 크나큰 염원이 투영되어 있었다.[151] 그런 측면에서 『서경』은 경세론과 내용상 동의어에 해당하는 제도적 실천에 관한 중요한 지침들을 임훈에게 제공해 준 텍스트로 정위(定位)되고 있었던 것이다.

한편 중국 고대의 이상적인 군주들인 "요·순(堯舜)과 삼왕(三王)", 곧 요·순·우(禹)·탕(湯)·문왕(文王)·무왕(武王)은 임훈의 경세론에서 심히 각별한 의미를 지니는 인물들이었다. 예컨대 "요·순과 삼왕"을 향한 임훈의 지극한 존경심과 축적된 소양 정도는 다음과 같은 극진한 평가성 언술 속에 확연히 드러나 있다.

> 그 어질기가 마치 하늘과 같고, 그 덕(德)이 살려 주기를 좋아하는 사람은 요·순 임금 같은 성인(聖人)이었습니다. 수레에서 내려 죄수를 바라보며 울고, 그물에 갇힌 짐승들을 풀어주면서 축복한 것은 순 임금

---

151 林薰, 『葛川集』 卷2, 「送富韓公北使契丹詩序」, 184쪽. "… 然而道有行不行, 而時有利不利, 自堯舜三王以來, 士之得其時遇其君行其道者, 能幾何人."

과 우 임금의 어짊이요, 문왕(文王)이 상사람[小民]들을 편안하게 보호
하고, 무왕(武王)이 능히 관대하고 어지셨음은, 모두 백성들을 편히 하
는 안민(安民)의 근본이었습니다.[152]

위의 인용문에 잘 드러나 있듯이, 임훈은 『서경』과 여타의 경전들
속에서 묘사된 요(堯)·순(舜)·우(禹)·탕(湯) 및 문왕(文王)·무왕(武王)의
정치적 행적에 대해서 매우 소상하게 파악하고 있는 상태였다. 이는
임훈이 지치주의로 대변되는 동양의 이상적인 정치에 대해 얼마나 지
대한 관심을 기울였던가를 제대로 확인시켜 주기에 족한 사례인 것이
다. 또한 임훈은 이처럼 "요·순과 삼왕(三王)"이 "백성들을 편히 하는
안민(安民)의 근본"을 펼칠 수 있었던 이면에는 인(仁)·덕(德)·관대(寬
大) 등과 같은 덕목으로 표현된 수기론(修己論)[수신론(修身論)]이 전제되
어 있었다는 점을 적극 환기시키기도 하였다. 이는 그가 평소 견지했
던 성학군주론이 거듭 피력된 결과이기도 하다. 그 연장선에서 임훈
은 "스스로 능히 강건(强健)하여 쉬지 않아서, 비록 화창하더라도 음탕
한 데 이르지 않는" 떳떳한 천도(天道)와는 다르게,[153] 인간의 경우 "몸
이 한가하고 마음이 편안해지면 소리의 융화는 심지(心志)를 방탕하게
할 수 있고, 나라를 망하게 할 수도 있다."는 사실, 곧 성학군주론과는
정반대의 대척점에 놓인 연안(燕安)한 군주가 초래할 수도 있는 경국(傾
國)의 위험성을 지적해 두는 일도 결코 망각하질 않았다.[154] 다시 말해

---

152 林薰, 『葛川集』卷3, 「仁政殿記」, 258쪽. "其仁如天, 其德好生者, 堯舜之聖也, 下車泣
辜, 解綱祝獸者, 禹湯之仁也, 文王之懷保小民, 武王之克寬克仁, 皆所以安民之本也."

153 林薰, 『葛川集』卷3, 「南薰殿記」, 263쪽. "天能自健而無息, 雖和而不至於流, 故其風
之和, 可以亨品物, 可以成歲功."

154 林薰, 『葛川集』卷3, 「南薰殿記」, 263쪽. "至於人則不然, 燕安之心有勝, 而因物有遷,
則其聲之和, 有可以蕩心志者, 有可以忘國家者."

서 임훈이 판단하기에 『주역』의 「건괘(乾卦)」에서 연원한 '자강불식(自强不息)'의 상태[155]를 상시적으로 유지하는 일이야말로 성학군주론을 일상화하는 첩경에 해당했던 것이다. 따라서 이와는 반대로 "몸이 한가하고 마음이 편안해지는" 연안(燕安)·일락(逸樂)한 심리상태를 적극 경계해야 한다는 시각을 드러내 보인 것이다. 이에 임훈은 우 임금이 단주(丹朱)를 경계했던 사실과 익(益)에게 "편안하고 즐거운 것을 두려워하라!"고 간언했던 정황을 상기시키면서,[156] 그가 국왕에게 올린 말들이 『서경』에서 운위된 "황제[帝]께서는 (신중히) 생각하셔야 합니다!"[157]라는 언술에 내포된 심정과 동일한 충정(衷情)에서 비롯된 것임을 토로해 두기도 하였다.

　물론 이처럼 "황제[帝]께서는 (신중히) 생각하셔야 합니다!"라는 일구(一句)로 간략히 요약되는 성학군주론이 궁극적으로 지향하는 바는, "소위 탕(湯)·무(武)의 마음으로 탕·무의 인정[仁]을 실천"하기 위한 것임은 새삼 두 말 나위가 없다.[158] 달리 이를 임훈은 "우왕(禹王)과 탕왕(湯王)은 추은(推恩)함으로써, 그 지치(至治)의 다스림을 지을 수 있었던 것은, 이 마음의 근본이 있었기 때문입니다."라는 부연설명으로 대체하기도 하였다. 또한 이와는 반대 격인 "한(漢)과 당(唐)의 군왕들을 경계하소서!"라는 역사적 성찰의 결과를 아울러 제시해 두었다.[159] 이와

---

155 『周易』, 「乾卦」, "天行健, 君子以自强不息."
156 林薰, 『葛川集』 卷3, 「南薰殿記」, 263쪽. "嗚呼, 禹旣以丹朱爲戒, 益又以逸樂爲懼."
157 林薰, 『葛川集』 卷3, 「南薰殿記」, 263쪽. "此臣之不能忘帝念之哉之說也." 인용된 "帝念之哉."는 『서경』, 「대우모(大禹謨)」편 제10장에 전거(典據)를 두고 있는데, 이는 우(禹)가 (舜) 임금에게 전한 간언 중의 한 구절이다. "禹曰, 朕德, 罔克, 民不依, 皐陶, 邁種德, 德乃降, 黎民, 懷之. 帝念哉. 念茲在茲, 釋茲在茲, 名言茲在茲, 允出茲在茲, 惟帝念功."
158 林薰, 『葛川集』 卷3, 「仁政殿記」, 257쪽. "前朝之季, 生民之塗炭, 極矣, 我聖祖懷濟世之才 … 所謂以湯武之心, 行湯武之仁者歟."

같은 임훈의 언술들은 앞에서 『맹자』에서 제시된 인정(仁政) 혹은 왕도
정치의 논리가 『서경』을 통해서 재현된 장면으로서, 이상적인 정치양
식인 지치주의를 향한 임훈의 강한 집념과 그 진정성의 정도를 동시에
가늠케 해준다. 아무튼 임훈은 『서경』을 통하여 자신이 구상한 경세론
적 모델들인 요(堯)·순(舜)·우(禹)·탕(湯) 및 문왕(文王)·무왕(武王) 등과
같은 제왕들을 순차적으로 접하였을 뿐만 아니라, 또한 『주역』과 연계
한 차원에서 바람직한 제도적 실천을 위한 근간이자 철학적 기초인
성학군주론을 일관되게 피력하였음이 거듭 확인된다. 당연히도 이 같
은 정황들은 임훈이 추구했던 성경 철학이 나름의 일관된 기조 하에
추구되었다는 사실을 반증해 주기도 한다.

한편 임훈의 경우 이상에서 적시한 요·순·우·탕 및 문왕·무왕 등
과 같은 제왕들 가운데서, 특별히 "백성들을 구제한 공(功)으로는 대우
(大禹)보다 훌륭한 이가 없었다."는 말로써,[160] 우 임금을 매우 극찬했던
사실도 눈길을 끌기에 충분하다. 왜냐하면 치수(治水)의 대업을 이룩한
"우 임금의 신모(神謀)와 묘략(妙略)"이란,[161] 임훈이 설계한 경세론적 전
망에서 가장 이상적인 동일시 모델로 다가서고 있었기 때문이다. 굳이
비유하자면, 임훈의 경세론에 있어서 우 임금이 차지하는 진중한 존재
감이란, 위기지학(爲己之學)으로 표방되는 도덕적 실천 방면의 뚜렷한
하나의 극점을 전시해 주었던 안연(顏淵)과 비견될 만한 수준이랄 수

---

159 林薰, 『葛川集·附錄』, 「諡狀」, 530~531쪽. "禹湯之能推恩以做其治者, 由是心之有
　　其本也, 漢唐之不能推恩以致其治者, 由是心之無其本也."; 같은 책, 「行狀」, 319쪽.
　　"漢唐之不能推恩, 未免苟且之失者, 亦由是心之無其本也."

160 林薰, 『葛川集』 卷3, 「龍門記」, 252~253쪽. "然則濟民之功, 莫盛於大禹, 而大禹之
　　功, 實肇於龍門."

161 林薰, 『葛川集』 卷3, 「龍門記」, 253쪽. "兹山之橫紀乎南州凡幾里歟 … 而禹之神謀妙
　　略, 一施其指揮, 而絕險之與莫高者, 旋見消磨."

있다. 그런 점에서 자장(子張)의 이름을 빌려서 "신우(神禹)가 굴착했던 용문산(龍門山)"에서의 치수(治水)의 공적을 문학적 상상력을 동원하여 서술해 보인 「용문기(龍門記)」[162]와 "내 친구 안자(顏子)는 영예(英睿)로운 사람이다."로 시작되는 「누항기」,[163] 이 두 기문은 임훈의 학문세계를 구성하는 양대 축인 제도적·도덕적 실천을 각기 상징해 주는 대표적인 저술로 평할 수 있겠다. 그리하여 임훈은 홍수로 인해 "옛날 '회양(懷襄)의 세상'을 당했을 때에, 생민(生民)이 어두침침한 데서 살면서 짐승들과 뒤섞여서 살았던" 실로 위태롭기가 짝이 없던 시기에 순 임금의 명을 받아 우 임금이 "홍수(洪水)를 다스린"[164] 과정의 일단을 아래처럼 정리해 두기도 했다. 임훈의 「용문기」는 "우 임금이 이 홍수[水]를 다스려야 한다는 생각으로, 신모(神謀)를 짜내고 대지(大智)를 다 쏟은 끝에, 도끼로 나무를 베고 삽으로 흙을 퍼내며, 바위를 밀고 돌을 굴린" 크나큰 노고를 생생하게 환기시킨 절절한 위민의식(爲民意識)이 잘 발휘된 작품으로 감상된다.[165]

이에 우(禹)는 순 임금의 명령을 자기의 책임으로 생각하고, 백성을 물에서 구제하는 일을 자기의 책임으로 생각하였다. 우 임금은 치수(治水)에 골몰하느라 우는 (자기 집 어린) 아이를 볼 겨를도 없었으며, 세 번씩이나 (자기 집의) 문 앞을 지나치면서도 들어갈 겨를마저도 없었

---

162 林薰, 『葛川集』 卷3, 「龍門記」, 252쪽. "余嘗慕子張之遊, 凡名山大川, 幽蹤奇跡, 未嘗不窮探而訪之 … 問其山則曰, 神禹之所鑿龍門, 其名也."

163 林薰, 『葛川集』 卷3, 「陋巷記」, 246쪽. "吾友安氏子, 英睿人也."

164 林薰, 『葛川集』 卷3, 「龍門記」, 252쪽. "當昔懷襄之世, 生民昏墊, 禽獸雜處, 帝用憂之, 命禹而敷治焉." 운위된 '회양지세(懷襄之世)'란 『서경(書經)』, 「요전(堯典)」편에 전거를 둔 표현이다. "蕩蕩乎懷山兩陵."

165 林薰, 『葛川集』 卷3, 「龍門記」, 252쪽. "禹用是念, 運神謀, 騁大智, 斧其木鍤其土, 鎚其岩轉其石以去."

다. 우 임금은 손발이 터지는 노고를 몸소 겪었으며, 또 비바람과 이슬
을 맞는 고생도 몸소 감내하면서, 오로지 거친 땅을 고르게 하고, 험한
땅을 평이하게 하는 것, 이것만을 오롯이 생각하였다.[166]

위 인용문 속에는 임훈이 왜 우 임금을 역사적·경험적 차원에서 경세
론적 모델로 설정했는지에 대한 묵시적인 이유들이 함축적으로 잘 드러
나 있다. 그것은 바로 "백성을 물에서 구제하는 일을 자기의 책임으로
생각한", 곧 "박시(博施)·제중(濟衆)"[167]으로 표현된 『논어』의 심원한 이
념을 몸소 직접 실현해 보인 진정한 위민의식의 구현자이자 경세론적
모델로서의 역할을 충실히 수행한 장본인이었기 때문이다. 더 나아가
임훈은 우 임금이 치수 사업을 성공적으로 수행한 결과, "이른바 막히고
옹폐(壅蔽)된 것을 제거하여 물길을 소통(疏通)시키고, 물을 끌어 순리대
로 흐르게 한 뒤에야, 대하[水]가 제 물길을 따라 흘렀고, 자연히 '회양(懷
襄)의 재해도 떨치게 되었다."는 사실을 추가로 기술해 두기도 하였
다.[168] 그런데 이 구절은 임훈이 구상한 경세론이 의거한 원리이자 구체
적인 지침을 암시해 주고도 있다는 점에서 보다 자세한 음미를 요한다.
좀 더 부연하자면, 임훈이 언양현(彦陽縣)의 해묵은 폐단을 해소하기
위해 국왕에게 올린 「언양진폐소(彦陽陳弊疏)」(1567)를 위시하여 「을해사
은봉사(乙亥謝恩封事)」(1575)·「정축사은봉사(丁丑謝恩封事)」(78세), 그리고

---

166 林薰, 『葛川集』 卷3, 「龍門記」, 252쪽. "禹乃以帝命爲己責, 以拯民爲己任, 呱呱之子,
未暇子焉, 三過之門, 未遑入焉, 躬胼胝之勞, 耐風露之苦, 惟荒度土功, 去險即夷是
念焉."

167 朱熹, 『論語集註』, 「第6 雍也」篇의 제28장. "子貢曰, 如博施於民人而能濟衆, 何如.
可謂仁乎. 子曰, 何事於仁. 必也聖乎."

168 林薰, 『葛川集』 卷3, 「龍門記」, 252쪽. "… 以去夫所謂壅之塞之者, 疏而通之, 引而順
之, 然後水得其道, 而懷襄之禍, 祛矣."

타인을 위해 대리 작성한 「대인의상면군소(代人擬上免軍疏)」[169] 등과 같
은 각종 상소문의 기저를 관통한 논리의 핵심은 바로 우 임금이 실행한
"막혀 옹폐된 것을 제거하여 물길을 소통시킨" 공적에 내포된 '소통
(communication)'의 원리를 원용하는 차원이었던 것이다.

그렇다면 임훈이 구상한 경세론적 전망에서 그려진 이상향(理想鄕)
은 과연 어떠한 양상을 취하고 있었을까? 이 사안과 관련해서도 임훈
은 『서경』의 여러 편들에 제시된 유학적 유토피아의 자취들을 예의
주시하면서 숙고를 거듭하였던 것 같다. 그리하여 임훈은 전술한 「용
문기」의 장을 빌려서 그가 평소 이상시하였던 국가사회의 모습을 잠정
적인 차원에서 다음과 같이 간략히 묘사해 두었다.

> (홍수의 피해가 없어진 다음에) 백성들은 제 살 곳을 찾았고, 농사일
> 과 누에치는 일[桑]의 이로움이 흥하게 되었다. 또 농상(農桑)의 법(法)
> 이 부흥한 뒤에야, 육부(六府)와 삼사(三事)가 진실로 다스려졌고, (이
> 에) 대대로 우 임금의 공(功)에 힙 입게 되었다.[170]

윗글은 "백성들을 구제한 공(功)으로는 대우(大禹)보다 훌륭한 이가
없었다."고 단언한 이유를 제시한 단락에 해당하지만, 겸하여 임훈이

---

169 林薰, 『葛川集』 卷2, 「代人擬上免軍疏」, 100~104쪽.
170 林薰, 『葛川集』 卷3, 「龍門記」, 252~253쪽. "… 而懷襄之禍祛矣, 然後民得其居, 而
農桑之利興矣. 然後六府三事允治, 而萬世永賴矣." 인용된 육부(六府)·삼사(三事)는
『서경』, 「대우모」편에서 제시된 개념으로 '육부'는 재화를 형성하는 여섯 가지 요소
인 수(水)·화(火)·금(金)·목(木)·토(土)·곡(穀)을 의미한다. 또한 '삼사'는 덕치(德
治)를 이루기 위해 요구되는 세 가지 조건인 '정덕(正德)·이용(利用)·후생(厚生)'을
말한다. 「대우모」편에서는 '육부·삼사'를 만세평치(萬世平治)와 교화적공(敎化積功)
을 달성하기 위한 기초로 삼았다. 한편 『춘추좌전(春秋左傳)』에서는 육부와 삼사를
합하여 '구공(九功)'으로 지칭하기도 했다.

그린 이상사회적 전망의 일단이 어렴풋하게나마 노정된 장면이기도
하다. 좀 더 부연하자면, 임훈은 사회 구성원 모두가 각자가 원하는
제 자리에 정위한 이른바 '득기소(得其所)'를 전제한 가운데, 농상적(農
桑的) 생산양식에 기초한 하부구조를 우선적으로 설정하였고, 또한 이
같은 토대 위에서 "육부(六府)와 삼사(三事)"가 정상적으로 영위·관리되
는 사회를 전근대 사회에서의 유토피아로 확신하였던 듯하다. 결과적
인 측면에서 볼 때, 임훈이 제시한 이상사회는 하부구조와 상부구조,
산업과 도덕, 재화(財貨)와 정덕(正德) 등이 균형감 있는 조화를 연출한
사회로 평가할 수도 있겠다.

특히 "백성들이 제 살 곳을 찾기"위한 절대적인 조건인 하부구조
·산업·재화 방면을 향한 임훈의 관심사는 지대한 수준이었다. 예컨대
임훈이 「언양진폐소」(68세)에서 『주역』의 「익괘(益卦)」에서 제시한 "위
를 덜어 아래에 보탠다.[損上益下]"는 교훈적 지침과, 또한 "뿌리가 튼튼
해야 나라가 편안해진다."는 『서경』의 경구를 반추해 보인 이면에
는,[171] 전자인 도덕·정덕(正德)·상부구조의 토대인 하부구조·산업·재
화 계열이 갖는 막중한 의미를 충분히 인식한 결과를 반영해 준다. 물
론 16세기의 관인(官人)·유자(儒子) 신분이었던 임훈 역시도 「토계」라
는 부(賦)에서 기술된 "세 단계의 계단이 있어서, 높고 낮은 신분의 거
동이 구별되어 있으니"라는 언술에서 확인되듯,[172] 근대적인 자유·평
등 이념에 반하는 불평등한 신분제도를 용인하고 정당시하고 있었다.

---

171 林薰, 『葛川集』卷2, 「彦陽陳弊疏」, 53쪽. "臣聞易有損上益下之訓, 書有本固邦寧
之戒."
172 林薰, 『葛川集』卷1, 「賦·土階」, 36쪽. "因土爲累 … 有其三級, 尊卑有儀, 殊異乎上古
之雜處." 언급된 '잡처(雜處)'란 사람과 금수(禽獸)들이 무분별하게 뒤섞여 거주한 주
거 양식인 '잡거(雜居)'를 뜻하는 표현이다.

그러나 이처럼 전근대라는 시대적 제약이 불가피하게 강압하는 의식상의 한계를 감안하더라도, 임훈이 설계한 이상사회적 비전은 산업과 도덕, 재화와 정덕 두 계열 간의 조화와 균형을 추구했다는 점에서 보다 진일보한 관점임에 분명해 보인다. 이처럼 상부구조와 하부구조 간에 유지되는 조화와 균형이 충족된 이상사회적 전망은 임훈이 이상적인 정치의 시행을 위한 군왕의 덕목을 제시한 「토계」를 통해서, "도(道)가 이미 중용[中]의 도리에 맞고, 제도[制] 또한 의(義)에 합당하다."는 지침과도 부합되는 바가 있다.[173]

한편 임훈이 당(唐)나라 태종(太宗)이 이룩한 정관(貞觀)의 치적을 겨냥해서, "겨우 바깥 문(門)을 닫지 않는 치효(治效)를 이루었으니, 어찌 인의(仁義)와 더불어 말하겠습니까?"라며 『예기(禮記)』 「예운(禮運)」편 중의 한 구절을 인용한 장면도 사뭇 주목된다.[174] 왜냐하면 임훈은 비록 당 태종이 성취한 치적을 냉소적인 어투로 평가 절하를 하였지만, "바깥 문(門)을 닫지 않는다.[外戶不閉]"는 구절은 유학의 이상사회인 대동사회(大同社會)를 제시한 「예운」편의 내용에 해당하기 때문이다.[175] 이 같은 정황은 16세기를 전후로 한 시점에서 조선사회에 실현 가능한 이상적인 비전에 대한 임훈의 관심의 정도가 지대한 수준이었음을 재차 확인시켜 준다. 그러나 임훈은 '외호불폐(外戶不閉)' 일구와 부분적으로 유사한 의미를 간직한 도가(道家)의 이상향, 즉 "이웃나라 사이는

---

173 林薰, 『葛川集』 卷1, 「賦·土階」, 36쪽. "道旣得中, 制亦合宜, 君子攸芋, 玄化所基."
174 林薰, 『葛川集』 卷3, 「仁政殿記」, 258쪽. "彼武帝之外施 ⋯ 太宗之假行, 僅致外戶之不閉, 是何足與言仁義哉."
175 『禮記』, 「禮運」편. "大道之行也, 天下爲公, 選賢與能, 講信修睦. 故人不獨親其親, 不獨子其子, 使老有所終, 壯有所用, 幼有所長, 矜寡孤獨廢疾者, 皆有所養, 男有分, 女有歸, 貨惡其棄於地也, 不必藏於己, 力惡其不出於身也, 不必爲己. 是故, 謀閉而不興, 盜竊亂賊而不作, 故外戶而不閉, 是謂大同."

서로 바라 볼 수 있고, 닭 울고 개 짖는 소리를 서로 들을 수 있고, 백성들은 죽을 때까지 서로 왕래하지 않는다."는 노자의 전망은 결코 수용하질 않았다.[176] 그 대신에 "우리 임금의 덕(德)과 장수하심이 우 임금의 홍범구주(洪範九疇)처럼 되기를 바라셨다."는 「만사(挽詞)」의 기록이라든가,[177] 혹은 전래로 동양사회에서의 궁극적인 원리(the ultimate principle)를 뜻하는 「홍범(洪範)」편 제11장[178]에 연원하는 황극론(皇極論) 과 유관한 언술들도[179] 이상사회적 전망에 대한 임훈의 폭넓은 연찬과 탐구의 자취들을 반영해 주고 있다. 이처럼 『서경』의 「홍범」편에 전거 를 둔 임훈의 언술들은 상부구조에 해당하는 도덕·정덕(正德)이 천하 의 사방(四方)으로 고동치듯이 풍동(風動)하기를 바라는 노성(老成)한 유 학자의 간절한 염원이 투사된 장면으로 분석된다.

　그런데 임훈이 『서경』에서 대면(對面)한 경세론적 모델이 비단 앞서 거론된 요(堯)·순(舜)·우(禹)·탕(湯) 및 문왕(文王)·무왕(武王) 등과 같은 이상적인 제왕들의 경우에만 한정되었던 것만은 물론 아니었다. 다시 말해서 임훈은 이들 "요순과 삼왕"과 같은 군주들 외에도, "판축(版築) 에서 일어나 상(商)나라에 단비를 내리게 한" 저 재상(宰相) 부열(傅說) 과, "주(周)나라 왕실이 오래 갈 수 있는 기초를 세우게 한" 여상(呂尙)[강 태공(姜太公)]도 제민(濟民)·박시(博施)의 전범을 성취한 인물로 평가하고

---

176 老子, 『道德經』의 제80장. "小國寡民, 使有什伯之器而不用 … 隣國相望, 雞犬之聲相 聞, 民至老死, 不相往來."

177 林薰, 『葛川集』 卷4, 「挽詞」, 373쪽. "聖明雖阻門千里, 德壽常欽禹九疇."

178 蔡沈 저(金赫濟 校閱), 『書集傳』 卷4, 「洪範」편의 제11장, 明文堂, 1992, 257~258쪽. "凡厥庶民, 有猷有爲有守, 汝則念之, 不協于極, 不罹于咎, 皇則受之, 而康而色曰, 予攸好德, 汝則錫之福, 是人斯其惟皇之極."

179 林薰, 『葛川集』 卷1, 「賦·土階」, 37쪽. "誰知方丈之階, 保民子無疆, 德無與所居, 化 固存於聖狂, 光被四表, 是非不忒, 格于上下, 亦云美矣."

있었던 것이다.[180] 더 나아가 임훈은 은(殷)나라 초기의 명재상(名宰相)
으로 탕(湯) 임금을 극진하게 잘 보필한 인물인 이윤(伊尹)의 의로운 처
신과 더불어, 또한 "도와주고 그침에 전금(展禽)이 화평(和平)을 주장한
것을 방불하였다."는 평가 속에 드러난 바와 같이,[181] 춘추시대 때에
노(魯)나라의 대부(大夫)를 지낸 '전금'[유하혜(柳下惠)][182]도 진정 본받을
만한 경세론적 모델로서 적극 수용하고 있었다. 이처럼 임훈은 역대
중국의 유명한 관료였던 부열·여상·이윤·유하혜 등과 같은 경세가(經
世家)들이 보여준 걸출한 보좌 역할을 예의 주시하는 가운데, 이들의
헌신적이면서도 지혜로웠던 위민적(爲民的) 정치행위를 통해서, 장기
적 시점에서 보다 효율적으로 정책을 집행해 나가는 이른바 "경원지계
(經遠之計)"[183]를 수립하는 지혜를 터득하는 결과로 이어지게 된 듯하다.
이들 4인 중에서 유하혜를 제외한 부열·여상·이윤의 행적에 관해서는
『서경』에서 자세히 다루고 있는데, 이 점 임훈의 경세론적 구상이『서
경』에 힙 입은 정도를 거듭 확인시켜 주고 있다. 다만, 임훈의 경우

---

180 林薰, 『葛川集·附錄』, 「奉贈林先生歸鄕序」, 386쪽. "惟幼學而壯行, 固欲兼濟而博
　　 施, 傳說起板築, 終作商家之霖, 呂尙應熊羆, 永建周室之基."
181 林薰, 『葛川集·附錄』, 「奉贈林先生歸鄕序」, 386쪽. "應辟卽興, 幡然伊尹之義, 隨授
　　 而止, 彷彿展禽之和."
182 성(姓)은 전(展)씨고, 이름은 획(獲)이며, 자는 금(禽)이다. 또 유하(柳下)는 식읍(食
　　 邑)의 이름이고, 혜(惠)는 시호다. 임훈은 유하혜(柳下惠)에 대해 이렇게 평했다.(『葛
　　 川集』卷2, 「送池廣文深源邊鄕序」, 174쪽): "공자는 창고지기를 맡고도 마음이 편안
　　 하였으며, 유하혜가 미관말직[小官]을 마다하지 않은 것도 (모두) 이 때문이다.(孔子
　　 之安於委吏, 柳惠之不卑小官, 皆是類也.)" 물론 이 같은 임훈의 평은『맹자』에 입각
　　 한 것이다.
183 林薰, 『葛川集』卷4, 「行狀」, 293~294쪽. "其他征徭科役之病民者, 私自低昂, 且減且
　　 改者不一, 而亦未嘗爲苟簡悅民之擧, 以取目前之快, 而唯務爲經遠之計也."; 같은
　　 책, 「葛川先生家狀草」, 566쪽. "其他征徭科役有病民者, 私自低昂遂減遂改, 務爲競
　　 遠之計."

문왕의 아들로 성왕(成王)을 보필하면서 천자(天子)의 직권을 대행하여 슬기롭게 정사(政事)를 이끌어 나갔던 현능(賢能)한 위인인 주공(周公)에 대한 언급이 극히 소략한 점은 다소 예외적인 현상이다.

그러는 한편 임훈은 "옛날의 대신(大臣)들은 소 한 마리가 기침하는 것을 보고 걱정하는 사람이 있었으나, 지금 대신은 옛날과는 (전혀) 다릅니다."는 의미심장한 문제 제기를 통해서,[184] 가칭 대신역할론(大臣役割論)을 개진해 둔 대목도 주목된다. 왜냐하면 임훈의 경우 국왕 중심의 강력한 왕권제(王權制)를 전제하는 가운데서도, 시종 대신의 주도적인 역할 수행을 통해서 당면한 난국을 정면으로 돌파해 나가야 한다는 확고한 입장을 견지하고 있었기 때문이다. 이처럼 임훈이 대신의 적극적인 역할을 주문하는 차원의 정책적 식견을 형성하는 과정에서도 부열·여상·이윤·유하혜 등과 같은 경세가들의 처신이 일정한 영향을 끼쳤을 것으로도 추정된다. 그리하여 임훈은 1566년(67세)에 육현(六賢)의 일원에 선발된 이후로 안음(安陰) 현감(縣監, 67세)·비안(比安) 현감(縣監, 71세) 및 광주(光州) 목사(牧使, 74세) 등의 관직에 차례대로 봉직했던 기간 동안에, "순국망신(徇國忘身)하는 신하(臣下)의 절개"[185]를 발휘하면서 괄목할 만한 치적을 남길 수 있었던 것이다. 정온은 임훈이 타계한 뒤에 지은 「묘갈명(碣銘)」을 통해서, "하늘은 풍부(豐富)히 주시고도, 왜 크게 쓰지 않으셨던가? 조졸한 백리(百里) 목사(牧使)에 백발(白髮)이 쇠지(衰遲)하시고 …"라며 큰 아쉬움을 토로한 사실이 있다.[186] 임훈이 너

林薰, 『葛川集』卷2, 「丁丑謝恩封事」, 89쪽. "古之大臣, 見一牛之喘而有憂者, 今之大臣, 其亦異乎古之人矣."

185 林薰, 『葛川集』卷3, 「擬宋賜岳飛精忠旗詔」, 211쪽. "朕聞徇國忘身, 臣之節, 褒忠尙儀, 君之職."

186 林薰, 『葛川集』卷4, 「碣銘(幷序)」, 345쪽. "屹彼德岳, 峻極于天, 釀靈醞秀, 生我名賢 … 天旣富與, 胡不大施, 栖栖百里, 白髮衰遲."

무나 뒤늦은 노년 무렵에 맞이한 사환기(仕宦期)를 회고해 보인 정온의
이 같은 평가는 결코 과장된 허언이 아니었다.

　요컨대 임훈의 삼경론(三經論)은『서경』이 중심적인 위상을 점유하
는 가운데,『시경』과『주역』은 보조적인 역할을 수행하고 있었음이 확
인된다. 그럼과 동시에 임훈의 삼경론은 철저히 경세론적 구상에 초점
을 맞춘 특징도 아울러 발견되고 있다. 물론 임훈은『서경』을 통해 도
덕적 실천과 유관한 언술들을 피력하지 않았던 것은 아니지만,『서경』
은『맹자』와 함께 "시민여상(視民如傷)"[187]이라는 기치로 대변된 절절한
위민의식으로 일관한 그의 경세론적 전망에 대해 다양한 지적 원천을
제공해 준 특별한 경전으로 다가섰던 것이다. 그렇다면 이제 정주학과
노장철학 및 불교교학 방면에 대한 임훈이 남긴 자취들을 개략적으로
수습(收拾)해서 검토하도록 하겠다.

3. 정주학(程朱學)

　정주학이란 통상 '이정(二程)'으로 지칭되는 북송(北宋)의 정호(程顥)
와 정이(程頤) 등에 의해 제창되고, 그 뒤를 이은 주희(朱熹)[주자]에 의
해 집대성된 신유학(新儒學)을 일컫는다. 대체로 정주학은 우주론과 인
간학(人間學)[윤리학]에 있어서 이기(理氣) 이원론(二元論)의 입장을 취하
는 가운데, 수양론(修養論)에 있어서는 거경(居敬)·궁리론(窮理論)을 채
택함으로써, 육왕학파(陸王學派)와의 그것과는 뚜렷이 대립되는 학문적
노선을 견지하였다. 정주학은 고려 말엽에 회헌(晦軒) 안향(安珦, 1243~
1306)에 의해 동방(東邦)으로 전래된 이후로 차츰 기존 불교가 누렸던

187　林薰,『葛川集』卷4,「行狀」, 297쪽. "視民如傷, 用顧畏于民嵒, 則彼數者之弊, 無足
　　道矣."

국가 사회적 헤게모니를 대체해 나감으로써, 지배적인 종교이자 관학
(官學)으로 정착되기에 이른다. 그리하여 정주학은 임훈이 활동했던 16
세기 중·후반 무렵에 이르러서는 명실상부한 관학의 위상을 확고하게
점유하게 된다. 또한 이 시기에서의 조선의 정주학은 보다 실천 지향
적인 학풍을 추구한 도학(道學)의 연찬에 주력하는 흐름을 보여주었는
데, 김종직의 문하에서 수업하였던 김굉필과 정여창 양인(兩人)은 도덕
적·제도적 실천을 중시하는 영남(嶺南) 사림파의 영수(領袖)로서의 삶
을 몸소 실천한 선구자적인 인물이었다. 그런 측면에서 영남 사림파의
기맥(氣脈)을 직·간접적으로 계승한 바가 있었던 임훈의 문집인『갈천
집』에 산재(散在)해 있는 정주학 관련 자취들을 수습해서 면밀하게 검
토할 필요성이 제기된다.

　다만 애초에 걸었던 우리의 기대감과는 다르게, 현전하는『갈천집』
에서 정주학과 관련된 자료들은 극히 미미한 상태라는 점을 먼저 거론
하지 않을 수 없다. 물론 정희량(鄭希良)의 난을 뜻하는 '병란(兵亂)' 탓
으로 인하여 해당 자료들 대부분이 소실되었을 가능성도 배제할 수
없다.[188] 이처럼 정주학과 관련된 저술들이 희미한 양상은 아우인 임운
의『첨모당집(瞻慕堂集)』에 게재되어 있는 정주학 관련 자료들과는 매
우 대비되는 양상이다. 실제 임훈 스스로도 1570년(71세) 때 국왕인 선
조(宣祖)를 배알(拜謁)한 자리에서, "소신(小臣)은 소싯적부터 과거학(科
擧學)을 공부하여 (정주程朱) 성리학(性理學)을 알지 못하오니, 성문지하

---

[188] 林薫,『葛川集·附錄』, 「葛川書堂重修記(後)」, 480쪽. "不倖以兵燹而廢焉, 幸而自亂
己, 一鄉章甫, 慨依歸之無所而興之." 이「갈천서당중수기(후)」를 지은 이는 경북(慶
北) 예천(醴川) 출신의 사미헌(四未軒) 장복추(張福樞, 1815~1900)다. 장복추는 여헌
(旅軒) 장현광(張顯光, 1554~1637)의 8대손으로서, 격변하던 19세기 당시에 영남의
사유(四儒)로 추앙 받았던 인물이었다.

(聖門之下)에 무슨 말씀을 아뢰어야 할지를 모르겠습니다."고 고백한 사
실도 있다.[189] 그럼과 동시에 임훈·임운 형제의 증시(贈諡)를 청하는 상
언초(上言草)의 내용 중에는 "천성(千聖)들이 주고받은 도학(道學)의 심오
한 뜻과 비결을 알아서, 유가(儒家)의 참된 문로(門路)가 되고고, 성리학
에 잠심(潛心)하여 공명(功名)을 위한 과거 공부 같은 데는 머리를 숙이
지 않았다."는 정반대의 전언도 동시에 접하게 된다.[190] 물론 앞의 발언
은 노성한 유자가 에두른 겸사(謙辭)의 성격이 다분한 수사로 판단된
다. 또한 후자의 언술은 임훈이 비록 정주학에 잠심·용공(用工)하였으
나, "소싯적부터 저술이 많지 않던"[191] 남명학파적 학풍을 일관되게
견지했던 까닭으로 인해 정주학과 관련된 저술을 전혀 남기지 않았을
가능성을 암시해 주기도 한다. 실제 이 같은 판단은 앞서 제1절의 1)항
에서 개진한 정주학적 우주론의 확장과 관련된 논의에서 그 실상의
일부를 확인한 바가 있다. 따라서 현재 단계에서는 적기한 두 가지 가
능성 모두를 열어 둔 상태에서, 『갈천집』에 등재된 해당 자료들을 상
상력을 발휘해서 풍부하게 연역(演繹)해 내는 작업만이 유일한 방법일
것으로 여겨진다. 그 절차는 거대담론인 정주학을 구성하는 세부적인
주제 사안들인 이기론(理氣論)과 사단칠정론(四端七情論), 그리고 격물치
지론(格物致知論)의 순서에 입각해서 진행토록 하겠다. 왜냐하면 이들
세 주제는 정주학을 상징적으로 대변해 주는 가지 담론임과 동시에,
또한 『갈천집』에서 그나마 파편과도 같은 희미한 자취들을 남겨둔 사

---

189 林薰, 『葛川集』卷2, 「庚午召對草」, 67쪽. "啓曰, 小臣少時, 爲科擧學書而已, 不知性
   理之學, 聖門之下, 不知所啓之辭."
190 林薰, 『葛川集·附錄』, 「葛川瞻慕堂兩先生請贈諡上言草」, 506쪽. "盖林薰以高麗太
   常博士成權之後, 世襲詩禮之傳 … 以知俗學傳習之外, 有千聖授受之道學旨訣, 儒家
   眞的門路, 潛心性理, 不肯屈首爲功令業."
191 林薰, 『葛川集』卷4, 「行狀」, 304쪽. "先生自少, 著述不多."

안에 해당하기 때문이다.

먼저, "과거(科擧)를 위한 학업은 조금 익혔으나, 이학(理學)은 (잘) 모릅니다."[192]고 토로한 바가 있는 임훈이 남긴 이기론 방면에 대한 견해를 추적해 보기로 하자. 물론 임훈의 경우 형이상학적 개념인 리(理)와 형이하학(形而下學)의 범주에 속하는 기(氣)를 체계적으로 연관시킨 정연한 논리체계를 갖춘 담론(談論) 차원의 이기론을 남기지 않은 묘한 특징이 발견된다. 대신에 임훈은 전자인 리(理)와 관련하여, "성함[盛]과 쇠함[衰]이 바뀌니, 그 이치[理]는 어김이 없다오!"라거나,[193] 혹은 "오호라! '본래의 곧은 이치'를 어떻게 곡자(曲者)가 구부러지게 할 수 있겠습니까?"[194]라는 등의 극히 단편적인 견해를 피력해 두었을 뿐이다. 이처럼 반복되는 운동이 추수하는 일정한 패턴이나 특정한 사물의 고유한 성질을 리(理)로 정의하는 방식이 정주학적 설명 도식을 벗어나는 것은 아니지만, 이론(理論)에 대한 본격적인 논의로는 보기가 어렵다. 왜냐하면 이러한 류의 설명은 임훈이 청년 시절에 교유했던 덕유산의 고승(高僧) 은경(隱冏) 대사(大師)도 "사물이 흥하고 폐함은 (바로) 리(理)입니다."는 소견을 밝혔으리만큼,[195] 당시 지식인들의 통상적인 설명 방식의 일환인 측면도 다분하기 때문이다.

한편 기론(氣論)에 관한 기록들도 리를 설명할 때 보여준 양상과 유사한 편이다. 가령, 임훈은 자신과 덕유산 등반에 동행한 승려들을 향해, "이들은 뜻이 매우 독실하고, 기(氣)가 매우 예리했다."고 평한 부분

---

192 林薰, 『葛川集·附錄』, 「朝鮮王朝實錄要抄」, 454쪽. "林薰曰, 臣素無學問, 小習科業, 不知理學, 退伏草野, 嘉言善政, 亦不能知."

193 林薰, 『葛川集』 卷2, 「劉公李氏上下墓碣銘(幷序)」, 123쪽. "衰盛相禪, 厥理無違."

194 林薰, 『葛川集』 卷2, 「擬魯仲連遺燕將書」, 202쪽. "嗚呼, 本直之理, 豈曲者所能屈歟." '곡자(曲者)'란 마음이 비뚤어진 사람이나 교활한 인간을 뜻한다.

195 林薰, 『葛川集』 卷3, 「三水菴重創記」, 273쪽. "冏語余曰, 物之興廢, 理也."

이라든가,[196] 혹은 숱한 사연 끝에 중창(重創)된 덕유산의 영각사(靈覺寺)를 위해 지은 「기문[記]」 속에서 발견되는 예찬성 언술인 "(산세의) 정기(正氣)가 여기에 모여, 여기서부터 일어나 영각사(靈覺寺)에 이르러"[197]라는 구절 따위가 그러하다. 적기된 기론은 음양(陰陽)·동정(動靜) 등과 같이 교대로 순환하는 운동 과정을 기(氣)로 규정하는 정주학적 설명 틀과는 다소 거리감이 있다. 그나마 달팽이가 탄생한 경위를 설명한 아래의 인용문 정도가 정주학적 도식에 다소 근접해 있는 편이다.

> 달팽이[蝸]는 처음 질(質)을 품부 받아 형(形)을 이루었으니, 누가 그에게 몸을 사리게 했겠는가? 마침내 조화에 따라 죽으니, 어찌 죽어 자취가 없다고 하겠는가?[198]

달팽이의 화생(化生)과 사후(死後)를 논한 윗글에서 주목되는 구절은 "처음 질(質)을 품부 받아 형(形)을 이루었다."고 서술된 대목이다. 왜냐하면 이 대목은 주희가 『중용장구(中庸章句)』의 「수장(首章)」을 통해 "천명지위성(天命之謂性)"의 의미와 관련하여, "명(命)은 영(令)과 같으며, 성(性)은 바로 리(理)이다. 하늘이 음양(陰陽)·오행(五行)으로 만물을 화생함에, 형체를 기(氣)로써 이루고 리(理) 또한 부여하니, 마치 명령(命令)함과 같다."[199]는 설명 중에서, 특히 "형체를 기(氣)로써 이루고 리(理)

---

196 林薰, 『葛川集』 卷2, 「登德裕山香積峯記」, 225쪽. "仲秋, 舍第彦成與孝應 … 約日治行, 志甚篤氣甚銳."
197 林薰, 『葛川集』 卷3, 「靈覺寺重創記」, 266쪽. "山之勢肇自白頭 … 至此而蔚積焉, 正氣所鍾, 從中而起, 至寺而高者平 …"
198 林薰, 『葛川集』 卷3, 「蝸」, 39~40쪽. "噫茲物之蠢蠢, 格余思之多端, 始賦質而成形, 孰使之而蜷蜿, 竟隨化而澌盡, 何泯滅之無迹."
199 朱熹, 『中庸集註』의 제1장의 註解. "命, 猶令也, 性, 卽理也. 天以陰陽五行, 化生萬物, 氣以成形, 而理亦賦焉, 猶命令也."

또한 부여하니"라는 구절과 상응하는 맥락이기 때문이다. 그러나 임훈의 형질론(形質論)은 이기론(理氣論)의 구도에 입각한 주희의 만물 화생론(化生論)과는 명백한 차이가 존재한다. 임훈의 설명 속에는 이기론의 구도가 거세된 상태이기 때문이다. 여타의 단편적인 기록들도 사정은 대개 비슷하기에, 굳이 일일이 열거하는 식의 번거로움은 피하고자 한다. 따라서 리(理)와 기(氣) 두 단위가 긴밀히 결속된 차원에서 전개되는 담론 자격으로서의 이기론을 기대하기가 어려울 것임이 충분히 예상되며, 실제 이 예단은 그대로 적중되고도 있다.

반면에 『갈천집』의 서문을 쓴 우암(尤菴) 송시열(宋時烈, 1607~1689)에 의해 "갈옹(葛翁)[임훈] 형제분은 정명도(程明道)·정이천(程伊川) 형제와도 같다."[200]는 비유적 레토릭으로 호평을 받았던 임운의 경우는 사정이 확실히 달랐다. 즉, 퇴계 이황의 문인이기도 했던 임운은 주자학의 세계 설계도인 '이일분수설(理一分殊說)'과 그에 따른 인물성론(人物性論)에 준하는 설명을 동시에 담은 저술을 남겼던 것이다.[201] 이처럼 갈천과는 구분되는 아우인 임운의 학적 경향은 이황의 문하에 출입한 결과로서 공유된 퇴계학(退溪學)의 영향력의 일단을 짐작케 해준다.[202] 그렇다면 첨모당과는 달리 임훈은 왜 이기론에 관한 체계적인 저술에 임하지 않았던 것일까? 그 이유는 본장의 제1절 중 2)항에서 진단한 바와

---

200 林薰, 『葛川集·附錄』, 「葛川瞻慕堂兩先生請贈諡上言草」, 490쪽. "文正公臣宋時烈, 亦嘗有詩曰, 葛翁兄與弟, 明道及伊川."

201 林芸, 『瞻慕堂集』, 「策問」, 〈宇宙原理〉, 265쪽. "天下之理一而已矣, 而其間不能無可疑者, 夫混沌未判之前, 其所以爲天地, 所以爲人物之理, 已其於其中歟. 抑已判之後, 理從而出歟."

202 林薰, 『葛川集·附錄』, 「葛川瞻慕堂兩先生請贈諡上言草」, 490쪽. "林薰林芸兄弟, 乃平生一室, 師友淵源, 則文純公臣李滉, 文貞公臣曹植焉." 이 기록은 임운 한 사람에게만 적용되는 것으로 갈천과는 무관한 부분이다.

같이, "실천에 옮기는[踐履] 실상"을 저해할 수도 있는 주자학에 내포된
이론적 공소성과 관념적 형이상학을 단호하게 거부하는 당시 경상우
도권의 이른바 '남명학파적 학풍'이라는 독특한 특성과도 무관하지 않
아 보인다. 그 연장선에서 "후생(後生)[후학]들이 배움도 미처 이루지 못
하고, 먼저 저술(著述)을 일삼는 것은 온당치 못하다."는 부친인 석천공
(石泉公)이 전수한 진중한 가전(家傳)의 가르침을 수용한 것도 한몫했을
것임에 분명해 보인다.[203] 또한 임훈이 『소학』에서 제시된 '작문자(作文
字)' 활동과 관련된 교훈들을 존중했을 가능성도 존재한다. 그렇다면
이기론(理氣論)과 긴밀히 결부된 차원에서 직조된 담론인 사단칠정론
(四端七情論)에 대한 임훈의 입장은 과연 또 어떠했던가?

　이 사안과 관련하여 임훈·임운 형제의 증시(贈諡)를 청하는 「갈천첨
모당양선생청증시상언초(葛川瞻慕堂兩先生請贈諡上言草)」를 통해서, 유
학의 "천성들이 주고받은 도학의 심오한 뜻과 비결을 알아 유가의 참
된 문로가 되었고, 성리학에 잠심하여 공명을 위한 과거 공부에는 (결
코) 머리를 숙이지 않았습니다."는 보고성 언술을 앞서 소개한 바가
있다.[204] 즉, 상언초는 임훈이 정주 성리학을 깊이 있게 연찬했을 뿐만
아니라, 그 주된 학적 성향은 도학적 특징을 강하게 띠고 있었다는 점
을 분명하게 확인시켜 주고 있는 것이다. 이 같은 상언초의 기록에 선
행해서 동계 정온은 「묘갈명」을 통해서 임훈이 생전에 보여주었던 정
주학과 관련된 정보를 간략하게나마 아래처럼 기술해 두기도 하였다.

---

203 林薰, 『葛川集』卷4, 「行狀」, 288쪽. "進士公常言後生學未及成, 而先事著述之不可,
　　故未嘗爲屬文之習."
204 林薰, 『葛川集·附錄』, 「葛川瞻慕堂兩先生請贈諡上言草」, 506쪽. "… 以知俗學傳習
　　之外, 有千聖授受之道學旨訣, 儒家眞的門路, 潛心性理, 不肯屈首爲功令業."

성(誠)으로 남을 대하고, 경(敬)으로 몸을 다스리며 성리(性理)를 궁
구(窮究)하고 서적(書籍)을 탐구[探]·토론[討]할 제에 항상 손에서 책을
놓지 않고, 연로해서도 여전히 부지런하셨네.[205]

정온이 찬(撰)한 윗글은 임훈이 평생 성경 철학을 일관되게 추구했다
는 이미 익숙한 정보 외에도, 발분망년(發憤忘年)의 자세로 정주 성리학
을 심도 있게 궁구하고 즐겨 토론에도 임하였다는 사실도 아울러 전언
해 주고 있어서 주목된다. 따라서 「갈천첨모당양선생청증시상언초」와
정온의 「묘갈명」에 등재된 정주학과 관련된 기록들은 임훈 스스로가
"소신은 소싯적부터 과거학을 공부하여 (정주) 성리학을 알지 못합니
다."라고 고백했던 정황과는 명백히 상반되는 내용인 셈이다. 실제 임
훈은 서로 경외(敬畏)하는 관계였던 남명 조식의 시(詩)에 차운(次韻)한
「화림동월연암차남명운(花林洞月淵岩次南冥韻)」이라는 시작(詩作)을 통
해서 진리의 근원을 뜻하는 '진원(眞源)'을 향한 원초적인 향수를 토로
한 바가 있다.[206] 운위된 "진리의 근원[眞源]"을 16세기 당시의 문맥으로
치환하자면, 당연하게도 정주학을 비롯한 여타의 이단적 진리체계들
로 환원될 수 있을 것이다. 또한 임훈은 지리한 질병으로 몹시도 고통
받는 상황이 연속되는 나날들일지라도, "한두 사람의 학자들을 만나
면, 종일토록 고금(古今)의 일들을 담론하고, 경전[經]·역사[史]를 토론
하여, 태연히 병(病)이 몸에서 떠난 것만 같았다."고 전한다.[207] 뿐만

---

205 林薰, 『葛川集』卷4, 「碣銘(幷序)」, 345쪽. "誠以接人, 敬以持身, 研窮性理, 探討典
墳, 老而猶勤."

206 林薰, 『葛川集』卷1, 「五言絕句·花林洞月淵岩次南冥韻」, 7쪽. "流水回千曲, 忘形坐
息機, 眞源窮未了, 日暮悵然歸."

207 林薰, 『葛川集』卷4, 「行狀」, 301쪽. "雖疾病支離, 若遇一二學者, 則終日與之談說古
今, 討論經史, 脫然若沉病去體."

아니라 임훈이 자주 토론에 임한 상대 중에는 아우인 첨모당도 포함되
어 있었다. 그런데 이들 형제의 담론은 때때로 야심한 한밤중까지 진행
되곤 했던 모양이다. 대체로 그 주된 토론의 범주 속에는 "성현(聖賢)들
이 학문하는 방법"에 관한 것과 "고인(古人)들이 시비(是非)·득실(得失)
의 연고"를 논한 내용, 그리고 "세도(世道)가 승강(升降)·오륭(汚隆)하는
변화 양상"을 둘러싼 부분 등이 두루두루 포함되어 있었다.[208] 다시 말
해서 아우인 첨모당은 임훈에게 있어서 진지한 궁리(窮理)[곧 격치(格致)]
를 위한 학문적 파트너의 역할까지도 동시에 수행한 존재였던 셈이다.

한편 문인 정유명이 「제문(祭文)」에서 "묵묵히 사색하여 근리(近理)에
터득하고 마음에 깨달았네!"라고 회고한 바대로, 임훈은 독서에 뒤이
은 깊은 사색을 통한 '심득(心得)'을 대단히 중시한 학자이기도 했다.[209]
이는 이른바 '자득지묘(自得之妙)'를 체득하기 위해서 반드시 관행화해
야만 하는 일상 속에서의 긴요한 위학(爲學) 방법론에 해당한다. 그래
서인지 임훈은 새벽나절부터 야심한 한밤중에 이르기까지 독서와 사
색, 그리고 심역(尋繹)[곧 궁리]으로 이어지는 진지한 노력을 거의 매일
반복했던 것으로 전하며,[210] 실상 이런 류의 기록들을 문집에서 숱하게
접하게 된다. 이처럼 진지하게 학문에 임했던 자세는 노후(老後) 무렵
에 이르도록 조금의 중단도 없이 지속적으로 전개되었다.[211] 이 같은

---

208 林薰, 『葛川集』 卷4, 「行狀」, 300쪽. "常與參奉公, 終日談論, 或至夜分, 所言無非聖
賢爲學之方, 而至於古人是非得失之故, 世道升降汚隆之變, 無不橫論竪說, 卒皆折之
以義理之歸焉."

209 林薰, 『葛川集』 卷4, 「祭文」, 360쪽. "潛思默識, 近取心得."

210 林薰, 『葛川集·附錄』, 「葛川先生家狀草」, 575쪽. "如平居, 未明而起, 盥櫛衣冠, 代
案而觀書, 及其倦而休也, 則瞑目隱几暫刻之後, 仍復開卷尋繹, 夜久就寢, 旣寤則擁
被而坐, 潛思黙究, 常若聖賢之在目焉."

211 林薰, 『葛川集』 卷4, 「碣銘(幷序)」, 343쪽. "平居, 未明而起, 盥櫛冠帶, 對案觀書,
倦則瞑目隱几, 起則復執卷, 常不釋手, 夜久乃寢, 至老益勤."

정황들은 임훈이 경명행수의 길을 얼마나 치열하게 정진하였던가를
방증(傍證)해 주기도 한다. 또한 이상의 사실들을 종합해 보자면, 앞서
정온이 「묘갈명」에서 서술해 보인 내용, 즉 "성리(性理)를 궁구(窮究)하
고 서적을 탐구[探]·토론[討]할 제에, 손에서 책을 놓지 않고, 연로해서
도 부지런하셨네!"라며 임훈이 생전에 정주학 방면에 기울인 노력들이
한갓 빈말에 그치는 성질의 것이 아님을 확인하게 된다.

그런데 현전하는『갈천집』에서 "성리를 궁구하고 서적을 탐구·토론
한" 구체적인 정황은 임훈과 친교(親交)가 깊었던 남명 조식과 옥계 노
진 및 아우인 임운 등과 더불어 안음현의 명승지(名勝地)인 화림동(花林
洞)²¹²에서 나눴던 아래의 토론 장면이 유일하다.

> 일찍이 참봉공(參奉公)[임운]과 남명(南冥)·옥계(玉溪) 두 선생과 본
> 현(本縣) 화림동(花林洞)에 유람을 가기로 약속했었다. (일행은) 화림동
> 일대를 배회하며 구경하다가 즐기는 여가에, 서로 시(詩)를 읊고 화답
> 하면서, (인간 내면의) 성정(性情)에 대해 열띤 담론(談論)을 나누다가
> 되돌아왔으니, 어찌 알겠는가? 그 때의 덕성(德星)[현인]들이 이 화림
> 동 한 구역에 (다시는) 모일 수 없다는 것을!²¹³

정유명이 지은 「행장」이 전언하는 바대로, 임훈은 그가 53세되던 해
인 1552년(명종 7)에 조식·노진 및 임운 등과 함께 화림동에서 인간 내
면의 "성정(性情)에 대해 열띤 담론을 나눈" 사실이 있다. 짐작컨대 당
시 이들 4인의 유학자들이 나눴던 토론의 소재 중에는 당연히도 당시
에 조선 지성계를 풍미했던 사단칠정론(四端七情論)도 포함되어 있었을

---

212 화림동이 소재한 행정 구역은 경상남도 함양군 서하면 봉전리임.
213 林薰,『葛川集』卷4, 「行狀」, 303쪽. "嘗携參奉公, 約與南冥玉溪, 遊于本縣之花林洞,
徘徊探賞之際, 吟詠唱酬, 劇談性情而罷. 安知其時德星不聚於此一區也哉."

것임에 분명하다. 이미 잘 알려진 사실처럼, 사단칠정론은 사단(四端)
인 인의예지(仁義禮智)와 칠정(七情)인 희노애락애오욕(喜怒愛樂愛惡欲)을
각기 리(理)와 기(氣)에 배대(配對)시키는 방식을 통해서 인간학을 우주
론적 지평 위에 정초시킨 거대담론인 주자학을 구성하는 주요한 주제
사안 가운데 하나에 해당한다. 따라서 사단칠정론은 바야흐로 조선 지
성계가 주자학에 대한 본격적인 연찬에 진입했음을 알리는 상징적인
신호로 해석할 수 있다. 그런 점에서 16세기를 전후로 하여 임훈·조식
·노진·임운 등이 보여준 태도는 당시 경상우도 권역의 유학자들이 공
유했던 소위 '남명학파적 학풍'의 특성에 관한 구체적인 실상을 확인시
켜 주기에 족한 사례로도 평가된다. 또한 이들은 구성원 상호간의 진
지한 토론 과정을 경유하면서 일정한 학적 경향성을 공유한 사실은
매우 눈여겨 볼만한 장면이 아닐 수 없다.

　실제 임훈은 "내 일찍이 망년(忘年)하여 계합(契合)하였다."고 토로했
던 막역지우(莫逆之友)인 노진과 더불어,[214] "혹여 (학적) 의론(議論)이 조
금 다를 경우에 이르면, 또한 반드시 강구·연마하여 난처(難處)를 변론
하여, 그 동일한 의견으로 귀결시키곤 하였다."고 밝힌 사실이 있다.[215]
또한 임훈은 노진의 학문세계와 관련하여, "학문은 이락(伊洛)[정주학]을
따라 근원이 더욱 심원했다."고 평했으므로,[216] 옥계와 나눈 강론·변론
의 주제 중에는 의당 정주학과 관련된 사안도 포함되어 있었을 것임은

214　林薰, 『葛川集』卷1, 「挽盧判書禛玉溪」, 30쪽. "若余曾托忘年契, 此日芝焚嘆不支.";
　　같은 책, 「行狀」, 302쪽. "先生與玉溪盧先生, 自少有心許之契, 而晩來相信益深, 常以
　　莫逆許之."
215　林薰, 『葛川集』卷4, 「行狀」, 302~303쪽. "至或議論小異, 亦必講磨辨難, 以一其歸
　　焉."
216　林薰, 『葛川集』卷1, 「挽盧判書禛玉溪」, 30쪽. "間氣裁培賦與奇 … 學沿伊洛源猶遠,
　　道際文明勢自違."

자명한 사실이다. 그럼과 동시에 임훈은 「옥계노공행장(玉溪盧公行狀)」
을 통해서 노진이 쓴 "반세(半世)의 공력은 오로지『대학』에 있었고,
항상 존경하며 믿고 사랑하고 아꼈던 것은『논어』와『근사록』뿐이었
다."는 사실도 회고해 두었다.[217] 이에 추가하여 임훈은 다음과 같이
노진 생전의 학적 관행도 아울러 기술해 두었음이 언뜻 눈에 띈다.

> 염락(濂洛)[정주학] 이래로 제유(諸儒)의 논저(論著)들을 또한 제다
> 섭렵하여, 그 얕고 깊으며 얻고 잃음의 정도를 모두 파악하였다. 그러나
> 가볍게 논변(論辨)하지는 않았고, 또 스스로 사람들에게 드러내어 과시
> 하지도 않았다. 때문에 세상 사람들은 옥계공(玉溪公)이 덕행이 있다는
> 것은 알면서도, 그 (학문의) 도(道)가 높음을 아는 이는 드물었다.[218]

임훈이 작성한 윗 행장에서 주목되는 점은, 노진의 경우 정주학 방
면에 대해 나름의 깊은 학문적 조예(造詣)를 성취하였음에도 불구하고,
"가볍게 논변(論辨)하지는 않았고, 또 스스로 사람들에게 드러내어 과
시하지도 않았다."고 밝힌 부분이다. 왜냐하면 이 대목은 앞서 화림동
담론에서 임훈·조식·노진·임운 등이 인간의 "성정(性情)에 대해 열띤
담론(談論)을 나누고 되돌아왔지만" 리기(理氣)·사칠론(四七論)과 관련
하여 전혀 저술을 남기지 않았던 정황과도 일맥상통하는 바가 엄존하
기 때문이다. 따라서 임훈이 비록 "성리를 궁구하고 서적을 탐구·토
론"하였지만, 정주 성리학에 관한 저술을 남기지 않았던 이유 또한 조

---

217 林薰, 『葛川集』卷2, 「玉溪盧公行狀」, 151쪽. "半世功力, 專在大學, 常所尊信愛玩者,
論語近思錄而已."
218 林薰, 『葛川集』卷2, 「玉溪盧公行狀」, 151쪽. "至於濂洛以來諸儒之論著, 亦皆涉獵,
而知其淺深得失之故矣. 然不輕有所論辨, 不自表爆於人, 故世之人知公之有德行, 而
知其有道者, 鮮矣."

식과 노진 등이 보여준 학적 개성의 문제, 곧 이른바 '남명학파적 학풍'
으로 일컬어지는 경상우도권의 독특한 아카데미아적 특성과도 무관하
지 않았을 것으로 분석된다. 동시에 이 같은 정황들은 임훈이 구축한
학문세계가 퇴계학과 율곡학(栗谷學)의 자장(磁場)을 받지 않았다는 평
가[219]에 대한 또 다른 이유를 설명해 주기도 한다.

　이제 마지막 순서로써 정주학의 대표적인 공부론인 격물치지론(格物
致知論)의 문제에 대한 임훈의 견해를 살펴보기로 한다. 다만 격물치지
론에 관한 임훈의 입장을 살필 만한 자료들도 매우 소략한 편이므로,
그 대체만을 수습해서 간략하게 검토하는 선에서 마무리하도록 하겠
다. 일단, '격물·치지'는『대학』에서 제시된 팔조목(八條目) 가운데 처
음 두 조목을 가리키는데, 이는 진리에 대한 유학적 인식론(認識論)을
제시해 주고 있으므로 그 중요성이 대단히 클 수밖에 없다. 격물치지
론은 남송(南宋)의 주희가『대학장구(大學章句)』를 저술한 이후로 유학
의 주요 이론들 중에서, 특히 학문과 수양 두 방면에서의 기초적인 해
법을 제시하였기에 매우 중시된 학적 사안이었다. 이는 정심(正心)·성
의(誠意)에서 치지·격물로 이어지는 구절들, 즉 "그 마음을 바루고자
하는 자는 먼저 그 뜻을 성실히 하고, 그 뜻을 성실히 하고자 하는 자는
먼저 그 앎[知識]을 지극히 하였으니, 앎을 지극히 함은 사물의 이치를
궁구함에 있다."는『대학장구』의 경문(經文)을 통해서도 그대로 확인된
다.[220] 다시 말해서 격물치지론은 유학의 인식론을 구성하는 기본적인
설명 체계들을 제공해 주고 있을 뿐만 아니라, 또한 도덕적 인식의 근

---

219 이영호,「林薰과 瞻慕堂의 學問과 그 思想史的 位相」, 東方漢文學會 編,『林薰 林薰
　　과 瞻慕堂 林芸 硏究』, 보고사, 2002, 215쪽 참조.
220 朱熹,『大學章句』의 제1장. "古之欲明明德於天下者 … 欲修其身者, 先正其心, 欲正
　　其心者, 先誠其意, 欲誠其意者, 先致其知, 致知, 在格物."

거를 밝혀 주는 문제라는 중요한 특징을 아울러 담지하고 있는 주제인
것이다. 이에 주희는 치지 개념을 "나의 지식을 미루어 지극히 하여
그 아는 바가 다하지 않음이 없고자 하는 것"으로 정의하였고, 또한
격물 개념에 대해서는 "사물의 이치를 궁구하여 그 극처(極處)에 이르
지 않음이 없고자 하는 것이다."는 해석을 가해 두었던 것이다.[221]

   이상과 같은 격물치지론에 대해 임훈은 '물리(物理)' 개념을 충분히
의식하는 가운데,[222] 이 같은 '사물의 이치'를 궁구하기 위해 평소 부단
한 노력을 경주하였던 것으로 확인되고 있다. 기실 임훈의 부친인 석
천공(石泉公) 역시도 임훈을 향해서, "또 성인[聖]과 현인[賢]의 언론(言
論) 상의 시비(是非)와 일을 행하는 데 잘잘못을 평론하는 것은, 대개
격물치지(格物致知)에 도움이 되기 때문이다."는 일장 훈시(訓示)를 전한
바가 있었다.[223] 이 같은 부친의 언술은 격치(格致)의 문제가 학문을 수
행하기 위한 긴요한 방법론임을 충분히 인식하고 있었음을 반증해 주
고 있다. 동일한 맥락에서 임훈은 그가 67세가 되던 1566년(명종 21)에
사정전(思政殿)에서 국왕인 명종(明宗)에게 당송팔대개(唐宋八大家) 중에
서도 으뜸의 위치를 차지했던 한유(韓愈, 768~824)[한퇴지(韓退之)]와 북
송(北宋)의 대문호였던 소식(蘇軾, 1036~1101)[소동파(蘇東坡)]을 아래처럼
신랄한 어조로 비판한 사실이 주목된다.

   한유(韓愈)는 도(道)를 논하면서도 격물(格物)·치지(致知)를 언급하
   질 않아서, 고인(古人)들이 두서(頭緒)가 없는 학문이라고 나무랐습니

---

221 朱熹, 『大學章句』의 제1장의 註解. "致, 推極也, 知, 猶識也, 推極吾之知識, 欲其所知
   無不盡也, 格, 至也, 物, 猶事也, 窮至事物之理, 欲其極處無不到也."
222 林薰, 『葛川集』 卷1, 「賦·蝸」, 40쪽. "杳物理之不測, 信造物之戲劇."
223 林薰, 『葛川集』 卷2, 「先府君行狀」, 136쪽. "發聖賢言論之是非, 行事之得失而評之
   者, 蓋亦爲格致之資也."

다. 또 소식(蘇軾)은 학문을 논하면서 성의(誠意)·정심(正心)을 언급하
지 않아서, 선유(先儒)들이 학문하는 근본을 모른다고 했으니, 격물치
지와 성의정심을 버리고서 어떻게 학문을 하겠습니까?[224]

한유는 일찍이 어린 시절부터 당우(唐虞) "삼대(三代)와 양한(兩漢)의
책이 아니면 감히 보지 않으며, 성인(聖人)의 뜻이 아니면 감히 품지
않는다.[非三代兩漢之書不敢觀, 非聖人之志不敢存.]"는 당찬 포부를 세운 인
물이었다. 특히 한유는 면면한 유학사(儒學史)의 전통에서 「원도(原道)」
편의 저술을 통해 도가와 불교를 향해 매서운 벽이단론(闢異端論)을 개
진함으로써, 오도(吾道)인 유학을 위호(衛護)한 선도자적인 인물로서 평
가를 받아왔다. 그런데 임훈이 구사한 "문체가 여유롭고 호방했으며,
글이 무궁히 이어져 나갔다."는 평을 받았던 작문법의 연원과 관련하
여, 맹자와 함께 "한유(韓愈)와 구양수(歐陽修)의 법을 체득함이 많았다."
는 호평을 받는 터지만,[225] 정작 갈천 자신은 격물치지 공부론을 아예
무시한 한유의 '논도(論道)' 방식에 결코 수긍할 수 없었던 것이다. 마찬
가지로 임훈은 윗글에서 "학문하는 근본"에 관한 핵심적 조항인 성의
·정심을 도외시한 소식의 '논학(論學)' 방식이 자칫 미혹된 불교나 도가
의 길로 빠질 가능성에 대해 깊은 우려감을 동시에 표명해 두었던 것이
다. 실제 소식은 불교와 도가의 사상적 특징을 드러내는 '무심(無心)'의

---

224 『明宗實錄』卷23, 명종 21년 9월 12일(己亥). "韓愈, 論道不言格致, 古人, 以無頭學問
譏之, 蘇軾, 論學不言誠正, 先儒以爲不知爲學之本, 捨格致誠正, 何以爲學." 〈기해조
(己亥條)〉의 타이틀은 "상이 사정전(思政殿)에 나아가 장원(掌苑) 한수(韓脩)·사축
(司畜) 이항(李恒)·지평 현감(砥平縣監) 남언경(南彦經)·언양 현감(彦陽縣監) 임훈
(林薰) 등을 불러 보았다.(○己亥. 上御思政殿召見掌苑韓脩、司畜李恒、砥平縣監南
彦經、彦陽縣監林薰)"임.
225 林薰, 『葛川集』卷4, 「行狀」, 300쪽. "其爲文也, 則所得於韓歐者爲多, 而達之於孟氏,
故汪洋宏肆, 其出無窮."

독법에 의거해『주역』중의 건괘(乾卦)·곤괘(坤卦)의 특성을 설명했으리만큼,[226] 유불도(儒佛道)를 대상으로 삼교회통(三敎會通)을 추구했던 호걸스러운 학자였다. 따라서 한유와 소식의 논도·논학 방식을 향한 비판적 기준이 철저히 주희가 제시한 격물치지·성의정심이라는『대학장구』경문에 의해서 제공되고 있었다는 점에서, 상기 인용문은 임훈이 견지한 정주학적인 사상적·이념적 정체성을 유감없이 드러내어 보인 글로 평가할 수 있다. 그렇다면 문집인『갈천집』에서는 임훈이 실제로 격물치지에 임한 모습들을 과연 어떻게 묘사해 두었던 것일까?

일단, 이 질문과 관련하여 우선적으로 주목되는 장면 중에 하나는, 앞에서도 간략히 소개한 바가 있는 아우인 임운과의 토론을 통한 격물치지 공부법[227]에 관한 내용을 지목할 수 있다. 다만, 이번에는 앞의 「행장」의 기록 대신에, 조선 후기 무렵의 문신(文臣)이었던 복재(復齋) 이휘준(李彙濬, 1806~1867)[228]이 지은 「갈천선생가장초(葛川先生家狀草)」에 등재된 해당 내용을 소개하는 방식을 취하도록 하겠다.

> 아우 첨모당(瞻慕堂) 선생과 더불어, 새벽과 저녁나절로 서로 상대하여, 성현(聖賢)들이 학문한 방법 및 고인(古人)들의 옳고 그름과 잘잘못

---

226 蘇軾 著(성상구 옮김),『동파역전(東坡易傳)』, 청계, 2004, 509쪽. "쉽고 간단하다는 것은 하나를 말하는 것이다 … 건곤(乾坤)은 오직 무심(無心)하기 때문에 하나가 된다. 하나이기 때문에 신뢰가 있고 …(易簡者, 一之謂也 … 乾坤惟無心,故一, 一故有信, 信故物知之也易, 而從之也不難.)"이 부분은『주역(周易)』,「계사전(繫辭傳) 上」의 "乾知大始, 坤作物成, 乾以易知, 坤以簡能.)"을 풀이한 것이다.

227 각주 208) 참조.

228 경북(慶北) 청송(靑松) 출신인 복재 이휘준은 1856년(철종 7)에 별시문과(別試文科)에 을과(乙科)로 급제하여 성균관전적(成均館典籍)에 임명된 이후로 사간원정언(司諫院正言)·사헌부지평(司憲府持平)·홍문관수찬(弘文館修撰) 등의 관직을 차례로 거쳤다. 차후 이휘준은 대사간(大司諫)·호조참의(戶曹參議)를 거쳐 대사성(大司成)을 역임했다. 저서로는 6권 3책 분량의『복재집(復齋集)』이 전한다.

을 논한 이유에 관한 것, 그리고 세도(世道)의 오르내림과 추하고 융숭해지는 변화 등에 대하여, 어렵고 의심스러운 부분은 이치를 따지지 않음이 없었고, 강론(講論)을 적확하게 하고 (의견을) 절충(折衷)하여, 그 돌아가는 취지(趣旨)를 극진하게 밝혔습니다.[229]

「갈천선생가장초」에 실린 위 인용문은 앞서 주희가 시도한 '격물(格物)·치지(致知)' 개념에 대한 해석, 즉 "사물의 이치를 궁구하여 그 극처(極處)에 이르지 않음이 없고자 하는 것"이나, 또 "나의 지식을 미루어 지극히 하여 그 아는 바가 다하지 않음이 없고자 하는 것"이라는 설명과 관련하여 그 한 전형을 제시해 준 것처럼 여겨진다. 격물치지의 대상으로 차례로 열거된 사항들이란 바로 "사물의 이치"에 해당하는 것인데, 이는 주로 유학의 경전(經傳)과 사전(史傳) 및 잡다한 일상사(日常事)·갖가지 대상[物]들 속에 드러난 이치를 탐구하는 방식에 다름이 아닌 것이다. 물론 실제로는 독서(讀書)를 통한 궁리(窮理)에 국한되는 경향이 다분한 편이었다. 예컨대 "오늘 한 가지 사물[物]의 이치를 궁구하고, 내일 또 한 가지 사물의 이치를 궁구한다."고 한 정자(程子)의 언술이 바로 그러한 경우에 해당한다.[230] 앞에서 임훈이 비록 와병(臥病) 중인 상황일지라도, 한둘의 학자들을 만나기라도 하면, "종일토록 고금(古今)의 일들을 담론하고, 경전[經]·역사[史]를 토론하였다."고 소개한 부분도 지금 논급 중인 격물치지 공부를 평소 생활화했음을 시사해 주고 있다.[231] 동일한 맥락에서 임훈·임운이 거의 매일같이 "새벽과 저

---

229 林薰, 『葛川集·附錄』, 「葛川先生家狀草」, 575쪽. "與瞻慕堂先生, 早夜相對, 聖賢爲學之方, 古人是非得失之故, 世道升降汚隆之變, 無不難疑, 講確折衷, 以極明其歸趣."
230 朴世堂, 『大學思辨錄』(『西溪全書(下)』本), 「傳5章」의 註解, 太學社, 1979, 8쪽. "又曰, 今日格一物, 明日格一物."
231 林薰, 『葛川集』 卷4, 「行狀」, 301쪽. "雖疾病支離, 若遇一二學者, 則終日與之談說古

녁나절로 서로 상대하여" 격치 공부에 임하곤 했다는 사실은, 이들 형
제들의 경우 경전에서 제시된 이 공부법을 일상 속에서 관행화함으로
써, 진정한 정주학도(程朱學徒)로 거듭 났음을 확인시켜 주고도 있다.
이처럼 임훈이 주희가 제시한 격물치지 공부법을 일상화함으로써, 그
가 줄곧 추구해온 경명행수의 길에 한층 탄력을 받았던 정황은 아래의
인용문을 통해서도 거듭 확인되고 있다.

> 그 학문을 행함에 … 일찍 기상하여 세수하고 머리를 빗질한 뒤에,
> 하루 종일 단정하게 좌정(坐定)한 채 의리(義理)에 대해 담설(談說)하
> 고, 경전[經]과 역사[史]에 관해서 토론하였습니다.[232]

따라서 이상에서 나열해 보인 다소의 사례들만으로도, 우리는 임훈
이 얼마나 치열하게 격물치지 공부에 열중하였던가를 충분히 짐작하
고도 남음이 있을 정도이다. 당연하게도 임훈이 담설(談說)했던 의리철
학(義理哲學)과 토론을 나누었던 경전·사전 범주 중에는 주자학적 우주
론과 인간학도 포함되어 있었을 것임은 이미 앞에서도 거론한 바가
있다. 좀 더 부연하자면, 임훈의 경우 비록 이기론과 사단칠정론 및
인심도심설(人心道心說) 등과 같이 거대담론인 주자학을 구성하는 주요
주제들에 대한 저술들을 일체 남기지는 않았지만, 그가 일상 속에서
관행화하였던 격물치지 공부론에 대한 극히 진지한 몰입 양상만으로
도 정주학적 정체성을 보증받기에 전혀 부족함이 없었던 것으로 평가
된다. 또한 이 같은 정황들은 임훈을 위시한 조식·노진 등과 같이 16세

今, 討論經史, 脫然若沉病去體."
232 林薰, 『葛川集·附錄』, 「葛川瞻慕堂兩先生請贈謚上言草」, 486쪽. "其爲學, 以誠敬爲
本, 早起盥櫛, 終日端坐, 談說義理, 討論經史."

기를 무렵의 경상우도 권역의 학자들이 공유한 남명학파적 학풍의 일
단을 전시해 주는 사례들이기도 하다. 대신에 임훈은 그 여분의 에너
지를 도덕적·제도적 실천이라는 두 방면에 보다 집중적으로 전이(轉
移)시킴으로써, "사림의 일원"으로 자부했던 자신에게 일임된 도덕적
자아실현이라는 지상 과제와 국가사회가 직면한 심각한 위기 국면을
동시에 해결하기 위해 노력했던 것 같다.

　이제 마지막 순서로 지금까지의 논의에서 제외되었던 노자(老子)·장
자(莊子) 및 불교교학(佛敎敎學) 방면에 대한 임훈의 파편적인 견해들을
수습해서 살펴보기로 하겠다. 물론 이른바 '방외의 학문(方外之學)'을
대표하는 노장철학(老莊哲學)과 불교의 교학체계(敎學體系) 등에 대해서
임훈이 본격적인 저술을 남겼던 것은 아니다. 그러나 정주학이 차츰
심화되는 국면을 맞이하기 시작하면서 본격적인 도통론이 무성하게
대두되기 시작했던 16세기를 전후로 한 시점에서 임훈이 보여준 방외
지학에 대한 관심사는 극히 이례적인 사태가 아닐 수 없다. 따라서 본
논의와 유관한 범위 내에서 노장철학과 불교의 교학체계 방면에 대해
임훈이 보여 주었던 자취들을 간략하게나마 수습하여 검토함으로써,
이번 논의의 외연(外延)을 보다 확장할 필요가 있다.

4. 노장철학과 불교교학

　갈천 임훈이 활동했던 16세기 중·후반 무렵은 정주학이 점차 심화기
로 접어들던 시점이었다. 이에 따라『성리대전』·『근사록』·『주자대전』
등과 같은 정주학의 핵심적 텍스트들이 일군(一群)의 유학자들에 의해
본격적으로 연찬되기 시작했던 시기이기도 했다. 또한 이러한 시대적
추이에 편승하여 유학적 맥락에서의 진리[道]를 위호(衛護)하기 위한 도

통 담론들이 무성하게 제기되었고, 자연히 여말(麗末)·선초(鮮初) 이래로 국가 사회적 차원에서의 헤게모니 장악력이 점차 이완되는 흐름을 보여주었던 불교나, 혹은 여타 노자·장자 등과 같은 이단적(異端的) 사조(思潮)들도 덩달아 심각한 위기 상황에 처해지게 된다. 향후 정주학적 도통 담론이 보다 강화된 형식을 취하게 되는 17~18세기에 이르러서는 정주학 일색(一色)의 기형적인 학적 풍토를 연출하게 되면서, 마침내 계곡(谿谷) 장유(張維, 1587~1638)나 초정(楚亭) 박제가(朴齊家, 1750~1805) 등에 의해서 학문의 다양성이 존중되었던 중국의 학풍과는 단연 대비되는 조선 지성계의 건조하고도 이념화된 풍토에 대해 통탄을 금치 못하는 자성(自省)의 목소리를 자아내기에 이른다.

여하간 이처럼 지배적인 종교들의 헤게모니 장악력이 엇갈렸던 시대적 배경 속에서 임훈은 『도덕경(道德經)』과 『장자(莊子)』 등으로 대변되는 도가(道家)의 텍스트들에 대해 주목할 만한 관심을 표명했음은 물론이고, 또한 고향 갈계리에 인근한 덕유산에 소재한 사암(寺庵)을 위해 중수기(重修記)를 짓는 등의 극히 대(對) 불교 친연적인 태도를 표출하기도 하였다. 따라서 이번 제4절의 논의의 장을 빌려서는 이들 방외지학에 대한 임훈의 견해나 태도 등을 본 논의와 유관한 범위 내에서 선별적으로 서술함으로써, 외연(外延)이 보다 확장된 갈천학의 또 다른 실상을 관규(管窺)해 보고자 한다. 다만 앞의 정주학의 경우와 마찬가지로 노장철학과 불교교학과 관련된 자료들도 상당히 소략한 실정이지만, 노장과 불교의 순서대로 검토를 진행해 나가도록 하겠다.

1) 『노자(老子)』와 『장자(莊子)』

노담(老聃)의 『도덕경』[『노자』]과 장주(莊周)의 『장자』로 대변되는 고급한 도가철학(道家哲學)과 관련하여, 임훈은 우주의 본체론(本體論)과 인식론(認識論) 및 가치론(價値論) 등과 같은 제 범주에 이르기까지 비교적 폭넓은 수용 양상을 보여주고 있었음이 주목된다. 실상 노자·장자에 의한 도가철학이란 유학의 종지(宗旨)들이 초래하는 인위적이고도 작위적인 문명세계와 '인의(仁義)' 등으로 표방되는 가치체계들에 대한 강력한 안티테제의 산물이라는 점에서 사뭇 관심을 끌기에 충분하다. 가령, 무위자연(無爲自然)으로 표방되는 "대도(大道)가 폐(廢)해지고서야 인의가 출현[有]했으며, 가정[六親]에 불화가 생기고서야 효도[孝]·자애[慈]가 드러난다."거나, 또 "나라의 정사(政事)가 혼란해지고서야 충신이 나타난다."는 『도덕경』의 경구들은 유학적 가치에 정면으로 반하는 도가의 지향점을 잘 대변해 주고 있다.[233] 그러나 임훈이 보여준 도가철학을 향한 극히 친연적인 수용 태도가 유학 혹은 정주학에 대한 전면적인 각하(却下)를 의미하지는 않는다. 그럼과 동시에 16세기를 전후로 한 동시대의 평균적인 지성계의 풍토와는 확연히 구분되는 열린 학적 입장을 전시해 주고 있는 것도 사실이다. 다만 임훈의 경우 17세기 중·후반 무렵의 소론계(少論系)의 대표적 지성(知性)이었던 서계(西溪) 박세당(朴世堂, 1629~1703)이 남긴 도가 방면의 양대 저서인 『신주도덕경(新註道德經)』이나 『남화경주해산보(南華經註解刪補)』와 같은 저술들과는 달리, 노장철학에 관해 체계적인 저서나 주해서(註解書)를 남기지는 않았다. 그럼에도 불구하고 『갈천집』에 드문드문 흩뿌려져 있는 노자·장자와 유관한 자료들은 임훈이 이 방면에 보여준 깊은 관심사의 정도를 입증해 주기에 전혀 부족함이 없는 상태다.

　우선, 노장(老莊)이 제시한 우주 본체론의 문제와 관련하여 "자연의

---

233 老子, 『道德經』의 제18장. "大道廢, 有仁義, 六親不和, 有孝慈, 國家昏亂, 有忠臣."

원기를 초월하여, 심오한 도(道)에 섞였으며, 도(道)의 무리와 모였고, 신선(神仙)의 무리를 이끌었으니, 이 즈음이면 나는 풍진 세상의 무리가 아니었다."[234]고 기술된 부분에 잠시 유념해 보기로 한다. 임훈이 쓴 「서유자옥유두류록후(書兪子玉遊頭流錄後)」에 보이는 이 구절들 중에서, 특히 "심오한 도(道)에 섞였다.[混希夷]"고 번안된 부분은 바로 『도덕경』의 제14장에서 도(道)를 언표한 기호(記號, semiology)들인 '희(希)·이(夷)·미(微)'를 차용해서 응용한 대목에 해당하기 때문이다. 즉, 임훈은 "보아도 보이지 않아서 '이'라고 부르고, 들어도 들을 수 없으므로, '희'라고 부르며, 잡아도 잡을 수 없어서 '미'라고 한다."고 설파된 노자의 가르침처럼,[235] 시각·청각·촉각 등과 같은 감각기관의 작용력 자체를 초월하는 특성을 지닌 우주의 본체이자 도(道)·로고스에 대해 평소 충분한 이해력을 축적하고 있는 상태였다. 겸하여 이처럼 아득한 우주의 본체를 향해 보여준 임훈의 관심의 정도 너머에서 "나는 풍진 세상의 무리가 아니었다."라고 토로한 바와 같이, 그의 내면에 은장된 강한 염리심(厭離心)의 일단을 간취하게도 된다. 이렇듯 세상과 일정한 거리를 유지하려는 심리적 태도가 지속적으로 표출되는 현상을 지칭하는 염리심이란, 임훈이 구도자적(求道者的) 정진력(精進力)을 발휘하면서 평생토록 치열하게 경명행수의 길에 임하게 된 에너지이자 원천으로 작용하기도 했다.

한편 임훈은 "장생(莊生)[장자]의 '우물론(寓物論)'[곧 「제물론(齊物論)」편]을 이어, 애오라지 내 마음을 가탁(假託)하여 말하노라!"고 밝힌 「달팽

---

234 林薰, 『葛川集』卷3, 「書兪子玉遊頭流錄後」, 220쪽. "超鴻濛而混希夷, 揖道侶而拉仙曹, 當此之時, 余非塵世之余也."
235 老子, 『道德經』의 제14장. "見之不見, 名曰 夷, 聽之不聞, 名曰 希, 搏之不得, 名曰 微."

이[蝸]」라는 작품을 저술하기도 했다.[236] 그런데 이미 잘 알려진 사실처럼 『장자』 중의 「제물론」편은 우주의 만물에 두루 편재(遍在)하는 도(道)의 문제를 취급한 텍스트에 해당한다. 이 같은 「제물론」편의 텍스트적 특징으로 인하여 『장자』는 불교가 중국으로 동전(東傳)한 이후로 불교 교학체계의 근간인 불성(佛性)을 중국사회에 매개하는 과정에서 중요한 이론적 역할을 수행하게 됨으로써, 이른바 격의불교(格義佛敎)가 탄생하는 데 일조할 수 있었다. 좀 더 부연하자면, 대승불교(大乘佛敎) 경전의 일환인 『열반경(涅槃經)』에서 "일체의 중생은 모두 불성을 가지고 있다.[一切衆生 悉有佛性]"고 설파한 바와 같이, 여래장(如來藏) 사상(思想)의 근간인 '불성'과 무차별적이면서도 만물 편재적인 특성을 담지한 「제물론」편의 도(道) 사이에는 일종의 유비적(類比的, analogical)인 닮은 꼴의 관계를 형성하고 있었던 것이다.

이상과 같은 특성을 지닌 「제물론」편의 도(道)의 문제와 관련하여 임훈은 "이치[理]는 오히려 우화(寓話)를 통해 드러나고, 이름은 연벽(緣壁)으로만 전해 온다."는 짧은 논평을 남겨 두었다.[237] 즉, 임훈은 만물 편재적인 도와 불성을 대상으로 한 탐구 대신에, 「제물론」편의 도(道)와 정주학적 리(理) 사이에 존재하는 유비적 관계를 예의 주시하고 있었던 듯하다. 임훈이 "아주 작은 일들을 논한" 『남화진경(南華眞經)』[238] [곧 『장자』] 중의 「제물론」편에 대해 "이치는 오히려 우화를 통해 드러난다."고 논평한 이유도 바로 이러한 의미에서였다. 그러나 이처럼 도와 리를 소재로 한 임훈의 철학적인 탐구가 지속적으로 진척되었던 것은 아니었다. 물론 임훈은 "아! 천지(天地)는 신묘하게 엉기고, 조화(造化)

---

236 林薰, 『葛川集』 卷1, 「賦·蝸」, 40쪽. "續莊生寓物之論, 聊以寓夫余心."
237 林薰, 『葛川集』 卷1, 「賦·蝸」, 40쪽. "理尙明乎寓論, 名猶傳於緣壁."
238 林薰, 『葛川集』 卷1, 「賦·蝸」, 40쪽. "騷人詠其升高, 南華論其蠻觸."

는 가득하게 펼쳐진다."는 말로써,[239] 본체론인 도·리 등에 터전하여
전개되는 불가사의한 우주의 조화를 향해 원초적인 신비감을 표명해
두기도 했다. 일견 주희가 설명한 '맷돌[磨]'의 비유[240]를 부분적으로 연
상케 해주는 "조물주의 장난[戲劇]"[241]의 결과로 빚어진 존재일반의 실
로 다채롭기가 짝이 없는 생태적 실상에 대해서 임훈은 아래처럼 흥미
롭게 묘사해 두기도 하였다.

> 아름다운 것과 추한 것, 큰 것과 작은 것이 있는가 하면, 하늘을 나는
> 것과 물속에 잠기는 것, 동물과 식물도 있다. 각자 그 생명을 타고나니,
> 형형색색이로다. 각자 그 본성을 타고나니, 본성에는 본디 그 때가 있다.
> 시절이 오면 저절로 느끼게 되고, 기운이 이르면 스스로 깨닫게 된다.[242]

임훈이 보기에 인간을 포함한 존재일반은 품부 받은 생명력[生]과
본성[性]의 천차만별한 질적 차이에도 불구하고, 전우주적 차원에서는
거대하면서도 완벽한 조화를 연출하는 무대 위의 일원이었다. 그런 점
에서 상기 인용문은 "아주 작은 일들을 논한"『장자』본래의 무차별적
이면서 만물 편재적인 도(道) 담론과도 부합되는 바가 없지 않다. 즉,
임훈은 '희(希)·이(夷)'한 본체이자 도(道)라는 우주의 설계도가 제공한
목적론적인 정보를 반영한 존재일반의 생태 양상을 무한히 긍정하고
있었고, 달팽이의 생(生) 또한 그런 양태(樣態)를 상징해 주는 존재의

---

239 林薰, 『葛川集』 卷1, 「賦·蝸」, 40쪽. "鳴呼, 天地冥凝, 造化塊比."
240 黎靖德 編, 『朱子語類』, 北京: 中華書局, 1983, 98:5. "某常言正與麵磨相似, 其四邊
    只管層層撒出, 正如天地之氣, 運轉無已, 只管層層生出人物, 其中有麁有細, 故人物
    有偏有正, 有精有粗."
241 林薰, 『葛川集』 卷1, 「賦·蝸」, 40쪽. "杳物理之不測, 信造物之戲劇."
242 林薰, 『葛川集』 卷1, 「賦·蝸」, 40쪽. "姸蚩巨勢, 飛潛動植, 各稟其生, 形形色色, 稟
    各有性, 性固有遇. 時來自感, 氣至自悟."

하나로서 인식하였던 것이다. 그런 점에서 임훈은 진정한 도가주의자
(道家主義者)로 평할 만한 부분이 엄존했던 것도 사실이다.

　한편 임훈은 만사(挽詞)인 「만형공률(挽邢公溧)에서 "하늘[天]이 만약
(생사의) 이치를 안다면, 하늘이 어찌 이토록 잔인하랴!"며 반문하듯이
길게 탄식했던 대목도 예사롭지가 않다.[243] 왜냐하면 이 구절은 "천지
(天地)는 불인(不仁)하여 만물을 추구(芻狗)로 삼는다."는 『도덕경』의 언
명을 언뜻 연상케 해주기 때문이다.[244] 노자는 천지를 단지 자연의 법칙
에 의해 지배되는 물리적·자연적 공간으로 파악함으로써, 우주의 운
행을 유신론적(有神論的)·목적론적(目的論的) 차원에서 해석될 만한 소
지 자체를 완전히 제거해버렸다. 적기된 "천지는 불인하다."는 명제는
이 같은 노자의 자연철학을 상징적으로 대변해 주는 구절에 해당한다.
일찍이 위(魏)나라의 천재적인 주석가(註釋家)로 위진(魏晉) 현학(玄學)을
개창한 시조(始祖)이기도 했던 왕필(王弼, 226~249)이 『도덕경』의 "천지
불인(天地不仁)" 일구를 두고, "하늘과 땅은 자연에 맡겨 억지로 하지도
않고 조작도 없어, 만물이 스스로 서로 다스리므로 어질지 않다."고
해석했던 이유도 바로 이런 맥락에서였다.[245] 이상에서 논의한 내용들
은 도가의 핵심적 종지인 '무위자연'과 내용상 동의어라는 관계 하에
놓인 『도덕경』 제37장의 구절, 즉 "도(道)는 영원히 스스로 그러한 것에
따르고 맡겨두지만, 그런데도 한 가지라도 그것이 하지 않는 바가 없

---

243 林薰, 『葛川集』 卷1, 「挽邢公溧」, 30쪽. "君乎今日胡爲逝, 理固茫茫不可知, 天若有知
　　　天亦忍 … 呼天願死何遲." 본관이 진양(晉陽)인 형률(邢溧)의 생몰 연대와 신원은
　　　미상이다. 형률은 효성(孝誠)이 지극하여 눈먼 부모의 눈을 뜨게 했던 인물로 전한다.
244 老子, 『道德經』의 제5장. "天地不仁, 以萬物爲芻狗. 聖人不仁, 以百姓爲芻狗." 언급
　　　된 '추구(芻狗)'란 짚으로 만든 개 인형으로 제사(祭祀)를 모실 때 사용하였다.
245 王弼, 『老子註解』, 제5장의 註解. "天地任自然, 無爲無造, 萬物自相治理, 故不仁也.
　　　仁者, 必造立施化, 有恩有爲."

다."는 기치로 간략히 정리할 수 있다.[246] 즉, 무위자연은 노장의 본체
론을 표상하는 기호인 도(道)의 작용력과 활동성을 언표한 글귀이기에,
이를 통해 우리는 존재와 운동이라는 두 체계를 동시에 아우르는 도가
철학의 설명 방식을 확인할 수 있었다.

동일한 맥락에서 임훈은 자신을 무위(無爲)한 달팽이의 삶 속에 투영
시키는 문학적 상상력을 발휘하는 방식을 통해서, "나는 무위하여 자
연스럽게 살아간다."며,[247] '무위자연'에 입각한 도가적 처신을 적극 수
용하였던 것이다. 즉, 임훈이 보기에 포악한 양두사(兩頭蛇)와 유독(有
毒)한 뱀인 살무사[蝮蛇]의 경우, "저들은 사납기 때문에 화를 당하는"
무모하기 짝이 없는 존재에 불과했다.[248] 이들에 반해 무위자연한 대도
(大道)의 리듬에 의거한 달팽이는 그 슬기로운 처신으로 인해 재앙을
초래하는 일 따위와는 전혀 무관한 생을 영위한 존재로 판단하였던
것이다. 그 연장선에서 임훈은 "쓰임[用]이 있어서 해(害)를 당하기보다
는, 차라리 쓸데가 없어 몸을 보존함이 나으리라!"는 말로써,[249] 무용(無
用)의 가치를 역설적으로 정당화해 보인 부분도 노자의 가르침을 수용
한 결과였다. 또한 임훈이 「달팽이」에서 "이에 이치에 따라 목숨을 맡
기니, 끝내 여타 사물들과 거슬림이 없다."는 통찰력을 선보이기도 하
였다.[250] 이 같은 임훈의 언술은 앞서 「제물론」편에서 제시된 전우주적

---

246 老子, 『道德經』의 제37장. "道常無爲而無不爲. 侯王若能守之, 萬物將自化."이 장
(章)에 대한 국역은 진고응 저(최재목·박종연 옮김), 『진고응이 풀이한 노자』, 영남대
학교 출판부, 2008, 283쪽 참조.
247 林薰, 『葛川集』卷1, 「賦·蝸」, 40쪽. "彼以暴而見禍, 我無爲而自活."
248 林薰, 『葛川集』卷1, 「賦·蝸」, 40쪽. "兩頭之虐, 蝮蛇之毒, 望者疾首, 觀者擊搏, 彼
以暴而見禍."
249 林薰, 『葛川集』卷1, 「賦·蝸」, 40쪽. "與其有用而見害, 曷若無用而全窮."
250 林薰, 『葛川集』卷1, 「賦·蝸」, 39쪽. "爰順理而委命, 卒與物而無忤."

차원에서의 조화로운 공존 양식과도 극히 부합되는 장면인 것이다. 결과적으로 「달팽이」는 임훈의 문장 역량과 문학적 상상력이 도가철학의 근간인 본체론과 그 현상화라는 두 국면과 절묘하게 결합되어 표출된 수작(秀作)으로 남게 되었다.

나아가 임훈은 이상에서 논급한 노장의 본체론과 그에 입각한 가르침들을 긍정하고 수용해 보인 장면 외에도, 도가적인 인식론 및 가치론과 유관한 견해들을 더러 표명하고도 있었다. 다만 이 방면에 대한 임훈의 언술들 역시 체계적인 담론의 형식을 취했던 것은 아니다. 따라서 문집에서 간헐적으로 포착되는 해당 자료들을 수습·취사해서 소개하는 절차를 진행하도록 하겠다. 이 사안과 관련하여 우선적으로 눈에 띄는 부분은 임훈이 도가의 고급한 인식론을 대변해 주는 이른바 "서로 이뤄 주는" 상성론(相成論)을 아래처럼 적극적으로 수용하고 있었다는 점일 것이다.

(나는) 세도(世道)의 다사(多事)·다난(多難)함을 보면서, 이 달팽이의 슬기로운 처신을 가상하게 여겼다. 도(道)는 각각 아름다움과 추함에 적합한 법이니, 이치에 어찌 크고 작음의 차이가 있겠는가?[251]

임훈은 큰 도(道)인 "대도(大道)는 광범위하게 흘러서, 이르지 않는 곳이 없다."고 서술된 바와 같이,[252] 무차별적이면서도 만물 편재적인 속성을 지닌 도(道)의 특성상, 아름다움[妍]과 추함[蚩], 큼[巨]과 작음[細] 등으로 재단되는 세속적 가치 기준을 무화(無化)·해체(解體)시키는

---

251 林薰, 『葛川集』 卷1, 「賦·蝸」, 40쪽. "觀世道之多難, 嘉玆物之善處, 道各適乎妍蚩, 理豈異乎細巨."
252 老子, 『道德經』의 제34장. "大道氾兮, 其可左右 … 萬物歸焉而不爲主, 可名爲大. 以其終不自爲大, 故能成其大."

특유의 시각을 드러내 보였다. 이 같은 임훈의 독특한 관점은 『도덕경』에서 아름다움[美]·추함[惡], 그리고 선(善)과 불선(不善) 간에 빚어지는 차별적 인식론을 무화시키는 가운데,[253] 또한 유무(有無)·난이(難易)·장단(長短)·고하(高下) 등으로 표상되는 인식론적 대립쌍들을 추가적으로 해체시킨 노자의 아랫 언명과 그 궤를 같이하는 파격적인 인식론에 해당한다.

> 있음[有]과 없음[無]은 서로 생겨나고, 어려움과 쉬움은 '서로 이뤄주며'[相成], 긴 것과 짧은 것은 서로 형성되며, 높음과 낮음은 서로 포함하며, 가락[音]과 소리[聲]는 서로 조화를 이루며, 앞과 뒤는 서로 따른다.[254]

노자가 열거한 선(善)과 불선(不善) 및 미악(美惡)·유무(有無)·난이(難易)·장단(長短)·고하(高下) 등과 같이 다양하게 분포된 인식론적 대립쌍들이란 차이(差異, la difference)와 연기(延期, le délai)라는 두 개념이 동시적으로 복합되면서 재형성된 독특한 관념, 곧 자크 데리다(Jacques Derrida, 1930~2004)가 말한 이른바 차연(差延, la différance)의 방식처럼 상호 교차적인 새끼 꼬기 형식을 취하는 존재 양태를 전시해 주고 있었던 것이다.[255] 이처럼 일방의 것이 타방의 것에 접속(接續)·상감(相感)된 양태를 취하는 차연의 존재론에서는 어느 한쪽의 것이 여타의 것에 대해 절대적인 우위를 점하는 형식의 인식론이란 원초적으로 불가능하다. 따라서 노자가 설파한 "서로 이뤄 주는" 상성론(相成論)의 경우,

---

253 老子, 『道德經』의 제2장. "天下皆知美之爲美, 斯惡已, 皆知善之爲善, 斯不善已."
254 老子, 『道德經』의 제2장. "有無相生, 難易相成, 長短相形, 高下相盈, 音聲相和, 前後相隨."
255 김형효, 「差延과 진리의 결정불가능성」, 『데리다의 해체철학』, 민음사, 1993, 207쪽.

이 같은 데리다 식(式)의 차연(差延)의 존재론과 정확히 닮은꼴을 취하고 있음을 이해하게 된다. 이와 마찬가지로 앞서 임훈이 아름다움[姸]과 추함[蚩], 큼[巨]과 작음[細]의 차이 자체를 해체·무화시켰던 장면도 바로 차연의 존재론에 의거한 도가적인 도(道) 개념에 대한 충분한 이해의 바탕 위에서, 이를 적극 수용한 결과였던 것으로 분석할 수 있다.

한편 임훈이 민생(民生)에 유용한 모내기 기구를 소재로 한 작품인 「앙마(秧馬)」[256]를 통해서, "우리 백성들을 먹여 살리는" 지극한 덕[至德]을 예찬하면서, "너는 그래도 자랑하지 않으니, 천하에 그 누가 너와 공(功)을 겨루겠는가?"라며 재차 찬미한 대목도 보다 세심한 음미를 요하는 장면 중에 하나에 해당한다.[257] 물론 「앙마」 속의 이 구절들은 "공(功)이 이루어져도 스스로 자랑하며 뽐내지 않는다."라거나,[258] 혹은 "성취하는 것이 있어도, 스스로 공(功)이 있다고 여기지 않는다."는, 즉 대도(大道)[259]의 겸허한 작용력을 묘사한 『도덕경』 제34장의 내용을 원용한 내용에 해당한다. 그런데 "우리 백성들을 먹여 살리는" 앙마의 지극한 덕[至德]이란 곧 "상덕(上德)의 사람은 스스로 덕(德)이 있다고 믿지 않기 때문에 실제로 덕이 있지만, 하덕(下德)의 사람은 스스로 덕을 잃어버리지 않았다고 생각하기 때문에 덕이 없다."[260]고 설명한 구절 속의 '상덕'과 내용상 동의어의 관계 하에 놓여 있음을 간과해서는 안 된다. 즉, 이러한 류의 "상덕의 사람"이란 바로 『도덕경』 상편(上篇)에서 제시된 대도를 체득한 존재인 것이고, 또한 운위된 '대도'란 바로

---

256 林薰, 『葛川集』 卷1, 「賦·秧馬」, 44쪽. "夫惟秧馬之爲物, 實田家之利用."
257 林薰, 『葛川集』 卷1, 「賦·秧馬」, 44쪽. "粒我蒸民, 莫匪爾極, 爾猶不伐, 天下莫與爭功."
258 老子, 『道德經』의 제2장. "是以聖人處無爲之事 … 生而不有, 爲而不恃, 功成而不居."
259 老子, 『道德經』의 제34장. "大道氾兮, 其可左右 … 功成而不有."
260 老子, 『道德經』의 제38장. "上德不德, 是以有德, 下德不失德, 是以無德."

차연(差延)의 존재론을 반영한 결과임을 위에서 논급한 그대로이다. 따라서 모내기 기구인 앙마 역시 차연의 존재론에 터한 대도를 체득한 기호(記號)라는 의미를 지니는 것이며, 자연히 성취한 공로를 "자랑하지 않는" 지덕(至德)의 행위를 표출할 수 있었던 것이다. 그런 점에서 「달팽이[蝸]」와 「앙마」는 임훈이 한때 도가철학에 심취한 가운데, 그 장처(長處)를 긍정하면서 적극 수용한 자취를 잘 드러내 보인 작품으로 감상된다. 겸하여 우리는 이상의 논의를 통해서 도가의 경우 임훈이 지향한 실천의 두 국면 중에서 위기지학(爲己之學)과 맞닿아 있는 도덕적 실천의 문제와 관련하여 의미 있는 자양분을 제공해 준 사유체계로 기능하였다는 사실을 추가적으로 확인할 수 있게도 되었다.

　이상에서 고찰한 내용들 외에도 임훈이 노장철학에 몰입했던 다수의 흔적들이 남아 있는 상태다. 이를테면 임훈이 치도(治道)의 요체(要諦)를 하문(下問)한 국왕에게, "이른바 작은 생선을 삶는 것과 같고, 병아리를 쫓는 것과 같은 다음에야 거의 가능할 것입니다."[261]고 답한 대목도 그 중의 하나에 해당한다. 그런데 "이른바 작은 생선을 삶는 것과 같다."고 운위한 부분은 바로 "대국(大國)을 다스리는 것은, 마치 작은 생선을 삶는 것과 같다."는『도덕경』에 전거를 두고 있다.[262] 임훈의 경우 치도를 위한 방책(方策)과 관련하여 "백성 보기를 흡사 환자[傷]를 대하듯이 하라!"고 제안하거나,[263] 또는 "마치 갓난아이를 보살피는 마음으로 하라!"는『서경』의 지침을 일대 철칙으로 수용하고 있었다.[264]

---

261 林薰,『葛川集』卷4,「行狀」, 296~297쪽. "如古人所謂如烹小鮮, 如驅乳鷄, 然後庶可."
262 老子,『道德經』의 제60장. "治大國, 若烹小鮮."
263 林薰,『葛川集』卷4,「行狀」, 297쪽. "公論之發, 必舍己而從人 … 視民如傷, 用顧畏于民嵒, 則彼數者之斁, 無足道矣."
264 林薰,『葛川集』卷3,「南薰殿記」, 262~263쪽. "惟帝心, 不自滿暇, 方萬物協和之際,

또한 이와 같은 임훈의 대민관(對民觀)은 그가 견지한 "우왕(禹王)과 탕왕(湯王)은 추은(推恩)함으로써, 그 지치(至治)의 다스림을 지을 수가 있었습니다."[265]라는 정치철학 방면의 평소 지론(持論)과 직결되어 있음은 새삼 두 말할 나위가 없다. 이 같은 정황들은 『노자』의 가르침이 앞에서 지적한 도덕적 실천의 문제에 추가하여 경세론으로 지칭되기도 하는 제도적 실천의 문제에 대해서도 의미 있는 텍스트로 기능하였음을 확인시켜 주고 있다.

보다 더 중요한 점은 임훈이 자신의 정치철학의 근저(根底)를 형성한 대민관을 피력하기 위한 방편으로 『서경』과 『도덕경』 사이에 유지되는 이른바 간(間)텍스트성(inter-textuality)을 존중하였다는 사실일 것이다.[266] 이러한 방식은 부분적으로 나말(羅末)의 고운(孤雲) 최치원(崔致遠, 857~?)이 작성한 쌍계사(雙磎寺) 경내의 「진감선사대공탑비문(雙磎寺 眞鑑禪師大空塔碑文)」[267]에 드러난 회통론적(會通論的) 논법을 연상케도 해준다. 최치원은 이 비문을 통해서 문학[文]·역사[史]·철학[哲] 제 범주를 넘나드는 한(韓)·중(中)의 다양한 전적들을 동원하여 특유의 회통론을 개진해 보인 바가 있었다.[268] 이와 유사하게 임훈은 자신의 대민관

懷若保赤子之心."

265 林薰, 『葛川集·附錄』, 「諡狀」, 530~531쪽. "漢唐之君 … 而不能致至治, 禹湯之能推恩以做其治者, 由是心之有本也."

266 상호 텍스트성 혹은 텍스트 상호성으로도 번안되는 간텍스트성(intertextuality)이란 텍스트다움[性]을 판정하는 기준인 응집성(coherence)과 응결성(cohesion)의 혼합 기준을 말한다. 이때 응집성은 하나의 텍스트를 텍스트답게 만들어 주는 의미상의 조건에 해당하며, 응결성은 텍스트다움(textuality)의 언어적 조건을 지칭한다. 따라서 양자의 혼합 기준을 의미하는 간텍스트성은 텍스트 사용자가 텍스트를 생산하고 수용하는 과정에서, 이미 확보하고 있는 여타의 지식을 포괄하는 개념을 뜻하게 된다. 고영근, 『텍스트이론: 언어통합론의 이론과 실제』, 아르케, 1999, 137~188쪽 참조.

267 韓國古代社會硏究所, 『譯註 韓國古代金石文 Ⅲ(신라 2·발해 편)』, 五政印刷株式會社, 1992 참조.

을 표현하는 과정에서 유학과 도가의 텍스트를 동시에 원용함으로써, 최치원 식의 회통론에 근접하는 보다 문호 개방적인 학문적 태도를 선보였던 것이다. 이 점 임훈이 추구했던 성경 철학의 진정성을 아울러 반증해 주기도 하는데, 후론될 불교 방면에 대한 태도 역시 이와 일맥상통하는 바가 엄존한다.

한편 임훈은 『장자』에서 제시된 수행법인 '좌망(坐忘)'[269]과 유사한 '망형(忘形)'[270]의 갈망을 피력한 사실도 있으며, 또한 "이제 늙은 내가 소요(逍遙)하는 곳은" 운운한 바대로 수시로 소요유(逍遙遊)를 만끽하기도 하였다.[271] 더 나아가 서울에서 만났던 신원 미상의 작자는 임훈이 키웠던 드높은 기상과 심원한 포부를 다음과 같이 전언하고도 있었음에 잠시 유의해 본다.

> 웅장한 뜻은 그지없이 넓어, 대붕(大鵬)이 구만리 장천(長天)을 멀지 않게 여긴 듯하여, 장차 은하수(銀河水)로 날개를 펴서, 하늘 밖에서 칼날을 의지하여 구부려 계수나무 가지를 꺾으려 함에 …[272]

---

268 최치원이 진감선사탑비의 비문에 인용한 텍스트 목록에는 『논어』·『중용』과 육경(六經)을 위시하여 불서(佛書)인 『사문불경왕자론(沙門不敬王者論)』·『유마경(維麻經)』·『조당집(祖堂集)』·『고승전(高僧傳)』, 그리고 『노자(老子)』·『장자(莊子)』·『회남자(淮南子)』와 『삼국사기(三國史記)』·『양사(梁史)』 등과 같은 한·중의 주요 경전[經]·역사서[史]들이 망라되어 있다.

269 『莊子』, 「人間世」편. "仲尼蹴然曰, 「何謂坐忘. 顔回曰, 墮肢體, 黜聰明, 離形去知, 同於大通, 此謂坐忘.'"

270 林薰, 『葛川集』 卷1, 「五言絶句·花林洞月淵岩次南冥韻」, 7쪽. "流水回千曲, 忘形坐息機."

271 林薰, 『葛川集』 卷1, 「七言絶句·題新曆」, 24쪽. "海印亭名稱自古 … 如今老我逍遙處, 偶合亭名二十春."; 같은 책, 「行狀」, 304쪽. "先生每以暇日, 或携節獨往, 或命侶偕髓, 徘徊於水石之間."

272 林薰, 『葛川集附錄』, 「奉送林先生歸鄕序」, 394쪽. "壯志浩然, 謂九萬鵬程之不遠, 擬將振翼雲漢, 倚釼天外而俯折桂枝 …"

　물론 기약 없는 송별의 정(情)을 담은 윗글은 임훈이 직접 지은 글은 아니다. 그러나 작자는 평소 임훈의 학적 취향과 원대한 포부 등과 사적인 정보들을 익히 잘 파악하고 있던 인물이었음에 분명해 보인다. 또한 위 인용문은 임훈이 고향 갈계리로 낙향한 46세 때인 1545년을 전후로 하여 씌어졌을 것으로 요량된다. 후일 임훈은 징(澄) 상인(上人)[승려]에게 전한 글에서, "움직이면 세상의 버림만 받으니"라는 말로써, 깊은 자조(自嘲)의 심정을 드러내 보인 사실이 있다. 당연히도 그 이면에는 임훈이 온축한 학적 역량과는 달리, 끝내 과거(科擧)를 통한 입신양명(立身揚名)의 꿈을 이루지 못한 데에 따른 크나큰 좌절감이 내밀히 관여하고 있었기 때문이었다. 그즈음에 임훈은 구만리 장천(長天)을 자유롭게 소요(逍遙)·유영(遊泳)하는 대붕(大鵬)에게로 자신의 심정을 투사(投射)·이입(移入)시킴으로써, 다소간의 심리적 위안감을 제공받았을지도 모르겠다. 그런 점에서 『장자』는 임훈에게 치유(治癒)의 텍스트로 내밀하게 다가섰을 것으로 판단된다.

　이상에서 노장철학 방면에 대한 임훈의 수용 양상을 간략히 살펴보았다. 그 결과 임훈은 도가의 본체론과 그에 입각한 처신책 등과 같은 여러 측면에서 상당히 영향을 받은 자취들을 확인할 수 있었다. 특히 「달팽이」와 「앙마」와 같은 작품들은 도가의 가르침과 임훈이 추구한 도덕적(제도적) 실천의 문제가 접점(接點)을 형성하고 있었다는 점에서도 크게 주목을 끌었다. 나아가 임훈은 자신이 견지한 위민적 정치철학의 연장선에서 「노자」의 해당 경구를 간택하였던바, 이는 경세론으로 표방되는 제도적 실천의 문제와 도가가 접속·상감된 장면에 해당한다. 또한 임훈은 이른바 상성론(相成論)으로 지칭되는 도가의 고급한 인식론을 적극 수용하는 문호 개방적인 자세를 취하기도 하였다. 한편 『장자』는 도(道)로 표상되는 본체론적 탐구와 관련한 학적 계기를 제공해 주었음과 더불어, 연거푸 장지(壯志)가 좌절된 데 따른 울결(鬱結)한 심회(心懷)를 해소·치유하는 텍스트로서의 역할을 아울러 수행하였던 것으로도 분석된다. 결과적으로 노장철학은 임훈에게 극히 친연적인 사유체계로 다가섰음이 분명할뿐더러, 또한 갈천학의 강령인 성경 철학의 '무차별한' 진정성을 확인시켜 준 것으로도 평가된다. 그렇다면 노장철학에 비해 더욱 사이비(似而非)한 이단적 사조(思潮)로 규정되었던 불교에 대한 임훈의 수용 양상은 과연 또 어떠했던가?

2) 불교교학(佛敎敎學)

임훈과 불교와의 인연은 그가 청년기 시절부터 고향 갈계리와 바로 인접한 덕유산의 사찰(寺刹)·암자(庵子) 등지에서 가나긴 은둔 독서기를 영위한 인생 역정에서부터 비롯되었다. 이와 동시에 임훈의 성정(性情)에 내재된 구도적 심리 성향인 염리심(厭離心)이 지속적으로 발휘되었던 점도 불교와의 인연을 맺게 된 또 다른 요인으로 지목된다. 그러나 임훈은 자신의 사상적·이념적 정체성을 정주학이나 공맹(孔孟) 위주의 원시유학(原始儒學)으로 무장한 가운데, 그 스스로도 "사림의 일원[間]"임을 자부했던 인물이었다. 자연히 임훈이 시도한 불교와의 교섭 노력도 다소 부분적인 양상을 취할 수밖에 없었을 것임이 충분히 예상된다. 임훈이 구축한 사상적 지형도가 유교를 기본으로 하면서도 단지 여기에만 국한되지 않고, 노장이나 불교 사상 등에 대해서도 두루 섭렵함으로써, 결과적으로 매우 호방하고 자유로운 인생관과 출처관을 정립해 나가게 되었다는 평가 또한 바로 이러한 맥락에서 수행된 것이다.[273] 결과적으로 임훈이 선보인 대(對) 불교 수용 양상은 16세기를 전후로 하여 정주학 심화기를 맞이한 조선 지성계 내에서 매우 드문 위학

(爲學) 태도를 전시해 주었던 것으로 평가할 수 있다.

일반적으로 특정한 유학자에 의한 불교와의 교섭(交涉) 노력의 질을 가늠할 만한 주된 인자로는 불교의 교학체계(敎學體系)에 대한 이해 정도와 실참(實參) 수행(修行)의 양상, 그리고 유학자와 승려(僧侶) 사이에 진행되는 교유(交遊)를 뜻하는 유(儒)·석(釋) 교유 등과 같은 세 가지 사항들이 동시에 거론되곤 한다. 이 같은 요인들 중에서 임훈의 경우 세 번째인 유·석 교유 방면에서 가장 특징적인 교섭 양상을 보여주었던 반면에, 참선(參禪)·진언(眞言)[다라니·총지(摠持)]·염불(念佛)·독경(讀經) 등으로 대변되는 한국불교의 4대 수행법에 대해서는 심히 비판적인 인식을 견지하고 있었던 것으로 확인된다. 그럼과 동시에 임훈은 첫 번째 사항인 불교의 교학체계에 대해서는 일정한 수준 이상의 지적 소양을 갖추고 있었던 것으로 파악되었다.[274] 이에 임훈이 구축한 학문세계의 구조와 그 체계 등을 면밀하게 규명해 내기 위한 본 논의의 취지와 비교적 부합되는 범주에 속하는 불교의 교학체계 방면에 대한 수용 양상을 대략적으로 검토해 보도록 하겠다.

임훈은 자신의 신분적·이념적 정체성을 명확하게 "사림의 일원"으로 귀속시켰던 만큼,[275] 불교의 교학체계에 대한 수용 양상 역시 다소 제한적인 특징을 드러내 보이고 있었다. 실제 임훈 스스로도 "나는 불가(佛家)의 교리(敎理)를 본 바가 없다."고 실토해 두었을 정도였다.[276]

---

273 정일균, 『葛川 林薰의 생애와 사상』, 예문서원, 2000, 104쪽 참조.

274 金鍾秀, 「葛川 林薰의 불교인식」, 『南冥學』 20집, 南冥學硏究員, 2015, 305~324쪽. 이하의 내용은 金鍾秀(2015)의 글 중에서 305~314쪽의 내용을 재구성하고 좀 더 보완한 결과다.

275 林薰, 『葛川集』 권2, 「告湖南司馬所業儒鄕校序」, 192쪽. "如或自安於退縮, 留難於從義, 則於他日對聖賢之書, 立士林之間, 應朝廷之用, 恐無以爲面目也."

276 『葛川集』 권2, 「送澄上人遠遊序」, 179쪽. "余於浮屠之敎, 無所見."

그렇다고 해서 이러한 임훈의 언술을 액면 그대로 받아들일 수는 없을 것이다. 비록 임훈의 경우 불교교학 방면에 대한 교섭 양상이 다소 제한적인 차원에서 수행되긴 하였으나, 16세기를 전후로 한 시점에서 유자 일반의 평균적인 대(對) 불교인식과는 뚜렷이 변별되는 예외적인 측면도 엄연히 존재하고 있기 때문이다.

불교를 '석교(釋敎)'로 칭했던 임훈은 부처를 '부도씨(浮屠氏)'로 호명하는 등의 전통적인 호칭법을 채택하였다.[277] 그 연장선에서 임훈은 승려들을 향해서 '부도인(浮屠人)·승(僧)·승도(僧徒)·치(緇)·치도(緇徒)·치류(緇流)·필추(苾蒭)·비구(比丘)·선인(仙)·상인(上人)·대사[師]·고선(高禪)' 등과 같이 비교적 다양한 호칭법을 구사하고 있었음이 눈이 띈다. 이상의 호칭법 중에서 '선인·상인·대사·고선' 등은 상대적으로 존칭에 해당하는 표현법이다. 대체로 임훈이 선보인 승려에 대한 호칭법은 여타의 정주학자들의 그것과 크게 다르지 않으나, 존칭을 사용한 빈도가 다소 높다는 점에서 차이가 있다. 이 같은 정황은 임훈이 맺은 승려와의 교유 양상이 매우 친연적이었을 것임을 짐작케 해준다. 이를테면 임훈이 간택한 호칭법은 17세기 중·후반 무렵의 제천(堤川) 출신 노론(老論) 계열의 지식인인 임호(林湖) 박수검(朴守儉, 1629~1698)이 즐겨 채택하였던 '치(緇)·석(釋)·석자(釋子)·운납(雲衲)·빈도[빈(貧)]·조사(祖師)·화상(和尙)·선사(禪師)·대사(大師)' 등과 같은 칭호법과 유사한 경향을 보여주었던 것으로 평가된다.[278] 박수검은 유자(儒者)·관인(官人) 신분임에도 불구하고 자신을 재가(在家) 남신도(男信徒)를 뜻하는 '우바새[優

277 林薰, 『葛川集』 卷3, 「靈覺寺重創記」, 267쪽. "苾蒭有性默者, 釋敎所謂幹善人也."; 같은 책, 「澄上人遠遊序」, 178쪽. "浮屠人道澄, 與余相好, 投分不淺."
278 金鍾秀, 「전근대 시기 儒學者 佛敎로의 轉向 사례-林湖 朴守儉의 경우-」, 『禪文化硏究』 17집, 한국불교선리연구원, 2014, 105~106쪽.

婆塞]'로 자처함으로써, 전근대 시기에서 수행된 종교적 차원의 전향(轉
向)의 문제와 관련하여 주목을 받았던 인물이다.

아무튼 이처럼 다양한 호칭법과 상응하는 수준에서『갈천집』에는
다수의 승려들이 거론되고 있다. 뿐만 아니라 '오도암(悟眞菴)·삼수암
(三水菴)·천암(倩菴)[탁곡암]·향적암(香積菴)·영각사(靈覺寺)·견암(見巖)'
등과 같은 다수의 사찰(寺刹)·암자(庵子)들이 수록되어 있는 상태다. 물
론 열거된 사찰·암자 대부분이 덕유산이나 안음현에 인근한 지역에
소재한 공통점이 발견된다. 그 이유는 임훈의 아래와 같은 회고담 속
에서 잘 드러나 있듯이, 청년기 시절부터 돌입한 긴 은거 독서 기간을
덕유산에 위치한 사찰·암자의 산방에서 영위한 사실이 있었기 때문일
것이다.

> 우리 고장의 진산(鎭山)인 덕유산 아래에 가택이 터했을 뿐만 아니
> 라, 또한 나는 어릴 적부터 책을 등에 지고 산방(山房)에 가서 공부한
> 것이 비단 이 한 사찰[刹]만이 아니었다. 때문에 나는 일찍이 덕유산
> 산중을 떠난 적이 없었다.[279]

그런데 임훈이 선보인 승려에 대한 호칭 중에는 '필추(苾蒭)·선인[仙
(人)]'[280] 등과 같이 다소 생소한 개념도 등장하고 있어 새삼 눈길을 끈
다. 왜냐하면 비구승(比丘僧)을 뜻하는 '필추'나 현자(賢者)나 성직자(聖
職者)를 지칭하는 개념인 '선인'은 그다지 자주 사용되는 호칭법이 아니

---

279 林薰,『葛川集』권3,〈登德裕山香積峯記〉, 224쪽. "德裕, 吾鄕之鎭山, 而吾家又於其
下. 余自齠齔, 負笈山房者, 不一其刹, 而未嘗離於是山之中焉."
280 林薰,『葛川集』卷3,「靈覺寺重創記」, 267쪽. "苾蒭有性默者, 釋敎所謂幹善人也.";
같은 책,「五言絶句」,〈到悟眞菴〉, 9쪽. "訪仙楓樹下, 談笑怪非人.";「送澄上人遠遊
序」, 178쪽. "夫人之遯世棲山, 學仙空眞寂之道者, 豈徒跑繫之爲貴哉."

기 때문이다.[281] 이 점 임훈이 틈틈이 다양한 불경(佛經)들을 섭렵했을 가능성을 시사해 주고 있다. 예컨대『금강반야바라밀경(金剛般若波羅密經)』에 소개된 부처의 전생담 중에도 스스로를 "인욕선인(忍辱仙人)"으로 칭한 구절이 보인다.[282] 따라서 비교적 생경한 단어들인 '필추'나 '선인'을 거론했던 정황은 임훈이『금강경』을 비롯한 다양한 대승불교(大乘佛敎)의 경전들을 접촉했을 가능성을 시사해 주는 것으로 판단된다.

한편 조선시대 유학자들이 불교와 대면하게 된 주요 경위로는 일반적으로 사찰에서 유숙(留宿)하면서 과거 공부나 독서를 병행했던 전력과 그에 따른 불경의 접촉, 그리고 승려들과의 교유 등과 같은 몇몇 요인들이 동시에 거론되고 있는 편이다. 그렇다면 덕유산의 삼수암(三水菴)에서만 "책을 지고 (승 도징과) 같이 지낸 세월이 거의 12년" 세월이었던 임훈의 경우 대승경전(大乘經傳)이나 선가(禪家)의 어록(語錄)들을 비롯한 다양한 불서(佛書)들을 접촉하였을 가능성은 충분하였을 것임에 분명하다. 뿐만 아니라 임훈의 경우 과거를 통한 입신양명의 꿈

---

281 唐 三藏法師 玄奘 奉詔 譯,『大乘大集地藏十輪經』, 중화전자불전협회[CBETA], 1쪽의 「序品第一」은 "如是我聞, 一時薄伽梵, 在佉羅帝耶山諸牟尼仙所依住處, 與大苾蒭衆俱, 謂過數量大聲聞僧, 復有菩薩摩訶薩衆, 謂過數量大菩薩僧."으로 시작된다. 이 문장 중에서 "거라제야산의 여러 선인(仙)들이 사는 곳에서, 수많은 위대한 필추(苾蒭)들과 함께 계셨다."는 구절 속에 '선인·필추'가 보인다. 전자인 모니선(牟尼仙)의 '선'은 선인(仙人)의 준말이며, 모니(mmuni)는 인도에서 현자·성직자를 뜻하는 단어다. '모니선'이라는 복합어는 이러한 '모니' 개념에 중국의 신선(神仙) 관념을 경전에 도입하기 위한 역경(譯經) 의도가 반영된 것이다. 즉, 선인이 중국의 신선 그 자체를 의미하는 것은 아니며,『현의(玄義)』나『필종강요(八宗綱要)』에 의하면 석존(釋尊)·부처를 뜻한다고 한다. 이진영 역,『대승대집지장십륜경』,「서품」, 동국역경원, http://www.tripitaka.or.kr/, 1쪽 참조.

282 대한불교조계종 교육원 편역,『金剛般若波羅密經』,「제14 離相寂滅分」, 조계종출판사, 2009, 48~49쪽. "須菩提, 又念過去於五百世, 作忍辱仙人, 於爾所世, 無我相, 無人相, 無衆生相, 無壽者相."

이 연거푸 좌절된 끝에, "개연(慨然)히 자취를 거두어 옷을 바꿔 입으려
는 뜻"을 품은 적도 있었다.[283] 따라서 언뜻 출가(出家)를 암시하는 어투
의 분연(奮然)한 결의를 품었던 40대 시기를 전후로 하여 임훈이 불교
교학이나 노장철학 등과 같은 이단적 사유체계에 한껏 경도되었을 가
능성이 점쳐지기도 한다. 그럼에도 불구하고 애초 걸었던 우리의 기대
감과는 다르게, 불교의 교학체계에 대해 본격적이면서도 체계적인 연
찬(研鑽)을 수행했을 것으로 짐작되는 자취들을 발견하기란 어려운 실
정이다. 그 대신에 임훈은 불교의 교학체계 방면에 파편적인 언술들을
간헐적으로 남겨 두었을 뿐이다.

임훈은 "부도씨(浮屠氏)[부처]는 "청정(淸淨)·담박(淡泊)함을 가르치고
있다."며 불교의 종지에 대한 부분적인 이해력을 선보이면서도, 정작
청정·담박한 심체(心體)를 증득하기 위한 방법인 좌선(坐禪) 수행법에
대해서는 극히 비판적인 시각을 일관되게 견지하고 있었다.[284] 한편 임
훈이 진사(進士) 지심원(池深源)에게 전한 글 속에는 "기꺼이 농촌에 살
면서, 외모(外慕)에 담박[泊]하였다."고 평한 구절이 발견된다.[285] 이어
서 임훈은 지심원이 겪었던 불운한 과거업(科擧業)과 관련하여, "저 그
천명(天命)과 때가 어긋나서 여러 번 곤욕을 치렀으나, 그 마음에 기뻐
하고 원망하는 기색이 일어남도 없이 휴휴연(休休然)하였다."라고 호평
한 대목도 눈에 띈다.[286] 왜냐하면 여기서 운위된 '휴휴연'[287]이라는 표

---

283 林薰, 『葛川集』권4, 「行狀」, 300쪽. "先生嘗以家貧親老, 黽勉爲擧子業, 庶有斁顯之
望, 而屢進屢屈, 慨然有收蹤反服之意, 猶迫於父兄之勸而勉從之."
284 林薰, 『葛川集』권2, 「送澄上人遠遊序」, 178쪽. "然浮屠氏以淸淨淡泊爲敎 … 何用遠
遊, 繭(?)雙足, 疲神形也哉."
285 林薰, 『葛川集』권2, 「送池廣文深源還鄕詩序」, 173쪽. "深源氏, 騷雅人也 … 怡然於
畎畝, 而泊於外慕."
286 林薰, 『葛川集』권2, 「送池廣文深源還鄕詩序」, 174쪽. "彼其命與時違, 屢遭困躓, 而

현은 선가의 어록 등에서 번뇌 망상이 그친 적정(寂靜)·적료(寂廖)한 심
체를 묘사할 때 즐겨 사용하는 어휘이기 때문이다. 실제『갈천집』에는
'선가설(禪家說)·선거(禪家)' 등과 같이 선불교(禪佛敎)와 관련된 단어들
이 빈번하게 등장하고 있다. 이러한 정황들은 임훈이 선불교에 대해
상당한 소양을 축적한 상태였음을 암시해 주고 있다.[288] 이처럼 임훈이
나름대로 다양한 불경과 선가의 어록들을 접했던 정황은 "불속에서 사
람을 구하듯[救焚]"으로 비유한 위기적 당대 시국인식을 통해서도 재차
확인된다.[289] 일견 이러한 표현은『법화경(法華經)』에서 설파된 장자(長
者)와 삼계(三界) 화택(火宅)의 비유를 떠오르게 해주기 때문이다.[290] 이
는 앞서『시경(詩經)』「대아(大雅)」편을 통해 시국인식의 일단을 피력해
보인 장면과도 비교된다. 그런 점에서 불교교학 역시 임훈이 추구한
제도적 실천의 문제와 완전히 도외시된 영역은 아니었던 듯하다.

그 외에도 국왕에게 올린 상소문(上疏文)에 간택된 "지견(知見)"이라
는 단어와,[291] 또한 지각력(知覺力)이 부재한 자연계의 존재들을 범칭하

休休然不加喜慍於其心."
287 물론 '휴휴연(休休然)'의 출처 중에는『시경(詩經)』,「소아(小雅)·단궁지십(彤弓之
什)」의 "旣見君子, 我心則休." 대한 해석, 즉 "휴(休)는 휴휴연이니, 안정됨을 뜻한
다."는 구절도 포함된다. 그러나 이 표현법은 선가의 어록에서 더 즐겨 사용하는 단어
임은 주지의 사실이다.
288 林薰,『葛川集』권3,「登德裕山香積峯記」, 227쪽. "訊之則曰 必待彌勒住世, 此香乃
發云. 禪家說多類此, 可哂.";같은 곳, 227쪽. "地勢包容寬閑, 殊不類絶境, 眞禪家所
謂福地也." 그런데 앞의 미륵불(彌勒佛)과 뒤의 '복지(福地)'라는 개념과 선가 사이에
는 내용상 연관성이 희박하다.
289 林薰,『葛川集』권2,「彦陽陣弊疏」, 53쪽. "臣之殿下心必爲之動 … 將如救焚拯溺之
不暇."
290 大韓佛敎 天台宗 總本山 求仁寺,『懸吐譯註 妙法蓮華經』,「제3 譬喩品」, 민족사, 1999,
171쪽. "舍利佛, 如彼長者, 見諸子等, 安隱得出火宅, 到無畏處 … 如來, 亦復如是,
爲一切衆生之父, 若見無量, 億千衆生, 以佛敎門, 出三界苦, 怖畏險道, 得涅槃樂."
291 林薰,『葛川集』권2,「彦陽陣弊疏」, 47쪽. "一國臣民, 欽聞德音, 苟有知見, 孰不欲披

는 "무정(無情)한 사물"[292] 등과 같은 용어도 불교교학에서 연원한 개념
들이라는 점에서, 불교의 교학체계 방면에 대한 임훈의 지적 소양 정
도를 어느 정도 가늠케 해준다. 또한 상상 속의 동양적 이상향인 무릉
도원(武陵桃源)을 찾아 열뇌(熱惱)[번뇌]의 어지러움이 없게 했다."라든
가,[293] 혹은 "승려[緇]가 답답함을 털고 번뇌[煩]를 씻는다."는 등의 구절
들은 불교가 지향하는 구도적 세계의 일단이 노출된 장면이라는 점에
서 예사롭지가 않다.[294] 한편 "아! 사물은 폐흥(廢興)·성훼(成毀)하기를
무궁히 되풀이한다."는 말로써,[295] 만물이 변화하는 양상을 일정한 패
턴으로 유형화해 보인 부분도 눈길을 끌기에 충분하다. 왜냐하면 이
대목은 일견 무상(無常)한 우주의 변화를 네 단계의 패턴으로 법칙화해
보인 불교의 대표적인 교설(敎說) 중의 하나인 성주괴멸(成住壞滅)을 부
분적으로 연상케 해주기 때문이다.

그 연장선에서 임훈은 삼세(三世)에 걸쳐서 적용되는 불교적 시간 단
위인 전세(前世)와 결부된 인과(因果)의 도리에 대해서도 충분히 숙지하
고도 있었다.[296] 그리하여 임훈은 덕유산의 최정상인 향적봉(香積峰)을
향해 등산에 나서게 된 일 또한 인과의 도리와 무관치 않다는 소견을
피력해 두기도 하였다.[297] 덕유산의 향적봉은 그 "향기(香氣)가 시방 모
든 불세계(佛世界) 중의 인천(人天)의 향에 견주건대 가장 으뜸"인 것으

肝瀝心, 一達於冕旒之下哉."

292 林薰, 『葛川集』 권3, 「書兪子玉遊頭流錄後」, 219쪽. "山水者, 天地間一無情之物."

293 林薰, 『葛川集』 권3, 「靈覺寺重創記」, 267쪽. "人之居者, 怳若尋桃源入武陵, 無熱
惱之亂, 則所謂奧之宜也."

294 林薰, 『葛川集』 권3, 「靈覺寺重創記」, 266쪽. "地之寬閑軒豁, 高據平林, 環挹萬象者,
於曠宜, 緇之宣鬱滌煩."

295 林薰, 『葛川集』 권3, 「靈覺寺重創記」, 267쪽. "物之廢興成毀, 相尋於無窮."

296 林薰, 『葛川集』 권1, 「挽劉魯叔友參」, 〈又〉, 28쪽. "閥閱輝前世, 公膺積善餘."

297 林薰, 『葛川集』 권3, 「登德裕山香積峯記」, 232쪽. "雖最勝之地, 無因則未果也."

로 설파된 '향적 부처[香積佛]'의 명호(名號)를 차용한 작명법을 취한 봉우리라는 점이 흥미롭다.[298] 같은 맥락에서 임훈은 불교의 핵심적 교리인 인과응보설(因果應報說)에 입각하여 선행에는 필경 영화(榮華)가 수반된다는 설명을 남기기도 하였다.[299] 다만 이상에서 나열한 사항들은 불교의 교학체계 중에서도 극히 상식적인 내용들에 해당하므로, 임훈의 불교인식과 관련하여 특별한 의미를 부여할 만한 내용들은 아니다.

그런데 임훈의 경우 불교의 궁극적 종지인 자비(慈悲) 개념에 대해서는 직접적인 언술을 남기지 않은 특징이 발견된다. 대신에 전방위적인 인(仁)의 구현을 시사한 문집 속의 몇몇 대목들은 불교의 자비와 상응하는 맥락 하에 놓여 있다는 점에서 주목된다. 이를테면 "종족(宗族)에게 인(仁)을 베풀 적에는, 외롭고 어려운 이를 먼저 보살폈는데, 지극히 정성스러운 마음에서 우러나와서 사람들과 전혀 간격이 없었다."라거나,[300] 또는 "비록 미천(微賤)한 사람일지라도, 곡진하게 어루만져 동정[恤]해 주지 않음이 없어서, 이에 은혜와 믿음이 행해지게 되었다."[301]는 장면 등은 불교의 자비심과 크게 차이가 나지 않는 장면들에 해당한다. 더 나아가 임훈은 무정(無情)한 "동물을 업신여기거나 능멸하지도

---

298 백봉 김기추, 『維摩經大講論』, 불광출판부, 2012, 401쪽. "上方界分, 過四十二恒河沙佛土, 有國, 名衆香, 佛號, 香積. 今現在其國, 香氣, 比於十方諸佛世界人天之香, 最爲第一."

299 林薰, 『葛川集』 권2, 「劉公李氏上下墓碣銘(幷序)」, 123쪽. "意者劉李世積之善, 殆將發於公之後歟."; 「劉君趙氏雙墓碣銘(幷序)」, 119쪽. "家世毓德, 源遠流長." 두 구절 모두 『주역(周易)』의 「문언전(文言傳)」에 전거를 둔 "積善之家, 必有餘慶, 積不善之家, 必有餘殃."에 연원한다.

300 林薰, 『葛川集·附錄』, 「葛川先生家壯草」, 574쪽. "仁及宗族, 恤先孤窮, 出於至誠, 人無間焉."

301 林薰, 『葛川集·附錄』, 「葛川先生家壯草」, 574쪽. "其處鄉則親親敬愛, 故崇信義務敦朴, 雖微賤之人, 莫不曲加撫恤, 恩信行焉."; 「行狀」, 301쪽. "雖閭巷中微賤之人, 無不加撫恤之義."

않았을 뿐만" 아니라,[302] 또한 "새우·미꾸라지 같은 미물(微物)들도 남김없이 사랑하였으리만큼" 지극히 넓은 아량으로 만물을 포용하는 태도를 취했다고 전한다.[303] 그런데 이상에서 적시된 사람과 동물[物] 및 새우[鰕]·미꾸라지[鰍] 따위란 불교적 의미에서의 중생(衆生) 개념과 정히 부합하는 부류들에 다름이 아니다. 따라서 임훈이 이러한 유정(有情)·무정의 존재들에 대해 "간격이 없는" 차원에서 베푼 전방위적인 인(仁)의 마음이란, 곧 자타불이(自他不二)라는 연기론적(緣起論的) 전제 하에 동체대자비(同體大慈悲)의 실천을 역설한 불교적 교설(敎說)과도 일맥상통하는 바가 없지가 않다. 차후 문인 정유명은 스승인 임훈이 생전에 펼친 일련의 위정(爲政) 활동과 관련하여, 굳이 불교의 '자비' 개념과 유사한 어감을 지닌 "자서(慈恕)"[304]라는 조어를 간택하였던바, 그 이면에는 이상에서 논급한 사항들을 나름대로 충분히 감안한 조처였을 것으로 사료된다. 결과적인 측면에서 보자면, 이 같은 정황들은 임훈이 추구한 도덕적 실천의 장이 심히 비좁은 자아(自我)의 범주를 초극하여 '물아무간(物我無間)'의 지평으로까지 무한히 확장되고 있었음을 시사해 주는 사례들로 평가된다. 그러나 『갈천집』에 흩어져 있는 불교교학 방면에 대한 임훈의 언술들이 하나의 정연한 담론 형식을 취했거나, 혹은 특정한 주제 사안에 대해 이해의 심층부에 진입한 흔적들은 발견하기가 어려웠다.

이상으로 불교교학과 관련하여 문집에 드러난 일련의 자취들을 수습해서 검토해 보았다. 그 결과 임훈은 대승경전과 선가의 어록들을 나름대로 다양하게 섭렵하면서, 최소한 수준 이상의 교학적 소양을 갖

---

302 林薰, 『葛川集』 권4, 「行狀」, 298쪽. "物未嘗被其侵侮陵駕之加."
303 林薰, 『葛川集』 권4, 「祭文(又)」, 364쪽. "涵河量而容物, 愛不遺於鰕鰍."
304 林薰, 『葛川集』 권4, 「行狀」, 302쪽. "且其爲政, 淸愼慈恕."

추고 있었다는 점을 확인할 수 있었다. 그런데 임훈의 경우 불교의 해체론적(解體論的) 세계관(世界觀)이자 존재론인 중관학(中觀學)에 대한 견해와 함께, 또한 식(識, vijnana)의 전변(轉變) 문제를 심도 있게 설파한 유식학(唯識學)과 관련된 충분하고도 의미 있는 흔적들을 끝내 찾아보기가 어려웠다. 다만 전자인 반야공관(般若空觀)과 관련하여 임훈은 당시 일반인들의 품격 없는 산수관(山水觀)을 비판하는 과정에서 특유의 문학적인 기교를 빌려 살짝 언급하고 있었을 뿐이다.[305] 즉, 이 문장 뒤편에서 차용된 "무소득(無所得)"[306]이라는 어휘는 부증불감(不增不減)한 심체(心體)와 그 작용력에 관한 설명 방식인데, 이 구절은 앞 문장 속의 '공(空)'을 부연설명해 주는 식의 독특한 문장 작법을 취한 것이다. 물론 그렇다고 해서 임훈이 불교의 해체론적 세계관을 전격 수용했던 것은 아니다. 왜냐하면 임훈은 "천명(天命)을 믿는 것이 내가 구하는 것이니, 여느 사람들이 추구하는 것과는 다르다!"고 역설한 장면에서 명증하게 노정되어 있듯이,[307] 그가 착지한 근본(根本) 유자(儒者)로서의 사상적·이념적 입각점이 결코 이완되었던 것은 아니기 때문이다. 이 점 앞서 임훈이 진사 지심원에게 "천명과 때[時]"라는 두 가지 척도를 제시한 대목을 통해서도 이미 어느 정도 예측되었던 바이기도 하다.

기실 임훈이 견지했던 굳건한 천명관(天命觀)은 그의 종교적 신앙의식의 저변을 엿보게 해줌과 동시에, 또한 갈천 경학론의 근간이 공맹

---

[305] 林薰, 『葛川集』 권2, 「送澄上人遠遊序」, 179쪽. "後之遊者 … 而但觀其淵然者爲水, 蒼然者爲山, 而過眼成空, 無有所得."

[306] 대한불교조계종 교육원 편역, 『金剛般若波羅密經』, 조계종출판사, 2009, 39쪽. "佛告須菩提, 於意云何. 如來, 昔在然燈佛所, 於法有所得不. 不也世尊, 如來在然燈佛所, 於法實無所得."

[307] 林薰, 『葛川集·附錄』, 「自怡堂記」, 403쪽. "乃慨然曰 信天有命, 吾之求之也, 異乎人之求之, 遂不復有立功名之志."

(孔孟) 위주의 원시유학(原始儒學)과 『시경』·『서경』 등으로 대변되는 고학적(古學的) 토대 위에 정착하고 있음을 시사해 주는 뚜렷한 증표이기도 했다. 임훈의 경우 주자학도 원시유학의 근간 아래서만 존립의 근거를 가지고 있다는 분석은 바로 이러한 분석을 부분적으로 반영해 준다.[308] 이렇듯 당당한 근본 유자이자 정주학도(程朱學徒)로서의 임훈의 면모는 불교의 교학체계를 수용하는 과정 속에서도 흡사 리트마스 시험지마냥 분명한 검증의 잣대로 작용하였던 것으로 분석된다. 그럼과 동시에 임훈은 이단(異端)의 사유체계인 노자·장자에 이어서 불교 교학까지도 일방적으로 배척하지 않는 신중한 태도를 보여줌으로써, 결과적으로 "간격이 없는" 성경 철학의 진정성과 열린 개방성의 실상을 동시에 전시해 주기도 하였다.

Ⅳ. 결론

이상에서 진행된 포괄적인 논의를 통해서 우리는 유학의 주요 경전들인 사서·삼경과 『심경』·『소학』·『근사록』, 정주학과 관련된 텍스트와 그 대표적인 주제들, 그리고 방외지학인 노자·장자 및 불교의 교학체계까지를 아우르는 폭넓은 차원에서 구축된 임훈의 학문세계의 대체적 윤곽과 그 특징적인 양상 등을 개략적으로 살펴보았다. 그 결과 "천리(踐履)의 실질[實]"을 추구했던 임훈의 학문세계를 표상해 주는 경학론은 시종 도덕적·제도적 실천을 강력하게 추구하였으며, 또한 이같은 실천의 두 국면에 의해 지탱되는 성경 철학의 기조를 일관되게

---

308 이영호, 「葛川과 瞻慕堂의 學問과 그 思想史的 位相」, 東方漢文學會 編, 『葛川 林薰과 瞻慕堂 林芸 研究』, 보고사, 2002, 215쪽 참조.

유지하고 있는 양상을 취하고 있었음을 확인하게 되었다. 그럼과 동시에 임훈은 방외(方外)의 학문인 노장철학과 불교교학에 대해서도 매우 진지한 교섭의 노력을 시도함으로써, 자칫 유학 혹은 정주학 일변도의 학문세계가 자초하기 십상인 편협하고도 무미건조한 학풍을 쇄신하기도 하였다. 그러나 이 같은 임훈의 학적 노력도 "사림의 일원"을 자부했던 도학적(道學的) 기풍(氣風)에 의해 분명한 선이 그어질 수밖에 없었는데, 이 점 갈천이 착지한 근본(根本) 유학자로서의 면모와 함께 이념적·사상적 정체성을 입증해 주고 있다. 이하에서는 앞서 본론에서 논의한 주요 내용들을 간단하게 요약·정리하고 재음미하는 형식을 취하게 될 것이다.

먼저, 본 논의에서는 "그 학문은 성경(誠敬)을 근간으로 삼은 가운데, 사자서(四子書)와 육경(六經)에 심력을 쏟았고, 낙양[洛]·민중[閩]의 여러 서적들을 더욱 좋아하였다."고 전하는 갈천학의 연원을 규명하는 작업에 우선적으로 초점을 맞추었다. 그 과정에서 임훈의 경우 김숙자·정여창[김굉필]·유호인 등으로 대변되는 영남 사림파의 면면한 학적 기조를 계승하고 있었음을 확인할 수 있었다. 특히 안음현에 인근한 함양(咸陽)에 연고를 둔 정여창의 학풍을 사숙(私淑)했던 일련의 정황들도 아울러 포착하게 되었다. 가령, 임훈이 사서 중에서도 『대학』·『중용』을 중시했던 학적 성향을 보인 점이라든가, 혹은 문집에서 제시된 텍스트 목록에서 누락된 『소학』의 가르침을 존중했던 정황 등은 갈천이 일두학(一蠹學)을 충실히 계승하고자 했던 의지가 드러난 장면들이었다. 기실 갈천학을 표방해 주는 성경 철학 또한 부분적으로 영남 사림파의 기맥(氣脈)을 자연스럽게 계승한 가운데, 임훈이 영위한 고유한 삶과 학적 노력 등에 의해 재형성된 결정체(結晶體)로 평할 만한 성질의 것이었다. 또한 임훈은 아우인 첨모당의 매개 역할에 의해 이황의 존재감과 학문세계를 간접적으로 접하는 가운데, 퇴계가 표장한 『심경』이 인도하는 심학(心學)의 장으로 인도되었을 것으로 추정되기도 했다. 그 결과 임훈은 『중용』이 제공한 '지성(至誠)'의 세계에 경학적(敬學的) 컬러를 보강하는 차원의 새로운 학문적 계기를 맞이하였던 것으로 판단되었다.

한편 임훈은 성인인 공자를 천(天)과 동일시하는 가운데, 공자가 제시한 인의(仁義)·효제(孝弟)·충신(忠信) 등과 같은 유학의 종지와 핵심적 덕목들에 대해 강한 실천의지를 천명해 보임으로써, 『논어』가 획득한 정경적(正經的) 권위에 대해 무한한 신뢰를 보였다. 이 점 근본(根本) 유자(儒者)로서의 임훈이 견지한 사상적·이념적 정체성을 명증하게 입증시켜 준다. 뿐만 아니라 임훈은 「누항기(陋巷記)」를 통해서 안회(顏回)를 닮아야 할 동일시 모델로 설정하기도 했는데, 이는 임훈이 위기지학으로 지칭되는 도덕적 실천의 문제를 평생의 화두(話頭)로 삼았음을 시사해 준다. 또한 정온이 '맹경(孟敬)'으로 요약해 보인 바와 같이, 『맹자』는 『서경』과 함께 경세론으로 표방되는 임훈이 지향한 제도적 실천 방면에 대해 지적 원천을 제공해 준 텍스트로 정위되고 있었다. 특히 임훈은 "추광확충지술(推廣擴充之術)"로도 번안되는 추은(推恩)의 정치인 왕도정치를 전개할 것을 누차 강조하면서, 그 철학적 입론의 근거를 『맹자』와 『대학』에서 제공받기도 하였다. 이 지점에서 임훈은 이른바 '정심(正心)·수신(修身)'이라는 수양론의 일대 철칙을 확정하기에 이른다. 또한 '정심·수신'론은 임훈이 주창한 성학군주론의 근간을 형성하고 있을 뿐만 아니라, 갈천학이 철저히 위기지학으로 표방되는 도덕적 실천을 지향하였음을 웅변해 주기도 한다. 나아가 임훈은 '수신·치국(治國)·위학(爲學)의 도(道)'가 일곶(一串)으로 요연하게 꿴 듯한 논리구조를 창출하기도 하였다. 이 점 임훈이 추구한 성경 철학의 진정성과 그 체계성 등을 동시에 전시해 준다.

　다음으로 임훈이 개척한 삼경학(三經學)은 『서경』이 주류를 형성한 가운데, 여타의 『시경』과 『주역』은 보조적인 역할을 수행하였으나, 『서경』·『시경』·『주역』 세 경전 모두가 제도적 실천을 철저히 겨냥한 특징이 발견된다. 삼경 중에서 『시경』은 16세기의 조선사회가 직면한 시대적 병폐를 비유적인 기법으로 고발하는 텍스트의 기능을 수행하였다면, 『주역』은 분배적(分配的) 정의에 준하는 위민적 실천의 지침을 제공해 주고 있었다. 이와 같은 이경(二經)에 비해 『서경』은 일련의 경세론적 구상과 전망에 관한 풍부한 지적 원천을 제공해 준 텍스트로 자리매김하고 있었음이 주목된다. 즉, 임훈은 『서경』을 통해서 동양의 이상적 정치양식인 지치주의(至治主義) 노선과 이를 몸소 구현한 군주들인 "요순과 삼왕들," 그리고 걸출한 경세가들인 부열(傅說)·이윤(伊尹)·여상(呂尙)·유하혜(柳下惠) 등과 같은 인물들과도 조우할 수 있었던 것이다. 뿐만 아니라 임훈은 『서경』을 통해서 도덕과 산업, 상부구조와 하부구조가 조화와 균형감을 연출한 이상사회적 전망을 제공받기도 했다. 그런 점에서 특히 우 임금은 임훈이 구상한 경세론적 구상과 전망에서 이상적인 모델로서 성큼 다가서고 있었다.

　이렇듯 임훈의 학문세계를 세부적으로 구성하는 사서경학·삼경학은 근본 유자인 임훈의 정체성 확립과 더불어, 그가 강력하게 추구한 도덕적·제도적 실천 전반에 걸쳐서 폭넓은 지적 원천을 제공해 주고 있었다. 이에 반해 『갈천집』에서 정주 성리학에 대한 기록들은 극히 미미한 편이어서 그 대체적인 윤곽을 건립해 내기가 쉽지 않았다. 그럼에도 불구하고 이기론(理氣論)과 사단칠정론(四端七情論), 그리고 격물치지설(格物致知說) 등으로 대표되는 정주학의 가지 담론을 대상으로 하여 면밀한 추적을 벌인 결과, 정주학 방면에 대한 특징적인 몇몇 양상들을 포착해 낼 수가 있었다. 그것은 첫째, 임훈의 경우 "전주(傳註)의 학설"을 통해 정주학을 나름대로 깊이 있게 연찬하였으나 끝내 저술(著述) 활동을 꺼려했다는 점이며, 둘째, 조식·노진·임운 등과 더불어 인간의 "성정(性情)에 대해 열띤 담론(談論)을 나누었으나," 관념적인 이론적 탐구보다는 "천리(踐履)의 실질"을 더 중시하는 도학(道學)이나 '남명학파적 학풍'을 존중·공유하는 쪽으로 선회했던 정황 등에 관한 것이다. 반면에 임훈은 노년에 이르도록 격치(格致) 공부에 한껏 주력하는 위학(爲學) 방식을 통해서, 그가 정주학을 충실하게 계승한 후예임을 뚜렷하게 확인시켜 줌과 동시에, 또한 잠시라도 중단함이 없는 구도자의 심정으로 가열찬 경명행수의 길을 헤쳐 나가기에 이른다.

한편 정주학의 심화기를 맞이한 16세기 조선사회에서 임훈이 보여준 방외지학 방면에 대한 문호 개방적인 태도는 매우 이채로운 학적 개성을 연출하는 결과로 이어지게 된다. 즉, 임훈은 노장철학과 불교 교학 방면에 대해 주목할 만한 교섭을 시도함으로써, 갈천 경학론의 외연을 보다 다채롭고도 심원한 수준으로 확장할 수 있었던 것이다. 무엇보다 임훈의 경우 노장(老莊)의 본체론과 인식론, 그리고 가치론 등과 같은 제 범주에 걸쳐서 폭넓은 관심을 보였던 자취들이 수습된다. 다시 말해서 임훈은 '희(希)·이(夷)'한 노자의 도체(道體)와 만물 편재적인 『장자』의 도(道)에 대한 언급을 남겼을 뿐만 아니라, 또한 무위자연의 가르침을 수용하는 가운데, 고급한 도가의 인식론인 상성론(相成論)을 원용하기도 했던 것이다. 임훈이 남긴 저술 「달팽이[蝸]」는 그가 얼마나 도가주의자(道家主義者)에 근접했던 유학자였던가를 잘 반증해 준다. 그러나 "누추한 곳에서 민중과 함께 사는 것을 가장 즐겁게 여긴" 안연(顔淵)을 닮아야 할 동일시 모델로서 적극 요청했던 임훈의 근본 유자적인 사상적·이념적 정체성으로 인하여, 그가 시도한 노장철학과의 학문적 교섭 행위도 일정한 한계에 직면하게 된다.

　임훈이 선보인 대(對) 불교 교섭 양상은 노장철학의 그것에 비하면 다소 제한적인 특성을 노정해 보이고 있으나, 승려들과의 독특한 교유(交遊) 양상은 유(儒)·석(釋) 교유의 한 전범을 개척한 것으로 평가된다. 그럼과 동시에 임훈은 불교의 교학체계에 대해서도 일정한 수준 이상의 지적 교양을 축적하고도 있었다. 다만 임훈은 불교교학을 대표하는 두 교설인 중관학과 유식학에 관한 견해를 남기지는 않았다. 대신에 임훈은 대승경전과 선가의 어록들을 어느 정도 섭렵한 가운데, 불교의 기초적인 교리들에 대해 익히 숙지하고 있는 상태였다. 반면에 임훈은 불교의 자비(慈悲) 개념에 대해서도 직접적인 언설을 남기지는 않았다. 그러나 임훈은 '동체대자비(同體大慈悲)'에 상응하는 삶을 영위하였는데, 이 점 '물아무간(物我無間)'으로 정리되는 정주학적 우주론과도 맞닿아 있는 장면이기도 했다. 결과적으로 임훈이 선보인 노장철학과 불교교학 방면에 대한 진지한 교섭 노력은, 갈천학의 요체인 성경 철학을 형성하고 있는 다양한 결 속에 관용·개방성으로 표방되는 요소들도 포함되어 있었을 확인시켜 주기에 충분한 사례였던 것으로 평가된다. 물론 임훈의 경우 노장철학·불교교학과 교섭을 시도하는 과정을 통해서도, 그가 일관되게 견지했던 실천의 두 국면인 도덕적·제도적 실천의 문제를 결코 망각했던 것은 아니다. 이 같은 정황들은 갈천학의 일대 강령(綱領)인 성경 철학이 감당했던 체계적 일관성과 진정성의 문제를 동시에 확인시켜 주기도 한다.

16세기 사림파의 사회적 활동과 유교공론장의 기능

- 갈천 임훈의 생애를 중심으로 -

정일균

Ⅰ. 머리말

주지하다시피, 조선왕조는 백성[民]을 나라의 근본으로 삼는 '민본주의(民本主義)'를 기본적 통치이념의 하나로 표방하며 출발하였다. 물론 이러한 민본주의의 이념이 제대로 구현되기 위해서는 무엇보다 민의(民意)의 수렴을 위한 '언로(言路)의 개방'을 체제운영의 기본조건으로서 필수적으로 요청되고 있었던바, 바로 이러한 맥락에서 조선왕조는 사헌부(司憲府)·사간원(司諫院)·홍문관(弘文館)으로 대표되는 이른바 '언론삼사(言論三司)'와 함께 여타 언론활동을 위한 다양한 제도적 방편을 구성·운영하게 되면서, 특히 조선중기부터는 붕당(朋黨)에 기반을 둔 '공론정치(公論政治)'의 활성화로 구체화되기도 하였다. 결국, 이상과 같은 조선왕조의 다양한 언론제도는 특히 사대부(士大夫)의 공론을 형성·대변하고 민의를 반영·상달하는 직접적인 언론활동을 통해서 민본주의 이념을 실현해나감으로써 통치체계의 건강성을 유지하는 데에 지대한 역할을 수행한 바 있다.

　이처럼 조선왕조의 언론활동이 상기한바 '언론삼사'로 대표되는 공식적 국가기관에만 한정된 것은 결코 아니었다. 이외에도 언론활동을 위한 다양한 제도적 방편이 마련되어 있었으니, 이는 모름지기 언로란 모든 백성에게 개방되어야 한다는 이상을 반영했던 것이기도 하다. 물론 이러한 이상은 일찍이 "옛적에는 간관(諫官)에 정원(定員)이 없어 언로가 더욱 넓었으나, 후세에는 간관에 상직(常職)이 생기면서 언로는 더욱 막히게 되었다. …위로는 공(公)·경(卿)·대부(大夫)로부터 아래로는 사서(士庶)·상고(商賈)·백공(百工)의 비천한 자들에 이르기까지 간하지 아니하는 사람이 없었으니, 이는 천하의 모든 사람들이 통틀어 간쟁자(諫諍者)가 되었던 것이다"[1]라는 정도전(鄭道傳)의 주장에서 잘 표명된 바 있다.

　바로 이러한 맥락에서 조선왕조에는 '언론삼사' 이외에도 간접적 언론활동을 위한 다양한 제도적 방편들이 정착되어 있었다. 이에 그 대표적 사례를 들자면, 첫째로 '상소제도(上疏制度)'가 있다. 상소제도는 민의와 공론의 상달을 위하여 가장 일반적이고도 광범위하게 사용되었던 방법으로서, 여기에는 원칙적으로 조정의 관리 및 재야의 선비를 비롯하여 일반백성에 이르기까지 그 언로가 개방되어 있었다. 물론 이러한 상소에도 다양한 양식이 있었던바, 그 대표적인 것을 들자면 ① 좁은 의미에서 의례적인 격식을 갖춘 일반적 양식의 '상소(上疏)', ② 의례적 격식을 생략한 간단한 양식의 '차자(箚子)', ③ 승정원에서 개봉되지 않은 채 국왕에게 직접 전달되는 양식의 '봉사(封事)', ④ 간단한

---

1 『三峯集』 卷6(『經濟文鑑(下)』), 8b쪽. "古者, 諫無定員, 言路益廣. 古者, 諫官無定員, 而言路益廣; 後世, 諫官有常職, 而言路彌塞. …上而公·卿·大夫, 下而至於士庶·商賈·百工之賤, 莫不得以諫. 是擧天下皆諫諍者也."

보고형식만을 갖춘 '계(啓)', ⑤ 감사나 지방관이 올리는 서면보고 양식
의 '장계(狀啓)' 등이 있었다.[2]

둘째로 '구언제도(求言制度)'가 있다. 이는 국가에 중대사건이 발생하
였을 경우, 임금이 직접 이에 대처할 방안을 관리를 포함한 일반백성
에게 널리 구하는 일종의 여론수집제도에 해당하였다. 여기에는 자연
재해에 따른 농업시책, 재정고갈의 해결방안, 조세제도에 대한 시책,
과거제의 폐단을 시정하기 위한 대책 등이 주류를 이루었으며, 그 주
요형태로는 ① 대소관원을 상대로 의견을 수집한 것으로서, 대체로 봉
사의 양식을 띠었던 '백관진언(百官陳言)', ② 재야사림의 의견을 청취했
던 '유현수의(儒賢收議)', ③ 일반상민을 대상으로 궐문 앞에서 국왕이
직접 의견을 물어보았던 '궐문전 순문(詢問)' 등이 있었다.[3]

셋째로 '소원제도(訴冤制度)'가 있다. 이 제도는 기본적으로 원통하고
억울한 일을 당한 백성에게 최종적으로 임금에게 직접 그 해결을 호소
할 수 있는 통로를 마련해준 것으로서, 이 또한 물론 민의의 존중과
수렴을 중시하였던 조선왕조의 통치이념을 반영했던 것이다. 이러한
소원제도 역시 다양한 형태가 있었던바, ① 조선왕조의 개창과 더불어
신설되었던 '신문고(申聞鼓)', ② 백성이 자신의 억울한 사정을 직접 문
서로 적어 임금에게 바쳤던 '상언(上言)', ③ 백성이 궁궐에 난입하거나,
어가(御駕)가 움직이는 때를 포착하여 징·꽹과리·북 등을 쳐서 이목을
집중시킨 다음 억울한 사정을 임금에게 직소(直訴)했던 '격쟁(擊錚)' 등
이 그것이다. 그런데 특히 상언과 격쟁은 신문고가 민의상달의 기능에

---

2 김영주, 「조선왕조 시대의 언론」, 정창수 편, 『한국사회론: 제도와 사상』, 사회비평사,
  1995, 273~274쪽.
3 김영주, 위의 논문, 「조선왕조 시대의 언론」, 정창수 편, 『한국사회론: 제도와 사상』,
  사회비평사, 1995, 272쪽.

많은 한계성을 드러냄에 따라 백성이 그 대안적 수단으로 모색해냈던 것으로서, 특히 조선후기 정조조(正祖朝)에 이르면 그 절정기에 달하여 명실 공히 민의상달의 주요수단으로 자리잡기도 하였다.[4]

마지막으로, 집단행동을 통한 의사표현의 방식도 있었다. 즉, 여기에는 ① 대신이나 고위관료들이 계언(啓言)이나 차자(箚子)를 통하여 의사가 관철되지 않을 때 합문(閤門) 밖에 엎드려 시위했던 '복합(伏閤)', ② 하급관료나 재야사림이 상소를 통한 의사관철이 불가능할 때 대궐문 밖에서 엎드려 시위했던 '복궐(伏闕)', ③ 성균관 유생들의 집단적 시위방식으로서, 식당에 들어가기를 거부했던 '권당(捲堂)'이나 기숙사를 벗어났던 '공재(空齋)', ④ 일반백성이 집단적으로 대궐 밖에서 시위했던 '규혼(叫閽)' 등이 대표적으로 거론될 수 있다.[5]

본고에서는 이상과 같은 조선왕조의 다양한 언론제도를 배경으로 하면서, 특히 16세기 재야사림(在野士林)의 대표적 인물 가운데 한 사람으로 평가되는 임훈[林薰(葛川), 1500~1584]의 생애를 중심으로 당시 사림파(士林派)의 사회적 활동양상을 이른바 '유교공론장(儒敎公論場)'의 존재 및 그 기능에 초점을 맞추며 구체적으로 추적·확인해보고자 한다.

Ⅱ. 갈천 임훈의 생평사략

임훈은 16세기 영남우도(嶺南右道)의 재야사림을 대표했던 인물 가운데 한 사람으로서, 그의 자(字)는 '중성(仲成)'이며, 호(號)는 '갈천(葛川)'

---

4 韓相權, 『朝鮮後期 社會와 訴冤制度: 上言·擊錚 研究』, 一潮閣, 1996, 13~83쪽.
5 이택휘, 「조선조 정치제도와 정치행태」, 정창수 편, 『한국사회론: 제도와 사상』, 사회비평사, 1995, 70~71쪽.

또는 '자이당(自怡堂)'[6]으로, 만년에는 스스로 '고사옹(枯査翁)'이라 칭하기도 하였다. 임훈은 만년인 65세 되는 해(1564, 明宗 19)에 효행(孝行)으로 정문(旌門)을 하사받고[7] 뒤이어 조정에서 '육현(六賢)'의 한 사람으로 천거되어 본격적으로 출사(出仕)하기까지,[8] 대체로 고향인 경상도(慶尙道) 안음현(安陰縣)에서 은거하며 치열한 경명행수(經明行修)의 길을 걸었던 것으로 전해지고 있다. 특히 그는 젊어서부터 '성(誠)·경(敬)' 중심의 실천철학을 확립하여 스스로를 경계하고 단속하는 데에 한평생 게을리 함이 없었을 뿐만 아니라, 또한 이를 바탕으로 당시 사림의 일원이자 향리의 지식인으로서 요청되는 사회적 역할에 있어서도 주도적 역할을 담당하였다.[9] 이후 그가 만년에 출사(出仕)하면서는 우선 상기한

---

6 '자이당(自怡堂)'은 임훈이 중년 이후 고향에서 거처하며 강학(講學)하던 건물의 당호(堂號)이기도 하다. '자이당'이란 말은 중국 남북조 시대의 도사(道士)였던 도홍경(陶弘景)의 시(詩) "고개 위로 뭉게뭉게 피어나는 흰 구름, 다만 나 홀로 즐길 뿐이네[嶺上多白雲, 只可自悅怡]"라는 구절에서 따온 것이다. 보다 자세한 내용은 1554년(明宗 9, 甲寅)에 최립(崔岦)이 지은 「자이당기(自怡堂記)」(『葛川先生文集(國譯)』, 「附錄」, 402~407쪽)가 참조된다.

7 「行狀」(『葛川先生文集』 卷4, 3b쪽) "後本道擧縣牒以啓, 越明年甲子, 上命旌先生兄弟之門."; 『明宗實錄』 卷30, 19年 閏2月 乙亥條. "南部忠義衛, 權擁, …安陰前叅奉, 林薰【稟性純厚, 學術精博, 前日公薦, 授叅奉職, 乃以親老辭還. 家居, 盡心致養, 悅親無方. 及丁父憂, 年已六十, 而執喪不怠.】, 薰弟芸【孝友亦篤. 平居, 奉養之勤, 處喪之戚, 無異於薰.】, 命三人旌門."

8 「行狀」(『葛川先生文集』 卷4, 3b쪽) "上命選經明行脩之人, 超授六品之職. 大臣主其選, 得六人焉, 先生其一也."; 『明宗實錄』 卷33, 21年 6月 庚辰條. "吏曹啓曰: 「生員進士中, 六條俱備人, 該曹議于四大臣, 得四五人, 量用勸勵事', 前日有傳敎矣. 學生李恒, …前叅奉成運, …前判坐韓脩, …前叅奉南彦經, …前叅奉林薰【天稟純厚, 賞實事守甚孝. 曾擧司馬, 以公擧授叅奉. 重違父志從亡, 踰年棄官歸家. 年過六十, 執喪遵禮, 居墓三年, 足不出廬, 不爲矯激之行, 而一鄕推服, 人無異辭. 弟芸亦孝友操行, 無異乃兄. 薰不治産業, 常付妻孥於芸. 芸爲之經理, 俾免餒乏. 安陰其鄕也.】, 進士金範, …俱有才行. 雖有未中司馬者【李恒】, 亦可用之人, 故竝啓. 但此人中, 或有年老者, 議于大臣, 則'皆以陞敍六品爲當云', 取稟.」 傳曰: 「如啓.」"

9 그 대표적인 사례를 들자면, ① 정여창(一蠹 鄭汝昌, 1450~1504)을 추모하는 남계서

바 '성·경' 중심의 실천철학을 기반으로, 임금에게 치도(治道)의 요체로
서 무엇보다 군덕(君德)의 격정(格正)과 솔선수범을 거듭 강조한 바 있으
며, 또한 언양현감(彦陽縣監), 비안현감(比安縣監), 광주목사(光州牧使), 장
례원판결사(掌隷院判決事) 등의 관직을 역임하면서도 한결같이 백성의
삶을 피폐하게 만드는 제도적 폐단을 이정(釐正)하고 지방의 교화(敎化)
를 진흥시키는 데에 남다른 노력을 경주한 바 있다. 이로써 임훈은 스
스로 초야에 은거할 때나 관직에 있을 때를 막론하고 항상 국사(國事)의
시비(是非)와 민생(民生)의 휴척(休戚)에 대하여 깊은 관심을 기울임으로
써 당시 사림의 유교적 애민정신과 민본사상을 성실하게 실천했던 대
표적 인물 가운데 한 사람이었다.

대략 이상과 같은 이력을 지닌 임훈의 생애를【연보(年譜)】의 형식으
로 보다 자세하게 소개하면 다음과 같다.

❖ **1500년**(1세: 燕山君 6, 庚申): • 7월 15일 경상도(慶尙道) 안음현(安陰縣) 갈
천동(葛川洞; 현재 경상남도 거창군 북상면 갈계리) 옛집에서 둘째 아들로
탄생함. 부친은 진사(進士) 석천공(石泉公)으로 휘는 득번(得蕃)임. • 자
는 중성(仲成)임.

❖ **1504년**(5세: 燕山君 10, 甲子): • 이 무렵(5~6세) 마을에 전염병이 돌아
임훈의 형[이름은 '분(賁)'으로, 요절하였음: 필자 주]이 감염됨. 이에 부친
석천공을 비롯한 나머지 가족들은 모두 병을 피해 인근 외딴집으로

원(灆溪書院)과 향사당(鄕祠堂)을 건립하는 데에 주도적 역할을 한 일, ② 문정왕후(文
定王后)의 서거 후, 승려 보우(普雨)를 엄벌하라는 재야의 공론(公論)을 형성하는 데에
일익을 담당했던 일, ③ 개오식(開悟式) 교수방법[잔소리나 강압에 의해서가 아니라,
반드시 풍자(諷刺)를 통하여 조용히 이해시킴으로써 그 사람의 양심을 개도(開導)하는
방법]을 통하여 향리에서의 후학교육에도 남달리 힘쓴 점 등이 바로 그것이다.

거처를 옮겼으나, 유독 임훈만은 차마 형을 홀로 버려두고 떠나지 못하고 스스로 고집하여 형 곁에 계속 남아 있으면서 밤늦게까지 간호함. 낮에는 피난소에 병을 옮길까 염려하여 출입하지 않은 채, 다만 밖에서 부모님의 안부를 묻곤 하였다고 전함. 이런 일화를 통해 당시 임훈 집안의 효성스런 가풍과 돈독한 가정교육의 실상을 짐작할 수 있음.

❖**1514년**(15세: 中宗 9, 甲戌): •"후생들이 학문은 미처 완성하지도 못한 채 먼저 저술(著述)부터 일삼으려 하는 것은 가당치 않다"는 부친 석천공의 가르침에 따라, 이때에야 비로소 시험 삼아 글을 짓기 시작함. 그럼에도 이미 그 입언(立言)과 견사(遺辭)가 탁 트이고 넉넉하여 문장(文章)에 체제가 있었음.

❖**1517년**(18세: 中宗 12, 丁丑): •당시 경상도관찰사로서 학행이 뛰어난 도내의 선비를 발굴하여 조정에 천거하고 지방자제들의 교육과 성리학적 실천윤리의 보급에 부심하던 김안국[金安國(慕齋), 1478~1543] 공이 젊은 임훈을 한번 보고는 장차 원대한 그릇이 될 것을 알아보고, 크게 칭찬하면서 권장하였다고 전함. •이 무렵 고령유씨(高靈俞氏)에게 장가 듦. 부인은 진사 유환(俞瓌) 선생의 따님이요 문희공(文僖公) 유호인(俞好仁) 선생의 손녀로서, 당시 충효(忠孝)와 문장(文章)으로 이름난 사림계열(士林系列)의 명문가 출신임.

❖**1523년**(24세: 中宗 18, 癸未): •이미 이 무렵부터 개연히 속세를 떠나 덕유산(德裕山)의 여러 산사(山寺)와 마학동(磨學洞) 등에 주로 은거하면서 오로지 위기지학(爲己之學)으로서의 수기(修己) 공부에 침잠함. •「영각사중창기(靈覺寺重創記)」를 지음.[10]

---

10 「靈覺寺重創記」(『葛川先生文集』 卷3, 20a~22b쪽)

❖**1525년**(26세: 中宗 20, 乙酉): •이 무렵에도 덕유산의 산사에 은거하면
서 수기 공부에 침잠함. •「삼수암중창기(三水菴重創記)」를 지음.[11]

❖**1526년**(27세: 中宗 21, 丙戌): •이해 겨울에 모친상[母親喪, 내우(內憂)]을
당함. 임훈은 어린 두 아우[임영(林英)과 임운(林芸): 필자 주]와 함께 묘
소를 지키면서 3년 동안 질대(絰帶)를 벗지 않았고, 일찍이 궤연(几筵)
을 떠난 적이 없었음. 이때 임훈은 『주자가례(朱子家禮)』의 정신과 내
용을 적극적으로 수용하여 철저하게 실천하였음.

❖**1529년**(30세: 中宗 24, 己丑): •이 무렵 은둔(隱遁) 생활과 경명행수(經明
行修)의 공부를 계속하는 한편, 특히 "산수(山水)라는 것은 천지 사이
의 한 무정물(無情物)에 지나지 않는다. 그러나 후중(厚重)함을 두루
갖추고 있음에 실로 인자(仁者)와 지자(智者)의 즐거움에 도움 됨이
있다"는 나름대로의 산수관에 따라 고향의 산수 간을 노닐며 호연지
기(浩然之氣)와 함께 인자와 지자의 덕(德)을 기름에 진력하였음. •「서
유자옥유두류록후(書俞子玉遊頭流錄後)」를 지음.[12]

❖**1534년**(35세: 中宗 29, 甲午): •8월에 덕유산 삼수암(三水菴) 승려인 도징
(道澄)이 운수행각(雲水行脚)을 떠나면서 임훈에게 찾아와 가르침과 충
고를 청함에 글로 답함. •「송징상인원유서(送澄上人遠遊序)」를 지음.[13]

❖**1540년**(41세: 中宗 35, 庚子): •생원시(生員試)에 응시하여 2등 가운데 1
명으로 합격하여 진사(進士)가 됨. 이때 시관(試官)은 김안국(金安國)
공이었는데, 임훈이 지은 대책문(對策文)을 보고 문장이 원대하고 해
박함을 기이하게 여겨 1등으로 합격시키려 하였다고 전함. •이후 서
울에 상경하여 성균관(成均館)에 유학함.

---

11 「三水菴重創記」(『葛川先生文集』 卷3, 22b~24a쪽)
12 「書俞子玉遊頭流錄後」(『葛川先生文集』 卷3, 3b~5b쪽)
13 「送澄上人遠遊序」(『葛川先生文集』 卷2, 46b~48a쪽)

❖**1544년**(45세: 中宗 39, 甲辰): •임훈의 제씨(弟氏) 임영(林英)이 31세의 젊은 나이로 서거함. 이에 임훈은 몹시 애통해 하며 아우의 재덕(才德)을 아까와 함.

❖**1545년**[46세: 仁宗 1, 乙巳]: •이 무렵까지 임훈은 성균관에 유학하고 있었던 것으로 보이는데, 전 해에 아우 임영의 부음(訃音)을 듣게 되고, 이 해에 다시 한 번 참혹한 을사사화(乙巳士禍)가 발생하자, 미련 없이 낙향하여 자이당(自怡堂)에서 은거하며 다시금 경명행수에 힘썼던 것으로 추측됨.

❖**1552년**(53세: 明宗 7, 壬子): •5월에 5박6일에 걸쳐 덕유산의 최고봉인 향적봉(香積峯)에 올라 두루 유람하고, 그 소감을 글로 남김. •이 무렵에 임훈은 남계서원(灆溪書院)의 건립에도 적극 참여하여 남다른 노력을 기울임.[14] •한편, 이 무렵에 조식(曺植) 선생과 노진(盧禛) 선생 및 제씨(弟氏) 임운(林芸)과 함께 안음현(安陰縣) 화림동(花林洞)에서 소요하며, 시(詩)를 지어 화답하고 성리학(性理學)에 대해서도 깊은 담론을 나눈 것으로 보임.[15] •8월에 「등덕유산향적봉기(登德裕山香積峯記)」를 지음.[16]

❖**1553년**(54세: 明宗 8, 癸丑): •성균관의 공천(公薦)에 따라 사직서참봉(社稷署參奉)에 제수됨. 이는 『경국대전(經國大典)』의 「장권(獎勸)」 규정에 따른 것으로 보이는데, 비록 관직은 낮았으나 매우 명예스러운 것이 었음.

❖**1554년**(55세: 明宗 9, 甲寅): •집경전참봉(集慶殿參奉)으로 전직됨.

---

14 보다 자세한 내용은 「天領書院收穀通文」(『葛川先生文集』卷3, 2b~3b쪽)이 참조된다.

15 이때 조식(曺植) 선생과 화답한 시(詩)로는 「花林洞月淵岩次南冥韻」(『葛川先生文集』卷1, 1a쪽)이 있음.

16 「登德裕山香積峯記」(『葛川先生文集』卷3, 5b~13b쪽)

❖1555년(56세: 明宗 10, 乙卯): •여름에 제용감참봉(濟用監叅奉)으로 전직 되고, 가을에는 다시 전생서참봉(典牲署叅奉)에 제수됨.

❖1556년(57세: 明宗 11, 丙辰): •남달리 효심이 극진하였던 임훈으로서는 이 무렵 연세 80세를 바라보는 늙은 부친을 고향에 둔 채, 먼 객지에 서 소소한 관직생활로 세월을 허비함을 참을 수 없어, 이에 관직생 활을 미련 없이 청산하고 낙향하여 제씨 임운(林芸)과 함께 늙은 부친 의 봉양에만 전념하기 시작함.

❖1557년(58세: 明宗 12, 丁巳): •이 해부터 임훈은 이미 자신조차도 남의 봉양을 받을 나이였음에도, 스스로 노쇠해 가는 기력을 추스르며 노 래자(老萊子)[중국의 유명한 효자로, 70이 넘은 나이에도 불구하고 부모를 기쁘 게 해드리기 위하여 색동옷을 입고 춤을 추었다는 고사(故事)가 있음: 필자 주]의 효행(孝行)을 무려 5년 여(1557~1561)에 걸쳐 눈물겹게 실천해 나감.

❖1561년(62세: 明宗 16, 辛酉): •그토록 두려워했던 부친상[父親喪, 외간(外 艱)]을 당함. 임훈이 끝내 부친의 임종에 당해서는 붙잡아 흔들면서 울부짖고, 가슴 치고 발을 구르면서 애통해 함이 너무 지나쳐, 며칠 동안 물 한 모금도 목으로 넘길 수 없었음. 이에 마을사람들이 놀라 억지로 구활하여 간신히 소생시켰다고 함. •장사가 끝난 뒤 임훈은 제씨 임운과 함께 묘 아래에 여막(廬幕)을 짓고 3년에 걸친 시묘(侍墓) 에 들어감. 이때『주자가례(朱子家禮)』의 상제(喪制)를 누구보다 철저 하고 모범적으로 실천함.

❖1563년(64세: 明宗 18, 癸亥): •임훈 형제의 지극하고도 변함없는 효행을 오랫동안 지켜보았던 고을 사람들 사이에 흠모하는 마음과 칭송하 는 소리가 자자하게 펴져 나감. 이에 당시 안음현감(安陰縣監)이던 박 응순(朴應順) 공이 선생 형제의 효행을 적은 향인(鄕人)들의 문첩(文牒) 을 경상도관찰사 이우민(李友閔) 공에게 올리게 되고, 결국 조정에까

지 알려짐. •당시 임훈은 현감에게 자신과 형제의 효행을 상부에 보고하지 말 것을 간곡히 요청함.

❖ **1564년**(65세: 明宗 19, 甲子): •조정에서 임금의 명으로 임훈 형제에게 그동안의 지극한 효행을 기리는 정문(旌門)을 명함으로써, 성대하고도 영예로운 포상을 하사함.[17]

❖ **1565년**(66세: 明宗 20, 乙丑): •이 해 조정에는 커다란 정국의 변화가 있었음. 문정왕후(文定王后)가 서거하자, 그동안 권력을 천단하면서 사림에 막대한 피해를 주었던 권간(權奸) 윤원형(尹元衡)이 실각하여 자살함. 또한 문정왕후와 윤원형의 비호 하에 불교의 교세 확장에 앞장섰던 승려 보우(普雨)도 제주도로 유배되어 참형을 받음. 이 무렵 보우를 처벌하라는 배불상소(排佛上疏)가 조야 간에 빗발쳤는데, 이때 임훈도 이러한 재야사림의 공론(公論) 형성에 주도적인 역할을 함.[18] •이에 조정의 분위기는 일신되었고, 임금은 교지(敎旨)를 내려 재야사림의 어진 선비들을 적극적으로 찾는 소명(召命)을 내리기 시작함. •「고호남사마소업유향교문(告湖南司馬所業儒鄕校文)」을 지음.

❖ **1566년**(67세: 明宗 21, 丙寅): •6월에 임금이 직접 전국의 생원(生員)과 진사(進士) 가운데 육조[六條; 경명(經明)·행수(行修)·순정(純正)·근근(勤謹)·노성(老成)·온화(溫和)]를 구비한 사람 4~5명을 특별히 선발하여 등용함으로써 권면하도록 하라는 전교(傳敎)를 내림. 이에 이조(吏曹)에서 모두 6명을 추천하여 특별히 6품직에 제수할 것을 청함. 이때 임훈도 육현(六賢) 가운데 한 사람으로 천거되는 영광을 누림.[19] •8월에

---

17 『明宗實錄』卷30, 19年 閏2月 乙亥條.

18 보다 자세한 내용은 「告湖南司馬所業儒鄕校文」(『葛川先生文集』卷2, 51a~52a쪽)이 참조된다.

19 『明宗實錄』卷33, 21年 6月 庚辰條.

언양현감(彦陽縣監)에 제수됨.[20] •9월에 임금이 임훈을 사정전(思政殿)
에서 접견하고 치도(治道)의 요체를 물음. 이에 임훈은 '수신(修身)'의
중요성을 무엇보다 강조하면서, 특히 임금 자신의 수신과 솔선수범
을 강력하게 촉구함. 이는 임훈의 한평생에 걸친 경명행수의 핵심을
천명한 것이자, 기묘사림(己卯士林)의 문제의식을 적극 계승하는 것
이었음.[21] •이 해부터 전국에 걸쳐 기상이변이 끊이지 않고 속출함.
10월에는 임금도 이러한 상황을 국휼(國恤)에 해당하는 비상시로 받
아 들여 형송(刑訟)을 신속하게 처리하고 국경의 수비를 강화하라는
전교를 내리기도 함. 나아가 임금은 당시의 정사(政事)와 관련하여
14항목에 걸친 덕음(德音)을 내리며 그 교구책(矯救策)에 대하여 조야
에 걸쳐 널리 구언(求言)함.[22] •임훈이 언양현에 부임하여서는 피폐한
민생(民生)을 구제하기 위하여 백방으로 부심함.

❖**1567년**(68세: 明宗 22, 丁卯): •임훈은 작년에 내린 임금의 간절한 구언에
부응하여, 지방 수령의 자격으로서 상소(上疏)를 올림. 임훈은 이 글에
서 평소 경명행수를 통하여 온축하였던 치인(治人)의 경륜과 우국애
민의 충정을 유감없이 발휘함. 특히 그는 언양현 백성의 삶을 피폐하
게 만드는 구조적인 제도적 폐단들 가운데, 가장 그 시정이 다급한
여섯 가지 사안[수군절호(水軍絕戶)·기인가목(其人價木)·진전공물(陳田貢
物)·왕년진채(往年陳債)·왕년공포(往年貢布)·진상산행(進上山行)]을 제기하
고, 이에 대한 나름대로의 구제방안을 구체적으로 제시하였음. 동시
에 그는 이를 구제하기 위하여 임금이 특별히 조정의 대신들과 의논
하여 특단의 조처를 취해 줄 것을 거듭거듭 강력하게 요청함. •6월에

---

20 『明宗實錄』卷33, 21年 8月 庚申條.
21 『明宗實錄』卷33, 21年 9月 己亥條.
22 『明宗實錄』卷33, 21年 10月 丁亥條.

명종(明宗)이 승하하고, 선조(宣祖)가 대통(大統)을 이어 즉위함. •언양
현감을 사직하고 귀향함. •「언양진폐소(彦陽陳弊疏)」를 지음.[23]

❖ **1569년**(70세: 宣祖 2, 己巳): •겨울에 군자감주부(軍資監主簿)에 제수되었
으나, 사양하고 부임하지 않음.

❖ **1570년**(71세: 宣祖 3, 庚午): •이 해에 접어들자 곧바로 비안현감(比安縣
監)에 제수됨. •임지로 떠나기 직전, 임금이 임훈을 편전(便殿)으로
불러 접견하고 대화를 나눔. 이때 임훈은 특히 치도(治道)와 관련하
여 임금이 무엇보다 수신(修身)에 힘써 줄 것을 다시 한 번 진언함.
또한 이를 심상히 여기지 말 것과, 끊임없이 자강불식(自强不息)하는
공부에도 유의해 줄 것을 계옥(啓沃)함. 한무제(漢武帝)·당명종(唐明
宗)·송인종(宋仁宗)의 어짊의 우열에 대한 질문에 나름대로 품평하여
답함. 당금(當今)의 급무(急務)로는 민생의 피폐를 구제함이 무엇보다
시급함을 들고, 그 출발점으로서 임금의 '정심(正心)·수신' 공부를 다
시 강조함. 끝으로 임금에게 반드시 이황(李滉)과 같은 현인을 좌우
에 두고 보필과 가르침을 받을 것을 진언함. •「경오소대초(庚午召對
草)」를 지음.[24]

❖ **1571년**(72세: 宣祖 4, 辛未): •지난해부터 비안현에 부임한 이래 임훈은
언양현에서와 마찬가지로 백성의 삶을 피폐하게 만드는 여러 제도
적 폐단들을 제거하는 데에 남다른 노력을 다함. •특히 학교진흥에
대한 임금의 관심에 충실하게 부응하여, 지방교육의 진흥에도 남다
른 노력을 경주함. 이에 향교에서 석전제(釋奠祭)를 지냄에는 반드시
몸소 주관하여 성의를 다하였고, 지역의 선비들에 대해서도 사랑과

---

23 「彦陽陳弊疏」(『葛川先生文集』卷2, 1a~8a쪽)
24 「庚午召對草」(『葛川先生文集』卷2, 8a~10a쪽)

예의로 극진히 예우함.

❖ 1572년[73세: 宣祖 5, 壬申]: •2월에 평소 서로 존경하며 마음을 허여하고 지내던 조식(曺植) 선생의 부음(訃音)을 듣고, 만사(輓詞)를 지음. •같은 달에 부인 유씨(俞氏)의 부음을 들음. •8월에 제씨 임운(林芸)의 부음을 들음. 특히 이는 만년의 임훈에게 남다른 애석함과 슬픔으로 다가옴. •겨울에 관직을 사퇴하고 귀향함. •「만조남명(挽曺南冥)」을 지음.[25] •이 무렵 임훈은 고향에서 제씨 임운과 문인 정유명(鄭惟明)·성팽년(成彭年) 등과 함께 갈천서당(葛川書堂)의 건립을 위하여 노력함.

❖ 1573년(74세: 宣祖 6, 癸酉): •지례현감(知禮縣監)과 종묘서령(宗廟署令)에 연이어 제수되었으나, 병 때문에 사양하고 나아가지 않음. •이어 반열이 정4품 봉정대부(奉正大夫)에 오르고, 다시 품계가 격상되어 정3품의 장악원정(掌樂院正)에 제수됨. 이에 더 이상 사양할 수 없어 억지로 몸을 일으켜 관직에 나아감. •10월에 광주목사(光州牧使)에 제수됨. 임훈은 나이가 많음을 이유로 사양하였으나, 허락하지 않는다는 임금의 전지(傳旨)가 있어 부득이 대궐에 나아가 인사하고 임지(任地)로 부임함. •임훈은 과거 현감으로 재직할 때와 마찬가지로 당시 백성들의 삶을 어렵게 만들었던 공납제(貢納制)의 폐단 및 부세(賦稅)와 요역(徭役)에서의 제도적 불평등을 항구적으로 바로 잡는 데에 무엇보다 우선하여 심혈을 기울임. 이에 광주의 백성이 선생의 정사를 매우 편하게 여김.

❖ 1574년(75세: 宣祖 7, 甲戌): •4월에 고경명(高敬命)을 비롯한 광주의 명사들을 초대하여 함께 3박4일에 걸쳐 서석산(瑞石山)[현재의 '무등산(無

---

25 「挽曺南冥」(『葛川先生文集』卷1, 7b쪽)

等山)'을 말함: 필자 주]에 올라 풍광을 두루 감상하였고, 이어 하산 길에
는 소쇄원(瀟灑園)과 식영정(息影亭)에 들러 주변의 아름다운 경치를
밤늦도록 즐김. •7월에 전라도관찰사 박민헌(朴民獻) 공이 임금에게
올리는 서장(書狀)에서 임훈의 치적을 높이 평가함. 그 내용을 보면
다음과 같음: "광주목사 임훈은 공정하고 청렴하며 또한 결백함에,
백성들이 빙호(氷壺)['인품이 고결함'을 이름: 필자 주]라고 지목하면서, 다
만 오래 유임하지 못하는 일이 생길까 두려워하고 있으며, …이조(吏
曹)에 계하(啓下)하시기 바랍니다."[26] •「식영정(息影亭)」을 지음.[27]

❖ **1575년**(76세: 宣祖 8, 乙亥): •이 해부터 임훈은 사실상 관직생활에서
은퇴하여 다시 고향에서 한가하게 여생을 보냄. 또한, 이때부터 그
는 명실공히 '국로(國老)'[공경대부(公卿大夫)로서, 나이 70세를 넘어 벼슬을
그만두고 향리로 돌아와 노년을 보내는 사람: 필자 주]로서, 고을에서 뿐만이
아니라 임금과 조정으로부터도 극진한 존경과 예우를 받음. •임훈이
한평생 청렴과 결백함으로 일관하여, 만년에 접어들어서도 여전히
생계가 어려웠음. 이러한 사정을 전해들은 임금이 관찰사를 통하여
특별히 식량을 하사함. 이에 그는 「봉사(封事)」를 올려 임금의 은혜에
감사함. •임훈은 「봉사」에서 임금에게 다시 한 번 '정심(正心)·수신
(修身)'의 근본에 힘쓸 것과, 선생 개인의 어려움조차 외면하지 못하
는 그 은혜로운 마음을 미루어 모든 백성에게까지 널리 확충할 것[수
본(修本)·추은(推恩)'의 설(說)]을 강조함. 이어 그는 당시 영남의 백성을
괴롭히던 군정(軍政)의 폐단에 대해서도 그 실상을 낱낱이 적어 진달
(進達)하면서, 임금에게 그 이정(釐正)을 강력하게 호소함. •「을해사

---

26 『宣祖實錄』 卷8, 7年 7月 癸巳條.
27 「息影亭」(『葛川先生文集』 卷1, 1b~2a쪽)

은봉사(乙亥謝恩封事)」를 지음.²⁸

❖ **1577년**(78세: 宣祖 10, 丁丑): • 가을에 장악원정(掌樂院正)에 다시 제수됨. 임훈은 당시 노병으로 거동이 불편하여 사양하고 나아가지 않음. • 이어 임금이 관찰사를 통하여 다시 식량을 하사함. 이에 임훈도 또한 「봉사」를 올려 임금의 은혜에 감사함. • 임훈은 「봉사」에서 임금에게 우선 초야의 한 신하마저 외면하지 않는 은혜로운 마음을 확충하여, 끝내는 조선의 모든 백성도 다 같은 성은(聖恩)을 입도록 해줄 것을 다시 한 번 간곡히 요청함. 이어 선생은 극심한 흉년으로 경상도와 전라도에서 아사자가 속출하는 당시의 참상을 상세하게 보고하면서, 그럼에도 백성을 구휼(救恤)하는 데 무능한 조정의 실정에 대하여 강력하게 질책함. 끝으로 당시의 실정을 무시하고 양전사업(量田事業)을 재개하려는 조정의 처사가 불가함을 누누이 강조하면서, 무엇보다 국가의 기반이 되는 민심(民心)을 존중하고 이에 순응할 것을 애절하게 호소함. • 「정축사은봉사(丁丑謝恩封事)」를 지음.²⁹

❖ **1578년**(79세: 宣祖 11, 戊寅): • 여름에 장악원정(掌樂院正)에 다시 제수됨.³⁰ • 가을에 임금이 곡미(穀米)를 하사함에, 임훈이 「전(箋)」을 지어 올려 사례함. • 이 무렵 임훈은 정여창(鄭汝昌) 선생의 향사당(鄕祠堂) 건립에 주도적 역할을 함. • 이때 「문헌공일두선생사당기(文獻公一蠹先生祠堂記)」를 지음.³¹

❖ **1582년**(83세: 宣祖 15, 壬午): • 여름에 임금의 특지(特旨)로 품계가 통정대부(通政大夫) 당상관(堂上官)에 오르고, 장례원판결사(掌隷院判決事)

---

28 「乙亥謝恩封事」(『葛川先生文集』 卷2, 10a~14b쪽)
29 「丁丑謝恩封事」(『葛川先生文集』 卷2, 15a~19b쪽)
30 『宣祖實錄』 卷12, 11年 5月 壬子條.
31 「文獻公一蠹先生祠堂記」(『葛川先生文集』 卷3, 24b~26a쪽)

에 제수됨. •이에 임훈은 즉시 「봉장(封章)」을 올려 사은(謝恩)하면서, 우선 임금이 제수한 품계와 관직이 지나치게 과분함에 이를 받을 수 없다는 뜻을 말하고, 이어 당시 군역(軍役) 및 부세제도(賦稅制度) 의 폐단으로 인하여 백성들이 겪고 있는 고통과 국정의 난맥상에 대하여 지적함. 끝으로 임금에게 근본으로 되돌아가 힘쓸 것[반본(反 本)]과 국정의 모든 책임은 임금에게 있음을 거듭 강조함. 이는 실로 재야의 노신(老臣)이 젊은 임금에게 마지막으로 바치는 애틋한 충정 의 토로이자, 애정 어린 가르침이기도 하였음.

❖ 1584년(85세: 宣祖 17, 甲申): •정월 임인일(壬寅日)에 외침(外寢)에서 향 년 85세로 영면(永眠)함. •이보다 앞서 경상도에서 장계(狀啓)를 올려 임훈의 병환 사실을 임금에게 알린 바 있음. 소식에 접한 임금이 국 의(國醫)를 통하여 약을 보내 왔으나, 애석하게도 이미 돌아가신 뒤 였음. 이에 임금은 다시금 명하여 특별히 부의(賻儀)하도록 함. •임훈 의 집안이 원래 가난하여, 이처럼 원근에서 보내온 부의금에 의지하 여 염빈례(斂殯禮)를 치를 수 있었음. 이해 4월 기유일(己酉日)에 집 북쪽 선영(先塋)에 있는 자좌오향(子坐午向)[북쪽을 등지고 남쪽을 향한 자 리: 필자 주]의 언덕에 봉장(奉葬)함.

❖ 1586년(宣祖 19, 丙戌): 임훈은 제씨 임운(林芸)과 함께 용문서원(龍門書 院)에 배향됨.

❖ 1861년(哲宗 12, 辛酉): 임훈은 영남유림의 요청에 의해 이조판서(吏曹判 書)에 추증됨.

❖ 1871년(高宗 8, 辛未): 임훈은 '효간공(孝簡公)'의 시호(諡號)를 받음.

Ⅲ. 갈천 임훈의 주요 사회적 활동과 유교공론장의 기능

1. 재야사림으로서의 언론활동

이상에서 개관한 바대로, 임훈은 젊어서부터 '성(誠)·경(敬)' 중심의 실천철학을 확립하여 스스로를 경계하고 단속하는 데에 한평생 게을리 함이 없었을 뿐만 아니라, 또한 이를 바탕으로 당시 재야사림(在野士林)의 일원이자 향리(鄕里)의 지식인에게 요청되는 일련의 사회적 활동에 있어서도 주도적 역할을 담당한 바 있다. 물론 이러한 그의 사회적 활동은 당시 재야사림 사이에서 이미 형성·활성화되고 있었던 '유교공론장(儒敎公論場)'과 밀접한 관계를 가지며 주로 지역적 '언론활동(言論活動)'의 형태로 이루어졌던바, 이는 특히 「통문(通文)」·「천거(薦擧)」·「봉사(封事)」의 형식으로 구체화되었다. 이에 그 대표적 사례를 들자면 다음과 같다.

1) 「통문」을 통한 지역사회에서의 언론활동의 사례

(1) 남계서원의 건립운동: 「천령서원수곡통문」의 사례

임훈은 성균관(成均館)에서의 유학생활을 청산하고 낙향한 이래, 40대 중반에서 50대 초반까지 대략 8년(1545~1552)에 걸쳐 다시금 자이당(自怡堂)에서 은거하며 강학(講學)에 몰두한 바 있다. 앞서 그는 41세 되는 해(1540, 中宗 35)에 출사(出仕)를 염두에 두고 생원시(生員試)에 응시하여 2등 가운데 1명으로 합격하여 진사(進士)가 되었고,[32] 이때부터 성균관에서의 유학생활을 시작한 바 있다. 그러나 당시 성균관은 연산군

---

32 「行狀」(『葛川先生文集』 卷4, 2a쪽) "嘉靖庚子, 中生員試二等一人."

(燕山君)의 비정(秕政)과 연이은 사화(士禍)로 인해 피폐해진데다가 더욱
이 과거(科擧)를 통해 이록(利祿)만을 추구하는 분위기가 팽배한 상태에
있었다. 당시 성균관의 이러한 조건과 분위기는 어디까지나 덕행(德行)
과 행의(行誼)를 우선적으로 중시했던 임훈의 학문적 성향과는 부합되
지 않은 점이 많았으며, 이에 그는 "개연히 '천명(天命)을 믿음이 나의
추구하는 바이니, 다른 사람들이 추구하는 것과는 다르다'고 말하면
서, 다시는 공명(功名)을 세우려는 뜻을 갖지 않았다."[33]

이때부터 임훈은 다시 한 번 귀거래(歸去來)와 소요유(逍遙遊)의 즐거
움을 꿈꾸며 고향인 갈천동(葛川洞)에 은거하기로 결심하고, 평소 살던
곳의 뒤쪽에 소박하게 초당(草堂)을 지어 '자이당'이라 명명하였다. 그
리고 여기에 아름다운 꽃과 기이한 풀을 채취하여 재배하고, 갈천(葛
川)의 물을 끌어와 잔물결 이는 연못을 만들었다. 이에 오동나무에 기
대어 마음 속 깊은 생각을 읊조림에 담박(澹泊)하고 빛나 소옹(邵雍,
1011~1077)[시호는 康節: 중국 北宋의 학자]의 즐거움이 있고, 또한 술에 취
한 듯 즐거워 도잠(陶潛, 365(376)~427)[자는 淵明: 중국 東晉의 문장가이자
시인]의 취미가 있게 하였다.[34]

이 무렵 임훈은 고향의 자이당에서 은거하며 끊임없이 학문에 정진
하는 가운데서도 틈틈이 즐겼던 망중한(忙中閑)의 즐거움을 다음과 같
은 시로 표현하기도 하였다.

---

33 「自怡堂記」(『葛川先生文集(國譯)』, 「附錄」, 403쪽) "乃慨然曰:「信天有命, 吾之求之
也. 異乎人之求之」, 遂不復有立功名之志."

34 「自怡堂記」(『葛川先生文集(國譯)』, 「附錄」, 403쪽) "曾不憾憾乎心, 爰有菟裘之計, 爲
堂於其居之後, 茅茨不剪, 示其眞率, 書'自怡堂'三字于座右. 雜取嘉花異卉[奔]而栽
[裁]之, 引葛川而瀦, 漣漪以爲池. 於是據梧閒吟襟抱, 澹泊熙然, 有邵子之樂, 陶然,
有元亮之趣矣."

자이당에 은거하며 즉석에서 읊다(自怡堂卽事)³⁵

홀로 초당의 처마 아래에서 술을 따르니,	獨酌茅簷下
봄은 바야흐로 끝나 가려 하도다.	三春欲暮時
산허리에 구름은 막막한데,	山腰雲漠漠
연못 위에는 비가 보슬보슬 내리네.	池面雨絲絲
울긋불긋한 꽃들은 이제 막 시드는데,	紅白花將謝
크고 작은 나무들은 생기발랄하도다.	高低樹欲肥
시절이 이처럼 아름다움에,	光陰如許好
시 한 수로 회포를 보이나니.	輪寫一聯詩

그런데 이 시기 '재야사림으로서의 언론활동'과 관련하여 임훈의 행적에서 특히 주목되는 첫 번째 사건은 다름 아닌 '남계서원(灠溪書院)[일명 '천령서원(天領書院)'이라고도 한다: 필자 주]의 건립운동'이다. 주지하다시피, 남계서원은 1552년(明宗 7)에 정여창[鄭汝昌(一蠹), 1450~1504] 선생을 추모하여 함양(咸陽)에 세워진 서원으로서, 우리나라에서는 1542년(中宗 37)에 주세붕(周世鵬)이 안향[安珦(晦軒), 1243~1306] 선생을 제향하는 백운동서원(白雲洞書院)[일명 '죽계서원(竹溪書院)'이라고도 하며, 이후 이황(李滉)의 요청으로 '소수서원(紹修書院)'이란 사액(賜額)을 받음: 필자 주]을 최초로 건립한 이래 두 번째로 세워진 유서 깊은 서원이기도 하다. 당시 남계서원의 건립은 정여창 선생이 서거한 지 약 반세기가 지나 강익[姜翼(介菴), 1523~1567]·임희무[林希茂(灠溪, 1527~1577] 등을 위시한 함양 고을의 사림유생들이 중심이 되어 발의하였고, 여기에 함양군수 서구연(徐九淵)·윤확(尹確)·김우홍(金宇弘) 등의 지원을 받아 이루어졌다. 이때 재정이 부족하여 원우(院宇)는 무려 10년 뒤인 1561년(明宗 16, 辛酉)에야

---

35 「自怡堂卽事」(『葛川先生文集』卷1, 2a쪽)

비로소 완성되는 우여곡절을 겪기도 하였다.[36]

바로 이러한 상황에서 임훈은 서원건립의 일반적 의의 및 함양의 후배유생들이 보여준 노력에 대하여 흔쾌히 공감하는 가운데, 누구보다 적극적으로 이의 실현을 위하여 앞장선 바 있다. 즉, 그는 함양 및 안음(安陰)의 유생들에게 「통문(通文)」을 돌려 서원건립에 따른 재정적 어려움을 호소하면서 이를 타개하는 데 그들의 보다 적극적인 동참을 호소하는 등, 남계서원의 건립을 위하여 남다른 노력을 아끼지 않았던 것이다. 이에 그 전문을 소개하면 다음과 같다.

천령서원수곡통문(天領書院收穀通文)[37]

옛 성주(城主)이신 정선생(鄭先生)은 휘(諱)가 여창(汝昌)이요, 함양(咸陽) 사람이다. 선생은 학문에 힘쓰고 행실을 닦았으니, 사도(斯道) ['유교(儒教)'를 말함: 필자 주]가 땅에 떨어지지 않고 전해진 것은 선생의 덕분이다. 국가에서는 일찍이 포상하는 법으로 더욱 융숭하게 높였으며, 학자들은 멀고 가까움 없이 모두가 다 선생의 유풍(遺風)을 추앙하였다.

---

36 남계서원의 건립 경위에 대해서는 강익(姜翼)이 쓴 「灆溪書院記」(『一蠹集(續集)』 卷 3, 1b~4b쪽)에 비교적 자세하게 소개되어 있다.

37 「天領書院收穀通文」(『葛川先生文集』 卷3, 2b~3b쪽) "故城主鄭先生, 諱汝昌, 咸陽人 也. 先生力學修行, 斯道之傳, 賴以不墜. 國家曾崇褒賞之典, 學者無間遠邇, 咸仰遺風. 今者, 天嶺衿佩之流, 圖建書院, 又立祠宇. 是雖吾儒秉彝之所發, 亦其流風餘韻之及人 者, 在故鄉尤所親切也. 先生曾長吾縣, 其平反之政, 漸磨之教, 民到于今受其賜. 聞建 院立廟之說, 其感發興起之心, 在齊民尙能欽竦. 況於儒者, 不徒思其遺澤, 又能立心於 興吾道·扶世教者乎! 院宇之設, 因郡守徐先生九淵倡率之勤, 始克建立. 功未就而徐 生見艱, 垂成之功, 反至見廢. 今郡守又能趾其美, 而繼其役, 然其墻庭之設, 藏修之備, 官力之所不逮者猶多也. 天嶺之儒, 各出斗斛之穀, 以備其需, 而猶不足充其用. 惟不世 之美, 九仞之功見虧於一簣, 是懼. 吾鄉之儒, 盍亦毋慳斗筲之費用, 扶崇建之功, 一以 酬遺澤至今之德, 一以彰吾道萬世之光, 不其美乎! 今夫浮屠人, 營佛利, 勸其貲, 雖頑 惑之人, 猶不惜若干之費. 況於爲吾道立幟, 誘吾儒向善, 而尙不用心力者乎? 茲敢抒 其由敷情, 以錄之吾黨云."

　　지금 천령(天領)['함양(咸陽)'의 별칭임: 필자 주]의 선비들이 서원(書院)의
건립을 도모하고 있으며, 또 사우(祠宇)도 세우고자 한다. 이는 비록
우리 유자(儒者)들의 올바른 본심에서 우러나온 것이지만, 또한 선생의
유풍(流風)과 여운(餘韻)이 사람에게 미친 바가 고향이어서 더욱 가깝
고 절실하기 때문이기도 하다. 선생은 일찍이 우리 안음현(安陰縣)의
현감(縣監)으로 재직하시면서 억울한 일을 바로잡고 교화(敎化)를 점차
적으로 펴심에, 우리 백성이 지금까지도 그 은혜를 입고 있다.

　　서원을 건립하고 사우도 세운다는 말을 듣고, 감격하여 흥기하는 마
음으로 모든 백성도 오히려 공경하고 송구스러워 하고 있다. 하물며 유
자로서 그 남긴 혜택을 사모할 뿐만 아니라 오도(吾道)를 일으키며 세교
(世敎)를 부지하는 데 뜻을 세울 수 있는 자들에게 있어서랴!

　　원우(院宇)의 건립은 함양군수 서구연(徐九淵) 선생이 열심히 주창하
여 시작되었다. 공사가 끝나지 않았는데, 서선생이 부모상을 당하여 돌
아감에 지금까지의 노력이 도리어 허사가 되고 말았다. 지금의 군수도
전임자의 미덕을 이어 공사를 계속하였으나, 담장과 뜰을 설치하고 장
수처(藏修處)를 마련하는 일에는 관(官)의 힘으로 미칠 수 없는 바가 오
히려 더 많은 실정이다.

　　천령의 선비들이 각자 한 말이나 한 섬의 곡식을 이미 내어놓아 그
비용을 마련하였으나, 여전히 그 씀씀이를 충당하기에는 부족한 실정
이다. 오직 세상에 보기 드문 미담(美談)이 아홉 길 되는 산을 쌓는 데에
한 삼태기의 흙을 더 얹지 못하여 완성시키지 못하는 꼴이 될까 이것만
이 두려울 뿐이로다. 이에 우리 고을의 선비들도 또한 약간의 비용을
아깝다 하지 않고 서원건립의 공(功)을 부지해 준다면, 한편으로는 지
금까지의 덕스러운 유택(遺澤)에 보답하는 것이 되며 다른 한편으로는
오도를 만세에 빛내게 될 것이니, 이 어찌 아름다운 일이 아니겠는가!

　　지금 부도인(浮屠人)[불교를 신봉하는 자를 말함: 필자 주]들도 불찰(佛刹)을
지을 때 그 비용을 내라고 권하면, 비록 완고하고 깨우치지 못한 사람도
오히려 약간의 비용을 내는 데 아까워하지 않는다. 하물며 오도의 기치

(旗幟)를 세우고 우리 유자들을 선(善)으로 이끄는 일인데도 심력(心力)을 기울이지 않을 수 있겠는가? 이에 감히 그 전말(顚末)과 실정(實情)을 써서 오당(吾黨)에게 알리노라.

결국, 이상과 같은 임훈의 「천령서원수곡통문」은 당시 사림의 동향과 관련하여 특히 두 가지 측면에서 중요한 역사적 의미를 함축하고 있다. 우선, 이 글이 '조선시대 교육사'의 측면에서 가지는 의미이다. 즉, 상기의 글은 '초기 서원(書院)의 건립과정'에 대한 몇 가지 구체적이고도 흥미로운 정보를 제공하고 있다는 점에서 주목된다.

첫째, 이 글은 16세기 중엽에 이르면 우선 경상도의 재야사림을 중심으로 당시 관학(官學)에 대한 대안적 교육기관의 필요성에 대한 인식이 확산·공유되는 가운데, 이러한 인식이 각 지역에서 자발적인 '서원건립운동'의 형태로 구체화되고 있음을 잘 보여주고 있다. ① 주지하다시피, 당시 관학으로 설치된 서울의 성균관(成均館)과 사부학당(四部學堂) 및 지방의 향교(鄕校)는 선초(鮮初)부터 나름대로 제도적 틀은 완비하며 출발하였으나, 그 실제적 운영에 있어서는 전반적인 시설의 미비, 관학 교수관(敎授官)에 대한 천시 풍조와 이에 따른 자질 하락 및 수적 부족, 재정 부실화에 따른 교육기능의 약화, 지속적인 정원 미달, 훈구파(勳舊派)의 불공정하고도 변칙적인 관리선발제도의 운영 등으로 인하여 그 교육적 내실을 기하지 못하고 있었다.[38] 여기에다 연산군조(燕山君朝)에서의 비정(秕政)과 연이은 사화(士禍)는 관학에 결정적인 타격을 주었다. 이에 지방에서는 선비들이 심지어 향교에 출입하는 것조차 부끄럽게 여길 정도가 되기도 하였다. ② 이러한 상황에 직면하여

---

38 김대용, 『조선초기 교육의 사회사적 연구』, 한울, 1994, 127~149쪽.

당시 이황[李滉(退溪), 1501~1570]을 필두로 한 사림들은 피폐해진 관학을 보충하고 불미한 사풍(士風)을 바로 잡아 왕화(王化)를 이루기 위한 근본적인 교학진흥책을 모색하게 되었고, 이에 그 대안적 교육기관으로서 사학(私學)인 '서원제(書院制)'에 주목하게 되었던 것이다.[39] 그리하여 서원은 이황에 의하면 무엇보다 '어진이를 높이고 도학(道學)을 강명(講明)하기[尊賢講道] 위한 학교'로 설정되었다.[40] 따라서 서원은 어디까지나 위기지학(爲己之學)을 지향하는 사자(士子)들의 장수처(藏修處)로서의 성격이 우선적으로 중시되었고, 따라서 이록(利祿)을 탐하는 과거(科擧) 공부 같은 것은 부차적으로 치부되었다. ③ 평소 경명행수(經明行修)를 통한 수기(修己) 공부에 오래도록 종사하면서 당시의 마멸된 사풍에 대하여 비판적인 입장을 견지해 왔던 사림의 일원으로서, 더욱이 성균관 유학을 통하여 당시 관학의 피폐상을 누구보다 절감하면서 낙향하였던 선비로서, 임훈은 이러한 서원의 건립운동에 남다른 공감을 가졌을 것으로 보이며, 이에 그는 상기한 바대로 향리에서의 남계서원 건립에도 적극적으로 동참하여 숨은 노력을 아끼지 않았던 것이다.

둘째, 이 글은 서원의 초기 건립과정이 보여주는 특징적 양상을 구체적으로 잘 보여주고 있다. 즉, ① 당시 '서원의 건립동기'가 일차적으로 '존현[尊賢: 어진이를 높임]'에 있었다는 점이다. 상기한바 '남계서원'의 경우에도 애초에 어디까지나 함양(咸陽) 출신으로서의 지역적 연고를 가지면서도 동시에 학행(學行)과 치적(治績)으로써 일찍이 사림(士林)의 형성과 교화(敎化)에 뛰어난 업적을 남긴 인물로서 정여창(鄭汝昌)

---

39 鄭萬祚, 『朝鮮時代 書院研究』, 集文堂, 1997, 33~48쪽.
40 『退溪全書』卷12(「書」:「擬與豊基郡守論書院事」), 35a~38b쪽. "夫書院何爲而設也? 其不爲尊賢·講道而設乎? …書院, 尊賢之地也. …嗚呼! 書院何爲而設也? 其不爲尊賢而設也? 講道而設也?"

선생을 추모하고 그 유풍(遺風)을 기리기 위한 목적이 우선적으로 표방
되고 있다. ② 당시 '서원의 건립주체'에 대해서도 개략적 정보를 제공
하고 있는바, 즉 서원이 사학(私學)이라는 맥락에서 그 건립운동에 어
디까지나 향촌사림이 주도적 역할을 하는 가운데, 관(官)에서도 일정
정도 호응·보조하고 있음을 간취할 수 있다. 상기한 바대로, '남계서
원'의 경우에는 강익(姜翼)·임희무(林希茂) 등을 위시한 함양 고을의 사
림유생들이 중심이 되어 발의·추진하였고, 여기에 함양군수 서구연(徐
九淵)·윤확(尹確)·김우홍(金宇弘) 등이 지원하는 형태로 나타났다. ③ 당
시 '서원의 건립재원'에 대해서도 흥미로운 사실을 알려주고 있는바,
즉 재원이 주로 향촌사림의 '자발적 모금'을 통하여 조달되는 한편 필
요한 경우 그 일부가 관의 보조금으로 충당되기도 한다는 점이다. 상
기한바 '남계서원'의 경우에는 처음에 함양 고을 유생들의 자발적 출연
금과 관(官)의 보조로 그 비용을 조달하다가 충분하지 않게 되자 인접
고을인 안음(安陰) 고을의 유생들에게로 모금의 범위를 확대하고 있음
을 확인할 수 있다. 그리고 임훈이 상기의 「통문(通文)」을 작성하게 된
것도 바로 이러한 맥락에서였음은 물론이다.

한편, 임훈의 「천령서원수곡통문」이 '조선시대 언론사'의 측면에서
가지는 의미이다. 즉, 이 글이 당시 재야사림 사이에서 이미 형성·활
성화되고 있었던 '유교공론장(儒敎公論場)'의 양상을 구체적으로 확인·
이해하는 데에 결코 간과할 수 없는 유익한 정보를 제공하고 있다는
점에서도 주목된다.

첫째, 이 글은 16세기 중엽 명종조(明宗朝)에 이르면 향촌의 사림유생
들이 자체의 공론형성과 세력결집을 위한 새로운 방편으로 서원의 건
립에 매진하는 한편, 이를 통해 학문적 유대를 강화시켜 나가고 있었
던 당시의 초기적 양상을 잘 보여주고 있다. ① 이러한 향촌유생들의

움직임은 경상도를 중심으로 곧 전국적으로 확산되었던바, 즉 명종조에만 하더라도 상기한바 남계서원[灃溪書院(1552, 明宗 7)]을 필두로 경상도 지역에서는 영천(永川)의 임고서원[臨臯書院(1555, 明宗 10)], 의성(義城)의 영계서원[永溪書院(1556, 明宗 11)], 영주(榮州)의 이산서원[伊山書院(1559, 明宗 14)], 성주(星州)의 천곡서원[川谷書院(1560, 明宗 15)], 경주(慶州)의 서악서원[西岳書院(1561, 明宗 16)], 밀양(密陽)의 삼강서원[三江書院(1563, 明宗 18)], 대구(大邱)의 연경서원[研經書院(1564, 明宗 19)], 초계(草溪)의 청계서원[淸溪書院(1564, 明宗 19)]이 연달아 건립되었고, 이외에도 전라도에서는 순천(順天)의 옥천서원[玉川書院(1564, 明宗 19)]이, 경기도에서는 이천(利川)의 운봉서원[雲峯書院(1564, 明宗 19)]이, 함경도에는 함흥(咸興)의 문회서원[文會書院(1563, 明宗 18)]이, 평안도에서는 평양(平壤)의 인현서원[仁賢書院(1564, 明宗 19)] 등이 동시다발적으로 건립되는 한편, 간헐적이지만 사액운동(賜額運動) 역시 전개되기도 하였다. ② 결국, 이상과 같은 향촌유생들의 서원건립운동은 결과적으로 그들 간의 유기적인 횡적 연대와 동질의식을 강화시키는 데에 주요한 촉매제 역할을 함으로써 뒤이어 지역 간 결집을 통한 집단적 상소활동(上疏活動)이 본격적으로 전개되는 주요한 제도적 기반이 되기도 하였던바, 물론 그들의 이러한 동향은 이후 척신정권(戚臣政權)의 몰락에도 커다란 변수로 작용하기에 이른다.[41]

둘째, 이 글은 또한 적어도 16세기 중엽에 접어들면 상기한바 서원의 건립활동이 본격적으로 전개되기 이전에도 이미 향촌사림 내부에 자체의 '공론장'이 구축되어 나름대로 활발하게 작동하고 있었다는 사

---

41 중종반정(中宗反正) 이래 선조조(宣祖朝)에 이르기까지 사림세력(士林勢力)의 성장과 유생공론(儒生公論)에 기반을 둔 공론정치(公論政治)의 대두과정에 대한 유익한 소개로는 薛錫圭, 『朝鮮時代 儒生上疏와 公論政治』(선인, 2002), 95~168쪽이 참조된다.

실을 단편적이나마 잘 보여주고 있기도 하다. 즉, 상기의 글을 통하여
① 지역사회의 주요 현안이 '통문'의 형식으로 향촌유생 간에 고지·공
유되는 한편, 이를 바탕으로 향촌사림의 공론이 활발하게 조성되고 있
었던 양상을 짐작할 수 있으며, ② 나아가 당시 지역사회에서 학행(學
行)에 뛰어난 유력한 인물을 중심으로 유교적 교화가 확산되는 동시에
사림의 정체성과 단결심이 '오당(吾黨)'의 형태로 강화되어 나가는 정황
을 잘 간취할 수 있겠다.

(2) 승려 보우에 대한 탄핵운동: 「고호남사마소업유향교서」의 사례

상기한 바대로, 40대 중반에서 50대 초반에 이르는 중년의 임훈은
성균관 유학 이후, 다시 한 번 고향의 자이당에 은거하며 오로지 경명
행수(經明行修)에 매진하였다. 그럼에도 재야사림의 일원이자 향리의
지식인으로서 의당 감당해야 할 사회적 역할에 대해서는 결코 소홀히
한 적이 없었으니, 특히 남계서원의 건립에 적극 동참하여 남다른 노
고를 다한 바 있다.

이처럼 향리에서 모범적인 처사(處士)의 길을 걷고 있던 임훈에게 뜻
하지 않은 첫 번째 출사(出仕)의 길이 열리게 된다. 즉, 그가 54세 되는
해(1553, 明宗 8)에 성균관의 공천(公薦)에 따라 사직서참봉(社稷署參奉)에
제수되었던 것이다.[42] 이로써 그는 4년여에 걸친 서울에서의 관직생활
(1553~1556)을 시작하게 되었다. 그러나 임훈은 이 무렵의 관직생활에
대하여 결코 만족하거나 안주할 수 없었으니, 이는 무엇보다 홀로 된
채 이미 연세 80세를 바라보는 연로한 부친이 계셨다는 사실 때문이
었다.

---

42 「行狀」(『葛川先生文集』 卷4, 2b쪽) "歲癸丑, 用館薦, 授社稷署參奉."

이에 평소 남달리 효심이 극진했던 그로서는 효도를 위한 마지막 기회를 놓치지 않기 위하여 관직을 미련 없이 포기하며 낙향하였고, 이때부터 아우 임운[林芸(瞻慕堂), 1517~1572]과 함께 5년여(1557~1561)에 걸쳐 부친에 대한 눈물겨운 효행을 실천해나갔다. 당시 임훈 형제의 이처럼 지극하고도 변함없는 효행을 오랫동안 지켜보던 고을사람들 사이에서 자연스럽게 칭송하는 공론이 형성되었고, 결국 부친의 삼년상이 끝나는 해(1563, 明宗 18)에 관찰사가 그들의 효행을 적은 현첩(縣牒)을 조정에 올리게 됨으로써 이듬해(1564, 明宗 19)에 조정에서는 임금의 명으로 임훈 형제에게 그동안의 지극한 효행을 기리는 정문(旌門)을 명(命)하기에 이르렀다.[43]

한편, 이처럼 효행으로 지극한 존경과 포상을 받으며 향리에서 은거하던 60대 중반의 임훈에게 뜻하지 않게 다시 한 번 향촌사림의 일원으로서 당시의 정국과 관련하여 재야공론(在野公論)을 주도하는 중요한 사회적 역할이 부과된다. 즉, 그가 66세 되는 해(1565, 明宗 20)에 조정에서는 커다란 정국의 변화가 있었다. 이 해 4월에 문정왕후(文定王后)가 서거하면서, 그동안 권력을 천단하던 권간(權奸) 윤원형(尹元衡)이 관직을 삭탈당한 채 추방되어 자살하는 사건이 발생하였다.[44] 주지하다시피, 윤원형은 당시 왕으로 재임하던 명종(明宗)의 외숙(外叔)으로서, 특히 을사사화(乙巳士禍)를 주도하여 사림파에 막대한 피해를 준 바 있으며, 이후 약 20년에 걸쳐 문정왕후의 비호를 받으며 척신정치(戚臣政治)를 주도하는 가운데 온갖 탈법과 비리를 자행했던 인물이었다. 또한, 이 해에는 승려 보우(普雨)도 조야(朝野) 간의 계속되는 격렬

43 「行狀」(『葛川先生文集』卷4, 3b쪽) "後本道擧縣牒以啓, 越明年甲子, 上命旌先生兄弟之門."
44 『明宗實錄』卷31, 20年 11月 辛亥條.

한 배불상소(排佛上疏) 때문에 마침내 제주도로 유배되었다가 끝내 장살(杖殺)을 당한 바 있다. 보우 역시 문정왕후의 신임 하에 봉은사(奉恩寺) 주지가 되었고, 이후 윤원형 등의 비호를 등에 업고 양종(兩宗)을 회복하고 선과(禪科)를 설치하는 등 불교 중흥과 교세 확장에 앞장섰던 인물이었다.

당시 승려 보우를 주살(誅殺)하라는 배불상소는 문정왕후의 서거 직후 성균관 진사 이굉(李宏) 등이 그 단초를 열었고,[45] 연이어 대간(臺諫)이 이를 지원하고 양주(楊州)·개성(開城)의 생원(生員)들도 집단적으로 동참하기 시작함으로써[46] 경향(京鄕)으로 급속히 확대되는 양상을 보이기 시작하였다. 그럼에도 명종이 여전히 미온적인 태도를 취하자 이에 항의하여 성균관 유생들도 공관(空館)을 단행하였고,[47] 뒤이어 삼남지방(三南地方)의 유생들도 집단적으로 배불상소를 올리기 시작하였다.[48] 특히 경상도에서는 상주(尙州) 유생인 김우굉(金宇宏)을 소수(疏首)로 하여 모두 42개 군현(郡縣)의 유생들이 지역적 연대를 통해 단계적으로 집단상소에 참여한 바 있다.[49]

바로 이러한 상황 하에서 임훈 역시 이처럼 보우를 처단하라는 향촌 유생들의 전국적인 공론의 형성에 적극 참여·기여함으로써 사림의 일원으로서 자신의 정치적·사회적 책임을 다한 바 있다. 즉, 그는 당시

---

45 『明宗實錄』卷31, 20年 4月 辛卯條.
46 『明宗實錄』卷31, 20年 5月 辛酉條;『明宗實錄』卷31, 20年 5月 癸亥條.
47 『明宗實錄』卷31, 20年 5月 甲子條.
48 『明宗實錄』卷31, 20年 7月 壬戌條;『明宗實錄』卷31, 20年 8月 戊寅條;『明宗實錄』卷31, 20年 8月 戊子條.
49 『明宗實錄』卷31, 20年 8月 戊辰條. 진사(進士) 김우굉(金宇宏)을 소수(疏首)로 한 경상도 유생들의 집단적 배불상소(排佛上疏)는 이후 수십 차례에 걸쳐 반복적으로 행해졌다.

경상도 재야사림의 일 대표로서 다음과 같은 「통문」을 전라도의 사마소(司馬所)와 향교(鄕校)에 작성·유포함으로써 상기한바 배불상소의 움직임을 전국적으로 확산시키는 데 주도적 역할을 담당한 바 있다. 이에 그 전문을 소개하면 다음과 같다.

호남의 사마소 업유와 향교에 알리는 글[告湖南司馬所業儒鄕校書][50]
적승(賊僧) 보우(普雨)는 그 죄악이 크고 지독하여 천지(天地)에 용납될 수 없고, 왕법(王法)이 용서할 수 없으며, 일국(一國)의 무릇 혈기 있는 자라면 같이 하늘을 이고 살 수 없다. 토죄(討罪)하지 않으면 글로써 매장할 수 없고, 죽이지 않으면 나라를 다스릴 수 없다. 지금 듣자하니, 단지 그가 교만 방종하고 외람되이 말을 탄 죄만을 물을 뿐 대악(大惡)의 죄상은 거론되지도 않았다고 한다. 그런데도 대각(臺閣)에서는 잠시 열렸다가 치죄(治罪)를 마무리하지도 않았으며, 관학(館學)에서도 항의하여 잠시 공관(空館)하였다가 다시 모여들었다고 한다. 아! 어찌

_____

50 「告湖南司馬所業儒鄕校書」(『葛川先生文集』 卷2, 51a~52a쪽) "賊僧普雨, 罪大惡極, 天地所不容, 王法所不赦, 一國凡有血氣者所不共戴天也. 不討則無以書葬, 不誅則無以爲國. 今聞, 只治驕縱濫騎之罪, 而大惡之罪尙未擧也. 然而臺閣暫啓而不終, 館學暫空而還聚. 嗚呼! 其忍置君儻而不復乎, 其忍置吾君於不討賊之地乎? 陳恒之變, 孔子越在他國矣, 身已告老矣, 猶且汲汲焉沐浴而請討, 告其君之三子而不知倦焉, 誠以大惡之誅, 苟在一天之下, 無間於彼此·貴賤也. 然則吾黨諸君子, 同學孔·孟之書, 同應國家之擧, 其可自安於草野之身, 無一言而救之乎? 吾道尙州進士金範·金宇宏等, 擧義請誅, 移文道內, 今月二十四日, 直向京師, 排雲叫閣, 冀回天聽云云, 道內之儒, 咸思自奮, 竦然而懼, 惕然而省, 期以畢發於此月之內. 等竊念, 同戴一國之君, 同事聖賢之業, 不告於他道而自私於一道, 非所以待吾黨也. 伏願, 吾黨君子, 將此意四布貴道之內, 以此及於淸洪道, 淸洪道次傳於江原道, 江原道次傳於咸鏡道及京畿道, 京畿道次傳於黃海道, 黃海道次傳於平安道. 毋混同於一疏, 道各爲疏, 幷京中列爲九疏, 雲會京中, 星排門外, 使吾君知一國人心各有忠義之憤, 庶幾飜然覺悟, 沛然下敎以快神人之憤, 不亦可乎? 如或自安於退縮, 留難於從違, 則於他日對聖賢之書, 立士林之間, 應朝廷之用, 恐無以爲面目也. 傳此文, 不分晝夜, 儒生親持討付分道, 散布畢於數月之內." 여기서 '사마소(司馬所)'란 '조선시대 지방의 각 고을에서 생원(生員)이나 진사(進士)들이 모이던 장소'를 말하며, '업유(業儒)'란 '유학(儒學)을 업(業)으로 하는 사람'을 뜻한다.

차마 임금의 원수를 내버려두고 복수하지 않을 수 있겠으며, 어찌 차마 우리 임금을 역적(逆賊)도 토벌(討伐)하지 못하는 처지에다 내버려둘 수 있단 말인가?

진항(陳恒)이 난(亂)을 일으킴에 공자(孔子)께서는 멀리 타국에 계셨고 몸은 이미 늙었음에도 오히려 급급히 목욕하고 토벌할 것을 청하고 삼가(三家)에게 고하기를 게을리 하지 않으셨으니,[51] 이는 참으로 대악(大惡)을 주벌(誅罰)함에는 한 하늘 아래 있는 사람이라면 피차와 귀천의 구분이 없기 때문이었다. 그렇다면 오당(吾黨)의 여러 군자(君子)들은 함께 공(孔)·맹(孟)의 글을 배웠고, 함께 국가의 과거에 응시하였으니, 어찌 초야(草野)의 몸이라고 편안히 지내며 말 한 마디 구제(救濟)함이 없을 수 있겠는가?

우리 경상도 상주(尙州)에서 진사(進士) 김범(金範), 김우굉(金宇宏) 등이 거의(擧義)하여 청주(請誅)하자는 통문(通文)을 도내(道內)에 보내어 이번 달 24일에 서울로 바로 가서 구름처럼 대궐문 앞에서 모여 호소함으로써 임금의 생각[天聽]을 되돌릴 것을 기대하자 운운하니, 도내의 유림들은 모두 스스로 분기(奮起)할 생각으로 송연(竦然)히 두려워하고 척연(惕然)히 반성하여 이 달 내로 모두 출발하기로 기약하였다.

우리가 생각건대, 함께 일국의 임금을 모시고 함께 성현(聖賢)의 사업에 종사하면서 타도(他道)에 통고하지 않고 우리 도(道)에서만 거사(擧事)한다면 오당을 대우하는 도리가 아니다. 바라건대, 오당의 군자들은 이러한 뜻을 귀(貴) 도내에 널리 알리노니, 귀도(貴道)에서는 이를 청홍도(淸洪道)로 전하며, 청홍도는 다시 강원도(江原道)에 전하고, 강원도는 다시 함경도(咸鏡道)와 경기도(京畿道)에 전하고, 경기도는 다시 황해도(黃海道)에 전하고, 황해도는 다시 평안도(平安道)에 전하라. 한 상소문에 혼동시키지 말고 도(道)마다 각자 상소문을 만들어 서울과 함께 아홉 개의 상소문을 짓고, 서울에 운집하여 대궐문 밖에 별처럼

---

51 해당 내용이 『論語集註』의 「憲問」편 제22장에 나온다.

늘어서 호소함으로써 우리 임금으로 하여금 일국의 인심(人心)이 각자
충의(忠義)로 분개하고 있음을 아시게 하여 이에 번연(飜然)히 깨닫고
패연(沛然)히 주벌(誅罰)하라는 전교(傳敎)를 내림으로써 신명(神明)과
인간의 분노를 시원하게 씻어주시도록 한다면 이 또한 옳지 않겠는가?

혹시라도 움츠리고 물러남을 스스로 편안히 여기고 의(義)를 따르는
어려움에 머뭇거린다면, 타일에 성현의 책을 대하고 사림 사이에 서며
조정의 등용에 응함에 면목이 없을까 두려울 따름이로다.

이 통문(通文)을 전함에는 주야를 가리지 말고 유생들이 직접 가지고
각도에 전할 것이며, 이로써 수월(數月) 내에 산포(散布)를 끝마치도록
해야 할 것이다.

결국, 이상과 같은 임훈의 「호남의 사마소 업유와 향교에 알리는 글」
은 당시 문정왕후의 서거를 계기로 척신정권이 몰락하는 정국의 격변
속에서 그동안 잠복되어 있었던 향촌유생들의 집단적 상소활동이 승
려 보우(普雨)를 주살(誅殺)하라는 배불상소의 형태로 다시금 활성화되
는 국면을 배경으로 하는 가운데, 특히 당시 경상도를 중심으로 향촌
유생들의 이에 대한 인식과 동향을 구체적으로 잘 보여주고 있는 중요
한 자료 가운데 하나로 평가할 수 있을 것이다.

첫째, 이 글은 당시 재야공론(在野公論)을 주도했던 중추세력의 구성
과 조직의 실태를 잘 보여주고 있다. 즉, 그 중추세력이란 각 고을의
사마소(司馬所)를 중심으로 활동하고 있었던 '생원(生員)·진사(進士) 집
단'으로서, 이들은 무엇보다 "함께 공(孔)·맹(孟)의 글을 배웠고, 함께
국가의 과거에 응시하였다"는 학문적 동질의식과 유대감을 공유하는
가운데, 사마소와 향교라는 각 지역사회의 조직과 중앙의 성균관을 거
점으로 향촌유생들의 집단적 상소활동을 전국적으로 견인·주도해 나
갈 수 있었던 것이다.

둘째, 이 글은 승려 보우에 대하여 "그 죄악이 크고 지독하여 천지(天地)에 용납될 수 없고, 왕법(王法)이 용서할 수 없으며, 일국(一國)의 무릇 혈기 있는 자라면 같이 하늘을 이고 살 수 없다"고 하여 유례없이 강렬한 적개심을 표출하고 있다. 이러한 사실은 역설적으로 당시 향촌유생들의 집단적 배불상소가 지향했던 궁극적 목표가 무엇인지를 잘 보여주고 있다고 하겠는바, 즉 그 목표란 기실 단순히 이단(異端)에 대한 적대감을 표출하는 데에 있었다기보다는 오히려 척신정치를 척결함으로써 사림파를 중심으로 한 정국의 근본적 변화를 지향하는 데 있었음을 함축한다고 하겠다.

셋째, 이 글은 당시 향촌유생의 상소활동이 척신세력의 억압에도 꾸준히 성장하여 공론으로서의 위상을 확립해나가는 역사적 과정의 일단을 잘 보여주고 있다. 특히 여기서는 전국 각지의 향촌유생들이 함께 서울에 집결하여 직접 임금을 상대로 호소함으로써 정국의 변화를 능동적으로 이끌어내려는 집단적 구상과 움직임을 증언하고 있는 바, 이러한 사실은 곧 향촌유생의 정치적 성장과 함께 언론활동을 통한 그들의 정치적 개입이 한층 활성화됨으로써 이후 선조조(宣祖朝)를 통하여 유생공론을 포함한 공론정치가 본격적으로 착근·전개될 것임을 예고하는 것이라 하겠다.

(3) 일두선생사당의 건립운동: 「문헌공일두선생사당기」의 사례

한편, 말년에 이르기까지 임훈은 관직에 있을 때나 물러나 초야에서 은거할 때를 막론하고 한결같이 국사(國事)의 시비(是非)와 민생(民生)의 휴척(休戚)에 대하여 깊은 관심을 기울였다. 또한, 이러한 입장에서 그는 당시 조정의 실정(失政)에 대해서도 기회가 있을 때마다 상소(上疏)

를 올려 준엄한 비판을 서슴지 않았다. 이로써 그는 당시 사림의 원로이자 국로(國老)로서 마지막까지 우국애민의 충정과 사회적 책임을 조금도 외면하지 않고 성실하게 수행해나갔던 것이다.[52]

바로 이러한 맥락에서 임훈은 말년에 접어들어서도 평소 사숙(私淑)을 통하여 깊이 존경해마지 않았던 정여창(鄭汝昌) 선생의 사당(祠堂)을 자신의 고향인 안음(安陰) 고을에 건립하는 데에도 깊은 관심을 가지고 주도적 역할을 한 바 있다. 즉, 정여창은 안음현감으로 5년간 재직하며 선정(善政)을 베풀다가 갑자기 무오사화[戊午士禍(1498, 燕山君 4)]를 만나 종성(鐘城)으로 귀양을 간지 80여년 만에, 특히 임훈의 문인(門人)인 정유명[鄭惟明(嶧陽), 1539~1596], 정유문(鄭惟文), 성팽년[成彭年(石谷), 1540~1594] 등이 주동이 되고 당시 현감 이유(李悠)가 이를 지원함으로써, 비로소 정여창 선생을 기리는 사당이 세워지게 되었던 것이다. 이때 임훈은 지역의 사림을 대표하여 「사당기(祠堂記)」를, 성팽년은 「봉안제문(奉安祭文)」을 지어 올리기도 하였다.[53] 이에 그가 지은 「사당기」의 전문을 소개하면 다음과 같다.

---

52 「行狀」(『葛川先生文集』 卷4, 15b~16a쪽) "然其惓惓憂世之念, 不以山野而或弛. 故每一命之下, 一惠之及, 輒以疏章因謝獻忠者不一, 而其言皆本之於人君心術之微, 而懇懇乎軍民困頓之狀, 則平生自任之重, 亦可想矣."

53 이때 임훈(林薰)이 지은 사당기(祠堂記)는 『一蠹集(遺集)』(卷3, 24a~26a쪽)에 「鄕祠堂記」로, 성팽년(成彭年)의 봉안제문(奉安祭文)은 『一蠹集(續集)』(卷2, 8a~11a쪽)에 「鄕祠堂奉安時祭文」이란 제목으로 실려 있다.

문헌공일두선생사당기(文獻公一蠹先生祠堂記)[54]

사우(祠宇)를 세운 지는 오래되었다. 옛사람 가운데 한 가지 명망, 한 가지 절조(節操)라도 있었던 사람이면 사우가 없는 자가 없다. 참으로 이는 올바른 천성의 덕을 좋아하는 양심으로 인하여, 저절로 그만둘 수 없는 바가 있기 때문이다. 하물며 도(道)와 덕(德)을 함양한 선비로서, 이윤(伊尹)의 뜻에 뜻을 두고 안연(顔淵)의 학문을 배워, 비록 당세(當世)에는 크게 시행하지 못하였다 하더라도 우리 백성에게 조금이라도 베풂이 있었던 자에 대해서는 우리 백성이 그를 흠모하고 기뻐하

---

54 「文獻公一蠹先生祠堂記」(『葛川先生文集』卷3, 24b~26a쪽) "祠宇之設, 尙矣. 古人有一名·一節者, 莫不有祠. 誠以秉彛好德之良心, 自有所不能已也. 況於懷道·抱德之士, 志伊尹之志, 學顔子之學, 雖不能大行於當世, 而有一分見施於吾民者, 則吾民之欽慕愛悅而愈久不忘者, 固其理也. 吾鄉之立先生祠宇者, 此也. 先生, 河東人, 諱汝昌, 自號一蠹. 若其道德之高, 學問之醇, 旣已昭著於國乘, 顯敷於士林. 如欲言之, 有類於贊日月之明, 姑以吾鄉立祠之意, 言之. 先生於弘治甲寅, 乞養于朝, 出宰于縣. 居五年而罹史禍, 謫鐘城. 又七年而卒于謫所. 五年之間, 凡所以施仁政興文敎, 使吾民心悅而誠服者, 亦未暇條陳而縷說也. 先生之沒, 夫人居咸陽. 距縣二十里. 縣之吏·民, 歲時必齊拜候問于外, 常時過其門者亦然. 夫人之沒, 縣之吏·民, 不令而子來, 以供葬事云. 當時人民之追慕先生, 益可想已. 先生之居官也, 有治民十餘條. 後來繼之者, 世守爲軌, 莫敢有改, 吾縣之賦役, 視他邑爲輕. 所謂「民到于今受其賜」者, 非斯人歟? 吾鄉之欲立祠者, 久矣. 而狃於因循, 迄不能有成, 豈非吾鄉之深可愧也! 去年春, 鄉人尹劼·柳世漢, 議諸鄉中, 遂白于前縣監朴侯, 乃擧役. 未幾, 朴侯遞歸, 尹與柳亦退, 無能任其責, 事幾無成. 鄉人鄭惟明·鄭惟文奮然自任, 告由于新縣監李侯. 侯曰: 「吾怪此事久無成. 何至今其稽也? 吾於斯文美事, 安敢忽諸?」命復擧役, 越明年春, 始成. 鄉人謂余爲鄉中老民, 請記顚末, 刻之于石. 余以不文辭之, 鄉人請之愈勤, 不獲已而誌之曰: 「凡事之成虧, 莫不有數存焉. 吾鄉之欲立祠者, 自先生去後, 孰不有思? 而八十餘年, 乃克有成, 豈非數與時會, 又得其人歟? 兩鄭之自任, 猶可尙也, 而李侯之致誠, 豈所謂 '同氣而相求, 聞風而興起'者歟?」抑又有說焉. 「立祠, 所以慕先生也. 慕先生, 所以慕其道也. 使吾鄉之人, 能不忘先生之化, 勉爲孝·悌·忠·信之行, 則於立祠之意, 得矣. 不然則此堂不幾於慕其名而忘其道乎?」又曰: 「觀古人之有祠宇者, 凡幾興而幾廢也. 其始也, 莫不有人而興之; 其終也, 莫不無人而廢之. 倘使後之人, 或怠於祀事, 使此祠不免於摧敗, 則不徒爲吾鄉之罪人也, 實爲李侯之罪人也. 此皆不可無戒於後人者也.」咸曰: 「然.」朴侯, 名文龍, 咸陽人. 李侯, 名悠, 廣州人. 遂并刻之, 尙俾來者知作者之所始云."

여 오래도록 잊지 못함은 참으로 당연한 이치인 것이다.

우리 고을에 선생의 사우를 세움도 바로 이 때문이다. 선생은 본관이
하동(河東)이고, 휘(諱)는 여창(汝昌)이며, 자호(自號)는 일두(一蠹)이
다. 선생의 도덕이 고명하고 학문이 순독(醇篤)하였음은, 이미 역사책
에 밝게 나타나 있고 사림 사이에도 널리 알려져 있다. 이를 새삼 말하
고 싶어도 일월(日月)의 밝음을 밝다고 하는 꼴이 되니, 여기서는 우선
우리 고을에 사우를 세우는 뜻만을 이야기하고자 한다.

선생은 홍치(弘治)[중국 명나라 효종(孝宗)의 연호: 필자 주] 갑인년[甲寅年
(1494, 成宗 25)]에 부모 봉양 때문에 조정에 외직을 청하여 안음현감(安陰
縣監)으로 나왔다. 5년간 재직하다가 사화(史禍)[무오사화(戊午史禍)를 말
함: 필자 주]에 연루되어 종성(鐘城)으로 귀양가게 되었다. 그리고 7년 뒤
에 적소(謫所)에서 서거하였다.

선생이 5년 동안 인정(仁政)을 베풀고 문교(文敎)를 일으켜서 우리
백성으로 하여금 진심으로 기뻐하고 성심껏 복종하게 한 것에 대해서는
조목조목 나열하여 세세하게 이야기할 수 없을 만큼 많았다. 선생이 별
세한 뒤, 부인은 함양(咸陽)에 거주하였다. 안음현(安陰縣)과는 거리가
20리(里)나 되었다. 그런데도 이 현(縣)의 아전들과 백성은 새해가 되면
반드시 문밖에서 일제히 세배하고 안부를 물었다. 평상시 그 문 앞을
지나치는 자들도 또한 그러하였다. 부인이 서거하자, 이 현의 아전들과
백성은 누가 시키지 않았어도 자식처럼 달려와 장사(葬事)하는 일을 도
왔다 한다. 당시 백성이 선생을 얼마나 추모하였는지는 이를 통해 상상
할 수 있겠다.

선생이 현감으로 있을 때, 치민(治民) 10여 조목을 두었다. 후임으로
온 자들이 대대로 이를 지키고 감히 고치지 못했으니, 이에 우리 현의
부역(賦役)이 타읍에 비하여 가벼웠다. 이른바 "백성들이 지금에 이르
도록 그 은혜를 입는다" 함은 바로 선생을 두고 한 말이 아니겠는가?

우리 고을에서 사우를 세우려고 한지는 오래되었다. 그러나 이럭저
럭 예전대로 지내다가 지금에 이르기까지 세우지 못했으니, 어찌 우리

고을이 심히 부끄러워해야 할 바가 아니겠는가! 작년 봄에 고을 사람 윤할(尹劼)과 유세한(柳世漢)이 향중(鄕中)에 의논한 뒤, 마침내 전(前) 현감 박후(朴侯)에게 말하여 공사가 시작되었다. 그러나 얼마 되지 않아 박후가 체직(遞職)되어 돌아갔고 또한 윤할과 유세한도 물러남에, 책임질 사람이 없게 되어 일이 거의 이루어질 수 없을 뻔하였다.

　이에 고을 사람 정유명(鄭惟明)과 정유문(鄭惟文)이 분연히 자임하고 나서서, 신임 현감 이후(李侯)에서 저간의 사정을 이야기하였다. 이에 이후가 "나는 이 일이 오래도록 이루어지지 않아 괴이하게 생각하였다. 어찌하여 지금까지 늦어졌는가? 내가 사문(斯文)[유교를 말함: 필자 주]의 아름다운 일에 어찌 감히 소홀히 할 수 있겠는가?"라고 말하였다. 다시 공사를 시작하도록 명하여, 이듬해 봄이 지나서야 이윽고 완공되었다.

　고을 사람들이 나에게 고을의 어른이라 해서 그 전말을 기록하여 돌에 새기도록 부탁하였다. 나는 글이 좋지 못하다 하여 사양했으나, 고을 사람들이 더욱 한사코 부탁해 옴에 부득이하여 다음과 같이 당부하였다. "무릇 일이 이루어지고 이루어지지 못함에는 반드시 운수(運數)가 있는 법이다. 우리 고을에 사당(祠堂)을 세우는 일은 선생이 이 고을을 떠난 이후 누군들 생각하지 않았겠는가? 그러나 80여 년이 지난 뒤에야 비로소 사당을 세우게 되었으니, 이 어찌 운수와 때를 제대로 만난 것이 아니겠으며, 또한 사람을 제대로 얻은 것이 아니겠는가? 두 정씨(鄭氏)가 자임하고 나선 것은 귀하게 여길 만하며, 이후가 정성을 다한 것은 이 어찌 이른바 '기(氣)가 같음에 서로 찾고 소문을 들음에 흥기(興起)한다'는 것이 아니겠는가!"

　또 말하기를 "사당을 세우는 것은 선생을 사모하는 까닭에서이다. 선생을 사모함은 그 도(道)를 사모하는 까닭에서이다. 이 사당으로 하여 우리 고을 사람들이 선생의 교화를 잊지 않고 열심히 효제충신(孝悌忠信)에 힘쓰게 된다면, 이를 세우는 뜻에 합당하다 하겠다. 그렇지 않다면, 이 사당은 그 이름만 사모하고 그 도는 잊어버리는 존재에 가깝지 않겠는가?"라고 하였다. 또 말하기를, "옛사람의 사당을 보면, 무릇 몇

번이나 세워졌다가 다시 몇 번이나 허물어지기도 한다. 그 시작에 항상 책임지는 사람이 있어 세워졌지만, 그 종국에도 늘 책임지는 사람이 없어 허물어졌다. 만약 후인(後人)들이 혹 제사하는 일에 태만하여 이 사당이 무너짐을 면치 못하게 한다면, 우리 고을에 대한 죄인이 될 뿐만 아니라 실로 이후에 대한 죄인도 될 것이다. 이 모두에 대하여 후인에게 경계하지 않을 수 없다"고 하였다. 이에 모두가 "옳습니다"라고 하였다.

박후(朴侯)는 이름이 문룡(文龍)이고 본관은 함양(咸陽)이다. 이후(李侯)의 이름은 유(悠)이고 본관은 광주(廣州)다. 마침 함께 새겨, 후인들에게 사당 건립이 시작된 연유를 알리고자 한다.

이상과 같은 임훈의 「문헌공일두선생사당기」 역시 16세기 후반 향촌사림의 지역 내 동향과 언론활동의 일 양상을 잘 보여주고 있는 중요한 자료 가운데 하나라고 평가할 수 있을 것이다. 특히 이 글은 앞서 소개한바 「천령서원수곡통문」과는 달리 비록 「통문(通文)」의 형식을 취하고 있지는 않지만, 그럼에도 그 취지와 효과의 측면에서는 사실상 동일한 의미를 가진 것으로 이해할 수 있다.

첫째, 이 글은 '조선시대 교육사'의 측면에서 특히 '초기 사당(祠堂)의 건립과정'에 대한 구체적인 정보를 제공하고 있다는 점에서 주목된다. 이를 보다 구체적으로 살펴보면, ①'사당의 건립동기'가 앞서 소개한 서원(書院)의 경우처럼 일차적으로 '존현(尊賢: 어진이를 높임)'에 있었다는 점이다. 즉, 상기한바 '일두선생사당(一蠹先生祠堂)'의 경우에도 인접 고을인 함양(咸陽) 출신의 유현(儒賢)이자, 특히 안음현(安陰縣)의 현감(縣監)으로 치적(治績)을 남김으로써 일찍이 향촌사림의 형성과 교화에 뛰어난 업적을 남긴 인물인 정여창(鄭汝昌) 선생을 추모하고 그 유풍(遺風)을 기리기 위한 목적이 다시금 강조되고 있다. ②'사당의 건립주체'와 관련해서도 흥미로운 사실을 확인할 수 있는바, 즉 당시 서원의 경우와 마찬가지로 사당의 건립운동에 있어서도 어디까지나 향촌사림이 주도적 역할을 하는 가운데, 관(官)에서도 일정 정도 호응·보조하고 있음을 확인할 수 있다. 즉, '일두선생사당'의 경우에도 향촌사림의 일원인 윤할(尹劼)과 유세한(柳世漢)이 처음 그 건립을 발의하고 이어 정유명(鄭惟明)과 정유문(鄭惟文)이 본격적으로 자임·추진하는 가운데 관의 도움을 받아 이를 완성했던 정황을 잘 보여주고 있다.

둘째, 이 글은 '조선시대 언론사'의 측면에서도 비록 단편적이나마 당시 '유교공론장'의 실태를 짐작할 수 있는 유익한 정보를 제공하고 있다는 점에서 주목된다. 즉, ① 당시 사당의 건립은 어디까지나 향촌사림이 주체가 되어 자체의 독자적인 공론(公論)에 따라 발의되는 한편, 여기에다 수령(守令)으로 대표되는 관(官)의 동의와 호응을 받아 추진되고 있다는 점이다. 이러한 사실은 '일두선생사당'의 경우 향촌사림의 일원인 "윤할과 유세한이 향중(鄕中)에 의논한 뒤, 마침내 전(前) 현감 박후(朴侯)에게 말하여 공사가 시작되었다"고 소개하고 있는 데서도 잘 간취할 수 있겠다. 결국, 이상과 같은 일련의 사실은 당시 지역사회의 통치와 교화가 사실상 수령과 향촌사림 간의 긴밀한 협조를 통해 이루어지고 있었던 사정과 아울러 향촌사림의 자체적인 '공론장'이 이와 맞물려 활발하게 작동하던 정황을 증언하고 있는 것이 아닐까 한다. ② 이 글은 또한 그 맥락상 당시 향촌유생들이 '서원'과 마찬가지로 '사당'의 건립에도 주도적 역할을 담당함으로써 지역사회 내에서의 자신들의 위상과 상호간의 연대를 지속적으로 강화시켜 나가고 있었던 상황을 잘 보여주고 있다. 그리고 이러한 점은 곧 이 글이 향촌사림의 원로인 임훈이 후배 유생들과 대화·훈계하는 형식으로 마무리되고 있는 사실에서도 잘 확인된다고 하겠다.

2) '천거'를 통한 포상과 출사의 사례

(1) 경상도관찰사 김안국의 칭찬과 권장

임훈은 태어나면서부터 타고난 바탕이 순수하고 아름다웠으며 덕기
(德器)가 관후(寬厚)하고 일찍 성숙함에 어려서부터 놀이에는 별 관심이
없었고 이미 어른의 거동과 법도를 갖추고 있었다고 전한다. 이러한
그의 자질은 또한 어려서부터 남다른 효도와 우애로 나타났던바, 이로
써 당시 임훈 집안의 효성스런 가풍(家風)과 부친인 '석천공(石泉公)'[55]의
돈독한 가정교육이 어떠했는지를 짐작할 수 있겠다.

임훈의 부친인 석천공은 후인(後人)에 의해 "타고난 바탕이 단정하고
자상하며, 지조가 고결하여 한 점의 세속적 기운도 없음"[56]에 "평생 동
안 털끝만큼도 물욕에 얽매임이 없었던"[57] 인물로 평가·추모되고 있는
것처럼, 당시 사림의 학문정신과 생활태도를 모범적으로 실천해 나간
숨은 지식인이기도 하였다. 공(公)은 일찍이 과거를 통한 출사(出仕)를
염두에 두어 30세 되는 해(1507, 中宗 2)에는 사마시(司馬試)에 합격하여
진사(進士)가 되기도 하였으나, 당시 척신정치의 난맥상과 사화(士禍)가
점철되던 난세에 처하여 아예 벼슬길에 대한 생각을 끊고 초야(草野)에
은거하면서 오직 경명행수(經明行修)와 후생(後生)의 교육에만 전념하면
서 한평생 처사(處士)로서 일관하였다.[58] 특히 공은 자녀의 교육에도 지

---

55 임훈(林薰)의 부친인 '석천공(石泉公)'[1478~1561]은 휘(諱)는 '득번(得蕃)'이요, 자는
    '연경(衍卿)', 호는 '석천(石泉)'이다.

56 「行狀」(『葛川先生文集』卷4, 1b쪽) "考諱得[得]蕃), …稟質端詳, 志操高潔, 無一點世
    俗氣."

57 「先府君行狀」(『葛川先生文集』卷2, 32a쪽) "公性稟端愨, 志操淸潔, 生平無一毫物欲
    之累."

58 「先府君行狀」(『葛川先生文集』卷2, 31b~32a쪽) "丁卯春, 乃捷司馬. 是後累占解額, 竟
    屈南宮. 晩歲, 自分林泉, 無意世路. 唯以保田園敎子孫爲意.";「行狀」(『葛川先生文集』

극한 정성과 노력을 다하여, 평소에도 자녀들['임훈(林薰)·임영(林英)·임
운(林芸)' 3형제를 말함: 필자 주]을 몸소 차근차근 가르치고 채근하여 날이
저물거나 한밤중에 이르러서야 그쳤으며,[59] 또한 공이 46세 되는 해
(1523, 中宗 18)에는 본격적인 자녀 교육을 위하여 풍광이 수려한 마학동
(磨學洞)에 서당을 세운 것으로 전하기도 한다. 나아가 공은 경명행수와
관련하여 ① 대체로 과거 공부를 중시하지 않았고, ② 경전에 대해서도
단순한 장구(章句)의 암기보다는 그 의리(義理)의 이해와 시비득실(是非
得失)의 논평을 보다 우선시하였으며, ③ 외면적 저술 활동보다는 내면
적인 학문적 온축과 구체적 실천을 더욱 중시하였고, ④ 세속에서 힘쓰
는 세세하고 번다한 일에 대해서는 거의 언급하지 않는 등의 학문적
태도를 견지한 바 있다.[60]

결국, 이상과 같은 부친 석천공의 생활태도와 학문관은 당시 성장
·수학기에 있었던 어린 임훈에게도 지대한 영향을 미쳤던 것으로 보
인다. 왜냐하면 ① 이후 임훈이 차츰 성장하여 독서하고 경전에 대하여
생각하게 되면서부터 이미 그 대의(大義)에 통달하고 있었다는 사실[61]
이나 그가 경전의 가르침을 익힘에 있어 어려서부터 기송(記誦)[단순히
글을 기억하여 암송함: 필자 주]이나 훈고(訓詁)[경서(經書)나 고문(古文)의 자구

卷4, 1a쪽) "考諱得[淂]蕃, 初擧進士. 遂絕意世路, 屛迹山林, 唯以敎子孫訓後生爲事."

59 「先府君行狀」(『葛川先生文集』, 卷2, 32b~33a쪽) "子孫之敎也, 則克盡其誠. …循循警
策, 或至日晏, 或至夜分, …"

60 「先府君行狀」(『葛川先生文集』 卷2, 32b~33a쪽) "故雖主擧業, 而禮義之訓, 未嘗不至.
常謂薰等曰:「擧業之人, 例於經傳, 或塗抹之, 或割去之, 聖經賢傳, 豈可如是, 甚無謂
也!」又曰:「欲速之心, 讀書之害也. 惟口是尙, 容易讀過, 則豈可咀嚼其意味! 定省之
際, 每以經史文勢之可疑, 義理之難解而叩之者, 非欲其章句之末也. 發聖賢言論之是
非, 行事之得失而評之者, 盖亦爲格致之資也.」…而俗務之煩細, 鮮有及焉." ; 「行狀」(『
葛川先生文集』 卷4, 1b쪽) "(然而)進士公常言後生學未及成, 而先事著述之不可."

61 「行狀」(『葛川先生文集』 卷4, 1b쪽) "年稍長, 知讀書念經, 已通大義."

(字句)에 대한 고증이나 해석: 필자 주]보다는 그 대의를 꿰뚫는 데에 더욱 힘썼다는 점,[62] ② 세상에 나아감에 급급하지 않았다는 점,[63] ③ 부친 석천공의 지시에 따라 그가 어려서는 글 짓는 연습을 하지 않고 단지 학문의 연마에만 힘쓰다가 15~6세에 이르러서야 비로소 시험 삼아 글을 짓기 시작했다는 사실이나, 소시 적부터 시(詩) 짓는 것을 좋아하지 않았고 저술도 많지 않았다는 점,[64] ④ 어려서부터 가인산업(家人産業)에는 힘쓰지 않아 이후 한평생 동안 청빈한 생활로 일관했던 점[65] 등은 모두가 부친 석천공의 생활태도와 가르침을 충실하게 계승한 결과로 볼 수 있기 때문이다.

이처럼 임훈은 부친 석천공의 자상하고도 엄격한 훈육에 힘입어 이미 10대 후반기에 이르면 장차 큰 인물이 되는 데 필요한 인격적·학문적 자질을 스스로 갖추게 되었던 것으로 보인다. 이에 그가 18세 되는 해(1517, 中宗 12)에 당시 경상도관찰사로서 학행(學行)이 뛰어난 도내의 선비를 발굴하여 조정에 천거하고 지방자제들의 교육과 성리학적 실천윤리의 보급에 부심하던 김안국[金安國(慕齋), 1478~1543] 선생[66]도 젊

---

62 「行狀」(『葛川先生文集』卷4, 14a쪽) "其治經訓也, 自少不以記誦訓詁[語]爲急, 而務於通透大義."

63 「行狀」(『葛川先生文集』卷4, 14b쪽) "其不汲汲於進取也, 如此."

64 「行狀」(『葛川先生文集』卷4, 1b~2a쪽) "(然而進士公常言後生學未及成, 而先事著述之不可,) 故未嘗爲屬文之習. 至十五六時, 始試爲之, 其立言遺辭, 通透紆餘, 已有文章體製矣.";「行狀」(『葛川先生文集』卷4, 18ab쪽) "先生自少, 著述不多. …少不喜爲詩."

65 「行狀」(『葛川先生文集』卷4, 15b쪽) "自少不事家人産業. 簞瓢, 屢至空匱, 有人所不堪者, 而處之裕如, 不以爲意."

66 김안국(金安國)은 조선전기의 문신이자 학자로서, 본관은 의성(義城), 시호는 문경공(文敬公)이다. 조광조(趙光祖)·기준(奇遵) 등과 함께 김굉필(金宏弼)의 문인으로 도학(道學)에 통달하여 지치주의(至治主義)를 지향한 사림파(士林派)의 선도자가 되었다. 연산군(燕山君)과 중종조(中宗朝)에 각각 문과에 급제하여 예조참의(禮曹參議)·대사간(大司諫)·공조판서(工曹判書) 등을 역임하였고, 1517년(中宗 12)에는 경상도관찰사

은 임훈을 한번 보고는 앞으로 원대한 그릇이 될 것임을 알아보고 크게 칭찬하며 권장하였다고 전한다.[67]

(2) 성균관의 공천과 첫 번째 출사

이후 임훈은 앞서 소개한 바대로 성균관에서의 유학생활을 청산하고 낙향한 이래, 40대 중반에서 50대 초반까지 대략 8년(1545~1552)에 걸친 기간 동안 고향의 자이당에서 은거하며 강학(講學)에 몰두한 바 있다. 이처럼 은거하는 가운데서도 그는 사림의 일원이자 향리의 지식인으로서 의당 감당해야 할 사회적 역할에 대해서는 결코 등한시하지 않았으니, 대표적으로 그가 남계서원의 건립에 적극 동참하여 위기지학(爲己之學)을 지향하는 선비들의 장수처(藏修處)를 마련하는 데 남다른 노고를 마다하지 않았던 사실과 또한 고향의 산천을 남달리 사랑하여 덕유산(德裕山)의 향적봉(香積峯)을 유람하기도 했던 사실을 들 수 있을 것이다.

이처럼 향리에서 모범적인 처사(處士)의 길을 걷고 있던 임훈에게 뜻하지 않은 출사(出仕)의 길이 열리게 된다. 즉, 그가 54세 되는 해(1553, 明宗 8)에 성균관의 공천(公薦)에 따라 사직서참봉(社稷署叅奉)에 제수되었던 것이다.[68] 이로써 그는 무려 30 여년에 걸친 기나긴 경명행수기(經

(慶尙道觀察使)로 파견되어 각 향교에『소학(小學)』을 권하고,『이륜행실도언해(二倫行實圖諺解)』등의 언해서를 간행·보급하여 교화사업에도 힘쓴 바 있다. 기묘사화(己卯士禍(1519) 때에 파직당했으나, 이후 다시 등용되어 병조판서(兵曹判書)·대제학(大提學) 등을 역임하였다. 시문(詩文)으로도 명성이 있었으며, 저서로는『모재집(慕齋集)』등이 있다.

67 「行狀」(『葛川先生文集』卷4, 2a쪽)"慕齋·金文敬公嘗按本道, 一見先生, 知其有遠大器, 加獎歎不已."

68 「行狀」(『葛川先生文集』卷4, 2b쪽)"歲癸丑, 用館薦, 授社稷署叅奉."

明行修期)를 마감하는 동시에, 비록 4년여에 걸친 짧은 기간이나마 자신의 생애에 있어 첫 번째 사환기(仕宦期, 1553~1556)를 맞이하게 되었다.

당시 성균관의 천거제도에는 크게 두 가지가 있었다. ① 하나는 성균관의 학령[學令, 교칙(校則)]에 따른 것으로, 매년 초 성균관 유생들 가운데 행실이 바르고 재주가 뛰어나며 시무에 밝은 자 한두 명을 유생들이 자체적으로 상의하여 학관(學官)을 통하여 해당 관서에 천거함으로써 등용케 하는 경우이고,[69] ② 다른 하나는 『경국대전(經國大典)』의 「장권(奬勸)」 규정에 따른 것으로, 즉 "여러 해 성균관에 재학하고, 학문이 정치(精緻)·완숙(完熟)하며 몸가짐과 행실이 뛰어나면서 나이가 50살에 달한 자로서, 성균관의 일강(日講)[성균관 학관이 매일 실시했던 강시험(講試驗): 필자 주]·순과(旬課)[열흘마다 보였던 제술시험(製述試驗): 필자 주] 및 본조[本曹, 예조(禮曹)]의 월강(月講)[예조의 당상관(堂上官)이 매달 한 번씩 성균관 유생들에게 보였던 강시험: 필자 주]을 통틀어 계산하여 성적이 우수한 자" 등에 대해서는 특별히 왕에게 보고하여 서용(敍用)하는 경우로서,[70] 이를 따로 '공천(公薦)'이라 부르기도 하였다. 임훈의 경우에는 후자에 해당되는 것으로 추측되는바, 당시 성균관의 추천은 어느 경우를 막론하고 당사자에게는 매우 명예스러운 것이었다. 이는 성균관을 통하여 천거된 인물 가운데에는 일찍이 조광조[趙光祖(靜庵), 1482~1519]나 서경덕[徐敬德(花潭), 1489~1546]과 같은 인물도 포함되어 있었던 데서 짐작할 수 있다.

---

69 『太學志(上編)』卷5(「章甫」:「學令」) 및 『增補文獻備考』卷207(「學校考(六)」:「學官」) "學令"…諸生有操行卓異, 才藝出衆, 通達時務者, 一二人, 每歲抄, 諸生同議, 薦擧告學官, 申報該曹擧用."

70 『經國大典』卷3(『禮典』:「奬勸」)에 다음과 같은 규정이 나온다. "○累年居館, 學問精熟, 操行卓異, 而年滿五十者, 通考本館日講·旬課及本曹月講, 分數優等者; 累年赴擧文科館漢城試, 七度入格, 而年滿五十者, 啓聞叙用."

이에 임훈은 비록 참봉(參奉)이라는 미관말직이나마 이미 임금의 은명(恩命)이 엄중하고 부친의 권고도 급박함에 곧바로 상경하여 직책에 나아갔다. 그리고 이듬해(1554, 明宗 9)에는 집경전참봉(集慶殿參奉)으로, 그 이듬해(1555, 明宗 10) 여름에는 제용감참봉(濟用監參奉)으로, 다시 가을에는 전생서참봉(典牲署參奉)에 제수되기도 하였다.[71] 이처럼 대략 4년여에 걸친 초기의 사환기 동안 임훈은 종9품의 참봉이라는 하위직만을 전전하는 가운데 객지에서의 고생도 자심했던 것으로 전하는바,[72] 그럼에도 그는 이에 조금도 개의치 않고 맡은 직책에 대해서는 오직 물심양면으로 지극한 정성을 다했을 뿐이요, 직책이 낮다거나 거리가 멀다는 이유로 꺼리거나 불평하는 경우는 한 번도 없었다고 한다.[73]

그렇지만 임훈은 이 무렵의 관직생활에 대하여 결코 만족하거나 안주할 수 없었으니, 그 이유는 무엇보다 당시 그에게는 홀로 된 채 이미 연세 80세를 바라보는 연로한 부친이 계셨다는 점 때문이었다. 이에 평소 남달리 효심이 극진했던 임훈으로서는 이와 같은 서울에서의 관직생활을 미련 없이 청산하며 낙향하였다.

(3) 효행에 의한 천거와 정려의 포상

이처럼 연로한 부친을 마지막으로 봉양하기 위하여 4년여에 걸친 서울에서의 관직생활을 청산하고 낙향한 임훈은 이미 스스로도 회갑(回甲)을 바라보는 노쇠한 나이임에도 이때부터 아우 임운[林芸(瞻慕堂),

---

71 「行狀」(『葛川先生文集』 卷4, 2b쪽) "歲癸丑, 用館薦, 授社稷署參奉. 先生以恩命旣重, 親勸又迫, 乃起就職. 明年, 移集慶殿參奉. …又明年乙卯夏, 移濟用監參奉. …秋復授典牲署參奉."

72 「奉贈林先生歸鄕序」(『葛川先生文集(國譯)』, 「附錄」, 386쪽) "星霜於塵中, 飽辛酸於客裡."

73 「行狀」(『葛川先生文集』 卷4, 2b쪽) "恪供職物, 不以卑遠爲嫌."

1517~1572]과 함께 오로지 노래자(老萊子)[중국의 유명한 효자로, 70이 넘은
나이에도 부모를 기쁘게 해드리기 위하여 색동옷을 입고 춤을 추었다는 고사(故事)
가 전함: 필자 주]의 효행(孝行)을 무려 5년여(1557~1561)에 걸쳐 눈물겹게
실천해나간 바 있다.

　당시 이상과 같은 임훈 형제의 지극한 효행에 대하여 후학들은 다음
과 같이 회고하며 칭송하였다.

　　선생은 아우 참봉공(參奉公)과 함께 부친을 좌우에서 기쁘게 모시며
　봉양함에 조금도 어긋남이 없었다. 기분을 화평하게 하여 부친의 뜻을
　즐겁게 했으며, 말소리를 부드럽게 하여 부친의 귀를 즐겁게 했으며,
　용모를 온순하게 하여 부친의 눈을 즐겁게 했으며, 맛있는 음식으로 충
　실하게 봉양하였다. 부드러운 음식으로 마음을 기쁘게 해드리며, 효성
　스럽게 받들어 어김이 없었다. 고을과 나라에서 모두 칭송하였고, 종족
　(宗族)들도 흠잡을 데를 찾을 수 없었다. 이때 선생의 나이 60세였다.
　기력이 이미 노쇠했지만 아침저녁으로 부친을 보살피는 예의를 조금이
　라도 게을리 한 적이 없었으니, 이는 비범한 사람조차 행하기 힘든 일이
　었다.[74]

　그러나 이러한 임훈 형제의 애타는 마지막 봉양도 노령과 병고로
홀연히 세상을 떠나는 부친의 발걸음을 붙잡을 수는 없었다. 결국 그
가 62세 되는 해(1561, 明宗 16)에 그토록 두려워했던 부친상(父親喪)을
맞게 된다. 그가 끝내 부친의 임종을 당해서는 붙잡아 흔들면서 울부
짖고 가슴 치고 발을 구르면서 애통해 함이 너무 지나쳐서 며칠 동안

---

74 「行狀」(『葛川先生文集』卷4, 2b~3a쪽) "先生與弟參奉公, 左右懽侍, 就養無方. 和氣
　以樂其志, 柔聲以樂其耳, 婉容以樂其目, 甘旨以忠養之. 瀡滫怡愉, 孝奉無違. 鄕邦稱
　之, 宗族無間. 時先生行年六十, 氣力已至衰耄, 而定省之禮, 未嘗或懈, 此, 尤人所難
　能者也."

물 한 모금도 목으로 넘길 수 없었으니, 이에 마을 사람들이 놀라 억지로 구활하여 간신히 그를 소생시켰다고 전하기도 한다.[75] 부친의 장사를 지낸 뒤 임훈 형제는 약 35년 전에 있었던 모친상(母親喪)의 경우에서와 마찬가지로 묘 아래에 여막(廬幕)을 짓고 3년에 걸친 시묘(侍墓)에 들어갔으니, 이때 그는 아우와 함께 특히 『주자가례(朱子家禮)』를 누구보다 철저하고 모범적으로 실천해나간 것으로 전한다.[76]

당시 임훈 형제의 이처럼 지극하고도 변함없는 효행을 오랫동안 지켜보던 고을사람들 사이에서 자연스럽게 흠모하는 마음과 칭송하는 소리가 퍼져 나갔고, 이에 삼년상이 끝나는 해(1563, 明宗 18)에 접어들자 당시 안음현감으로 있던 박응순(朴應順) 공이 임훈 형제의 효행을 적은 향인(鄕人)들의 문첩(文牒)을 경상도관찰사 이우민(李友閔) 공에게 올렸고,[77] 이에 현감의 보고를 받은 관찰사가 다시 그들의 효행을 적은 현첩(縣牒)을 조정에 올리게 되었다. 결국 이듬해(1564, 明宗 19)에 조정에서는 임금의 명으로 임훈 형제에게 그동안의 지극한 효행을 기리는 정문(旌門)을 명(命)함으로써, 실로 성대하고도 영예로운 포상을 하사하기에 이르렀다.[78] 그리고 이러한 사실을 『명종실록(明宗實錄)』에는 다음과 같이 기록하고 있다.

남부충의위(南部忠義衛) 권옹(權擁), …안음(安陰)의 전참봉(前參奉)

---

75 「行狀」(『葛川先生文集』卷4, 3a쪽) "及其屬纊, 攀號擗踊, 勺飮不入口者數日. 鄕隣驚救, 乃得復甦."

76 『瞻慕堂先生文集(國譯)』, 「附錄」:「行狀」, 370쪽. "嘉靖辛酉, 丁外艱. 喪制一從紫陽 『家禮』."

77 『瞻慕堂先生文集(國譯)』, 「附錄」:「行狀」, 370쪽. "癸亥, 太守朴侯應順, 具實行牒, 聞于監司. 監司李公友閔, 轉奏于朝."

78 「行狀」(『葛川先生文集』卷4, 3b쪽) "後本道擧縣牒以啓, 越明年甲子, 上命旌先生兄弟之門."

임훈(林薰【품성이 순수하고 후덕하며 학술이 정밀하고 박학하여 전에 공천(公薦)으로 참봉의 직을 받았으나, 늙은 부친 때문에 곧 사직하고 돌아갔다. 집에 있으면서 부친 봉양에 마음을 다하였고, 부친을 기쁘게 함에는 온갖 일을 마다하지 않았다. 부친상(父親喪)을 당했을 때 나이가 이미 60세를 넘었으나 집상(執喪)하기를 게을리 하지 않았다】, 훈(薰)의 아우 임운(林芸【효성과 우애가 역시 도타워서, 평상시의 정성스러운 봉양과 상을 당하여 슬퍼함이 형인 훈(薰)과 다름이 없었다】, 이상 세 사람에 대해서는 정문(旌門)을 명하였다. …[79]

이로써 임훈의 50대 후반에서 60대 중반에 이르기까지 무려 7년여 (1557~1563)에 걸친 부친에 대한 노래자의 효행은 결코 의도한 바는 아니었으나 지극히 당연한 유종의 미를 거두면서, 일단 대단원의 막을 내리게 된다.

(4) 육현의 천거와 두 번째 출사

한편, 상기한 바대로 남다른 효행으로 지극한 존경과 포상을 받으며 향리에서 은거하던 60대 중반의 임훈에게 뜻하지 않게 다시 한 번 향촌사림의 일원으로서 당시의 정국과 관련하여 재야공론을 주도하는 중요한 사회적 역할이 부과된다. 즉, 그가 66세 되는 해(1565, 明宗 20)에 조정에서는 커다란 정국의 변화가 있었다. 이 해 4월에 문정왕후(文定王后)가 서거하면서, 그동안 권력을 천단하던 권간(權奸) 윤원형(尹元衡)이 관직을 삭탈당한 채 추방되어 자살하는 사건이 발생하였고, 또한 윤원형 등의 비호에 기대어 불교의 중흥과 교세 확장에 앞장섰던 인물

---

79 『明宗實錄』卷30, 19年 閏2月 乙亥條 "南部忠義衛, 權擁, …安陰前叅奉, 林薰【稟性純厚, 學術精博, 前日公薦, 授叅奉職, 乃以親老辭還. 家居, 盡心致養, 悅親無方. 及丁父憂, 年已六十, 而執喪不怠.】, 薰弟芸【孝友亦篤. 平居, 奉養之勤, 處喪之戚, 無異於薰.】, 命三人旌門."

인 승려 보우(普雨)도 조야(朝野) 간의 계속되는 격렬한 배불상소(排佛上疏) 때문에 마침내 제주도로 유배되었다가 끝내 장살(杖殺)을 당한 바 있다. 바로 이러한 상황 하에서 임훈 역시 이처럼 보우를 처단하라는 향촌유생들의 전국적인 공론의 형성에 적극 참여·기여함으로써 재야 사림의 일원으로서 자신의 정치적·사회적 책임을 다한 바 있다.

결국, 이와 같은 정국의 격변 속에서 윤원형 일파의 척신정권이 붕괴됨으로써 조정의 분위기는 일신되었고, 이러한 기류를 타고 명종(明宗)은 교지(敎旨)를 통해 그동안 초야에 은거하며 경명행수(經明行修)에 정진했던 사림파의 어진 선비들을 적극적으로 찾는 소명(召命)을 내리기 시작하였다. 바로 이러한 맥락에서, 이듬해(1566, 明宗 21) 6월에 명종은 직접 전국의 생원(生員)과 진사(進士) 가운데 육조(六條)['경명(經明)·행수(行修)·순정(純正)·근근(勤謹)·노성(老成)·온화(溫和)'의 육행(六行)을 말함: 필자 주]를 구비한 인물 4~5명을 특별히 선발하여 등용함으로써 권면하도록 하라는 전교(傳敎)를 이조(吏曹)에 내리게 되었고, 이에 이조에서는 대신들과의 의논을 거쳐 모두 6명을 추천하여 특별히 6품직(品職)에 제수할 것을 청한 바 있다. 이때 임훈도 이들 '육현(六賢)' 가운데 한 사람으로 천거되는 영광을 누렸다. 이로써 그는 다시 한 번 가까이는 부친에 대한 노래자의 효행, 보다 일반적으로는 한평생에 걸친 독실한 경명행수에 대한 국가의 공인과 서용(敍用)이라는 은전(恩典)을 입게 되었다.

이러한 사실을 『명종실록』에서는 다음과 같이 상세히 기록하고 있다.

이조(吏曹)에서 아뢰기를, "생원·진사 중에서 육조(六條)를 구비한 사람을 해조(該曹)가 4대신(大臣)과 의논하여 4~5인을 뽑아 등용하여 권면하도록 하라'는 전교가 전일에 있었습니다. 학생(學生) 이항(李恒), …전참봉(前參奉) 성운(成運), …전별좌(前別坐) 한수(韓脩), …전참봉

남언경(南彦經), …전참봉 임훈(林薰【천품이 순수하고 후덕하며, 어버이를 섬김에 효성이 지극하였다. 일찍이 사마시(司馬試)에 합격하고 공천(公薦)에 의해 참봉에 제수되었다. 부친의 뜻을 어기기 어려워서 출사하였다가 해를 넘겨 벼슬을 버리고 집으로 돌아갔다. 나이 60세가 넘었으나 거상(居喪)함에 예(禮)를 준수하였고, 시묘(侍墓)하는 3년 동안 한 번도 여막(廬幕)에서 나가는 일이 없었으며, 상도에 벗어난 과격한 행동을 하지 않았다. 이에 온 고을 사람들이 그를 추앙하고 복종하였으며, 헐뜯는 사람이 없었다. 그의 아우 임운(林芸)도 효우(孝友)와 조행(操行)이 그의 형과 다름이 없었다. 임훈은 생계를 도모하지 않아, 처자(妻子)를 항상 그 아우 임운에게 맡겼다. 임운은 형을 위하여 가산을 잘 경리(經理)하여 굶주림과 궁핍함을 면하게 하였다. 안음(安陰)이 그들의 고향이다】, 진사(進士) 김범(金範) …은 모두 재주와 품행이 있습니다. 비록 사마시(司馬試)에 합격하지 못한 자【이항(李恒)】가 있긴 하지만 또한 쓸 만한 사람입니다. 이 때문에 아울러 아룁니다. 다만 이 사람들 중에 연로한 자가 있기에 대신들과 의논하였더니, '모두 6품(品)으로 올려 주는 것이 온당하다' 하였으므로 취품(取稟)합니다"라고 하였다. 이에 "보고한 대로 하라"는 전교가 있었다.[80]

곧이어 이 해(1566, 明宗 21) 8월에 임훈은 언양현감(彦陽縣監)[81]에 제수되었다.[82] 이로써 그는 자신의 일생에 있어 두 번째 사환기(仕宦期,

---

80 『明宗實錄』卷33, 21年 6月 庚辰條 "吏曹啓曰:『生員·進士中, 六條俱備人, 該曹議于四大臣, 得四五人, 量用勸勵事』, 前日有傳敎矣. 學生李恒, …前叅奉成運, …前別坐韓脩, …前叅奉南彦經, …前叅奉林薰【天稟純厚, 賞實事守甚孝. 曾擧司馬, 以公薦授叅奉. 重違父志從亡, 踰年棄官歸家. 年過六十, 執喪遵禮, 居墓三年, 足不出廬, 不爲矯激之行, 而一鄕推服, 人無異辭. 弟芸亦孝友操行, 無異乃兄. 薰不治産業, 常付妻孥於芸. 芸爲之經理, 俾免餒乏. 安陰, 其鄕也.】, 進士金範, …俱有才行. 雖有未中司馬者【李恒】, 亦可用之人, 故竝啓. 但此人中, 或有年老者, 議于大臣, 則『皆以陞敍六品爲當』云, 取稟.』 傳曰:「如啓.」"

81 현재 경상남도 울주군 언양면 지역에 있었던 조선시대의 현(縣)이다. '현감(縣監)'은 종6품의 외관직(外官職)이다.

82 『明宗實錄』卷33, 21年 8月 庚申條 "韓脩爲掌苑署掌苑, 林薰爲彦陽縣監.【初授也】"

1566~1584)를 맞이하게 되었고, 결국 평소 경명행수를 통하여 온축해왔던 우국애민의 경륜을 그 일단이나마 발휘해 볼 마지막 기회를 얻게 되었다.

3) 「봉사」를 통한 언론활동의 사례

(1) 「을해사은봉사」의 사례

상기한 바대로, 임훈이 67세 되는 해(1566, 明宗 21) 6월에 '육현(六賢)'에 천거되고 곧이어 8월에 언양현감(彦陽縣監)에 부임함을 계기로 이후 군자감주부(軍資監主簿), 비안현감(比安縣監)에 연이어 제수되었다. 이어 그가 74세 되는 해(1573, 宣祖 6)에는 다시 지례현감(知禮縣監)과 종묘서령(宗廟署令)을 제수되었으나 병 때문에 사양하고 나아가지 않았다. 이어 반열이 정4품의 봉정대부(奉正大夫)에 오르고, 다시 품계가 격상되어 정3품의 장악원정(掌樂院正)에 제수됨에 더 이상 사양할 수 없어 억지로 몸을 일으켜 관직에 나아갔다.[83] 뒤이어 10월에 접어들자, 임훈은 다시 광주목사(光州牧使)에 제수되었다.[84] 이에 그는 나이가 많음을 이유로 사양하였으나, 허락하지 않는다는 선조(宣祖)의 전지(傳旨)가 있어 부득이 대궐에 나아가 인사하고 임지(任地)에 부임하였다.[85]

이때 임훈은 과거 현감으로 재직할 때와 마찬가지로, 당시 백성의 삶을 어렵게 만들었던 공납제(貢納制)의 폐단 및 부세(賦稅)와 요역(徭役)에서의 제도적 불평등을 항구적으로 바로 잡는 데에 무엇보다 우선하

---

83 「行狀」(『葛川先生文集』 卷4, 7a쪽) "萬曆元年, 除知禮縣監, 以病辭不赴. 改補宗廟令, 又不赴. 俄陞奉正, 守掌樂院正, 勉起赴召."

84 『宣朝實錄』 卷7, 6年 10月 戊午條 "…以林薰, 爲光州牧使."

85 「行狀」(『葛川先生文集』 卷4, 7ab쪽) "十月, 改守光州牧使. 先生卽引年辭避, 有旨不許, 卽陞辭赴任."

여 심혈을 기울였다. 예를 들면, ① 당시 광주(光州) 지방에서는 고니[천아(天鵝)]를 공물(貢物)로 바치고 있었는데, 그 수량이 과다하여 백성이 많은 고통을 겪고 있었다. 이에 그는 곧바로 이러한 사정을 관찰사를 통해 조정에 보고하여, 그 과반수를 감면받도록 해주었다. ② 또한, 그는 오래 동안 개선되지 못한 채 백성을 괴롭히고 있었던 부세와 요역의 불균등에 대해서도 즉시 몇몇 향인(鄕人)들과 함께 토지장부[전부(田簿)]를 바로잡는 데 착수하여, 결과적으로 그 부담을 고르게 만들기도 하였다. ③ 이외에도 그는 당시 백성을 병들게 했던 정요(征徭) 및 과역(科役)과 관련하여서도 직권으로 감면하고 고친 것이 한둘이 아니었다. 그러면서도 임훈은 대충대충 백성들을 기쁘게 하여 목전의 즐거움만 취하는 행위는 항상 경계하였으며, 어디까지나 먼 장래를 도모하는 계책에 따라 정사(政事)를 펴는 데 힘쓸 뿐이었다.[86]

이에 백성은 임훈의 정사를 매우 편하게 여겼고, 당시 전라도관찰사 박민헌(朴民獻) 공도 임금에게 올리는 서장(書狀)에서 다음과 같이 그의 치적을 높이 평가하였다.

> 전라감사 박민헌(朴民獻)이 서장을 올렸다. "수령들이 관사(官事)에 마음을 다하여 바야흐로 백성들이 혜택을 입고 있는데도 조금이라도 법망에 저촉되는 일이 있으면, 그 즉시 파직되어 돌아가게 됩니다. 비록 백성들이 붙잡고 호소하지만 이 또한 어찌할 수 없으니, 자못 선왕(先王)의 의현(議賢)하고 의능(議能)하는 뜻이 아닌 것으로 보입니다. 신(臣)이 본도(本道)의 수령 중에서 행정의 공효가 월등하게 드러난 사람들을 다

---

86 「行狀」(『葛川先生文集』卷4, 7b쪽) "州有天鵝之貢, 民甚病之. 先生卽馳報于監司, 因以轉聞于朝廷, 命蠲過半之數. 又其民素患賦役之不均, 而莫之敢改者, 久矣. 先生卽與一二鄕人, 改紀田簿, 以均其役, 民甚便之. 其他征徭科役之病民者, 私自低昻, 且減且改者不一, 而亦未嘗爲苟簡悅民之擧, 以取目前之快, 而唯務爲經遠之計也."

음과 같이 개록(開錄)합니다. 포숭(褒崇)하는 법에 진실로 경중이 있을
것입니다마는, 신의 구구한 마음으로는 이조(吏曹)로 하여금 모두 적록
(籍錄)하도록 하되, 만일 응당 파직해야 할 일이 있다손 치더라도 잉임
(仍任)을 계청하게 했으면 합니다. …광주목사(光州牧使) 임훈(林薰)은
공정하고 청렴하며 또한 결백함에, 백성이 빙호(氷壺)['인품이 고결함'을 비
유한 말: 필자 주]라고 지목하면서 다만 오래 유임하지 못하는 일이 생길까
두려워하고 있으며, …이조에 계하(啓下)하시기 바랍니다. …"[87]

이처럼 임훈은 당시 광주지방의 백성을 괴롭히던 여러 제도적 폐단
들을 과감하고도 기민하게 이정(釐正)하는 데에 무엇보다 진력하였다.
그러면서도 한편으로는 평소의 취미대로 여가가 생길 때마다 틈틈이
명승지를 찾아 유람하였다. 이에 그가 부임한 이듬해(1574, 宣祖 7) 4월
에는 75세의 고령임에도 불구하고 고경명[高敬命(霽峯), 1533~1592]을 비
롯한 현지의 명사들을 초대하여 함께 3박4일에 걸쳐 서석산(瑞石山)[현
재의 '무등산(無等山)'을 말함: 필자 주]에 올라 풍광을 두루 감상하였고, 이
어 하산 길에는 소쇄원(瀟灑園)과 식영정(息影亭)에 들러 주변의 아름다
운 경치를 밤늦도록 즐기기도 하였다.[88]
이때 임훈은 식영정에 올라 그 감흥을 다음과 같은 시(詩)로 읊기도
하였다.

식영정(息影亭)[89]
저물녘에 소쇄원(瀟灑園)을 찾았다가,　　　　　　　　薄暮尋瀟洒

---

87 『宣朝實錄』 卷8, 7年 7月 癸巳條.
88 보다 자세한 내용은 「高霽峯遊瑞石錄」(『葛川先生文集(國譯)』, 「附錄」, 408~444쪽)
　이 참조된다.
89 「息影亭」(『葛川先生文集』 卷1, 1b~2a쪽)

이제 식영정(息影亭)에 오르노라.　　　　　　　　　　來登息影亭
산색(山色)은 더욱 어두워 흐릿한데,　　　　　　　　　山顏猶暝色
하늘가에는 벌써 별들이 총총하네.　　　　　　　　　天際已昭星
대나무 그림자는 외로운 책상에 비치는데,　　　　　竹影侵孤榻
소나무 그늘은 온 뜰에 가득하네.　　　　　　　　　松陰滿一庭
푸른 술잔 오고가는 오늘 밤 이야기에,　　　　　　青樽今夜話
이 몸은 어느덧 신선이 된 듯하이.　　　　　　　　身若到仙扃

　　이 해에 임훈은 이미 연로한데다 병이 있어 스스로 목사직을 사직하
고 귀향하였다. 이때 광주지방의 부로(父老)들은 모두 그의 사직을 만
류하였다. 결국 그가 떠나게 됨에 이르러서는, 생각 있는 사민(士民)들
이 한결같이 탄식하면서 오래도록 그를 잊지 못했다고 한다. 이처럼
임훈이 광주에서 민심을 얻게 된 것은 어디까지나 그의 후덕함과 아름
다운 모범이 백성을 감복시킨 까닭이었고, 결코 속리(俗吏)들이 구구하
게 본심을 감추고 거짓으로 꾸며 명예를 구하는 것과는 같지 않았다.[90]
　　이처럼 임훈은 광주목사를 마지막으로 사실상 관직생활에서 은퇴하
였고, 이후부터는 다시 고향에서 한가롭게 여생을 보냈다. 이때부터
그는 명실공히 '국로(國老)'[공경대부(公卿大夫)로서 나이 70세를 넘어 벼슬을
그만두고 향리로 돌아와 노년을 보내는 사람: 필자 주]로서, 고을에서뿐만 아
니라 임금과 조정으로부터도 극진한 존경과 예우를 받았다. 임훈은 한
평생 청렴과 결백함으로 일관하여, 만년에 접어들어서도 여전히 생계
가 어려웠다. 이러한 사정을 전해들은 선조(宣祖)가 을해년[乙亥年(1575,

---

90 「行狀」(『葛川先生文集』 卷4, 7b~8a쪽) "越二年甲戌冬, 將辭還, 州之父老咸在于庭,
　　爲先生留行. 先生以老病難仕拒之, 明日遂行. 士民之有識慮者, 莫不齎咨歎息, 久而不
　　忘. 先生之所以得此於民者, 非若區區俗吏矯情干譽之爲耳. 其厚德懿範, 有以懷服其
　　民心者, 然也."

宣祖 8)] 겨울에 관찰사를 통하여 그에게 특별히 양식을 하사하였다. 이에 그는 「봉사(封事)」를 올려 임금의 은혜에 감사하였다.[91]

임훈은 이 글에서 ① 임금에게 다시 한 번 '정심(正心)·수신(修身)'의 근본에 힘쓸 것과, 한 신하 개인의 어려움조차 외면하지 못하는 그 은혜로운 마음을 미루어 모든 백성에게까지 널리 확충할 것['수본(修本)·추은(推恩)'의 설(說)]을 강조하였다. ② 이어 그는 특히 당시 영남(嶺南) 백성의 삶을 피폐하게 만들었던 군정(軍政)의 폐단에 대해서도 낱낱이 그 실상을 적어 진달(進達)하면서, 임금에게 그 이정(釐正)을 강력하게 호소하였다. 그 내용의 일부를 소개하면 다음과 같다.

제선왕(齊宣王)은 죽음이 두려워 벌벌 떠는 소를 보고 차마 해치지 못하는 마음을 가졌습니다. 이에 맹자(孟子)는 "이 마음이 왕 노릇 하기에 족하다"고 하였습니다. 지금 전하께서 초야의 한 백성이 궁핍하다는 소리를 들으시고 측은하게 여기시는 마음이 대궐에서부터 발동하였으니, 백성에게 어질게 하고 사물을 사랑하는 그 마음을 제선왕과 비교한다면 어찌 천만 배뿐이겠습니까? 장차 우리 동방의 억만 창생들은 전하의 은택을 입게 될 것이며, 끝내는 조수와 물고기에 이르기까지 다 그와 같은 데 이를 것입니다. 이 미천한 신하 한 몸만 고마움을 느끼게 하지 마시고, 장차 만백성에게도 경사가 되었으면 합니다. …

신은 선왕조(先王朝) 때 일찍이 편전(便殿)에 부름을 받아 치도(治道)의 요체를 묻는 질문에 망령되이 '정심(正心)·수신(修身)'의 설을 말씀드린 적이 있습니다. 전하께서 보위에 오르신 후, 신(臣)이 비안현감(比安縣監)으로 부임하던 날 편전으로 부르셔서 하고 싶은 말을 하도록 하셨을 때도 또다시 망령되이 '정심·수신'의 설을 말씀드렸습니다. 두 번

---

91 「行狀」(『葛川先生文集』卷4, 8a쪽) "乙亥冬, 上命賜先生食物. 先生乃以修本推恩之說, 具封事以謝."

모두 망령된 말이라고 배척하지 않으시고 도리어 들어 주셨습니다. 지금 이 '추은(推恩)·수본(修本)'의 설 또한 '정심·수신'의 일 아닌 것이 없습니다. …

지금 신이 전하의 하늘같은 은혜를 입고 조금이나마 보답할 방도를 생각함에, '수본·추은'의 설 이외에 달리 할 말이 없습니다. 그러나 다행히 전하께서 심상히 여겨 소홀히 하지 않으시고, 천박하게 생각하여 버리지 않으신다면, 실로 종묘(宗廟)와 사직(社稷), 신민(臣民)들의 복이겠습니다. 엎드려 바라건대, 전하께서는 유념하십시오. …

지금 다시 군정(軍丁)을 모집함은 백성에게 막대한 학정(虐政)이 됩니다. 그런데도 필시 촉박하게 할 것임에, 백성에게 해됨은 옛날과 비교하여 실로 몇 배는 될 것입니다. 아! 백성을 위한 은혜로운 정치는 외면한 채 시행하지 않으시고, 오히려 백성을 해치는 학정은 촉박하게 반드시 행하시고자 합니다. 이러함에 백성을 사랑하시는 전하의 마음이 가볍고 얇다는 혐의를 면하기 어려울 것이며, 은혜를 미루어 확충하는 전하의 도(道)가 혹 미진한 것은 아닌가 염려됩니다. 전하의 확충하시는 도가 과연 미진하다면, 신이 말씀드린 바 본원(本原)을 닦는 일에 반드시 노력을 다하셔야 합니다. 엎드려 바라건대, 전하께서는 유념하십시오. …[92]

---

92 「乙亥謝恩封事」(『葛川先生文集』卷2, 11a~14b쪽) "齊宣王見觳觫之牛, 而有不忍之心. 孟子以爲「是心, 足以王矣.」今殿下聞山野一民之窮, 而惻隱之念已動於宸衷, 其仁民愛物之心, 視齊王, 奚啻千萬? 將見吾東方億萬之生, 涵泳於聖澤之中, 而終至於鳥獸魚鼈之咸若矣. 此微臣不徒懷感於一身, 將欲致慶於萬姓者也. …臣於先王之朝, 嘗被召於便殿, 賜問以治道之要, 妄以正心修身之說爲獻. 及殿下臨御之後, 以比安縣監拜辭之日, 引見於便殿, 賜問以所欲言者, 又妄以正心修身之說爲獻. 皆蒙不斥以謬妄, 而反加俞允. 今此推恩修本之說, 亦莫非正心修身之事也. …臣今蒙殿下如天之恩, 思涓埃報效之路, 誠莫逾於修本推恩之說. 幸殿下勿以尋常而忽之, 輕賤而棄之, 則實宗社臣民之福也. 伏願, 殿下留神焉. … 今者, 再括軍丁, 爲生民莫大之虐政也. 而必至促迫而成之, 生民之害, 視舊倍徙也. 嗚呼! 爲生民之惠政, 則寢之而不行; 爲生民之虐政, 則迫之而必成. 是則殿下愛民之心, 恐或未免於輕且短也. 殿下推恩之道, 恐或未盡於擴而充之也. 擴而充之道, 果或未盡, 則臣之所謂修其本原者, 亦不可不致其勉勉孜孜之功也. 伏願, 殿下留神焉. …"

(2) 「정축사은봉사」의 사례

어느덧 2년이 지나 임훈이 78세 되는 해(1577, 宣祖 10) 가을에 다시 장악원정(掌樂院正)에 제수되었으나, 그는 당시 노병(老病)으로 거동이 불편하여 사양하고 나아가지 않았다. 이에 선조(宣祖)가 다시금 식량을 하사하였고, 임훈 또한 「봉사(封事)」를 올려 깊이 감사하는 마음을 개진한 바 있다.[93]

이 글을 통하여 임훈은 ① 우선 초야의 한 신하마저 외면하지 않는 그 은혜로운 마음을 부디 임금께서 널리 확충하여, 끝내는 조선(朝鮮)의 모든 백성이 다 같은 성은(聖恩)을 입도록 해줄 것을 다시 한 번 간곡히 요청하였고, ② 이어 그는 극심한 흉년으로 경상도와 전라도에서는 고을마다 아사자가 속출하던 당시의 참상을 상세하게 보고하면서, 그럼에도 백성을 구휼(救恤)하는 데는 무관심하고 무능한 조정의 정사에 대하여 강력하게 질책하는 가운데, ③ 마지막으로 그는 이러한 실정을 무시하고 양전(量田)을 새로이 시행하려는 조정의 처사가 불가함을 누누이 강조하면서, 무엇보다 국가의 기반이 되는 민심(民心)을 존중하고 이에 순응할 것을 애절하게 호소한 바 있다. 이에 그 내용의 일부를 소개하면 다음과 같다.

> 지금 또한 주상전하(主上殿下)께서 노인을 노인으로 대우함을 우선하시는 정치에 힘입어 곡진한 은혜가 주현(州縣)에까지 미쳐 미태(米太)를 멀리 산문(山門)에까지 보내주셨습니다. …하물며 이처럼 성은(聖恩)이 미치어 영광스럽게도 마을에 생기를 주시니 …비록 아첨하지 않으려는 뜻을 본받으려 한들 어찌 가능하겠습니까? …지금 전하의 은

---

93 「行狀」(『葛川先生文集』 卷4, 9b쪽) "丁丑秋, 再授掌樂院正, 以老病辭不赴. 上命賜食物, 卽以封事進謝."

혜가 미천한 신(臣)에 있어서는 천지(天地)에 망극(罔極)한 큰 은혜이
나, 해동(海東)의 억만(億萬) 생민(生民)에게 있어서는 아마도 두루 미
치지 못하는 바가 있는 것 같습니다. 신이 어찌 감히 제 한 몸 느낀 덕
(德)을 사사로이 해서 전하의 은혜를 조선(朝鮮) 전역에 두루 미치도록
하지 않고자 하겠습니까? …

신은 다만 궁촌(窮村)에 살면서 날마다 소민(小民)과 함께 지냄에 민
생(民生)의 이해(利害)와 휴척(休戚)에 대해서는 조정보다 자세하고 익
숙하게 알고 있습니다. 생각건대, 생민의 이해와 휴척을 보면 조정의
득실을 점칠 수 있다고 하겠습니다. 신은 "전염병이 발생함에 양계(兩
界)[함경도와 평안도: 필자 주]가 더욱 심하여 인민이 거의 다 죽고 도망하여
지난날 백성이 살던 마을이 지금은 황무지가 되었다"라는 말을 들었습
니다. 흉년의 탄식은 양남(兩南)[경상도와 전라도: 필자 주]이 더욱 심한데,
가을 수확은 작년의 반에도 미치지 못합니다. 근래 여기에 살던 백성은
모두 불안한 때에 나름의 계책을 세우기는 했으나 몇 달 사이에 사망한
백성이 한 고을마다 혹 8~90명에 이르고 죽은 소가 한 고을마다 천여
마리나 됩니다. …남중(南中)의 백성은 바야흐로 물 마른 곳의 붕어가
될 것이요, 앞으로 닥칠 화란(禍亂)은 필경 어떠할지 모르겠습니다.

아! 인사(人事)가 이러한 지경에 이름에 임금의 뜻을 헤아리기 어렵
습니다. …금일 조정 대신(大臣)들의 생각이 여기에 미쳐갈 수 있을지도
모르겠습니다. 신이 지금 백성의 형편을 살펴보니, 군적(軍籍)의 피해
를 입고 나서는 마치 병화(兵禍)를 입은 것 같습니다. 거기에다 천재(天
災)와 시변(時變)이 더하여 이처럼 극도에 이르러서는 모두가 장오(檣
烏)의 탄식을 하며 떠돌아다닐 계획만을 세우고 있습니다. 이때 성인(聖
人)이 임하신들 장차 무마(撫摩)하여 구휼할 겨를이 없을 것입니다. 그
런데도 지금 조정의 정령(政令)은 모두가 요민(擾民)과 침민(侵民)의 의
도에서 내려졌을 뿐, 한 털끝만큼도 애민(愛民)과 휼민(恤民)의 마음이
없습니다. 신은 무엇을 하자는 것인지 감히 알지 못하겠습니다.

옛날의 대신 중에는 한 마리 소가 기침하는 것을 보고도 근심하는

자가 있었지만, 지금의 대신은 옛사람과 다릅니다. 대저 30년마다 양전 (量田)하는 법(法)은 『경국대전(經國大典)』에 실려 있으니, 이는 진실로 국가의 막대한 사업입니다. 그러나 [양전사업(量田事業)을 마지막으로 시행했 던: 필자 주] 계축년[癸丑年(1493, 成宗 24)]에서부터 금년까지 85년이 되었습 니다. …85년 동안 민생의 어려움이 또한 지금처럼 극심한 때가 있었습 니까? 그럼에도 양전을 시행하게 된다면 민생의 노고가 낭비됨이 전쟁 의 어지러움만 같을 뿐만이 아닙니다. 해마다 풍년이 들어 백성의 삶이 넉넉하지 않으면 양전은 시행할 수 없습니다. 이 때문에 잠시 옛 법을 따라 민생의 형편이 나아져 양전을 시행할 수 있을 때를 기다려야 합니 다. 조종(祖宗)의 심모(深謀)와 원려(遠慮)를 왜 지금처럼 시끄러울 때 쓰지 않으십니까? …양전의 명령이 내려지자 양남(兩南)의 백성은 모두 …서로 허둥대고 걱정하며 어찌 할 줄 모른 채 다만 무성한 잡초의 무지 함을 부러워하고 남몰래 도원(桃源)처럼 살기 좋은 곳으로 도망갈 길이 없음을 탄식합니다. 아! 누군들 정협(鄭俠)의 「유민도(流民圖)」를 한번 임금에게 올려야하지 않겠습니까? 전하께서는 어찌하여 조종이 양전을 시행하지 않았던 심오한 뜻에 유념하시고 인민의 지극한 어려움을 생각 하시어 대신과 더불어 안민(安民)의 방도를 도모하시지 않으십니까? …

대저 국가가 법을 시행하는 일에 민심(民心)을 따르는 것만큼 좋은 것은 없으며, 민정(民情)을 거스르는 것만큼 나쁜 것은 없습니다. 진실 로 백성[民]은 나라의 근본이며, 근본이 견고하면 나라는 편안해집니 다. …신이 가만히 조정을 헤아려보니, 대신들은 범범(泛泛)히 떠들어 대기만 하고 소신(小臣)들은 유유(悠悠)히 세월만 보내면서 다만 국사 (國事)의 거행 여부만 따질 뿐 민생의 구휼(救恤) 여부는 알지 못하니, 이 어찌 고인(古人)이 갖옷을 뒤집어 입는 것을 경계한 가르침을 아는 처사이겠습니까? 엎드려 바라건대, 전하께서는 다만 법을 시행하는 데 그치지 마시고 반드시 때의 가부(可否)를 살피십시오. 때의 가부는 곧 민심의 소재이며, 민심의 소재는 곧 국가 치란(治亂)의 기반입니다. 대 개 정령(政令)을 시행함은 국가를 다스리고자 함인데, 도리어 그 기반

의 소재를 어지럽히고 있으니, 옳다고 할 수 있겠습니까? 엎드려 바라
건대, 전하께서는 유의하시어 살펴 채택하시기 바랍니다. …국사의 시
비(是非)와 민생의 휴척은 자연 덮어둘 수 없는 것이 있습니다. 신이
일찍이 무슨 말씀을 드렸습니까? …그러나 국사는 어지럽고 그 잘못된
것이 바로잡히지 않았는데, 하물며 신이 승직(陞職)의 명(命)을 받고 특
별한 하사품을 받았으니, 어찌 감히 소외된 신하임을 자처하며 한 마디
말도 진달(進達)하지 않을 수 있겠습니까? 하물며 임금을 사랑하고 나
라를 근심하는 마음은 타고난 본성으로 금할 수 없는 것이 아니겠습니
까? …엎드려 바라건대, 전하께서는 신의 이러한 뜻을 가련히 여기시고
그 죄를 용서해주십시오. 신은 격한 마음을 이기지 못하고 삼가 죽음을
무릅쓰고 아룁니다.[94]

---

94 「丁丑謝恩封事」(『葛川先生文集』 卷2, 15a~19b쪽) "…今者, 又蒙主上殿下政先老老,
恩私曲被州縣, 米太之送, 遠及於山門. …況此聖恩覃被, 榮生里巷, …雖欲效無諂之
志, 安可得也? …今也, 殿下之恩於微臣, 則有天地罔極之大, 而於海東億萬之生, 則似
有所不遍焉. 臣安敢私一己之感德, 而不欲殿下之恩遍及於靑丘之一域哉? …臣但以窮
村索居, 日與小民爲伍, 其於民生之利害·休戚, 則譬朝廷爲詳且熟焉. 窃以謂觀生民之
休戚·利害, 則可以占朝廷之得失矣. 臣聞'癘疫之發, 甚於兩界, 人民殆盡死亡, 昔日烟
火之地, 今直爲荒穢之墟'云. 凶歉之嘆, 甚於兩南, 西成之獲, 不能半昔年. 近歲奠居之
民, 皆爲杞涸之計, 數月之間, 人民死亡, 一邑或至八九十, 牛隻之死, 一邑或至千有餘
數. …南中之民, 方爲涸轍之鮒, 方來之禍, 未知其畢竟如何也. 嗚呼! 人事至此, 天意
難測. …不知居今日槐棘之下者, 尙能動念至此否. 臣觀今日生民之勢, 自經軍籍, 如罹
兵禍. 加之以天灾·時變, 至於此極, 奉作檣烏之嘆, 盡爲浮萍之計. 使聖人臨之, 則將
撫摩存恤之不暇, 而今日朝廷之政令, 率出於擾民·侵民, 而無一毫愛民·恤民之心者.
臣不敢知此何爲者也. 古之大臣, 見一牛之喘而有憂者, 今之大臣, 其亦異乎古之人矣.
夫三十年量田之法, 載在『大典』, 固國家莫大之事也. 然自癸丑至今年, 八十有五年矣.
…八十五年之間, 民生之勢, 亦豈無不至如今日之甚者乎? 然而量田之際, 民生之勞費,
不啻如兵革之亂. 非積年年豐人足之餘, 不可以行矣. 是以姑循其舊, 以待民生之勢之
可與有爲矣. 祖宗之深謀·遠慮, 豈不及於今日之紛紛者乎? …量田之令之下, 兩南之
民, …相與遑遑悶悶, 無以自容, 徒羨萇楚之無知, 窃嘆桃源之無路. 嗚呼! 誰將鄭俠之
圖, 一進黈纊之下哉? 殿下何不念祖宗未擧之深意, 思人民今日之最困, 與大臣謀所以
安其乎? …大抵國家施爲之事, 莫善於順民心, 莫不善於拂民情. 誠以爲民惟邦本, 本
固邦寧也. …臣窃料朝廷之上, 大臣泛泛, 小臣悠悠, 徒知國事之不可不擧, 而不知民生
之不可不恤, 此豈知古人反裘之戒哉? 伏願殿下, 不徒施其法, 而必察其時之可否焉.

한편, 이듬해(1577, 宣祖 10) 가을에도 임금이 다시금 곡미(穀米)를 하사함에 임훈은 「전(箋)」을 지어 사은(謝恩)한 바 있다.[95] 이처럼 임훈은 70대 후반의 노령임에도 기회가 있을 때마다 일련의 「봉사」와 「전」을 통하여 임금에게 당시 민생의 어려움과 조정의 실정에 대하여 기탄없이 직언함으로써 재야사림의 일원이자 존경받는 국로로서의 사회적 역할을 충실하게 수행해 나간 바 있다. 결국, 이러한 사실을 통해서 당시 재야사림의 애민정신과 민본사상의 구체적 내용이 무엇이며, 또한 그들이 수행했던 언론활동의 정신과 실상이 과연 어떠했는지를 부분적이나마 잘 간취할 수 있겠다.

2. 관인으로서의 언론활동

이상의 내용을 통하여, 임훈이 재야사림의 일원이자 향리의 지식인으로서 전개했던 일련의 사회적 활동의 양상을 특히 그의 지역적 '언론활동'에 초점을 맞추어 개관해보았다. 한편, 임훈은 관인(官人)의 입장에서도 활발한 언론활동을 전개한 바 있으니, 이 역시 당시에 이미 형성·활성화되고 있었던 '유교공론장(儒敎公論場)'과의 밀접한 관계 하에서 주로 '상소(上疏)'·'소대(召對)'·「봉장(封章)」의 형태로 구체화되었다. 이에 그 대표적 사례를 들자면 다음과 같다.

時之可否, 卽民心之所存, 而民心之所存, 卽國家治亂之基也. 凡政令之施, 欲國家之治, 而反亂其基之所存, 其可乎? 伏願殿下留神探察焉. …而國事之是非, 民生之休戚, 自有所不可掩者. 臣尙何言? …然國事搶攘, 羣亦有不恤其緯者, 況臣被超陞之命, 受異數之賜, 其敢以疎外自處, 而無一言之達乎? 況愛君憂國之心, 秉彝之所不能禁乎? …伏惟, 殿下憐其志而恕其罪, 臣不勝屛營戰慄之至, 謹昧死以聞."
95 「行狀」(『葛川先生文集』卷4, 10ab쪽) "戊寅秋, 又賜穀米, 進箋以謝."

1) '상소'를 통한 언론활동의 사례:「언양진폐소」

이미 소개한 바대로, 임훈은 67세 되는 해(1566, 明宗 21) 6월에 '육현
(六賢)'에 천거되고 곧이어 8월에 언양현감(彦陽縣監)에 제수되었다.[96]
이에 그는 현감을 제수한 임금의 은명(恩命)에 감격하여 67세의 고령임
에도 지체 없이 서울로 길을 떠났다. 그러나 마침 늦더위가 자심하여
도중에 더위를 먹어 병을 얻게 되었고, 이에 불가피하게 다시 귀향할
수밖에 없었다.

이러한 소식을 청홍도관찰사(淸洪道觀察使)의 서장(書狀)을 통해 접한
임금은 곧바로 다음과 같은 전교(傳敎)를 내렸다.

> 지금 청홍도감사의 서장(書狀)을 받아 보니, 임훈도 병을 얻었다 한
> 다.【임훈이 부름을 받고 올라오는 도중 더위로 병을 얻어 도로 본거지로 내려갔다.】 내
> 의원(內醫院)으로 하여금 해당되는 약을 지어 보내게 하고, 몸조리를
> 잘 하였다가 늦은 가을을 기다려 올라올 것과, 병중에 먹을 만한 음식물
> 을 제급(題給)할 것을 임훈과 본도의 감사에게 전례에 따라 하유(下諭)
> 하도록 하라.[97]

이러한 사실을 통해서 당시 임금이 얼마나 육현에 대하여 지대한
관심과 애정을 가지고 있었는지를 짐작할 수 있겠다. 그리고 약 한 달
을 기다려 9월에 날씨가 서늘해지자, 임금은 이들을 다시 서울로 불러
사정전(思政殿)에서 접견하고 치도(治道)의 요체에 대하여 하문하였다.
이에 대하여 임훈은 무엇보다 '격물(格物)·치지(致知)'와 '성의(誠意)·정

---

96 『明宗實錄』卷33, 21年 8月 庚申條. "韓脩爲掌苑署掌苑, 林薰爲彦陽縣監.【初授也】"
97 『明宗實錄』卷33, 21年 8月 乙丑條. "傳曰:「今觀淸洪監司書狀, 林薰亦得病云.【薰承
召上來, 中路患暍, 還歸本居.】令內醫院, 當藥製送, 善加將理, 待秋深, 上來之意, 及
病中可食之物題給事, 林薰及本道監司, 處依前下諭.」"

심(正心)'을 주 내용으로 하는 '수신(修身)'의 중요성을 특별히 강조하면
서, 특히 임금 자신의 수신과 솔선수범을 강력하게 촉구한 바 있다.[98]

이처럼 언양현감으로서 임금을 직접 알현하고 치도의 요체에 대하
여 소회(素懷)의 일단을 나름대로 개진했던 임훈은 임지에 부임해서는
당시 극도로 쇠잔한 현(縣)을 다시 소생시키고 도탄(塗炭)에 허덕이는
피폐한 민생(民生)을 구제하기 위하여 백방으로 부심하게 된다. 당시
언양현의 백성은 국가의 전반적인 수취체제의 모순, 특히 공납제(貢納
制)의 폐단과 군역제도(軍役制度)의 문란으로 인하여 극심한 고통을 겪
고 있었다. 이에 백성 가운데서는 과도한 세금을 견디다 못해 고향을
버리고 도망하거나 파산하여 유랑하는 자들이 비일비재하였고, 이에
마을마다 절호(絶戶)가 속출하였다. 한편 어쩔 수 없이 남아 있게 된
백성도 과중한 세금과 전가된 부담으로 인하여 원한에 사무쳐 있는
형편이었다. 그리고 이처럼 어려운 상황은 단지 언양현에만 한정된 것
이 아니라, 당시에는 전국적으로 만연된 현상이기도 하였다. 물론 이
러한 양상은 선초(鮮初) 이래 전반적으로 진행되어 온 사회·경제적 조
건의 변화에 따른 불가피한 측면도 없지 않았으나, 그 주요하고도 직
접적인 원인은 당시의 위정자, 특히 훈구파의 오래된 부패와 전횡에
따른 국정의 난맥상에 있었다. 즉, 멀리는 연산군조(燕山君朝)에서의 비
정(秕政)에서부터, 가까이는 을사사화(乙巳士禍) 이래 국정을 천단(擅斷)
해온 척신세력(戚臣勢力)의 비리와 농간에 이르기까지 당시 핵심지배층
의 사욕과 무능은 백성의 삶을 지속적으로 도탄에 몰아넣고 있었던
것이다.

바로 이러한 상황 하에서 현감으로 부임한 임훈은 무엇보다 쇠잔해

---

98 『明宗實錄』 卷33, 21年 9月 己亥條.

가는 언양 백성의 삶을 부지(扶持)하기 위하여, 우선 그들을 마치 갓난 아이를 쓰다듬고 어린아이 바라보듯 곡진하고 순하게 다루는 정사부 터 시행하였다. 기강과 법도를 펴는 것은 어디까지나 그 다음의 일이 었다.[99] 그리고 그는 지체 없이 당시 언양현 백성의 생활을 피폐하고 병들게 만드는 구조적인 제도적 폐단에 대한 면밀한 검토와 아울러 이에 대한 실질적이고도 본격적인 대책 마련에 착수하였다.

마침 이 해(1566, 明宗 21)부터 나라에는 전국에 걸쳐 기상이변이 속출 하였다. 즉, 겨울에 접어들었는데도 불구하고 평안도의 평양(平壤)에서 는 살구꽃이 만발하여 열매가 맺히고, 황해도의 해주(海州)에서는 진달 래꽃·장미꽃·배꽃이 만발하는가 하면,[100] 전라도의 함열(咸悅)에서도 능금꽃이 피고 열매가 맺히는 일이 생겼다.[101] 또한 서울에서도 유성(流 星)이 반복적으로 나타나고 햇무리와 달무리가 끊임없이 보이는가 하 면,[102] 한겨울인데도 사방에 안개가 짙게 끼고,[103] 대낮이 황혼처럼 어 두워지면서 천둥과 번개가 치고 지진이 발생하였으며 콩만 한 우박이 내리기도 하였다.[104] 또한 평양에서도 한겨울에 네 개의 무지개가 동시 에 뜨고 지진이 발생하기도 하는 등,[105] 전에 볼 수 없는 이변들이 이듬 해(1567, 明宗 22)까지 그치지 않고 계속되었다.

이처럼 반복되는 기상이변과 관련하여 당시 조정과 재야에서는 상

---

99 「彦陽陳弊疏」(『葛川先生文集』卷2, 4a쪽) "以是臣之政, 姑且委曲從順, 嬰撫而孩視, 綱紀法度, 不能一措於其間. 煦煦小仁, 固知其不可, 而維持垂絶之民勢, 不得不然也."
100 『明宗實錄』卷33, 21年 10月 庚午條.
101 『明宗實錄』卷33, 21年 11月 辛巳條.
102 『明宗實錄』卷33, 21年 10月 辛未條;『明宗實錄』卷33, 21年 10月 壬申條.
103 『明宗實錄』卷33, 21年 閏10月 甲辰條.
104 『明宗實錄』卷34, 22年 1月 戊寅條.
105 『明宗實錄』卷33, 21年 12月 己亥條;『明宗實錄』卷34, 22年 1月 庚午條.

당한 우려와 두려움이 표출되었다. 특히 조정의 사신(史臣)들은 이러한 이변에 대하여, 권간(權奸)들이 비록 제거되기는 하였으나 그들이 저질렀던 폐정(弊政)의 여폐는 여전히 남아 조정에는 공도(公道)가 없고, 여염(閭閻)에서는 민원(民怨)이 쌓여있으나 호소할 곳이 없음으로 하여, 그 원기(怨氣)가 하늘로 올라가 재진(災抮)이 잇따르는 것으로 해석하면서, 이를 엄중한 하늘의 경고로 받아들일 것을 주장하였다.[106] 또한 삼정승(三政丞)들은 이러한 재이(災異)와 관련하여 무능한 자신들을 체직(遞職)시키고 인사(人事)를 극진히 하여 천계(天戒)에 부응하라는 취지로 사직을 청하기도 하였고,[107] 영의정 이준경[李浚慶(東皐), 1499~1572]은 상소를 올려 후사(後嗣)를 지체 없이 세울 것을 주장하기도 하였다.[108]

한편, 임금도 이러한 일련의 상황을 국휼(國恤)에 해당하는 비상시로 심각하게 받아들여, 형송(刑訟)을 신속히 처리하고 국경의 수비를 강화하라는 전교를 내리기도 하였다.[109] 나아가 임금은 죄인들을 특별히 사면하면서, 당시의 정사와 관련하여 14항목에 걸친 덕음(德音)을 내리며 그 교구책(矯救策)에 대하여 조야에 걸쳐 널리 구언(求言)하였다. 물론 이는 말이 온당하지 않더라도 죄주지 않겠다는 파격적인 조건하에서였다.[110] 14항목에 걸친 덕음의 내용이란 다음과 같다.

내가 생각하건대, 임금의 마음은 만화(萬化)의 근원인데, 내 마음이 바르지 않아서인가? 조정은 사방(四方)의 근본인데, 정치가 모두 맑지 못해서인가? 사람을 등용하면서 어진이를 골랐다고는 하지만, 혹 등용

---

106 『明宗實錄』卷33, 21年 閏10月 甲辰條; 『明宗實錄』卷34, 22年 1月 戊寅條.
107 『明宗實錄』卷33, 21年 10月 甲戌條.
108 『明宗實錄』卷33, 21年 閏10月 壬寅條.
109 『明宗實錄』卷33, 21年 10月 癸酉條.
110 『明宗實錄』卷33, 21年 10月 丁亥條.

하지 못한 어진이가 남아 있어서인가? 뇌물이 지금은 없어진 것 같은데, 혹 조정에서 여전히 행해지고 있어서인가? 백성은 곤궁한데, 사랑하여 어루만짐에 마땅함을 잃어서인가? 군졸들이 병들어 파리한데도 구휼하지 않아서인가? 변방이 허술한데도 적을 막는 방비를 혹 잘못해서인가? 상벌(賞罰)은 마땅히 알맞게 해야 하는 것인데, 혹 참람함이 있어서인가? 원통하고 억울한 일은 마땅히 풀어 주어야 하는데, 혹 그렇지 못한 것이 있어서인가? 떠도는 백성은 마땅히 안집(安集)시켜야 하는데, 수령들이 백성의 재물을 약탈해서인가? 부역(賦役)은 마땅히 고르게 해야 하는 것인데, 백성의 원망이 또한 많아서인가? 풍속이 아름답지 못해 강상(綱常)에 관계되는 중대한 변고가 있어서인가? 혹 언로(言路)가 통하지 않아 간언(諫言)을 받아들이는 것이 흔쾌하지 않아서인가? 탐욕스런 풍조를 변혁시키지 못하고, 사치스런 습성을 고치지 못해서인가?

이러한 임금의 간절한 구언에 부응하여, 임훈은 부임한 이듬해(1567, 明宗 22)에 지방 수령의 자격으로서 「언양진폐소(彦陽陳弊疏)[언양현의 폐단을 진술하는 상소]」를 올리게 된다. 그는 이 상소문을 통하여 평소 자신의 경명행수(經明行修)를 통하여 온축해왔던 치인(治人)의 경륜과 우국(憂國)·애민(愛民)의 충정을 유감없이 발휘하고 있다.

이 상소문은 크게 세 부분으로 구성되어 있다. 첫째 부분은 임훈이 국가의 전반적인 일을 걱정하며 논한 것으로서, 특히 여기서는 ① 원래 저위(儲位[왕세자의 자리: 필자 주]는 오래 비워서는 안 되는 것인데도, 아직도 세자(世子)가 결정되지 않고 있는 점, ② 조정은 반드시 정직해야 하는데도, 여전히 탐관오리들이 기승을 부리고 있는 점, ③ 학교[관학(官學)] 교육이 피폐하고 해이하게 된 점, ④ 국경의 수비가 허술하고 엉성한 점을 지적하고 있다.[111]

둘째 부분에서는 당시 언양현 백성들의 생활을 피폐하고 병들게 만들었던 구조적인 제도적 폐단들 가운데서 가장 그 시정이 다급한 여섯 가지 사안을 제기하고 있다. 즉, ① 현(縣) 내의 인구가 현격히 줄어들어 원래의 정원대로 수군(水軍)을 징집할 수 없는 호수(戶數)가 상당히 많은데도, 애초의 부담이 조정되지 않은 채로 남은 백성에게 계속 부과되고 있는 점[수군절호(水軍絕戶)], ② 기인(其人)[궁중과 관아에서 사용하는 숯을 공급하는 사역을 맡았던 경아전(京衙前)의 일종으로, 사재감(司宰監)에 소속됨: 필자 주]으로 사역(使役)나갈 향리(鄕吏)의 수가 현격하게 줄어들어 원래의 규정대로 부응할 수 없는데다, 숯을 상공(上供)하는 부담이 너무 과중하여 그것이 일반백성에게까지 부당하게 전가되고 있는 점[기인가목(其人價木)], ③ 묵어서 농사를 지을 수 없는 전답(田畓)에 대해서는 조정에서 이미 면세 조치를 취했음에도 언양현에서는 이에 대해 세미(稅米)만 면제되고 공물(貢物)은 면제되지 않은 채 백성에게 계속 강요되고 있는 점[진전공물(陳田貢物)], ④ 백성의 형편이 매우 쇠잔하여 묵은 빚을 징수할 방도가 사실상 없는 점[왕년진채(往年陳債)], ⑤ 도망한 노비(奴婢)들이 태반이고 남아있는 자들도 피폐하여 과거의 미납된 공포(貢布)[노비에게 신공(身貢)으로 부과하는 포(布): 필자 주]를 징수하는 일이 사실상 불가능한 점[왕년공포(往年貢布)], ⑥ 삭선(朔膳)[매월 초하루에 각 도(道)에서 나는 특산물을 임금에게 올리는 일: 필자 주] 봉납의 회수와 기한이 지나치게 빈번하고 촉박하여 백성의 고통이 자심한 점[진상산행(進上山行)]이 바로 그것이다.[112]

---

111 「彦陽陳弊疏」(『葛川先生文集』卷2, 1b쪽) "伏見, 國家之事, 可言者多矣. 儲位不可久曠, 而前星未定. 朝廷不可不正, 而貪汚未戢. 以至學校之廢弛, 邊圉之虛疎, 所悶者不一而足."

112 「彦陽陳弊疏」(『葛川先生文集』卷2, 2b~5b쪽) "其一曰:「水軍絕戶」也. …其二曰:「其

마지막 부분에서는 상기의 여섯 가지 폐단에 대한 나름대로의 구제
방안을 구체적으로 제시하고 있다. 즉 ① '수군절호(水軍絕戶)'의 경우,
원래의 정원대로 수군을 징집할 수 없는 호수(戶數)의 부족분에 대해서
는 군대를 편제하고도 아직 여유 인원이 있는 관아에다 분담시키도록
할 것, ② '기인가목(其人價木)'의 경우, 군졸(軍卒) 문제처럼 긴요하게 처
리하여 폐단을 바로 잡을 것, ③ '진전공물(陳田貢物)'의 경우, 진전에
대한 공물 수납도 완전히 면제할 것, ④ '왕년진채(往年陳債)' 및 ⑤ '왕년
공포(往年貢布)'의 경우, 국가에서 과감하게 탕감할 것, ⑥ '진상산행(進
上山行)'의 경우, 비록 폐지하지는 못한다 하더라도 부유한 고을과 부담
을 나누어지도록 할 것이 그것이다.[113]

임훈은 이상과 같은 내용으로 언양현의 어려움과 그 해결방안에 대
하여 백성을 대신하여 진솔하고도 애타게 호소하였다. 그러면서 임금
이 전례대로 처리하는 데 그치지 말고, 특별히 조정의 대신들과 의논
하여 특단의 조처를 취해 줄 것을 거듭거듭 강력하게 요청하였다.[114]
그의 이와 같은 절절한 우국·애민의 충정은 대표적으로 다음과 같은
말에서도 잘 드러난다.

人價木」也. …其三曰:「陳田貢物」也. …其四曰:「往年陳債」也. …其五曰:「往年貢布
」也. …其六曰:「進上山行」也. …嗚呼! 臣之不能奉法, 而獲罪於上者, 豈止於此哉!
而此六者, 茲縣之弊之大者也."

113 「彦陽陳弊疏」(『葛川先生文集』卷2, 6ab쪽) "所以救民之策, 臣請陳之. 四丁之絕戶,
三丁之闕額, 分諸有旅外之官, 以充其數, 以蘇殘縣之民, 可也. 其人之役, 非如軍卒之
緊, 重爲殘縣之弊, 雖廢一名, 亦何不可之有? 陳田之貢之除, 尤所不難者, 在有司行
一紙之文耳. 陳債之催, 陳貢之促, 亦不可棄之乎? …朔膳之貢, 雖不可廢, 亦不可分
諸阜盛之邑, 以均其勞乎? …"

114 「彦陽陳弊疏」(『葛川先生文集』卷2, 6b쪽) "臣所陳六弊, 願留聖念, 議及大臣, 斷自
宸衷."

『시경(詩經)』에 "나무가 넘어지려면 뿌리부터 먼저 뽑힌다"고 하였습니다. 저는 뿌리부터 먼저 뽑히는 일이 언양현에서부터 시작될까 두렵습니다. 언양현의 쇠잔함은 보통의 경우보다 훨씬 더 심합니다. 지금에 있어서도 예사로 보아 일반적으로 논의해서는 안됩니다. 예사롭지 않은 병을 치료하려면 반드시 예사롭지 않은 약을 씁니다. 언양현의 폐단을 구제함은 또한 지난날의 예사로운 대책으로는 가능하지 않습니다.

저는 『주역(周易)』에 "위를 덜어 아래에 보탠다"는 교훈이 있고, 『서경(書經)』에는 "뿌리가 튼튼해야 나라가 편안하게 된다"는 훈계가 있다고 들었습니다. 제가 아뢰는 바가 비록 백성을 우선시하고 국가는 뒤로 하는 것 같이 얼핏 보일런지 모르지만, 그 말을 따라 의도를 살펴보면 또한 결과적으로 위를 보태고 나라를 편안하게 하는 데 있을 뿐입니다. …

언양현 백성의 경우, 재물은 이미 바닥났고 힘도 벌써 다하였습니다. 그런데도 착취는 그치지 않고, 사역 또한 끝이 없으니, 아! 누가 정협(鄭俠)의 「유민도(流民圖)」를 올려 전하께 한번 보일 수 있겠습니까? …엎드려 바라건대, 전하의 밝은 예지로서 살펴 주십시오. 저는 격한 마음과 지극한 두려움을 이기지 못하고 죽음을 무릅쓰며 삼가 아룁니다.[115]

임훈이 임지에서 이상과 같은 내용의 상소문을 올리자, 임금은 비답(批答)을 통해 해조(該曹)의 대신들에게 일일이 살펴 거행할 것을 명하였다. 또한 경상도관찰사에게 전지(傳旨)를 보내 그가 친민(親民)의 관직에 있으면서 창생(蒼生)의 곤란을 살피고 그 폐단을 상언(上言)한 것

---

115 「彦陽陳弊疏」(『葛川先生文集』卷2, 7a~8a쪽) "『詩』曰:「顚沛之揭, 本實先拔.」臣恐本實之拔, 先自彦陽也. 盖彦陽之殘, 特甚於尋常. 在今日, 不可例視而泛論也. 救非常之病者, 必用非常之藥. 欲救彦陽之弊, 亦非循常襲古之策所能爲也. 臣聞, 『易』有「損上益下」之訓, 『書』有「本固邦寧」之戒. 臣之所陳, 雖似先民而後國, 因其言而求其意, 則亦惟在於益上而邦寧也. …彦陽之民, 其財已盡, 其力已竭, 而猶且取之不已, 使之不已. 嗚呼! 誰進鄭俠之圖, 一經殿下之重瞳乎? …伏惟, 聖明特垂睿鑑焉. 臣某不勝激切屛營之至, 謹昧死以聞."

에 대하여 가상히 여기는 뜻을 전하도록 하였다.[116] 이상의 상소를 올린 지 얼마 되지 않아, 그가 68세 되는 해(1567, 明宗 22) 6월에 명종(明宗)이 승하하였고,[117] 이에 임훈도 곧 언양현감을 사직하고 고향으로 돌아왔다.

2) 「소대」를 통한 언론활동의 사례

(1) 「병인소대」의 사례

위에서 소개한 바대로, 임훈은 67세 되는 해(1566, 明宗 21) 6월에 '육현(六賢)'에 천거되고 곧이어 8월에 언양현감(彦陽縣監)에 제수되었다. 이에 그는 고령임에도 즉시 부임을 위해 상경하다가 늦더위로 병을 얻게 되어 다시 귀향하는 우여곡절 끝에, 약 한 달을 기다려 9월에 날씨가 서늘해지자 임금은 다시 그를 서울로 불러 사정전(思政殿)에서 접견하고 치도(治道)에 대하여 하문하였다. 이때의 정황을 『명종실록』에는 다음과 같이 자세하게 전하고 있다.

> 상(上)께서 사정전(思政殿)에 나아가시어 장원(掌苑) 한수(韓脩), 사축(司畜) 이항(李恒), 지평현감(砥平縣監) 남언경(南彦經), 언양현감(彦陽縣監) 임훈을 불러 접견하셨다.【이에 앞서 상이 이조(吏曹)에 명하시어 유일(遺逸)의 선비와 경명(經明)·행수(行修)하고 노성(老成)·순정(純正)한 사람을 천거하도록 하심에, 이조에서는 한수 등 4인과 성운(成運)·김범(金範)으로써 명에 응하였다. 이때에 와서 상이 이들 4인을 불러 접견하시고 치도(治道)를 물으심에 각각 고훈(古訓)을 이끌어

---

116 「行狀」(『葛川先生文集』卷4, 5a쪽) "疏入. 上降批曰:「該曹大臣, 一一擧行.」又傳于本道監司曰:「今觀彦陽縣監林薰疏辭, 身在親民之官, 目覩蒼生之困, 仰陳各條之獘, 予甚嘉焉. 卿其傳此意于本縣」云."
117 『明宗實錄』卷34, 22年 6月 辛亥條.

대답하였으나 그 말들이 매우 조창(條暢)하지는 못하였다. 김범은 외지에 있어 이르지
않았기 때문에 이날 참여하지 못했다.○⋯임훈은 시골에 살 때 효우(孝友)로 칭송을 받았
다. 이보다 앞서 벼슬에 제배(除拜)되었으나 부임하지 않았다. ⋯이 달에 모두 6품직을
제수받았다. 성운은 병으로 들어오지 않았다.】

　상께서 이들 네 사람을 앞으로 나오게 하시고, 이어 전교하시기를,
"내가 불민(不敏)한 사람으로 외람되이 신민(臣民)을 주관하니, 비록 현
인(賢人)을 좋아하는 성의는 모자라나 어찌 현인을 구하는 뜻이야 없겠
는가! 당금의 말세에 경명·행수를 어찌 귀중하게 여기지 않을 수 있겠
는가! 내가 그래서 가상히 여긴다. 고금의 치란(治亂), 세도(世道)의 청
탁, 치국(治國)의 도리, 학문하는 방법, 그리고 가언(嘉言)·선행(善行)
에 대하여 내가 듣기를 원하니, 숨김없이 다 진언하라"하시니, ⋯

　임훈이 아뢰기를 "신(臣)은 본디 학문은 제대로 못하고 과업(科業)만
약간 익혔으므로 성리학(性理學)에 대해서는 잘 모르며, 초야에 물러나
엎드려 있었으므로 가언(嘉言)과 선정(善政) 또한 알지 못합니다. 다만
옛사람들의 글을 읽으면서 임금의 정치와 교화는 수신(修身)에 지나지
않는다는 것을 알았습니다. 이 때문에 『대학(大學)』의 팔조목(八條目)
에서는 '한결같이 모두 수신으로 근본을 삼는다'라고 하였고, 『중용(中
庸)』의 구경(九經)에서는 '수신이 구경의 근본이 된다'고 하였습니다.
그러나 수신하는 방법에도 또한 근본이 있으니, 진실로 그 근본을 알지
못하면 학문을 제대로 할 수가 없습니다. 한유(韓愈)가 도(道)를 논하면
서 격물(格物)·치지(致知)를 말하지 않음에 옛사람들은 두서(頭緖)없는
학문이라 기롱하였고, 소식(蘇軾)이 학문을 논하면서 성의(誠意)·정심
(正心)을 언급하지 않음에 선유(先儒)들은 학문하는 근본을 알지 못한
것이라 여겼습니다. 그러니 격물·치지와 성의·정심을 버려두고 무엇
으로 학문을 하겠습니까? 예나 지금이나 치도를 논하는 자들 치고 수신
·정심을 말하지 않은 자가 없었습니다마는, 말하는 자도 케케묵은 이야
기하듯 하였고 듣는 사람 또한 심상(尋常)한 말처럼 여겼습니다. 그러
나 이를 버려두고 다른 것을 이야기한다면 모두가 구차할 따름입니다.

상께서 먼저 수신에만 힘쓰시며 더욱 노력하신다면, 이른바 고금의 치란, 세도의 청탁, 치국의 도리, 학문하는 방법 등이 모두 여기에 벗어나지 않을 것입니다"라고 하였다.【네 사람의 말이 모두 훌륭하였으나, 고금의 치란 및 가언과 선행에 대한 질문에 대해서는 각자 빠뜨린 점이 있다. …임훈은 모발과 눈썹은 희었으나 얼굴은 노쇠하지 않았으며, 크고 원만한 모습이 참으로 빼어난 기상이었다. 초야에서 와서 갑자기 편전(便殿)에서 대답하되 거동과 법도에 어긋남이 없었고, 기세가 안정되고 말이 유창하였으니, 평소 수양한 바가 없었다면 어찌 그렇게 할 수 있었겠는가? 그의 행동거지만 바라보아도 역시 보통사람과는 달랐다.】 …

상께서 이 네 사람들에게 술을 내리도록 명하셨다.[118]

상께서 이조에 전교하셨다. "경명·행수하여 선발에 참여된 사람들을 알맞게 승진시키도록 하라."[119] 승정원(承政院)에서 아뢰기를 "오늘 징소(徵召)한 사람들을 인견(引見)하여 온화한 얼굴로 강론하시고 낭랑한 목소리로 수작(酬酢)하시며 그들의 말을 깊이 음미하시고는 곧 승진시키라는 명을 내리시니, 신들은 몹시 감격스럽습니다. 그러나 그 사람만

---

118 『明宗實錄』卷33, 21年 9月 己亥條. "上御思政殿, 召見掌苑韓脩, 司畜李恒, 砥平縣監南彦經, 彦陽縣監林薰.【先是, 命吏曹薦遺逸之士, 經明·行修·老成·純正之人, 吏曹以脩等四人及成運·金範應命. 至是召見, 問以治道, 各敷引古訓以對, 其言不甚條暢. 範則方在外未至, 故是日不俱焉. ○…薰居鄕, 以孝友稱. 前此拜官不赴. …是月, 俱授六品職. 運以病未入.】上使四人前進, 仍傳曰:「予不以不敏, 叨主臣民, 雖乏好賢之誠, 豈乏求賢之意! 當今末世, 經明·行修, 豈不可貴乎! 予用嘉焉. 古今治亂, 世道淸濁, 治國之道, 爲學之方, 嘉言·善行, 予願聞焉, 悉陳無隱.」…林薰曰:「臣素無學問, 小習科業, 不知理學, 退伏草野, 嘉言善政, 亦不能知. 但讀古人之書, 見人君政化不過修身. 是以『大學』八條曰:『壹是皆以修身爲本』, 『中庸』九經曰:『修身爲九經之本.』然修身之道, 亦有其本, 苟不知本, 無以爲學. 韓愈論道, 不言格致, 古人以無頭學問, 譏之; 蘇軾論學, 不言誠正, 先儒以爲不知爲學之本. 捨格致·誠正, 何以爲學? 古今論治道者, 無不以修身·正心爲言, 言之者, 亦似陳言, 聽之者, 亦似尋常. 然捨此言他, 則皆苟而已矣. 自上專務修身而勉强焉, 則所謂古今治亂, 世道淸濁, 治國之道, 爲學之方, 皆不外是矣.」【四人之言, 固皆善矣, 而於古今治亂, 嘉言善政之間, 各有闕焉. …薰髮眉晧白, 蒼顔不衰, 渾是眞絶之氣. 起來草野, 遽對便殿, 擧度不差, 氣定辭暢, 不有所養, 其能然乎? 望其儀止, 亦異於常人矣.】 …上命賜酒四人等."

119 『明宗實錄』卷33, 21年 9月 己亥條. "傳于吏曹曰:「經明·行修, 衆選之人, 量宜超陞.」"

등용하고 그 말은 쓰지 않는다면, 어진이를 등용해도 아무런 이익이 없습니다. 네 사람이 진술한 말을 모름지기 명심하고 보존하여 일을 행함에 시행한 연후에야 비로소 어진이를 좋아하는 실상을 온전히 하고 날로 새롭게 하는 덕에도 도움이 있을 것입니다"라고 하니, "보고한 뜻을 알았다"는 전교가 있었다.[120]

이상과 같이 임훈은 치도(治道)의 요체를 묻는 임금의 질문에 대하여 '격물(格物)·치지(致知)'와 '성의(誠意)·정심(正心)'을 주 내용으로 하는 '수신(修身)'의 중요성을 무엇보다도 강조하면서, 특히 임금 자신의 수신과 솔선수범을 강력하게 촉구하였다. 결국, 그의 이러한 주장은 기실 젊은 시절 이래 거의 한평생 동안 스스로 변함없이 실천해 왔던 치열한 경명행수(經明行修)의 실상을 핵심적으로 천명한 것이다. 동시에 이는 그가 사림의 일원으로서, 이미 지치(至治)의 실현을 위하여 군덕(君德)의 격정(格正)과 솔선수범을 강조한 바 있었던 기묘사림(己卯士林)의 문제의식과 입장을 충실하게 계승·대변하고 있는 것이기도 하였다.

한편, 당시 임훈의 당당하고도 빼어난 대인군자(大人君子)의 풍모는 "초야에서 와서 갑자기 편전(便殿)에서 대답하되 거동과 법도에 어긋남이 없었고, 기세가 안정되고 말이 유창하였으니, 평소 수양한 바가 없었다면 어찌 그렇게 할 수 있었겠는가? 그의 행동거지만 바라보아도 역시 보통 사람과는 달랐다"는 당시 사관(史官)의 극찬에 가까운 객관적 평가를 역사에 남기게 하였다.

---

120 『明宗實錄』 卷33, 21年 9月 己亥條. "政院啓曰:「今日引見徵召之人, 和顏講論, 酬酢如響, 深味其言, 旋有超陞之命, 臣等不勝感激. 然用其人, 不用其言, 則無益於用賢也. 四人所陳之言, 須體念操存, 施於事爲, 然後好賢之實乃盡, 而有補於日新之德矣.」 傳曰:「啓意知道.」"

(2) 「경오소대」의 사례

명종(明宗)이 세자를 공식적으로 결정하지 못하고 승하하자, 을축년[乙丑年(1565, 明宗 20)]의 하서(下書)[이 해에 명종이 병중에서 임시로 종친 덕흥군(德興君)의 셋째 아들 하성군(河成君), 휘(諱) 균(鈞)을 후사로 삼은 일: 필자 주]에 따라 16세의 어린 하성군이 사자(嗣子)로 결정되어 복(服)을 입고 대통(大統)을 이었으니, 이가 곧 선조(宣祖)이다. 선조는 즉위한 이듬해(1568, 宣祖 1)에 접어들자 우선 학교의 진흥을 위하여 학문이 정심(精深)하고 행실이 방정(方正)한 인재를 등용할 것을 선포하였다.[121] 또한 현인(賢人)을 높이고 간언(諫言)을 듣기 위해 조식[曺植(南冥), 1501~1572]과 성운(成運)을 부르는 전교를 내리기도 하였고,[122] 귀향한 이황(李滉)에게 벼슬을 내려 조정에서 다시 보필해 줄 것을 간곡히 요청하기도 하였다.[123]

이러한 일이 있은 이듬해이자 임훈이 70세 되는 해(1569, 宣祖 2) 겨울에 다시금 군자감주부(軍資監主簿)에 제수되었으나 사양하고 부임하지 않았는데,[124] 이는 아마도 현인을 대우함에 부족한 점이 있었던 저간의 사정 때문으로 추측된다. 뒤이어 새해(1570, 宣祖 3)에 접어들자 곧바로 임훈은 비안현감(比安縣監)[125]에 제수되었다.[126] 그리고 임지로 떠나기 직전, 임금은 그를 편전(便殿)으로 불러 접견하고 대화를 나누었다. 이때 임훈은 특히 치도(治道)의 요체에 대한 평소의 소신대로 임금이 무엇

---

121 『宣祖實錄』卷2, 1年 1月 甲子條.
122 『宣祖實錄』卷2, 1年 1月 丁丑條.
123 『宣祖實錄』卷2, 1年 1月 戊寅條.
124 「行狀」(『葛川先生文集』卷4, 5b쪽) "己巳冬, 拜先生軍資監主簿, 辭不赴."
125 현재 경상북도 의성군 비안면 지역에 있었던 조선시대의 현(縣).
126 「行狀」(『葛川先生文集』卷4, 5b쪽) "旋補比安縣監."

보다 수신(修身)에 힘써 줄 것을 다시 한 번 간곡하게 진언하였다. 또한 이를 심상한 말로 치부하지 말 것과, 끊임없이 자강불식(自强不息)하는 공부에도 유의해 줄 것을 한무제(漢武帝)와 당명종(唐明宗)의 옛 고사를 들어 계옥(啓沃)하였다. 이는 실로 한평생 경명·행수로 일관했던 노성(老成)한 스승이자 신하로서, 그가 젊은 임금에게 올리는 진중한 가르침이기도 하였다. 그 내용을 소개하면 다음과 같다.

상께서 이르기를 "수령칠사(守令七事)[127]는 예사로운 일이니, 새삼 말할 것이 못된다. 듣건대 그대는 학행(學行)이 있다 하니, 나에게 하고 싶은 말이 있으면 하도록 하라"고 하셨다.

[임훈이] 아뢰기를 "소신(小臣)은 어려서부터 과거공부에 대한 책만 읽었을 따름이어서 성리학(性理學)을 잘 모름에, 전하의 질문을 받고 무슨 말을 아뢰어야 할지 모르겠습니다. 다만 선왕(先王)께서 일찍이 한번 소신을 인견(引見)하여 치도(治道)를 물으심에, 소신이 감히 '정심(正心)·수신(修身)'의 설을 아뢴 적이 있습니다. 신이 듣건대, 맹자는 등문공(滕文公)에게 '대저 도(道)는 하나일 따름이라'고 고하였다 합니다. 신이 지금 전하의 질문을 받고 감히 다른 말은 할 수 없사옵고, 다시금 '정심·수신'의 설을 아뢰고자 합니다.

신이 보건대, 자고로 제왕들로서 정심·수신을 이야기하지 않은 분이 없었으나, 그 다스림의 효과가 현저했던 경우를 찾아보기 힘든 것은 두 가지 병폐가 있었기 때문입니다. 하나는 의례 유자(儒者)들의 이야기를 심상하게 여기어 성찰하지 않았던 점이요, 다른 하나는 자강불식(自强不息)하는 공부를 하지 않아 종국에는 해이해지고 만 점입니다. 대저

---

127 '수령칠사(守令七事)'란 수령이 지방을 통치함에 힘써야 할 일곱 가지 항목을 말한다. 구체적으로는 농상성(農桑盛)·호구증(戶口增)·학교흥(學校興)·군정수(軍政修)·부역균(賦役均)·사송간(詞訟簡)·간활식(奸猾息)으로, 이는『경국대전(經國大典)』,「이전(吏典)」의 고과조(考課條)에 실려 있다.

한(漢)나라의 무제(武帝)는 웅대한 재주와 큰 지략을 가진 군주였습니다. 초년에 동중서(董仲舒)가 '정의(正誼)·명도(明道)'의 설을 아뢰고, 신공(申公)이 '역행인의(力行仁義)'의 설을 진달(陳達)하였으나, 무제가 이를 심상히 여겨 살피지 않고 다시 신기한 논의만을 구했습니다. 이에 신선(神仙)과 정벌(征伐)에 관한 설들이 무제의 마음을 어지럽히어 마침내 이것에 미혹되었습니다. 그리하여 국고를 헛되이 소모하여 한 나라가 쇠퇴함에 진시황(秦始皇)에 비견되는 지경에 이르렀습니다. 이것이 바로 유자의 말을 심상하게 여겼던 과오인 것입니다. 당(唐)나라의 명종(明宗) 역시 현군이었습니다. 개원(開元) 초기에는 정치에 힘써 천하가 태평함에 정관(貞觀)[태종(太宗)의 연호: 필자 주] 때의 다스림에 비견되었습니다. 그러나 중년에 이 마음이 계속되지 못하고 점차 해이해짐에, 끝내는 사직(社稷)도 보존하지 못하고 몸은 서촉(西蜀)으로 피하는 지경이 되었습니다. 이것이 바로 자강불식하는 공부가 없었던 과오인 것입니다.

엎드려 바라건대, 전하께서는 유자들의 말을 심상하게 여기지 마시고, 여기다가 자강불식하는 공부에까지 힘쓰신다면, 사직의 복(福)이라 하겠습니다. …"[128]

---

128 「庚午召對草」(『葛川先生文集』卷2, 8a~9a쪽) "上曰:「守令七事, 例也, 不足說. 聞汝有學行云, 如有所欲言, 言之, 可也.」啓曰:「小臣, 少時爲科擧學書而已, 不知性理之學, 聖問之下, 不知所啓之辭. 但先王之朝, 小臣嘗一引見, 問以治道. 小臣以'正心·修身'之說, 敢獻焉. 臣聞, 孟子告滕文公曰:『夫道一而已.』臣於今日聖問之下, 不敢復有他說. 敢以'正心·修身'之說, 更獻焉. 臣觀, 自古帝王, 莫不以正心·修身爲說, 而其治效鮮有著者, 其病有二. 一則例以儒者之言爲尋常, 而不加察. 一則無自强不息之功, 終至懈弛. 夫武王, 雄才·大略之主也. 初年, 董仲舒陳'正誼·明道'之說, 申公陳'力行仁義'之說, 而武帝以爲尋常, 而不之察, 更求新奇之論, 於是神仙·征伐之說亂其中, 而帝心始惑. 終至海內虛耗, 漢業之衰, 至比於秦始皇. 此則尋常於儒者之說之過也. 唐·明宗, 亦賢君也. 開元之初, 勵政圖治, 天下太平, 主與貞觀之治幷肩. 中年, 此心不繼, 寖以懈怠, 終至社稷失守, 竄身西蜀. 此則無自强不息之功之過也. 伏願, 勿以儒者之說爲尋常, 加自强不息之功, 則社稷之福也. …」"

이어 임훈은 한무제·당명종(唐明宗)·송인종(宋仁宗)의 어짊의 우열에 대한 임금의 질문에 대하여 나름대로 품평하여 답변하였다. 그리고 당금(當今)의 급무(急務)에 대한 물음에 있어서는 민생(民生)의 피폐를 구제함이 무엇보다 시급함을 들고, 이를 구제하는 출발점으로서 다시 한 번 임금의 '정심·수신'의 공부를 강조한 바 있다. 그리고 마지막으로 그는 임금이 아직 젊고 학문이 완성되어 가는 과정에 있으므로 반드시 이황(李滉)과 같은 현인(賢人)을 좌우에 두고 보필과 가르침을 받을 것은 진언하였다.

임훈은 임지에 도착함에 앞서 언양현(彦陽縣)에서와 마찬가지로 우선 백성의 어려움을 구제하고 그들의 삶을 피폐하게 만드는 제도적 폐단들을 제거하는 데에 다시 한 번 심혈을 기울였다. 그리고 백성을 보살피고 관리를 부림에는 각자의 도리를 다하여 서로 신의(信義)로써 믿게 만듦으로써, 결과적으로 현(縣) 내의 모든 사람들이 각기 자신들의 분수에 맞는 소원을 이루도록 만들었다고 전한다.[129] 또한, 학교의 진흥을 위하여 학문이 정심(精深)하고 행실이 방정(方正)한 인재를 등용할 것을 선포한 임금의 뜻을 충실하게 받들어, 지방교육의 진흥에도 남다른 노력을 경주하였으니, 곧 향교(鄕校)에서 석전제(釋奠祭)를 지냄에 반드시 몸소 주관하여 성의를 다했으며, 지역의 선비들에 대해서도 사랑과 예의로 극진히 대우하였다.[130]

이처럼 지방의 수령(守令)으로서 우국(憂國)·애민(愛民)을 위한 정사에 몰두하던 임훈에게 뜻밖의 커다란 개인적 슬픔이 연이어 닥쳤다.

---

129 「行狀」(『葛川先生文集』卷4, 7a쪽) "至其懷民御吏, 各盡其道, 信義交孚, 人無有不得其分願者矣."
130 「行狀」(『葛川先生文集』卷4, 7a쪽) "先生爲政二縣, 皆以學校之政爲先務. 躬行釋菜而務盡誠意. 推誠愛士而待以愛禮."

즉, 비안현감으로 부임한 지 2년이 지난 해이자 73세 되는 해(1572, 宣祖
5)의 2월에 그는 평소 서로 존경하며 마음을 허여(許與)하고 지내던 조
식(曺植) 선생과 부인 유씨(俞氏)의 부음(訃音)을, 이어 8월에는 아우 임
운(林芸)의 부음을 차례로 듣게 되었다. 이에 그는 이 해 겨울에 다시금
관직을 사퇴하고 귀향하였다.[131]

3) 「봉장」을 통한 언론활동의 사례: 「임오사은봉장」

상기한 바대로, 임훈은 75세 되는 해(1574, 宣祖 7)에 광주목사(光州牧
使)를 마지막으로 사실상 관직생활에서 은퇴하였고, 이후부터는 다시
고향에서 한가롭게 여생을 보냈다. 그는 이때부터 '국로(國老)'로서, 고
을에서뿐만 아니라 임금과 조정으로부터도 극진한 존경과 예우를 받
았음은 물론이다. 이에 이듬해인 을해년[乙亥年(1575, 宣祖 8)] 겨울에 임
금은 관찰사를 통해 평소 청빈했던 임훈에게 특별히 양식을 하사하였
고, 정축년[丁丑年(1577, 宣祖 10)]과 무인년[戊寅年(1578, 宣祖 11)]에도 연이
어 장악원정(掌樂院正)을 제수(除授)하고[132] 또한 곡미(穀米)를 하사함으
로써 그에 대한 예우를 다한 바 있다.

한편, 임훈이 83세 되는 해(1582, 宣祖 15) 여름에 임금은 다시금 그에
게 특지(特旨)로 품계를 통정대부(通政大夫) 당상관(堂上官)으로 올리고,
장예원판결사(掌隷院判決事)[133]를 제수하였다.[134] 이에 그는 즉시 「봉장

---

131 「行狀」(『葛川先生文集』卷4, 7a쪽) "旣之任明年, 在官遭俞夫人之喪. 其冬遂辭還."
132 『宣朝實錄』卷12, 11年 5月 壬子條.
133 '장예원(掌隷院)'은 노비(奴婢)에 관한 문서 및 노비와 관련된 소송사건(訴訟事件)을
   처리하는 일을 맡았던 관청으로서, 형조(刑曹)에 소속된 정삼품아문(正三品衙門)이
   었다. 관원으로는 판결사(判決事)[정3품] 1명, 사의(司議)[정5품] 3명, 사평(司評)[정6
   품] 4명을 두었다.

(封章)」을 올려 사은(謝恩)하면서, ① 우선 임금이 제수한 품계(品階)와
관직(官職)이 지나치게 과분함에 이를 받을 수 없다는 뜻을 밝히고,[135]
② 이어 그는 당시 군역(軍役) 및 부세제도(賦稅制度)의 폐단으로 인하여
백성이 겪고 있는 고통과 국정의 난맥상에 대하여 직언하는 한편, ③
끝으로 임금에게 근본으로 되돌아가 힘쓸 것[반본(反本)]과 함께 국정의
모든 책임은 임금에게 있음을 거듭 강조한 바 있다.

　이는 실로 노신(老臣)이 명목상이나마 관료의 자격으로서 마지막으
로 젊은 임금에게 바치는 애틋한 충정의 토로이자, 애정 어린 가르침
이기도 하였다. 그 내용의 일부를 소개하면 다음과 같다.

　　지금의 폐단을 가만히 보건대, 백성의 삶이 날로 위축되고, 군졸들이
　날로 없어지는 것보다 심한 것은 없습니다. 종국에는 어떻게 될까를 생
　각하면 끔찍하여 차마 말하기도 어렵습니다. 지금 조정의 계책은 백성
　을 깊이 사랑하고 백성을 절실히 근심하는 마음에서 나온 것이 아닙니
　다. 옛사람들이 말한 것처럼, 작은 생선을 삶듯, 병아리를 몰듯 극히
　조심스럽게 한 연후에야 겨우 구제가 가능합니다. 변장(邊將)들이 어민
　(漁民)을 침탈함이 날로 심해지고, 횡포한 정치로 하여 부세(賦稅)는 해
　마다 늘어나는데, 군졸과 백성이 무엇에 의지하여 도망하거나 흩어지
　지 않을 수 있겠습니까? …
　　맹자는 제선왕(齊宣王)에게 "왕께서 왕도정치(王道政治)를 행하시고
　자 하신다면 어찌 그 근본으로 되돌아가시지 않으십니까?"라고 말하였
　습니다. 엎드려 바라건대, 전하께서는 나의 다스림이 이미 충분하다 생
　각하지 마시고 더욱 부지런히 하시며, 내 마음이 이미 바르다고 생각하
　지 마시고 더욱 공경스럽게 하십시오. 공론(公論)을 발표하심에는 전하

---

134 「行狀」(『葛川先生文集』 卷4, 10b쪽) "壬午夏, 特加通政, 爲掌隷院判決事."
135 「行狀」(『葛川先生文集』 卷4, 10b쪽) "卽上封章, 首陳難受濫階之意."

의 생각을 버리시고 백성의 뜻을 따르시며, 사람을 등용하심에는 반드
시 어렵게 여겨 신중히 하시고 한결같이 화평하게 하십시오. 백성 보시
기를 상처 입은 사람처럼 하시며, 백성의 부르짖음을 두려운 마음으로
돌아보신다면, 저 몇 가지 폐단들이야 말할 거리도 못됩니다.[136]

이처럼 임훈은 관직에 있을 때나 물러나 초야에서 은거할 때를 막론
하고 한결같이 국사(國事)의 시비(是非)와 민생(民生)의 휴척(休戚)에 대하
여 깊은 관심을 기울였다. 그리고 당시 조정의 실정(失政)에 대해서는
기회가 있을 때마다 상소를 위시한 다양한 형식의 글을 올림으로써
준엄한 비판을 서슴지 않았다. 이로써 그는 사림의 원로이자 국로로서,
특히 활발한 언론활동을 통하여 마지막까지 우국·애민의 충정과 사회
적 책임을 조금도 외면하지 않고 성실하게 수행해나갔던 것이다.[137]

Ⅳ. 맺음말

이상의 논의를 통하여, 16세기 재야사림(在野士林)의 대표적 인물 가
운데 한 사람으로 평가되는 임훈의 생애를 중심으로 당시 사림파의
사회적·정치적 활동양상을 주로 '언론활동(言論活動)'에 초점을 맞추며

---

136 「行狀」(『葛川先生文集』 卷4, 10b~11b쪽) "竊觀方今之弊, 莫大於生民之日蹙, 軍卒之
日亡. 言念其終, 有不可忍言者矣. 爲今之計, 固不出於愛民之心, 憂民之切. 如古人所
謂如烹小鮮, 如驅乳鷄, 然後庶可, 而邊將之侵漁日甚, 橫政之徵斂歲增, 爲軍民者, 何
所賴而不至於逃且散也? …孟子告齊宣王曰:「王欲行之, 則盍反其本矣?」伏願, 殿下
勿謂吾治之已足, 而益致其勤; 勿謂吾心之已正, 而益致其敬. 公論之發, 必舍己而從
人. 用人之際, 必難愼而和一. 視民如傷, 用顧畏于民喦, 則彼數者之弊, 無足道矣."
137 「行狀」(『葛川先生文集』 卷4, 15b~16a쪽) "然其惓惓憂世之念, 不以山野而或弛. 故每
一命之下, 一惠之及, 輒以疏章因謝獻忠者不一, 而其言皆本之於人君心術之微, 而懇
懇乎軍民困頓之狀, 則平生自任之重, 亦可想矣."

추적·정리해보았다. 특히 임훈의 경우에는 '재야사림의 일원'으로서, 그리고 '관인(官人)의 일원'으로서를 막론하고 한평생 활발한 언론활동을 전개하였던바, 즉 이러한 그의 언론활동이 ① 재야사림의 일원이자 향리(鄕里)의 지식인의 자격으로는 주로 「통문(通文)」·'천거(薦擧)'·「봉사(封事)」의 형식을 통해서, ② 관인의 자격으로는 주로 '상소(上疏)'·「소대(召對)」·「봉장(封章)」의 형태로 구체화된 바 있다.

우선, 임훈이 전개했던 이상과 같은 일련의 언론활동은 당시에 이미 형성된 '유교공론장(儒敎公論場)'을 토대로 이루어진 것이지만, 동시에 이를 더욱 활성화시키고 발전시켜 나갔던 과정이기도 하였다. 특히, 임훈이 일련의 '통문'을 통하여 보여주었던 언론활동은 '조선시대 언론사'의 측면에서도 중요한 역사적 의미를 가지는 것으로 판단되는바, 왜냐하면 이는 ① 적어도 16세기 중엽에 이르면 당시 향촌유생들이 '서원(書院)'이나 '사당(祠堂)'의 건립에 주도적 역할을 담당함으로써 자연스럽게 지역사회 내에서의 자신들의 위상을 확고하게 구축해나가는 과정, ② 당시 지역사회 수준에서 이러한 시설과 조직을 통해 학행(學行)에 뛰어난 유력한 인물을 기리는 의례(儀禮)를 실천함으로써 유교적 교화(敎化)가 더욱 확산되는 동시에 사림의 정체성과 단결심이 '오당(吾黨)'의 형태로 강화되어 나가는 정황, ③ 이러한 시설과 조직이 당시 향촌유생 자체의 공론형성과 세력결집을 위한 새로운 방편이자, 또한 그들 간의 지역적·학문적 유대와 동질의식을 강화시키는 데에 주요한 촉매제 역할을 함으로써 뒤이어 전국적 수준에서의 지역 간 결집을 통한 집단적 언론활동이 본격적으로 전개되도록 하는 주요한 제도적 기반이 되었던 상황, ④ 당시 향촌유생의 상소활동이 척신세력의 억압에도 꾸준히 성장하여 공론(公論)으로서의 위상을 확립해나가는 역사적 과정의 일단, 특히 여기서는 전국 각지의 향촌유생들이 함께 서울

에 집결하여 직접 임금을 상대로 호소함으로써 정국의 변화를 능동적
으로 이끌어내려는 집단적 구상과 움직임을 증언하고 있는바, 이러한
사실은 곧 향촌유생의 정치적 성상과 함께 언론활동을 통한 그들의
정치적 개입이 한층 활성화됨으로써 이후 선조조(宣祖朝)를 통하여 유
생공론(儒生公論)을 포함한 공론정치(公論政治)가 본격적으로 착근·전개
될 것임을 예고하는 정국의 동향 등을 구체적으로 잘 보여주고 있기
때문이다.

한편, 임훈이 관인의 자격으로 '상소'를 위시한 일련의 글을 통해
보여주었던 언론활동 역시 '조선시대 사상사', 특히 16세기 사림파의
정치사상의 측면에서 간과할 수 없는 중요성을 함축하고 있는 것으로
사료되는바, 이에 그 대표적인 사례를 들자면, ①'치도(治道)의 요체'로
서 무엇보다 임훈 스스로가 한평생 치열하게 실천해왔던 경명행수(經
明行修)의 실상, 즉 '성(誠)·경(敬)' 중심의 실천철학의 핵심으로서의 '수
신(修身)'의 중요성을 일관되게 강조하면서, 특히 임금 자신의 수신과
솔선수범을 강력하게 촉구하고 있는 점, 그리고 이로써 지치(至治)의
실현을 위하여 군덕(君德)의 격정(格正)과 솔선수범을 강조한 바 있었던
기묘사림(己卯士林)의 문제의식과 입장을 충실하게 계승·대변하고 있
는 점, ②'경세(經世)의 요체'로서 출처와 상관없이 항상 '국사(國事)의
시비(是非)'와 '민생(民生)의 휴척(休戚)'에 깊은 관심을 견지함으로써 유
교적 '애민정신'과 '민본사상'을 철저하게 실천해나간 점, 이로써 관인
으로서는 당시 백성을 괴롭히는 구조적인 제도적 폐단들에 대한 면밀
한 검토와 아울러 실질적인 구제방안의 모색과 실행에 심혈을 기울였
고, 재야사림의 일원으로서는 기회가 있을 때마다 활발한 언론활동을
통하여 피폐한 민생의 실상을 낱낱이 고하면서 그 시정을 강력하게
촉구했던 점 등이 바로 그것이다.

갈천 임훈의 대(對)불교 교섭 양상

김종수

I. 머리말

경상우도(慶尙右道)의 안음현(安陰縣)에 연고를 둔 갈천(葛川) 임훈(林薰, 1500~1584)은 16세기를 주요 활동기로 삼은 전형적인 재야(在野) 사림파(士林派)의 일원이었다. 이 시기를 전후로 한 조선사회는 기존의 훈구파(勳舊派)와 신진 사림파 사이에 유발된 일련의 사화(士禍)로 점철된 비극적인 시대를 영위하고 있었다. 자연히 이러한 시대적 분위기는 임훈의 삶과 출처관(出處觀) 형성에도 중대한 변수로 작용하게 된다. 특히 임훈은 청년기 적부터 인근한 덕유산(德裕山) 일대에서 은거하면서 독서와 수양을 병행해 왔기에, 그가 구축한 사상적 지형도에 불교(佛敎)와 노장철학(老莊哲學)을 채색케 하는 이채로운 결과로 이어지게 된다.

임훈은 다소 뒤늦은 41세(1540, 중종 35)에 사마시(司馬試)에 응시하여 진사(進士)가 되었고, 차후 54세가 되던 해에 성균관(成均館)의 공천에 의해 사직서(社稷署) 참봉(參奉)에 제수(除授)되기 이전 시기와 그 이후 무렵에도 실로 기나긴 재야 생활을 감내했던 인물이다. 임훈의 경우

처럼 오랜 은둔기를 영위한 인물들의 경우, 공히 유학(儒學)의 범주를
초극한 사상적 실험 혹은 교섭(交涉)의 흔적이 감지되는 경향이 있다.
임훈이 구축한 학문 세계의 경우 불교와 노장철학 두 방면에 걸쳐 부
분적인 교섭 흔적이 포착되고 있음이 주목된다. 물론 임훈은 자신의
사상적·이념적 정체성을 명확히 "사림(士林)의 일원"으로 규정하고 있
었기에, 그가 시도한 교섭 양상 또한 극히 제한적인 특성을 띄고 있었
다. 뿐만 아니라 임훈은 철저히 근본(根本) 유자(儒者)라는 처지에서 사
상적 실험을 병행하였던 까닭에, 나말(羅末)의 고운(孤雲) 최치원(崔致
遠, 857~?)이 연출한 회통적(會通的) 교섭 양상과는 일정한 거리를 유지
하고도 있다.

   그럼에도 불구하고 임훈이 시도한 불교와의 교섭 양상을 면밀하게
연찬하는 일은 16세기를 전후로 한 사림파 구성원이 형성했던 불교인
식의 일단을 규명하는 결과로 이어진다는 점에서, 결코 간단하지 않은
연구사적 의의가 확인된다. 이에 이번 논의의 장(場)을 통해서 임훈이
접한 불교교학(佛敎敎學)과 실참(實參) 수행(修行)의 흔적, 그리고 통상
유(儒)·석(釋) 교유(交遊)로 지칭되는 주변 승려(僧侶)들과의 교류 등과
같은 세 범주를 예의 분석하고자 한다. 또한 효율적인 논의를 도모하
기 위한 방편상 제봉(霽峯) 고경명(高敬命, 1533~1592)과 사제(舍弟)인 첨
모당(瞻慕堂) 임운(林芸, 1517~1602)의 저술에 기재된 불교와 관련된 내용
들을 적절히 주입(注入)시키는 논의 전략을 채택하도록 하겠다. 이 같
은 방식은 임훈이 형성한 불교인식의 윤곽을 보다 명확하게 규명해
내는 작업에서, 매우 유용한 수단으로 작용할 것으로 전망되기 때문이
다. 그 결과 이번의 논의가 갈천 임훈의 사상적 지형도를 보다 정밀하
게 판독해 내고, 또한 16세기 사림파가 형성했던 불교인식의 전모를
규명해 내는 도정(道程)에도 일조하기를 아울러 기대해 본다.

Ⅱ. 갈천의 벽이단론(闢異端論)

임훈의 사후(死後) 약 300여 년만인 1861년(철종 12)에 그의 증시(贈諡)를 요청하는 아래의 글 속에는 가칭 갈천학(葛川學)의 요체와 함께, 또한 갈천이 생전에 즐겨 연찬했던 유학의 주요 텍스트들이 모두 망라되어 있다.

> 그 학문은 성경(誠敬)을 근본으로 삼은 가운데, 사자서(四子書)와 육경(六經)에 심력을 쏟았고, 『심경(心經)』과 『근사록(近思錄)』 및 낙민(洛閩)의 여러 서적들을 더욱 좋아하였습니다.[1]

상언초(上言草)는 곧장 이어서 임훈이 생전에 "오로지 향상(向上)하는 공부에 뜻을 두고, 속으로 받은 책무를 저버리지 않아, 실천의 독실함과 조예(造詣)가 정밀하고 깊음을 가히 증험[驗]할 수 있습니다."는 부연 설명도 추가해 두었다.[2] 이로써 우리는 임훈이 생전에 즐겨 천착했던 유학의 주요 경전 목록들인 사서(四書)·육경(六經)·『심경』·『근사록』 및 정주학(程朱學) 관련 서적들과 "성경(誠敬)을 근본으로 삼은" 학문의 궁극적 지향처를 확인하게 되었다. 임훈이 강력히 지향한 도덕적·제도적 실천은 이 같은 경학론(經學論)의 토대 위에서 전개된 것이며, 이는 결과적으로 갈천학의 특징적인 면모를 형성하기에 이른다.

---

1 林薰, 『葛川先生文集·附錄(國譯)』, 「葛川瞻慕堂兩先生請贈諡上言草(辛酉二月)」, 恩津林氏大宗親會, 1994, 508쪽, "… 而其學以誠敬爲本, 從事乎四子六經, 而尤喜心經近思錄洛閩諸書." 거론된 낙민(洛閩)이란 이정(二程)[정이천(程頤川)·정명도(程明道)]와 주희(朱熹)의 고향인 낙양(洛陽)과 민중(閩中)을 각기 지칭한 표현으로, 곧 정주학을 일컫는 표현이다. 이하부터는 『갈천집』으로 약칭하겠음.

2 林薰, 『葛川集·附錄』, 「葛川瞻慕堂兩先生請贈諡上言草」, 508쪽, "專意向上之工, 不負受中之責, 其踐履造詣之篤實精深, 從可驗得矣."

한편 위의 인용문에서 거론된 "속으로 받은 책무[受中之責]"란 곧 "사람이 (진정) 사람이 되기 위한 조건인 인(仁)"을 가리키는 표현에 해당한다는 점도 충분히 음미할 필요가 있다.[3] 임훈은 인간의 도덕적 본질[性]인 바로 이 인·의(仁·義)를 체득하기 위한 부단한 노력을 일평생 동안에 걸쳐 경주하였고, 이를 "오로지 향상하는 공부에 뜻을 두었다."고 에둘러 표현한 것이다. 이는 달리 "실질[實]에 힘 써는 위기지학(爲己之學)"으로 치환될 수 있다.[4] 의리(義理)를 위주로 본지(本旨)를 탐구하려 한 임훈의 성리학적 경학관도 위기지학이 연장된 국면에 놓여 있다는 지적도 참고할 만하다.[5] 그리하여 임훈은 자신이 닮아야 할 동일시 모델로 요청했던 현인(賢人)인 안연(顔淵)이야말로 인의의 도를 완벽하게 구현한 역사적 인물로 평했다.[6] 달리 임훈은 위기지학 공부의 극점에 도달한 주변의 인물에게 '철인(哲人)·고인(高人)'[7] 등과 같이 지극히 영예로운 호칭을 부여하기도 했다. 따라서 이상의 논급만으로도 우리는 임훈이 착지한 근본 유자로서의 사상적·이념적 입각점을 어느 정도 확인할 수 있게 되었다.

---

3 林薰, 『葛川集』 권2, 「擬魯仲連遺燕將書」, 201쪽, "夫人之所以爲人者, 仁也." 임훈 형제가 보여 준 감동적인 효행 역시 바로 이 인(仁)을 체득하기 위한 지난한 노력의 일환이었다.

4 林薰, 『葛川集·附錄』, 「葛川書堂重修記」, 489쪽, "凡厥衆美, 無一非學問中做出者, 而至若爲己務實 …" 이 평은 아우인 임운에 대한 것이나, 임훈의 경우에도 그대로 적용 가능하다.

5 崔錫起, 「南冥과 葛川의 思想的 基底와 現實對應 樣相」, 『남명학연구』 13집, 남명학회, 2002, 3쪽.

6 林薰, 『葛川集』 卷2, 「陋巷記」, 247쪽, "是固顔氏之所以爲賢也 … 況乎仁以爲宅, 其居廣矣, 義以爲路, 其行正矣." 임훈이 안연을 두고 "其所以得之於天, 而安之於心者, 無所往而不在焉."라고 기술한 구절 또한 본문의 "속으로 받은 책무(受中之責)"와 동일한 문맥이다.

7 林薰, 『葛川集』 卷1, 「挽金生員彦謇」, 33쪽, "運丁辰巳哲人萎 … 史官應撰高人傳."

자연히 근본 유자로서 임훈 역시 노장·불교 및 양주(楊朱)·묵자(墨子) 등과 같은 당시의 주요 이단군(異端群)의 사유체계를 배척하기 위한 호교론적(護敎論的) 담론인 벽이단론(闢異端論)을 견지하고 있었을 것임이 충분히 예상된다. 다만 임훈의 경우 남당(南塘) 한원진(韓元震, 1682~1751)으로 대변되는 18세기 무렵의 정통(正統) 정주학자(程朱學者)들의 벽이단론과는 달리,[8] 체계적이면서도 단호한 벽이단 담론을 개진한 것은 아니다. 물론 임훈도 정자(程子)·주자(朱子)가 쇠락한 세상에서 수행한 도통(道統) 상전(相傳)의 공로를 익히 인지하고 있었고,[9] 대략 그 계보는 요순(堯舜)·공자(孔子)·정주(程朱)로 이어지는 흐름으로 정리된다.[10] 이에 추가하여 임훈은 주대(周代)의 위대한 정치가인 주공(周公) 대신에, "만백성을 구제한 공(功)"을 수립한 우(禹) 임금[11] 및 이윤(伊尹)·부열(傅說) 등과 같은 인물들을 줄곧 경세론의 모델로 설정하고 있었음도 유의할 만하다.[12] 결과적으로 임훈이 설정한 도통 상전의 계보는 성재(性齋) 허전(許傳, 1797~1886)이 찬(撰)한 「갈천서당개건상량문(葛川書堂改建上樑文)」에 드러난 복희씨(伏羲氏)·요·순·주공·공자·안자(顔子)·맹자(孟子)로 이어지는 도맥(道脈)의 흐름과는 다소간의 차이가 발견된다.[13]

---

8 韓元震, 『南塘集(Ⅱ)』 권27(한국문집총간 202책), 「雜著」, 〈禪學通辨〉, 민족문화추진위원회, 2000, 83쪽, 한원진은 〈선학통변〉에서 "釋氏之原初發心, 只在於惜生怕死, 慨然有超越生死之志."라는 말로써, 선불교 비판 작업에 착수하고 있다.

9 林薰, 『葛川集』 권3, 「書俞子玉遊頭流錄後」, 219쪽, "壞桑親炙夫子之儀, 終未達夫子之道, 而程朱氏乃能發蘊於衰世之末, 是知求其眞者."

10 林薰, 『葛川集』 권3, 「書俞子玉遊頭流錄後」, 219쪽, "壞桑親炙夫子之儀, 終未達夫子之道, 而程朱氏乃能發蘊於衰世之末, 是知求其眞者."

11 林薰, 『葛川集』 권3, 「龍門記」, 247쪽, "然則濟民之功, 莫盛於大禹, 而大禹之功, 實肇於龍門."

12 林薰, 『葛川集』 권3, 「陋巷記」, 247쪽, "嗚呼, 君子所憂者道, 貧陋何憂, 傅說胥靡於版築, 伊尹守窮於耕野."; 「文獻公一蠹先生祠堂記」, 277쪽, "況於懷道抱德之士, 志伊尹之志, 學顔子之學, 雖不能大行於當世 …"

여하간 『갈천집』에 산재해 있는 도통 계보와 관련하여 임훈이 남긴
언술의 편린들을 종합해 보자면, 대체로 요·순·공자·안자·맹자·정
자·주자[朱熹]로 이어시는 흐름을 중시했던 것으로 파악된다. 이는 동
계(桐溪) 정온(鄭蘊, 1569~1641)이 "수수(洙水)로 달리고 사수(泗水)로 걸어
가며, 낙양[雒]에서 읊조리고 민중[閩]에서 거문고 타네!"로 요약한 바
대로,[14] 공·맹 위주의 원시유학을 뜻하는 수사학(洙泗學)과 정주학을 위
주로 한 임훈의 경학론적 무대와도 잘 부합되는 도통 계보인 것으로
분석된다. 그런데 실제로는 정주학보다는 공맹 중심의 원시유학과 『서
경(書經)』·『시경(詩經)』 등으로 대변되는 고학(古學)을 실질적으로 더 중
시했던 임훈의 학적 개성은 갈천학의 특성을 규명하는 작업에서 보다
세밀히 규명해야 할 미제로 남아있는 상태다. 이제 벽이단 담론과 관
련하여 임훈이 국왕의 집무실인 사정전(思政殿)에서 선조(宣祖)에게 한
문제(漢文帝)를 논평한 아래 구절을 우선적으로 살펴보기로 한다.

한(漢)나라 문제(文帝)는 진실로 현군(賢君)이었습니다. 다만 황노(黃
老)의 학(學)을 숭상하여 이단(異端)에 유혹되었던 것 같습니다. 제왕
(帝王)의 학술이 순정(純正)하지 못했기 때문에, 신(臣)은 감히 어진 군
주로 평가하지는 않습니다.[15]

위 인용문에서 임훈은 학적 순정성(純正性)이라는 나름의 명확한 기
준에 입각하여 황제(皇帝)[도교]와 『노자(老子)』에 심취했던 한 문제를 이

<hr/>

13 林薰, 『葛川集·附錄』, 「葛川書堂改建上樑文」, 465쪽, "兒郎偉斯道也. 自伏羲堯舜周
孔顔孟, 物則民彝, 其文則有易書詩禮論語春秋, 天經地緯.
14 林薰, 『葛川集·附錄』, 「葛川書堂銘」, 471쪽, "洙趍泗步, 雒誦閩絃, 圖已爲國, 垂五百
年."
15 林薰, 『葛川集』 권4, 「行狀」, 292쪽, "啓曰 文帝固賢君也, 但不免尙黃老之學, 似有惑
於異端, 帝王學術, 未爲純正, 臣不敢以爲賢君也."

단에 감염된 군주로 규정하였음이 눈에 띈다. 나아가 임훈은 "한(漢)나라 무제(武帝)의 경우는 외도(外道)만 즐기다가, 끝내는 해내(海內)의 경제(經濟)가 고갈되고야 만 것을 후회한" 군주로 혹평하였는데,[16] 여기서 적기한 '외도[外施]'란 이단의 또 다른 명칭에 해당한다. 물론 『갈천집』 곳곳에는 임훈이 『노자』·『장자(莊子)』를 두루 섭렵한 정황들이 산발적으로 포착되고 있다. 그러나 임훈은 국왕이 인견(引見)한 공식적인 자리에서 도교(道敎)와 『노자』를 주저 없이 이단 목록에 등재시켰던 것이다. 이처럼 노장과 도교·불교 등을 이단 목록에 등록시키는 흐름은 정주학의 심화기에 진입한 16세기를 전후로 한 조선 지성계의 평균적인 추이를 반영해 주기도 한다. 그렇다면 임훈이 설정한 '순정–이단'이라는 길항(拮抗) 구도에서 순정성이라는 기준은 과연 어떠한 내포(內包)를 지닌 개념으로 이해할 수 있을까?

일단 이 사안과 관련하여 임훈은 "국가가 유술(儒術)을 돈독하게 숭상하여, 무릇 백성들이 유(儒)로서 호명한 사람들", 곧 유자(儒者)의 책무가 "경사(經史)를 연구하고 문장(文章)을 전문으로 하는 데" 있다는 점을 상기시켰다. 이어서 임훈은 또한 비록 이 정도에 미치지 못하는 유자들마저도 "모두 유적(儒籍)에 싣고 상서(庠序)[학교]에 거주하면서 학문을 연구하게 한다."는 새삼스러운 사실을 들추어 보였다.[17] 그리고 임훈은 국가에서 이처럼 유자들을 적극적으로 배려하고 대우하는 중요한 이유를 다음과 같이 역설해 두었다.

그 이유는 부자(夫子)[공자]를 존중하고, 사도(斯道)[유교]를 보호하

16 林薰, 『葛川集』 권3, 「仁政殿記」, 258쪽, "彼武帝之外施, 終悔海內之虛耗."
17 林薰, 『葛川集』 권2, 「代人擬上免軍疏」, 100~101쪽, "國家敦尙儒術, 凡民之號爲儒者, 雖不至乎窮經史擅文章, 苟有稍解文理, 粗分句讀者, 悉令屬儒籍居庠序."

기 위함이며, 교화(敎化)를 세우고 국가를 유지하여, 실로 여기에 힘입으려 함입니다.[18]

위 인용문 속에는 '사도'로 지칭되는 유교(儒敎)와 그 창시자인 공자, 그리고 이에 입각한 도덕적 교화 및 국가 경영이라는 네 가지 조목들이 순차적으로 열거되어 있다. 따라서 유자라면 응당 이 네 국면에 헌신적으로 부응하려는 무조건적이고도 절대적인 의식이 필요한바, 이것이 바로 순정성의 정도를 가늠하는 뚜렷한 잣대로 기능하였을 것으로 분석된다. 예컨대 임훈이 일두(一蠹) 정여창(鄭汝昌, 1450~1504)을 두고 그의 고명(高明)한 도덕(道德) 수준과 함께 "학문이 순정[醇]하셨다."고 평함과 동시에,[19] 또한 빼어난 학(學)·행(行)으로 "사도(斯道)가 땅에 떨어지지 않고 전해진" 공로를 적시했던 이유 또한 상기 인용문 속에 융해된 순정성이라는 기준이 적용된 사례에 해당한다.[20] 기실 해석학적 영향사라는 견지에서 볼 때 일두학이 임훈의 학문세계에 미친 파장은 지대한 수준이었던 것으로 사료된다. 뿐만 아니라 임훈이 「누항기(陋巷記)」를 빌려서 안연을 향해서, "장차 공자(孔子)의 도[墻]를 위호하고,

---

18 林薰, 『葛川集』 권2, 「代人擬上免軍疏」, 101쪽, "其所以尊夫子衛斯道, 扶植敎化, 維持國家者, 實惟是賴焉."

19 林薰, 『葛川集』 권3, 「文獻公一蠹先生祠堂記」, 278쪽, "先生河東人, 諱汝昌 … 若其道德之高, 學問之醇, 旣已昭著於國乘, 顯敭於士林."

20 林薰, 『葛川集』 권3, 「天嶺書院收穀通文」, 216쪽, "故城主鄭先生, 諱汝昌 … 先生力學修行, 斯道之傳, 賴以不墜." 그런데 애초 동국(東國) 오현(五賢)으로 추숭된 정여창의 학·행에 대한 임훈과 후대의 평가와는 다르게, 일두의 생전 행적 중에는 극히 불교 친화적인 면모가 엄존하고 있어 논란의 불씨를 제공해 주기도 한다. 이에 관한 논의로는 崔英成, 「一蠹 鄭汝昌의 生涯와 學問歷程-諸家記述을 중심으로-」, 『東洋哲學硏究』 38집, 동양철학연구회, 2004, 38~39쪽 참조. 실제 정여창은 최치원(崔致遠)의 유·불 회통론을 계승한 진리론적 전망을 견지하였음이 밝혀졌다. 김종수, 「일두 정여창의 불교적 협의와 유·불 회통론」, 『2016 추계전국불교학술대회 논문집』, 한국불교학회, 2016, 438~447쪽.

사도(斯道)의 맥을 이어 천륜(天倫)과 인기(人紀)가 땅에 추락하지 않도
록 할 수 있었던 자란, 그대가 아니면 그 누구였었겠는가?"라며 반문하
며 극찬했던 이유 또한 상기 인용문과 동일한 맥락 하에 놓여 있다.[21]
다만 안연을 평한 글 속에는 '천륜·인기'라는 두 범주, 즉 유학의 삼강
(三綱)·오륜(五倫)이 추가된 차이가 발견되고 있을 따름이다.

이에 추가하여 재위(在位) 기간 동안에 정관(貞觀)의 통치를 이루었다
는 평을 받는 당(唐)나라의 제2대 황제인 태종(太宗)을 향한 임훈의 아래
의 언술도 주목할 만한 부분이다.

> (당나라) 태종(太宗)의 임시방편적 통치행위[假行]는 겨우 바깥 문
> (門)을 닫지 않는 치효를 이루었으나, 어찌 족히 인의(仁義)와 더불어
> 말할 수 있겠습니까? 『중용(中庸)』에 이르기를, '성실하지 않으면, 사물
> 이 없게 된다.'고 하였으니, 옳은 말씀입니다.[22]

특히 위 인용문 중에서 임훈이 당 태종이 돌궐족(突厥族)을 제압하고
토번(吐藩)[티베트]을 적극 회유한 외치(外治)를 평가절하는 가운데, 이를
유학의 핵심 종지(宗旨)인 인의의 덕목과 대비시킨 점이 주목된다. 이
처럼 당 태종이 이룩한 외치와 대비된 인의의 덕목은 앞서 논급한 이른
바 "속으로 받은 책무"로 표현된 유학의 종지가 일관되게 관철되고 있
음을 시사해 주고 있기 때문이다. 이 점 근본 유자이자 "사림의 일원"
인 임훈이 착지한 사상적·이념적 입각점을 재차 확인시켜 주기에 족
한 사례다. 더 나아가 임훈은 『중용』제25장에 전거를 둔 "불성무물(不

---

21 林薰, 『葛川集』 권3, 「陋巷記」, 248쪽, "猶將衛夫子之墻, 壽斯道之脉, 使天倫人紀,
   不墜於地者, 非子其誰歟."
22 林薰, 『葛川集』 권3, 「仁政殿記」, 258쪽, "太宗之假行, 僅致外戶之不閉, 是何足與言
   仁義哉. 傳曰 不誠無物, 旨哉."

誠無物)"일구로써,[23] 당 태종이 취한 가식적 통치 행위를 비판하고 있음
도 반추할 만한 부분이다. 기실 성학(誠學)은 갈천학을 구성하는 세부
적인 범주인 학문·정치·예법·대인관계 등과 같은 제 영역을 일관하
는 뚜렷한 학적 기조라는 위상을 점유하고 있다. 이제 임훈은 자신의
학적 강령(綱領)인 성학의 기조를 벽이단 담론과 접속시킴으로써, 하나
의 학적 체계가 구족해야 할 이론적 자기 완결성을 보다 강화하는 조처
를 취했던 것이다. 또한 우암(尤庵) 송시열(宋時烈, 1607~1689)이 「갈천선
생문집서(葛川先生文集序)」를 통해서 임훈의 학문세계를 두고, "선생의
학문적 연원은 순정[正]한 것이었다."는 평론을 가한 것은,[24] 이상에서
논급한 제반 사항들을 종합적으로 참작한 결과를 반영해 준다.

　이상에서 살펴 본 바와 같이 임훈은 전래의 도통론(道統論)과 결부된
차원에서의 벽이단 담론을 직조하였고, 또한 그 연장선에서 설정한 순
정성이라는 기준에 의거하여 도교·노장철학 등과 이단적 사유체계를
비판하고 있었다. 이 같은 경향은 여타의 정주학자들에게서도 공히 발
견되는 일반적인 현상이랄 수 있다. 그런데 임훈의 문집인 『갈천집』에
서 불교를 공식적으로 이단의 목록에 포함시킨 견해를 끝내 찾아볼
수 없었다. 물론 임훈의 경우도 인근한 덕유산의 사찰(寺刹)·암자(庵子)
가 중수된 기념으로 작성해 준 각종 기문(記文) 속에는 불교에 대한 비
판적 인식이 적잖게 발견되고 있다. 그러나 그 이전 단계에서 하나의
정연한 논리 체계를 구족한 담론(談論)으로서의 벽이단론에는 불교가
목록에서 누락된 상태였다. 이를테면 『주자어류(朱子語類)』 중에서 아
래의 한 구절은 대표적인 이단의 사유체계인 노자·장자와 불교를 차

---

23 朱熹, 『中庸集註』의 제25장, "誠者, 物之終始, 不誠, 無物, 是故, 君子, 誠之爲貴."
24 林薰, 『葛川集·序』, 「葛川先生文集序」, 1쪽, "然其學問淵源之正, 仍亦可想."

등적으로 바라보는 주희(朱熹, 1130~1200)[주자]의 시각과 그 구체적인
이유가 잘 반영되어 있다.

> 선학(禪學)이 가장 많이 도(道)를 해친다. 장자[莊]·노자[老]는 의리
> (義理)를 끊어 없애는 데에는, 오히려 미진(未盡)한 감이 있다. (그러나)
> 불교는 인륜(人倫)을 이미 무너뜨렸고, 선불교[禪]의 경우, 또 처음부터
> 허다한 의리를 절멸(絶滅)시켜 남김이 없을 정도다.[25]

윗글 속에는 주희가 유학의 "도(道)를 해치는" 차서(次序)인 선불교(禪
佛教)·불교[教]·노자·장자 순서대로 이단의 등급을 설정한 이유가 잘
드러나 있다. 그런데 임훈이 직조한 벽이단 담론에서는 주희의 경우와
는 다르게, 불교에 대한 공식적인 입장이 결여되어 있는 상태다. 물론
임훈 역시 주희와 마찬가지로 선불교에 대해서는 심히 비판적인 인식
을 견지하고 있었다. 역설적으로 이 같은 임훈의 벽이단론은 그가 불
교 방면에 대해 상당히 친화적인 태도를 견지하고 있었다는 사실을
반증해 주고 있다는 점에서 매우 주목된다.
　그렇다면 이제 순정·정대한 정주학적 기반 위에서, "천성(千聖)들이
(서로) 주고받은 도학(道學)의 지결(旨訣)을 터득하여, (우리) 유가(儒家)
의 참된 문로(門路)가 된"[26] 임훈이 보여준 불교 방면에 대한 수용 양상
은 과연 어떠한지를 고찰할 차례가 되었다. 불교의 교학체계와 실참
수행의 흔적, 그리고 유·석 간의 교유 양상 등이 망라될 이 주제 사안

---

25 黎靖德 編, 『朱子語類』 권126, 北京 : 中華書局, 1981, 3014쪽, "有言莊老禪佛之害者.
   曰禪學最害道, 莊老於義理絶滅, 猶未盡. 佛則人倫已壞. 至禪, 則又從頭將許多義理絶
   滅無餘."
26 林薰, 『葛川集·附錄』, 「葛川瞻慕堂兩先生請贈諡上言草」, 506쪽, "有千聖授受之道學
   旨訣, 爲儒家眞的門路."

을 개괄하기 이전 단계에서, 우선적으로 임훈의 생래적 성정(性情)에 내재된 염리심(厭離心)과 오랜 은거 활동기의 이면 등을 분석하는 절차를 갖도록 하겠다. 왜냐하면 이 두 측면은 임훈이 불교와 대면(對面)하게 된 중요한 원인으로 작용하였던 것으로 판단되기 때문이다.

Ⅲ. 염리심(厭離心)과 산수취향, 무위유학

『갈천집』에 산재해 있는 불교와 관련된 자료들을 모두 정사(精査)해 본 결과, 대체로 임훈은 불교의 교학체계에 대해서는 일정 수준 이상의 지적 소양을 축적하고 있었던 것으로 파악된다. 이에 반해 임훈은 실참 수행법인 참선(參禪)[좌선(坐禪)] 방면에 대해 상당히 비판적인 인식을 견지하고 있었음이 확인된다. 반면에 통상 유·석 교유로 일컬어지는 주변의 승려들과의 교류 정도는 매우 친밀한 관계를 형성하고 있어서, 앞의 두 경우와는 명백히 대비되는 양상을 노정해 보이고 있다. 물론 이 같은 정황은 16세기를 전후로 한 조선 지성계의 평균적인 불교인식의 일단을 반영해 주는 측면도 다분히 존재한다. 그럼과 동시에 전술한 세 범주 속에는 임훈이 형성한 고유한 불교수용 양상도 엄연히 존재하기에, 이들 세 국면을 대상으로 한 면밀한 검토 작업을 통해서 갈천학의 외연을 보다 확장할 필요성이 제기된다. 이에 우선적으로 임훈이 불교와 대면하게 된 내·외적 요인들에 대한 선행 분석이 요구되는데, 일단 그의 생래적 성정에 내함된 염리심과 관련된 편린들을 수습해서 검토하는 절차를 갖도록 하겠다.

염리심이란 세상과 일정한 거리를 유지하려는 심리적 성향이 지속적으로 표출되는 현상을 지칭하는 말이다. 대승불교 경전인 『유가사지론(瑜伽師地論)』에서는 3정취계(聚淨戒) 중에서 세 번째인 요익중생계(饒益有情戒)를 거론하는 과정에서 염리심의 문제를 아래처럼 간접적인 방식으로 설파하고 있다.

> 모든 보살(菩薩)은 모든 유정(有情)들에 대해 능히 옳고 이롭게 이끌어야 한다 … 모든 유정들이 불선(不善)한 것에는 '싫증을 내어 여의게 해야' 한다.[27]

당연하게도 "불선한 것에는 싫증을 내어 여의는" 염리심은 그 자체적인 의미보다는, 이를 전제로 하여 차후에 치열하게 전개될 구도(求道)의 노력을 위한 일종의 필요조건에 상응하는 의미를 지니게 된다. 다시 말해서 위의 인용문대로라면 "능히 옳고 이로운" 쪽으로 몰입하기 위한 방편적 의미를 지니는 것이다.

한편 염리심의 문제와 관련하여 임훈의 타고난 성정 등을 기술한 문집의 해당 기록에도 잠시 주목할 필요가 있다. 먼저 「시장(諡狀)」의 기록에 의하면 임훈은 "천분(天分)[천성]이 매우 고매하였고", 또한 "기질(氣質)이 (매우) 순수(純粹)한" 바탕을 타고난 인물로 서술하고 있다.[28] 임훈의 고족(高足)인 역양(嶧陽) 정유명(鄭惟明, 1539~1596)은 「행장(行狀)」을 통해서 생전에 오랫동안 접했던 스승의 천품에 대해 아래처럼 보다 상세한 묘사를 수행해 두었다.

---

27 『瑜伽師地論』 권40(『大正藏』 30, 511b), "云何菩薩饒益有情戒 … 謂諸菩薩於諸有情能引義利 … 令諸有情厭離不善." 깨끗한 3종류의 계율이라는 의미인 3취정계는 율의계(律儀戒)·섭선법계(攝善法戒)·요익중생계(饒益有情戒)로 이뤄져 있다. 신순남(적연), 「菩薩戒의 受持와 慈悲實現에 관한 考察」, 『禪文化硏究』 17집, 한국불교선리연구원, 2014, 17~20쪽 참조.
28 林薰, 『葛川集·附錄』, 「諡狀」, 531쪽, "公天分甚高, 學行尤篤, 氣質純粹, 儀觀秀偉, 宏深渾厚."

(선생의 타고난) 바탕은 곧으면서도 혼후(渾厚)[원만]하고, 마음은 드 넓으면서도 깨끗하였으며, 깊고 고요하고 안정되고 자세하여, 망령된 말이나 웃음을 웃지 않았다.[29]

인용문에 적시된 성정의 특성들 중에서 원만하면서도 드넓은 생래 적 심지(心地)가 빚은 임훈의 포용력·아량은 평생토록 서로 간에 경외 (敬畏)하는 교분을 유지했던 남명(南冥) 조식(曺植, 1501~1572)도 줄곧 인 정한 인격적 특질로 정착하게 된다.[30] 뿐만 아니라 이처럼 고매·순수 하면서 맑고 깨끗한 천품은 차후인 1574년(75세)에 임훈이 광주 목사로 재직하던 중에 전라도 관찰사인 정암(正菴) 박민헌(朴民獻, 1516~1586)으 로부터 "공정하고 청렴결백하여 백성들이 빙호(氷壺)같이 본" 청덕(淸 德)한 수령(守令)이라는 극찬을 받는 결과로 귀결되기도 하였다.[31] 굳이 주자학(朱子學)의 설명 도식을 빌리자면, 임훈의 타고난 "기(氣)는 맑고 순수하여 조금도 어둡고 탁함이 없는" 경우의 한 전형이었던 것으로 해석할 수 있다.[32] 기실 이러한 임훈의 천성은 평생 처사(處士)로서 일관 한 부친인 진사공(進士公) 임득번(林得蕃, 1478~1561)의 생래적 성품, 즉 "공(公)의 성품은 단정하고 지조가 있으며 청결하여, 평생에 한 터럭만 큼도 물욕(物欲)의 구속[累]이 없었다."고 묘사된 그것과 지극히 닮은꼴

---

29 林薰, 『葛川集』 권4, 「行狀」, 298쪽, "先生天分 … 質直而渾厚, 閑曠而淸夷, 沈靜安詳, 不妄言笑."

30 林薰, 『葛川集』 권4, 「行狀」, 303쪽, "與南冥曺先生, 亦有敬畏之分, 而南冥每以容量 推許之."

31 林薰, 『葛川集·附錄』, 「事實草」, 550쪽, "宣廟朝, 先生嘗守光州牧使, 自上命揀守令之 淸德者, 道臣擧先生爲啓, 有公廉潔白, 民目之以氷壺之語." 언급된 빙호(氷壺)란 빙심 옥대(氷心玉臺)의 약칭으로 마음이 맑고 깨끗한 사람의 인품을 비유하는 표현이다.

32 黎靖德 編, 『朱子語類』 권4, 「性理(一)」, 〈人物之性氣質之性〉, 66쪽, "故上知生知之 資, 是氣淸明純粹, 而無一毫昏濁."

을 취하고 있었다는 점도 부기해 둔다.[33]

그런데 이처럼 맑고 고매한 천성을 부여받은 인사들의 경우, 공히 "생계[生]를 도모하는 일에 서투른" 성향을 드러낸다는 사실 또한 간과할 수 없다. 그리하여 임훈은 "한 집안의 추위와 굶주림도 해결하지 못한" 끝에, 급기야 "이웃 승려가 동냥한 쌀을 보내오는" 등의 웃지도 못할 촌극을 연출할 지경에 처하기도 했다.[34] 때문에 『명종실록(明宗實錄)』에 기재된 바대로, "형인 훈(薰)은 가산(家産)과 생업(生業)을 다스리지 않고, 처노(妻孥)[처자]를 항상 (사제인) 운(芸)에게 부탁하여," 동생 덕택으로 그럭저럭 집안 살림을 겨우 꾸려 나갈 수 있었던 것이다."[35] 임훈이 자신과 유사한 성정의 소유자였던 생원(生員) 이계준(李繼俊)의 사후에 작성한 묘갈명(墓碣銘)을 통해서, "(집안) 경영과 산업을 일삼지 않았던"[36] 사실을 굳이 적기했던 이면에는 자신과 동병상련인 처지를 충분히 실감했었기 때문이리라!

대신에 염리심과 결속된 임훈의 타고난 성정은 이른바 천석고황(泉石膏肓)으로 대변되는 유별난 산수 취향, 곧 "임천(林泉)을 향한 무궁한 흥취"를 갈구하는 식의 유다른 벽(癖)으로 표출되고 있었다.[37] 이 같은

---

33 林薫, 『葛川集』 권2, 「先府君行狀」, 135쪽, "公性稟端의愨, 志操淸潔, 生平無一毫物欲之累." 계속 이어지는 이하의 묘사도 갈천이 얼마나 부친을 닮았는지를 짐작케 해주고 있다. "난처하고 당황스러운 때에도 농담이며, 장난스런 행동도 없었다. 또한 꾸밈을 싫어했고, 편안하고 고요함을 좋아했다.(造次無戲言戲動, 厭紛華好恬靜, 孝友出於天性)"

34 林薫, 『葛川集』 권2, 「丁丑謝恩奉事」, 87쪽, "臣性本疎迂, 拙於謨生, 一家飢寒之奉, 尙不能自給, 雖隣僧乞米之送 …"

35 『明宗實錄』 권33, 명종 21년 6월 21일[庚辰], "薰不治産業, 常付妻孥於芸, 芸爲之經理, 俾免餒乏."

36 林薫, 『葛川集·拾遺』 권3, 「生員李公墓碣」, 283쪽, "公穎悟殊凡, 學問日就, 襟懷洒落, 肅然淸厲, 性品狷介, 不事營産."

37 林薫, 『葛川集』 卷1, 「五言絶句」, 〈永思亭〉, 10쪽, "孝叔追先志 … 林泉無盡趣, 樽酒有

산수벽은『갈천집』도처에서 숱하게 발견되고 있다.[38] 또한 이처럼 유다른 산수 취향에서 빚어진 임훈의 산수 편력(遍歷)은 당시 사림계에 있어 하나의 흐름을 계승·반영하는 것이라는 지적도 참고할 만하다.[39] 실제 신진 사림파의 정신적 지주였던 점필재(佔畢齋) 김종직(金宗直, 1431~1492)의「두류기행록(頭流紀行錄)」을 필두로 하여 다수의 인사들이 산수유기(山水遊記)를 남긴 바가 있다.

한편 이번 논의와 관련하여 보다 중요한 사실은 "천성적으로 자연[泉石]을 사랑했던" 임훈의 성정은 그 자연스런 귀결로써 풍진(風塵) 세속(世俗)을 벗어나려는 심리적 성향인 염리심으로 표출되고 있었다는 점일 것이다.[40] 임훈이 창작한 아래 시인 〈도분옥류(到噴玉流)〉[41]는 그의 생래적 성정과 결속된 염리심의 일단을 잘 전시해 주는 작품으로 감상된다.

천성이 연하(烟霞)를 너무 좋아하여,　　　　　　　　性癖烟霞趣
어느새 몸이 산수를 따르고 있네.　　　　　　　　身隨山水中
하물며 지금은 이경(異境)을 찾고 있으니,　　　　況今探異境
속세를 향해선 절로 귀먹어리 되었어라!　　　　向世自成聾

그런데 이처럼 임훈이 발출하였던 "진세[塵]를 벗어나려는 생각", 즉 염리심이 그로 하여금 출세간적(出世間的) 구도자(求道者)의 길을 암중

餘情."
38 林薰,『葛川集』권4,「行狀」, 303쪽, "先生雅好山水, 每值良辰美景, 輒邀親舊, 命子姪携卷策杖, 采山釣水, 惟意所適, 往來無의礙."
39 정일균,『갈천 임훈의 생애와 사상』, 예문서원, 2000, 130쪽 참조.
40 林薰,『葛川集·附錄』,「葛川瞻慕堂兩先生請贈諡上言草」, 532쪽, "性愛泉石, 築葛川書堂, 杖屨徜徉, 蕭然有出塵之想, 充然有自得之趣."
41 林薰,『葛川集』권1,「五言絕句」,〈到噴玉流〉, 8쪽.

모색하는 결과로 이어진 것은 결코 아니었다. 실제 그러한 두타행자(頭陀行者)의 길이란 "군자(君子)는 (누항에서) 민중[衆]과 함께 지내는 것을 가장 즐거워한다."[42]며 안연을 닮아야 할 동일시 모델로 요청했던 근본 유자인 임훈의 입장에서는 상상하기 어려운 극단적인 선택에 해당했기 때문이다. 물론 임훈이 스스로 자신의 몸을 보양하는 방식이란 "의복은 몸을 가릴 정도로 취하고, 음식은 굶주림을 채울 만큼만 취하며, 나물이며 궂은쌀[糲]이 다 떨어져도, 이를 편안하게 여기기를 타고난 듯하여" 일견 불교의 두타행자와 진배없는 구도자의 자세를 견지하고도 있었다.[43] 여하간 임훈이 간직한 염리심은 위의 시 〈도분옥류〉에 노정된 바와 같이, 강렬하게 산수를 갈구하는 취향으로 표출되고 있었던 것이다.

자연히 임훈은 "후중(厚重)·주류(周流)"한 덕성을 갖춘 산수에 탐닉하는 취향이야말로 "진실로 인자(仁者)·지자(知者)의 즐거움에 도움이 된다."는 소견을 천명하였음과 더불어, 또한 "이 때문에 세상에서 도(道)를 구하는 자들 중에서, 다만 요순(堯舜)·공자(孔子)의 가르침뿐 아니라 일찍이 산수를 찾지 않은 사람이 없었다."는 말로써,[44] 『논어(論語)』에서 제시된 공자의 언명[45]에 입각한 유학적 전통 안에서의 구도적 산수관을 피력하기에 이르렀던 것이다. 그 연장선에서 임훈은 1534년(35세)

42 林薰, 『葛川集』 권3, 「陋巷記」, 247쪽, "夫人之所處, 固厭其阨陋, 而君子之樂, 莫大於與衆共之. 顏氏之子必於此而樂之, 何歟."
43 林薰, 『葛川集·附錄』, 「葛川先生家壯草」, 575쪽, "其自奉, 則衣取蔽體, 食取充飢, 蔬糲不繼, 而安之若性, 宅産窘乏, 而處之裕."
44 林薰, 『葛川集』 권3, 「書兪子玉遊頭流錄後」, 219쪽, "山水者 … 而厚重周流, 實有資於仁智之樂矣, 是以世之求道者, 不特於堯舜孔氏, 而未嘗不之此焉."
45 朱熹, 『論語集註』, 「雍也」篇의 제21장, "子曰, 知者樂水, 仁者樂山, 智者動, 仁者靜, 智者樂, 仁者壽."

에 승(僧) 도징(道澄)에게 준 글을 통해서, "대저 천하의 기문(奇聞)과 장
관(壯觀)을 두루 유람[求]하면서, 자신의 호연지기(浩然之氣)를 더욱 굳
건하게 하는 것은, 또한 우리 유가(儒家)에서도 하는 일"임을 힘주어
설파하였던 것이다.[46] 이는 『맹자(孟子)』에 연원하는 "그 기(氣)됨이 지
극히 크고 지극히 강(剛)하니, 직(直)으로 길러 해침이 없으면, (이 호연지
기가) 천지의 사이에 꽉 차게 된다."는 언명을 유람(遊覽)을 통해 직접
터득코자 하는 산수관이 피력된 결과다.[47] 임훈은 또 다른 글에서도
유자옥(俞子玉)의 『유두류록(遊頭流錄)』을 읽은 소감을 피력하면서, "호
연지기[浩氣]가 열 배나 더하여, 천하가 눈 안에 작게 들어오는 듯했
다."고 토로하기도 했다.[48] 이처럼 임훈의 산수관은 공자·맹자 등과
같은 성현(聖賢)들이 증득한 경지를 몸소 체험하는 현장 학습의 의미가
병행되었음이 재차 확인된다. 예컨대 임훈이 1552년(53세)에 덕유산의
최정상봉인 향적봉(香積峯)을 등반하면서 토한 일성, 즉 "진실로 산(山)
의 수승한 경치를 보면, 마음에 깨달음[得]이 있어야 한다!"는 언술은
갈천이 산수 유람을 구도의 방편으로 적극 활용했던 정황을 거듭 확인
시켜 주고 있다.[49]

---

46 林薰, 『葛川集』 권2, 「送澄上人遠遊序」, 179쪽, "夫求天下之奇聞壯觀, 以壯吾浩然之
氣者, 亦吾儒之事."
47 林薰, 『孟子集註』, 「公孫丑章句(上)」의 제2장, "敢問, 何謂浩然之氣, 曰 難言也. 其爲
氣也, 至大至剛, 以直養而無害, 則塞于天地之間."
48 林薰, 『葛川集』 권3, 「書俞子玉遊頭流錄後」, 220쪽, "讀了斯錄, 怳然如身登天王, 眼
俯瀚海, 浩氣增其什倍, 天下小於目中." 함양에 연고를 둔 유자옥은 금계(錦溪) 황준량
(黃俊良, 1517~1563)과 동년 과거 합격자로 알려져 있으나, 자세한 신원은 미상이다.
유자옥은 1545년 4월에 황준량 등과 함께 지리산 유람에 나섰는데, 이 사실이 『錦溪集
·外集』(한국문집총간 37책), 「詩」, 〈遊頭流山紀行篇〉에 기재되어 있다.
49 林薰, 『葛川集』 권3, 「登德裕山香積峯記」, 232쪽, "苟有觀山之勝, 而有得於心, 則豈
必賴人之遺迹乎."

나아가 청정(淸靜)한 내면의 소유자였던 임훈이 발출한 산수 취향이
빚어낸 또 다른 접점(接點)을 묘사한 아래의 글은 갈천학에 내재된 이른
바 무위유학(無爲儒學)의 일단을 전시해 주고 있다는 점에서 매우 의미
심장한 대목으로 읽혀진다.

> 선생은 매양 한가한 날이면 지팡이를 짚고 혼자 가기도 하고, 동료들
> 과 함께 가기를 청해서, 수석(水石)[자연]의 사이에서 배회(徘徊)[소요]
> 하셨다. 또 그늘진 숲 속에서 나뭇잎이 드물게 흩날리며 떨어지는데,
> (나도) '공자가 증점(曾點)을 허여하노라!(吾與點也)'고 한 그 뜻이 있
> 다.'고도 하셨다.[50]

임훈은 위 인용문을 통해서 드러낸 심중의 내밀한 취지를 달리, 안
연(顏淵)이 "증점[點]의 거문고 소리에 화답했으니, 그 즐거움은 지극하
다 하겠다!"라며 다소 우회적인 기법으로 표현한 사실도 있다.[51] 이 같

---

50 林薰, 『葛川集』 권4, 「行狀」, 304쪽, "先生每以暇日, 或携筇獨往, 或命侶偕隨, 徘徊於
水石之間, 蔭翳乎林樾之中, 蕭疎飄散, 有吾與點也志意." 인용문 가운데 거론된 "吾與
點也."란 『論語』, 「先秦」편 제25장의 증점의 대답에 대해 공자가 논평한 구절에 해당
한다. 공자는 제자인 자로(子路)·염구(冉求)·공서화(公西華)[赤] 등에게 차례대로 각
자가 간직한 뜻을 물은 후에, "증점[點]아 너는 어떻게 하겠느냐?(點, 爾, 如何)"며
증점의 발언을 유도했다. 이에 증점은 "비파 타기를 드문드문 하더니, 쨍그렁 하고
비파를 놓으면서 일어나 대답하였다. (저는) 저 세 사람이 갖고 있는 뜻과는 다릅니다.
(鼓瑟希, 鏗爾舍瑟而作, 對日 異乎三子者之撰)"라고 운을 뗀 다음, 이하와 같은 답변
을 덧붙여 두었다. "늦봄에 봄옷이 이미 이루어지면 관(冠)을 쓴 어른 5~6인과 동자(童
子) 6~7명과 함께 기수(沂水)에서 목욕하고 무(舞雩)에서 바람을 쐬고 노래하면서 돌
아오렵니다.(日 暮春者, 春服旣成, 冠者五六人, 童子六七人, 浴乎沂, 風乎舞雩, 詠而
歸. 夫子 喟然歎日 吾與點也.)" 그러자 공자는 "아! 하고 감탄하면서, '나는 증점을
허여[與]한다.'고 하였다.(夫子 喟然嘆日 吾與點也.)" 안연의 답변과 공자의 추인(追
認) 장면은 공자학에 내재된 무위유학을 표상해 주는 징표라는 의미를 지닌다.
51 林薰, 『葛川集』 권3, 「陋巷記」, 247쪽, "顏氏子 … 和以點瑟, 則其樂可謂至矣." 언급된
"和以點瑟"의 전거에 대해서는 각주 50) 참고.

은 정황들은 임훈이 증점·안연으로 대변되는 공자학(孔子學)에 내재된 이색적인 한 국면을 형성하고 있는 무위유학을 계승할 의지가 있음을 스스로 천명해 보였다는 점에서 대단히 주목할 만한 대목인 것이다. 무위적(無爲的) 초탈(超脫)을 지향하는 무위유학은 도덕적 당위를 추구하는 증자(曾子)·맹자 류의 유위유학(有爲儒學)과는 일정한 거리를 유지하고 있다.[52] 따라서 무위유학은 인간의 원천적인 정감과 긴장된 이성적 의식을 갈등이 부재한 대자연의 조화로운 리듬 속으로 투사·승화시킬 수 있는 매력과 장처를 발휘하게 된다. 임훈이 비록 제한적인 차원이나마 노장철학과 불교 방면으로까지 학문적 외연을 확장시킬 수 있었던 이면에는 갈천학을 구축하는 세부적인 한 갈래인 무위유학과 이들 방외(方外)의 학이 접목(接木)·상감(相感)되었기 때문인 것으로 분석된다.

이를테면 임훈이 달팽이의 일상을 예의 관찰하면서 "무위(無爲)하여 자연(自然)스럽게 살아간다."라거나, 혹은 무욕(無欲)의 가치를 체화한 처신을 예찬하면서 자신의 그것으로 적극 수용하려 했던 〈와(蝸)〉의 내용은,[53] 바로 "증점[點]의 뜻을 허여한" 공자의 언명 속에 담지된 무위유학과 노장철학이 접점을 형성한 장면에 해당한다. 물론 "장생(莊生)[장자]의 우물론(寓物論)[곧 제물론]을 이어서, 애오라지 저 내 마음을 토로한"[54] 부(賦)인 〈달팽이[蝸]〉에 담긴 의도가 세도(世道)의 다난(多難)을 인식하고 안빈낙도적 삶을 추구한 것이지, 노장적 세계관을 드러내는 데 초점을 둔 것은 아니라는 지적도 참고할 만하다.[55] 그러나 임훈이 간택

---

52 김형효, 『물학 심학 실학』, 청계, 2003, 489쪽 참조.
53 林薰, 『葛川集』 권1, 「賦」, 〈蝸〉, 40쪽, "彼以暴而見禍, 我無爲而自活 … 彼以欲而見滅, 我無欲而處窮."
54 林薰, 『葛川集』 권1, 「賦」, 〈蝸〉, 40쪽, "續莊生寓物之論, 聊以寓夫余心."

한 시재(詩材)인 달팽이는「제물론」속의 자연[物]을 상징해 주는 기호(記號)라는 점에서 장자적 세계관이 축약된 존재임을 부인하기도 어렵다. 또한 세부적인 논의는 차치하고서라도, "부도씨(浮屠氏)는 "청정(淸淨)·담박(淡泊)함을 가르치고 있다."는 불교관(佛敎觀)도 임훈이 추구한 무위유학과 접속할 수 있는 여지가 충분했던 것으로 여겨진다. 여하간 "증점[點]의 거문고 소리에 화답하려"했던 임훈의 무위유학은 오랜 은거 기간 동안에 울결(鬱結)한 심사를 감내해야만 했던 그의 처지에서 극히 유의미한 학적 대안으로 다가섰을 것임에 분명해 보인다.

실제 임훈은 덕유산에 소재한 삼수암(三水菴)에서만 "책을 지고 (승도징과) 같이 지낸 세월이 거의 12년"정도나 되었다고 술회하였으리만큼,[56] 1540년(41세)에 생원시(生員試)에 응시하여 성균관에 유학하기 이전 시기인 20, 30대를 거의 덕유산 산중에서 은거하며 독서하는 긴 세월을 영위하는 식의 특이한 개인사적 이력을 간직하고 있었다. 또한 임훈은 기존 훈척세력에 의해 농단되어 오던 정국이 차츰 안정을 되찾기 시작했던 무렵에 생원시에 응시한 이후로 치른 과거(科擧)에 "여러 번 나아가 여러 번 실패[屈]한"불운한 경력도 지니고 있었다.[57] 그리하여 임훈이 본격적인 사환기(仕宦期)로 접어든 시기는 너무나 뒤늦은 1566년(67세, 명종 21) 6월에 육조(六條)를 겸비한 전국 단위의 육현(六賢)으로 선발되어 언양(彦陽) 현감(縣監)에 제수(除授)되면서부터 시작되었다.[58] 임훈이 타계한 뒤에 대표적인 문인인 석곡(石谷) 성팽년(成彭年,

---

55 崔錫起, 앞의 논문, 10쪽 참조.
56 林薰,『葛川集』권2,「送澄上人遠遊序」, 180쪽, "澄之居德裕之三水也, 余之負笈于玆者殆一紀."
57 林薰,『葛川集』권4,「行狀」, 300쪽, "先生嘗以家貧親老, 黽勉爲擧子業, 庶有敄顯之望, 而屢進屢屈, 慨然有收蹤反服之意, 猶迫於父兄之勸而勉從之."
58 林薰,『葛川集』권4,「行狀」, 289쪽, "上命經明行修之人, 超授六品之職. 大臣主其選,

1540~1594)이 「제문(祭文)」을 통해서 "쓸쓸히 초야에 살면서 얼마나 많
은 세월을 보내셨던가요?"라며 스승의 생전 삶을 회고해 보이면서,
"갈고리가 목에 걸린 것처럼 목이 메인"[59] 채로 실성통곡했던 이면에는
앞서 지적한 기나긴 재야 생활과 여의치 못했던 삶이 파생한 심리적
외상(外傷, trauma)의 문제가 가로 놓여 있었기 때문이었다.[60] 실상 임훈
스스로도 1525년(26세)에 당시 덕유산의 천왕봉(天王峯)에 주석(駐錫) 중
이던 은경(隱冏) 대사[師][61]에게 자신이 겪고 있던 심리적 트라우마의
문제를 아래처럼 직접 실토해 보인 사실이 있었다.

> 대사[師]는 세상을 피해 사는 사람이요, 저는 세상으로부터 버림받은
> 사람입니다. 대사의 즐거움은 도량을 여는 데 있지만, 저의 낙(樂)은
> 산수의 경치에 있습니다.[62]

뿐만 아니라 임훈은 8년 뒤에 작성한 「징(澄) 상인(上人)이 원유(遠遊)
할 때 보내는 서문」이라는 글 속에서 "나 또한 항상 조백(糟粕)을 지니
고는 있으나, 움직이면 세상의 버림만 받는다."는 말로써,[63] 재차 자신

得六人焉, 先生其一也, 卽拜彦陽縣監, 是丙寅七月也." 본문의 육조(六條)란 경명(經明)·행수(行修)·순정(純正)·근근(勤謹)·노성(老成)·온화(溫和) 등과 같은 여섯 조목을 말한다.

59 林薫, 『葛川集』 권4, 「祭文」, 363~364쪽, "屬婆娑於丘林, 度光陰之幾遒 … 心曷爲惘, 失聲長慟, 嘻若呑鉤."

60 필자는 갈천학을 정당하게 규명해 내기 위한 관건 중에 하나는 바로 임훈이 떠안았던 심리적 트라우마의 문제를 제대로 독해하는 데 있다고 본다.

61 林薫, 『葛川集』 권2, 「三水菴重創記」, 273쪽, "冏卽德裕之高禪也, 常掛錫于德裕之天王."

62 林薫, 『葛川集』 권2, 「三水菴重創記」, 274쪽, "余曰 師 遯乎世者也, 余 棄乎世者也, 師之樂在於道場之開, 余之樂, 在於山水之景."

63 林薫, 『葛川集』 권2, 「送澄上人遠遊序」, 180쪽, "余亦常持糟粕, 動遭世棄, 爾之前所

내면 깊숙이 각인된 영혼의 울분을 토로해 보이고도 있었다. 즉, 사화로 점철되었던 당시 시국(時局)으로 인해 "대붕(大鵬)이 구만리 장천(長天)을 멀지 않게 여겼던" 만큼이나 웅장했던 뜻[64]을 제때에 펼 수 없었던 사정을 임훈은 "움직이면 세상의 버림만 받는다."고 에둘러 표현했던 것으로 해석된다. 이처럼 긴 은둔 독서기를 감당하였던 임훈은 이후에 누차 시도한 과거를 통한 입신양명(立身揚名)의 길마저 연신 막히게 되면서, 마침내 명백한 실체를 간직한 트라우마를 형성하는 결과로 이어졌던 것으로 진단된다. 임훈이 성균관에서 유학하다가 낙향한 이후에 지은 당(堂)의 명칭이자 "자호(自號)를 자이당(自怡堂)"으로 명명한 정황이라든가, 혹은 인생 만년인 "최후에 또 스스로 고사옹(枯査翁)으로 고쳐 부른" 이면에는, 그가 떠안았던 트라우마의 강도가 만만치 않은 상태였음을 시사해 준다.[65] 그 이전 시기에 임훈은 『장자』의 「인간세(人間世)」편에 전거를 둔 쓸모없는 나무인 산목(散木)에 빗대어 자신을 '산인(散人)'으로 칭하며 자조하기도 했었다. 갈천학의 위대함은 이 같은 심리적 트라우마를 치유·해소하기 위해 일평생 치열하게 전개된 경명행수의 노력과 그 알찬 결실에서 찾을 수 있으리라 본다.

그렇다면 이상에서 논급한 임훈의 생래적 성품이 빚어낸 염리심과 강렬한 산수 취향, 또한 긴 은거 생활과 여의치 못했던 진로 속에서

自嘆者, 殆先獲我心矣." 지게미나 음식물 찌꺼기를 뜻하는 '조박(糟粕)'은 간단하고 소략한 먹거리를 뜻하는 단어로 이해된다.

64 林薰, 『葛川集』 권2, 「奉送林先生歸鄕序」, 394쪽, "壯志浩然, 謂九萬鵬程之不遠, 擬將振翼雲漢, 倚釖天外而俯折桂枝."

65 林薰, 『葛川集』 권4, 「行狀」, 287쪽, "自號自怡堂, 人稱之曰 葛川先生, 最後又自改曰 枯査翁." '자이(自怡)'란 문집에서 간헐적으로 보이는 "자족(自足)·자안(自安)" 등과 같은 단어와 동일한 의미의 좌표상에 배치시킬 수 있는 개념에 해당한다. 한편 '마른 나뭇등걸 같은 늙은이'라는 뜻을 내포한 '고사옹(枯査翁)'은 인생 만년까지 지속된 임훈 내면의 트라우마를 상징하는 조어로 해석된다.

추구된 무위유학의 길이라는 독특하고도 특징적인 삶의 여정 한편에
서 진행된 불교와의 교섭 양상은 과연 또 어떠했을까? 이 물음에 대한
응답을 임훈이 보여준 불교교학에 대한 이해와 실참 수행 정도, 그리
고 주변 승려와의 교유라는 세 국면으로 나눠서 순차적으로 살펴보도
록 하겠다.

IV. 불교 수용의 세 국면

1. 불교교학(佛敎敎學)의 이해

자신의 신분적 정체성을 명확하게 "사림의 일원"으로 귀속시켰던 임
훈의 경우,[66] 16세기를 전후로 한 여타 사림파와 마찬가지로 불교 방면
에 대한 수용 양상은 다소 부분적·제한적 특징을 노정해 보이고 있었
다. 실제 임훈 스스로도 "나는 불가(佛家)의 교리(敎理)를 본 바가 없다."
고 솔직하게 실토해 둘 정도였다.[67] 물론 그렇다고 해서 이러한 임훈의
언술을 액면 그대로 받아들일 수는 없을 것이다. 비록 임훈의 경우 불
교와의 교섭 양상이 다소 제한적인 차원에서 수행되긴 했으나, 이를
제대로 규명해 내는 일이란 그 자체만으로도 나름의 의의를 획득할
수 있기 때문이다.

일단 임훈이 불교와 대면하게 된 이면에는 개인사적 계기 외에도,
두어 가지 변인이 선행되었을 가능성도 존재한다는 점을 지적해 두기
로 한다. 그 중에서 첫 번째 요인은 창녕조씨(昌寧曺氏)인 임훈의 빙모

---

66 林薰, 『葛川集』 권2, 「告湖南司馬所業儒鄕校序」, 192쪽, "如或自安於退縮, 留難於從
義, 則於他日對聖賢之書, 立士林之間, 應朝廷之用, 恐無以爲面目也."
67 『葛川集』 권2, 「送澄上人遠遊序」, 179쪽, "余於浮屠之敎, 無所見."

(聘母)[장모]가 망기당(忘機堂) 조한보(曺漢輔, ?~?)의 따님이었다는 사실에 유의, 성리학(性理學)과 도가 및 불교에 밝았던 망기당의 학적 성향이 갈천의 호방하고 자유로운 학문적 성향에 간접적인 영향을 끼쳤을 가능성을 제기한 견해를 들 수 있다.[68] 실제 조한보는 후배인 회재(晦齋) 이언적(李彦迪, 1491~1553)과 한국사상사 최초로 저 유명한 무극태극(無極太極) 논쟁을 벌이는 과정에서, "태허(太虛)의 본체는 본래 적멸(寂滅)하다."는 논지를 제시한 사실이 있었다.[69] 이처럼 태허를 불교적 관점에서 재해석한 조한보의 시각을 겨냥하여, 이언적은 "평생 동안의 학술상 잘못은, 공적(空寂)에 병들어 그 병근(病根)의 소재가 된 것"이라는 엄중한 비판을 가하기에 이른다.[70] 이러한 이언적의 지적이 시사하는 바대로 조한보는 한껏 불교에 심취했던 인물이었다.

두 번째 원인을 제공해 주었을 것으로 추정되는 인물로는 임훈이 평소 존경해 마지않았던 동향권의 선각자인 일두 정여창을 거론할 수도 있겠다. 실제 임훈은 안음 현감 재직 시에 사초(史草) 문제가 발단이 되어 긴급 체포된 끝에, 함경도(咸鏡道) 종성(鐘城)으로 유배를 가서 그곳에서 숨진 정여창을 위한 남계서원(藍溪書院) 건립[71]과 향사당(鄕祠堂)을 영건하는 과정에서 각별한 노력을 기울인 사실이 있다.[72] 그런 만큼 임훈은 자신과 만년에 교분을 나눴던 퇴계(退溪) 이황(李滉, 1501~1570)

---

68 정일균, 앞의 책, 90쪽 참조.

69 李彦迪,『晦齋集』권5(한국문집총간 24책),「雜著」,〈書忘齋忘機堂無極太極說後〉, 민족문화추진위원회, 1986, 389쪽, "其曰, 太虛之體, 本來寂滅, 以滅字說太虛體, 是斷非吾儒之說矣."

70 李彦迪,『晦齋集』권5,「雜著」,〈書忘齋忘機堂無極太極說後〉, 389쪽, "大抵忘機堂平生學術之誤, 病於空寂, 而病根之所在."

71 林薰,『葛川集』권3,「天嶺書院收穀通文」, 216~218쪽을 참조.

72 林薰,『葛川集』권3,「文獻公一蠹先生祠堂記」, 277~282쪽 참조.

이 "쪽빛에서 나온 푸른빛이 쪽빛보다 더 푸르니, 김굉필과 정여창이 서로 이어 울렸도다!"며 극찬한 실천적 도학자로서의 면모 외에도,[73] 불교와 관련된 일두의 이면에 대해서도 어느 정도 숙지하고 있었을 것으로 짐작된다. 특히 정여창은 이른 시기부터 하동(河東) 악양(岳陽) 의 화개동(花開洞)에 인근한 지리산 자락에 터를 잡아 복축(卜築)했고, 그곳에서 "늙음을 마칠 계획"을 세웠던 것으로 전해지고 있다.[74] 급기 야 정여창은 "유교와 불교는 도(道)는 같지만, (그) 자취가 다르다."는 회통론적(會通論的) 전망을 피력하기도 했다.[75] 이 논설로 인해 정여창 은 차후 성호(星湖) 이익(李瀷, 1681~1763)으로부터 "그 평생에 한 일까지 감히 비판하기를 용납하지 않는다면, 이 또한 잘못이리라!"는 엄중한 역사적 비판에 직면한 사실도 있다.[76] 이처럼 정여창이 남긴 지리산 산중 행적과 유·불 회통적 진리론을 둘러싼 언명 등은, 오랜 은거 기간 을 덕유산에서 영위하면서 그곳 승려들과 교유를 나눴던 임훈의 삶에 도 적지 않은 영향력을 행사했을 것으로 추정된다. 여하간 이상에서 논급한 조한보와 정여창 두 사람은 임훈이 불교와 대면하는 과정에서, 최소한 경직된 태도를 지양(止揚)하는 데 일조했을 것으로 조심스럽게 추정해 본다. 이제 불교교학 방면에 대한 임훈의 수용 양상을 추적해

---

73 李滉, 『退溪集』 권1(한국문집총간 29책), 「和陶集飮酒(二十首)」, 〈其十六〉, 민족문화 추진위원회, 1986, 74쪽, "有能靑出藍, 金鄭相繼鳴."

74 鄭汝昌, 『一蠹遺集』 권2(한국문집총간 15책), 「讚述」, 민족문화추진위원회, 1988, 32 쪽, "鄭先生, 早年卜築頭流山麓, 以爲終老之計."

75 李瀷(민족문화추진위원회 편), 〈鄭一蠹〉, 「人事門」, 『星湖僿說』 권11, 솔, 1997, 125 쪽, "鄭一蠹 … 知儒釋之道同迹異, 其設極可疑. 秋江 南孝溫(1454~1492)의 『秋江集』 에는 "知儒釋之道同迹差"로 표기되어 있다. 이 사안에 대해서는 김종수(2016), 앞의 논문, 438~447쪽 참조.

76 李瀷, 〈鄭一蠹〉, 「人事門」, 『星湖僿說』 권11, 125쪽, "冤死於士禍, 人心憤鬱激發, 並 與其生平, 而無敢容議, 則又過矣."

보기로 하자.

　일단 불교를 '석교(釋敎)'로 칭했던 임훈은 부처를 '부도씨(浮屠氏)'로 칭하는 식의 전통적인 호칭법을 채택하곤 했다.[77] 그런데 임훈이 선보인 승려에 대한 호칭 중에는 '필추(苾蒭)·선인[仙]'[78] 등과 같이 다소 생소한 개념도 등장하고 있어 눈길을 끈다. 왜냐하면 비구승(比丘僧)을 뜻하는 '필추'나 현자(賢者)·성직자(聖職者)를 지칭하는 개념인 '선인(仙人)'은 그다지 익숙하게 사용되지 않는 호칭법이라는 점에서,[79] 임훈이 틈틈이 다양한 불경(佛經)을 섭렵했을 가능성을 시사해 주고 있기 때문이다. 『금강경(金剛經)』에 소개된 부처의 전생담 중에도 스스로를 "인욕선인(忍辱仙人)"으로 칭한 구절이 엿보인다.[80] 한편 조선시대 유학자들이 불교와 대면하게 된 주요 경위로는 대개 사찰에서 유숙(留宿)하면서

77　林薰, 『葛川集』 卷3, 「靈覺寺重創記」, 267쪽, "苾蒭有性默善者, 釋敎所謂幹善人也."; 같은 책, 「澄上人遠遊序」, 178쪽, "浮屠人道澄, 與余相好, 投分不淺."

78　林薰, 『葛川集』 卷3, 「靈覺寺重創記」, 267쪽, "苾蒭有性默善者, 釋敎所謂幹善人也."; 같은 책, 「五言絶句」, 〈到悟眞菴〉, 9쪽, "訪仙楓樹下, 談笑怪非人."; 「送澄上人遠遊序」, 178쪽, "夫人之遯世棲山, 學仙空眞寂之道者, 豈徒匏繫之爲貴哉."

79　唐 三藏法師 玄奘 奉詔 譯, 『大乘大集地藏十輪經』, 중화전자불전협회[CBETA], 1쪽의 「序品第一」은 "如是我聞, 一時薄伽梵, 在佉羅帝耶山諸牟尼仙所依住處, 與大苾蒭衆俱, 謂過數量大聲聞僧, 復有菩薩摩訶薩衆, 謂過數量大菩薩僧."으로 시작된다. 이 문장 중에서 "거라제야산의 여러 선인(仙)들이 사는 곳에서, 수많은 위대한 필추(苾蒭)들과 함께 계셨다."는 구절 속에 '선인·필추'가 보인다. 전자인 모니선(牟尼仙)의 '선'은 선인(仙人)의 준말이며, 모니(mmuni)는 인도에서 현자(賢者)·성직자(聖職者)를 뜻하는 단어다. '모니선'이라는 복합어는 이러한 '모니' 개념에 중국의 신선(神仙) 관념을 경전에 도입하기 위한 역경(譯經) 의도가 반영된 것이다. 즉, 선인이 중국의 신선 그 자체를 의미하는 것은 아니며, 『현의(玄義)』나 『팔종강요(八宗綱要)』에 의하면 석존(釋尊)·부처님을 뜻한다고 한다. 이진영 역, 『대승대집지장십륜경』, 「서품」, 동국역경원, http/www.tripitaka.or.kr, 1쪽 참조.

80　대한불교조계종 교육원 편역, 『金剛般若波羅密經』, 「제14 離相寂滅分」, 조계종출판사, 2009, 48~49쪽, "須菩提, 又念過去於五百世, 作忍辱仙人, 於爾所世, 無我相, 無人相, 無衆生相, 無壽者相."

과거 공부나 독서를 병행했던 전력과 불경의 접촉, 그리고 승려들과의
교유 등과 같은 몇몇 요인들이 동시에 거론되고 있다. 그렇다면 덕유
산의 삼수암에서만 "책을 지고 (승 도징과) 같이 지낸 세월이 거의 12
년" 세월이었던 임훈의 경우 이런 저런 대승경전(大乘經傳)과 선가(禪家)
의 어록(語錄)을 비롯한 다양한 불서(佛書)와 불교의 주요 수행법에 익
히 접촉하였을 가능성은 충분하였을 것이다.

  뿐만 아니라 문인 정유명이 작성한 「행장」의 내용 중에는 과거를
통한 환로(宦路)의 길이 누차 무산되었던 임훈이 한때 세상과 등을 지려
는 비장한 결의를 한 적이 있었다는 사실을 기록해 둔 대목이 얼핏
눈에 띈다.

>   선생은 일찍이 집안이 가난하고 부모님이 연로하시어, 부지런히 과
> 거 공부에 임하여, 거의 입신양명[敭顯]할 만한 기대가 있었으나, 여러
> 번 나아가 여러 번 실패[屈]하고야 말았다. 이에 개연(慨然)히 자취를
> 거두어 옷을 바꿔 입으려는 뜻을 품은 적도 있었다. 그런데 오히려 부형
> (父兄)의 권유에 못 이겨 애써 과거 공부를 지속하였다.[81]

  무엇보다도 윗글에서 주목되는 구절은 임훈이 과거에 연신 좌절된
끝에, "개연(慨然)히 자취를 거두어 옷을 바꿔 입으려는 뜻"을 품었다는
사실을 밝혀 둔 부분이다. 짐작컨대 이 결심은 진사 신분으로 성균관
에 유학하다가 41세에서 낙향해서 고향 갈계리(葛溪里)에 자이당을 건
립하고 은거에 돌입하면서, 다시금 치열한 경명행수(經明行修)의 비장
한 결의를 다졌던 46세 사이 즈음일 것으로 추정된다. 다만 언뜻 출가

---

81 林薰, 『葛川集』 권4, 「行狀」, 300쪽, "先生甞以家貧親老, 黽勉爲擧子業, 庶有敭顯之
望, 而屢進屢屈, 慨然有收蹤反服之意, 猶迫於父兄之勸而勉從之."

를 암시하는 투의 분연(奮然)한 상기 「행장」의 기록에도 불구하고, 불교의 교학체계를 대상으로 한 심도 있는 교섭의 흔적을 발굴해 내기란 쉽지가 않았다.

대신에 임훈은 "부도씨(浮屠氏)는 청정(淸淨)·담박(淡泊)함을 가르치고 있다."는 촌평을 가하고, 또한 이처럼 청정·담박한 심체(心體)를 증득하기 위한 방법론인 좌선 수행법을 심히 비판하는 시각을 드러내 보였다.[82] 그런데 임훈이 진사 지심원(池深源)에게 전한 글 속에는 "기꺼이 농촌에 살면서, 외모(外慕)에 담박[泊]하였다."고 평한 구절이 발견된다.[83] 이로써 미뤄보자면 '담박'은 색성향미촉법(色聲香味觸法)으로 일컬어지는 바깥 육경[六境]에 끄달리지 않는 '지(止)'와 상응하는 개념으로 파악되며, 청정은 그 결과로서 증득(證得)된 마음의 본체를 지칭한 표현으로 이해된다. 같은 맥락에서 임훈이 지심원이 겪었던 불운한 과거업(科擧業)을 두고 "저 그 천명(天命)과 때가 어긋나서 여러 번 곤욕을 치렀으나, 그 마음에 기뻐하고 원망하는 기색이 일어남도 없이 휴휴연(休休然)하였다."라고 호평한 부분도 예사롭지가 않다.[84] 왜냐하면 이 대목 중에서 '휴휴연'[85]이라는 표현은 선가의 어록 등에서 번뇌 망상이 그친 적정(寂靜)·적료(寂廖)한 심체를 묘사할 때 즐겨 사용하는 어휘이

---

82 林薫, 『葛川集』 권2, 「送澄上人遠遊序」, 178쪽, "然浮屠氏以淸淨淡泊爲敎 … 何用遠遊, 繭(?)雙足, 疲神形也哉."

83 林薫, 『葛川集』 권2, 「送池廣文深源還鄕詩序」, 173쪽, "深源氏, 騷雅人也 … 怡然於畎畝, 而泊於外慕."

84 林薫, 『葛川集』 권2, 「送池廣文深源還鄕詩序」, 174쪽, "彼其命與時違, 屢遭困躓, 而休休然不加喜慍於其心."

85 물론 '휴휴연'의 출처 중에는 『詩經』, 「小雅·彤弓之什」의 "旣見君子, 我心則休." 대한 해석, 즉 "휴(休)는 휴휴연(休休然)이니, 안정됨을 뜻한다."는 구절도 포함된다. 그러나 휴휴연이라는 표현이 선가의 어록 등에서 즐겨 사용하는 단어임은 익히 널리 알려진 사실이다.

기 때문이다. 실제『갈천집』에는 '선가설(禪家說)·선가(禪家)' 등과 같은
단어가 빈번하게 등장하고 있다.[86] 물론 이 같은 개념과 지칭한 실제
내용 간에 정합성이 결여된 경우도 종종 발견되기도 한다. 예컨대 신
선이 사는 곳인 복지(福地)를 선가와 결부시킨 사례 등이 그러하다.[87]

아무튼 이처럼 임훈이 나름대로 다양한 불서를 섭렵했던 정황은 "불
속에서 사람을 구하듯[救焚]"으로 비유한 위기적 당대 시국인식을 통해
서도 거듭 확인된다.[88] 이 부분은 흡사『법화경(法華經)』에서 설파된 장
자(長者)와 삼계(三界) 화택(火宅)의 비유를 연상케 해준다.[89] 한편 육행
(陸行) 상인(上人)의 시축(詩軸)에 쓴 글 중에는 진정 "단심(丹心)은 저절로
천심[天]도 되돌릴 힘이 있다."며 도덕 행위자인 인간의 자유의지를 무
한히 긍정한 일구가 포착된다.[90] 일찍이 려말(麗末)의 나옹화상(懶翁和
尙, 1320~1376)이 남긴 어록 중에는 "장부(丈夫)는 스스로 천기(天機)를
저울질함이 있다."는 구절도 포함되어 있다.[91] 인간의 영혼에 부여된
신성한 자유의지를 강조한 맥락에서는 두 사람의 언설에 내재된 의미

---

86 林薰, 『葛川集』 권3, 「登德裕山香積峯記」, 227쪽, "訊之則曰 必待彌勒住世, 此香乃發
    云. 禪家說多類此, 可哂."; 같은 곳, 227쪽, "地勢恒容寬閑, 殊不類絶境, 眞禪家所謂
    福地也." 그런데 임훈의 설명과는 달리 미륵(彌勒)·복지(福地) 등과 같은 어휘는 선가
    와는 무관한 개념이다.

87 林薰, 『葛川集』 권3, 「登德裕山香積峯記」, 227쪽, "香林中有古井 … 眞禪家所謂福地
    也."

88 林薰, 『葛川集』 권2, 「彦陽陳弊疏」, 53쪽, "臣之殿下心必爲之動 … 將如救焚拯溺之不
    暇."

89 大韓佛敎 天台宗 總本山 求仁寺, 『懸吐譯註 妙法蓮華經』, 「제3 譬喩品」, 민족사, 1999,
    171쪽, "舍利佛, 如彼長者, 見諸子等, 安隱得出火宅, 到無畏處 … 如來, 亦復如是, 爲一
    切衆生之父, 若見無量, 億千衆生, 以佛敎門, 出三界苦, 怖畏險道, 得涅槃樂."

90 林薰, 『葛川集』 권1, 「七言絶句」, 〈書陸行上人詩軸〉, 22쪽, "泣把脩篁訴此情 … 丹心
    自有回天力, 霜後龍孫忽數莖."

91 懶翁 述(백련선서간행위 편역), 『懶翁錄』, 藏書閣, 1993, 102쪽, "丈夫自有衡天機."

가 서로 부합된다는 점이 사뭇 주목된다.

그 외에도 임훈이 상소문에 간택한 '지견(知見)'이라는 개념과[92] 지각 작용력이 부재한 자연계의 구성물을 일컫는 개념인 "무정(無情)한 사물"[93] 등과 같은 표현도 불교교학에서 연원한 개념의 일환이라는 점에서, 이 방면에 대해 축적한 임훈의 지적 소양 정도를 간접적으로 짐작케도 해준다. "무정한 사물"은 "영(靈)을 머금고 꿈틀거리고 움직이는 모든 존재는, 모두 불성(佛性)을 소유하고 있다.[蠢動含靈, 皆有佛性]"고 설명되는 유정(有情)한 존재와는 대비되는 불교적 개념이다. 또한 무릉도원을 찾아 번뇌[熱惱]의 어지러움이 없게 했다."라든가,[94] 혹은 "승려[緇]가 답답함을 털고 번뇌[煩]를 씻는다."는 등의 구절들은 불교가 지향하는 구도 세계의 일단이 노출된 장면에 해당한다.[95] 한편 "아! 사물은 폐흥(廢興)·성훼(成毀)하기를 무궁히 되풀이한다."는 말로써,[96] 만물이 변화하는 일정한 패턴을 유형화해 보인 부분은, 일면 불교에서 무상(無常)한 만물의 변화를 패턴화한 법칙인 성주괴공(成住壞滅)을 부분적으로 연상케 해주고도 있다.

당연하게도 임훈은 불교적 시간 단위인 전세(前世)와 결부된 인과(因果)의 도리에 대해서도 충분히 숙지한 상태였고,[97] 심지어 덕유산의 향적봉 등산에 나서게 된 일 또한 인과의 이치와 무관하지 않다는 소견을

---

92 林薰, 『葛川集』 권2, 「彦陽陣弊疏」, 47쪽, "一國臣民, 欽聞德音, 苟有知見, 孰不欲披 肝瀝心, 一達於冕旒之下哉."

93 林薰, 『葛川集』 권3, 「書兪子玉遊頭流錄後」, 219쪽, "山水者, 天地間一無情之物."

94 林薰, 『葛川集』 권3, 「靈覺寺重創記」, 267쪽, "人之居者, 怳若尋桃源入武陵, 無熱惱 之亂, 則所謂奧之宜也."

95 林薰, 『葛川集』 권3, 「靈覺寺重創記」, 266쪽, "地之寬閑軒豁, 高據平林, 環挹萬象者, 於曠宜, 緇之宜鬱滌煩."

96 林薰, 『葛川集』 권3, 「靈覺寺重創記」, 267쪽, "物之廢興成毀, 相尋於無窮."

97 林薰, 『葛川集』 권1, 「挽劉魯叔友參」, 〈又〉, 28쪽, "閭閻輝前世, 公膺積善餘."

피력해 보이기도 했다.[98] 그 연장선에서 임훈은 인과응보설(因果應報說)
에 입각하여 선행[善]에는 영화(榮華)가 추수된다는 설명을 가하기도 했
는데,[99] 이는 『주역(周易)』 「문언전(文言傳)」의 해당 구절과 불교 교설 간
에 접점을 형성하고 있는 대목에 해당한다. 앞서 잠시 논급한 정여창
역시 업(業)의 문제에 대해 보다 투철한 인식을 견지하고 있었다.[100] 이
를테면 지극한 효자였던 정여창(37세)은 모친이 타계한 뒤에 경상감사
(慶尙監司)가 보내 준 관판(棺板)을 사양하여 받지 않고, "백성을 힘들게
하여 관목을 취하면, 그 원망이 반드시 작고하신 모친께 돌아갈 것입니
다."라는 의미심장한 변(辯)을 내놓을 정도였다.[101] 한편 임훈은 불교의
종지인 자비(慈悲)에 대해서는 직접적인 언술을 남기지는 않았다. 그러
나 전방위적인 인(仁)의 구현을 시사한 아래의 인용문과 이하의 몇몇
기록들은 불교의 동체대자비(同體大慈悲)와 크게 차이가 없어 보인다.

종족(宗族)에게 어짊[仁]을 베풀 적에는, 외롭고 어려운 이를 먼저 보
살폈다. 지극히 정성스러운 마음[至誠]에서 우러나와서 사람들과 전혀
간격이 없었다.[102]

---

98 林薰, 『葛川集』 권3, 「登德裕山香積峯記」, 232쪽, "雖最勝之地, 無因則未果也." 임훈
의 이 언술은 1552년(53세) 5월에 그동안에 벼르던 덕유산 향적봉 등산에 나서면서
발언한 내용이다.

99 林薰, 『葛川集』 권2, 「劉公李氏上下墓碣銘(幷序)」, 123쪽, "意者劉李世積之善, 殆將
發於公之後歟.";「劉君趙氏雙墓碣銘(幷序)」, 119쪽, "家世毓德, 源遠流長." 두 구절 모
두 『周易』에 전거를 둔 "積善之家, 必有餘慶, 積不善之家, 必有餘殃."에 연원한다.
인과응보를 설파했다는 점에서는 불교의 그것과 하등의 차이가 없다.

100 정여창의 업(業) 인식에 대한 논의는 노의찬, 「유학자 정여창의 불교적 삶」, 『嶺南學』
24호, 경북대학교 영남문화연구원, 2013, 254~260쪽 참조.

101 鄭汝昌, 『一蠹集』 권3, 「薦學行疏(趙孝仝)」, 484쪽, "時監司聞其行, 令郡辦給棺板,
辭而不受曰, 煩民取辦, 怨必歸於先母, 乃出家貨, 貿易而用之."

102 林薰, 『葛川集·附錄』, 「葛川先生家狀草」, 574쪽, "仁及宗族, 恤先孤窮, 出於至誠,

뿐만 아니라 향리의 종이나 천민 부류처럼 "비록 미천(微賤)한 사람
일지라도, 곡진하게 어루만져 동정해 주지 않음이 없어서, 이에 은혜
와 믿음이 행해지게 되었다."는 생전의 행적 역시 상기 인용문과 그
궤를 같이 하고 있다.[103] 심지어 임훈은 "동물을 업신여기거나 능멸하
지도 않았을 뿐"만 아니라,[104] "새우나 미꾸라지 같은 미물(微物)도 남김
없이 사랑하였으리만큼" 넓은 아량으로 만물을 포용하는 태도를 취했
다고 한다.[105] 실상 인간 및 동물·새우·미꾸라지 등과 같은 존재란 곧
불교적 의미에서의 일체(一切)의 '중생(衆生)' 개념과 정히 부합하는 부
류들이다. 따라서 임훈이 이러한 유정의 존재들에 대해 "간격이 없는"
차원에서 "백성들에게 인(仁)을 베풀고 사물[物]을 이롭게 하려는 뜻이
매우 간절하고 정성스러웠던" 정황들이란,[106] 기실 자타불이(自他不二)
라는 전제 하에 동체자비를 역설한 불법(佛法)의 이치와 일맥상통하는
감이 없지가 않다. 정유명이 임훈의 위정(爲政) 활동을 두고 군이 불교
의 자비와 유사한 어감을 지닌 "자서(慈恕)"[107]라는 독특한 조어(造語)를
간택한 이면에는 나름대로 감안한 바가 있었을 것으로 사료된다. 그러
나『갈천집』에 산재(散在)해 있는 불교교학 방면에 대한 임훈의 언술들
은 하나의 정연한 체계를 형성하고 있거나, 혹은 특정한 주제 사안에
대해서 이해의 심층부에 진입한 자취를 발견하기는 어려웠다.

人無間焉."

103 林薰,『葛川集·附錄』,「葛川先生家壯草」, 574쪽, "其處鄉則親親敬愛, 故崇信義務敦
朴, 雖微賤之人, 莫不曲加撫恤, 恩信行焉.";「行狀」, 301쪽, "雖閭巷中微賤之人, 無
不加撫恤之義."

104 林薰,『葛川集』권4,「行狀」, 298쪽, "物未嘗被其侵侮陵駕之加."

105 林薰,『葛川集』권4,「祭文(又)」, 364쪽, "涵河量而容物, 愛不遺於鰕鰍."

106 林薰,『葛川集·附錄』,「謚狀」, 522쪽, "立朝則 … 懇懇乎仁民利物之志也."

107 林薰,『葛川集』권4,「行狀」, 302쪽, "且其爲政, 淸愼慈恕."

이상으로 불교의 교학체계와 관련하여 문집에 드러난 일련의 자취들을 수습해서 검토해 보았다. 그 결과 임훈은 대승경전과 선가의 어록들을 나름대로 섭렵하면서, 최소한 수준 이상의 교학적 소양을 갖추고 있었다는 점을 확인하게 되었다. 그런데 임훈의 경우 불교의 해체론적 세계관이자 존재론인 중관학(中觀學)에 대한 견해와 함께, 또한 식(識, vijnana)의 전변(轉變) 문제를 심도 있게 설파한 유식학(唯識學)과 관련된 의미 있는 언술을 끝내 찾아볼 수 없었다. 실상 심층적인 반야 중관(般若空觀)을 취급한 중관학과 식의 전승·변화 문제를 주제로 삼는 유식학이란 정주학자의 견지에서 가장 수용하기 어려운 난설(難說)에 해당한다.[108] 다만 전자인 공관(空觀)과 관련하여 임훈은 당시 일반인들이 견지해 온 품격 없는 산수관(山水觀)을 비판하는 과정에서, 산수를 "지나치며 본 뒤로는 내실이 없어[過眼成空], 얻은 바가 전혀 없다.[無有所得]"는 문학적인 기교를 빌려 살짝 언급하고 있었을 뿐이다.[109] 그런데 이 문장 뒤편의 '무유소득'은 『금강경』의 이른바 "법(法)에 얻은 바가 없다."고 할 때의 "무소득(無所得)"과 같은 의미임을 놓쳐서는 안 된다.[110] 즉, '무유소득'은 부증불감(不增不減)한 심체와 그 작용을 언표한 설명 방식의 일환으로써, 앞에서 언급한 공(空)을 부연설명해 주는 식

---

108 金鍾秀, 「西溪 朴世堂의 '三笑'哲學과 儒佛 交涉−종교간 대화의 모색−」, 『선문화연구』10집, 韓國佛教禪理研究員, 2011, 79쪽 참조.

109 林薰, 『葛川集』권2, 「送澄上人遠遊序」, 179쪽, "後之遊者 … 而但觀其淵然者爲水, 蒼然者爲山, 而過眼成空, 無有所得." 기존에 간행된 『葛川先生文集(國譯)』에서는 "過眼成空, 無有所得." 부분을 "보고 지난 뒤에는 징험해서 얻은 것이라고는 아무것도 없다."고 국역하였다(182쪽). 이 번역도 내용상 큰 문제는 없으나, 중관학의 맥락을 살리지 못한 아쉬움이 있다.

110 대한불교조계종 교육원 편역, 『金剛般若波羅密經』, 「제10 莊嚴淨土分」, 39쪽, "佛告須菩提, 於意云何. 如來, 昔在然燈佛所, 於法有所得不. 不也世尊, 如來在然燈佛所, 於法實無所得."

의 절묘한 문장 작법을 선보인 것이다. 따라서 이 대목은 임훈이 평소 축적한 불교의 중관학 방면에 대한 소양의 일단이 불현듯 노정된 장면으로 평할 수도 있겠다.

물론 그렇다고 해서 "천명(天命)을 믿는 것이 내가 구하는 것이니, 여느 사람들이 추구하는 것과는 다르다!"고 역설해 보인 바와 같이,[111] 임훈이 착지한 유자로서의 사상적·이념적 입각점이 다소 이완되었거나 각하된 것은 결코 아니다. 기실 임훈이 견지한 천명관(天命觀)은 유교를 향한 그의 종교적 신앙의식을 엿보게 해줌과 동시에, 또한 갈천 경학론의 근간이 공맹 위주의 원시유학과 시(詩)·서(書)로 대변되는 고학적 토대 위에 정착하고 있음을 시사해 주는 중요한 단서이기도 하다. 기존의 여러 논의에서는 이 같은 사안들이 누락된 상태다.

아무튼 이처럼 당당한 근본 유자로서의 임훈의 모습은 덕유산 일대에서 오래 전부터 구전(口傳)되어 오던 불교적 설화(說話)들을 일소(一笑)에 부친 단호한 태도를 통해서도 누차 확인되고 있다. 일단 이와 관련하여 덕유산의 최정상 주변에 터한 향적암(香積菴)에 도착한 임훈은 인근에 위치한 암자 터와 향적봉이라는 명칭의 유래를 제공해 준 "서쪽에 즐비한 향나무 수풀[香林]" 등을 접한 후에[112] 전개된 일화를 반추해 보도록 하겠다. 이때 임훈은 향나무 수풀 속의 "나뭇가지와 잎사귀를 휘어잡아도 향기가 없자", 그 이유를 동행한 승려 성통(性通)에게 질의하게 된다. 이에 성통은 "반드시 미륵(彌勒)이 세상에 거주하는 것을 기다려, 이 향나무의 향기가 풍긴다고 하드군요!"라는 답변을 내

---

111 林薰, 『葛川集·附錄』, 「自怡堂記」, 403쪽, "乃慨然曰 信天有命, 吾之求之也, 異乎人之求之, 遂不復有立功名之志."
112 林薰, 『葛川集』 권3, 「登德裕山香積峯記」, 226~227쪽, "由西偏而上數百步, 得至香積菴, 當中築石如墠, 卽菴基也 … 西有香林櫛立, 峯之得名以此."

놓았다. 그러자 임훈은 곧장 "선가(禪家)의 말에 이런 게 많아서 (참으로) 우스웠다."라며 극히 부정적인 반응을 보였다.[113] 다시 말하여 임훈은 유자가 견지한 합리적 사고방식에 입각하여 덕유산 전래의 구비 전승에 냉소적인 반응을 보였던 것이다. 임훈이 평소 해속(駭俗)을 꺼려했던 점도 이러한 맥락에서 이해 가능한 부분이다.[114] 마찬가지로 1552년 5월 25일[乙亥]에 덕유산 향적봉 아래에 소재한 "해인(海印)의 옛터"를 접한 뒤에 접한 승 성통의 설명에 대한 임훈의 평론 역시 동일한 기조를 유지하고 있었음이 거듭 확인된다.

여기가 바로 해인(海印)의 옛터입니다. 옛날 서역불(西域佛)이 나무로 만든 소에다가 불경을 싣고, 그 목우(木牛)가 머무는 곳을 잘 관찰하여 절을 세워 안착하기 위해서, 동한(東韓) 곳곳을 두루 돌아다녔다고 합니다. (그런데) 그 목우가 (바로) 이곳에 그쳐 절을 세우려고 했는데, 그 목우가 또 길을 나서 견암(見巖)[고견사]을 지나 (합천의) 가야(伽倻)에 이르러 그쳤으니, 곧 지금의 해인사(海印寺) 운운하였다. (성통의 그) 말이 매우 허망스러워서, 족히 취할 만한 게 없었다.[115]

한편 임훈이 덕유산 자락에 위치한 영각사(靈覺寺)가 중수(重修)된 경

---

113 林薰, 『葛川集』 권3, 「登德裕山香積峯記」, 227쪽, "攬其枝葉, 殊無香氣. 訊之則曰必待彌勒住世, 此香乃發云. 禪家說多類此, 可哂."
114 林薰, 『葛川集·附錄』, 「謚狀」, 532쪽, "莅郡則正己以率物 … 不以駭俗悅民爲能, 而其治常有不可及者."
115 林薰, 『葛川集』 권3, 「登德裕山香積峯記」, 225~226쪽, "乙亥, 促朝鋪, 偕菴僧玉熙一禪 … 山脊平夷, 面勢寬廣, 周可一里. 通日 此所謂海印基也. 昔西域佛用木牛載經, 將診其所止, 建寺以安之, 遍歷東韓. 牛止是, 將建寺, 牛又行, 歷見巖至伽倻而止, 卽今海印寺云云. 語甚荒誕, 不足取也." 거론된 '견암(見巖)'은 지금의 경남 거창군 가조면 수월리 우두산에 위치한 고견사(古見寺)를 말한다. 고견사는 달리 견암사(見巖寺)로도 칭해졌다.

위를 자세히 서술한「영각사중창기(靈覺寺重創記)」에는 이 절의 터를 확
정한 경위와 관련하여 승도(僧徒)들이 전언한 설화가 등재되어 있다.
당연하게도 임훈은 영각사 건립과 관련된 설화에 대해서도 앞서 선보
인 사례들과 똑 같은 반응을 보였다. 즉, 임훈은 "꿈에 어떤 노인이
이 땅을 가리키면서, 이곳이 바로 옛터다."라는 승려의 전언을 접하고
서, 즉각 "그러나 이 설명이 다른 문헌에는 보이지 않으니, 믿을 수
없다."며 문헌에 근거한 객관적인 반론을 제기했던 것이다.[116] 이 같은
사례 역시 임훈이 유자로서 합리적 사고방식을 철저하게 견지하고 있
었다는 사실을 분명히 확인시켜 준다.

　이에 반해 임훈이 광주 목사로 재직 중이던 1574년(75세) 4월에 함께
서석산(瑞石山)[곧 무등산] 산행에 나섰던 제봉 고경명이 작성한 산수유
기인「고제봉유서석록(高霽峯遊瑞石錄)」[117]에는 산행 도중에 접한 구전
설화들을 있는 그대로 담담하게 채록하는 식의 객관적인 서사(敍事) 방
식을 취하고 있어서, 임훈의 경우와 극히 대조를 이루고 있다.

　　조선(祖禪) 스님이 이르기를, '이 암자에 사흘을 머무르면, 도(道)를
　　깨칠 수 있다고 해서 삼일암(三日庵)으로 이름을 지었답니다.'라고 하
　　였다.[118]

---

116 林薰,『葛川集』권3,「靈覺寺重創記」, 267쪽, "僧徒又傳寺之西洞, 有古靈覺 … 夢有
　　老叟指此地日, 此古遺基也, 仍立寺云云. 然此說他無所見, 不足信也."
117 이 작품에 대한 또 다른 번역인 鄭芝相,『國譯 霽峯全書』(中), 한국정신문화연구원,
　　1980을 아울러 참고할 것. '록(錄)'체 형식을 취한「고제봉유서석록」은 16세기 중·
　　후반을 전후로 한 무등산(無等山)의 전모와 주요 사찰·암자의 분포 현황, 그리고
　　이 산과 연관된 다양한 인물들과 구전 설화 등을 살피기에 더 없이 유용한 인문학적
　　결실로 평가된다. 도합 4,800여 자에 달하는 장문의 작품으로 기승전결을 잘 갖추고
　　있으며, 흔히 약칭인「유서석록(遊瑞石錄)」으로 불린다.
118 인용문은 서석산의 반야봉(般若峯)·비로봉(毘盧峯) 두 봉우리 아래쪽에 위치한 삼일

상기 인용문에서 확인되듯이, 「유서석록」은 주관적 서정 묘사보다
는 객관적 관찰과 빠짐없는 기록정신의 일관성을 유지하고 있는 작품
이라는 평가받고 있다.[119] 즉, 작가의 주관적인 감성의 개입을 경계하
는 측면에서 선인들의 행적이나 시문, 또는 전설·고사·유래 등을 삽
입시켜 서술의 객관성을 유지하는 방법을 취했다는 것이다. 그래서인
지 「유서석록」에는 사찰과 암자가 숱하게 등장하고, 또한 사찰·암자
위주로 무등산의 주요 경관을 묘사하는 방식을 취했지만, 불교를 둘러
싼 고경명의 개인적 견해를 전혀 찾아볼 수 없다. 이처럼 세교(世敎)를
염두에 둔 도학자(道學者)의 의지가 엿보이는 고경명의 「유서석록」[120]은
지금 논의 중인 임훈의 대불교 수용 양상과는 명백한 대조를 연출하고
있다.

한편 임훈은 자신과 막역한 교분을 나눴던 승려 도징이 "장차 명산
(名山)을 편력(遍歷)하여, 기이(奇異)한 승경(勝景)을 탐방하면서, 내 평생
의 뜻을 이루려는" 자신 나름의 원유를 위한 계획을 세우고, 자신에게
"한 마디 하여 노자[贐]로 삼게 해 달라는" 부탁을 받고,[121] 이하와 같은
답변을 가해 둔 부분도 가만히 음미할 필요가 있다.

하물며 그대가 원행(遠行)을 나선다면, 친척(親戚)과 이별하고, 붕우
(朋友)를 멀리 하며, 또한 생사[存亡]·안위(安危)마저도 막연해 질 터이

암(三日庵)이라는 암자의 명칭과 관련된 구전 설화를 채록한 것이다.(林薰, 『葛川集
·附錄』, 「高霽峯遊瑞石錄」, 413쪽): "傍般若毘盧二峯下, 出上元燈之東, 歷三日庵月
臺 … 禪日 住此三日, 可以悟道, 故名."
119 탁현숙, 「제봉(霽峯)의 〈유서석록(遊瑞石錄)〉 서술 특성, 『인문학연구』 46집, 조선대
학교 인문학연구소, 2013, 496쪽 참조.
120 탁현숙, 위의 논문, 496쪽.
121 林薰, 『葛川集』 권2, 「送澄上人遠遊序」, 178쪽, "吾將遍歷名山, 探奇採勝, 以償吾生
平之志, 子爲一言以贐."

니, 첫째로 의롭지 못한 일입니다.[122]

물론 임훈은 곧장 이어서 "험한 길을 넘고 가자면, 도적도 만나고 질병도 걱정이 되는"등의 불리(不利)한 상황에 직면하게 된다는 지적 또한 빠뜨리지 않았다.[123] 이러한 정황은 평소 지극한 "정성으로 사람을 접했다."던 임훈의 진실한 대인 관계의 일면이 그대로 드러나 있다.[124] 그러나 이에 앞서 지적된 "불의(不義)한 일"에 대한 충고는 "성현(聖賢)의 글"을 읽으면서 "의(義)의 소재를 말하는 데까지 엿보았던"[125] 근본 유자인 임훈이 견지해 온 사상적·이념적 입각점이 자연스럽게 노정된 결과였다. 이처럼 위풍당당한 근본 유자로서의 임훈의 면모는 앞서 소개한 구전설화를 접한 후에 표명된 일련의 평론들과 더불어, 갈천이 불교의 교학체계를 수용하는 과정에서 일정한 관건(關鍵)으로 작용하였을 것으로 분석된다. 그러나 비록 임훈의 경우 불교교학에 대한 심층적인 교섭의 장으로 진입하지는 않았지만, 억불(抑佛)의 시대에서 그가 보여준 부분적인 교섭 노력은 그 자체만으로도 일정한 의의를 획득한 것으로 평가된다.

2. 실참(實參) 수행(修行)

각자(覺者)를 실현하기 위한 한국불교 전래의 수행 방편으로는 대체

---

122 林薰, 『葛川集』 권2, 「送澄上人遠遊序」, 178쪽, "況爾之遠行, 離親戚遠朋友, 存亡安危之邈然, 一不義也."

123 林薰, 『葛川集』 권2, 「送澄上人遠遊序」, 178쪽, "艱關跋涉, 草竊疾疢之爲慮, 二不利也."

124 林薰, 『葛川集』 권4, 「碣銘幷序」, 345쪽, "誠以接人, 敬以持身."

125 林薰, 『葛川集』 권2, 「乙亥謝恩奉事」, 75쪽, "然書生門戶, 無有他技 … 頗讀聖賢之書, 雖無踐履之實, 嘗窺言義之所在."

로 참선과 독경(讀經), 그리고 염불(念佛)과 다라니[진언(眞言)] 암송(暗誦) 등과 같은 방법들이 선호되어 왔다. 이들 방편 중에서 염불과 진언 암송법 등은 근본 유자인 임훈의 입장에서 접근조차 하기 어려운 수행 방편이었을 것이다. 실제『갈천집』에서 염불과 다라니 암송 등을 언급한 구절들을 전혀 찾아볼 수 없었고, 이러한 경향은 여타의 유자들의 경우에도 사정은 마찬가지인 편이다. 반면에 임훈의 경우 나름대로 불서를 섭렵한 흔적을 더러 남겨 두었으나, 좌선 수행법에 대해서는 일관되게 심히 비판적인 태도를 취하고 있다.

우선 이 사안과 관련하여 임훈은 절터로 적합한 장소를 두 부류로 나눠 적시하면서, 그 중에서 첫 번째인 "산이 우뚝하니 높으면서 웅장하게 빼어나고, 빙 둘러 가려진 채 별도로 한 구역이 된 곳은, 적절이 구석진 듯해서, 승려[緇]가 수정(守靜)·징려(澄慮)하여 마음에 고결함을 성취하게 되는 것도, 다 이유가 있어서이다."는 말로써,[126] '좌선(坐禪)' 수행과[127] 그 결실을 동시에 거론한 문장이 눈이 띤다. 왜냐하면 여기서 "정(靜)을 지키고 생각을 맑게 한다."는 구절은 참선 혹은 좌선 수행법을, 그리고 뒤의 "마음에 고결함을 성취하게 된다."는 부분은 실참 수행을 통해 증득되는 효과를 각기 지칭한 표현에 해당하기 때문이다. 다만 이 같은 실참 수행의 효과가 일차적으로 지형학적 여건에 의해 결정된다는 듯한 어조는 앞서 거론한 유자의 합리적 사고방식과는 다소 배치되는 감이 없질 않다. 그럼에도 불구하고 해당 구절들은『갈천집』에서 참선 수행을 긍정적으로 묘사해 보인 드문 자료에 해당한다는

---

[126] 林薰,『葛川集』권3,「靈覺寺重創記」, 266쪽, "寺之適, 大率有二, 曰曠如也, 奧如也, 如斯而已. 山之凌峻雄秀, 廻合關鎖, 別作一區者, 於奧宜, 緇之守靜澄慮, 就心高潔者 以之."
[127] 林薰,『葛川集』권3,「靈覺寺重創記」, 268쪽, "抑不知其相繼, 而坐禪于玆."

점에서 의미가 있다.

그런데 임훈이 가한 이 묘사가 참선 수행을 온전하게 설명한 것으로 보기는 어렵다. 이를테면 임훈이 "치류(緇流)들 중에서 이곳에 깃들어 양성(養性)하는 자" 운운한 구절도[128] 적정(寂靜)한 심체를 증득하기 위한 불교의 참선 수행법과 『맹자』의 이른바 "그 마음을 보존하여, 그 성(性)을 기름은 하늘을 섬기는 소이(所以)"[129]로 설명되는 존심(存心)·양성(養性) 간에 존재하는 명백한 공부론적 차이를 간과한 언술에 해당하기 때문이다. 오히려 참선에 대한 임훈의 이해 정도는 그가 이 수행법을 신랄하게 비판해 보인 아래의 장면을 통해서 더욱 선명하게 드러나 있다.

> 옛날에 30년을 여악(廬岳)에서 나오지 않은 사람도 있었고, 팔꿈치에 잣나무가 나고, 어깨에 새들이 집을 지은 사람도 있었다. 왜 두 발을 누에고치처럼 하여 육신[形]·정신[神]을 괴롭히면서, 먼 곳으로 가려 하는가?[130]

윗글은 결가부좌(結跏趺坐) 자세를 취한 상태에서 오랜 시간 동안 선정(禪定)에 접어든 실참 수행자의 "정신이 우주의 팔표(八表)[팔방]를 노닐면서 조용히 천계(千界)를 관(觀)하는",[131] 즉 마음이 육신을 벗어나는 유체이탈(遺體離脫)의 경지를 묘사해 보인 장면에 해당한다. 또한 이 같

---

128 林薰, 『葛川集』 권3, 「靈覺寺重創記」, 268쪽, "緇流栖迹養性者, 必日 …"
129 朱熹, 『孟子集註』, 「盡心章句(下)」의 제1장, "存其心, 養其性, 所以事天也."
130 林薰, 『葛川集』 권2, 「送澄上人遠遊序」, 178쪽, "然浮屠氏以淸淨淡泊爲敎. 古有三十年不出廬岳者, 有栢生肘, 而鳥巢肩者. 何用遠遊, 繭雙足, 疲形神也哉."
131 朴守儉, 『林湖集』 권6(한국문집총간 속39책), 「記」, 〈皆骨山寂黙堂記〉, 민족문화추진위원회, 2007, 291쪽, "今者和尙慶秀 … 我自絶粒, 靈藥何用, 我自絶交, 仙子何求. 冥然杳然, 悅兮忽兮, 神遊八表, 靜觀千界, 彼方士者所慕."

은 참선 수행을 겨냥하여 임훈은 "부도씨(浮屠氏)는 "청정(淸淨)·담박(淡泊)함을 가르치고 있다."는 총평을 가했음은 앞서 논급한 그대로다. 그러나 한때 "개연(慨然)히 자취를 거두어 옷을 바꿔 입으려는 뜻이 있었던" 임훈이었지만, 굳이 힘들게 두 발을 책상다리 모양새를 취한 채 형신(形神)을 괴롭히는 식의 수행법과 그것이 결과하는 차원 높은 선정 삼매의 경지에 대해서 수용하기는 어려웠던 것이다. 이는 후대의 서계(西溪) 박세당(朴世堂, 1629~1703)이 장차 묘향산(妙香山)으로 접어들려는 승려 만영(萬英)에게 전한 시(詩)를 통해서, "제 아무리 억만 겁을 수미산에 맴돌아도, 비쩍 마른 원숭이며 학(鶴)의 자태만을 이룰 것을!"이라며 비판했던 대목과 동일한 기조를 유지하고도 있다.[132] 아무튼 윗글에서 노정된 임훈의 입장은 한 암자에서 접한 한 승려에 대한 다음과 같은 평가를 통해서도 그대로 재현되고 있다.

단풍나무 아래서 스님[仙]을 찾았는데,   訪仙楓樹下
담소하니 괴이하여 사람 같지 않구나.   談笑怪非人
여기서 정좌(定坐)하여 무엇을 일삼는가?   定坐成何事
한갓 속세를 떠난 일신을 자랑할 뿐이네.[133]   徒誇世外身

윗 시에서 임훈은 "괴이하여 사람 같지 않은" 이유로써, 안정하여 취한 좌선 수행을 겨냥하고 있었고, 결국 이 수행법은 일신상의 안일만을 도모할 뿐이라는 극히 비판적인 인식으로 귀결되고 있다. 이는 앞서 승 도징이 계획한 원행을 두고 "불의(不義)한 일"로 단정했던 대목

---

132 朴世堂, 『西溪集』 권4(한국문집총간 134책), 「石泉錄(下)」, 〈山人萬英入妙香山學道藥泉有詩其師守源持示走筆次其韻〉, 민족문화추진위원회, 1996, 70쪽, "從渠萬劫繞須彌, 祇成枯槁猿鶴姿."
133 林薰, 『葛川集』 卷1, 「五言絶句」, 〈到悟眞菴〉, 9쪽.

과 일맥상통하는 대목인 셈이다. 다시 말하여 임훈이 판단하는 한에서 불교의 참선 수행이란 사회성(sociality)으로 압축되는 유학적 인륜(人倫)의 맥락을 심히 일탈한 처사였기에, 정상적인 공부론으로 간주할 수 없다는 입장이 위의 시 속에 융해되어 있는 것이다. 이와 같은 유자 임훈의 비판적 반론에 대해 승 도징이 가한 아래의 반론도 충분히 반추할 만한 여지를 제공해 주고 있다.

> 선생[子]의 말씀을 그러하오나, 저 또한 뜻한 바가 있습니다. 무릇 사람들이 세상을 등지고 산 속에 깃들어서, 부처[仙]의 공(空)하고 진적(眞寂)한 도(道)를 배우려는 것은, 어찌 한갓 박처럼 매달려 있는 것만이 귀하다 여겼기 때문이었겠습니까? 옛날 고인(古人)들이 비록 이르기를, '담장이며 벽과 기왓장·조약돌이 모두 다 도(道)이고, 한 방 안의 호상(胡床)마저 다 도(道)다.'고 하였으나, 이것은 곧 견성(見性)한 고승들의 말씀일 따름입니다.[134]

도징은 "한갓 속세를 떠난 일신을 자랑할 뿐"이라고 지적한 임훈의 비판적 언술에 대해 "어찌 한갓 박처럼 매달려 있는 것만이 귀하다 여겼기 때문이었겠습니까?"라는 반문으로 응수한 것이다. 나아가 도징은 동양의 불교사에서 선보인 견성성불(見性成佛)한 고승들의 언명인 "모두 다 도(道)"인 범신론적인 경지를 설명해 보임으로써, 불교적 수행

---

134 林薰, 『葛川集』卷2, 「送澄上人遠遊序」, 178~179쪽, "澄曰 子言則然矣, 抑吾志則有在焉. 夫人之遯世棲山, 學仙空眞寂之道者, 豈徒匏繫之爲貴哉. 古人雖云 墻甓瓦礫皆道也, 一室胡床皆道也, 是乃見性者之云耳." 도징이 말한 "뜻한 바"란 "기왕에 도(道)를 얻지 못할 바에는, 차라리 번뇌나 없애고, 진세(塵世)의 밖으로 나가서, 깊은 물 먼 산을 두루 구경하여, 가슴 속의 답답함을 푸는 것이 좋을 것 같습니다.(不得其所以以爲道, 則曷若除煩惱出塵表, 窮深極遠, 以快胸中之一鬱哉.)"라는 말로 요약된다. 한편 접고 펴는 호상(胡床)은 의자나 걸상의 한 가지다.

의 극점에 당도한 구도자의 안목이 임훈의 말처럼 다만 육체·정신을 수고롭게 할 뿐만이 아니라는 사실을 애써 변론해 보인 것이다. 여하간 수행법을 둘러싼 임훈·도징 두 사람의 언술은 유교·불교 간에 좀체 좁혀질 수 없는 현격한 간극(間隙)이 노정되어 있다는 점에서 무척 흥미롭게 여겨진다.

물론 임훈도 "나는 또 일찍이 증(證)을 닦는 것은 직접 체험함만 같질 못하고, 누워서 유람(遊覽)하는 것은 실제로 원유(遠遊)하는 것만 같지는 못하다고 들었다."는 말에서 드러나 있듯이, 참증(參證)의 경지에 대한 나름의 지적 소양은 축적하고 있었다.[135] 임훈이 드물게 대사[師]라는 존칭을 사용한 인물인 은경(隱囧)을 두고, "은경은 곧 덕유산의 고선(高禪)이다!"고 소개한 이면에는,[136] 이처럼 수행력과 법력을 두루 구족한 고승에 대한 선(先)이해가 전제되었기 때문에 가능한 일이었다. 그러나 "사림의 일원"이면서 근본 유자인 임훈 자신이 직접 이러한 불교적 수행의 장으로 뛰어 들 수는 없었던 것이다. 그렇다면 과연 임훈이 즐겨 몰입한 공부론 혹은 수양론의 실상은 또 어떠했던가?

일단 이 문제와 관련하여 임훈이 "하루 종일 단정히 앉아 있음에, 엄숙하고 의젓하기가 마치 진흙으로 빚은 소인(塑人)과도 같았다."는 대목에 잠시 주목해 본다.[137] 온 종일 니소인(泥塑人)마냥 단좌(端坐)해 있는 임훈의 모습은 흡사 불교계에서 운위되는 이른바 절구통 수좌(首座)의 맹렬한 구도 의지를 떠올리게 한다. 보다 더 중요한 부분은 "단정

---

135 林薰, 『葛川集』卷2, 「送澄上人遠遊序」, 179쪽, "余日 曾聞修證不如參證, 臥遊不如遠遊."
136 林薰, 『葛川集』卷3, 「三水菴重創記」, 273쪽, "囧卽德裕之高禪也, 常掛錫于德裕之天王."
137 林薰, 『葛川集·附錄』, 「謚狀」, 532쪽, "終日端坐, 儼然泥塑人." 소인(塑人)은 소상(塑像)과 동일한 개념으로 진흙으로 빚어 만든 사람의 형상인 인형(人形)을 뜻한다.

히 앉아 있음"으로 번안되는 '단좌'의 실상이 과연 무엇인가? 하는 점
일 것이다. 임훈과 그의 아우인 임운의 증시(贈諡)를 동시에 조정에 요
청한 아랫글 속에는 이 같은 의문에 대한 구체적인 정보를 다음과 같이
기술해 두었다.

> 일찍 기상하여 세수하고 머리를 빗질한 후에, 종일 단좌(端坐)한 채
> 의리(義理)에 관해 담론[談]·강설[說]하고, 경전[經]·역사[史]에 대해
> 토론하셨습니다.[138]

　임훈 생전의 하루 일상이 소개된 윗글은 그가 종일 단좌한 자세로
의리의 소재에 대해 강설하고, 또한 경전과 역사를 주제로 삼아 토론에
즐겨 임했다는 사실을 전언해 주고 있다. 이는 이른바 독서(讀書)를 통
한 진지한 궁리(窮理), 즉 "오늘 한 가지 사물을 궁구하고, 내일 (또)
한 가지 사물을 궁구"하는 식의 격물(格物) 공부를 늘 일상화했음을 의
미한다.[139] 따라서 해석상에서 오독의 소지를 다분히 간직한 임훈의 '단
좌'는 그가 〈도오진암〉이라는 시에서 승려에게 던진 반문인 "여기서
정좌(定坐)하여 무엇을 일삼는가?"라는 시구 중의 '정좌'[곧 좌선]과는 명
백하게 구분되는 개념이자 공부론이라는 사실이 분명해진 셈이다.[140]
한편 문인 정유명이 지은 「제문」에는 상기 인용문의 내용이 좀 더 상세
하게 기술되어 있으므로, 이를 아울러 검토해 보도록 한다.

---

138 林薰, 『葛川集·附錄』, 「葛川瞻慕堂兩先生請贈諡上言草」, 486쪽, "其爲學 … 早起盥
　　櫛, 終日端坐, 談說義理, 討論經史."

139 朴世堂, 『大學思辨錄』(『西溪全書(下)』本), 「傳 5章」의 註解, 太學社, 1979, 8쪽, "又
　　曰 今日格一物, 明日格一物, 據此則程子所以取義於格者, 明其不與朱子同矣."

140 각주 133) 참고.

(선생의) 성품은 책 읽기를 좋아하여, 노년에 이르도록 피곤한 줄을 모르셨습니다. 좌우에 서적을 펼쳐 놓고서, 아련히 눈을 감고 턱을 괴고 있으니, 정신을 집중하여 조용히 앉았으며, 마음은 도(道)의 본체를 완미하셨습니다.[141]

윗글 속에서 "정신을 집중하여 조용히 앉았다.[凝神靜坐]"는 구절은 일견 선정에 접어든 참선 수행자의 모습을 방불케 하는 표현처럼 느껴진다. 그러나 바로 앞에 나열된 "좌우에 서적을 펼쳐 놓고서, 아련히 눈을 감고 턱을 괴고 있는" 정황을 고려해 볼 때에, 해당 구절 역시 임훈이 진지하게 독서 궁리에 임하는 모습을 포착해 둔 장면임을 알 수 있다. 즉, 두 인용문 모두 임훈이 노년에 이르도록 경명행수(經明行修)를 위해 치열한 독서 궁리를 지속하였다는 사실을 확인시켜 주고 있는 것이다. 따라서 『갈천집』에서 드물게 발견되는 '단좌(端坐)·정좌(靜坐)' 등과 같은 표현은 수증(修證)을 지향하는 선문(禪門)의 좌선 수행법과는 명백하게 차원을 달리하는 단어들임이 거듭 확인된다. 이를테면 임훈이 행한 단좌·정좌는 후대 노론계(老論係)의 비주류 지식인이었던 임호(林湖) 박수검(朴守儉, 1629~1698)이 "곧게 정좌[坐]한 채 어슴푸레한 새벽을 맞이하였다."라거나, 혹은 "정좌한 지도 오래, (문득) 새벽을 알리는 닭 울음소리가 들리누나!"는 대목, 그리고 "정좌한 지도 오래, 서리 기운이 차갑고도 서늘하다."는 등과 같은 언술에 드러난 실참 수

---

141 林薰, 『葛川集』 卷4, 「祭文」, 361쪽. "性嗜觀書, 至老忘疲, 左右圖書, 瞑目支頤, 凝神靜坐, 玩心希夷." 맨 뒷 구절에 언급된 '희(希)·이(夷)·미(微)'란 노자의 『도덕경(道德經)』 제14장에서 도(道)의 특징을 설명한 부분에 해당한다. "보아도 볼 수 없으므로 이라고 하고, 들으려 해도 들을 수 없으므로 희라고 이름하며, 잡으려 해도 얻지 못하므로 미라고 부른다.(視之不見 名曰夷, 聽之不聞 名曰希, 搏之不得 名曰微)" 王弼 지음(임채우 역), 『老子王弼注: 왕필의 노자』, 예문서원, 2001, 79쪽 참조.

행과는 전혀 상이한 맥락인 것이다.[142]

한편 강렬한 구도 의식에 충만했던 갈천의 아우인 임운의 경우[143] "호승(胡僧)은 면벽(面壁)한 채 모두 선정[定]에 들었다."는 등의 시를 읊었던바,[144] 이 시구에서 감지되듯 그는 "주인옹(主人翁)을 불러 일깨우기" 위한 참선 수행법에 대해 보다 수용적인 태도를 견지하고 있었다.[145] 그러나 임운 또한 『맹자』가 제시한 "이단(異端)의 도(道)가 꺼지지 않으면, 성인(聖人)[공자]의 도가 밝아지지 못한다."는 확고한 벽이단의 논리를 제시하고도 있었다.[146] 그리하여 임운은 "불교의 설(說)이 오늘날에 이르러 (다시) 성행하니, 이는 곧 오도(吾道)[유교]가 행하여지지 못할 기미인 것이거늘, 이를 물리쳐서 막을 생각을 왜 하지 않는가?"는 심각한 반문을 제기하기도 했다.[147] 임운이 문정왕후(文定王后)의 비호 아래 일련의 불교 중흥정책을 전개하던 허응당(虛應堂) 보우(普雨, ?~1565) 화상(和尚)의 흥불(興佛) 노력들을 일일이 비판했던 이유는 바로 이러한 맥락에서였다.

---

142 朴守儉, 『林湖集』 권1, 「五言絕句」, 〈次李一卿客中秋夜述懷韻〉, 221쪽, "直坐到天明."; 〈次金進士訪友不遇韻〉, 222쪽, "坐久聽晨鷄."; 〈秋夜有懷〉, 223쪽, "坐久霜凄清."

143 林芸, 『瞻慕堂先生文集』, 「詩·七言絕句」, 〈朴近思齋(繼賢)의 紫溪十六絕詩에 次韻(獅子岩)〉, 恩津林氏大宗會, 回想社, 1992, 94쪽, "奇巖斗斷挿溪潭, 倚此眞源亦可探." 임운의 시에서 종종 발견되는 '진원(眞源)'이라는 시어는 그가 품었던 강렬한 구도 의지를 반영해 준다.

144 林芸, 『瞻慕堂先生文集』, 「詩·七言絕句」, 〈三水庵의 八詠(檐角에 風鍾)〉, 75쪽, "管得玲瓏萬竅風 … 向壁胡僧總定中."

145 林芸, 『瞻慕堂先生文集』, 「詩·七言絕句」, 〈勸君〉, 32~33쪽, "可惜瑞岩唯釋耳, 猶能喚起主人翁."

146 林芸, 『瞻慕堂先生文集』, 「事大·交隣·嫡庶·度僧에 對한 策問」, 327~328쪽, "伏讀聖策 曰度僧云云. 臣聞孟子曰 異端之道不息, 聖人之道不明."

147 林芸, 『瞻慕堂先生文集』, 「國家治亂에 對한 策問」, 310쪽, "佛氏之說, 今乃盛行, 則此乃吾道不行之幾也, 其無拒而闢之之慮乎."

이상에서 선불교 방면에 대한 임훈의 이해 정도와 비판적인 인식 등을 아울러 살펴보았다. 그 결과 임훈은 좌선·참선 수행법에 대해 나름의 소박한 지적 소양을 갖추고 있었으나, 그 자신이 이 같은 수행법을 수용하는 문제에 대해서는 단호하게 선을 긋고 있었음을 확인하게 되었다. 대신에 임훈은 정주학적(程朱學的) 독서 궁리와 격치(格致) 공부론에 몰입함으로써, 근본 유자인 자신의 사상적·이념적 정체성을 일관되게 견지하고 있었음을 거듭 환기시켜 주었다. 그럼과 동시에 임훈은 높은 수행력과 법력을 동시에 겸비한 "덕유산의 고선(高禪)"인 은경 대사를 향해서는 깍듯한 존칭을 사용하기도 했다. 이 같은 정황은 임훈이 유지해 온 주변 승려들과의 교유 양상에 대한 궁금증을 더욱 자아내게 한다.

3. 유(儒)·석(釋) 교유(交遊)

대체로 조선시대에 이르러 통상 유·석 교유로 지칭되는 유학자와 승려 간의 교류 문제는, 앞에서 거론한 교학체계와 참선 수행법에 대한 수용 양상과는 전혀 별도의 사안으로 취급된 전통을 유지해 온 편이다. 예컨대 후론할 보우 화상의 경우만 하더라도, 그의 생전에 당대의 권간(權奸)인 윤원형(尹元衡, ?~1565)을 위시하여 실로 다양한 인사들과 폭넓은 교분을 맺은 사실이 있다.[148] 특히 조선 중·후기 무렵에 이르러 문명(文名) 높은 사대부(士大夫) 인사들이 승려가 지닌 시축(詩軸)에 글을 써주는 식의 교유가 새로운 시대적 흐름으로 정착하게 되면서, 숭유억

---

148 『明宗實錄』에서 보우와 친분을 유지하며 지지했던 인사들 중에는 권문세가인 윤원형을 위시하여 우의정(右議政) 상진(尙震), 그리고 윤춘년(尹春年)·정만종(鄭萬鐘)·박한종(朴漢宗)·박민헌(朴民獻)·진복창(陳復昌) 등이 포함되어 있다.

불(崇儒抑佛)의 시대에서 유·석 교유는 새로운 국면을 맞이하고도 있었다. 이러한 경향은 임훈의 경우도 결코 예외이질 않았다. 기실 임훈의 경우 불교교학과 참선 수행 방면에 각기 보여 주었던 다소 제한적이면서 또한 심히 비판적인 태도와는 다르게, 주변 승려와의 교유 정도는 매우 각별한 양상을 노정해 보이고 있었다. 따라서 임훈이 개척한 유·석 교유는 그의 대(對)불교 수용이라는 측면에서 가장 특징적인 국면을 전시해 주었던 것으로 평가된다.

현전하는 『갈천집』에는 오진암(悟眞菴)·삼수암(三水菴)·천암(倩菴)[탁곡암]·향적암(香積菴)·영각사(靈覺寺)·견암(見巖)[고견사] 등과 같은 다수의 사암(寺庵)들이 등재되어 있다. 그런데 열거된 사찰·암자 대부분이 덕유산이나 안음현에 인근한 지역에 소재하고 있다는 공통점이 발견된다. 그 이유는 임훈이 서술한 바대로 "우리 고장의 진산(鎭山)"인 "덕유산 아래에 가택이 터했을 뿐만 아니라, 또한 "나는 어릴 적부터 책을 등에 지고 산방(山房)에 가서 공부한 것이 이 한 사찰[刹]만이 아니었다. 때문에 나는 덕유산을 떠난 적이 없었다."는 회고담에서 드러나듯,[149] 청년기 때부터 돌입한 긴 은거 기간을 그곳 사암의 산방에서 보냈었기 때문이다. 그리하여 동계 정온이 "드높은 저 덕유산 하늘에 닿을 듯, 빼어난 영기(靈氣) 모아 우리 명현(名賢) 낳으셨네!"라고 읊었듯이,[150] 덕유산은 임훈을 상징해 주는 일종의 아이콘과도 같은 의미로운 공간으로 변신하고 있었다.

한편 임훈은 승려들에 대해 '부도인(浮屠人)·승(僧)·승도(僧徒)·치

---

149 林薰, 『葛川集』 권3, 〈登德裕山香積峯記〉, 224쪽, "德裕, 吾鄕之鎭山, 而吾家又於其下. 余自齠齔, 負笈山房者, 不一其刹, 而未嘗離於是山之中焉."

150 林薰, 『葛川集』 권4, 「碣銘(幷序)」, 345쪽, "銘曰 屹彼德岳, 峻極于天, 釀靈毓秀, 生我名賢."

(緇)・치도(緇徒)・치류(緇流)・필추(苾蒭)・비구(比丘)・선인[仙]・상인(上人)・사(師)[대사]・고선(高禪)'등과 같이 비교적 다양한 호칭을 채택하고 있었음이 눈에 띈다. 이러한 호칭법 중에서 '선인・상인・대사[師]・고선' 등의 단어는 존칭에 해당하나, 맨 뒤의 '고선'이라는 호칭은 그리 자주 간택되는 개념이지는 않다. 대체로 임훈이 선보인 승려에 대한 호칭법은 여타의 정주학자(程朱學者)들의 그것과 크게 다르지 않으나, 존칭을 사용하는 빈도가 다소 높은 편이다. 이 점 임훈이 맺은 승려와의 교분 정도가 매우 친연적이었을 것임을 짐작케 해준다. 이를테면 임훈의 호칭법은 17세기 중후반 무렵의 임호 박수검이 즐겨 채택한 '치(緇)・석(釋)・석자(釋子)・운납(雲衲)・빈도[貧] 및 조사(祖師)・화상(和尙)・선사(禪師)・대사(大師)'등과 같은 호칭법과 유사한 경향을 보여준 것으로 평가된다.[151] 임훈과 같이 서석산을 등정했던 제봉 고경명도 '승(僧)・조선(祖禪)・노숙(老宿)・고승(高僧)'처럼 주로 존칭 위주의 호칭을 사용한 특징이 있다. 아무튼 이처럼 다양한 호칭법과 상응하는 수준에서 『갈천집』에는 다수의 승려들이 거론되고 있다. 특히 이들 중에서 임훈과 각별한 교분을 유지했던 몇몇 승려들과의 교유 내용을 분석하는 방식을 통해서, 갈천이 형성했던 유・석 교유의 특징적인 면모를 집중적으로 조명하도록 하겠다.

1) 시축(詩軸)을 매개로 한 교유

우선 "문체가 여유롭고 호방하면서, 글이 무궁히 이어져 나갔다."는 평을 받았던 임훈의 경우도,[152] 새로운 유・석 교유의 수단으로 정착된

---

151 金鍾秀, 「전근대 시기 儒學者 佛敎로의 轉向 사례-林湖 朴守儉의 경우-」, 『禪文化硏究』 17집, 한국불교선리연구원, 2014, 105~106쪽 참조.

승려들의 시 두루마리인 시축에 글을 써주는 형식의 교류에도 적극
호응하고 있었다. 『갈천집』에는 임훈이 덕유산에 거처하는 웅(雄)[惠雄]
상인(上人)과 육행(陸行) 상인 두 승려의 시 두루마리에 글을 써준 것으로
나타나 있다. 보다 더 중요한 사실은 임훈이 이들 승려의 시축에 전한
글 속에는 유자로서의 자신의 정체성이 그대로 투영되어 있거나, 혹은
본인의 심중에 간직된 모종의 메시지를 전달하는 통로로 활용되었다는
점일 것이다. 먼저 승려 "육행[行]이 나에게 시를 써서 달라고 집요하게
요구한" 끝에, "화사(畫師)의 입장에서 작성한"〈서육행상인시축(書陸行
上人詩軸)〉에 잠시 주목해 본다.[153] 그런데 승 육행이 휴대한 시축의 봉투
표면의 위에는 "읍죽순(泣竹筍)이 나 있는 그림"이, 그리고 그 아래에는
"소나무 아래서 동자가 묻고 있는" 장면이 그려져 있었다.[154] 이에 임훈
이 전자인 '읍죽순도'를 두고 "읍죽순에서 성효(誠孝)는 유종의 미(美)가
있음을 볼 수 있겠다,"는 평을 가함과 동시에, 하도(下圖)인 '송하문동
자'(松下問童子)를 향해서는 아래와 같은 평론을 수행했다.

　　소나무 아래에서 동자가 뭔가를 묻고 있는 모습에서는, 그 속세를

---

152 葛川集』 권4, 「行狀」, 328쪽, "其爲文也 … 故汪洋宏肆, 其出無窮."

153 林薰, 『葛川集』 권1, 「七言絕句」,〈書陸行上人詩軸〉, 22쪽, "行之於我, 求詩甚勤, 則
不可復有他說, 只詠其兩圖以歸之, 亦畫師之意也."

154 林薰, 『葛川集』 권1, 「七言絕句」,〈書陸行上人詩軸〉, 22쪽, "余觀軸面所圖, 首以泣竹
筍生, 次以松下問童子也." '읍죽순도(泣竹筍圖)'는 달리 맹종설죽(孟宗雪竹)으로도
불린다. 중국 오(吳)나라 사람인 맹종의 노모가 한겨울에 죽순이 먹고 싶다고 하자,
효자인 맹종은 며칠 동안을 대밭을 뒤집고 다녔으나 끝내 구할 수가 없었다. 이에
그는 어떤 대나무밭에서 그만 눈물을 흘리면서 주저앉고 말았는데, 눈물이 떨어진
바로 그 자리에서 죽순이 솟았다는 고사(故事)가 이 그림의 배경이다. 한편 '송하문동
자'는 당(唐)나라의 시인 가도(賈島, 779~843)의 작품으로 원제(原題)는 심은자불우
(尋隱者不遇)다. 오언절구(五言絕句)인 이 시의 내용은 "尋隱者不遇, 言師採藥去, 只
在此山中, 雲深不知處."로 구성되어 있다.

피해 은거하면서도, 근심하지 않음을 볼 수 있다.[155]

윗글과 동일한 의미의 리듬에서 임훈은 추가한 글을 빌려서, "길손[客]이 소나무 아래에 와서 사립문을 두드리니, 내 도리어 일행(一行)을 저버렸다는 것이 은근히 한(恨)스럽네!"라는 소견을 보충해 두기도 했다.[156] 다시 말하여 임훈이 보기에 '송하문동자(松下問童子)'로 표상되는 은둔의 미학은 유학이 터한 사회성이라는 기반을 철저히 망각한 작품으로 감상되었고, 때문에 그는 애초 표명했던 객관적인 "화사(畵師)의 입장"을 벗어나서 유학 본연의 이념인 인륜(人倫)의 문제를 재차 환기시키는 차원의 평론을 수행한 것이다. 이는 임훈이 동일시 모델로 설정한 안연이 누린 즐거움, 곧 "군자(君子)는 이곳[누항]에서 민중과 함께 지내는 것을 가장 즐거워한다."는 언술과도 동일한 기조를 유지하고 있다. 실상 이 같은 임훈의 안연 인식은 공자가 나는 "조수(鳥獸)와 함께 무리지어 살 수는 없으니, 내가 이 사람의 무리와 더불지 않고, 누구와 더불어 살겠는가?"라고 되물은 비판적 언명 속에 투영된 사회성에 기반한 유학 본연의 인륜관과 동일한 기조를 유지하고 있다.[157] 공자의 해당 발언은 "세상을 피하는 선비"로 자처한 두 은자(隱者)를 향한 것이다.[158] 그리하여 임훈은 "속세를 피해 은둔하였으되, (세상을) 근심하지

---

155 林薰, 『葛川集』 권1, 「七言絕句」, 〈書陸行上人詩軸〉, 22쪽, "泣竹可見誠孝有終之, 松下可見其遯世無憫也."

156 林薰, 『葛川集』 권1, 「七言絕句」, 〈書陸行上人詩軸(又)〉, 22쪽, "客來松下扣柴扃, 却恨慇懃負一行."

157 朱熹, 『論語集註』, 「微子」편의 5장, "子路行 以告, 夫子憮然曰 鳥獸 不可與同群, 吾非斯人之徒與, 而誰與."

158 朱熹, 『論語集註』, 「微子」편의 5장, "桀溺曰 子爲誰 … 且而與其從辟人之士也, 豈若從辟世之士哉." 두 은자는 5장에 등장하는 장저(長沮)·걸익(桀溺)을 지칭한다.

않을 수 없는 자들이, 이 세상에 많이 존재한다.”는 엄연한 사실을 거듭 강조하였고, 마침내 “이 그림을 통해 육행[行]을 경계하는 것”이라는 뼈 있는 말로써,[159] 그림 감상에 임한 자신의 최종적인 입장을 피력해 두었던 것이다.

한편 시축이 교유의 깊이를 더해 준 또 다른 사례는 덕유산 삼수암의 승려인 혜웅(惠雄)[160]과의 인연이 담긴 〈차웅상인시축운(次雄上人詩軸韻)[우(又)]〉라는 글 속에 드러나 있다. 이 시를 통해서도 임훈은 전술한 둔세(遯世)와 유관한 맥락으로 고인(古人)들이 추구한 ‘한가로움[閑]’의 문제를 재론하였다. 그리하여 임훈은 “나 또한 그대 한 평생 부지런함을 웃노니, 명산[名岳]을 찾다 보니 이제껏 한가롭지 못하였지!”라고 읊조렸다.[161] 그런데 시적 재치가 번뜩이는 이 작품과는 별도로, 임훈은 그가 청년기 시절부터 목도해 온 비열한 당시의 세태에 대해서는 다음과 같이 신랄한 풍자(諷刺)를 가하기도 했다.

쥐의 간·벌레의 팔뚝 같은 자들이 각기 능력을 다투어, 鼠肝虫臂各爭能
명예의 길 골몰하길 일삼음 지겹도록 보았노라!　　　厭見名途事沸騰
누가 알겠는가 저 높고 가파른 황암산 산중에서　　　誰識黃岩靑嶂裡
문달(聞達)을 구하지 않고 스님처럼 산다는 것을.[162]　不求聞達乃如僧

승 혜웅의 시축에 차운(次韻)한 위의 시 속에는 〈쥐의 간·벌레의 팔

---

159 林薰, 『葛川集』 권1, 「七言絕句」, 〈書陸行上人詩軸〉, 22쪽, “遯世而不能無憫者, 世多有之 … 而因以戒行者也.”

160 葛川集 권3, 「登德裕山香積峯記」, 225쪽, “乃與三水僧惠雄性通, 約以同登.”

161 林薰, 『葛川集』 권1, 「七言絕句」, 〈書陸行上人詩軸(又)〉, 19쪽, “古人曾卜此身閑, 却笑山雲不自閑.”

162 林薰, 『葛川集』 권1, 「七言絕句」, 〈書陸行上人詩軸〉, 19쪽.

뚝·명예〉계열에 탐닉한 시류(時流)에 대한 임훈의 강한 비판의식이
표출되고 있다. 그럼과 동시에 임훈은 이 계열과 정반대의 길을 선택
하여 헛된 명예 심리[聞達]에 초연한 안의(安義) 황암산(黃岩山) 승려의
고결한 삶을 적극 예찬하고 있다. 『갈천집』에서 등재된 여러 서술단위
들 중에서 위의 시만큼 승려를 긍정적으로 서술한 작품도 드물 것이
다. 결과적으로 시축에 덧붙인 임훈의 글 속에는 일면 비판과 타면 긍
정이 혼재한 양상이 동시에 드러나고 있음이 발견된다. 그러나 이처럼
글쓴이의 복잡한 의중과는 무관하게, 승려들과의 교유를 나누는 과정
에서 선용된 시축은 극히 유용한 매개 수단으로 작용하였을 것임은
두 말할 나위가 없다.

2) 승 도징(道澄)·성묵(性默)과의 교분

다음으로 드러난 두드러진 특징 중에는 임훈의 경우 특정한 승려와
지극히 친밀한 교분을 지속적으로 유지해 왔다는 점을 지적할 수 있겠
다. 특히 문집에 등장하는 승려들 가운데 절친한 친분을 유지했던 인
물 중에는 단연 승려 도징이 주목되는 인물이다. 이 사실과 관련하여
임훈은 "부도인(浮屠人) 도징은 나와 서로 좋아하여, 투분(投分)[교분]이
매우 깊다."고 토로한 바가 있다.[163] 실제 임훈은 "징(澄) 상인이 덕유산
삼수암에 거처할 때에, 책을 지고 같이 지낸 지가 거의 12년"이었을
정도였고, 그 이후로도 지속적으로 밀착된 관계를 유지해 왔었다.[164]
그리하여 마침내 임훈은 도징과의 막역한 관계를 아래처럼 밝혀 두기

---

163 林薰, 『葛川集』 권2, 「送澄上人遠遊序」, 178쪽, "浮屠人道澄, 與余相好, 投分不淺."
164 林薰, 『葛川集』 권2, 「送澄上人遠遊序」, 180쪽, "澄之居德裕之三水也, 余之負笈于玆
山者, 殆一紀, 而澄未嘗不與之處焉."

도 했다.

　　한적(閑寂)한 회포와 세상에 뜻을 버린 탄식을, 도징[澄]이 아니면 그
　　누구에게도 말하지 않았다. 이제 도징이 (원유를) 떠나니, 그 정(情)을
　　극진히 다하지 않을 수 없다![165]

　즉, 임훈이 구사한 시어(詩語)대로라면, 도징은 일종의 지음(知音)인
'종자기(鍾子期)'에 비유할 만한 인물이었음에 분명해 보인다.[166] 때문에
임훈은 「등덕유산향적봉기(等德裕山香積峯記)」(53세)를 통해서 함께 향적
봉 등반에 동행할 인물로서 단연 도징을 지목하면서, "단 도징은 내가
오래 전부터 그와 함께 하기를 바랐던 사람이고, 마침 그가 이 봉우리
근처에 사니, 초청해 오도록 하라!"는 말로써, 막역한 친분을 재차 확인
해 보였던 것이다.[167] 실제 도징은 그의 스승인 은경 대사로부터도 "도
징[澄]의 사람됨이 간선(幹善)하기에 충분하다."는 호평을 받았으리만
큼, 주변의 폭넓은 신뢰감을 획득한 인물이었던 듯하다.[168] 언급된 '간
선'이라는 단어는 임훈이 "대죄(大罪) 극악(極惡)함이 천지에 용납될 수

---

165 林薰, 『葛川集』 권2, 「送澄上人遠遊序」, 180쪽, "閑寂之懷, 終南之嘆, 非澄則無與開
　　喙矣. 於澄之行, 不能不致其情者, 是也."

166 林薰, 『葛川集』 권1, 「七言絶句」, 〈贈琴主〉, 16쪽, "流水高山已自知, 移諸絃上更淸奇
　　… 得遇鍾期問幾時." 종자기는 중국 춘추시대 거문고의 명수인 백아(伯牙)의 막역한
　　친구였다.

167 林薰, 『葛川集』 권3, 「登德裕山香積峯記」, 225쪽, "但道澄, 吾所久要, 其居近此峯,
　　可邀以來."

168 林薰, 『葛川集』 권3, 「三水菴重創記」, 273쪽, "囧曰 澄之爲人, 可於幹善, 遂委之以
　　任." 전후 문맥을 감안해 볼 때 '간선(幹善)'이란 불사를 맡아서 성실하게 주관하는
　　따위의 의미를 내포한 개념일 것으로 파악된다. 이 글 다음에 "澄乃 鳩財聚工, 震夜展
　　力, 不逾年而功告成, 卽乙酉歲也."라는 설명이 덧붙여져 있어 참고가 된다. 문장 속
　　의 을유년은 1525년임.

없다."며 신랄한 공격을 가한 "적승(賊僧) 보우(普雨)"와는 의미상의 대척점에 위상한 단어에 해당한다.[169] 따라서 숭유억불의 시대에서 임훈·도징 두 사람의 관계는 흡사 동진(東晉)의 저 유명한 고사인 호계삼소(虎溪三笑)에 준하는 유·석 교유의 한 전범을 개척한 것으로 평가된다.[170]

물론 임훈은 "부도씨(浮屠氏)의 이른바 유방(遊方)"에 「맹자」의 호연지기를 접목시키는 차원에서 "유람[遊]한 실효(實效)가 어떠했는지를 참작해 볼 것"을 권유하는 내용으로 「송징상인원유서(送澄上人遠遊序)」를 마무리하는 일도 결코 망각하지 않았다.[171] 이 점 다시 한 번 더 근본 유자인 임훈의 사상적 입각점을 확인해 보인 것이다. 그러나 이처럼 임훈이 평소 지녔던 이념적·사상적 정체성이 "도징이 아니면 누구에게 말하지 않았다."던 두 사람 간의 막역한 정분(情分)을 압도·위협하는 수준으로까지 치닫지는 않았던 것이다.

한편 임훈은 승 도징 외에도 비구승인 성묵을 향해서도, "석교(釋敎)의 이른바 간선인(幹善人)이다."며 매우 긍정적으로 평한 사실이 있다.[172] 임훈이 성묵을 '간선인'으로 평한 이유는 무너진 영각사(靈覺寺)의 "고적(古迹)을 이어 나가지 못하여, 좋은 터가 장차 묵히는 것을 깊이 탄식한 끝에, 중수(重修)하는 일을 시작해서, 부지런히 경영(經營)하여 널리 사람들에게 권장하여, 인력을 찾고 목재를 모아, 새벽부터 저녁

---

169 林薰, 『葛川集』권2, 「告湖南司馬所業儒鄕校書」, 191쪽, "賊僧普雨, 罪大惡極, 天地所不容."
170 본문의 호계삼소는 동진(東晋)의 혜원(慧遠) 선사(禪師, 334~416)와 도잠(陶潛, 365~427), 그리고 육수정(陸修靜, 406~477) 사이의 도교(道交)에 얽힌 일화를 지칭하는 사자성어다.
171 林薰, 『葛川集』권2, 「送澄上人遠遊序」, 180쪽, "反而求之, 則枵然一塊身已, 曾何有補於其氣哉. 浮屠氏所謂遊方者, 豈異其揆哉. 當遲爾還, 講爾之遊之實之如何. 爾其勉哉."
172 林薰, 『葛川集』권3, 「靈覺寺重創記」, 267쪽, "芯菊有性默者, 釋敎所謂幹善人也."

까지 일해서, 비로소 앞 건물[前廡]이 창건"되었고, 이후에 대웅전[大殿]
이 건립되는 식의 원만한 불사(佛事)를 성공적으로 수행했기 때문이
다.[173] 그래서인지 임훈은 사찰의 건물들을 창건·중수하는 데 소요되
는 비용 마련의 어려움을 익히 잘 알고 있었다. 차후 임훈은 불자들
중에서 "비록 완고하거나 깨우치지 못한 사람도 약간의 비용을 낸다."
는 정황 논리를 상기시키면서, 그가 흠모해 마지않았던 일두 정여창을
추모하기 위한 서원(書院)의 경비 조달을 독촉하는 통문(通文)을 작성하
기도 했다.[174]

　아무튼 영각사의 중수가 완료된 후에 성묵은 주변의 "승려들[緇徒]
모두가 성묵(性黙)의 원대한 뜻에 탄복했을" 정도로 힘든 불사를 원만
히 수행한 인물이었다.[175] 이에 임훈도 미래의 영각사 수행승들이 예찬
함직한 가상적인 문장의 형식을 빌려서, 성묵이 성취한 공(功)·덕(德)
을 거듭 치하해 마지않았다.[176] 더 나아가 임훈은 "나는 이미 성묵의
공(功)을 중히 여기고, 또 이 땅이 폐허되지 않음을 기쁘게 생각하여,
마침내 그 본말을 기록하여 기문[記]을 쓴다."며, 그간의 전말이 담긴
「영각사중창기」에 임하게 된 경위도 아울러 밝혀 두었다.[177] 이처럼 당

173　林薰, 『葛川集』 권3, 「靈覺寺重創記」, 266쪽, "深嘆古迹無繼, 善地將蕪, 慨然擧重修
　　之役, 經營奔走, 普勸諸人, 求工聚材, 震夜展力, 始創前廡." 영각사 중수 작업은
　　1509년[己巳]에 시작해서, 1513년[癸酉]에 완공되었다. 또한 대웅전[大殿]은 1516년
　　[丙子]에 착공하여 1523년[癸未]에 건립되었다. "始於己巳, 訖於癸酉. 又建大殿, 始於
　　丙子, 訖於癸未."
174　林薰, 『葛川集』 권3, 「天嶺書院收穀通文」, 216쪽, "今夫浮屠人, 營佛刹, 勸其資, 雖
　　頑惑之人, 猶不惜若干費, 況於吾道立幟, 誘吾儒向善, 而尙不用心力者乎."
175　林薰, 『葛川集』 권3, 「靈覺寺重創記」, 267쪽, "規模制度, 視古尤壯, 緇徒咸服黙之志
　　大."
176　林薰, 『葛川集』 권3, 「靈覺寺重創記」, 268쪽, "緇流栖迹養性者, 必曰 寺之不廢, 黙之
　　功也, 吾儕之庇身, 黙之德也."
177　林薰, 『葛川集』 권3, 「靈覺寺重創記」, 268쪽, "余旣重黙之功, 又喜玆地之不見廢, 遂

시의 유자들이 사찰과 그 부속 시설물들에 대해 기문(記文)을 쓰는 일이
란 그리 드문 현상은 아니었다. 다만 임훈이 작성한 기문의 경우 공히
승려들과의 깊은 인간적 친분이 전제되어 있다는 점에서, 여타 유자들
의 경우와는 다소간의 차이가 있다. 또한 임훈이 영각사 중수 경위를
기록한 기문을 작성한 시점이 약관의 나이를 다소 초과한 24세 되던
해(1523, 중종 18)였다는 사실도 눈여겨 볼만한 부분이다.

이처럼 청년기 적부터 유·석 교유라는 사교의 차원에서 불사를 주
도한 승려들을 예찬한 임훈의 행적(行蹟)은, 흡사 "그 선(善)을 지향하는
길을 터주어야 하니, 이 또한 사람이 선을 행하는 한 가지 일이다."로
요약되는 박세당의 『상서(尚書)·홍범(洪範)』편 제4장의 황극론(皇極論)
재해석과 일맥상통하는 감이 없질 않다.[178] 일찍이 주자는 홍범구주(洪
範九疇)의 강령[綱][179]을 나열한 경문 제4장[180]의 65자를 두고, "하나의
대강목(大綱目)으로 천하의 일 중에서, 그 대체[大]가 대개 여기에 (다)
갖추어져 있다."는 논평을 통해서,[181] 이 장이 점유하는 의미상의 상징
적 중요성을 직접 확인해 보인 바가 있다. 자연히 박세당을 위시하여
진정한 안인(安人)·치인(治人)을 지향하는 차원에서의 경세(經世) 의지

爲之記, 而誌其本末云."

178 朴世堂, 「洪範」편의 11장의 註解, 『尚書思辨錄』(西溪全書(下) 本), 太學社, 1979, 206
쪽, "… 其或不及于此, 而有善其顔色, 自言好德者 則君亦錫之以福, 開其向善之路,
此又與人爲善之一事."

179 蔡沈(金赫濟 校閱), 『書集傳』권4, 「洪範」편 제4장의 註解, 明文堂, 1992, 253쪽,
"此 九疇之綱也." 인용문 속의 '차(此)'는 경문 4장을 일컫는다.

180 蔡沈(金赫濟 校閱), 위의 책, 제4장, 253쪽, "初一 曰五行, 次二 曰敬用五事, 此三
曰農用八政, 此四 曰協用五紀, 此五 曰建用皇極, 此六 曰乂用三德, 此七 曰明用稽
疑, 此八 曰念用庶徵, 此九 曰嚮用五福, 威用六極." 특히 구주 중에서 다섯 번째인
'건용황극(建用皇極)' 일구가 전래로 해석상의 쟁점을 형성해 왔다.

181 黎靖德 編, 『朱子語類』권79, 「洪範」, 2041쪽, "問洪範諸事, 曰此是箇大綱目, 天下之
事, 其大者, 大概備於此."

에 충만했던 조선조 관인·유자들이라면, 「홍범」편을 대상으로 한 심오한 연찬을 통해 자신이 꿈꾸던 이상사회에 관한 전망을 그려보곤 했던 것이다.

이 같은 경향은 임훈의 경우도 결코 예외이질 않았던 모양으로, 『갈천집』에는 「홍범」편에 기초하여 이상사회적 비전을 기획했던 자취가 담긴 편린들이 간헐적으로 발견되고 있다. 실제 문인 정유명은 임훈이 생전에 품었던 이상사회에 대한 전망과 관련하여, "오호라! 선생은 홍범(洪範)과 같은 대도[洪疇]를 마음에 쌓았었다."라고 술회한 대목은 결코 무심한 빈말에 그치는 수식어가 아니었던 것이다.[182] 기실 이것이 바로 임훈 청년기 시절부터 간직하였던 "웅장한 뜻"의 구체적인 내용에 해당한다. 그리하여 사람들이 "선(善)을 지향하는 길을 터주려" 했던 청년 임훈의 '향선(向善)'[183] 의지는 2년 뒤에는 삼수암을 중창(重創)하기 위한 모유(謀猷)로까지 연장되기에 이르렀고, 이 점 임훈이 형성한 유·석 교유의 대미를 장식하고 있다.

3) 「삼수암중창기(三水菴重創記)」의 너머: 똘레랑스

덕유산 삼수암은 "여러 골짜기의 물이 다투어 흘러서, 세 계곡으로 합해지고, 또 깨끗하며 맑은 물결이 흐르고 흘러서, 이 암자의 남쪽을 휘두르며 비추었던 연유"로 인해 삼수암(三水菴)이라는 명칭을 획득하게 되었다.[184] 또한 당시 삼수암은 폐허가 된 지가 너무 오래된 탓에,

182 林薰, 『葛川集』 권4, 「行狀」, 363쪽, "嗚呼先生, 胸蘊洪疇, 在場兮白駒皎皎, 食萍兮鳴鹿呦呦."
183 林薰, 『葛川集』 권3, 「天嶺書院收穀通文」, 216쪽, "今夫浮屠人 … 猶不惜若干費, 況於爲吾道立幟, 誘吾儒向善, 而尙不用心力者乎."
184 林薰, 『葛川集』 권3, 「三水菴重創記」, 272쪽, "菴之名, 必以三水者, 何也. 盖萬壑爭

창건 연대나 그 주역에 대한 정보마저 전무한 상태였으나, 마침내 비구 도징에 의해 중건되기에 이른다.[185] 그런데 이 암자가 중건된 이면에는 도징 외에도, 도징의 은사인 은경(隱冏)과 이 "은경 대사에게 (중건을) 권유한 임훈" 이렇게 삼인이 동시적으로 묘한 시절인연(時節因緣)을 연출한 끝에 중창이라는 결실로 이어지게 되었던 것이다.[186] 즉, 삼수암 중건을 위한 최초의 구상이 임훈에 의해 제시된 것이다. 일단 임훈은 「삼수암중창기」를 통해서, 그가 이 암자의 중건을 위한 모유(謀猷)를 떠올렸던 정황을 아래처럼 술회해 두었다.

> 내가 일찍이 은경[冏] 대사가 거처하는 곳에서 더위를 피하며 지낼 적에, 거기로 가는 길에 이 암자의 옛터를 지나는데, 문득 다시 (삼수암을) 중건하여 세웠으면 하는 생각이 일었다.[187]

이후로도 임훈은 "덕유산의 고선(高禪)"인 은경 대사에게 지속적으로 자신의 계획을 전언하였지만, 미처 이 불사를 감당할 만한 적임자를 만나질 못했다. 그러던 차에 마침 이 불사를 "간선(幹善)하기에 충분한" 적임자인 도징을 발견했고, 마침내 은경은 삼수암 중창을 위한 모든 일들을 그에게 맡기게 되었던 것이다.[188] 그리하여 도징의 각고한

流, 合爲三澗, 淸瑩潺湲, 暎帶乎菴之南也."
185 林薰, 『葛川集』 권3, 「三水菴重創記」, 273쪽, "菴之爲墟久矣, 經始之年堅其人, 無以考也. 重創者誰, 有比丘道澄其名者也."
186 林薰, 『葛川集』 권3, 「三水菴重創記」, 273쪽, "澄之爲其師隱冏之勉也, 而冏之勉, 由余之囑也."
187 林薰, 『葛川集』 권3, 「三水菴重創記」, 273쪽, "余嘗避暑之冏之居, 道由于菴之墟, 殊有重立之念."
188 林薰, 『葛川集』 권3, 「三水菴重創記」, 273쪽, "每與冏語, 未嘗不圖之而難其人. 冏曰, 澄之爲人, 可於幹善, 遂委之以任."

불사의 노력에 힘입은 끝에, 채 1년이 경과하지 않은 시점인 1525년(26세, 중종 20)에 "제도와 규모가 옛날에 비해 더 웅장해진" 삼수암의 중창을 맞이하기에 이르렀던 것이다.[189] 이에 임훈은 "검약하게 지었으나 누추해 보이지 않고, 화려해 보이나 사치스럽지는 않다."는 의미심장한 총평을 내려 두었다.[190] 그런데 이러한 임훈의 평론은 부(賦)인 「토계(土階)」에서 제시된 동양의 이상적인 제왕인 요(堯)의 미덕, 곧 허식(虛飾)·치화(奢華) 등과 같은 악덕을 배척한 결과로서 체득된 검덕(儉德)에 대한 찬미와 동일한 기조를 형성하고 있음이 주목된다.[191] 이는 임훈이 피력한 "본디 제도[制]란 쓰임이 있는 데 그치나니, 또 어찌 헛된 꾸밈을 일삼겠는가?"로 설명되는 실용적인 제도론이 유·불의 상징적인 건물 두 방면에 걸쳐 동시적으로 적용된 장면에 해당한다.[192] 좀 더 부연하자면 임훈은 제도론의 구체적 적용이라는 차원에서는 유·불 간에 존재하는 현격한 절연층을 무화·해체시켰던 것이다.

한편 "만물[物]이 흥(興)하고 폐(廢)하는 것은 리(理)요, 행복과 불행도 여기에 달려있다."고 진단하면서도, 나아가 "그러나 흥폐하는 이치는, 진실로 사람에게 달려있다."는 말로써,[193] 도덕적 자아에 부여된 자유의지의 중요성을 역설해 보이기도 했던 은경 대사는 삼수암이 중건되기까지의 이면을 아래처럼 간략히 정리해 두었다.

---

189 林薰, 『葛川集』 권3, 「三水菴重創記」, 273쪽, "澄乃鳩財聚工, 晨夜展力, 不逾年而功告成, 卽乙酉歲也."

190 林薰, 『葛川集』 권3, 「三水菴重創記」, 273쪽, "儉而不陋, 華而不侈, 眞山中第一福地也."

191 林薰, 『葛川集』 권1, 「賦」, 〈土階〉, 36쪽, "盡自明一己之儉德, 用垂示乎萬葉 … 又何事乎虛飾, 乃命乃工, 乃築斯階, 勿用奢華, 以駭人視."

192 林薰, 『葛川集』 권1, 「賦」, 〈土階〉, 36쪽, "制固止於有用, 又何事乎虛飾."

193 林薰, 『葛川集』 권3, 「三水菴重創記」, 273쪽, "物之興廢 理也, 而幸不幸存焉 … 而興敗之理, 實存乎人焉."

그러나 이 암자를 경영(經營)한 자는 도징[澄]이지만, 지으라고 지시했던 사람은 공(公)입니다. 그렇다면 암자가 공을 만난 것이지, 도징을 만난 것은 아닌 셈이지요![194]

윗글에 바로 이어서 대사는 "이 은경[㘿]이 위로는 공의 뜻을 이어받고, 아래로는 도징에게 권면하여, 대략 일찍이 그 방략(方略)을 지휘·계획하여, 마침내 도량(道場)을 열어, 우리네 무리들[群僚]을 인솔할 수 있게 되었으나, 나와 암자가 모두 공을 만난 것입니다."는 겸사로써,[195] 고승다운 부연 설명을 추가해 두기도 했다. 즉, 은경 대사는 삼수암이 중건된 이면에는 임훈의 모유가 가장 주된 동인(動因)으로 작용했다는 사실을 거듭 치하해 보인 것이다. 이에 대해 임훈은 삼수암 중건과 관련한 자신의 입장을 아래처럼 피력해 두었다.

대사[師]의 즐거움은 도량을 여는 데 있으나, 저의 낙(樂)은 산수의 경치에 있습니다. 그 말미암는 바는 다른 듯하지만, 그 만나는 바에 기뻐하는 것은 같습니다. 그렇다면 이는 대사와 제가 암자를 만난 것입니다. 암자가 저를 만났다는 말은 온당치 않습니다.[196]

위의 인용문에서 반추할 만한 부분은 "그 만나는 바에 기뻐하는 것은 같습니다."라고 설명한 구절이다. 비록 암자 중건에 임한 임훈·은

---

194 林薰, 『葛川集』 권3, 「三水菴重創記」, 273쪽, "然經營之者澄也, 而發縱指示者公也, 則菴之遇, 乃公也非澄也."

195 林薰, 『葛川集』 권3, 「三水菴重創記」, 273~274쪽, "如㘿上承于公, 下勉于澄, 粗嘗指畫其方略, 而卒能開道場率群僚, 是㘿與菴俱遇公也."

196 林薰, 『葛川集』 권3, 「三水菴重創記」, 274쪽, "師之樂在於道場之開, 余之樂, 在於山水之景, 其所由則似異也, 而其欣於所遇則一也. 是則師與余俱遇菴也, 不可曰菴遇我也."

경 두 사람의 동기는 상이했지만, 삼수암이 중창된 결과를 환영한다는 측면에서는 유자·불자 간에 하등의 차이가 없다는 의미가 담지되어 있기 때문이다. 이는 마치 후대의 서계 박세당이 양주(楊州)의 수락산 (水落山) 자락에 터한 석림암(石林庵) 창건 비용의 일부를 부담하고, 또한 암자가 완공되자 직접 작명에 임한 장면을 연상케 해준다.[197] 이처럼 박세당이 유(儒)·석(釋) 무분(無分) 격의 차원 높은 지평을 선보인 이면에는, "대개 왕(王)된 자는 관광(寬廣)하여 선(善)을 즐겨 해야 한다." 는 고차원적인 철학적 토대를 일관되게 견지하고 있었기 때문이다.[198] 다시 말하여 박세당은 관용의 미덕을 뜻하는 똘레랑스[寬廣, tolérance] 에 입각하여 유·불 간에 존재하는 사상적·이념적 차이(différence) 자체를 초극하는 차원에서의 위선(爲善)을 몸소 실천해 보였던 것이다.[199]

이와 마찬가지로 "관후(寬厚)한 장자(長者)의 풍도[風][200]를 지녔던 임훈 또한 관용[寬厚]의 미덕에 입각하여 "그 선(善)을 지향하는 길을 터주는" 차원에서 삼수암 중건을 모유했던 것으로 분석된다. 비록 임훈이 암자 중건의 모유를 그의 타고난 천성인 "산수의 경치"를 만끽하는 즐거움 때문인 것으로 해명하고는 있지만, 문집 속에는 갈천이 체득한 "하해(河海)와도 같은 아량"[201] 및 '홍량(弘量)·용물(容物)' 등에 관한 묘사가 도처에서 발견되고 있다.[202] 실상 이 같은 임훈의 드넓은 포용력과

---

197 林世堂, 『西溪集』 권4, 「石泉錄(下)」, 〈石林庵記〉, 147쪽, "其秋, 余去官分津, 得以廩入之餘, 稍助其費. 期年而歸, 菴則成矣 … 卽名之曰石林."

198 林世堂, 「洪範」편의 11장의 註解, 『尙書思辨錄』, 206면, "盖王者寬廣樂善, 納人於中正之則, 使民日遷善, 而不自知者, 此之謂也." 전통적으로 「洪範」편 제11장 해석의 초점은 경문 가운데서 "여즉석지복(汝則錫之福)"일구(一句)에 집중되어 왔다.

199 金鍾秀(211), 앞의 논문, 72~73쪽 참조.

200 林薰, 『葛川集』 권4, 「行狀」, 288쪽, "自是先生嘗累次居沣 … 至於不知者, 亦服其有寬厚長者之風."

201 林薰, 『葛川集』 권4, 「行狀」, 299쪽, "有河海之量, 而處之欲然若不足."

도량은 남명 조식도 인정한 바가 있음은 앞에서 논급한 그대로다.[203]

뿐만 아니라 임훈의 관후한 품성은 집안의 노복(奴僕)들과의 관계에서도 그대로 적용되고 있었다. 평소 임훈은 "사내종들이 마음대로 게으름을 피우더라도 (그대로) 내버려두곤" 하였다고 한다. 결국 이 같은 임훈의 태도로 인해 빚어진 유명한 일화 하나는 남명과 갈천 양인(兩人) 간의 개성의 차이를 극명하게 확인시켜 준 사건으로 남게 되었다. 일찍이 임훈은 조식과 함께 유행(遊行)을 다닌 적이 있었다. 이때 임훈이 탄 "말의 안구(鞍具)가 온전치 못하여, 올라탈라치면 반드시 끊어지곤 하기에, 남명이 '그 (안구의) 띠[帶]를 묶은 종놈을 매질하라!'고 다그치는" 긴박한 사태로 돌변하게 되었다.[204] 그런데 노복이 마지막으로 묶은 띠도 또 끊어지자", 이에 갈천은 그 노복을 천천히 타이르기를, "조(曺) 주부(主簿)님[남명]께서 아시면, 어찌하려고 그러느냐?"고 하자, 마침내 사내종이 곧바로 안대(鞍帶)를 풀어 단단히 조여 매는" 특단의 조처를 취하게 되었다.[205] 이에 임훈은 미소를 머금은 채 서로 경외해 마지않는 교분을 유지해 온 조식에게 다음과 같이 넌지시 전언하였다.

> 오늘 내가 말에서 떨어지지 않은 것은, 오로지 그대[君]가 이 사내종을 매질한 데 힘 입은 덕분입니다![206]

---

202 林薰, 『葛川集』 권4, 「祭文」, 362쪽, "嗟公弘量, 豈以淺測."; 「祭文(又)」, 364쪽. "涵河量而容物, 愛不遺於鰕鰌."

203 각주 30) 참조.

204 林薰, 『葛川集·附錄』, 551쪽, "先生性寬厚, 馭奴僕任意怠惰. 嘗與南冥遊行, 先生鞍具不完, 騎則必絕, 南冥使打了其所帶奴."

205 林薰, 『葛川集·附錄』, 551쪽, "最後又絕, 先生徐語其奴曰 曺主簿進賜, 知之則奈何. 奴卽解帶堅緻."

206 林薰, 『葛川集·附錄』, 551쪽, "先生笑謂南冥曰, 今日吾得免墜, 專賴君打了此奴也."

윗글은 임훈이 선보인 관후한 도량이 단순히 생래적 성품으로만 환원될 수 없는 그 어떤 차원으로 승화된 상태였음을 시사해 주고 있다. 이른바 덕(德) 혹은 행위의 윤리(ethics of virtues or doing)로 설명되는 이 국면에서의 덕이란 전적으로 천부적인 것만은 아니며, 그것은 부단한 교육과 훈련에 의해서 몸소 체득되는 것으로 윌리엄 프랑케나(W.K. Frankena)는 설명한다.[207] 이처럼 드넓은 관용의 미덕에 입각한 임훈의 평소 처신은 공사(公私) 간에 빈 틈 없는 의(義)의 실현을 일관되게 추구해 온 과단성 넘치는 실천 철학자인 조식의 천인절립(千仞絕立)한 기상과는 묘한 대조를 연출하고 있다.

때문에 임훈은 흥폐의 이치에 따라 "삼수암(三水菴)이 다시 무너질 경우", 자신의 후손들에게 "선조(先祖)가 이 터를 만나 지으셨으니, 반드시 다시 동정[恤]해야 한다."는 입언(立言)도 전할 것임을 은경 대사에게 다져 보이기도 했던 것이다.[208] 또한 임훈이 「삼수암중창기」의 말미 부위에서 "도징이라는 사람은 남을 이롭게 하기를 좋아하는 사람"으로 평하면서, "도징은 반드시 (후세에) 전해야 한다."고 결심하기도 했다.[209] 이는 "사람들이 행한 하나의 선(善)을 볼라치면, 반드시 기쁘게 말했다."는 문인 정유명의 언술을 실감케도 해준다.[210] 또한 이 대목은 위선(爲善)을 지향하는 차원에서의 도징과 임훈 간의 상호 공감도, 곧 유·석 무분의 지평을 확인해 보인 부분이기도 하다. 이 같은 유·석 무분 양상은 지독한 가난에 시달렸던 임훈에게 "이웃의 승려가 동냥한

207 William K. Frankena, "Ethics", Prentice-Hall, Inc, Englewood Cliffs, New Jersey, 1973, 62~63쪽.
208 林薰, 『葛川集』 권3, 「三水菴重創記」, 274쪽, "抑又有一說焉, 物之廢興之理, 則菴之復爲穎焉圮焉者, 又烏可知歟 … 使余有後孫則當日 先祖之所遇, 不可不恤."
209 林薰, 『葛川集』 권3, 「三水菴重創記」, 274쪽, "如澄者, 好利人者也 … 則是不可不傳."
210 林薰, 『葛川集』 권4, 「行狀」, 299쪽, "人有一善, 則欣欣然語不容口."

쌀을 보내 온"데서 그 한 극점에 다다른 느낌마저 든다.[211] 따라서 임훈
이 유지해 온 승려들과의 교유 관계를 두고 관대하고 구애됨이 없는
생활 태도는 일반 유자들과는 달랐다고 평한 논의[212]의 이면에는, 전술
한 관용의 미덕으로 표상되는 차원 높은 철학적 기초가 정초(定礎)하고
있었다는 주장에 어느 정도 공감하게 된다.

4) 무관용의 원칙: 보우(普雨) 성토

그럼과 동시에 이상에서 소개한 관용의 미덕에 입각한 임훈의 유
· 석 교유에도 예외는 존재했다. 앞서 간략히 언급한 바대로 "적승 보
우"에 대한 단호한 토주(討誅)를 제기한 통고문(通告文)의 경우는 철저히
무관용의 원칙이 적용된 대표적인 사례에 해당하기 때문이다. 그 이면
의 배경에는 흥불책을 도모하려던 문정왕후의 비호 아래 보우가 줄기
차게 추진해 왔던 불교 중흥책의 일환인 선교(禪敎) 양종(兩宗)의 복립
과 도승법(度僧法)의 부활, 그리고 승과법(僧科法)의 시행이라는 일련의
정책들이 관련하고 있었다. 특히 문정황후는 명종(明宗) 5년 12월에 '잡
승(雜僧)을 추쇄(推刷)하여 국방비용[軍額]을 증가시킨다.'는 명분으로
선교 양종을 복립을 기획한 바가 있다.[213] 그러나 문정왕후가 내세운

---

211 『葛川集·附錄』,「葛川先生家壯草」, 569쪽, "臣性本疎迂, 拙於謨生, 一家飢寒之奉,
尙不能自給, 雖隣僧乞米之送."

212 정일균, 앞의 책, 106쪽.

213 『明宗實錄』권10, 명종 5년 12월 15일[甲戌], "命復立禪敎兩宗, 慈殿以備忘記下于尙
震曰: "良民日漸減縮, 軍卒困苦之狀, 莫甚於此時. 此非有他故, 民有四五子, 則厭憚
軍役之苦, 盡逃爲僧, 以此僧徒日繁, 軍額日縮, 至爲寒心. 大抵僧徒之中, 無所統領,
則難禁雜僧. 祖宗朝≪大典≫, 設立禪敎宗, 非崇佛之事, 乃所以禁防爲僧之路, 近來
革廢, 故弊將難救. 以奉恩、奉先寺爲禪、敎宗, 依≪大典≫大禪取才條及爲僧條件,
申明擧行可也.""

명분과는 달리, 도첩(度牒)이 없는 승려를 추쇄하기 위해 시작된 군적
(軍籍)은 총체적으로 부실한 상태를 면치 못하였고, 무도첩승이나 수군
(水軍)은 전혀 쇄환(刷還)되지 않는 식의 심각한 사회적 폐단으로 이어
지고야 말았다.[214] 그러던 중인 명종 20년인 1565년에 문정왕후가 타계
하게 되면서, 즉각 보우는 귀양지인 남쪽 끝인 제주(濟州)로 유배되었
고 그곳에서 목사(牧使) 변협(邊協, 1528~1590)[215]의 장살(杖殺)로 비참한
최후를 맞이하기에 이른다.

　임훈은 이상에서 적시한 보우의 흥불 정책을 겨냥하여 "그 교만·방
종하며 외람되이 말 타던 죄(罪)만 묻고, 대악(大惡)의 죄상(罪狀)은 거론
조차 하지 않는다."며 격한 불만을 토로하였다.[216] 이러한 임훈의 어조
는 평소 "얼굴 모습과 말하는 풍이 온후(溫厚)함이 넘쳐흐르고, 순수한
듯 청화(淸和)한 듯" 했다는 분위기와는 판이한 양상임은 새삼 말할 나
위도 없다.[217] 임훈이 보우를 성토하기 위한 통고문을 작성하고, 전국
적인 차원에서의 대대적인 성토를 주동한 이면에는 적기된 "대악의 죄
상"을 엄중히 문책하기 위한 결연한 의도가 담겨져 있었던 것이다.

　한편 아우인 첨모당 임운은 책문(策問)을 통해서 형인 임훈이 적기한

214　한춘순, 「조선 명종대 불교정책과 그 성격」, 『한국사상사학』 44권, 한국사상사학회, 2013, 97~98쪽 참조. 이러한 군적의 폐단을 임훈은 「언양진폐소(彦陽陳弊疏)」를 위시한 여러 상소문을 통해서 국왕에게 누차 진언(進言)한 바가 있다.

215　어려서부터 재주와 용맹이 뛰어났던 변협의 본관은 원주(原州)다. 자는 화중(和中), 호는 남호(南湖)임. 20세 때인 1548년 무과(武科)에 급제한 뒤로 선전관(宣傳官)·해남현감(海南縣監)·만포첨사(滿浦僉使)를 지냈고, 1564년에 제주목사로 부임하였다. 변협은 여러 번에 걸쳐서 왜적을 격퇴하는 무공(武功)을 세운 인물이었다.

216　林薰, 『葛川集』 권2, 「告湖南司馬所業儒鄕校書」, 191쪽, "今聞只治驕縱濫騎之罪, 而大惡之罪, 尙未擧也." 짐작컨대 "외람되이 말 타던 죄(濫騎之罪)"란 보우가 선종판사에 임명되어 관인(官人)으로 대우받았던 사실을 지칭한 것 같다.

217　林薰, 『葛川集·附錄』, 「葛川先生家壯草」, 573~574쪽, "其發於容辭之間者, 盎然溫厚, 粹然淸和."

"대악(大惡)의 죄상(罪狀)" 중에서, 특히 도승제(度僧制)의 부활 건과 관련하여 "그 전에 불교를 숭봉하던 의전(儀典)을 모두 폐지하였거나, 혹은 일소하여 환속(還俗)을 시키고, 혹은 들추어내어 부역(賦役)을 시킴으로써, 무릇 그것[度僧]을 억제하여 물리친 바의 처사가, 대개 또한 다방면이었던" 선왕(先王)인 중종(中宗)의 위대한 업적을 일일이 나열해 보였다.[218] 그리하여 임운은 중종이 펼친 억불정책으로 인해, 마침내 "다스림이 군주 일인에게서 나와, 풍속(風俗)이 순화되고 화락해져, 소중화(小中華)로 불리게 되었음은, 진실로 속일 수 없는 것"으로 정리되는 가시적인 성과를 추수했던 것으로 진단하기도 했다.[219] 즉, 임운이 보는 한에서 중종이 강력하게 추진한 일련의 억불정책의 덕분에, 유·불로 분기된 기존 치화(治化)의 두 원천이 군주 일인으로 통합되면서, 저 유구한 중화문명(中華文明)의 적통(嫡統)을 자임할 정도로 조선의 도덕적·문화적 위상이 한껏 격상되는 국면을 맞이하게 되었다는 것이다. 물론 임운의 당대 불교인식과는 다르게 중종대에 이르러 불교의 전통이 단절된 것으로 보기가 어렵다는 견해가 제기되기도 했다. 다시 말하여 비록 중종대에 이르러 국가체제에서 불교제도가 제거되고 승정체제 소속 사찰에 대한 공적인 지원이 단절되었으나, 성리학적 이념 지향에 따라 불교계가 방치 또는 방임되면서 불교 전통이 사적 경제 기반을 토대로 지속·계승된 시기로 전환되었다는 것이다.[220]

---

218 林芸, 『瞻慕堂先生文集』, 「策問」, 〈事大·交隣·嫡庶·度僧에 대한 策問〉, 327~328쪽, "伏讀聖策, 曰度僧云云. 臣聞孟子曰 異端之道不息, 聖人之道不明, 故惟我先王有得於此, 前古奉佛之典, 一皆廢之, 而或刷以還之, 或發以役之, 凡所以抑而闢之者, 盖亦多矣."

219 林芸, 『瞻慕堂先生文集』, 「策問」, 〈事大·交隣·嫡庶·度僧에 대한 策問〉, 328쪽, "故惟我先王有得於此, 前古奉佛之典, 一皆廢之, 而或刷以還之, 或發以役之, 凡所以抑而闢之者, 盖亦多矣."

여하간 임운은 회심에 충만했던 그 모든 선왕의 정책들이 이제 "한두 승려의 요언(妖言)에 미혹되어" 만세토록 불행을 자초하는 작금의 상황에 직면하기에 이른 것으로 진단한 것이다. 이에 임운은 보우가 추진해 왔던 홍불 정책을 아래처럼 차례대로 열거해 보임과 더불어, 또한 이 같은 "대악의 죄상"이 초래할 가공할 만한 사태들도 동시에 예단해 두었다.

> 오늘날 한 두 승려의 말만 듣고, 선왕(先王)이 확립한 대중(大中)의 도(道)를 저버렸습니다. 그리하여 선교(禪敎) 양종(兩宗)을 복립하고, 사방의 승려들을 시켜서 승과(僧科)를 설치하여 이들을 등용(登用)하고, 작위(爵位)를 제수하여 존현(尊顯)케 하였으니, 이제 사설(邪說)이 그 무성한 지경에 이르지 않겠습니까?[221]

이어서 임운은 "교화(敎化)는 쇠퇴해지며, 풍속(風俗)은 무너지고야 말 것"이라는 극단적 차원의 전망을 덧붙여둠으로써, 명종 연간에 보우가 진행시켜 온 홍불책에 힘입어 "이단의 도"가 천하를 횡행하게 될 사태에 대해 심각한 우려감을 아울러 표명해 두었다.

---

[220] 손성필, 「조선 중종대 불교정책의 전개와 성격」, 『한국사상사학』 44권, 한국사상사학회, 2013, 70~79쪽 참조. 예컨대 1530년경에 이르러 승려가 증가했다는 조정의 현실 인식이 나타났는데, 이에 대한 대책으로 도첩제의 일종인 승인 호패제가 다시 논의·시행되었다는 것이다.

[221] 林芸, 『瞻慕堂先生文集』, 「策問」, 〈事大·交隣·嫡庶·度僧에 대한 策問〉, 328쪽, "今也以一二僧之言, 棄先王大中之道, 而立禪敎之宗, 役四方之僧, 設科而登庸之, 除爵而尊顯之, 則邪說其不至於盛乎. 敎化其不至於衰乎. 風俗其不至於壞乎." 거론된 "대중의 도(大中之道)"란 『서경』, 「홍범」편 4장에서 열거된 이른바 홍범구주 중에서 제오주(五疇), 곧 "此五 曰建用皇極"에 대한 해석에 해당한다. '황극'을 대중(大中)으로 해석한 방식은 한(漢)나라 공안국(孔安國)의 『서전(書傳)』의 주석을 따랐기 때문인 것으로 분석된다.

그런데 당시 임훈 형제를 비롯한 유림측(儒林側)의 과격한 반응과 대응 기조와는 전혀 다르게, 오늘날 불교계에서는 보우 화상이 불교중흥을 위해 목숨을 바친 조선불교 유일의 순교자로 높이 평가하고 있다는 사실 또한 결코 간과해서는 안 된다.[222] 이 견해는 보우를 조선불교의 중흥조로 평한 가운데, 불교 교단을 위해 몸을 바친 성사(聖師)로 평가한 기존의 관점을 계승한 것이다.[223] 이러한 후대의 평가처럼, 실제 보우는 이미 자신의 죽음을 각오하고 불교 중흥에 발 벗고 나섰던 숭고한 인물이었다. 즉, 보우는 자신의 후임으로 1555년(명종 10) 9월에 선종판사(禪宗判事)를 맡았던 휴정(休靜)이 2년 뒤의 겨울에 돌연 이 직함을 버리고 조용히 금강산(金剛山)으로 돌아가자, 마음속으로 비장한 결의를 다지기에 이른다. 그리하여 춘천(春川) 소양호 변의 청평사(淸平寺)에서 5년 동안을 주석했던 보우는 불가피하게 산문(山門)을 나와서 다시 판사직(判事職)을 맡게 되었는데, 이 무렵 그는 이미 예상치 못할 자신의 죽음을 각오하고 있었던 것이다.[224] 실상 보우가 남긴 아래 시는 본인 스스로도 장차 자신이 당면할 얄궂은 운명을 어느 정도 예상하고 있었다는 사실을 암시해 주고 있다.

　　거문고 줄이 끊기어 곡조를 연주해 드릴 수는 없으나,
　　죽은 뒤에 종자기(鍾子期)가 있을 것임은 공언하노라![225]

---

222 이봉춘, 「普雨의 불교사상과 佛·儒 融合調和論」, 『한국불교학』 56집, 한국불교학회, 2011, 137쪽.
223 金煐泰, 「보우 순교의 역사성과 그 의의」, 『불교학보』 30집, 1993, 22쪽 참조
224 金煐泰, 「허응당집 해제」, 『大覺國師文集』, 동국역경원, 1994, 47쪽.
225 普雨, 『虛應堂集(下卷)』, 「病枕聞魔訴余强揮病筆」, 동국역경원, 1994. "臨衆縱微踰 古彦 … 絕絃未得呈琴操, 身後公言有子期."

시승(詩僧)이기도 했던 보우는 불교 문학사에서 "조선 전기의 기화(己和)와 김시습(金時習), 조선 중기의 휴정(休靜)과 유정(惟政) 사이의 문학적 간극을 이어주는 특별한 인물"이라는 평을 받기도 한다.[226] 실제 보우는 독경과 작시(作詩)를 일상화하면서 선취(禪趣)를 물씬 풍기는 다수의 시작을 남겼다. 다만 위의 시 경우 시선일여(詩禪一如)의 풍취보다는 자신의 미래에 대한 불온한 예감이 묻어나고 있고, 실제 이 예측은 곧 현실화될 운명 앞에 직면해 있었던 것이다. 아무튼 이상에서 간략히 일별한 바대로 불교를 중흥하기 위한 보우의 각별한 각오와 그가 펼친 일련의 흥불정책 등은, 지금 임훈의 통고문과 숱한 상소문으로 대변되는 당시 유림의 극렬하고도 과격한 대응과는 전혀 차원을 달리하는 문맥이라는 점도 어느 정도 고려할 필요가 있다.

이와는 달리 보우 말년에 성행했던 '보우의 주벌(誅罰)을 청하는 상소[請誅普雨疏]'의 흐름을 반영한 임훈의 통고문에 드러난 사기(詞氣)는 실로 엄중한 기조를 유지하고 있었다. 보우가 자행한 "대악의 죄상"을 성토하기 위한 의도에서 작성된 아래 글은 이러한 분위기를 가감 없이 전언해 주고 있다.

한 나라에서 무릇 혈기(血氣)가 있는 자라면, 함께 같은 하늘을 머리에 이고 있을 수 없습니다. 성토하지 않으면 글로써 매장[葬]할 수 없고, 죽이지 않으면 나라를 위함이 아닙니다.[227]

---

226 姜錫瑾, 「虛應堂 普雨의 詩에 나타난 日常과 禪趣」, 『溫知論叢』 22집, 온지학회, 2009, 48쪽.
227 林薰, 『葛川集』 권2, 「告湖南司馬所業儒鄕校書」, 191쪽, "一國凡有血氣者, 所不共戴天也, 不討則無以書葬, 不誅則無以爲國."

같은 맥락에서 임훈은 "대악(大惡)을 토주(討誅)하는 일에는, 이 하늘 아래 있는 사람이라면, 피차(彼此)와 귀천(貴賤)이 없는 까닭"이라는 전제 하에,[228] "우리 도(道)"인 영남(嶺南)을 초극한 전국적인 차원에서의 광범위한 성토를 강력하게 촉구하고 나섰다.[229] 한편 이 글에서 임훈은 자신의 신분적·사상적 정체성을 "사림의 일원"으로 명확히 규정해 보였는데, 이처럼 가을날 서릿발 같은 통고문을 작성한 이유 또한 사림의 매서운 비판정신이 표출된 결과였다. 또 당시 유림측의 공론(公論)을 대변해 주는 통고문을 통해서 임훈은 "공맹(孔孟)의 글을 배운" 오당(吾黨)의 모든 군자(君子)와 '적승(賊僧)·대악(大惡)'이라는 두 층차의 계열을 선명히 대비시킴으로써[230], 앞서 선보인 유·석 무분의 지평 자체를 결연히 파기 처분하기에 이른다.

일면 이러한 임훈의 태도는 "의리(義理)를 분석하고 시비(是非)를 부판(剖判)[일도양단]함이 매우 엄격하여, 은연(隱然)한 가운데, 빼앗을 수 없는 용기가 있었다."는 평가의 실상을 일정 부문 입증시켜 주기도 한다.[231] 동시에 이 통고문은 "사림의 일원"이자 공인(公人) 자격으로서의 임훈이 당시 긴박한 시국(時局)에 대한 대처 노력의 일단이 노정된 것으로도 평가된다. 때문에 사적인 인간관계라는 측면에서는 관용의 미덕에 입각하여 추구되었던 유·석 교유의 양상과는 다르게, 공적인 차원

228 林薰, 『葛川集』 권2, 「告湖南司馬所業儒鄕校書」, 191쪽, "誠以大惡之罪, 苟在一天之下, 無間於彼此貴賤也."
229 林薰, 『葛川集』 권2, 「告湖南司馬所業儒鄕校書」, 191쪽, "等窃念同戴一國之君, 同事聖賢之業, 不告於他道, 而自私於一道, 非所以待吾黨也."
230 林薰, 『葛川集』 권2, 「告湖南司馬所業儒鄕校書」, 191쪽, "然則吾黨諸君子, 同學孔孟之書, 同應國家之擧."
231 林薰, 『葛川集·附錄』, 「葛川先生家壯草」, 574쪽, "義理之分析, 是非之剖判, 甚嚴, 隱然有不可奪之勇."

에서 철저히 무관용의 원칙을 적용하는 식의 판이한 양상으로 표출되었던 것이다. 임훈이 국왕에게 공론을 수습하는 방안으로 "반드시 전하의 개인적인 생각을 버리고, 백성의 의견을 따르십시오!"라고 건의했던 이면에는,[232] 공(公)·사(私) 간에는 분명한 변별력이 전제되어야 한다는 확고한 그의 평소 소신에 따른 것이었다. 이처럼 한 사람으로서의 자연인의 입장이 아닌, 즉 공인의 자격에서 취한 임훈의 앞의 태도는 등산에 임하는 방식을 통해서도 그대로 재현된 사실이 있다.

아래의 인용문 〈A〉는 임훈이 53세(1552)에 나선 덕유산 향적봉 등반 장면을, 그리고 사례 〈B〉는 광주 목사로 재임 중이던 75세(1574) 4월에 임한 무등산[서석산] 등산 시의 수행(隨行) 상황을 "선생을 취백루(翠栢樓)에서 배알(拜謁)한" 호남(湖南)의 명유(名儒)인 제봉 고경명이 각기 서술해 둔 것이다.

〈A〉

25일[乙亥]에 아침밥을 재촉해 먹고, 천암(倩菴)[탁곡암]의 승려 옥희(玉熙)·일선(一禪)의 도움으로 산행 도구들을 더 갖췄다. 승려 성통(性通)으로 하여금 앞에서 인도하게 하고, 지팡이를 짚고 암자의 북쪽으로 올라가니, 길이 상당히 가파른데, 5리 즈음 나아갔다.[233]

〈B〉

술이 몇 순배 돌자, 선생이 식사를 독촉하셨다. 곧 타일러 마부를 준비케 하시고, 시중들 종을 가려 놓으셨다. (이윽고) 평민복 차림으로 갈아

---

232 林薰, 『葛川集』 권4, 「行狀」, 297쪽, "公論之發, 必舍己而從人."
233 林薰, 『葛川集』 권2, 「登德裕山香積峯記」, 225쪽, "乙亥, 促朝鋪, 倩菴僧玉熙一禪, 助賚行具. 令通導行, 策杖由菴北而登, 路頗懸峻, 行五里許." 국역본에서는 '천암(倩菴)'을 탁곡암으로 번역 처리하였으나, 그 유래는 미상(未詳)이다.

서 입고 대나무로 만든 가마[筍輿]에 오르셨다. 사찰의 승려인 조선(祖禪)을 앞세워 인도하게끔 하시고, 증각사(證覺寺) 쪽으로 향했다.[234]

임훈은 20대에 이미 덕유산의 고승인 은경 대사로부터 '공(公)'이라는 호칭으로 대우받았고, 또한 41세가 되던 1540년(중종 35)에는 생원시에 응시하여 진사라는 신분을 획득하고 있던 터였다. 그럼에도 불구하고 인용문 〈A〉에서 임훈은 동행한 승 도징·성통 및 옥희·일선 등의 일행과 어울려 직접 "지팡이를 짚고" 향적봉 등산에 임했던 것이다. 이는 마치 탁영(濯纓) 김일손(金馹孫, 1464~1498) 등과 지리산 종주에 나섰던 일두 정여창이 "지친 끝에, 허리에 새끼줄 한 가닥을 휘둘러 매어 놓고, 승려로 하여금 끌라고 하면서 올라오는" 정도의 친밀감은 아닐지라도,[235] 극히 상호 친화적인 유·석 무분(無分) 격의 분위기를 대변해 주는 등산 장면이 아닐 수 없다.

이처럼 사적 차원에서의 친밀한 유대감이 반영된 사례 〈A〉와는 달리, 인용문 〈B〉는 엄연한 공인 신분으로서 임훈이 보여 준 격식 있는 등반 정황을 잘 전시해 주고 있다. 실상 그즈음에는 관인(官人) 사대부들이 유람을 겸한 산행에서 인근 승려들이 직접 가마를 메는 식의 관행도 적지 않은 시대였다. 그 연장선상에 놓인 인용문 〈B〉는 광주 지역의 유력 인사들과 동행한 산행이었기에, 다분히 공적 행사에 준하는 성격을 지닐 수밖에 없었다. 따라서 임훈은 자신의 신분에 상응하는 의전

---

234 高敬命, 『霽峯集』, 「遊瑞石錄」, 410쪽, "余謁先生于翠栢樓, 前有古栢二章 … 酒數行, 先生命促飯. 戒行屛驕御簡僕從, 以野服登筍輿. 令寺僧祖禪前導, 指證覺寺." 거론한 '쟁여(筍輿)'란 대나무로 만든 등산용 가마로써 두 사람이 메도록 되어있다.

235 金馹孫, 『濯纓集』 권5(한국문집총간 17책), 「頭流紀行錄」, 민족문화추진위원회, 1988, 16쪽, "余健步先待於一澗石, 伯勗亦然, 腰繫一索, 使一僧挽而前." 백욱(伯勗)은 정여창의 자(字)다.

(儀典)을 제공받았던 것이며, 이는 앞의 사례 〈A〉와는 판이한 공적 차원에서의 처사를 대변해 주고 있다. 무관용의 원칙이 적용된 앞의 보우에 대한 성토 통고문은, 사례 〈B〉가 임훈이 견지한 유학적 이념이 보다 강화된 형식으로 무장한 채 공적 담론의 장에서 그대로 표출된 경우에 해당한다.

V. 결론

이상의 논의를 통해서 16세기를 주요 활동기로 삼은 안음현 출신의 관인·유자인 갈천 임훈이 보여 준 불교 방면에 대한 수용 양상을 개괄적으로 살펴보았다. 그 결과 임훈이 보여 준 불교에 대한 수용은 크게 교학체계에 대한 소양 정도와 선불교로 대변되는 좌선 수행법에 대한 인식, 그리고 통상 유·석 교유로 지칭되는 주변 승려들과의 교유 양상이라는 세 국면을 형성하고 있었음을 확인할 수 있었다. 이에 앞서 본 논의에서는 임훈이 직조한 벽이단 담론의 특징적 면모에 대한 선이해를 도모함과 더불어, 또한 갈천이 노장철학·불교와 대면하게 된 이면적 요인인 생래적 염리심과 산수 취향이 무위유학과 접목하게 된 경위 등도 아울러 고찰해 보았다. 이와 동시에 갈천학에 내함된 심리적 트라우마의 문제를 제기하는 방식을 통해서, 이번 논의의 효율적인 전개를 위한 밑그림을 새롭게 채색하는 계기로 삼기도 하였다. 이하의 내용은 앞서 거론된 내용들을 재음미하고 간략히 정리하는 형식을 취하게 될 것이다.

먼저 임훈의 경우도 여느 정주학자들과 마찬가지로 요·순에서 정자·주자로 이어지는 도통 상전의 계보를 존중하는 차원에서의 벽이단 담론을 직조해 두었음이 확인된다. 임훈은 그가 직조한 벽이단론에 의거하여 도교와 노장철학을 이단으로 규정하였고, 또한 그 연장선에서 제기된 순정성이라는 기준에 의거하여 조(朝)·중(中)의 주요 역사적 인물들을 대상으로 한 엄정한 평론을 수행하기도 했다. 그런데 임훈이 제출한 벽이단 담론의 주요 목록 속에는 불교가 누락된 상태였다. 이는 한원진을 비롯한 18세기의 정통 주자학자들의 그것과는 다소 대비됨과 동시에, 또한 임훈이 불교에 대해 보여 주었던 친화적인 태도와 무관하지 않아 보인다. 실제 임훈은 청년기부터 덕유산 일대의 사찰·암자에서 실로 오랜 세월에 걸친 은둔 독서 생활을 영위하였고, 자연히 불교나 승려들에 대해서 극히 친연적인 관계를 유지해 오던 터였다.

한편 임훈이 불교나 노장철학 방면에 대해 진지한 사상적 교섭에 나서게 된 이면에는, 무엇보다도 그의 생래적 성정이 빚은 염리심의 문제가 주요한 원인을 제공하고 있었다는 점 또한 간과할 수 없다. 다시 말해서 태생적으로 청정·순수하고 고매한 성품의 소유자였던 임훈의 경우, 세상과 일정한 거리를 유지하려는 심리적 성향인 염리심을 어느 순간부터 서서히 발휘하기 시작했던 것이다. 기실 청년기 적부터 가시화되기 시작했던 임훈의 염리심은 긴 은거 기간 동안에 더욱 강렬하게 표출되기 시작하였고, 그가 평생토록 치열한 경명행수의 길을 걸을 수 있도록 한 강력한 동력을 제공해 주고도 있었다. 또한 청정·순수한 임훈의 성정과 그로 인한 염리심은 무궁한 산수 취향으로도 발출되면서, 그로 하여금 구도적 산수관을 천명하게 하였다. 물론 임훈이 견지한 산수관은 『논어』나 『맹자』에서 제시된 유학의 주요 메시지, 곧 공맹과 같은 성현이 증득한 경지를 자연 속에서 직접 체험한다는 현장 학습의 의미가 병행되고 있었다.

그럼과 동시에 임훈의 타고난 성정에서 빚어진 강렬한 산수 취향은

증점에서 안연으로 이어지는 이른바 무위유학과 접목·상감되는 식의
중대한 의미 전환이 수행되기도 했다. 공자학의 이채로운 일 국면을
전시해 주는 무위유학은 대자연을 무대로 삼아 무위적 초탈을 추구하
였기에, 당위적 도덕을 추구하는 증자·맹자 류의 작위적 유위유학과
는 명확하게 구분된다. 임훈이 "증점[點]의 비파 소리에 화답한" 안연을
자신이 닮아야 할 동일시 모델로 요청했던 이유는 바로 이러한 맥락에
서였다. 더불어 임훈이 맞이한 무위유학의 길은 웅장한 경세가적(經世
家的) 포부가 연신 무산된 끝에 떠안은 골 깊은 영혼의 트라우마를 해소
·치유하기에도 더 없이 유용한 학적 대안으로 다가서기도 했다. 보다
중요한 사실은 임훈이 영접한 무위유학의 길은 그로 하여금 노장철학
과 "청정(淸淨)·담박(淡泊)함을 가르치는" 불교 방면으로 인도하는 매개
역할을 수행하게 되었다는 점일 것이다. 이처럼 임훈이 불교에 다가서
기까지에는 실로 다채로운 여러 인자들이 동시적인 변인으로 작용하
고 있었던 것이다. 그리하여 임훈은 불교교학과 참선 수행법 및 유·
석 교유라는 세 범주에 걸친 교섭을 선보이기에 이르렀던 것이다.
　우선 임훈은 불교의 교학체계에 대해서 일정한 지적 소양을 축적하
고 있었음이 확인되었다. 임훈은 『금강경』·『법화경』을 비롯한 대승
경전들과 선가의 어록 등을 두루 섭렵한 자취를 남겨 놓았다. 이 과정
에서 임훈은 번뇌의 해소를 지향하는 불교적 구도관의 실상을 나름대
로 이해하는 기회를 맞이하였던 듯하다. 미필적 결과라는 측면에서 임
훈이 보여준 유정의 존재들에 대해 취한 극히 온정적인 태도는, 일면
불교의 동체대자비 정신과도 잘 부합되고 있었다. 이에 반해 임훈은
불교 교설을 지탱하는 양대 축인 중관학과 유식학 방면에 대한 언술이
사실상 전무한 특징도 동시에 발견되었다. 대신에 임훈은 덕유산 전래
의 구전 설화들을 접하고 시종 유자적 합리성이라는 기준으로 재단하

곤 했는데, 이 점 임훈이 착지한 근본 유자라는 사상적·이념적 입각점을 여실히 확인시켜 주고 있다.

나아가 임훈은 일찍이 주희가 "처음부터 허다한 의리(義理)를 절멸(絕滅)시켜 남김이 없다."며 집중 성토했던 관점을 계승하는 차원에서 선불교를 바라보고 있었다. 물론 임훈이 참선 수행법으로 대변되는 선불교에 대한 나름의 이해가 전혀 없었던 것은 아니었다. 이 점 임훈이 "덕유산의 고선(高禪)"으로 평한 은경 대사에 대한 태도를 통해서도 확인된다. 그러나 임훈이 보기에 참선 수행은 굳이 몸과 정신만을 수고롭게 하거나, 혹은 일신상의 안일만을 추구하는 방편에 지나지 않았기에, 수용하기가 난망한 공부론으로 인식되었다. 대신에 임훈은 정주학에서 권유하는 독서를 통한 궁리, 곧 격물 공부에 진지하게 몰입하는 식의 가열찬 경명행수의 길을 평생토록 추구하기에 이른다. 형인 임훈에 비해서 첨모당 임운은 참선 수행법에 대해 보다 수용적인 태도를 견지하고 있었다. 그러나 임운 역시 갈천과 마찬가지로 근본 유자로서의 사상적·이념적 입각점을 이완·각하한 것은 물론 아니었다.

이처럼 좌선 방면에 대한 비판적·부정적 인식과는 달리, 임훈이 유지한 주변 승려들과의 교유 정도는 숭유억불의 시대에서 동진 혜원 선사의 이른바 호계삼소에 준하는 하나의 전형을 개척했던 것으로 평가된다. 특히 임훈이 선보인 유·석 교유는 그 층차(層差)가 상당히 복합적이라는 점에서, 동시대의 여타 유자들과는 매우 변별되는 양상을 보여 주었다. 먼저 임훈은 승려들이 휴대한 시축에 글을 써서 주는 시대적 흐름에도 동참했는데, 이는 유·석 교유의 질을 제고하는 결과로 이어졌다. 동시에 임훈은 자신이 작성한 글을 통해서 유학적 이념의 핵심인 사회성에 관한 메시지를 전달하는 일 또한 결코 망각하질 않았다. 한편 임훈은 승 도징·성통 등과 특별히 막역한 친분을 유지했던

바, '간선인'이라는 평판을 받은 이들 두 사람과의 교유는 억불의 시대에서 상당히 예외적인 교유 유형으로 평할 만한 것이었다. 특히 "한적(閑寂)한 회포와 세상에 뜻을 버린 탄식"을 실토한 대상인 비구승 도징은 일종의 지음(知音)에 상응하는 관계를 지속적으로 유지하였음이 매우 주목된다. 나아가 임훈은 "덕유산의 고선(高禪)"인 은경 대사에게도 세상에서 버림받은 격인 울결한 자신의 처지를 토로하기도 하였다. 즉, 임훈의 인생 항로에 있어서 덕유산과 그곳의 승려들은 억불의 시대와는 무관하게 독특한 관계를 제공해 준 위안의 공간이면서, 또한 심리적 상담역으로서의 기능까지 아울러 수행하였던 것이다.

한편 임훈이 수행한 유·석 교유는 승려들과의 관계를 넘어서 덕유산의 사찰·암자로까지 연장되는 독특한 국면을 향유하고도 있었다. 즉, 임훈은 폐허가 된 덕유산의 영각사며 삼수암 등과 같은 사암의 중수를 위한 불사에 적극적인 관심을 기울였던 것이다. 특히 임훈은 삼수암의 중창을 위한 최초의 구상을 제공하기도 했다. 그런데 이 같은 모유의 이면에는 사람들이 "선(善)을 지향하는 길을 터주려 했던" 향선 의지가 내밀히 관여하고 있었음이 주목된다. 또한 그 근저에는 "관후(寬厚)한 장자(長者)의 풍도"의 소유자로서의 임훈이 견지한 관용의 미덕으로 표상되는 철학적 기초가 지탱하고 있었다. 임훈은 『서경·홍범』편에 입각하여 원대한 이상사회적 전망을 그리고 있었고, 「삼수암중창기」는 이 비전을 구현하기 위한 관용의 미덕이 적용된 구체적인 사례라는 의미를 지니는 것이었다.

그러나 임훈이 발휘했던 관용의 미덕에도 예외는 존재했다. 즉, 보우를 향한 매서운 성토가 담긴 통고문 내용은 "사림의 일원"인 임훈이 공인의 자격에서 취한 당대 시국의 대처 노력을 잘 반영해 주고 있다. 자연히 임훈은 사적 차원에서 견지했던 관용의 미덕을 과감하게 각하처분하는 대신에, 철저히 무관용의 원칙을 보우 화상에게 적용하였던 것이다. 이 점 임훈이 보여준 불교 수용의 세 국면을 공히 관류했던 근본 유자로서의 사상적·이념적 입각점이 공론의 장에서 보다 강화된 형식으로 표출된 결과였다. 그럼에도 불구하고 숭유억불의 시대에서 임훈이 보여준 불교와의 일련의 교섭 노력은, 종교적 차이를 초극하려는 진지한 사상적 실험의 성격을 내포하고 있다는 점에서, 갈천학의 근간인 성경(誠敬) 철학의 진정성을 일깨워 주기에 충분한 사례였던 것으로 평가된다.

∞ 제5장 ∞
갈천 임훈의 시세계

최석기

Ⅰ. 머리말

갈천 임훈은 남명 조식처럼 심성수양의 실천에 힘쓴 학자였기 때문에 성리학의 이론적 탐구를 하지 않았을 뿐만 아니라, 시문을 창작하는 사장학(詞章學)도 일삼지 않았다. 그런데다가 임진왜란을 겪으면서 그가 저술한 글마저도 일실되어 현존하는 것이 많지 않다. 오늘날 전해지는 『갈천집』에는 권1에 시(詩)·부(賦)가 수록되어 있는데, 시는 모두 43수밖에 되지 않는다. 더구나 이 43수에는 죽은 이를 떠나보낼 때 애도한 만시(挽詩)가 11수나 된다. 따라서 만시를 제외하면 순수하게 성정(性情)을 읊은 시는 32수밖에 되지 않는다.

이 32수의 시를 통해 갈천의 시문학의 특징을 찾아내는 것은 어려운 일이다. 그렇지만 이를 통해 갈천의 성정이 발로된 시세계의 일면은 엿볼 수 있을 것이다. 본고는 이 32수를 면밀히 검토하여 갈천의 시세계를 살피는 것을 목적으로 한다.

Ⅱ. 작품 개관

갈천이 지은 시는 총 43수가 남아 있다. 이를 형식적으로 분류해 보면 다음과 같다. 시체(詩體)로 나누어 보면, 오언절구 6제 6수, 오언율시 9제 9수, 칠언절구 17제 19수, 칠언율시 9제 9수이다. 이를 다시 4구의 절구(絶句)와 8구의 율시(律詩)로 나누어 보면, 절구가 25수, 율시가 18수이다. 그런데 율시 18수 가운데 10수가 만시이니, 순수한 율시는 10수밖에 되지 않는다. 율시는 당나라 때 본격적으로 발달한 것으로 후대 시인들이 선호한 시체이며, 절구는 율시의 절반에 해당하는 짧은 시체이다. 이를 보면 갈천은 시를 지으면서도 형식미를 추구하는 데 치중하지 않은 것을 알 수 있다. 자신의 감정을 화려한 수사(修辭)를 통해 드러내지 않고 간결하게 표현하기를 좋아하였다고 하겠다.

또한 43수 가운데 만시가 11수나 되어 순수한 정감을 표현한 시는 32수밖에 되지 않는다. 다시 32수를 분류해 보면, 산수를 유람하면서 지은 시가 7수, 사물을 관찰하여 지은 시가 1수이며, 그 나머지 24수는 일상에서 느낀 정서나 경물을 보고 느낀 감회를 노래한 것들이다. 그 가운데는 타인의 시에 차운하여 지은 시가 8수, 남에게 지어준 증시(贈詩)가 3수 있다.

갈천이 지은 시 43수 가운데 만시 11수를 제외한 나머지 32수의 형식적인 면모를 정리해 보면 다음과 같다.

제목	시체	분류	소제	비고
花林洞月淵岩 次南冥韻	오언절구	유람시	月淵巖(명승)	남명의 시에 차운
鼈岩偶吟	〃	〃	鼈巖(명승)	거주지 주변
蛛絲 次成倪韻	〃	觀物詩	거미줄	성현의 시에 차운
到噴玉流	〃	유람시	시냇물(명승)	거주지 인근
到悟眞菴	〃	〃	悟眞菴(암자)	산수 유람
宿玄水	〃	感興詩	玄水(물이름)	상상해서 지음
永思亭	오언율시	〃	永思亭(타인 재실)	거주지 인근
息影亭	〃	유람시	息影亭(정자)	담양(광주목사 재임 시)
次舍弟尋眞洞韻	〃	감흥시	尋眞洞(동천)	동생의 시에 차운
次書堂韻	〃	〃	書堂	갈천서당에 지은 듯함
自怡堂卽事	〃	〃	自怡堂	거주지
雨中偶吟	〃	〃	비	거주지
雨中偶吟	칠언절구	〃	비	거주지
還到鍊鋪臺		〃	鍊鋪臺	
到龍湫	〃	유람시	龍湫	산수 유람
書懷示景愚 寄李嘉吉 以劑藥不來 有所感云	〃	감흥시	유람 불참인	유람에 불참한 사람에 대한 서운함 토로
贈琴主	〃	〃	거문고 연주	知音에 대한 그리움, 贈詩
解愁途意 以示諸君	〃	〃	수송대	수송대 명칭 해석
駕仙亭壽席 次梁居昌韻	〃	〃	駕仙亭	梁子澂의 시에 차운, 壽宴 시
寓懷	〃	〃	孤懷	주거지에서
次雄上人詩軸韻	〃	〃	은거	승려 惠雄의 시에 차운
又	〃	〃	산수 유람	〃
班竹	〃	〃	班竹	
春雪	〃	〃	春雪	
負羽從軍嘆	〃	〃	從軍人	
十年持漢節	〃	〃	벼슬살이	
書陸行上人詩軸	〃	〃	泣竹筍生 고사	승려 陸行上人에게 줌, 贈詩
又	〃	〃	松下問童子 고사	
題新曆	〃	〃	새 책력	재임 시 귀향을 원함
次太守許思欽韻	〃	〃	고을 인사들 연회	許思欽의 시에 차운
次太守許思欽韻	칠언율시	〃	〃	〃
甄萱臺	〃	유람시	甄萱臺	광주목사 재임 시

이를 보면 갈천의 시는 일상에서 느낀 감회를 노래한 것이 대부분임을 알 수 있다. 갈천은 시 짓는 것을 좋아하지 않았고, 또 실천을 중시한 성리학였기 때문에 그의 시는 기교를 부리거나 수식을 일삼지 않아 진솔한 정감을 솔직히 드러내고 있는 것이 특징이다. 따라서 그가 지향한 정신세계가 시에도 그대로 투영되어 있음을 알 수 있다.

다음 만시 11수를 정리해 보면 다음과 같다.

제목	시체	대상 인물	비고
挽劉魯叔-友參-	칠언율시	劉友參(居昌劉氏)	劉瓘의 三男
又	오언율시	〃	〃
挽鄭弟-夢瑞-	칠언율시	鄭夢瑞(號 八玩堂)	林芸의 문집에 「睡餘書懷呈八玩堂求和」가 있음
挽盧判書-禛-玉溪	〃	盧禛(1518~1578)	함양 거주
挽邢公-深-	〃	邢深	
挽金公-順錫-	〃	金順錫	林芸의 문집에도 「挽金景胤順錫」이 있음
挽李訓導-仁裕-	〃	李仁裕	
挽金生員-彦謇-	〃	金彦謇	
挽曺南冥	칠언절구	曺植(1501~1572)	진주 거주
挽朴參奉-挹淸堂嗣宗-	오언율시	朴嗣宗	
挽林錦山-希茂-	〃	林希茂(1527~1577)	조식 문인, 함양 거주

갈천이 만시를 지은 대상인물은 대체로 경상우도 지역 인사들로서 도의로 사귄 벗들이다. 만시는 칠언율시가 7수, 오언율시 3수, 칠언절구가 1수이다. 그 중에는 남명 조식, 옥계(玉溪) 노진(盧禛), 남명 문인 임희무(林希茂) 등 경상우도 지역 명사들에 대한 만시가 눈에 띈다. 이는 갈천이 당시 이 지역 출신 명망 있는 학자들과 교유하였음을 보여준다. 그 가운데 남명에 대한 만시를 일례로 들어본다.

무너진 세도를 만회하는 것이 그대의 일이었으니,	挽回世道吾君事
산림에 묻혀 부질없이 쓸쓸히 살 인물이 아니었네.	非是山林謾索居
만일 고인에 견주어서 현인의 차례를 논하려 하면,	若把古人論次第
천 년 전 동강(桐江) 은자[1]와 어떠한지 물어야 하리.	桐江千載問何如[2]

  갈천은 남명과 도의지교를 맺고 경외하는 교분이 있었다. 갈천은 남명에 대해 무너진 세도를 만회하는 일을 책무로 여긴 인물로 평하면서 왕도정치를 펼 만한 군주가 아니면 끝까지 출사하지 않은 엄광(嚴光)에 견주고 있다. 이 만시는 간결하면서도 인물의 성격과 특징을 잘 드러내고 있다.

Ⅲ. 작품 세계

  앞에서 살펴보았듯이, 갈천은 출사하기 전까지는 사장적(舍藏的) 안빈낙도관(安貧樂道觀)을 견지하며 은거하여 도를 간직하는 것을 임무로 여겼고, 뒤늦게 출사할 수 있게 되자 용행적(用行的) 겸제천하관(兼濟天下觀)으로 민생의 폐단을 개혁하는 데 힘을 기울였다. 이러한 그의 정신지향은 시에도 투영되어 있다. 그러나 출사하기 전의 안빈낙도적 지취를 노래한 시가 대부분이고, 출사하여 경세제민의 이상을 실현하려던 정서를 노래한 시는 남아 있지 않다. 따라서 이러한 두 가지 관점을 전제로 하지만, 실제 작품분석에서 나타난 시세계는 은거하던 시기의

---

1 동강(桐江) 은자 : 후한 광무제와 동문수학한 엄광(嚴光)을 말함. 광무제가 불렀으나 끝내 나아가지 않고 동강 가에 은거하였다.
2 林薰, 『葛川集』 권1, 「挽曺南冥」.

안빈낙도적 세계관을 노래한 정서가 대부분이다.

여기서는 만시 11수를 제외한 32수에 나타난 작가의식을 분석하여 갈천의 시세계를 안빈낙도의 서정(抒情), 산림천석(山林泉石)의 선취(仙趣), 현실세계에 대한 고회(孤懷), 역사회고와 전통중시의 감회(感懷) 등으로 나누어 고찰하고자 한다.

1. 안빈낙도(安貧樂道)의 서정(抒情)

갈천의 삶의 본질은 명체적용(明體適用)의 세계관에 있다. 그런데 이를 다시 체용론적 입장에서 보면 그중에서도 명체가 본질이다. 이는 그가 "도덕을 품은 선비는 이윤(伊尹)의 뜻에 마음을 두고, 안자(顔子:顔回)의 학문을 배우기 때문에 당세에 그 도덕을 크게 행하지는 못할지라도 백성들에게 조금이라도 덕을 베풂이 있다."[3]라고 한 말에서 확인할 수 있다. 이윤처럼 세상에 나아가 도를 펴는 것이 궁극적인 목표지만, 그렇게 할 수 없는 시대적 제약이 있다면 안회처럼 안빈낙도하더라도 세상에 도움이 된다는 것이다.

갈천은 이런 세계관을 지향하여 출사하는 데 급급하지 않고 본체인 도를 밝히는 데 근본을 두었다. 그가 출사를 단념하고 은거하여 구도적 자세로 일관하던 시기에 이런 지향이 두드러지게 나타나는데, 다음시에 그런 정신이 엿보인다.

> 해인정(解印亭)이란 이름 예로부터 일컬어졌는데,   解印亭名稱自古
> 어느 시대 어떤 사람의 정자인지 알 수가 없네.   不知何代有何人

---

3 林薰, 『葛川集』 권3, 「文獻公一蠹先生祠堂記」. "況於懷道抱德之士, 志伊尹之志, 學顔子之學, 雖不能大行於當世, 而有一分見施於吾民者."

| 지금 이 늙은이가 소요하는 곳과 같은 경우도, | 如今老我逍遙處 |
| 이 해인정과 우연히 합치된 지 이십 년이 되네. | 偶合亭名二十春[4] |

작자는 해인정이라는 정자에서 벼슬길에 나아가는 것보다 은거하여 도를 구하고자 하는 마음을 다시 다짐한 듯하다. 해인정이라는 정자 이름은 관리의 직인을 풀어놓고 물러나 편안히 소요한다는 뜻으로 붙인 것인데, 갈천은 그런 마음으로 산 지가 벌써 20년이나 되었다고 술회하고 있다. 갈천은 1540년 생원시에 합격하여 성균관에 유학하였는데, 그즈음 문과시험에 응시했다가 낙방한 뒤로 은거를 결심한 듯하다. 1545년의 을사사화와 1547년 양재역 벽서사건으로 윤원형이 집권 기반을 공고히 하였으니, 이때를 전후한 시기에 갈천은 정국의 동향을 보고 은거를 택한 듯하다.

갈천은 은거를 택한 뒤 세상사에 관심을 접고 안회의 길을 걸으며 안빈낙도하는 삶을 지향하였다. 다음 시를 보면 그런 지향이 드러나 있다.

내 성품이 연하를 좋아하는 취미에 빠져,	性癖煙霞趣
몸소 경치 좋은 산수를 찾아서 다닌다네.	身隨山水中
하물며 지금은 기이한 경관을 만났으니,	況今探異境
세상을 향한 마음 절로 귀머거리 같구나.	向世自成聾[5]

갈천은 이 시에서 세상을 향한 마음을 접고 귀머거리처럼 세상사를 듣지 않으려는 의경을 드러내고 있다. 이런 생각은 다음 시에서도 엿

4 林薰, 『葛川集』 권1, 「題新曆」.
5 林薰, 『葛川集』 권1, 「到噴玉流」.

볼 수 있다.

> 쥐의 간 벌레의 팔 같은 하찮은 자들이 재능을 다투어,　鼠肝蟲臂各爭能
> 명예 탐하는 길에서 격한 논의 일삼는 것 실컷 보았네.　厭見名途事沸騰
> 누가 알겠는가 황암산 푸른 봉우리 속에 묻혀서,　　　誰識黃岩靑嶂裏
> 명예와 현달을 구하지 않고 승려처럼 사는 삶을.　　　不求聞達乃如僧[6]

이 시는 삼수암(三水菴)에 사는 승려 혜웅(惠雄)의 시축에 있는 시에 차운한 것으로, 1552년 덕유산 향적봉을 유람할 적에 지은 듯하다. 작자는 하찮은 자들이 재능을 다투어 명예를 탐하는 길에서 격한 논의를 일삼는다고 비판하였는데, 이 시를 지은 시대적 상황을 고려하면 윤원형 일파를 지칭하는 듯하다. 작자는 그런 정국을 피해 초야에서 명예와 현달을 구하지 않고 승려처럼 숨어살고자 하는 마음을 드러내었다.

또 다음 시를 보면, 갈천은 속진을 떠나 세상 밖에서 청빈하게 사는 자신을 자랑스럽게 여기고 있다.

> 단풍나무 밑으로 신선세계를 찾아왔는데,　訪仙楓樹下
> 담소하는 것 괴이하게도 사람 같지 않네.　談笑怪非人
> 이 암자에 앉아서 무슨 일을 해볼거나,　　定坐成何事
> 세상 밖에 있는 이 몸 자랑이나 할 뿐.　　徒誇世外身[7]

작자는 승려가 사는 오진암(悟眞菴)에 이르러 신선세계처럼 불화가 없는 기분을 맛보며, 흙탕물을 뒤집어쓰고 사는 정치권에서 벗어나 산

6 林薰, 『葛川集』 권1, 「次雄上人詩軸韻」 제1수.
7 林薰, 『葛川集』 권1, 「到悟眞菴」.

수에 묻혀 사는 자신을 다행으로 여기고 있다. 그리하여 그는 자신이 은거하는 곳에서 스스로 도를 즐기며 기쁘게 사는 삶을 지향하고자 한다.

갈천은 그런 마음으로 자신이 사는 집의 이름을 자이당(自怡堂)이라 하고, 다음과 같이 노래했다.

초가집 처마 밑에서 혼자 술을 마시니,	獨酌茅簷下
마지막 봄날이 저물어가는 시절이로세.	三春欲暮時
산 중턱에는 구름이 기다랗게 드리우고,	山腰雲漠漠
못의 수면에는 빗줄기 부슬부슬 내리네.	池面雨絲絲
울긋불긋한 꽃들은 모두 떨어지려 하고,	紅白花將謝
들쑥날쑥한 나무들 무성히 피어나려 하네.	高低樹欲肥
자연의 경물이 이와 같이 매우 좋아서,	光陰如許好
나도 몰래 시 한 수를 절로 읊조리네.	輸寫一聯詩[8]

자이당이라고 당호를 붙인 데서도 알 수 있듯이, 갈천은 현실세계와의 불화를 단념하고 스스로 도를 즐기며 기쁘게 살고자 하는 지취(志趣)를 드러내고 있다. 자이(自怡)는 자락(自樂)과 유사한 뜻이니, 안빈낙도하고자 하는 지향을 드러낸 것이다. 자아와 세계가 괴리되어 불화가 있지만, 그것에 연연하지 않고 도를 구하여 도를 즐기며 살고자 하는 정신이다. 이 시는 자연의 섭리에 순응하면서 살고자 하는 심경을 노래한 것으로, 미련(尾聯)에서 그런 정서를 엿볼 수 있다.

이처럼 갈천은 은거하여 안빈낙도하는 삶을 지향하였는데, 그런 지향 속에는 도를 구하고자 하는 구도심이 도사리고 있다. 갈천은 1566

---

8 林薰, 『葛川集』 권1, 「自怡堂卽事」.

년 남명 등과 함께 안의(安義) 화림동(花林洞)을 유람하며 노닐었는데,
당시 남명의 시에 차운하여 아래와 같이 읊었다.

> 흐르는 물 천 굽이를 돌아 흐르는데,　　　　　　　　流水回千曲
> 나는 형체를 잊고 앉아 기미를 쉬네.　　　　　　　　忘形坐息機
> 참다운 근원을 끝까지 찾지 못했는데,　　　　　　　眞源窮未了
> 해가 저물어서 실의에 차 돌아가네.　　　　　　　　日暮悵然歸[9]

남명은 1566년 3월 문인 하항(河沆)·조종도(趙宗道)·하응도(河應圖)·
유종지(柳宗智)·이정(李瀞) 등과 함께 함양으로 가서 노진(盧禛)을 방문
하고, 다시 안의 원학동으로 가 갈천을 방문하여 심성정(心性情)에 대해
밤새도록 담론한 뒤 함께 안의삼동(安義三洞)[10]의 명승을 유람하였다.[11]
이 시는 그 당시 옥산동(玉山洞)에 이르러 노닐 적에 남명이 지은 「유안
음옥산동(遊安陰玉山洞)」[12]이란 시에 차운하여 지은 시이다.

---

9 林薰,『葛川集』권1, 詩,「花林洞月淵岩次南冥韻」.

10 안의에서 경치가 빼어난 세 골짜기, 즉 화림동(花林洞)·심진동(尋眞洞)·원학동(猿鶴
    洞)을 가리킨다. 화림동은 지금 화림계곡으로 불리는 함양군 서상면·서하면 일대의
    골짜기이고, 심진동은 안의에서 거창으로 넘어가는 고개 밑에서 왼쪽으로 들어가는
    계곡으로 지금은 용추계곡이라 하고, 원학동은 현 거창군 위천면·북상면 일대의 골짜
    기를 가리킨다.

11 曺植,『南冥先生文集』(정유본)『南冥先生編年』66세조. "先生與河覺齋, 趙大笑軒, 河
    寧無成, 柳潮溪, 李茅村, 訪玉溪于咸陽. 玉溪要姜介庵, 明日同向安陰, 訪葛川. 葛川
    遣其弟瞻慕堂芸, 迎于中路. 及至, 隣近諸生, 來拜請敎, 先生循誘不倦. 因進瞻慕堂,
    謂曰, 子聰明過人, 欲無所不通, 只如此却不是. 夫以堯之智, 猶急先務. 君子不以多能
    率人, 吾儒事自有內外輕重之別. 朱先生嘗以義理無窮, 日月有限, 遂棄書藝楚辭兵法
    等, 專意此學, 以集諸儒大成, 豈非後學之所當法也. 是夜與諸賢, 論心性情之辨. 翌日,
    先生謂葛川曰, 曾此之來, 人多言三洞之勝者, 於心不忘也. 葛川曰, 吾亦興不淺, 遂與
    之同遊. 自猿鶴洞, 歷長水洞, 至玉山洞, 還集葛川精舍, 留一日而返."

12 曺植,『南冥集』권1,「遊安陰玉山洞」. "白石雲千面, 靑蘿織萬機, 莫敎摸寫盡, 來歲探
    薇歸."

위 시의 '망형(忘形)'·'식기(息機)'·'진원(眞源)' 등의 시어를 보면, 현실의 번잡함을 잊고 참된 근원에 도달하고자 하는 작자의 정신을 알 수 있다. 진원은 학문의 궁극적인 경지로 그가 추구하는 도이며, 그 도는 결국 천명지성(天命之性)에 순응해 사는 솔성지도(率性之道)일 것이다. 이런 지향이 있었기에 갈천은 산수에 묻혀 인지지락(仁智之樂)을 즐길 수 있었다. 문인 정유명(鄭惟明)이 지은 「행장」에 의하면, 갈천은 한가한 날 산수가 좋은 곳을 찾아 노닐며 '기수에서 목욕하고 무우에서 바람을 쏘이고 시를 읊조리며 돌아오고자 한다.[浴乎沂 風乎舞雩 詠而歸]'는 증점(曾點)의 지취(志趣)[13]를 따르려 하였다고 한다.[14]

또한 다음 시를 보면, 사물에 나아가 그 속에 내재된 이치를 깊이 살피고자하는 정신을 읽을 수 있다.

청정하고 동떨어진 곳에 서당을 지었으니,	堂開淸絶境
시끄럽고 소란스러움 하늘이 피하게 했네.	天遣避囂紛
산골짜기서 흘러내리는 시내 졸졸 흐르고,	潑潑沿崖水
산봉우리서 피어나는 구름 깊고도 깊구나.	深深出岫雲
푸른 산은 항상 높이 솟아 길게 뻗어 있고,	靑山常偃塞
하얀 바위는 절로 머리 잘린 듯 모가 났네.	白石自橫分
사물에 나아가 이치를 깊이 성찰해야 하니,	卽物須深省

---

13 자로(子路)·염유(冉有)·공서화(公西華)는 뜻을 얻으면 세상에 나아가 정치를 하겠다는 뜻을 피력한 반면, 증점은 늦은 봄 봄옷이 만들어지면 관을 쓴 어른 5,6인 및 동자 6,7인과 함께 기수(沂水)에 가서 목욕하고, 무우에서 바람을 쏘이고서 시를 읊조리며 돌아오겠다는 뜻을 공자에게 말씀드렸다.(『논어』 「선진」에 보인다) 이는 벼슬길에 나아가는 것을 급급히 하지 않고 성인의 덕화 속에서 낙도(樂道)하며 살겠다는 뜻으로, 안회의 안빈낙도적 삶과 같은 의미이다.

14 林薰, 『葛川集』 권4, 附錄, 鄭惟明 撰 「行狀」. "先生每以暇日, 或携筇獨往, 或命侶偕隨, 徘徊於水石之間, 蔭翳乎林樾之中, 蕭疎飄散, 有吾與點也之意."

어찌 한갓 보고 듣는 것으로만 지각하리.   何徒寓見聞[15]

작자가 자연에 은거해 매일 접하는 것은 시냇물 소리, 피어나는 구름, 푸른 산, 하얀 바위 등이다. 그런데 작자는 그런 사물을 접하면서 피상적으로 느끼지 않고 그 속에 내재해 있는 이치를 깊이 성찰하고자 한다. 그래서 눈으로 보고 귀로 듣는 것에서 그치지 않고, 근원을 들여다보고자 한다. 이는 『중용』에서 말한 하늘에 떠 있는 솔개와 연못의 물고기를 보고서 그러한 소이연(所以然)을 살피는 것으로, 이 세상에 유행하고 있는 천리(天理)를 체득하고자 하는 정신이다. 시냇물 소리, 피어나는 구름, 푸른 산, 하얀 바위는 모두 눈과 귀로 보고 들을 수 있는 대상물이지만, 그 속에는 천리가 들어 있다. 그 이치를 터득하는 것이 참된 근원에 도달하는 것이고, 그것을 지향하는 것이 천인합일이다. 그러니 이 시는 자연 속에서 천리를 체득하는 오묘한 이치를 노래한 것이다. 이것이 갈천의 안빈낙도적 삶의 모습이다.

2. 산림천석(山林泉石)에서의 선취(仙趣)

갈천이 살던 곳은 안의현(安義縣) 원학동(猿鶴洞)이었다. 안의현에는 화림동(花林洞)·심진동(尋眞洞)·원학동의 경관이 빼어난 동천(洞天)이 있어 안의삼동(安義三洞)으로 일컬어졌으며, 이 안의삼동은 영남에서 산수가 가장 빼어난 곳으로 이름이 난 곳이다. 그 중에서도 원학동은 그 명칭에서 드러나듯이, 무릉도원 또는 신선세계의 이미지를 지니고 있다. 실제로 조선시대 문인들이 평한 것을 보면 안의삼동 가운데 원

---

15 林薰, 『葛川集』 권1, 「次書堂韻」.

학동이 가장 빼어나다고 말한 것을 발견할 수 있다.[16]

갈천은 이런 곳에 살면서 벗들과 산수가 빼어난 곳을 찾아 유식(遊息)을 즐겼다. 다음 시는 그런 정서를 노래한 것이다.

> 비온 뒤의 가을 풍경 한없이 다양하기도 한데, 秋容經雨億分多
> 느릿느릿 걸어가며 읊조리니 그대와 비교 되네. 緩緩行吟與子科
> 오늘 신선들 행렬에 발걸음 같이 하지 못하니, 此日仙班無履着
> 훗날 한 자리에 만나면 그 부끄러움 어떠하리. 他年同席愧如何[17]

이 시의 제목으로 보아 이가길(李嘉吉)이라는 사람이 함께 유람을 하기로 했는데, 약속을 어기고 오지 않자 서운한 마음으로 넌지시 풍자한 듯하다. 이 시에서 자신들을 '신선'으로 묘사하고 있는데, 이는 당시에 일반적으로 쓰던 말이다. 즉 번잡한 현실을 떠나 청정한 세계를 찾기 때문에 산수를 찾아 노니는 것을 신선들의 놀이로 비유한 것이다.

갈천은 산림과 천석이 빼어난 고장에 살면서 명승을 찾아 회포를 풀고 정신을 상쾌하게 하였는데, 그것은 산수를 탐해서가 아니라 산수를 통해 도를 구하기 위해서였다. 다음 자료를 보면 그런 그의 정신을 알 수 있다.

> 산수는 천지간의 하나의 무정물(無情物)이지만, 산에는 후중(厚重)한 덕이 있고 물에는 주류(周流)하는 덕이 있으니 실로 사람의 인지지락(仁智之樂)에 근본이 되는 점이 있다. 그러므로 도를 구하는 세상 사람들은

16 宋秉璿, 『淵齋集』권22, 「遊安陰山水記」. "統論三洞, 定其甲乙, 則松臺之幽節, 搜勝之奇麗, 當爲傑然. 故花林尋眞, 難以抗猿鶴矣. 花林之淸泉白石, 亦處處可亭, 而尋眞一區, 風斯在下, 抑如孫興公之評潘陸文章, 所謂爛若披錦, 排沙簡金也歟."
17 林薰, 『葛川集』권1, 「書懷示景愚, 寄李嘉吉, 以劑藥不來, 有所感云.」.

요순과 공자에게서만 도를 구할 뿐만 아니라, 산수에 나아가서 도를 구
하지 않은 적이 없다.[18]

갈천은 책 속에서만 도를 구하지 않고, 산수에 나아가 도를 구해야
한다는 점을 말하고 있다. 즉 산수를 통해 천리를 체득하는 것이 중요
하다는 점을 언급한 것이다. 여기서 말하는 도는 공자가 산에서 인(仁)
을 읽어내고, 물에서 지(智)를 읽어낸 것처럼, 만물에 내재한 이면의
이치를 구하는 것이다.

이런 도학을 근본으로 하기 때문에 조선시대 도학자들이 산수에서
느끼는 신선세계의 이미지나 선취(仙趣)는 실제로 신선이 되기를 희구
한 것이 아니다. 그것은 잠시 현실세계의 불화를 달래고 흥금을 상쾌
하게 하기 위한 것이거나, 신선세계처럼 청정한 곳을 찾아 깨끗한 청
정심을 회복하고자 하는 마음이 발로된 것이다. 따라서 시어에 신선세
계를 동경하는 말이 있다고 해서 실제로 현실과 동떨어진 선계에 살고
자 한 것은 아니다. 갈천의 경우도 마찬가지이다. 위의 인용문을 통해
알 수 있듯이, 그는 산수를 통해 도를 구하고자 한 것이지, 신선이 되고
자 한 것은 아니다.

다음 시는 갈천이 벗들과 함께 용추(龍湫)에서 노니며 지은 것이다.

백 척 얼어붙은 절벽 만 길이나 되는 깊은 못,　　百尺氷崖萬丈湫
옥구슬 떨어지던 폭포 멈춰 푸른 유리 되었네.　　玉舂停作碧璃瑠
높다란 대 위에 올라 시와 술로 즐기는 선비들,　　登臨詩酒危臺士
절로 몸을 빼어 옥황상제 누각으로 오를 듯하네.　　自擬飜身上玉樓[19]

---

18 林薰, 『葛川集』 권3, 「書兪子玉遊頭流錄後」. "山水者, 天地間一無情之物, 而厚重周
流, 實有資於仁智之樂矣. 是以, 世之求道者, 不特於堯舜孔氏, 而未嘗不之此焉."

이 시는 얼핏 보면 현실을 떠나 옥황상제가 사는 선계로 날아가고자 한 것 같다. 그러나 그것이 갈천이 추구한 정신적 본질은 아니다. 앞에서 언급했듯이, 갈천이 산수를 찾는 것은 도를 구하기 위함이고, 그것은 공자가 말한 요산요수의 인지지락을 즐기기 위함이니, 신선이 되고자 하는 것이 아님을 알 수 있다.

이 시는 제목이 「도용추(到龍湫)」이다. 이 시의 내용으로 보아 용추는 심진동의 용추폭포를 가리키는 듯하며, 갈천이 찾아간 때는 폭포수가 얼어붙은 겨울이었던 듯하다. 그런 청정한 곳에서 선비들이 모여 술을 마시고 시를 짓다 보면, 절로 신선이 된 듯한 기분을 느낄 수 있을 것이다. 이 시는 바로 그런 감흥을 노래한 것이다.

갈천은 이보다 전에 동생이 심진동(尋眞洞)[20]을 유람하며 지은 시[21]에 차운하여 다음과 같이 노래했다.

진경을 찾는 꿈 그 계획 이미 이루어,	探眞計已許
발길 겨우 통하는 푸른 절벽 올랐구나.	靑壁履才通
단풍나무는 형체가 비단처럼 고왔을 테고,	楓樹形爲錦
맑은 시내는 그 운치가 가슴속을 적셨으리.	淸溪韻假腔
시를 다듬어서 명승고적을 읊조리고,	裁詩題勝跡
술을 사가지고 고상한 발자취 찾았네.	賖酒訪高蹤
선계의 흥취 끝없이 일어나는 곳에서,	仙興無窮處
때로는 가느다란 비바람도 맞았겠지.	時兼細雨風[22]

---

19 林薰, 『葛川集』 권1, 「到龍湫」.
20 심진동(尋眞洞) : 현 경남 함양군 안의면 용추계곡을 말함.
21 갈천의 동생 임운(林芸)이 심진동을 유람하고 쓴 시는 『첨모당집』 권1에 수록되어 있는 「유심진동 노상구호근체일수 이시귀흥(遊尋眞洞 路上口號近體一首 以示歸興)」이다.
22 林薰, 『葛川集』 권1, 「次舍弟尋眞洞韻」.

갈천은 동생이 진경을 찾을 계획을 실행하여 심진동을 유람한 것을
상상하면서 이 시를 지은 듯하다. 작자는 미련에서 '선계의 흥취'를
말하고 있는데, 이 역시 산수에서 도를 구하고자 하는 의경을 말한 것
이다.

갈천은 광주목사로 재직할 적에 호남 지역 선비들과 서석산(瑞石山:
무등산)을 유람하였고, 담양의 소쇄원·식영정 등을 유람하였다. 다음
은 당시 식영정에 가서 읊은 시이다.

저물녘 소쇄원(瀟灑園)[23]을 찾았다가,　　　　　　　　薄暮尋瀟洒
내려와서 이 식영정에 올랐네.　　　　　　　　　　　來登息影亭
산색은 오히려 어둑어둑 저무는데,　　　　　　　　　山顏猶暝色
하늘가에는 벌써 밝은 별이 떴네.　　　　　　　　　天際已昭星
대 그림자는 외로운 자리에 비추고,　　　　　　　　竹影侵孤榻
솔 그림자는 온 마당에 가득하구나.　　　　　　　　松陰滿一庭
술잔을 마주하고 오늘밤 나누는 대화,　　　　　　　靑樽今夜話
이 몸이 마치 선계에 와 있는 듯하네.　　　　　　　身若到仙扃[24]

갈천은 이 시에서도 자신이 마치 선계에 와 있는 듯하다고 하여 선
취를 드러내고 있는데, 이 역시 앞에서 언급한 것과 마찬가지로 산수
에서 인지지락을 구하고자 하는 정신을 드러낸 것으로 보인다. 이런
지취(志趣)는 아래와 같은 시에 보다 구체적으로 드러나 있다.

효숙(孝叔)[25]이 선조의 지취를 추모하여,　　　　　　孝叔追先志

---

23 소쇄원(瀟灑園) : 현 전남 담양군 남면 지곡리에 있는 양산보(梁山甫)가 1530년에 조성
  한 정원.
24 林薰, 『葛川集』 권1, 「息影亭」.

은근히 선조 위한 정자를 지으려 하네.	慇懃肯構亭
역원의 시내 앞으로 하얗게 돌아 흐르고,	驛溪前繞白
금원산 봉우리 멀리 푸른빛이 분명하네.	猿岳遠分靑
서풍이 불어와서 가을 항상 일찍 오고,	風細秋常早
하늘이 높아서 밤에도 또한 선명하구나.	天高夜亦明
산림과 천석에서 그 지취 끝이 없는데,	林泉無盡趣
술잔을 주고받으니 충만한 정취가 있네.	樽酒有餘情[26]

이 시는 영사정(永思亭)이라는 시냇가 정자를 노래한 것인데, 미련에 '산림과 천석에서 그 지취 끝이 없네.'라고 한 것이 바로 그가 추구하는 신선세계처럼 청정한 구역에서 느끼는 지취이다. '산림과 천석'은 산수를 말하는 것이고, 그것은 곧 공자가 말한 요산요수(樂山樂水)의 경계로 조선시대 도학자들이 추구한 인지지락(仁智之樂)이다. 따라서 갈천이 말하고 있는 '선계' 또는 '선취(仙趣)'는 실제로 신선세계를 동경하는 사유를 노래한 것이 아니라, 신선세계처럼 청정한 산림과 천석에서 그가 구하는 도, 즉 인지(仁智)의 본성을 체득하는 지취인 것이다.

3. 현실세계에 대한 고회(孤懷)

갈천은 출사하기 전 초야에 은거하여 산수를 즐기며 도를 구하고 간직하는 일을 사명으로 삼았다. 갈천이 안빈낙도적 세계관으로 안분지족의 삶을 지향하였지만, 현실세계의 삶은 항상 즐겁고 편안할 수만은 없었을 것이다. 그래서 그에게도 가난한 살림살이에 대한 걱정이

---

25 효숙(孝叔) : 어떤 사람의 자(字)인데, 이름은 자세하지 않다.
26 林薰, 『葛川集』 권1, 「永思亭」.

없을 수 없고, 민간의 현실생활에 대해 번민이 없을 수 없었을 것이다. 그러한 정서를 노래한 시가 몇 수 눈에 띄는데, 여기서는 이러한 시세계를 살펴보도록 하겠다.

갈천은 「별암우음(鼈巖偶吟)」에서 "젊은 시절에는 찾아와 즐겁게 노닐던 곳, 지금은 외롭고 한스러움 유독 끝이 없네.[少年行樂處 孤恨獨無窮]"[27]라고 하여, 무궁한 고한(孤恨)을 토로하였다. 이 '고한'은 무엇을 말한 것인지 독자들은 알 수가 없다. 그렇지만 노년에 젊은 시절부터 노닐던 곳에 찾아와 혼자만 아는 한스러운 감회가 일었으니, 그것은 아마도 그가 이루지 못한 꿈일 것이다. 사화기의 진정한 선비라면 안빈낙도를 지향한다고 어찌 세상에 대한 걱정이 없을 것이며, 자신에 대한 고회(孤懷)가 없겠는가.

갈천은 또 「우회(寓懷)」에서 다음과 같이 노래하였다.

> 마당에는 인기척 없고 참새들만 짹짹거리며,　　庭院無人鳥雀喧
> 대숲 바람 소슬하고 저물녘 구름은 어둑어둑.　　竹風蕭颯暮雲昏
> 외로운 마음 적적하지만 누구에게 말을 하리,　　孤懷寂寂憑誰語
> 북쪽으로 가는 기러기 소리에 혼이 끊어질 뿐.　　北雁聲邊祗斷魂[28]

이 시는 작자가 한적한 주거지에서 느끼는 외로운 소회를 노래한 것인데, 제3구에 '고회(孤懷)'가 주제어로 등장하고 있다. 그런데 작자는 북쪽으로 날아가는 기러기 울음소리에 혼이 끊어지는 아픔을 느끼고 있다. 왜 그럴까? 북쪽으로 날아가는 기러기는 북쪽 대궐에 있는 임금을 상징하는 것일 것이며, 혼이 끊어지는 듯한 아픔은 현실세계에

---

27 林薰, 『葛川集』 권1, 「鼈巖偶吟」.
28 林薰, 『葛川集』 권1, 「寓懷」.

서 펼 수 없는 작자의 포부 때문일 것이다. 그렇다면 '고회'는 작자가 꿈꾸는 정치적 이상일 것이다.

갈천은 도를 펼 수 없는 현실을 직시하고 도를 간직하며 안빈낙도적 삶을 지향했지만, 명체적용의 세계관을 근본으로 한 그의 마음속에는 도를 펼 수 없는 세상에 대한 외로운 충정이 늘 도사리고 있었던 것이다.

갈천은 도를 펴고 싶은 경세제민의 이상이 늘 마음 한 구석에 자리하고 있었기 때문에 알아주는 군주를 만나기를 간절히 희구하였다. 다음 시에서 그런 단서를 읽을 수 있다.

> 흐르는 시내와 높은 산 이미 좋은 줄 아는데,　　　流水高山已自知
> 거문고로 연주하니 다시 청아하고 기이하구나.　　移諸絃上更淸奇
> 안타깝구나 저 달 아래 끝없이 일어나는 생각,　　憐渠月下無窮意
> 종자기[29]를 만날 날이 어느 때인지를 묻고 싶네.　　得遇鍾期問幾時[30]

백아와 종자기의 고사는 진정한 만남이 어떠한 것인지를 알려주는 유명한 일화이다. 이 시는 비록 거문고 주인에게 준 것이지만, 작자의 속내는 명군과 현신의 만남을 염두에 두고 쓴 듯하다. 그렇게 보면 이 시는 자신의 '고회'를 알아줄 현명한 임금을 만나길 바라는 의경을 토로한 것이다. 이처럼 갈천은 은거하면서도 자신의 경세적 포부를 펼 수 있게 되기를 늘 바라고 있었다.

갈천은 66세 때까지 초야에서 은거하였는데, 살림살이가 넉넉하지

---

29 종자기 : 춘추 시대 초나라 사람으로 백아(伯牙)의 거문고 소리를 듣고 그의 마음을 알았던 사람이다. 즉 마음을 서로 알아주는 사람을 대표하는 인물이다.
30 林薰, 『葛川集』 권1, 「贈琴主」.

않아 늘 빈한한 삶에 대한 걱정을 하였다. 다음 시를 보면 그런 정서를
느낄 수 있다.

연이어 열흘 동안 아침마다 내리는 비,	連旬朝復朝
마당에 고인 물이 성대하게 흘러내리네.	庭潦走成潮
가난한 집 아낙 빈 쌀독에 수심 깊은데,	貧婦愁空甂
철모르는 아이는 땔나무 줍느라 고생이네.	癡僮窘拾樵
황량한 논밭에는 도리어 곡식들이 잠겼고,	田荒還沒稼
기다란 삼대도 오히려 가지가 꺾이었구나.	麻長却摧條
부엌데기 노비가 머리 긁적이며 하는 말,	廚婢搔頭語
지붕이 뚫려서 들보가 벌써 흔들려요.	屋穿樑已搖[31]

장맛비가 내려 지붕이 뚫리고 땔나무도 없고 식량마저 떨어진 빈한
한 생활상이 적나라하게 그려져 있다. 이런 곤궁한 삶에 대한 회한은
다음 시에서도 엿볼 수 있다.

온갖 골짜기 가을 풍경 기약이라도 한 듯 붉고,	萬壑秋容似有期
한결같은 산간 생활의 취미 매우 기이하다네.	一般山味十分奇
집에 가도 전과 같은 농사 도리어 한스러우니,	却恨還家依舊事
근래에는 다시 밭을 더 개간하지 못하였다네.	年來未得更開菑[32]

이 시의 제목에 보이는 연포대(鍊鋪臺)가 어느 곳인지는 알 수 없으
나, 산간의 계곡이 다 내려다보이는 높다란 대임을 알 수 있다. 작자는
그곳에서 독서를 하고 있었던 듯한데, 그런 한적한 생활 속에서도 농

31 林薰, 『葛川集』 권1, 「雨中偶吟」.
32 林薰, 『葛川集』 권1, 「還到鍊鋪臺」.

지를 개간하지 못한 것에 대한 수심을 떨쳐버리지 못하고 있다.

갈천은 개인적으로 곤궁한 생활에 대한 걱정뿐만 아니라, 민생의
삶에 대해서도 눈을 감지 않았다. 그는 어느 날 화살을 짊어지고 군대
에 나아가는 이들을 보고 아래와 같이 탄식하는 시를 읊었다.

누군들 부모 형제에 대한 정이 없겠는가마는,　　　誰無父母弟兄情
애정 끊고 만리 길을 매일 부지런히 걸어가네.　　　割愛常勤萬里行
젊은 시절엔 성공하겠단 의지 한껏 가졌었겠지,　　　早歲妄擬題柱志
오늘 변경 성곽에서 곤궁할 줄 어찌 알았으리.　　　豈知今日困邊城[33]

부모와 형제를 떠나 만리 먼 곳으로 군역을 하러 가는 사람들을 보
면서 그들의 삶이 고단한 것을 안타까워하고 있다. 갈천은 늘 경세제
민의 이상을 버리지 않았기 때문에 민생의 문제에 관심을 쏟았다. 다
음 시에서도 갈천의 이러한 마음을 읽을 수 있다.

근래에 엉성한 거미줄 치는 것을 보면서,　　　近看成疏網
하얀 물결이 일어나는 것인 줄 착각했네.　　　遙疑起白波
참새 모는 새매는 막아야 하겠지만,　　　宜防驅雀隼
꽃을 찾아드는 나방은 잡지 말았으면.　　　莫繞趁花蛾[34]

이는 성현(成俔)의 시에 차운하여 지은 「주사(蛛絲)」라는 제목의 시이
다. 이 시의 소재로 등장하는 거미줄은 그물이니 아마도 사회를 유지
하는 법망(法網)에 비유한 것일 것이다. 그리고 새매는 포악한 관리에

33 林薰, 『葛川集』 권1, 「負羽從軍嘆」.
34 林薰, 『葛川集』 권1, 「蛛絲 次成俔韻」.

비유하고, 나방은 힘없는 민중을 비유한 것으로 보인다. 작자는 엉성한 거미줄을 보면서 사회의 법망도 민생을 옥죄어 살아가기 힘들게 하지 말았으면 하는 바람을 은근히 노래한 것으로 여겨진다. 이처럼 갈천의 현실세계에 대한 걱정은 개인적 차원을 넘어 민생을 걱정하는 데까지 미치고 있다. 이런 점이 작자의 현실세계에 대한 외로운 소회일 것이다.

4. 역사회고와 전통중시의 감회

갈천은 반죽(班竹)을 보고서 순(舜)임금의 고사를 떠올리며 다음과 같이 노래했다.

창오(蒼梧)에 달이 지니 밤은 어둡기만 한데,　　蒼梧月落夜沈沈
기다란 소상강도 원망이 그녀와 함께 깊구나.　　千尺湘江怨與深
그녀의 눈물 강가 대나무만 물들인 것 아니고,　不徒淚染沿江竹
피눈물의 흔적 오히려 단풍나무까지 물들였네.　血痕猶且着楓林[35]

사마천의 『사기』「오제기(五帝記)」에 "순임금이 재위 39년 남쪽으로 순수(巡狩)를 하다가 창오(蒼梧)의 들판에서 죽어 강의 남쪽 구의산(九疑山)에 장사지냈다."라고 하였으며, 『박물지(博物志)』에 의하면, 순임금의 두 왕비 아황(娥皇)과 여영(女英)이 순임금의 죽음을 슬퍼하여 눈물을 흘리다가 죽었는데, 그 눈물자국이 소상상의 대나무에 반점으로 남아 반죽(班竹)이 되었다고 전한다.

갈천은 반죽을 보고 이러한 고사를 떠올리며 위의 시를 지었는데,

---

35 林薰, 『葛川集』 권1, 「班竹」.

이는 역사를 회고하며 당대의 현실을 은유한 것으로 보인다. 곧 순임금은 태평시대를 연 이상적인 군주로 작자가 만나고 싶은 성왕이며, 아황과 여영은 그런 성왕을 모시는 왕비인데 이 시에서는 작자 자신을 비유한 것으로 보인다. 이 시는 작자가 순임금과 같은 성왕을 간절히 그리워하는 마음을 노래한 것으로 볼 수 있다. 작자는 이런 사무치는 감정이 일어나 그 눈물이 대나무만 물들였을 뿐만 주위의 단풍까지도 붉게 물들였다고 노래하였다. 아마도 작자가 반죽을 본 시점이 단풍이 붉게 물든 가을이었던 듯하다. 따라서 이 시는 반죽을 보고 역사를 회고하는 데서 그치지 않고, 자신이 바라는 세상에 대한 간절한 그리움을 노래한 것으로 볼 수 있다.

갈천은 광주목사로 재직할 때 견훤대(甄萱臺)를 유람하면서 다음과 같이 노래했다.

황량한 대에서 옛일을 회상하니 아련한 생각 일어,	荒臺懷古思悠然
눈앞에 가득 풍진이 일어나 앞뒤로 자욱하게 덮네.	滿眼風塵擁後先
그 옛날엔 교활한 계책을 그만두기 어려워하더니,	當日難禁奸猾計
지금은 단지 제일 높은 산꼭대기에 대만 남겼구나.	祇今留作最高巓
그때 치달리던 병마들은 모두 흔적조차 없으니,	奔馳戎馬渾無跡
저 강산 얼마나 오랜 세월을 겪었는지 묻노라.	如許江山問幾傳
성왕의 시대에 도리어 즐겁게 노니는 곳이 되어,	聖代反爲歡樂地
태평스런 아름다운 모습으로 시내 언덕에 있네.	大平佳像屬原川[36]

작자는 견훤대에서 세상을 풍진 속으로 몰아넣었던 견훤의 일을 떠올리면서 역사를 회고한다. 그리고 그런 혼란스럽던 시대상이 흔적도

---

36 林薰, 『葛川集』 권1, 「甄萱臺」.

없이 사라지고 태평스러운 본래의 아름다운 모습으로 시냇가 언덕에 우뚝 서 있는 것을 감회어린 눈길로 바라보고 있다. 이 시는 유적지에서 역사를 회고하며 혼란이 없는 태평성대를 꿈꾸는 작자의 이상이 투영되어 있다.

또한 갈천의 시에는 전통을 중시하는 정서를 드러낸 것도 있다. 그 것이 바로 자신이 살고 있는 원학동의 최고 명승 수송대(愁送臺:搜勝臺)를 노래한 시이다. 이 시는 제목 밑에 달린 주에서 알 수 있듯이, 퇴계 이황이 수송대라는 명칭이 아름답지 않다고 여겨 수승대(搜勝臺)로 개명을 하고서 지어 보낸 시를 보고 지은 것이다.

이황은 1543년 1월 초 영승 마을에 우거하고 있던 장인 권질(權礩)의 회갑연에 참석하기 위해 이 마을에 이르렀다. 이황은 장인의 회갑연을 마친 뒤, 원학동에 사는 갈천 등을 만나러 수송대로 갈 예정이었는데, 한양으로 급히 올라가야 했기 때문에 이들을 만나지 못하였다. 그때 수송대라는 이름이 전아하지 못하다고 여겨 음이 비슷한 수승대로 고치고, 아울러 아래와 같은 시를 지어 보냈다. 그때가 1543년 1월 4일이었다.

수승대라는 이름으로 새롭게 바꾸니,	搜勝名新換
봄을 맞아 그 경치가 더욱 아름답네.	逢春景益佳
먼 숲에선 꽃들이 피어나려 꿈틀대는데,	遠林花欲動
그늘진 골짜기엔 눈이 그대로 남아 있네.	陰壑雪猶埋
명승을 보고 싶어도 가보질 못하니,	未寓搜尋眼
오직 상상의 회포만 더할 뿐이라네.	唯增想像懷
훗날 한 통의 술을 가지고 다시 와서,	他年一尊酒
큰 붓으로 운무 낀 암벽에 글을 쓰리.	巨筆寫雲崖[37]

갈천은 이런 퇴계의 시를 보고서 퇴계가 이름을 고친 것에 대해 동
의하지 않았다. 그리하여 「수송(愁送)의 뜻을 풀이하여 제군에게 보임」
이라는 제목의 시를 지었는데, 제목 밑에 붙인 주에 "당시 퇴계 선생이
대의 이름을 수승대로 바꾸었기 때문에 이 시를 지어 그 뜻을 풀이한
것이다."[38]라고 하였다. 이 시는 제목부터 심상치 않다. '수송이라는 의
미를 풀이하여 제군에게 보여준다.'는 것은 수송대라는 이름을 잘 모
르고 있기 때문에 알려준다는 의미가 있다. 이 주를 보면 퇴계가 수송
대라는 명칭의 의미를 잘 모르고 개명했기 때문에 그 뜻을 풀이해 알려
주겠다는 것이다. 갈천은 수승대라고 개명한 것을 수용하지 않겠다는
의도로 아래와 같이 노래했다.

> 꽃은 강 언덕에 가득하고 술은 술통에 가득한데,　花滿江皐酒滿樽
> 유람하는 사람들이 소매 맞대고 분주히 오가네.　遊人連袂謾紛紛
> 봄이 장차 저물려 할 때 그대도 장차 떠나려 하면,　春將暮處君將去
> 봄 보내기 시름일 뿐 아니라 그대 보내기도 시름일 텐데.
> 　　　　　　　　　　　　　　　不獨愁春愁送君[39]

이 시 제3구의 '그대[君]'는 퇴계를 가리킨다. 갈천은 기다리던 사람
이 오지 않으니 몹시 서운했을 것이다. 술자리를 마련해 놓고 기다렸
는데 오지 못한다는 기별을 받았으니 그 기분이 어떠했겠는가. 당시는
음력 정월 초였으니, 퇴계가 찾아와 함께 노닐다가 늦은 봄에 떠난다
면, 봄을 보내기도 시름일 뿐 아니라 그대를 보내기도 시름일 것이라

37 李滉, 『退溪集』 別集, 권1, 「寄題搜勝臺」.
38 林薰, 『葛川集』 권1, 「解愁送意以示諸君」. "時退溪先生 改臺名搜勝 故作此以解之"
39 林薰, 『葛川集』 권1, 「解愁送意 以示諸君」.

고 안타까운 심경을 토로하고 있다.

이 시 제4구에는 '수송(愁送)'이라는 의미가 묘하게 깃들어 있다. '봄을 보내는 것이 시름일 뿐만 아니라 그대를 떠나보내는 것도 시름일 텐데.'라는 시구는 수송(愁送)의 의미를 거듭 강조한 것이다. 즉 이곳은 바로 이런 수송(愁送)의 장소였다는 점을 상기시킨 것이니, '수송'이라는 뜻을 사랑하여 버리고 싶지 않았던 것이다.

'수승(搜勝)'은 '명승을 찾다'는 뜻이지만, '수송(愁送)'은 사신을 떠나보내는 애환이 깃든 역사적 용어일 뿐만 아니라, 인간 내면의 깊숙한 곳에 서린 함축된 정서를 보여주는 말이기도 하다. 임훈은 '수심에 차서 임을 떠나보내던 곳'이라는 역사적 의미를 다시 자신의 감정에 이입시켜 '수심에 찬 마음으로 벗을 떠나보내게 되었을 텐데.'라는 뜻으로 노래하였다. 그러면서 이런 깊은 뜻이 담긴 이름을 함부로 바꿀 수 없다는 자신의 속내를 은근히 드러내고 보인 것이다.

또한 이 시는 퇴계가 직접 와 보지도 않고 마음대로 이름을 바꾼 것에 대해, 자신의 감정을 극도로 자제하면서 점잖게 그 의미를 주위 사람들에게 깨우쳐주려는 의도도 담겨 있다. '근심을 보낸다[愁送]'는 말은 저무는 봄을 보낼 때의 정서일 수도 있고, 임을 떠나보낼 때의 정서일 수도 있다. 이런 아름다운 정서를 느낄 수 있도록 옛 이름을 그대로 두는 것이 더 의미가 있다는 점을 넌지시 말하고 있는 것이다. 자연 경관이 빼어나다는 외적인 의미로 이름을 붙이는 것보다 인간의 다양한 감정을 느낄 수 있는 수송대라는 이름의 의미가 더 심장하다는 말을 작자는 하고 있는 것이다.

후에 오숙(吳翽, 1592~1634)은 수송대를 유람하고 「유수송대기(游愁送臺記)」라는 글을 지었는데, 그 가운데 다음과 같은 기사가 있다.

척수암(滌愁巖)에서 긴 둑을 지나 수십 보쯤 가면, 수송대(愁送臺)에 이른다. 이 수송대는 시내 한 가운데 우뚝 솟아 있는데, 그 높이는 몇 길쯤 되고 길이는 높이의 두 배나 되는 한 덩어리 큰 바위다. 바위틈에서 장송(長松)이 자생하여 사면에 빙 둘러 서 있어, 상쾌한 기운이 항상 서려 있다. 바위 옆면에는 "수승대란 이름으로 새롭게 바꾸니, 봄을 맞아 그 경치가 더욱 아름답네. 먼 숲에선 꽃들이 피어나려 꿈틀대는데, 그늘진 골짜기엔 눈이 그대로 남아 있네. 명승을 보고 싶어도 가보질 못하니, 오직 상상의 회포만 더할 뿐이라네. 훗날 한 통의 술을 가지고 다시 와서, 큰 붓으로 운무 낀 암벽에 글을 쓰리."라는 시가 새겨져 있는데, 퇴계 선생이 임처사(林處士:林薰)에게 준 시이다. 이 시에 이른바 '이름이 새롭게 바뀌었다[名新換]'라고 한 것은, 퇴계가 '수승(搜勝)' 두 자로 이 대의 이름을 바꾸자고 한 것을 말한다. 그러자 임처사가 화답하여 "봄이 장차 저물려 할 때 그대도 장차 떠나려 하면, 봄 보내기 시름일 뿐 아니라 그대 보내기도 시름일 텐데."라고 하여, 예전 이름을 바꾸지 않았다고 한다.[40]

오숙은 1631년 9월 경상도 관찰사로 부임하였는데, 이 기문을 보면 그가 관내를 순시하다가 수송대에 들렀던 듯하다. 오숙은 이 글에서 퇴계가 수승대라고 이름을 바꾼 것과 갈천이 시를 지어 은근히 수송대라는 옛 이름이 더 의미 있기 때문에 바꾸는 것이 바람직하지 않다는 뜻을 보인 것이라 말하고 있다. 오숙이 1631년에 이곳을 유람했다면, 갈천이 별세한 지 47년이 지난 때이니, 누군가가 갈천의 고사를 오숙

40 吳䎘, 『天坡集』 권4, 「游愁送臺記」. "自滌愁岩, 過長堤數十步, 到愁送臺. 臺峙於溪心, 而其高數仞袤倍之, 渾然一塊石也. 長松生於石罅, 環立四面, 爽氣常留. 石面有刻詩云, 愁送名新換, 逢春景益佳, 遠林花欲動, 陰壑雪猶埋, 未寓搜尋眼, 遙增想像懷, 他年一樽酒, 巨筆寫雲崖, 乃退溪先生寄林處士詩也. 所謂名新換者, 退溪要以搜勝二字, 改臺名, 而林處士和曰, 春將去處人將去, 不獨愁春愁送君, 仍舊不改云."

에게 전해주었을 것이다.

　이처럼 갈천은 역사적 전통이 있는 명칭을 임의로 바꾸는 것에 대해 동의하지 않고, 전래되어 내려오는 전통을 중시하는 사유를 보이고 있다.

Ⅳ. 맺음말

　이상에서 갈천의 시를 개관하고 작품을 분석하여 시세계를 살펴보았는데, 다음과 같은 결론에 도달하였다.

　갈천이 남긴 시는 총 43수인데, 그 중에 만시가 11수로 순수하게 성정을 노래한 시는 32수에 불과하다. 갈천은 심성수양의 실천을 중시한 도학자로 성리학의 이론적 탐구는 물론 시를 짓는 것도 별로 좋아하지 않았으며, 시도 화려한 수사를 일삼지 않고 진솔한 정감을 간결하게 드러내길 좋아하였다. 그리하여 율시보다 절구가 더 많다.

　이 글에서는 갈천의 시세계를 안빈낙도의 서정(抒情), 산림천석(山林泉石)의 선취(仙趣), 현실세계에 대한 고회(孤懷), 역사회고와 전통중시의 감회(感懷) 등으로 나누어 고찰하였는데, 그러한 시세계에 나타난 정서는 다음과 같다.

　안빈낙도의 서정을 노래한 시세계에는 윤원형 집권 이후 은거를 택하여 세상사에 관심을 접고 안회의 길을 걸으며 안빈낙도하는 삶을 지향하는 정서가 짙게 깔려 있으며, 현실세계와의 불화를 단념하고 스스로 도를 즐기며 기쁘게 살고자 하는 지취(志趣) 및 진원(眞源)을 찾아 하늘이 부여한 본성을 온전히 하려는 구도적 의지가 들어 있다.

　산림천석의 선취를 노래한 시세계에는 산림과 천석이 빼어난 명승

을 찾아 회포를 풀고 정신을 상쾌하게 하고자 하는 작가의식이 투영되
어 있는데, 그것은 산수를 탐해서가 아니라 산수를 통해 도를 구하기
위해서였다. 시어에 신선세계를 동경하는 말이 있지만, 그것은 현실과
동떨어진 선계에 살고자 한 것은 아니다. 즉 갈천이 말하는 '선취(仙趣)'
는 실제로 신선세계를 동경하는 것이 아니라, 청정한 산림과 천석에서
공자가 말한 요산요수(樂山樂水)의 도, 곧 인지(仁智)의 본성을 체득하는
지취를 노래한 것이다.

현실세계에 대한 고회(孤懷)를 노래한 시세계에는 작자가 안빈낙도
적 삶을 지향하지만 도를 펼 수 없는 세상에 대한 외로운 고회가 도사
리고 있다. 또한 현실세계의 곤궁한 삶에 대해 걱정하고 고달픈 민생
에 대해 근심하는 정서도 들어 있다.

역사회고와 전통중시의 감회(感懷)를 노래한 시세계에는 역사를 회
고하며 자신이 바라는 세상에 대한 간절함 염원이 나타나 있으며, 역
사적 전통을 중시하여 퇴계가 수승대로 개명한 것에 동의하지 않고
수송대라는 옛 이름을 고수하려는 사유도 드러나 있다.

이러한 갈천의 시세계는 그의 학문성향과 출처의식 그리고 명체적
용(明體適用)의 세계관이 그대로 투영되어 있다고 하겠다. 갈천은 전문
적인 시인이 아니라, 실천을 중시한 도학자이다. 그렇기 때문에 그의
시는 작가의 성품과 지취를 그대로 드러내 간결하고 담박하며 진솔한
것이 특징이다.

갈천 임훈의 문집서문 및 시

최석기

갈천선생문집서(葛川先生文集序)

우리나라에서 예악문물로 백성을 다스린 것은 명종(明宗)·선조(宣祖) 때에 이르러 지극해졌다. 그래서 도덕과 문학과 행실이 있는 선비가 손꼽을 수 없을 정도로 많았다. 그러나 또한 서로 죽이고 해치던 사화(士禍)를 겪은 뒤였기 때문에 선비들 중에는 산 속이나 바닷가의 외진 곳에 물러나 살면서 조정에 나아가 세상을 위해 일하려 하지 않는 사람이 많았다. 그리하여 윗자리에 있는 사람이 정성을 다해 그들을 찾지 않으면, 차라리 초목과 함께 썩어 없어질지언정 조정에 들어가 관료들 사이에서 벼슬하려 하지 않은 것이 분명하다.

나는 갈천(葛川) 선생의 유사를 보고서 두 임금의 현인을 좋아하는 정성이 옛날 정(鄭)나라 무공(武公)이 현인을 좋아한 것을 노래한 「치의(緇衣)」[1]와 같을 뿐만이 아니었음을 알았다. 그러나 선생이 성군을 만났으면서도 온축된 경론을 다 펴지 못하여 후인들로 하여금 여한이 없을

---

1 「치의(緇衣)」: 『시경』 정풍(鄭風)의 편명으로, 정나라 무공이 현인을 좋아한 것을 찬미한 시라고 한다.

수 없게 하는 것은 어째서인가? 혹 시세가 옛날과 같지 않고 주장하는 설이 서로 어긋나 선생으로 하여금 어려움을 알고 그만두게 하거나 험난함을 보고 그치게 한 것은 아닐까? 이것이 알 수 없는 점이다.

그렇지만 선생 학문의 연원이 바른 점은 그로 인해 또한 상상해 볼 수 있다. 정부자(程夫子)[2]께서 『대학』의 정심(正心)·수신(修身)의 설을 표장하신 뒤로 그 설이 널리 퍼져 사람들의 이목에 충만해서 드디어 진부한 말과 죽은 법이 되었다. 심지어 당시의 임금들로 하여금 듣기조차 싫어하게 하여 황상에게 진언하지 말라고 주자(朱子)에게 훈계하는 자까지 있었다. 스스로 그 설을 아는 것이 명확하고 믿는 것이 독실하지 않은 사람이면, 대등한 지위 이하의 사람에게 그 설을 말할 경우에도 오히려 주저하며 눈치를 보아 쉽게 말을 꺼낼 수 없는데, 하물며 여러 사람이 모인 조정에서 군국(軍國)의 계책과 문장(文章)의 논설이 다양하게 논의되는 사이에 있어서이겠는가.

선생은 임금을 만난 처음에 유독 이 몇 구절의 간단한 말로 결정하여 제가·치국의 핵심적인 도리를 삼고, 평범한 사람들의 속된 학문은 우활하다고 여겨 돌아보지 않았다. 이는 곧 성인의 말씀은 반드시 믿을 만하고 삼대의 정치는 반드시 회복할 수 있으며, 범상한 담론 중에도 반드시 절로 묘한 이치가 있고, 죽은 법도 속에도 반드시 살아있는 법도가 있음을 환히 깨달은 뒤에야 능히 이와 같이 할 수 있는 것이다. 그렇지만 우리 명종·선조의 성학이 요·순·공자·맹자의 심법을 진실로 터득하지 않았다면, 또한 어찌 그 말을 가상히 여기고 기뻐하여 싫어하지 않을 수 있었겠는가.

또한 선생은 군주가 현인을 만나는 것을 급무로 여겼기 때문에 퇴계

---

2 정부자(程夫子) : 북송 초기의 성리학자 정호(程顥)와 정이(程頤)를 가리킨다.

(退溪) 선생이 조정을 떠나는 것을 깊이 애석해 하였으며, 군주가 민심에 순응함을 선무로 여겼기 때문에 시정(時政)이 백성을 해롭게 하는 폐단을 극언하였다. 이러한 상소는 모두 조리가 있어서 공허한 말이 되지 않았으니, 이 어찌 장구에 구애된 유학자나 학문을 편협하게 한 학자가 흉내 낼 수 있는 것이겠는가. 이런 까닭에 선생의 학문이 한 차례 다시 전하여 동계(桐溪) 정 문간공(鄭文簡公)[3]을 얻어 충효의 큰 절개로 세도를 부지해 세워 살아있는 사람들로 하여금 오랑캐로 귀속되고 금수처럼 사는 것을 부끄럽게 여기게 하였다. 그렇다면 선생의 도는 비록 당시에 크게 행해지지는 않았지만 지금 후세 사람들이 선생의 도를 전해 받지 않았다고 말할 수 없을 것이다.

선생의 증손이 병란으로 타고 남은 데에서 선생이 남긴 글을 수습해 모아 약간 편을 얻어서 나에게 그 서문을 부탁하였다. 내 비록 그 부탁을 감당할 수는 없지만 또한 끝내 사양할 수는 없었다. 그러므로 그 대략을 삼가 뽑아 위와 같이 기술하였다. 선생의 글이 고상한 지 하천한 지, 전아한 지 범속한 지와 같은 점에 대해서는 절로 지식이 있는 자는 알 것이다. 그러나 이는 선생을 논하는 방법이 아닐 것이다.

숭정(崇禎) 을사년(1665) 양월(陽月:10월) 모일 송시열(宋時烈)이 쓰다.

葛川先生文集序

國家文治, 至於明宣之際而極矣. 道德文行之士, 指不勝屈, 然亦當斬伐銷鑠之餘, 故士多處林壑湖海之間, 不肯出爲世用. 非在上之人, 盡誠搜剔, 則寧草木同腐, 而不肯俯仰於簪紳纓紱之間也, 審矣. 吾於葛川先生遺事, 知二聖好賢之誠, 不翅如緇衣也. 然以先生之遭遇, 而

---

3 정 문간공(鄭文簡公) : 정온(鄭蘊, 1569~1641)을 말함. 문간공은 그의 시호이다.

不得展盡所蘊, 使後人不能無遺恨者, 何歟. 或無乃時勢不古, 做說相乖, 使先生知難而已, 見險而止歟. 是未可知也. 然其學問淵源之正, 仍亦可想. 自程夫子表章大學正心修身之說, 布滿口耳, 遂作陳談死法, 至使時君厭聞, 而至有戒朱子勿言於上者. 自非知之明信之篤, 則自敵以下言之, 猶且囁嚅斟酌, 發之不易矣. 況於廣厦細氈之上, 軍國之謨文章之說之交亂雜進之間哉. 而先生初登前席, 獨以此寂寥數句, 決定以爲齊治之要道, 不顧凡人俗學之見以爲迂闊. 斯乃灼然見得聖言之必可信, 三代之必可復, 常談之中, 必自有妙理, 死法之中, 必自有活法, 然後乃能如是焉爾. 然非我明宣聖學眞得堯舜孔孟之心法, 又烏能嘉悅而不厭哉. 且先生以得賢爲急, 而深惜退溪先生之去, 以順民爲先, 而極言時政損下之端. 擧有條理, 不爲空言, 斯豈拘儒曲學之所可髣髴者哉. 以故, 其學一再傳而得桐溪鄭文簡公, 忠孝大節, 扶樹世道, 使生人之類, 恥爲夷狄禽獸之歸. 然則先生之道, 雖不大行於當時, 而今後世, 不可謂不受其賜矣. 先生曾孫收拾衷集遺文於兵燼之餘, 得略干篇, 俾余題其首. 余雖不敢當, 而亦不敢終辭, 故謹撮其大者, 如此. 若其文辭之高下雅俗, 則自有知者. 知之, 然非所以論先生者也. 時崇禎乙巳陽月日, 恩津宋時烈序.

시(詩)

오언절구(五言絕句)

01 화림동 월연암⁴에서 남명⁵의 시에 차운함⁶ 花林洞月淵岩 次南冥韻

흐르는 물 천 굽이를 돌아 흐르는데, 　　　　　　　　流水回千曲

나는 형체를 잊고 앉아 기미를 쉬네. 　　　　　　　　忘形坐息機

참다운 근원을 끝까지 찾지 못했는데, 　　　　　　　眞源窮未了

해가 저물어서 실의에 차 돌아가네. 　　　　　　　　日暮悵然歸

02 별암(鼈岩)에서 우연히 읊다 　　　　　　　　　　　鼈岩偶吟

늙은이의 귀밑머리는 근심으로 희어졌는데, 　　　　衰鬢因憂白

쭈글쭈글한 얼굴은 술기운으로 붉어졌구나. 　　　　枯顔借酒紅

젊은 시절에는 찾아와 즐겁게 노닐던 곳, 　　　　　少年行樂處

지금은 외롭고 한스러움 유독 끝이 없네. 　　　　　孤恨獨無窮

03 거미줄, 성현(成俔)의 시에 차운함⁷ 　　　　　　蛛絲 次成俔韻

근래에 엉성한 거미줄 치는 것을 보면서, 　　　　　近看成疏網

---

4 화림동(花林洞) 월연암(月淵岩) : 현 경남 함양군 안의면 화림동 농월정 앞 시내의 너럭바위를 말함. 박명부(朴明榑, 1571~1639)가 은거하던 곳이다.

5 남명(南冥) : 조식(曺植, 1501~1572)의 호.

6 이 시는 남명 조식이 1566년 노진(盧禛)·강익(姜翼) 등과 함께 화림동을 유람할 적에 지은 「유안의옥산동(遊安陰玉山洞)」이라는 시에 차운한 것이다.

7 성현의 문집 『허백당집(虛白堂集)』에는 이 시와 같은 운자로 지은 시가 보이지 않음.

하얀 물결이 일어나는 것인 줄 착각했네.	遙疑起白波
참새 모는 새매는 막아야 하겠지만,	宜防驅雀隼
꽃을 찾아드는 나방은 잡지 말았으면.	莫繞趁花蛾

04 옥구슬을 뿜어대는 시내에 이르러   到噴玉流

내 성품이 연하를 좋아하는 취미에 빠져,	性癖煙霞趣
몸이 경치 좋은 산수를 찾아서 다닌다네.	身隨山水中
하물며 지금은 기이한 경관을 만났으니,	況今探異境
세상을 향한 마음 절로 귀머거리 같구나.	向世自成聾

05 오진암(悟眞菴)에 이르러   到悟眞菴

단풍나무 밑으로 신선세계를 찾아왔는데,	訪仙楓樹下
담소하는 것 괴이하게도 사람 같지 않네.	談笑怪非人
이 암자에 앉아서 무슨 일을 해볼거나,	定坐成何事
세상 밖에 있는 이 몸 자랑이나 할 뿐.	徒誇世外身

06 현수(玄水)[8]에서 묵다   宿玄水

등잔 앞에 앉으니 천고를 향한 마음,	燈前千古意
대 위에서 수차 술잔을 건네던 모습.	臺上數行杯
그 속에서 하염없이 일어나던 생각,	這裏無邊思
후인들을 위해서 시를 지어 남기네.	題詩爲後來

---

8 현수(玄水) : 원래는 『장자』 「지북유(知北遊)」에 나오는 전설 속의 북방의 물인데,
   여기서는 그런 곳을 상상 속에서 생각하며 이 시를 지은 듯하다.

오언율시(五言律詩)

01 영사정 · 永思亭

효숙(孝叔)[9]이 선조의 지취를 추모하여,	孝叔追先志
은근히 선조 위한 정자를 지으려 하네.	慇懃肯構亭
역원의 시내 앞으로 하얗게 돌아 흐르고,	驛溪前繞白
금원산 봉우리 멀리 푸른빛이 분명하네.	猿岳遠分青
서풍이 불어와서 가을 항상 일찍 오고,	風細秋常早
하늘이 높아서 밤에도 또한 선명하구나.	天高夜亦明
산림과 천석에서 그 지취 끝이 없는데,	林泉無盡趣
술잔을 주고받으니 충만한 정취가 있네.	樽酒有餘情

02 식영정[10] · 息影亭

저물녘 소쇄원(瀟灑園)[11]을 찾았다가,	薄暮尋瀟灑
내려와서 이 식영정에 올랐네.	來登息影亭
산색은 오히려 어둑어둑 저무는데,	山顏猶暝色
하늘가에는 벌써 밝은 별이 떴네.	天際已昭星
대 그림자는 외로운 자리에 비추고,	竹影侵孤榻

---

9 효숙(孝叔) : 어떤 사람의 자(字)인데, 이름은 자세하지 않다.
10 식영정(息影亭) : 현 전남 담양군 남면 지곡리 성산에 있는 김성원(金成遠)이 1560년 임억령(林億齡)을 위해 지은 정자. 이 시는 작자가 1573년 광주목사(光州牧使)에 제수되어 그 이듬해까지 재직할 적에 지은 듯하다.
11 소쇄원(瀟灑園) : 현 전남 담양군 남명 지곡리에 있는 양산보(梁山甫)가 1530년에 조성한 정원.

솔 그림자는 온 마당에 가득하구나.   松陰滿一庭

술잔을 마주하고 오늘밤 나누는 대화,   青樽今夜話

이 몸이 마치 선계에 와 있는 듯하네.   身若到仙扃

03 동생이 심진동[12]을 노래한 시[13]에 차운함   **次舍弟尋眞洞韻**

진경을 찾는 꿈 그 계획 이미 이루어,   探眞計已許

발길 겨우 통하는 푸른 절벽 올랐구나.   青壁履才通

단풍나무는 형체가 비단처럼 고왔을 테고,   楓樹形爲錦

맑은 시내는 그 운치가 가슴속을 적셨으리.   清溪韻假腔

시를 다듬어서 명승고적을 읊조리고,   裁詩題勝跡

술을 사가지고 고상한 발자취 찾았네.   賒酒訪高蹤

선계의 흥취 끝없이 일어나는 곳에서,   仙興無窮處

때로는 가느다란 비바람도 맞았겠지.   時兼細雨風

04 서당의 시에 차운함   **次書堂韻**

청정하고 동떨어진 곳에 서당을 지었으니,   堂開淸絶境

시끄럽고 소란스러움 하늘이 피하게 했네.   天遣避囂紛

산골짜기서 흘러내리는 시내 졸졸 흐르고,   潑潑沿崖水

산봉우리서 피어나는 구름 깊고도 깊구나.   深深出岫雲

푸른 산은 항상 높이 솟아 길게 뻗어 있고,   青山常偃蹇

---

12 심진동(尋眞洞) : 현 경남 함양군 안의면 용추계곡을 말함.
13 갈천의 동생 임운(林芸)이 심진동을 유람하고 쓴 시는 『첨모당집』 권1에 수록되어
    있는 「유심진동 노상구호근체일수 이시귀흥(遊尋眞洞 路上口號近體一首 以示歸興)」
    이다.

하얀 바위는 절로 머리 잘린 듯 모가 났네.　白石自橫分
사물에 나아가 이치를 깊이 성찰해야 하니,　卽物須深省
어찌 한갓 보고 듣는 것으로만 지각하리.　何徒寓見聞

05 자이당(自怡堂)¹⁴에서 즉흥적으로 지음　自怡堂卽事

초가집 처마 밑에서 혼자 술을 마시니,　獨酌茅簷下
마지막 봄날이 저물어가는 시절이로세.　三春欲暮時
산 중턱에는 구름이 기다랗게 드리우고,　山腰雲漠漠
못의 수면에는 빗줄기 부슬부슬 내리네.　池面雨絲絲
울긋불긋한 꽃들은 모두 떨어지려 하고,　紅白花將謝
들쑥날쑥한 나무들 무성히 피어나려 하네.　高低樹欲肥
자연의 경물이 이와 같이 매우 좋아서,　光陰如許好
나도 몰래 시 한 수를 절로 읊조리네.　輸寫一聯詩

06 우중에 우연히 읊음　雨中偶吟

연이어 열흘 동안 아침마다 내리는 비,　連旬朝復朝
마당에 고인 물이 성대하게 흘러내리네.　庭潦走成潮
가난한 집 아낙 빈 쌀독에 수심 깊은데,　貧婦愁空甔
철모르는 아이는 땔나무 줍느라 고생이네.　癡僮窘拾樵
황량한 논밭에는 도리어 곡식들이 잠겼고,　田荒還沒稼
기다란 삼대도 오히려 가지가 꺾이었구나.　麻長却摧條
부엌데기 노비가 머리 긁적이며 하는 말,　廚婢搔頭語

14 자이당(自怡堂) : 갈천 임훈이 기거하던 집으로, 임훈의 호이기도 하다.

지붕이 뚫려서 들보가 벌써 흔들려요.　　　　　　　　屋穿樑已搖

칠언절구(七言絕句)

01 우중에 우연히 읊음　　　　　　　　　　　　　　雨中偶吟

열흘 동안 이어진 장마에 햇빛을 볼 수 없어,　　　　陰雨連旬日祕光
난간 나무엔 이끼 끼고 책상에는 푸른곰팡이.　　　　苔生欄架綠生床
병든 몸 뼈 속까지 시려 거북이처럼 움츠리고,　　　　含酸病骨空藏六
이불을 덮고 낮잠 자다가 일어났다 다시 눕네.　　　　午睡沈綿起復僵

02 도로 연포대(鍊鋪臺)에 이르러　　　　　　　　還到鍊鋪臺

온갖 골짜기 가을 풍경 기약이라도 한 듯 붉고,　　　萬壑秋容似有期
한결같은 산간 생활의 취미 매우 기이하다네.　　　　一般山味十分奇
집에 가도 전과 같은 농사 도리어 한스러우니,　　　却恨還家依舊事
근래에는 다시 밭을 더 개간하지 못하였다네.　　　　年來未得更開菑

03 용추(龍湫)[15]에 이르러　　　　　　　　　　　到龍湫

백 척 얼어붙은 절벽 만 길이나 되는 깊은 못,　　　　百尺氷崖萬丈湫
옥구슬 떨어지던 폭포 멈춰 푸른 유리 되었네.　　　　玉春停作碧璃瑠
높다란 대 위에 올라 시와 술로 즐기는 선비들,　　　登臨詩酒危臺士

---

15 용추(龍湫) : 심진동에 있는 용추폭포를 말함.

절로 몸을 빼어 옥황상제 누각으로 오를 듯하네.　　　自擬飜身上玉樓

04 소회를 써서 경우(景愚)[16]에게 보여주고, 약을 지어 오지 않아 유감이 있다는 뜻으로 이가길(李嘉吉)[17]에게 붙임 書懷示景愚 寄李嘉吉 以劑藥不來 有所感云

비온 뒤의 가을 풍경 한없이 다양하기도 한데,　　　秋容經雨億分多
느릿느릿 걸어가며 읊조리니 그대와 비교 되네.　　　緩緩行吟與子科
오늘 신선들 행렬에 발걸음 같이 하지 못하니,　　　此日仙班無履着
훗날 한 자리에 만나면 그 부끄러움 어떠하리.　　　他年同席愧如何

05 거문고 주인에게 주다　　　　　　　　　　　　贈琴主

흐르는 시내와 높은 산 이미 좋은 줄 아는데,　　　流水高山已自知
거문고로 연주하니 다시 청아하고 기이하구나.　　　移諸絃上更清奇
안타깝구나, 저 달 아래 끝없이 일어나는 생각,　　　憐渠月下無窮意
종자기[18]를 만날 날이 어느 때인지를 묻고 싶네.　　　得遇鍾期間幾時

06 수송(愁送)의 의미를 풀이하여 제군들에게 보임 -당시 퇴계 선생이 수송대의 이름을 수승대(搜勝臺)로 고쳤기 때문에 이 시를 지어 그 의미를 풀이한 것이다.- 解愁送意 以示諸君 -時退溪先生 改臺名搜勝 故作此以解之-

---

16 경우(景愚) : 임운의 『첨모당집』에 보이는 신경우(慎景愚)로 경우는 자이며, 이름은 자세치 않다.
17 이가길(李嘉吉) : 가길은 자이며, 이름은 자세치 않다.
18 종자기 : 춘추 시대 초나라 사람으로 백아(伯牙)의 거문고 소리를 듣고 그의 마음을 알았던 사람이다. 즉 마음을 서로 알아주는 사람을 대표하는 인물이다.

꽃은 강 언덕에 가득하고 술은 술통에 가득한데,　　花滿江皐酒滿樽
유람하는 사람들이 소매 맞대고 분주히 오가네.　　遊人連袂謾紛紛
봄이 장차 저물려 할 때 그대도 장차 떠나려 하면,　春將暮處君將去
봄 보내기 시름일 뿐 아니라 그대 보내기도 시름일 텐데.不獨愁春愁送君

07 가선정(駕仙亭) 수연(壽宴) 자리에서 양거창(梁居昌)[19]의 시에 차운함 駕仙亭壽席 次梁居昌韻

한 줄기가 천 그루 만 가지로 번성해졌는데,　　一幹千株與萬枝
봄바람에 비까지 내리니 날로 더욱 자라네.　　春風和雨日潛滋
인생도 어찌 하면 저 나무들처럼 수를 누려,　人生安得如渠壽
해마다 자연이 길러주는 시절을 길이 볼까.　歲歲長看長養時

08 소회를 붙임　　　　　　　　　　　　　　　寓懷

마당에는 인기척 없고 참새들만 짹짹거리며,　庭院無人鳥雀喧
대숲 바람 소슬하고 저물녘 구름은 어둑어둑.　竹風蕭颯暮雲昏
외로운 마음 적적하지만 누구에게 말을 하리,　孤懷寂寂憑誰語
북쪽으로 가는 기러기 소리에 혼이 끊어질 뿐.　北雁聲邊祗斷魂

09 웅상인(雄上人)[20]의 시축에 있는 시에 차운하다 次雄上人詩軸韻

쥐의 간 벌레의 팔 같은 하찮은 자들이 재능을 다투어,鼠肝蟲臂各爭能

---

19 양거창(梁居昌) : 거창 현감을 지낸 양자징(梁子澂, 1523~1594)을 말함. 소쇄처사 양산보(梁山甫)의 아들로, 김인후(金麟厚)의 사위이다. 천거로 현감을 지냈다.
20 웅상인(雄上人) : 삼수암(三水菴) 승려 혜웅(惠雄)을 말함. 갈천의 「등덕유산향적봉기(登德裕山香積峯記)」에 보이는 인물이다.

명예 탐하는 길에서 격한 논의 일삼는 것 실컷 보았네. 厭見名途事沸騰

누가 알겠는가, 황암산 푸른 봉우리 속에 묻혀서, 誰識黃岩靑嶂裏

명예와 현달을 구하지 않고 승려처럼 사는 삶을. 不求聞達乃如僧

🔟 다시 한 수 又

고인은 일찍이 이 한 몸 한가로움 위해 은거했지만, 古人曾卜此身閑

도리어 산속 구름은 절로 한가롭지 못하다 비웃었네. 却笑山雲不自閑

나 또한 그대가 한 세상에 부지런함을 비웃노니, 我且笑渠勤一世

명산을 찾아다니기 위해 한가로운 적이 없었지. 爲尋名岳未曾閑

⓫ 반죽 班竹

창오(蒼梧)²¹에 달이 지니 밤은 어둡기만 한데, 蒼梧月落夜沈沈

기다란 소상강도 원망이 그녀²²와 함께 깊구나. 千尺湘江怨與深

그녀의 눈물 강가 대나무만 물들인 것 아니고, 不徒淚染沿江竹

피눈물의 흔적 오히려 단풍나무까지 물들였네. 血痕猶且着楓林

⓬ 춘설 春雪

눈이 풀풀 내리다 펑펑 내리다 다시 휘몰아쳐, 疏疏密密復斜斜

하얀 기와로 모든 집 지붕을 똑같이 덮었구나. 銀瓦均施百萬家

---

21 창오(蒼梧) : 순임금이 남쪽 지방을 순시하다가 붕어한 곳.

22 그녀 : 순임금의 부인인 아황(娥皇)과 여영(女英)을 말함. 순임금이 붕어했다는 소식을 듣고 달려와 슬피 울다가 소상강에 빠져 죽었는데, 그녀들의 피눈물이 대나무를 물들여 대나무가 얼룩졌다고 한다.

봄바람이 쉽게 지나가버릴까 도리어 두려우니,	却怕春風容易過
한식날도 되기 전에 이미 꽃잎을 흩날리도다.	未逢寒食已飛花

13 화살을 짊어지고 군대에 가는 것을 탄식함	負羽從軍嘆
누군들 부모 형제에 대한 정이 없겠는가마는,	誰無父母弟兄情
애정 끊고 만리 길을 매일 부지런히 걸어가네.	割愛常勤萬里行
젊은 시절엔 성공하겠단 의지 한껏 가졌었겠지,	早歲妄擬題柱志
오늘 변경 성곽에서 곤궁할 줄 어찌 알았으리.	豈知今日困邊城

14 십년 동안 임금의 부절(符節)을 가지고 있네	十年持漢節
백발의 나이에 구차하게 사는 것이 부끄러우니,	羞將白髮且偸生
해 지자 군주를 연모하는 충성 견디기 어려워라.	落日難堪戀主誠
수중에 가지고 있는 세 자 길이 부절에 의지해,	賴有手中三尺節
일심으로 남쪽 하늘 바라보니 더욱 분명하구나.	一心南望轉分明

15 육행상인(陸行上人)의 시축에 쓰다	書陸行上人詩軸

내가 육행상인의 시축 표면에 그린 그림을 보았는데, 첫 장 그림은 대나무를 보고 울부짖자 죽순이 자라 난 것[23]을 그린 것이고, 다음 장은 소나무 밑에서 동자에게 스승의 소재를 묻는 것을 그린 것[24]이었다. 대나무를 보고 울부짖자 죽순이 자라 난 것을 그린 그림에서 지성의 효도에 유종의 미가 있는 것을 알 수 있고,

---

23 대나무를…것 : 삼국 시대 오(吳)나라 효자 맹종(孟宗)은 한 겨울에 죽순을 좋아하는 모친을 위해 대숲에 가서 울부짖자 대나무에서 죽순이 자랐다고 한다.

24 소나무…것 : 이는 당나라 때 시인 가도(賈島)의 「방도자불우(訪道者不遇)」의 내용을 그린 그림이다.

소나무 밑에서 동자에게 스승의 소재를 묻는 것을 그린 그림에서 세상에 숨어살면서도 근심이 없는 것을 알 수 있었다. 지성의 효도를 하면서도 유종의 미를 거두지 못하거나 세상에 숨어 살면서도 근심이 없을 수 없는 것은 세상 사람들 대부분이 그런 점이 있다. 이는 화공이 의도를 은미하게 하여 이런 그림을 그려서 육행상인을 경계한 것이리라. 육행상인이 나에게 시를 지어달라고 간곡하게 청하였으니, 내 다시 다른 핑계를 댈 수 없어 이 두 장의 그림을 시로 읊조려 그에게 주었다. 이 또한 화공이 두 장의 그림을 그린 의도이다. 余觀軸面所圖, 首以泣竹筍生, 次以松下問童子也. 泣竹可見誠孝有終, 松下可見其遯世無憫也. 誠孝而不能有終, 遯世而不能無憫者, 世多有之, 此畫師之微意, 而因以戒行者也. 行之於我, 求詩甚勤, 則不可復有他說, 只詠其兩圖以歸之, 亦畫師之意也.

대나무 붙잡고 울며 안타까운 심정 호소했으니,	泣把脩篁訴此情
모친께 올릴 음식 없어도 죽순국 끓일 수 있었네.	高堂無物可調羹
정성스런 효심 절로 하늘의 도움을 돌릴 수 있어,	丹心自有回天力
서린 내린 뒤에도 죽순 몇 줄기가 문득 돋았구나.	霜後龍孫忽數莖

16 다시 한수   又

객이 소나무 밑으로 찾아와 사립문을 두드리니,	客來松下扣柴扃
은근히 일행을 등지고 사는 일 도리어 한스럽네.	却恨慇懃負一行
빽빽한 나무 푸른 이끼 골짜기엔 구름 가득한데,	樹密苔深雲滿壑
수많은 바위들 어디에서 황정(黃精)25을 캘거나.	千岩何處采黃精

---

25 황정(黃精) : 둥굴레를 말함.

17 새 책력에 쓰다

題新曆

해인정(解印亭)[26]이란 이름 예로부터 일컬어졌는데,
어느 시대 어떤 사람의 정자인지 알 수가 없네.
지금 이 늙은이가 소요하는 곳과 같은 경우도,
이 해인정과 우연히 합치된 지 이십 년이 되네.

解印亭名稱自古
不知何代有何人
如今老我逍遙處
偶合亭名二十春

18 태수 허사흠(許思欽)[27]의 시에 차운함

次太守許思欽韻

오늘 높은 대에 고을의 영재들이 다 모였으니,
침잠해 읊조리며 증점(曾點)[28]의 심정 알리라.
나는 풍류가 난정(蘭亭)[29]에 모인 사람만 못하여,
한갓 구구한 것만 일삼으니 이 삶이 애석할 뿐.

高臺今日萃群英
涵詠眞知點也情
風流不似蘭亭會
徒事區區惜此生

---

26 해인정(解印亭) : '해인'은 관리의 직인을 내려놓았다는 뜻으로, 관직에서 물러나 편안
히 소요한다는 말이다.

27 허사흠(許思欽) : 1522~?. 자는 흠중(欽中), 본관은 양천이다.

28 증점(曾點) : 공자의 문인으로 벼슬길에 나아가보다는 자연 속에서 천리에 동화되는
삶을 추구하여 공자로부터 인정을 받았다. 공자가 그의 지향을 묻자, "기수(沂水)에
가서 목욕하고 무우(舞雩)에 가서 바람 쏘이고 시를 읊조리며 돌아오고자 합니다."라
고 하였다.

29 난정(蘭亭) : 중국 진(晉)나라 왕희지(王羲之)가 명사들을 초청하여 시회를 열고 연회
를 즐긴 곳이다.

칠언율시(七言律詩)

01 태수 허사흠(許思欽)의 시에 차운함 　　　　次太守許思欽韻

공과 같은 좋은 선비 세상에 보기 드물 것이니,　　好士如公世間稀

많은 일을 주선하는 데 모두 웅장하고 기이하네.　多多益辦儘雄奇

높은 누각에서 많은 사람 모이는 연회 다시 베푸니,　高樓剩作三千會

사람들 모두 구만리 상공으로 날아오를 생각하네.　諸子咸懷九萬期

호걸스런 기상으로 마음껏 좋은 시구를 읊조리며,　豪氣憑凌吟勝句

감회가 질탕하여 깊은 술잔의 술 다 비워버리네.　口懷跌宕罄深巵

향기로운 풀과 맑게 갠 시내의 흥취 눈에 보이니,　眼前芳草晴川興

최공을 제외하면 다시 누구에게 술잔을 권하리.　除却崔公更屬誰

02 견훤대 　　　　　　　　　　　　　　　　　甄萱臺

황량한 대에서 옛일을 회상하니 아련한 생각 일어,　荒臺懷古思悠然

눈앞에 가득 풍진이 일어나 앞뒤로 자욱하게 덮네.　滿眼風塵擁後先

그 옛날엔 교활한 계책을 그만두기 어려워하더니,　當日難禁奸猾計

지금은 단지 제일 높은 산꼭대기에 대만 남겼구나.　祇今留作最高巔

그때 치달리던 병마들은 모두 흔적조차 없으니,　奔馳戎馬渾無跡

저 강산 얼마나 오랜 세월을 겪었는지 묻노라.　如許江山問幾傳

성왕의 시대에 도리어 즐겁게 노니는 곳이 되어,　聖代反爲歡樂地

태평스런 아름다운 모습으로 시내 언덕에 있네.　大平佳像屬原川

만사(輓詞)

01 유노숙(劉魯叔)-우삼(友參)-의 만사   挽劉魯叔-友參-

자식에게 시경과 서경 가르쳐 입신양명 바라더니,   敎子詩書望立揚

과거시험에 한 번 나아가 바로 벼슬길에 나갔네.   龍門一蹴便騰驤

바야흐로 한 평생 부귀영화를 누리길 기약했는데,   方期百歲當榮享

문득 재앙을 만나 구천으로 갈 줄 어찌 생각했으리.   何意重泉奄禍殃

역수(嶧水)의 풍광은 너무나도 삭막하게 보이고,   嶧水風光偏索寞

황산(黃山)의 가을 햇빛 도리어 처량하기만 하네.   黃山秋日轉凄涼

한 번 묘지 속에 묻히면 다시는 소식 없으리니,   佳城一閉無消息

남은 여한이 응당 저승에서도 길게 이어지겠지.   遺恨應隨地下長

02 다시 한 수   又

공의 화려한 문벌 살아생전 빛이 났으니,   閥閱輝前世

공이 내면으로 선행을 쌓은 덕택이었네.   公膺積善餘

전원에 살면서 편안한 삶을 영위하였고,   田園安息食

사냥 같은 취미생활로 세월을 보냈었지.   鷹犬玩居諸

집안에 가득한 훌륭한 자식들 빼어났고,   蘭玉盈庭秀

마음 맞는 형제끼리 우애 즐기며 살았네.   壎箎稱意居

규중에 막내딸 하나 남겨두고 떠났으니,   閨中有季女

한 가지 한스러움은 단지 그것뿐이로세.   一恨只關渠

03 아우 정몽서(鄭夢瑞)의 만사　　　　　　挽鄭弟-夢瑞-

부친을 여의었을 때 나이가 열두 살도 못 되어,　　失怙當年年末紀
의지할 데 없이 외롭고 고단하게 겨우 성장했지.　零丁孤苦僅成身
집안 살림 잘 꾸려 선대 가업 실추시키지 않고,　營家得免墜前業
아들을 두어서 선조의 뒤를 능히 잇게 하였네.　有子因能繼祖塵
간절히 바라던 자식의 입신양명 끝내 보지 못해,　志切立揚終失望
육순의 늙은 나이에 상심함이 가장 컸으리라.　年慳六袠最傷神
우리 형제간의 도타운 정의 내 매우 절실했으니,　塤篪情義吾偏切
상여줄 잡고 수건 적시는 눈물 주체하기 어렵네.　執紼難堪淚濕巾

04 옥계(玉溪) 노판서(盧判書)-진(禛)-의 만사　　挽盧判書-禛-玉溪

산천의 정기 받고 태어나 부여받은 자질 기이했으니,　間氣栽培賦與奇
공과 같은 천부적 자질은 세상에서 보기 드물었네.　如公稟質世間稀
학문은 이락(伊洛)³⁰을 따랐는데 근원은 더 심원했고,　學沿伊洛源猶遠
도는 문명의 시대 만났으나 형세가 절로 어긋났네.　道際文明勢自違
임금 백성을 요순시대처럼 하려던 마음 이루지 못하고,　堯舜君民心未遂
온화 선량 효도 공경의 가업만 남기고 부질없이 갔네.　溫良孝悌業空乘
일찍 망년지교에 의탁해 마음이 합하던 나 같은 사람,　若余曾托忘年契
어진 이 영원히 떠나는 오늘 탄식을 견지지 못하겠네.　此日芝焚嘆不支

---

30 이락(伊洛) : 중국 낙양 근처의 이수(伊水)와 낙수(洛水)를 가리키는 말로, 그곳에 살던
　　북송 시대의 성리학자 정호(程顥)와 정이(程頤) 형제를 가리킨다.

05 형공(邢公)³¹-율(溧)-의 만사

挽邢公-溧-

그대여 오늘 어찌 하여 이 세상을 떠나시는가,　　君乎今日胡爲逝

하늘의 이치 참으로 아득하여 알 수가 없구나.　　理固茫茫不可知

하늘이 만약 지각이 있다면 하늘 또한 잔인하고,　　天若有知天亦忍

귀신이 만약 지각이 있다면 귀신도 어리석으리.　　鬼如知也鬼應癡

근심스레 바라보니 부모님 봉양해 주길 바라는데,　　悶看堂上期頤老

음식은 누가 맛을 보고 병들면 누가 치료를 하리.　　食孰嘗之病孰醫

밤낮으로 허둥대지만 영원히 어찌 할 수 없으니,　　晝夜遑遑永不得

하늘을 부르며 죽길 원하나 죽음은 어찌 더딘가.　　呼天願死死何遲

06 김공(金公)-순석(順錫)-의 만사

挽金公-順錫-

졸렬함을 지킨 전원생활 양생하기에 넉넉했고,　　守拙田園足養生

산수 속에서 노니는 풍류도 충분히 영화로웠네.　　林泉風味亦堪榮

집안에 가득한 훌륭한 자식들은 가업을 잘 잇고,　　盈庭蘭玉將能業

대대로 전한 시경 서경 절로 책장에 가득하구나.　　傳世詩書自滿籝

십년 동안 독서하여 비록 꿈을 이루진 못했으나,　　十載讀書雖負望

두 집안에 남긴 가업 기울지 않게 할 수 있으리.　　兩家遺緒可扶傾

어찌 하여 하늘이 준 나이 오십 세로 짧았기에,　　如何稟壽慳知命

방안 가득히 유해를 남기고 가벼이 떠나갔는가.　　滿室遺骸棄忽輕

---

31 형공(邢公) : 『거창군지』에 수록된 인물로 이름은 율(溧), 본관은 진주이다. 효성이
　　지극해 눈먼 부모의 눈을 뜨게 했다고 전한다.

07 이훈도(李訓導)-인유(仁裕)-의 만사. 挽李訓導-仁裕-

젊어서는 재능과 학문으로 경륜에 뜻을 두었더니,	早年才學志經綸
도리에 어긋난 현실에 실의하여 뜻을 펴지 못했네.	蹭蹬乖離竟未伸
초야에 몸을 숨긴 것은 애초 공의 마음 아니었고,	畎畝藏身初不意
산수 속에서 부질없이 늙는 것도 진심이 아니었네.	林泉空老亦非眞
가업을 이를 자식 없으니 영혼이 의탁할 곳 없으나,	無兒承業魂無托
남에게 전한 선행 있어서 덕 있는 이 이웃이 있네.	有善傳人德有隣
팔십이 되도록 수를 누려 도리어 복을 받았으니,	八十享年還是福
곤궁하고 현달함에 대해 어찌 슬픈 마음을 붙이리.	窮通何足寄悲辛

08 김생원(金生員)-언건(彦謇)-의 만사   挽金生員-彦謇-

경진 신사년[32]을 만나 철인이 세상을 떠나셨으니,	運丁辰巳哲人萎
공을 위해 애통해 하지 않으면 누굴 위해 슬퍼하리.	哀痛非公更爲誰
효성은 증삼(曾參)[33]에 견주어도 오히려 괜찮을 것이고,	孝擬曾參猶是可
어짊은 진식(陳寔)[34]에 비교해도 속이는 일 되지 않으리.	賢方陳寔未爲欺
나라의 사관은 고상한 현인의 열전을 지어야 할 것이니,	
	史官應撰高人傳
사문의 선비 김공에게 어찌 신도비가 없어서야 되겠는가.	
	文士寧無有道碑

---

32 경진 신사년 : 1581년과 1582년을 가리킨다.

33 증삼(曾參) : 공자의 문인으로 효성이 지극하였다. 부친이 생전에 대추를 좋아하였는데, 부친이 돌아가신 뒤에 아버지를 생각하여 대추를 차마 먹지 못하였다고 한다.

34 진식(陳寔) : 후한 때 인물로 여섯 아들을 데리고 순숙(荀淑)의 집을 찾아가 덕담을 나누었는데, 하늘에서 덕성(德星)이 모이는 상서로운 징조가 나타났다고 한다. 어진 덕을 가진 대표적인 인물로 일컬어진다.

09 조남명(曺南冥)³⁵의 만사 　　　　　　　　　　　挽曺南冥

무너진 세도를 만회하는 것이 그대의 일이었으니, 　　挽回世道吾君事
산림에 묻혀 부질없이 쓸쓸히 살 인물이 아니었네. 　非是山林謾索居
만일 고인에 견주어서 현인의 차례를 논하려 하면, 　若把古人論次第
천 년 전 동강(桐江) 은자³⁶와 어떠한지 물어야 하리. 桐江千載問何如

10 박참봉(朴參奉)-읍청당(挹淸堂) 사종(嗣宗)-의 만사 　挽朴參奉-挹淸堂嗣宗-

도를 배우는 것이 평생의 지향이었으니, 　　　　　　學道平生志
진리를 탐구하면서 성현을 흠모하였네. 　　　　　　探眞慕聖賢
친애하는 마음으로 효성과 공경을 돈독히 하고, 　　因心敦孝悌
사물을 관찰해 하늘과 못에서 천리를 살피었네. 　　觀物察天淵
경서에 담긴 교훈을 고을 서숙에서 밝히었는데, 　　經訓明鄕塾
전해지는 소문이 옛 선현들보다 낫다고 하였네. 　　風聲邁古先
땅 속에다 백옥 같은 이를 묻으러 보내는 길에, 　　黃泉埋白璧
상여줄 잡은 사람들 비통해 하며 눈물을 흘리네. 　悲慟士林纏

11 임금산(林錦山)³⁷-희무(希茂)-의 만사 　　　　　挽林錦山-希茂-

태어나고 죽는 일은 다 이유가 있지만, 　　　　　　生死由來事
언실³⁸ 그대에겐 유별나게 상심이 크네. 　　　　　　偏於彦實傷

---

35 조남명(曺南冥) : 갈천과 교유한 남명(南冥) 조식(曺植, 1501~1572)을 말함.
36 동강(桐江) 은자 : 후한 광무제와 동문수학한 엄광(嚴光)을 말함. 광무제가 불렀으나
　끝내 나아가지 않고 동강 가에 은거하였다.
37 임금산(林錦山) : 1527~1577. 이름은 희무(希茂), 자는 언실(彦實), 호는 남계(灆溪),
　본관은 나주이다. 조식에게 수학하였으며, 문과에 급제하여 우승지 등을 역임하였다.

가업을 계승해 효성과 의리를 돈독히 했고,	承家敦孝義
후세에 전하여 온화 선량을 숭상하게 했네.	傳世尙溫良
본업인 도학 외에도 문장이 매우 강건하여,	餘事文章健
높은 벼슬자리를 향한 걸음걸이 장구하였네.	靑雲步武長
앞으로 갈 길이 아직도 창창하게 남았는데,	前途猶未暮
준마처럼 뛰어난 자네 어찌 떠난단 말인가.	騏驥奈云亡

---

38 언실(彦實) : 임희무의 자(字)임.

갈천 임훈 가계

정일균

1. 은진임씨(恩津林氏)의 유래

❖ **임자미**(林自美): 은진임씨는 득관시조(得貫始祖)로서 '임자미' 선생을
모시고 있다. 공(公)은 일찍이 고려시대에 금자광록대부예의판서(金
紫光祿大夫禮儀判書)의 벼슬을 봉직하고 시진군(市津君)[1]으로 봉(封)함
을 받아 이곳에 정착했던 것으로 전해지고 있으며, 이를 계기로 후
손은 본관을 '팽성(彭城)'[2]에서 '은진(恩津)'으로 분관(分貫)하였다.

❖ **임적**(林績): 이후 계대(系代)가 상세하지 않으나, 공(公)은 고려시대에
봉익대부판도판서(奉翊大夫版圖判書)를 봉직한 것으로 전해지고 있다.

❖ **임성근**(林成槿, 제1세): 후세에 편찬된 『은진임씨대동보(恩津林氏大同譜)』
(癸亥譜)에는 '제1세 선조(先祖)'를 '임성근' 선생으로 삼고 있다. 공(公)
은 고려 말에 개성(開城)에 거주하면서 등제(登第)하여 조청랑태상박
사(朝請郎太常博士)를 봉직하였으나, 이후 고려왕조(高麗王朝)가 망하고
조선왕조(朝鮮王朝)가 들어서자 불사이조(不事二朝)의 충절(忠節)을 지

---

1 '시진(市津)'은 '은진(恩津)'의 옛이름이다.
2 '팽성(彭城)'은 '평택(平澤)'의 옛이름이다.

켜 끝가지 은거하며 여생을 보냈다. 집안에서는 '박사공(博士公)'으로
일컫는다.

❖ **임정**(林挺, 제2세): 공(公)은 조선왕조(朝鮮王朝)에 접어들어 처음으로
벼슬길에 나가 봉선대부낙안군사(奉善大夫樂安郡事)를 역임하였고, 금
산군(錦山郡) 안성리(安城里),[3]로 이거(移居)하였다.

❖ **임식**(林湜, 제3세): 공(公)은 무과(武科)에 등제(登第)하여 흥위위보승별
장(興威衛保勝別將)의 벼슬을 봉직하였고, 경상도(慶尙道) 함양군(咸陽
郡)으로 이거(移居)하였다.

2. 은진임씨(恩津林氏) 입향[入鄕, 안음현(安陰縣)] 내력

❖ **임천년**(林千年, 제4세): 공(公)은 사온서직장(司醞署直長), 의영고직장(義
盈庫直長), 선무랑의령현감(宣務郎宜寧縣監)을 두루 역임하였다. 평소
에 산수(山水)에 뜻을 두어 마침내 경상도(慶尙道) 안음현(安陰縣) 갈천
동(葛川洞)[4]으로 이거(移居)·정착하였으며, 이후 후손들이 지금까지
세거(世居)하고 있다. 집안에서는 '의령공(宜寧公)'으로 일컫는다.

❖ **임자휴**(林自庥, 제5세): 공(公, 1441~1486)은 여절교위사용(勵節校尉司勇)을
봉직하였고, 평소 충후근신(忠厚謹愼)하여 세간에서 존경을 받았다.

❖ **임득번**(林得蕃, 제6세): 공(公, 1478~1561)의 자는 '연경(衍卿)'이요, 호는
'석천(石泉)'이다. 공은 후인에 의해 "타고난 바탕이 단정하고 자상하

---

3 '금산군(錦山郡) 안성리(安城里)'는 현재의 '전라북도(全羅北道) 무주군(茂朱郡)'에 위
치하였다.

4 '안음현(安陰縣) 갈천동(葛川洞)'은 현재의 '경상남도(慶尙南道) 거창군(居昌郡) 북상
면(北上面) 갈계리(葛溪里)'이다.

며, 지조가 고결하여 한 점의 세속적 기운도 없음"[5]에 "평생 동안 털 끝만큼도 물욕에 얽매임이 없었던"[6] 인물로 평가추모되고 있는 것처럼, 당시 사림(士林)의 학문정신과 생활태도를 모범적으로 실천해 나간 숨은 지식인이기도 하였다. 공은 일찍이 과거를 통한 출사(出仕)를 염두에 두어 30세 되는 해(1507, 中宗 2)에는 사마시(司馬試)에 합격하여 진사(進士)가 되기도 하였으나, 당시 척신정치(戚臣政治)의 난맥상과 사화(士禍)가 점철되던 난세에 처하여 아예 벼슬길에 대한 생각을 끊고 초야(草野)에 은거하면서 오직 경명행수(經明行修)와 후생(後生)의 교육에만 전념하면서 한평생 처사(處士)로서 일관하였다.[7] 특히 공은 자녀의 교육에도 지극한 정성과 노력을 다하여, 평소에도 자녀들['임훈(林薰)·임영(林英)·임운(林芸)' 3형제를 말함]을 몸소 차근차근 가르치고 채근하여 날이 저물거나 한밤중에 이르러서야 그쳤으며,[8] 또한 공이 46세 되는 해(1523, 中宗 18)에는 본격적인 자녀 교육을 위하여 풍광이 수려한 마학동(磨學洞)[9]에 서당을 세운 것으로 전하기도 한다.[10] 나아가 공은 경명행수와 관련하여 ① 대체로 과거 공부를 중시하지 않았고, ② 경전(經傳)에 대해서도 단순한 장구(章句)의 암기보

---

5 『葛川先生文集』卷4(「行狀」), 1b쪽. "(考諱得[得]蕃,) …稟質端詳, 志操高潔, 無一點世俗氣."

6 『葛川先生文集』卷2(「先府君行狀」), 32a쪽. "公性稟端慤, 志操淸潔, 生平無一毫物欲之累."

7 『葛川先生文集』卷2(「先府君行狀」), 31b~32a쪽. "丁卯春, 乃捷司馬. 是後累占解額, 竟屈南宮. 晚歲, 自分林泉, 無意世路. 唯以保田園敎子孫爲意.";『葛川先生文集』卷4(「行狀」), 1a쪽. "考諱得[得]蕃, 初擧進士. 遂絕意世路, 屛迹山林, 唯以敎子孫訓後生爲事."

8 『葛川先生文集』, 卷2(「先府君行狀」), 32b~33a쪽. "子孫之敎也, 則克盡其誠. …循循警策, 或至日晏, 或至夜分, …"

9 현재 경남 거창군 북상면 산수리 서북쪽 골짜기에 소재한다.

10 『居昌鄕誌』(居昌: 居昌郡 문화공보실, 1982), 308쪽.

다는 그 의리(義理)의 이해와 시비득실(是非得失)의 논평을 보다 우선
시하였으며, ③ 외면적 저술(著述) 활동보다는 내면적인 학문적 온축
(蘊蓄)과 구체적 실천을 더욱 중시하였고, ④ 세속에서 힘쓰는 세세하
고 번다한 일에 대해서는 거의 언급하지 않는 등의 학문적 태도를
견지하였으니,[11] 이는 결국 임훈을 위시한 어린 자녀들에게도 커다
란 영향을 미쳐, 이후 집안의 쟁쟁한 동량(棟梁)을 키워내는 데 비옥
한 밑거름이 되었다. 집안에서는 '석천공(石泉公)' 또는 '진사공(進士
公)'으로 일컫는다.

---

11 『葛川先生文集』 卷2(「先府君行狀」), 32b~33a쪽. "故雖主擧業, 而禮義之訓, 未嘗不
至. 常謂薰等曰:「擧業之人, 例於經傳, 或塗抹之, 或割去之, 聖經賢傳, 豈可如是,
甚無謂也!」又曰:「欲速之心, 讀書之害也. 惟口是尙, 容易讀過, 則豈可咀嚼其意味!
定省之際, 每以經史文勢之可疑, 義理之難解而叩之者, 非欲其章句之末也. 發聖賢言
論之是非, 行事之得失而評之者, 盖亦爲格致之資也.」…而俗務之煩細, 鮮有及焉.";
『葛川先生文集』 卷4(「行狀」), 1b쪽. "(然而)進士公常言後生學未及成, 而先事著述之
不可."

3. 은진임씨(恩津林氏) 초기 세계도

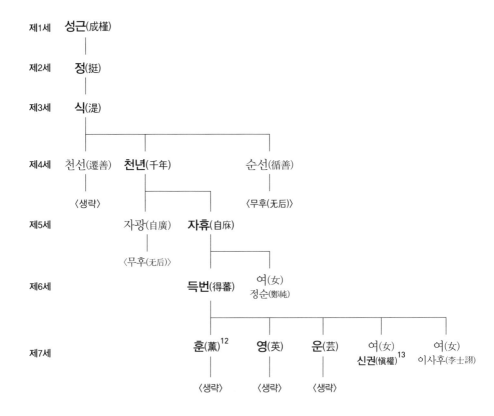

제1세   **성근(成權)**

제2세   **정(挺)**

제3세   **식(湜)**

제4세   천선(遷善)   **천년(千年)**   순선(循善)

〈생략〉   〈무후(无后)〉

제5세   자광(自廣)   **자휴(自庥)**

〈무후(无后)〉

제6세   **득번(得蕃)**   여(女)

정순(鄭純)

제7세   **훈(薰)**[12]   **영(英)**   **운(芸)**   여(女) **신권(愼權)**[13]   여(女) 이사후(李士詡)

〈생략〉   〈생략〉   〈생략〉

---

12 원래 임훈(林薰)의 남자 형제는 모두 다섯이었다. 장남은 '분(蕡)', 둘째는 '훈(薰)', 셋째는 '영(英)', 넷째는 '부동(浮仝)', 막내는 '운(芸)'이었다. 이 중에서 장남인 '분'과 넷째인 '부동'은 요절하였고, 셋째인 '영'도 부친 석천공(石泉公)보다 먼저 작고하였다. 갈천선생의 자(字)가 '중성(仲成)'인 것에서도 원래 그가 둘째 아들이었음을 짐작하게 한다.

13 신권(愼權): ?~?. 조선중기의 처사(處士)로서, 자는 '언중(彦仲)'이고 호는 '요수(樂 水)'이며, 본관은 '거창(居昌)'이다. 임훈과는 처남·매부 관계이며, 또한 생전에 막역 한 벗으로 서로 친교를 나누었던 것으로 전한다. 구연사(龜淵祠)에 배향되었다.

4. 갈천 임훈과 형제분의 생평사략(生平史略)

❖ **임훈**(林薰, 제7세): 공(公, 1500~1584)의 자는 '중성(仲成)'이며, 호는 '갈천(葛川)' 또는 '자이당(自怡堂)'[14]으로, 만년에는 스스로 '고사옹(枯査翁)'이라 칭하기도 하였다. 공은 16세기 영남우도(嶺南右道)의 재야사림(在野士林)을 대표했던 인물 가운데 한 사람이다. 공은 만년인 65세 되는 해(1564, 明宗 19)에 효행(孝行)으로 정문(旌門)을 하사받고[15] 뒤이어 조정에서 '육현(六賢)'의 한 사람으로 천거되어 본격적으로 출사(出仕)하기까지,[16] 대체로 고향인 경상도(慶尙道) 안음현(安陰縣)에서 은거하면서 치열한 경명행수(經明行修)의 길을 걸었던 것으로 전해지고 있다. 특히 공은 젊어서부터 '성(誠)·경(敬)' 중심의 실천철학을 확립

---

14 '자이당(自怡堂)'은 임훈이 중년 이후 고향에서 거처하며 강학(講學)하던 건물의 당호(堂號)이기도 하다. '자이당'이란 말은 중국 남북조 시대의 도사(道士)였던 도홍경(陶弘景)의 시(詩) "고개 위로 뭉게뭉게 피어나는 흰 구름, 다만 나 홀로 즐길 뿐이네[嶺上多白雲, 只可自悅怡]"라는 구절에서 따온 것이다. 보다 자세한 내용은 1554년(明宗 9, 甲寅)에 최립(崔岦)이 지은 「자이당기(自怡堂記)」(『葛川先生文集(國譯)』, 「附錄」, 402~407쪽)가 참조된다.

15 『葛川先生文集』卷4(「行狀」), 3b쪽. "後本道擧縣牒以啓, 越明年甲子, 上命旌先生兄弟之門."; 『明宗實錄』卷30, 19年 閏2月 乙亥條. "南部忠義衛, 權擁, …安陰前叅奉林薰【稟性純厚, 學術精博, 前日公薦, 授叅奉職, 乃以親老辭還. 家居, 盡心致養, 悅親無方. 及丁父憂, 年已六十, 而執喪不怠.】, 薰弟芸【孝友亦篤. 平居, 奉養之勤, 處喪之戚, 無異於薰.】, 命三人旌門."

16 『葛川先生文集』卷4(「行狀」), 3b쪽. "上命選經明行脩之人, 超授六品之職. 大臣主其選, 得六人焉, 先生其一也."; 『明宗實錄』卷33, 21年 6月 庚辰條. "吏曹啓曰: 『生員進士中, 六條俱備人, 該曹議于四大臣, 得四五人, 量用勸勵事』, 前日有傳敎矣. 學生李恒, …前叅奉成運, …前別坐韓脩, …前叅奉南彦經, …前叅奉林薰【天稟純厚, 賞實事守甚孝. 曾擧司馬, 以公薦授叅奉. 重違父志從亡, 踰年棄官歸家. 年過六十, 執喪遵禮, 居墓三年, 足不出廬, 不爲矯激之行, 而一鄕推服, 人無異辭. 弟芸亦孝友操行, 無異乃兄. 薰不治産業, 常付妻孥於芸. 芸爲之經理, 俾免餒乏. 安陰其鄕也.】, 進士金範, …俱有才行. 雖有未中司馬者【李恒】, 亦可用之人, 故竝啓. 但此人中, 或有年老者, 議于大臣, 則『皆以陞敍六品爲當云』, 取稟.」 傳曰: 「如啓.」"

하여 스스로를 경계하고 단속하는 데에 한평생 게을리 함이 없었을
뿐만 아니라, 또한 이를 바탕으로 당시 사림의 일원이자 향리의 지
식인으로서 요청되는 사회적 역할에 있어서도 주도적 역할을 담당
하였다.[17] 이후 만년에 출사(出仕)하면서는 우선 상기한바 '성 · 경' 중
심의 실천철학을 기반으로, 임금에게 치도(治道)의 요체로서 무엇보
다 군덕(君德)의 격정(格正)과 솔선수범을 거듭 강조한 바 있으며, 또
한 언양현감(彦陽縣監), 비안현감(比安縣監), 광주목사(光州牧使), 장례
원판결사(掌隸院判決事) 등의 관직을 역임하면서도 한결같이 백성의
삶을 피폐하게 만드는 제도적 폐단을 이정(釐正)하고 지방의 교화(敎
化)를 진흥시키는 데에 남다른 노력을 경주한 바 있다. 이로써 공은
스스로 초야에 은거할 때나 관직에 있을 때를 막론하고 항상 국사(國
事)의 시비(是非)와 민생(民生)의 휴척(休戚)에 대하여 깊은 관심을 기
울임으로써 당시 사림의 유교적 애민정신(愛民精神)과 민본사상(民本
思想)을 성실하게 실천했던 인물이었다. 이후 1586년(宣祖 19, 丙戌)에
용문서원(龍門書院)에 제씨(弟氏) 임운[林芸(瞻慕堂), 1517~1572] 공과 함
께 배향되었고, 1665년(顯宗 6, 乙巳)에는 공의 문집(文集) 초판이 간행
되었다. 또한 영남유림(嶺南儒林)의 요청에 의하여 1861년(哲宗 12, 辛
酉)에는 특별히 이조판서(吏曹判書)에 추증되었고, 뒤이어 1871년(高宗
8, 辛未)에는 '효간공(孝簡公)'의 시호(諡號)를 받았다.

---

17 그 대표적인 사례를 들자면, ① 정여창[鄭汝昌(一蠹), 1450~1504]을 추모하는 남계서
원[灆溪書院: 일명 '천령서원(天嶺書院)'이라고도 함]과 향사당(鄕祠堂)을 건립하는
데에 주도적 역할을 한 일, ② 문정왕후(文定王后)의 서거 후, 승려 보우(普雨)를 엄벌
하라는 재야의 공론(公論)을 형성하는 데에 일익을 담당했던 일, ③ 개오식(開悟式)
교수방법[잔소리나 강압에 의해서가 아니라, 반드시 풍자(諷刺)를 통하여 조용히 이해
시킴으로써 그 사람의 양심을 개도(開導)하는 방법]을 통하여 향리에서의 후학교육에
도 남달리 힘쓴 점 등이 바로 그것이다.

❖ **임영**(林英, 제7세): 공(公, 1514~1544)의 자는 '계성(季成)'이요, 호는 '도계(道溪)'이다. 공은 빼어난[卓邁] 자질과 가정에서의 가르침을 통하여 평소 행실이 돈독하고 효성(孝誠)과 우애(友愛)가 남달랐으니, 어려서 모친상(母親喪)을 당해서는 백형(伯兄) 임훈(林薰) 및 제씨(弟氏) 임운(林芸)과 함께 묘 아래에 여막(廬幕)을 짓고 시묘(侍墓)하며 슬픔을 지극히 다함에 일찍이 향리에서 아름다운 소문이 자자하여 공의 효심이 백형 및 제씨와도 난형난제(難兄難弟)였다고 전한다. 공은 항상 산수(山水)를 즐겨 일사(逸士)로서 처신하였으나, 불행하게도 단명하여 31세 되는 해(1544, 中宗 39)에 서거하였다. 당시 집안의 형제들과 향리의 사림이 모두 심히 애통해 하며 그 재덕(才德)을 아까와 하였고, 이후 도계정(道溪亭)을 건립하여 의귀(依歸)하는 장소로 삼았다.[18]

❖ **임운**(林芸, 제7세): 공(公, 1517~1572)의 자는 '언성(彦成)'이요, 호는 '첨모당(瞻慕堂)' 또는 '노동산인(蘆洞散人)'이다. 공은 젊어서부터 백형(伯兄)인 임훈 공과 함께 고향인 경상도 안음현(安陰縣)에서 은거하며 경명행수(經明行修)에 힘썼으니, 이로써 일찍부터 지극한 효행(孝行)과 우애(友愛)로 향리에서 이름이 높았으며, 학문으로는 『주역(周易)』에 정통하고 천문(天文), 지리(地理), 의약(醫藥), 복서(卜筮), 산학(算學) 및 병법(兵法)에도 두루 조예가 깊었다.[19] 공은 평소 천성이 검소하고 형제간의 정이 남달라 백형과 중형(仲兄)인 임영(林英) 공의 어려운 가산(家産)을 보조하는 데에도 진력하였다.[20] 공이 45세 되는 해(1561, 明宗

---

18 『石泉世考』(「墓碣銘」) "公以卓邁之天, 襲家庭之訓, 行敦孝友, 早有令聞, 與伯季葛·瞻公, 難弟兄云. 以林泉逸士, 終壽三十一.";『恩津林氏大同譜』, 上卷, 「英: 七世」條.

19 『瞻慕堂先生文集(國譯)』, 「附錄(行狀)」, 374쪽. "於書無所不讀, 而功力專在於四書·『近思錄』·『心經』朱子等書, 而於『易』尤精. 其他天文·地理·醫藥·卜筮之法, 無不涉獵, 而尤留意於算數之學·兵家之書, 多有自許自任之重."

20 『瞻慕堂先生文集(國譯)』, 「附錄(行狀)」, 368쪽. "伯氏素不治家人産業, 頻至窶乏, 先

16)에 부친상(父親喪)을 당해서는 허약한 몸에도 소식(蔬食)을 하며 백형과 함께『주자가례(朱子家禮)』에 따라 예(禮)와 슬픔을 지극히 실천하였고, 선친의 장사를 지낸 뒤에도 백형과 함께 공은 묘 아래에 여막(廬幕)을 짓고 3년에 걸친 시묘(侍墓)에 들어가 온갖 정성을 다하였다.[21] 마침내 형제의 지극한 효행은 조정에 알려져,[22] 공이 48세 되는 해(1564, 明宗 19)에 백형과 함께 효행으로 정문(旌門)을 하사받았다.[23] 이후 공이 51세 되는 해(1567, 明宗 22)에 이조(吏曹)의 특천(特薦)을 통해 처음 벼슬길에 나가 서울에 머물면서 사직서(社稷署)·집경전(集慶殿)·후릉(厚陵)·경기전(慶基殿) 참봉(參奉)을 연이어 봉직하였고, 공이 56세 되는 해(1572, 宣祖 5)에 연은전참봉(延恩殿參奉)을 역임하다 갑자기 병으로 서거하였다.[24] 서울에서도 평소 공의 학행(學行)은 소문이 났으나, 오직 이황(李滉) 선생만을 서울과 도산(陶山)에서 여러 번 찾

生極慮措恤而靡有餘力, 卒乃並至窮困. 又有仲氏未成家業而早世, 撫養其孤無異己出, 常經理指畫, 營建其家俾不失業矣. …性本儉約, 凡衣服·飲食, 僅取其蔽體充腹, 而對食必先蔬菜而後魚肉.'

21 『瞻慕堂先生文集(國譯)』,「附錄(行狀)」, 370쪽. "嘉靖辛酉丁外艱, 喪制一從紫陽『家禮』, 初喪伯氏謂先生曰: 「汝素多病, 飲粥不可久」, 先生曰: 「兄以六十之年, 獨能飲粥乎?」, 遂相與勸啜蔬糜, 而猶不食菜果. 廬于墓側, 身不釋衰麻之服, 口不絕哭泣之聲, 朝夕祭物, 必躬親執之. 時癘氣逼廬, 抗禮不回, 而足跡未嘗出山門.'

22 『瞻慕堂先生文集(國譯)』,「附錄(行狀)」, 370쪽. "癸亥, 太守朴侯應順, 具實行牒, 聞于監司. 監司李公友閔, 轉奏于朝.'

23 『瞻慕堂先生文集(國譯)』,「附錄(行狀)」, 370쪽. "甲子, 明廟命旌先生兄弟之閭.";『葛川先生文集』卷4(「行狀」), 3b쪽. "後本道擧縣牒以啓, 越明年甲子, 上命旌先生兄弟之門.";『明宗實錄』卷30, 19年 閏2月 乙亥條. "南部忠義衛, 權擁, …安陰前叅奉, 林薰(【稟性純厚, 學術精博, 前日公薦, 授叅本職, 乃以親老辭還. 家居, 盡心致養, 悅親無方. 及丁父憂, 年已六十, 而執喪不怠.】), 薰弟芸(【孝友亦篤. 平居, 奉養之勤, 處喪之戚, 無異於薰.】), 命三人旌門.'

24 『瞻慕堂先生文集(國譯)』,「附錄(行狀)」, 370~371쪽. "隆慶丁卯夏, 以銓曹薦, 特除爲社稷署參奉. 己巳春, 移集慶殿, …庚午夏, 移厚陵. 是年冬, 又移慶基殿. 壬申春, 移延恩殿, …是年八月初一, …倐然就寢而逝.'

아뢰고 학문을 강마(講磨)하였다.[25] 이후 1586년(宣祖 19, 丙戌)에 용문서원(龍門書院)에 백씨 임훈 공과 함께 배향되었고, 1860년(哲宗 11, 庚申)에는 특별히 이조참의(吏曹參議)와 대사헌(大司憲)에 추증되었다.

5. 갈천 임훈의 연보

❖**1500년**(1세: 燕山君 6, 庚申): •7월 15일 경상도(慶尚道) 안음현(安陰縣) 갈천동(葛川洞, 현재 경상남도 거창군 북상면 갈계리) 옛집에서 둘째 아들로 탄생함. 부친은 진사(進士) 석천공(石泉公)으로 휘는 득번(得蕃)임. •자는 중성(仲成)임.

❖**1504년**(5세: 燕山君 10, 甲子): •이 무렵(5~6세) 마을에 전염병이 돌아 공(公)의 형[이름은 '분(賁)'으로, 요절하였음]이 감염됨. 이에 부친 석천공을 비롯한 나머지 가족들은 모두 병을 피해 인근 외딴집으로 거처를 옮겼으나, 유독 공만은 차마 형을 홀로 버려두고 떠나지 못하고 스스로 고집하여 형 곁에 계속 남아 있으면서 밤늦게까지 간호함. 낮에는 피난소에 병을 옮길까 염려하여 출입하지 않은 채, 다만 밖에서 부모님의 안부를 묻곤 하였다고 전함. 이런 일화를 통해 당시 공의 집안의 효성스런 가풍과 돈독한 가정교육의 실상을 짐작할 수 있음.

❖**1514년**(15세: 中宗 9, 甲戌): •"후생(後生)들이 학문은 미처 완성하지도 못한 채 먼저 저술(著述)부터 일삼으려 하는 것은 가당치 않다"는 부친 석천공의 가르침에 따라, 이때에야 비로소 시험 삼아 글을 짓기

---

25 『瞻慕堂先生文集(國譯)』, 「附錄(行狀)」, 377쪽. "獨退溪·李先生被召留朝, 先生累造門下, 從容問難, 及退居陶山, 亦嘗歷謁, 信宿問答, 退溪先生深加推重云."

시작함. 그럼에도 이미 그 입언(立言)과 견사(遣辭)가 탁 트이고 넉넉
하여 문장(文章)에 체제가 있었음.

❖ **1517년**(18세: 中宗 12, 丁丑): •당시 경상도관찰사(慶尙道觀察使)로서 학행
이 뛰어난 도내의 선비를 발굴하여 조정에 천거하고 지방자제들의
교육과 성리학적 실천윤리의 보급에 부심하던 김안국[金安國(慕齋),
1478~1543] 공이 젊은 임훈(林薰)을 한번 보고는 장차 원대한 그릇이
될 것을 알아보고, 크게 칭찬하면서 권장하였다고 전함. •이 무렵
고령유씨(高靈兪氏)에게 장가 듦. 부인은 진사 유환(兪瓛) 선생의 따님
이요 문희공(文僖公) 유호인(兪好仁) 선생의 손녀로서, 당시 충효(忠孝)
와 문장(文章)으로 이름난 사림계열(士林系列)의 명문가 출신임.

❖ **1523년**(24세: 中宗 18, 癸未): •이미 이 무렵부터 개연히 속세를 떠나
덕유산(德裕山)의 여러 산사(山寺)와 마학동(磨學洞) 등에 주로 은거하
면서 오로지 위기지학(爲己之學)으로서의 수기(修己) 공부에 침잠함.
•「영각사중창기(靈覺寺重創記)」를 지음.[26]

❖ **1525년**(26세: 中宗 20, 乙酉): •이 무렵에도 덕유산의 산사에 은거하면
서 수기 공부에 침잠함. •「삼수암중창기(三水菴重創記)」를 지음.[27]

❖ **1526년**(27세: 中宗 21, 丙戌): •이해 겨울에 모친상[母親喪, 내우(內憂)]을
당함. 선생은 어린 두 아우[임영(林英)과 임운(林芸)]와 함께 묘소를 지
키면서 3년 동안 질대(絰帶)를 벗지 않았고, 일찍이 궤연(几筵)을 떠난
적이 없었음. 이때 선생은 『주자가례(朱子家禮)』의 정신과 내용을 적
극적으로 수용하여 철저하게 실천하였음.

❖ **1529년**(30세: 中宗 24, 己丑): •이 무렵 은둔(隱遁) 생활과 경명행수(經明

---

26 「靈覺寺重創記」(『葛川先生文集』卷3, 20a~22b쪽)
27 「三水菴重創記」(『葛川先生文集』卷3, 22b~24a쪽)

行修)의 공부를 계속하는 한편, 특히 "산수(山水)라는 것은 천지 사이
의 한 무정물(無情物)에 지나지 않는다. 그러나 후중(厚重)함을 두루
갖추고 있음에 실로 인자(仁者)와 지자(智者)의 즐거움에 도움 됨이
있다"는 나름대로의 산수관(山水觀)에 따라 고향의 산수 간을 노닐며
호연지기(浩然之氣)와 함께 인자와 지자의 덕(德)을 기름에 진력하였
음. •「서유자옥유두류록후(書兪子玉遊頭流錄後)」를 지음.[28]

❖ **1534년**(35세: 中宗 29, 甲午): •8월에 덕유산 삼수암(三水菴) 승려인 도징
(道澄)이 운수행각(雲水行脚)을 떠나면서 선생에게 찾아와 가르침과 충
고를 청함에 글로 답함. •「송징상인원유서(送澄上人遠遊序)」를 지음.[29]

❖ **1540년**(41세: 中宗 35, 庚子): •생원시(生員試)에 응시하여 2등 가운데 1명
으로 합격하여 진사(進士)가 됨. 이때 시관(試官)은 김안국(金安國) 공
이었는데, 공(公)이 지은 대책문(對策文)을 보고 문장이 원대하고 해박
함을 기이하게 여겨 1등으로 합격시키려 하였다고 전함. •이후 서울
에 상경하여 성균관에 유학함.

❖ **1544년**(45세: 中宗 39, 甲辰): •공(公)의 제씨(弟氏) 임영(林英)이 31세의
젊은 나이로 서거함. 이에 공은 몹시 애통해 하며 그 재덕(才德)을
아까와 함.

❖ **1545년**(46세: 仁宗 1, 乙巳): •이 무렵까지 공(公)은 성균관에 유학하고
있었던 것으로 보이는데, 전 해에 아우 임영(林英)의 부음(訃音)을 듣
게 되고, 이 해에 다시 한 번 참혹한 을사사화(乙巳士禍)가 발생하자,
미련 없이 낙향하여 자이당(自怡堂)에서 은거하며 다시금 경명행수에
힘썼던 것으로 추측됨.

---

28 「書兪子玉遊頭流錄後」(『葛川先生文集』 卷3, 3b~5b쪽)
29 「送澄上人遠遊序」(『葛川先生文集』 卷2, 46b~48a쪽)

❖**1552년**(53세: 明宗 7, 壬子): •5월에 5박 6일에 걸쳐 덕유산의 최고봉인 향적봉(香積峯)에 올라 두루 유람하고, 그 소감을 글로 남김. •이 무렵에 선생은 남계서원(灆溪書院)의 건립에도 적극 참여하여 남다른 노력을 기울임.[30] •한편, 이 무렵에 조식(曺植) 선생과 노진(盧禛) 선생 및 제씨 임운(林芸)과 함께 안음현(安陰縣) 화림동(花林洞)에서 소요하며, 시(詩)를 지어 화답하고 성리학(性理學)에 대해서도 깊은 담론을 나눈 것으로 보임.[31] •8월에 「등덕유산향적봉기(登德裕山香積峯記)」를 지음.[32]

❖**1553년**(54세: 明宗 8, 癸丑): •성균관의 공천(公薦)에 따라 사직서참봉(社稷署參奉)에 제수됨. 이는 『경국대전(經國大典)』의 「장권(獎勸)」규정에 따른 것으로 보이는데, 비록 관직은 낮았으나 매우 명예스러운 것이었음.

❖**1554년**(55세: 明宗 9, 甲寅): •집경전참봉(集慶殿參奉)으로 전직됨.

❖**1555년**(56세: 明宗 10, 乙卯): •여름에 제용감참봉(濟用監參奉)으로 전직되고, 가을에는 다시 전생서참봉(典牲署參奉)에 제수됨.

❖**1556년**(57세: 明宗 11, 丙辰): •남달리 효심이 극진하였던 공(公)으로서는 이 무렵 연세 80세를 바라보는 늙은 부친을 고향에 둔 채, 먼 객지에서 소소한 관직생활로 세월을 허비함을 참을 수 없어, 이에 관직생활을 미련 없이 청산하고 낙향하여 제씨 임운(林芸)과 함께 늙은 부친의 봉양에만 전념하기 시작함.

❖**1557년**(58세: 明宗 12, 丁巳): •이 해부터 공(公)은 이미 자신조차도 남의

---

30 보다 자세한 내용은 「天領書院收穀通文」(『葛川先生文集』 卷3, 2b~3b쪽)을 참조할 것.
31 이때 조식(曺植) 선생과 화답한 시(詩)로는 「花林洞月淵岩次南冥韻」(『葛川先生文集』 卷1, 1a쪽)이 있음.
32 「登德裕山香積峯記」(『葛川先生文集』 卷3, 5b~13b쪽)

봉양을 받을 나이였음에도, 스스로 노쇠해 가는 기력을 추스르며 노래자(老萊子)[중국의 유명한 효자로, 70이 넘은 나이에도 불구하고 부모를 기쁘게 해드리기 위하여 색동옷을 입고 춤을 추었다는 고사가 있음]의 효행(孝行)을 무려 5년 여(1557~1561)에 걸쳐 눈물겹게 실천해 나감.

❖ **1561년**(62세: 明宗 16, 辛酉): •그토록 두려워했던 부친상[父親喪, 외간(外艱)]을 당함. 공(公)이 끝내 임종에 당해서는 붙잡아 흔들면서 울부짖고, 가슴 치고 발을 구르면서 애통해 함이 너무 지나쳐, 며칠 동안 물 한 모금도 목으로 넘길 수 없었음. 이에 마을사람들이 놀라 억지로 구활하여 간신히 소생시켰다고 함. •장사가 끝난 뒤 선생은 제씨 임운과 함께 묘 아래에 여막(廬幕)을 짓고 3년에 걸친 시묘(侍墓)에 들어감. 이때『주자가례』의 상제(喪制)를 누구보다 철저하고 모범적으로 실천함.

❖ **1563년**(64세: 明宗 18, 癸亥): •공(公)의 형제의 지극하고도 변함없는 효행을 오랫동안 지켜보았던 고을 사람들 사이에 흠모하는 마음과 칭송하는 소리가 자자하게 퍼져 나감. 이에 당시 안음현감(安陰縣監)이던 박응순(朴應順) 공이 선생 형제의 효행을 적은 향인(鄕人)들의 문첩(文牒)을 경상도관찰사(慶尙道觀察使) 이우민(李友閔) 공에게 올리게 되고, 결국 조정에까지 알려짐. •당시 공은 현감에게 공의 형제의 효행을 상부에 보고하지 말 것을 간곡히 요청함.

❖ **1564년**(65세: 明宗 19, 甲子): •조정에서 임금의 명으로 공(公)의 형제에게 그동안의 지극한 효행을 기리는 정문(旌門)을 명함으로써, 성대하고도 영예로운 포상을 하사함.[33]

❖ **1565년**(66세: 明宗 20, 乙丑): •이 해 조정에는 커다란 정국의 변화가

---

33 『明宗實錄』卷30, 19年 閏2月 乙亥條.

있었음. 문정왕후(文定王后)가 서거하자, 그동안 권력을 천단하면서 사림(士林)에 막대한 피해를 주었던 권간(權奸) 윤원형(尹元衡)이 실각하여 자살함. 또한 문정왕후와 윤원형의 비호 하에 불교의 교세 확장에 앞장섰던 승려 보우(普雨)도 제주도(濟州島)로 유배되어 참형을 받음. 이 무렵 보우를 처벌하라는 배불상소(排佛上疏)가 조야(朝野) 간에 빗발쳤는데, 이때 공(公)도 이러한 재야사림(在野士林)의 공론(公論) 형성에 주도적인 역할을 함.[34] •이에 조정의 분위기는 일신되었고, 임금은 교지(敎旨)를 내려 재야사림의 어진 선비들을 적극적으로 찾는 소명(召命)을 내리기 시작함. •「고호남사마소업유향교문(告湖南司馬所業儒鄕校文)」을 지음.

❖ **1566년**(67세: 明宗 21, 丙寅): •6월에 임금이 직접 전국의 생원(生員)과 진사(進士) 가운데 육조[六條: 경명(經明)·행수(行修)·순정(純正)·근근(勤謹)·노성(老成)·온화(溫和)]를 구비한 사람 4~5명을 특별히 선발하여 등용함으로써 권면하도록 하라는 전교(傳敎)를 내림. 이에 이조(吏曹)에서 모두 6명을 추천하여 특별히 6품직에 제수할 것을 청함. 이때 공(公)도 육현(六賢) 가운데 한 사람으로 천거되는 영광을 누림.[35] •8월에 언양현감(彦陽縣監)에 제수됨.[36] •9월에 임금이 선생을 사정전(思政殿)에서 접견하고 치도(治道)의 요체를 물음. 이에 선생은 '수신(修身)'의 중요성을 무엇보다 강조하면서, 특히 임금 자신의 수신과 솔선수범을 강력하게 촉구함. 이는 선생의 한평생에 걸친 경명행수(經明行修)의 핵심을 천명한 것이자, 기묘사림(己卯士林)의 문제의식을 적극 계

---

34 보다 자세한 내용은 「告湖南司馬所業儒鄕校文」(『葛川先生文集』卷2, 51a~52a쪽)을 참조할 것.

35 『明宗實錄』卷33, 21年 6月 庚辰條.

36 『明宗實錄』卷33, 21年 8月 庚申條.

승하는 것이었음.³⁷ •이 해부터 전국에 걸쳐 기상이변이 끊이지 않고 속출함. 10월에는 임금도 이러한 상황을 국휼(國恤)에 해당하는 비상시로 받아 들여 형송(刑訟)을 신속하게 처리하고 국경의 수비를 강화하라는 전교를 내리기도 함. 나아가 임금은 당시의 정사와 관련하여 14항목에 걸친 덕음(德音)을 내리며 그 교구책(矯救策)에 대하여 조야에 걸쳐 널리 구언(求言)함.³⁸ •공이 언양현(彦陽縣)에 부임하여서는 피폐한 민생을 구제하기 위하여 백방으로 부심함.

❖**1567년**(68세: 明宗 22, 丁卯): •공(公)은 작년에 내린 임금의 간절한 구언에 부응하여, 지방 수령(守令)의 자격으로서 상소(上疏)를 올림. 공은 이 글에서 평소 경명행수를 통하여 온축하였던 치인(治人)의 경륜(經綸)과 우국애민(憂國愛民)의 충정(衷情)을 유감없이 발휘함. 특히 공은 언양현(彦陽縣) 백성의 삶을 피폐하게 만드는 구조적인 제도적 폐단들 가운데, 가장 그 시정이 다급한 여섯 가지 사안[수군절호(水軍絕戶)·기인가목(其人價木)·진전공물(陳田貢物)·왕년진채(往年陳債)·왕년공포(往年貢布)·진상산행(進上山行)]을 제기하고, 이에 대한 나름대로의 구제방안을 구체적으로 제시하였음. 동시에 공은 이를 구제하기 위하여 임금이 특별히 조정의 대신들과 의논하여 특단의 조처를 취해 줄 것을 거듭거듭 강력하게 요청함. •6월에 명종(明宗)이 승하하고, 선조(宣祖)가 대통(大統)을 이어 즉위함. •언양현감을 사직하고 귀향함. •「언양진폐소(彦陽陳弊疏)」를 지음.³⁹

❖**1569년**(70세: 宣祖 2, 己巳): •겨울에 군자감주부(軍資監主簿)에 제수되었으나, 사양하고 부임하지 않음.

37 『明宗實錄』卷33, 21年 9月 己亥條.
38 『明宗實錄』卷33, 21年 10月 丁亥條.
39 「彦陽陳弊疏」(『葛川先生文集』卷2, 1a~8a쪽)

❖**1570년**(71세: 宣祖 3, 庚午): •이 해에 접어들자 곧바로 비안현감(比安縣
監)에 제수됨. •임지로 떠나기 직전, 임금이 공(公)을 편전(便殿)으로
불러 접견하고 대화를 나눔. 이때 공은 특히 치도(治道)와 관련하여
임금이 무엇보다 수신(修身)에 힘써 줄 것을 다시 한 번 진언함. 또한
이를 심상히 여기지 말 것과, 끊임없이 자강불식(自强不息)하는 공부
에도 유의해 줄 것을 계옥(啓沃)함. 한무제(漢武帝)·당명종(唐明宗)·송
인종(宋仁宗)의 어짊의 우열에 대한 질문에 나름대로 품평하여 답함.
당금(當今)의 급무(急務)로는 민생(民生)의 피폐를 구제함이 무엇보다
시급함을 들고, 그 출발점으로서 임금의 '정심(正心)·수신' 공부를 다
시 강조함. 끝으로 임금에게 반드시 이황(李滉)과 같은 현인을 좌우
에 두고 보필과 가르침을 받을 것을 진언함. •「경오소대초(庚午召對
草)」를 지음.[40]

❖**1571년**(72세: 宣祖 4, 辛未): •지난해부터 비안현(比安縣)에 부임한 이래
공(公)은 언양현(彦陽縣)에서와 마찬가지로 백성의 삶을 피폐하게 만
드는 여러 제도적 폐단들을 제거하는 데에 남다른 노력을 다함. •특
히 학교진흥에 대한 임금의 관심에 충실하게 부응하여, 지방교육의
진흥에도 남다른 노력을 경주함. 이에 향교(鄕校)에서 석전제(釋奠祭)
를 지냄에는 반드시 몸소 주관하여 성의를 다하였고, 지역의 선비들
에 대해서도 사랑과 예의로 극진히 예우함.

❖**1572년**(73세: 宣祖 5, 壬申): •2월에 평소 서로 존경하며 마음을 허여하
고 지내던 조식(曺植) 선생의 부음(訃音)을 듣고, 만사(輓詞)를 지음.
•같은 달에 부인 유씨(俞氏)의 부음을 들음. •8월에 제씨 임운(林芸)
의 부음을 들음. 특히 이는 만년의 선생에게 남다른 애석함과 슬픔

40「庚午召對草」(『葛川先生文集』卷2, 8a~10a쪽)

으로 다가옴. •겨울에 관직을 사퇴하고 귀향함. •「만조남명(挽曺南冥)」을 지음.[41] •이 무렵 선생은 고향에서 제씨 임운과 문인 정유명(鄭惟明)·성팽년(成彭年) 등과 함께 갈천서당(葛川書堂)의 건립을 위하여 노력함.

❖1573년(74세: 宣祖 6, 癸酉): •지례현감(知禮縣監)과 종묘서령(宗廟署令)에 연이어 제수되었으나, 병 때문에 사양하고 나아가지 않음. •이어 반열이 정4품 봉정대부(奉正大夫)에 오르고, 다시 품계가 격상되어 정3품의 장악원정(掌樂院正)에 제수됨. 이에 더 이상 사양할 수 없어 억지로 몸을 일으켜 관직에 나아감. •10월에 광주목사(光州牧使)에 제수됨. 공(公)은 나이가 많음을 이유로 사양하였으나, 허락하지 않는다는 임금의 전지(傳旨)가 있어 부득이 대궐에 나아가 인사하고 임지(任地)로 부임함. •공은 과거 현감으로 재직할 때와 마찬가지로 당시 백성들의 삶을 어렵게 만들었던 공납제(貢納制)의 폐단 및 부세(賦稅)와 요역(徭役)에서의 제도적 불평등을 항구적으로 바로 잡는 데에 무엇보다 우선하여 심혈을 기울임. 이에 광주의 백성이 공의 정사를 매우 편하게 여김.

❖1574년(75세: 宣祖 7, 甲戌): •4월에 고경명(高敬命)을 비롯한 광주의 명사들을 초대하여 함께 3박4일에 걸쳐 서석산[瑞石山: 현재의 '무등산(無等山)'을 말함]에 올라 풍광을 두루 감상하였고, 이어 하산 길에는 소쇄원(瀟灑園)과 식영정(息影亭)에 들러 주변의 아름다운 경치를 밤늦도록 즐김. •7월에 전라도관찰사(全羅道觀察使) 박민헌(朴民獻) 공이 임금에게 올리는 서장(書狀)에서 공(公)의 치적을 높이 평가함. 그 내용을 보면 다음과 같음: "광주목사 임훈은 공정하고 청렴하며 또한 결

---

41 「挽曺南冥」(『葛川先生文集』 卷1, 7b쪽)

백함에, 백성들이 빙호[氷壺: '인품이 고결함'을 이름]라고 지목하면서, 다만 오래 유임하지 못하는 일이 생길까 두려워하고 있으며, …이조(吏曹)에 계하(啓下)하시기 바랍니다."[42] •「식영정(息影亭)」을 지음.[43]

❖1575년(76세: 宣祖 8, 乙亥): •이 해부터 공(公)은 사실상 관직생활에서 은퇴하여 다시 고향에서 한가하게 여생을 보냄. 그리고 이때부터 공은 명실공히 '국로(國老)'[공경대부(公卿大夫)로서, 나이 70세를 넘어 벼슬을 그만두고 향리로 돌아와 노년을 보내는 사람]로서, 고을에서 뿐만이 아니라 임금과 조정으로부터도 극진한 존경과 예우를 받음. •공이 한평생 청렴과 결백함으로 일관하여, 만년에 접어들어서도 여전히 생계가 어려웠음. 이러한 사정을 전해들은 임금이 관찰사를 통하여 특별히 식량을 하사함. 이에 공은 「봉사(封事)」를 올려 임금의 은혜에 감사함. •공은 「봉사」에서 임금에게 다시 한 번 '정심·수신'의 근본에 힘쓸 것과, 공 개인의 어려움조차 외면하지 못하는 그 은혜로운 마음을 미루어 모든 백성에게까지 널리 확충할 것[수본·추은지설(修本·推恩之說)]을 강조함. 이어 공은 당시 영남의 백성을 괴롭히던 군정(軍政)의 폐단에 대해서도 그 실상을 낱낱이 적어 진달(進達)하면서, 임금에게 그 이정(釐正)을 강력하게 호소함. •「을해사은봉사(乙亥謝恩封事)」를 지음.[44]

❖1577년(78세: 宣祖 10, 丁丑): •가을에 장악원정(掌樂院正)에 다시 제수됨. 공(公)은 당시 노병으로 거동이 불편하여 사양하고 나아가지 않음. •이어 임금이 관찰사를 통하여 다시 식량을 하사함. 이에 공도 또한 「봉사」를 올려 임금의 은혜에 감사함. •공은 「봉사」에서 임금에게

---

42 『宣祖實錄』卷8, 7年 7月 癸巳條.

43 「息影亭」(『葛川先生文集』卷1, 1b~2a쪽)

44 「乙亥謝恩封事」(『葛川先生文集』卷2, 10a~14b쪽)

우선 초야의 한 신하마저 외면하지 않는 은혜로운 마음을 확충하여, 끝내는 조선(朝鮮)의 모든 백성도 다 같은 성은(聖恩)을 입도록 해줄 것을 다시 한 번 간곡히 요청함. 이어 공은 극심한 흉년으로 경상도와 전라도에서 아사자가 속출하는 당시의 참상을 상세하게 보고하면서, 그럼에도 백성을 구휼하는 데 무능한 조정의 실정에 대하여 강력하게 질책함. 끝으로 당시의 실정을 무시하고 양전사업(量田事業)을 재개하려는 조정의 처사가 불가함을 누누히 강조하면서, 무엇보다 국가의 기반이 되는 민심(民心)을 존중하고 이에 순응할 것을 애절하게 호소함. •「정축사은봉사(丁丑謝恩封事)」를 지음.[45]

❖ 1578년(79세: 宣祖 11, 戊寅): •여름에 장악원정(掌樂院正)에 다시 제수됨.[46] •가을에 임금이 곡미(穀米)를 하사함에, 공(公)이 「전(箋)」을 지어 올려 사례함. •이 무렵 공은 정여창(鄭汝昌) 선생의 향사당(鄕祠堂) 건립에 주도적 역할을 함. •이때 「문헌공일두선생사당기(文獻公一蠹先生祠堂記)」를 지음.[47]

❖ 1582년(83세: 宣祖 15, 壬午): •여름에 임금의 특지(特旨)로 품계가 통정대부(通政大夫) 당상관(堂上官)에 오르고, 장례원판결사(掌隷院判決事)에 제수됨. •이에 공(公)은 즉시 「봉장(封章)」을 올려 사은(謝恩)하면서, 우선 임금이 제수한 품계와 관직이 지나치게 과분함에 이를 받을 수 없다는 뜻을 말하고, 이어 당시 군역(軍役) 및 부세제도(賦稅制度)의 폐단으로 인하여 백성들이 겪고 있는 고통과 국정의 난맥상에 대하여 지적함. 끝으로 임금에게 근본으로 되돌아가 힘쓸 것[반본(反本)]과 국정의 모든 책임은 임금에게 있음을 거듭 강조함. 이는 실로

45 「丁丑謝恩封事」(『葛川先生文集』 卷2, 15a~19b쪽)
46 『宣祖實錄』 卷12, 11年 5月 壬子條.
47 「文獻公一蠹先生祠堂記」(『葛川先生文集』 卷3, 24b~26a쪽)

재야의 노신(老臣)이 젊은 임금에게 마지막으로 바치는 애틋한 충정의 토로이자, 애정 어린 가르침이기도 하였음.

❖ **1584년**(85세: 宣祖 17, 甲申): •정월 임인일(壬寅日)에 외침(外寢)에서 향년 85세로 영면(永眠)함. •이보다 앞서 경상도에서 장계(狀啓)를 올려 공(公)의 병환 사실을 임금에게 알린 바 있음. 소식에 접한 임금이 국의(國醫)를 통하여 약을 보내 왔으나, 애석하게도 이미 공이 돌아가신 뒤였음. 이에 임금은 다시금 명하여 특별히 부의하도록 함. •공의 집안이 원래 가난하여, 이처럼 원근에서 보내온 부의금에 의지하여 염빈례(斂殯禮)를 치를 수 있었음. 이해 4월 기유일(己酉日)에 집 북쪽 선영(先塋)에 있는 자좌오향(子坐午向: 북쪽을 등지고 남쪽을 향한 자리)의 언덕에 봉장(奉葬)함.

❖ **1586년**(宣祖 19, 丙戌): 공(公)은 제씨(弟氏) 임운(林芸) 공과 함께 용문서원(龍門書院)에 배향됨.

❖ **1861년**(哲宗 12, 辛酉): 공(公)은 영남유림(嶺南儒林)의 요청에 의해 이조판서(吏曹判書)에 추증(追贈)됨.

❖ **1871년**(高宗 8, 辛未): 공(公)은 '효간공(孝簡公)'의 시호(諡號)를 받음.

참고문헌

제1장 갈천의 학문과 세계관   19쪽

林薰, 『葛川集』(한국문집총간 제28책), 한국고전번역원.

林薰, 『葛川先生文集』, 恩津林氏大宗會 發行, 1994.

鄭蘊, 『桐溪集』(한국문집총간 제75책), 한국고전번역원.

曹植, 『南冥集』(한국문집총간 제31책), 한국고전번역원.

曹植, 『南冥先生文集』(丁酉本)『南冥先生編年』, 경상대학교 도서관 문천각 소장.

朱熹, 『中庸章句』, 학민문화사 영인본.

姜玫求, 「葛川 林薰의 文學的 想像力과 諸意識의 表出」, 『葛川 林薰과 瞻慕堂 林芸 研究』, 보고사, 2002.

김강식, 「葛川 林薰의 대민관과 현실개혁책」, 『지역과 역사』 제11호, 부경역사연구소, 2002. 등재

禹仁秀, 「葛川 林薰의 생애와 현실대응」, 『조선사연구』 제11호, 조선사연구회, 2002.

_____, 「葛川과 瞻慕堂의 歷史的 位相」, 『葛川 林薰과 瞻慕堂 林芸 研究』, 보고사, 2002.

李昤昊, 「葛川과 瞻慕堂의 학문과 그 사상사적 위상」, 『葛川 林薰과 瞻慕堂 林芸 研究』, 보고사, 2002.

李秉烋, 「16세기의 政局과 嶺南士林派-林薰·林芸 이해의 전제로써-」, 『葛川 林薰과 瞻慕堂 林芸 研究』, 보고사, 2002.

李樹健, 「葛川 林薰과 嶺南學派」, 『孝簡公 葛川 林先生 嶽降 500주년 기념 행사 발표문』, 2000.

鄭羽洛, 「葛川 林薰의 사물관과 그 의식구조에 관한 연구」, 『東方漢文學』 제19호, 동방한문학회, 2000.

鄭一均, 『葛川 林薰의 생애와 사상』, 예문서원, 2000.

_____, 「조선시대 居昌地域(安陰縣)의 學統과 思想」, 『葛川 林薰과 瞻慕堂 林芸 研究』, 보고사, 2002.

崔錫起, 「조선 시대 사대부들의 지리산 유람과 사의식」, 『선인들의 지리산 유람록』,

돌베개, 2000.

崔錫起, 「葛川 林薰의 思想的 基底와 現實對應 樣相」, 『葛川 林薰과 瞻慕堂 林芸 研究』, 보고사, 2002.

_____, 「南冥과 葛川의 사상적 기저와 현실대응 양상」, 『남명학연구』 제13집, 경상대 남명학연구소, 2002.

제2장 갈천 임훈의 학문세계의 구조와 체계　　　　　　　　　63쪽

『論語集註』・『孟子集註』・『大學集註』・『中庸集註』・『詩經』・『書經』・『周易』・ 『禮記』・『心經』・『近思錄』・『春秋左傳』・『老子』・『莊子』・『地藏經』・『涅槃經』・ 『明宗實錄』, 『仁祖實錄』

權斗經 等編, 『陶山及門諸賢錄』(서울대 규장각 소장본 古 1360-24-V. 1-4).

김종직 저(임정기 역), 『국역 점필재집 Ⅲ』, 민족문화추진위원회, 1997.

唐 三藏法師 玄奘 奉詔 譯, 『大乘大集地藏十輪經』, 중화전자불전협회[CBETA].

大韓佛敎 天台宗 總本山 求仁寺, 『懸吐譯註 妙法蓮華經』, 민족사, 1999.

대한불교조계종 교육원 편역, 『金剛般若波羅密經』, 조계종출판사, 2009.

黎靖德 編, 『朱子語類』, 北京: 中華書局, 1983.

林芸 著(林正基 編譯), 『瞻慕堂先生文集』, 回想社, 1993.

朴世堂, 『西溪全書(下)』, 太學社, 1979.

_____, 『西溪集』(한국문집총간 134책), 민족문화추진위원회, 1996.

朴守儉, 『林湖集』(한국문집총간 속39책), 민족문화추진위원회, 2007.

尹膺善, 『晦堂集(奈堤文化資料叢書9)』, 奈堤文化硏究會, 2005.

이진영 역, 『대승대집지장십륜경』, 동국역경원, http://www.tripitaka.or.kr/

林薰, 『葛川先生文集・附錄(國譯)』, 恩津林氏大宗親會, 1994.

____, 『葛川集』(한국문집총간 134책), 한국고전번역원, 2010.

程敏政, 『心經附註』, 保景文化社, 1990.

丁若鏞, 『尙書古訓 Ⅰ』, (사) 다산문화재단, 2013.

鄭汝昌, 『一蠹遺集』(한국문집총간 15), 민족문화추진위원회, 1988.

蔡沈 著(金赫濟 校閱), 『書集傳』, 明文堂, 1992.

韓國古代社會硏究所, 『譯註 韓國古代金石文 Ⅲ(신라 2・발해 편)』, 五政印刷株式會 社, 1992.

韓元震, 『南塘集(Ⅱ)』(한국문집총간 202책), 민족문화추진위원회, 2000.
『小學』, 學民文化社, 1990.

고영근, 『텍스트 이론: 언어통합론의 이론과 실제』, 아르케, 1999.
김종석 역주, 『심경강해』, 이문출판사, 1999.
김형효, 『데리다의 해체철학』, 민음사, 1993.
＿＿＿, 『물학 심학 실학』, 청계, 2003.
東方漢文學會 편, 『葛川 林薰과 瞻慕堂 林芸 研究』, 보고사, 2002.
백봉 김기추, 『維摩經大講論』, 불광출판부, 2012.
성백효 역주, 『小學集註』, 전통문화연구회, 1997.
吳煥淑, 『鄕賢集과 鄕土史料』, 거창문화원, 2000.
全國林氏中央會, 『林氏上系譜鑑』, 장원출판사, 2002.
정일균, 『葛川 林薰의 생애와 사상』, 예문서원, 2000.
진고응 저(최재목·박종연 옮김), 『진고응이 풀이한 노자』, 영남대출판부, 2008.

姜玟求, 「葛川 林薰의 文學的 想像力과 諸意識의 表出」, 『동방한문학』 22집, 동방한문
　　　학회, 2002.
강정화, 「明宗年間 遺逸의 시에 나타난 미의식-曺植·林薰·金範을 중심으로-」, 『동
　　　방한문학』 50집, 동방한문학회, 2002.
金鍾秀, 「전근대 시기 儒學者 佛敎로의 轉向 사례-林湖 朴守儉의 경우-」, 『禪文化硏
　　　究』 17집, 한국불교선리연구원, 2014.
＿＿＿, 「葛川 林薰의 佛敎認識」, 『南冥學』 20집, 남명학연구원, 2015.
김강식, 「葛川 林薰의 대민관과 현실개혁책」, 『지역과 역사』 11집, 부경역사연구소,
　　　2002.
김영우, 「일두 정여창의 성리설 고찰」, 『嶺南學』 24, 경북대 영남문화연구원, 2013.
김용헌, 「도학의 형성: 점필재 김종직과 그의 문하생들의 도학사상」, 『한국학논집』
　　　45, 계명대 한국학연구원, 2011.
李秉烋, 「16世紀의 政局과 嶺南士林派-林薰·林芸 理解의 前提로써-」, 『동방한문학
　　　』 22집, 동방한문학회, 2002.
禹仁秀, 「葛川과 瞻慕堂의 歷史的 位相」, 『동방한문학』 22집, 동방한문학회, 2002.
이수건, 「葛川 林薰과 嶺南學派」, 『갈천 탄신 500주년 기념학술발표대회 자료집』
　　　2000.
鄭羽洛, 「16세기 사림파 작가들의 사물관과 문학정신 연구-林薰·李滉·曺植의 경우

를 중심으로-」, 『퇴계학과 유교문화』 34집, 경북대 퇴계연구소, 2004.

鄭一均, 「朝鮮時代 居昌地域(安陰縣)의 學統과 思想-葛川 林薰과 桐溪 鄭蘊의 學問
論을 중심으로-」, 『동방한문학』 22집, 동방한문학회, 2002.

崔錫起, 「葛川 林薰의 思想的 基底와 現實對應 樣相」, 『동방한문학』 22집, 동방한문학
회, 2002.

_____, 「南冥과 葛川의 思想的 基底와 現實對應 樣相」, 『남명학연구』 13집, 남명학
회, 2002.

崔英成, 「一蠹 鄭汝昌의 生涯와 學問歷程-諸家記述을 중심으로-」, 『東洋哲學研究』
38집, 동양철학연구회, 2004.

제3장 16세기 사림파의 사회적 활동과 유교공론장의 기능   177쪽

『論語集註』, 『葛川先生文集』, 『三峯集』, 『一蠹集(續集)』, 『一蠹集(遺集)』

『瞻慕堂先生文集(國譯)』, 『退溪全書』, 『明宗實錄』, 『宣祖實錄』

『經國大典』, 『增補文獻備考』, 『太學志(上編)』

김대용, 『조선초기 교육의 사회사적 연구』, 한울, 1994.

김영주, 「조선왕조 시대의 언론」, 정창수 편, 『한국사회론: 제도와 사상』, 사회비평사,
1995.

薛錫圭, 『朝鮮時代 儒生上疏와 公論政治』, 선인, 2002.

이택휘, 「조선조 정치제도와 정치행태」, 정창수 편, 『한국사회론: 제도와 사상』, 사회비
평사, 1995.

鄭萬祚, 『朝鮮時代 書院研究』, 集文堂, 1997.

정일균, 『葛川 林薰의 생애와 사상』, 예문서원, 2000.

정창수 편, 『한국사회론: 제도와 사상』, 사회비평사, 1995.

韓相權, 『朝鮮後期 社會와 訴冤制度: 上言·擊錚 研究』, 一潮閣, 1996.

제4장 갈천 임훈의 대(對)불교 교섭 양상   259쪽

『論語集註』·『孟子集註』·『大學集註』·『中庸集註』·『詩經』·『莊子』·『周易』

金馹孫, 『濯纓集』(한국문집총간 17책), 민족문화추진위원회, 1988.

唐 三藏法師 玄奘 奉詔 譯, 『大乘大集地藏十輪經』, 중화전자불전협회[CBETA].

黎靖德 編, 『朱子語類』, 北京: 中華書局, 1981.

朴世堂, 『西溪全書(下)』, 太學社, 1979.

_____, 『西溪集』(한국문집총간 134책), 민족문화추진위원회, 1996.

朴守儉, 『林湖集』(한국문집총간 속39책), 민족문화추진위원회, 2007.

普雨, 『虛應堂集(下卷)』, 「病枕聞魔訴余强揮病筆」, 동국역경원, 1994.

李彦迪, 『晦齋集』(한국문집총간 24책), 민족문화추진위원회, 1986.

李瀷(민족문화추진위원회 편), 『星湖僿說』, 솔, 1997.

李滉, 『退溪集』(한국문집총간 29책), 민족문화추진위원회, 1986.

林芸, 『瞻慕堂先生文集』, 回想社, 1992.

林薰, 『葛川先生文集』, 恩津林氏大宗親會, 1994.

_____, 『葛川集』(한국문집총간 134책), 한국고전번역원, 2010.

鄭汝昌, 『一蠹遺集』(한국문집총간 15), 민족문화추진위원회, 1988.

蔡沈(金赫濟 校閱), 『書集傳』, 明文堂, 1992.

韓元震, 『南塘集(Ⅱ)』(한국문집총간 202책), 민족문화추진위원회, 2000.

黃俊良, 『錦溪集』(한국문집총간 37책), 민족문화추진위원회, 1986.

『明宗實錄』 권10, 명종 5년 12월 15일[甲戌]

『明宗實錄』 권33, 명종 21년 6월 21일[庚辰]

『瑜伽師地論』 권40(『大正藏』 30, 511b).

金碩鎭, 『大山 周易講解(上經)』, 大有學堂, 1995.

김형효, 『물학 심학 실학』, 청계, 2003.

大韓佛敎 天台宗 總本山 求仁寺, 『懸吐譯註 妙法蓮華經』, 민족사, 1999.

대한불교조계종 교육원 편역, 『金剛般若波羅密經』, 조계종출판사, 2009.

成百曉, 『書經集傳(下)』, 傳統文化研究會, 2002.

成百曉, 『詩經集傳(上)』, 傳統文化研究會, 1993.

王弼 지음(임채우 역), 『老子王弼注: 왕필의 노자』, 예문서원, 2001.

이진영 역, 『대승대집지장십륜경』, 동국역경원, http/www.tripitaka.or.kr

林薰, 『葛川先生文集・附錄(國譯)』, 恩津林氏大宗親會, 1994.

정일균, 『갈천 임훈의 생애와 사상』, 예문서원, 2000.

鄭芝相, 『國譯 霽峯全書』(中), 한국정신문화연구원, 1980.

懶翁 述(백련선서간행회 편역), 『懶翁錄』, 藏書閣, 1993.

William K. Frankena, "Ethics", Prentice-Hall, Inc, Englewood Cliffs, New Jersey, 1973.

姜錫瑾, 「虛應堂 普雨의 詩에 나타난 日常과 禪趣」, 『溫知論叢』 22집, 온지학회, 2009.

金煐泰, 「보우 순교의 역사성과 그 의의」, 『불교학보』 30집, 1993.

金煐泰, 「허응당집 해제」, 『大覺國師文集』, 동국역경원, 1994.

金鍾秀, 「西溪 朴世堂의 '三笑'哲學과 儒佛 交涉-종교간 대화의 모색-」, 『선문화연구』 10집, 韓國佛敎禪理硏究員, 2011.

金鍾秀, 「전근대 시기 儒學者 佛敎로의 轉向 사례-林湖 朴守儉의 경우-」, 『禪文化硏究』 17집, 한국불교선리연구원, 2014.

金鍾秀, 「葛川 林薰의 불교인식」, 『南冥學』 20집, 南冥學硏究員, 2015.

김종수, 「일두 정여창의 불교적 협의와 유·불 회통론」, 『2016 추계전국불교학술대회 논문집』, (사)한국불교학회, 2016.

노의찬, 「유학자 정여창의 불교적 삶」, 『嶺南學』 24호, 경북대학교 영남문화연구원, 2013.

손성필, 「조선 중종대 불교정책의 전개와 성격」, 『한국사상사학』 44권, 한국사상사학회, 2013.

신순남(적연), 「菩薩戒의 受持와 慈悲實現에 관한 考察」, 『禪文化硏究』 17집, 한국불교선리연구원, 2014.

이봉춘, 「普雨의 불교사상과 佛·儒 融合調和論」, 『한국불교학』 56집, 한국불교학회, 2011.

崔錫起, 「南冥과 葛川의 思想的 基底와 現實對應 樣相」, 『남명학연구』 13집, 남명학회, 2002.

崔英成, 「一蠹 鄭汝昌의 生涯와 學問歷程-諸家記述을 중심으로-」, 『東洋哲學硏究』 38집, 동양철학연구회, 2004.

탁현숙, 「제봉(霽峯)의 <유서석록(遊瑞石錄)> 서술 특성」, 『인문학연구』 46집, 조선대학교 인문학연구소, 2014.

한춘순, 「조선 명종대 불교정책과 그 성격」, 『한국사상사학』 44권, 한국사상사학회, 2013.

제5장 갈천 임훈의 시세계 339쪽

宋秉璿, 『淵齋集』(한국문집총간 제329책), 한국고전번역원.

吳翽, 『天坡集』(한국문집총간 제95책), 한국고전번역원.

李滉, 『退溪集』(한국문집총간 제31책), 한국고전번역원.

林薰, 『葛川集』(한국문집총간 제28책), 한국고전번역원.

林薰, 『葛川先生文集』, 恩津林氏大宗會 發行, 1994.

曺植, 『南冥集』(한국문집총간 제31책), 한국고전번역원.

曺植, 『南冥先生文集』(丁酉本)『南冥先生編年』, 경상대학교 도서관 문천각 소장.

421

찾아보기

저자약력

최석기

현 국립경상대학교 인문대학 한문학과 교수. 한국경학 전공. 성균관대학교 한문학과 문학박사. 한국고전번역원 전문위원 역임. 저역서로는 『선인들의 지리산 유람록 1-6』(공역), 『남명과 지리산』, 『남명정신과 문자의 향기』, 『덕천서원』, 『한국경학가사전』, 『조선시대 대학도설』, 『조선시대 중용도설』 등이 있으며, 연구논문으로는 「성호 이익의 시경학」, 「남명의 성학과정과 학문정신」 등 다수가 있다.

정일균

현 서울대학교 사회과학대학 사회학과 교수. 사회사상사, 사회사(역사사회학), 사회학이론 전공. 서울대학교 사회학 박사. 제1회 다산학술상(우수연구상) 수상. 저서로는 『茶山 四書經學 硏究』, 『葛川 林薰의 생애와 사상』, 『고종시대 공문서 연구』(공저) 등이 있으며, 연구논문으로는 「茶山 丁若鏞의 學問論」, 「正祖의 『孟子』論(1) -『鄒書春記』를 중심으로」, 「조선후기 유교사상계의 동향: 주자학과 그 대항담론」 등 다수가 있다.

김종수

현 충북대학교 우암연구소 객원연구원. 구 한국정신문화연구원 한국학대학원에서 석사 및 박사과정 수료. 성균관대학교 대학원 한국철학과에서 철학박사학위 취득. 인천교대·청주교대·한국교원대·한양대·성균관대·세명대 등에서 강의. 2010년 우수저작상〔학술부문〕 및 2011년 제5회 선리연구원 학술상 수상. 저역서로는 『서계 박세당의 연행록 연구』, 『국역 서계연록』, 『의당 박세화의 단식 순도일기: 창동일기 (昌東日記)』 등이 있으며, 연구논문으로는 「서계 박세당의 형벌고증 입론」, 「일두 정여창의 불교적 혐의와 유·불 회통론」 등 다수가 있다.

갈천학술문화총서 1

갈천 임훈의 학문과 사상

2017년 2월 24일 초판 1쇄 펴냄

기 획 임종화
지은이 최석기·정일균·김종수
펴낸이 김흥국
펴낸곳 도서출판 보고사

책임편집 황효은
표지디자인 손정자

등록 1990년 12월 13일 제6-0429호
주소 경기도 파주시 회동길 337-15 보고사 2층
전화 031-955-9797(대표), 02-922-5120~1(편집), 02-922-2246(영업)
팩스 02-922-6990
메일 kanapub3@naver.com / bogosabooks@naver.com
http://www.bogosabooks.co.kr

ISBN 979-11-5516-639-0 93810
ⓒ 갈천학연구소(소장 임종화), 2017

정가 28,000원